Jens Lapidus

Viproom

W0383915

A.W. Bruna Uitgevers

Oorspronkelijke titel
VIP-rummet

Published by arrangement with Salomonsson Agency
Vertaling
Steven Schneijderberg
Auteursfoto
© Anna-Lena Ahlström
Omslagbeeld
© Plainpicture/Mira
Omslagontwerp
Studio Jan de Boer

ISBN 978 94 005 0692 3
NUR 305

De Nederlandse pers over de Stockholm-trilogie

'**** Lapidus schetst een onthutsend beeld van die zogenaamde elite.' – VN'S DETECTIVE & THRILLERGIDS

'**** Als Teddy en Emelie dan nog wat meer kleur op de wangen krijgen, dan heeft Lapidus goud (en mogelijk een vijfsterrenthriller) in handen.' – DE VOLKSKRANT

'*Snel geld*, deel 1 van de Stockholm-trilogie, is een baanbrekend boek voor het misdaadgenre. Lezen, dit boek.' – NU.NL

'**** Snel, voortdenderend, en dat alles in een vloeiende urban-schrijfstijl. De thriller is behalve superspannend ook een parabel over de complexiteit van menselijke drijfveren.' – CRIMEZONE

'**** Opnieuw speelt Lapidus met straattaal en korte, rauwe zinnen in een verhaal dat ook maatschappijkritisch is (net als bij Larsson). *Bloedlink* is een geweldige Lapidus!' – HET PAROOL

'Slaat de *Millennium*bug weer toe in Zweden? Ja, want Jens Lapidus schreef een adembenemend boek over de Stockholmse onderwereld.' – DE PERS

'Het lezen van *Snel geld* gaat je niet in de koude kleren zitten. Bijna als kogels uit een automatisch wapen vuurt Jens Lapidus de zinnen op zijn lezer af. Je gaat al snel verlangen naar deel twee uit de Stockholm-trilogie.' – WEGENER HUIS-AAN-HUISMEDIA

Van dezelfde auteur

Snel geld
Bloedlink
Val dood
Stockholm Zuid
Snoeihard
Stockholm Delete

Bezoek onze internetsite www.awbruna.nl voor informatie over onze boeken, volg @AWBruna op Twitter of bezoek onze Facebook-pagina: Facebook.com/AWBrunaUitgevers.

De harddisk

(Acht jaar eerder)

De stilte die viel toen Cecilia de motor afzette voelde heel even als een soort rust. Daarna zuchtte ze hardop. Ze had zich nog nooit zo verre van rustig gevoeld.

De auto stond geparkeerd op het grind voor Lillans kinderdagverblijf.

Normaal gesproken zou ze haar tas naar zich toe hebben gegrist die altijd in de bewaarruimte van het dashboard lag en zich hebben gehaast om haar dochter op te halen. Altijd gejaagd, altijd in haar hoofd alweer druk bezig met het volgende punt op haar schema.

Maar de laatste weken was het ondraaglijk geworden. De legpuzzel van het leven was geen puzzel meer, het was een aardbeving die haar en haar gezin in chaos en vernedering dreigde te storten.

Vandaag zou ze zich pas écht de auto uit moeten snellen om haar kinderen op te pikken, ze liepen gevaar. Maar in plaats daarvan leunde ze achterover en bleef ze zitten. De stilte was fijn, en op deze plek zou er geen bekende voorbijkomen en zich afvragen waarom ze om vier uur 's middags een dutje in haar auto aan het doen was.

Maar ze kon haar ogen niet sluiten.

Ze was bang voor wat ze aan de binnenkant van haar oogleden te zien zou krijgen.

Zo'n uur geleden was er iets gebeurd wat alles veranderde. Alweer.

Ze had van Kungsholmen naar T-centralen gewandeld om daar de metro naar haar werk te nemen. Ze had tegen haar baas gezegd dat ze vanwege rugpijn naar de dokter moest.

Het regende lichtjes en de waterdruppels priemden als kleine spelden in haar gezicht. De plassen op straat leken wel donkere, glinsterende vlekken.

Ze passeerde het stadhuis en telde zeven touringcars die buiten stonden geparkeerd. Een groep vrouwen, die allen waren gekleed in donsjassen die zo dik waren dat ze er als een groep poolreizigers uitzagen, had zich rondom een gids verzameld. Ze stonden dicht op elkaar met hun uitgeklapte paraplu's als gemeenschappelijk schild tegen de regen.

Cecilia stak de straat over om zich niet langs hen heen te hoeven wurmen. Terwijl ze op een drafje aan de overzijde verder bleef lopen, kreeg ze een vreemd gevoel. Tien meter achter haar stak er ook een man de straat over met een ver omlaaggetrokken ijsmuts op. Ook hij liep gehaast. Had ze die man niet buiten bij de 7-Eleven tegenover de GGZ zien staan roken? Alsof hij ergens op stond te wachten. Te wachten totdat zij naar buiten zou komen?

En precies op dat moment ging haar telefoon. Anoniem nummer.

'Is dit Cecilia Emanuelsson?'

Een man sprak.

'Ja, dat ben ik.'

'Mooi. Wat ik even wilde zeggen: we hebben Mats, en als je naar de politie stapt, is het einde verhaal.'

'Wat zegt u?'

'Draai je om.'

Cecilia wendde zich met een ruk om, een stukje verderop zag ze de toeristen de grote entree van het stadhuis binnengaan. Ze zocht met haar blik. Aan de overzijde van de straat liep een man in kostuum met een paraplu in zijn hand. En toen zag ze hem, de man met de ijsmuts. Hij stond op een steenworp afstand tegen een lantaarnpaal geleund. De regen leek hem niet te deren. Hij hield een telefoon tegen zijn oor. Toen hij zag dat zij hem had opgemerkt hield hij deze omhoog, bijna alsof hij ermee zwaaide.

Daarna hoorde ze hem in de hoorn zeggen: 'Nu je mond houden en luisteren. Het is heel simpel. Wij weten alles wat jij doet. Als jij of iemand anders naar de politie gaat, vermoorden we Mats. Het is maar dat je het weet.'

Ze zou nu haar portier moeten openen om Lillan en Benjamin te gaan halen. Om vervolgens naar Arlanda te rijden en de eerste de beste vlucht naar haar ouders te nemen. Of de trein, maar ze wist niet of haar kinderen die lange treinreis zouden volhouden, ze hielden er meestal niet van om niets te doen te hebben. De politie bellen was geen optie zolang ze niet volledig kon bevatten wat deze gebeurtenissen inhielden. Bovendien wilde ze eerst de kinderen op een veilige plek zien te krijgen, ver weg van Stockholm.

Maar toch kreeg ze het niet voor elkaar om de auto uit te stappen.

Ze vroeg zich af hoe het zo had kunnen lopen.

18 januari

Schoenen: Zegna.

Smoking: Corneliani.

Overhemd: Fray.

Philip Schale was onoverwinnelijk vanavond, *top notch.*

Zijn complete outfit: tweeëndertigduizend bij Hans Allde, exclusief het overhemd, wat overigens *custom-made* regelrecht uit Italië kwam.

Hij had dit een week geleden samen met nog drie werkoverhemden ontvangen. Sea Island Quality, dubbel getwijnd katoen, echt paarlemoer in de knopen, handgenaaide details bij de ellebogen en kraag. Kwam op negentienhonderd euro. Een koopje.

Maar nu: iemand had bier op zijn smoking en overhemd gemorst. Of sterkedrank. Of was het gewoon water? Het punt was dat hij zich niet eens meer kon herinneren hoe dit gebeurd was. Hij herinnerde zich niet meer *waar* dit gebeurd was. Hij wist alleen maar dat hij iets vochtigs door de super 120-wol heen voelde dringen.

Philip keek om zich heen. Zaterdagavond in de meest hippe tent van de stad. De dansvloer in de viproom van Clara's stond bomvol.

Axel was nergens te zien. Misschien was hij wel meteen na het diner naar huis gegaan: het was algemeen bekend dat hij een hekel had aan liefdadigheidsgedoe.

Carl daarentegen stond op de dansvloer met zijn armen te zwaaien: zijn bezwete voorhoofd weerkaatste de lichtstralen van de stroboscopen als een spiegel.

En Ian – Philip draaide zijn hoofd – yep, Ivers zat inderdaad hier naast hem aan de dranktafel.

De revers van zijn smoking stonden gelikt omhoog in Ians hals: het was net een reclamefoto voor het winterseizoen van Brioni. De knoop van zijn stropdas zat nog steeds perfect terwijl het toch al kwart over vier was. Die Ian had dit altijd wel goed voor elkaar.

Ivers boog zich voorover en schreeuwde zowat in zijn oor: 'Sorry, ik betaal de stomerij. Geen probleem.'

Het was dus zijn schuld.

'Da's een mooi shirt wat je daar aanhebt. Weet je, vijfennegentig procent van die paupers hierbinnen heeft geen op maat gemaakt shirt. En vijftig procent weet vast niet eens wat Fray is. De stakkerige, luie idioten.'

Philip had geen idee waar Ian het over had. Misschien had hij te veel op, misschien was het slechts een afleidingsmanoeuvre omdat hij drank over hem heen had gegooid, of het was gewoon weer het oude liedje.

Uit de speakers knalde Avicii met strakke ritmes.

De cocaïne in zijn neusholten zorgde voor een draaierig gevoel – de vloer leek wel om zijn eigen as heen te draaien. Philip had twintig minuten geleden een lijntje van de tafel gesnoven. Dit was het meest exclusieve gedeelte: de viproom – hier was niemand die iets had gezien of die het iets boeide.

So wake me up when it's all over. De menigte zong als gekken mee, knorde als varkens. Stuiterde op en neer, klampte zich vast aan het gevoel van zorgeloosheid.

Ivers boog zich weer voorover. 'Moet je hen toch es zien. Ordinair volk. Simpele zielen. I-di-o-ten.'

Philip trok het niet meer om naar dit gezever te luisteren. Hij nam een slok van zijn drankje. De citroensmaak was fris – hij nam nog een teug en probeerde zich op de dansvloer te focussen.

Daar stond iemand die hij herkende.

De stroboscoop vulde zijn hoofd met andere beelden. De vergadering die hij eerder die dag had gehad – private banking, Fernström & Qvist, krakend eiken parket en houten panelen langs de wanden. Gratis lunch met een kraakheldere Sancerre. Monumentale zalen en façaden. Die gast van de bank met zijn roze Salvatore Ferragamo-stropdas en grauwe gezicht die hem weleens even iets zou vertellen over investeringen.

Het was waar dat hij in sommige van zijn bedrijven een zekere overliquiditeit had. Maar andere investeringen bloedden.

Bovendien probeerden ze hem er met veel omhaal van te overtuigen om van beheerder en adviseur te wisselen. Maar wanneer je familie al zestig jaar bij dezelfde bank zat, stapte je niet zomaar over, dat zouden ze toch moeten weten. Maar desondanks had Philip het allemaal netjes aangehoord, hij wilde het bankknaapje geen verdriet doen, en daarnaast was hij er immers met een bepaalde reden heen gegaan. Hij wist alleen niet of die aanleiding was dat hij een betere bank wilde of iets anders.

Hij ving wederom een glimp van haar op. Daar, het meisje dat hij een paar weken geleden had ontmoet. Haar blik zocht de zijne. Hij wist niet precies haar naam meer, misschien was het iets van Nina of Anina.

Boven de dansvloer: een spuitende rookmachine. Carl danste met twee wijven en was zich als een acrobaat aan het uitsloven.

In het licht van een spot zag hij haar gezicht weer, alsof het was opgelost in de zee van mensen, ze was een deel van de waas, een deel van deze plek. Maar toch zag hij het duidelijk: haar blik.

Ze was praatgraag, had aan één stuk door gekletst over alles wat ze zou gaan doen als ze klaar was met haar studie. Hij herinnerde zich niet meer wat ze studeerde. Ze had het gehad over wie ze wel en niet kende, over welke uitsmijters relaxed waren en welke alleen maar in het vak zaten vanwege hun sadistische neigingen.

En nu: duidelijk haar ogen.

Hij zei niets tegen Ian.

Op het grote reclamescherm boven het Scandic-Anglais-gebouw was iets over skikleding te zien. De sneeuw op het filmpje was zo fel dat Philip zijn gezicht wegdraaide.

Waar was iedereen naartoe?

De tent was dicht. Ian was 'm gesmeerd; verdomme, hij was nog wel degene die hem dronken had gevoerd en hem had laten blijven.

Philip moest naar huis. Hij zocht naar een taxi.

Het was koud.

De kleine pixels waaruit het scherm was opgebouwd verlichtten hem als een schijnwerper. Hij wilde het liefst zijn ogen dichtdoen. Gaan liggen.

Even uitrusten.

Een paar personen kwamen hem tegemoet.

Hij tuurde over straat, er zou vast snel een auto komen.

Iemand stootte tegen hem aan.

'Hey, man.'

Het was een kleine kerel met een zwarte muts ver over zijn hoofd getrokken en een halsdoek gedeeltelijk over zijn mond.

Philip deed een stap opzij. 'Pardon,' zei hij, puur voor de vorm.

De jongen draaide zich om. 'Heb jij een probleem, of zo?'

Een zwaar overdreven, aangedikt accent.

'Hebt u het tegen mij?' vroeg Philip.

'Ik vroeg of je een probleem hebt? Aangezien jij mij net een duw gaf.'

De jongen kwam dichterbij.

'Nee, dat moet een vergissing zijn geweest. Ik sta alleen maar op een taxi te wachten.'

'Bakkes houen. Jij hebt een vet probleem.'

'Nee, ik weet niet...'

De klap trof Philip boven zijn oog.

Hij greep met een schreeuw naar zijn gezicht.

Op hetzelfde moment merkte hij dat die jongen nu vlak bij hem stond.

Hij probeerde achteruit te deinzen.

Toen greep iemand hem van achteren vast.

Hij probeerde zich los te rukken, met zijn lichaam te spartelen en met zijn benen te schoppen. Maar het mocht niet baten. Iemand of een aantal hielden hem te stevig vast.

Toen kwam een van de mannen voor hem staan.

Een voorwerp in zijn hand: een wapen.

De man drukte het pistool tegen zijn maag en kwam nog dichter bij hem staan.

Hij boog zich voorover naar Philips gezicht. Hij voelde iets geks tegen zijn oor. Philip had het meteen door. Die kerel likte aan zijn oorlel.

'Vind je dat lekker? Daar houden jullie toch zo van, of niet soms?' De stem was zo dichtbij, maar toch zo veraf. Ze duwden hem naar voren. Hij telde vier personen. Allemaal in donkere kleding met mutsen of capuchons ver over hun gezicht getrokken. Ze moeten er als een bijzonder gezelschap uit hebben gezien terwijl ze de Birger Jarlsgatan afliepen. Al waren er rond deze tijd niet veel mensen buiten die hen konden zien.

Hij wist niet precies hoe laat het was, behalve dat er niet veel plekken in Stockholm waren die tot later dan vijf uur open mochten zijn. Op sommige plaatsen zag hij een enkeling gehurkt in een portiek of op een bankje zitten, waarschijnlijk waren die over hun nek gegaan en wilden ze wat ontnuchteren voordat ze op huis aan gingen.

De mannen zeiden niets. Ze liepen om hem heen, dicht op elkaar, alsof ze zijn lijfwachten waren. In zijn rug voelde hij de hele tijd de harde loop van het wapen.

Misschien wist hij waar dit over ging.

Ze duwden hem verder.

Voerden hem met zich mee.

Waar leidden ze hem naartoe?

Aan de linkerkant kwamen ze voorbij Riche. Daarbinnen was het licht uit en stonden de stoelen op de tafels. De laatste uitsmijters waren kennelijk al naar huis, want er was nergens een mens te bekennen. Philip dacht aan de zakenlunches die hij daar altijd at. Hun Beef Rydberg was erg oké.

Maar nu niet – nu was niets oké.

Ze liepen verder naar Nybroplan. Er reden wat taxi's rond in afwachting van mensen zoals hij. Cafégangers die waren blijven hangen.

Hij dacht erover om te roepen of te zwaaien. Maar dat was krankzinnig. Wie deze mannen ook waren, ze hielden een wapen op zijn rug gericht. Hij kon niets doen zonder zijn leven op het spel te zetten.

Ondanks de kou voelde hij het zweet over zijn voorhoofd lopen. De misselijkheid kroop als een slang door zijn maag.

Ze staken de straat over en gingen bij het kleine kaartverkoophokje voor de toeristenboten staan. Hier was het donkerder, het schijnsel van de lantaarns reikte niet zo ver. Aan de overkant lag Berzelii Park er duister bij. De eenzame takken van de bomen strekten zich omhoog naar de bewolkte hemel en de smoezelige sneeuw lag in afwachting van het langzame ochtendgloren.

'Naar beneden,' zei de man die het wapen vasthield.

Philip begreep eerst niet wat hij bedoelde.

Toen gebaarde een van de andere mannen omlaag naar de kade.

Ze wilden dat hij het ijs op zou klauteren.

'Nee, nee. Dat kan niet.'

'Naar beneden, zei ik.'

'Jullie zijn gek. Dat ijs houdt mij nooit. Ik zal verdrinken.'

De man met het wapen liep om hem heen en ging pal voor hem staan. Hij richtte het wapen opnieuw op en drukte het in Philips maag.

Nu is het gedaan, dacht hij. Doe het niet, doe het niet. De woorden daverden door hem heen.

De man herhaalde zijn woorden alsof het de normaalste zaak van de wereld was. 'En nu ga je.'

Philip voelde hoe zijn benen begonnen te trillen. Toch ging hij op zijn hurken bij de kant zitten en liet hij zich naar beneden glijden. Het was ongeveer twee meter tot aan het ijs. Hij liet los en landde op het gladde oppervlak.

Het kraakte. Hij keek omlaag. Het ijs zag er waterig en dun uit.

Hij dacht aan de schaatslessen in het sportpark van Östermalm. Daar was het veilig geweest, daar lag vaste grond onder de ijsbaan.

Hij had er geen idee van hoe dun het ijs eigenlijk was, maar ergens wist hij wel dat dit geen winter was geweest die het bestendig had gemaakt.

Het stond gelijk aan zelfmoord.

'Dit kan niet. Alsjeblieft.'

De man had zijn wapen weggestopt. Hij en de drie andere mannen stonden vanaf de kade met hun handen in hun zakken naar hem te kijken.

'Loop verder,' zei hij.

21 januari

Het was een kraakheldere dag. Zo'n dag die maakte dat veel inwoners van Stockholm zelfs vonden dat het het waard was geweest dat de laatste drie maanden uit grauwheid en miezerige sneeuwsmurrie hadden bestaan.

Dejan keek uit naar zijn reis. Niet alleen vanwege degene die hij weer zou zien wanneer hij aankwam. Hij hield ervan om auto te rijden.

Hij trok zijn handschoenen uit en draaide de sleutel om. De auto startte met een schok. Het stuur was koud, alsof het van metaal was, dus hield hij het alleen vast met de puntjes van de vingertoppen van zijn rechterhand. Toch bevroor hij. In nieuwere versies zat stuurverwarming, maar nu moest hij genoegen nemen met het tot het uiterste aanjagen van de airco en wachten tot de warmte de binnenkant van de auto zou vullen.

Hij had deze bak van Tomas geleend aangezien zijn normale auto total loss was na een kettingbotsing de week ervoor. Maar dit was overigens ook een BMW, een 5-serie bovendien, dus hij had geen reden tot klagen. Er waren ook mensen die in een japanner of een Opel reden.

Hij zoefde noordwaarts over de E4. Als iemand hem midden in de nacht wakker zou maken en hem zou vragen alle voorsteden achterstevoren op te noemen, zou hem dit al bij de eerste poging gelukt zijn.

Even later sloeg hij af naar de E18. Nu reed hij door de noordelijke delen van Stockholm. Dit was echter niet zijn terrein.

Een stuk voor Åkersberga sloeg hij af richting de gevangenis van Österåker. Die was verbouwd sinds de vorige keer dat hij er was. Hij moest toegeven: de laatste jaren waren zijn bezoeken minder frequent geweest dan eigenlijk had gemoeten.

Hij dacht aan Teddy, ze praatten tegenwoordig sowieso niet zo vaak. Teddy, of Najdan zoals hij eigenlijk heette, zorgde naar eigen zeggen wel voor zichzelf. En daar twijfelde Dejan geen seconde aan, Teddy had altijd voor zichzelf gezorgd. Gedurende hun hele jeugd, en bij alle klussen die ze samen hebben gedaan. Nooit vroeg Teddy om hulp.

Vele jaren terug waren hij, Teddy en Adam opgepakt voor een paar inbraken bij conferentieoorden. Ze hadden voor meer dan anderhalve mille aan wijn en champagne gejat – een goede vangst. Het was een makkie geweest om daar via de ingang van de keuken binnen te komen. En de codes van de wijnkelders zelf kregen ze van een van de schoonmakers die wat gokprobleempjes had.

De politie had Dejan meer dan zeven keer verhoord, had het '*good cop, bad cop*'-spelletje met hem gespeeld, DNA-bewijs bij elkaar verzonnen dat er helemaal niet was en ze hadden geprobeerd hen tegen elkaar uit te spelen: 'Adam heeft verteld dat jij die avond een auto bij hem had opgehaald', 'Teddy zegt dat jij zijn telefoon had geleend', enzovoort. Dit viel onder de noemer 'lulkoek', maar dat wist hij toen niet. Het leidde tot meer dan drie maanden opsluiting met volledige beperking, terwijl hij nog maar zeventien jaar oud was. Hij had geen enkele keer met zijn ouders mogen praten, het was daarbinnen constant zestien graden koud geweest en een gozer in de cel naast hem begon 's avonds om acht uur Perzische scheldwoorden te schreeuwen en hield daar pas mee op wanneer het ontbijtkarretje kwam. *Koskesh.* Dejan had in elk geval één goed woord geleerd, hoerenloper.

Het had hem uitgeput. Het insulinetekort wanneer hij het niet trok om het gore voer te eten of wanneer ze hem weigerden naar buiten te laten gaan en op de luchtplaats te laten bewegen. De misselijkheid, het braken en het naar de wc racen om te kunnen plassen. De eigenlijke naam was hypoglykemie, te lage bloedsuikerspiegel. Het was het mooiste woord dat hij kende, maar dankzij zijn ziekte ook meteen het lelijkste.

Hij wilde naar huis, niet alleen om zijn diabetes te kunnen laten behandelen. Hij wilde van de nachtmerries en zijn stijve ledematen af. Hij wilde een broodje kebab eten met extra knoflooksaus en kunnen roken wanneer het hem uitkwam. Hij wilde een knuffel van zijn moeder.

Dus had hij uit de school geklapt, het was immers de eerste keer dat hij vastzat.

Toen hij vrijkwam, kreeg hij te horen dat ook Adam had gepraat.

Maar een van hen had zijn mond stijf dichtgehouden en geen woord gezegd, geen ene *fuck*. Ze hadden hem helemaal tot aan het proces vastgehouden, terwijl Dejan en Adam al veel eerder op vrije voeten waren gesteld. Ze hadden hem zó lang vastgehouden dat hij tegen de tijd dat ze voor zware diefstal werden veroordeeld zijn tijd allang had uitgezeten, zonder ook maar één keer iemand anders te hebben mogen zien of spreken dan de politieverhoorder of zijn advocaat.

Teddy.

Hij vertelde later dat hij die tijd was doorgekomen door zich drie keer per dag op te drukken en in de tussentijd urenlang boeken te lezen.

Vanaf die dag wisten ze het allemáál, ook al hadden ze het nooit hardop uitgesproken. Een van hen was de echte bikkel.

Maar dat was niet het enige. Hij had bóéken gelezen, had hij gezegd. Zo was hij: soms klonk Teddy net als zijn vader, of als een leraar.

Hij was uit ander hout gesneden.

Dejan sloeg af, de kleinere weg op. De villa's volgden elkaar op, maar stonden steeds verder van elkaar naarmate hij dichter in de buurt van de gevangenis kwam. Er lag hier, net als in de stad, niet veel sneeuw. De weg slingerde zich het bos in en voor de lol trapte hij het gaspedaal wat dieper in.

De contouren van de dennen vervaagden wanneer hij zich op de bochten focuste. Dit was het leven. En hij hoopte dat het nu nog beter zou worden. Teddy was zo iemand die er meestal wel voor zorgde dat er iets gebeurde. Niet alleen met zijn vuisten; hij zette dingen in beweging door de manier waarop hij dacht.

Nog even en dan zou Dejan bij de gevangenis aankomen om zijn beste vriend op te pikken. De stoerste man van Stockholm.

Najdan 'Teddy' Maksumic zou na acht jaar weer op vrije voeten komen.

Het was een mooie dag.

*

De klik van het slot was nauwelijks hoorbaar, maar voor Teddy was het een krachtig geluid, een geluid waar hij ongelofelijk lang op had gewacht. Hij opende de stalen deur en het verbaasde hem hoe licht die aanvoelde, bijna alsof hij van papier was gemaakt.

Hij stapte naar buiten en knipperde met zijn ogen tegen het licht. Een meter boven zijn hoofd hing de ronde bewakingscamera, hij wist dat ze nu vanuit de surveillanceruimte naar hem zaten te kijken. Hopelijk geloofden ze, in elk geval sommigen van hen, dat dit zou gaan werken. Dat het goed zou komen.

De motor ronkte als een kapotte tractor terwijl het niet eens een diesel was en de uitlaatgassen walmden als een vreugdevuur hemelwaarts. De metallic lak en de 18-inch velgen hadden hun glans allang verloren, en een van de zijspiegels was om onverklaarbare reden vastgeplakt met tape. Teddy kon het niet nalaten zich af te vragen of deze auto het wel helemaal tot aan Södertälje zou houden. Misschien verloor ie ergens ter hoogte van Tumba nog wel een wiel of zou hij al pruttelend het loodje leggen waardoor ze urenlang in de ijzige kou vast zouden komen te zitten.

Ik word opgehaald in een *asobak*, dacht hij terwijl hij de rookwolk naderde. Mijn beste vriend buiten de muren pikt me op in een *fucking* asobak.

De deur sloeg open en Dejan stapte uit. De kraag van zijn donkerblauwe jack stond omhoog en in de nek stond in oranje letters HUGO BOSS. Hij had een brede lach alsof hij vandaag bij de paardenraces de winst van zijn leven had gewonnen, maar tegelijkertijd zag hij er versleten uit, en in plaats van de borstspieren die vroeger onder zijn shirt opbolden, puilde nu zijn jack vanonderen uit.

'*My friend*,' riep Dejan.

Ze omhelsden elkaar en hielden elkaar een paar seconden vast. In de bajes was aanraking van de gevangenen met hun bezoek al sinds een aantal jaar verboden, maar dat was inmiddels verleden tijd.

Teddy voelde de ademhaling in zijn hals, en met serieuzere stem zei Dejan: 'Welkom buiten, man.'

Ze keken elkaar aan. Dejans ogen stonden duister, vragend, maar tegelijkertijd half dichtgeknepen.

Toen kwam de paardenraceglimlach weer tevoorschijn. 'Je ziet er goddomme goed uit.'

'Jij ook,' loog Teddy.

Teddy wees naar de auto en lachte. 'Maar had je me niet in een wat meer representatief voertuig op kunnen pikken? Dit zijn echt van die bakken die ze aan de kant zetten omdat ze zo crimineel overkomen. Ouwe, shabby luxeauto's.'

Dejan sloeg de achterbak dicht. 'Daar kan ik niks aan doen. Ik heb mijn normale wagen in de prak gereden en deze van Tomas geleend.

En een Beamer is een Beamer, dat is toch een van jouw eigen gezegdes als ik me niet vergis?'

'Ja, maar geen roestbruine met een uitlaat die zijn eigen schoorsteen nodig heeft.'

'O, maar in dat geval kunnen we jouw Lexus wel pakken.' Dejan keek om zich heen en grijnsde. 'Of heb je die te ver hiervandaan geparkeerd?'

Teddy schoot in de lach terwijl hij weer aan haar dacht.

Hij vroeg zich af hoe het zou zijn geweest als Sara hem had opgehaald.

Dejan hield zich op de snelweg verbazingwekkend genoeg aan de snelheidslimiet. Teddy begon zich bijna af te vragen of hij was veranderd, maar toen begon hij te ouwehoeren over de nieuwe X6 van BMW en Chinese namaak van dopingpreparaten.

Toen ze Hallunda voorbijreden begonnen ze te praten over alle anderen uit de tijd voordat hij werd veroordeeld. Hun matties. Of hoe hij ze ook moest noemen.

Alexander was tot rust gekomen, had een rijtjeshuis in Stuvsta gekocht, had een vrouwtje opgeduikeld, was gescheiden en had weer een nieuwe gevonden. Nu had hij drie kinderen, één van iedere vrouw en eentje die hij al had sinds zijn tienerjaren.

Tomas was Dejans nieuwe handlanger geworden nadat Alex een Jan Modaal was geworden. Maar het was niet meer zoals vroeger, verzekerde Dejan hem.

Ivan was nog dezelfde als acht jaar geleden, maar dan hoger opgeklommen in de hiërarchie. Hij richtte zich vooral op de zaakjes met de écht hoge winstmarges. De dealers werden steeds meer rechtstreeks vanuit Belgrado of Montenegro aangestuurd, die onderhandelden nu zelf met de kartels, en er waren altijd wel mensen nodig die ter plaatse de organisatie regelden.

'Maar ik kon niet even kieskeurig zijn als hij. Ik doe tegenwoordig alles wat goed geld oplevert,' zei Dejan. 'Ik ben nog steeds een master in het geld verkwisten. En dan is er nog iets. Mijn schuld aan *Kum* is groter geworden. Da's echt mooi kut; restaurant Solberg, dat ik voor hem runde is linea recta naar de kloten gegaan.'

Teddy bekeek zichzelf in de achteruitkijkspiegel. Zijn haar was donkerblond en gemillimeterd, zijn ogen waren groot en groenbruin, er had vroeger toen hij jonger was 'gemêleerd' in zijn paspoort gestaan. Zijn neus was stomp en zijn lippen vol, en zolang hij zijn mond dicht hield, zag je het zwart gapende gat daarbinnen niet. Een van zijn tanden in zijn onderkaak was in de gevangenis pijn gaan doen en omdat hij geen geld had voor een vulling en het daar ook niet mogelijk was om fatsoenlijke tandzorg te krijgen, was er besloten dat hij getrokken moest worden. Hij probeerde naar de spiegel te glimlachen. Hij zag er eigenlijk nog best wel vriendelijk uit ondanks het hiaat in zijn gebit.

Hij had vele malen aan deze reis gedacht. Aan wie hem zou oppikken, waar ze het over zouden hebben, hoe hij zich met regelmatige tussenpozen zou omdraaien om het bos en de bebouwing tussen hem en de nor in te zien, die met elke minuut meer de verte in verdween.

*

Emelies kantoor lag op de zevende verdieping en je kon ver kijken vandaag, helemaal tot aan Södermalm. De kantelen en torens van Laurinska Huset en Mariahissen tekenden zich af tegen de rest van de stad, en nog verder weg zag ze Globen, rond en wit als een weggeschopte voetbal.

Ze kende niemand die daar in de zuidelijke gedeeltes woonde. De vennoten van advocatenbureau Leijon woonden óf in villawijken zoals Saltsjöbaden of Djursholm, óf ze hadden hun etagewoningen op Östermalm of in het centrum. De assisterende juristen daarentegen, met uitzondering van hen die reeds met geld geboren waren, woonden of in Vasastan of op Kungsholmen. Maar ze wilden állemaal naar Östermalm.

Emelie woonde aan Rörstrandsgatan en misschien wilde zij ook wel naar die hippe stadswijk. Maar eigenlijk maakte het niet uit wat zij wilde, ze wist wat er van haar werd verwácht dat ze wilde.

Haar kantoorgenoot was vandaag aanwezig.

Josephine was er al drie jaar langer dan Emelie en was allang volwaardig advocaat. Over een paar maanden zou Emelie die titel ook bemachtigen, ze moest alleen nog haar referenties bij elkaar zien te krijgen. Het was vooral een kwestie van tijd vinden voor al die inschrijvingsformaliteiten.

Eigenlijk waren er nog meer assisterende juristen die hier ongeveer even lang als zij waren, maar om een of andere reden vonden de vennoten dat de werknemers op geslacht moesten worden ingedeeld. Een beetje alsof ze in een kleedruimte werkten.

Emelie keek omlaag naar de stapel overeenkomstconcepten die op haar bureau lag. Haar handen waren droog van het winterweer en van alle documenten die ze voor dit werk moest doorbladeren. Bij deze firma zouden ze zogenaamd gebruik maken van elektronische aktehouding, maar uiteindelijk kwam het erop neer dat iedereen alles printte en vervolgens omkwam in de papieren.

Ze sloeg een nieuwe versie op van een overeenkomstconcept, doopte dit tot Shareholder Agreement v 2.3, en stopte met het typen op haar computer.

'Josephine, zou ik wat van jouw handcrème mogen gebruiken?'

De meesten van haar vrienden leken hun handen en gezicht 's ochtends, 's middags en 's avonds en daartussen nog wel zo'n tien keer in te smeren met allerlei crèmes en lotions die per dag vast meer kostten dan wat ze voor eten neertelden. Maar Emelie kon daar allemaal maar slecht tegen. Het voelde als tijdsverspilling en ze beleefde ook weinig plezier aan het insmeren zelf. Maar desondanks zat ze zich nu toch te ergeren aan haar kapotte nagelriemen.

Josephine wierp haar een groene tube toe. L'Occitane stond erop.

Josephine was hierin de bovenste beste. Elke keer dat ze van het toilet kwam, waste ze zich eerst met een desinfecterende gel – om *germs* tegen te gaan – vervolgens smeerde ze langere tijd met handcrème, om dit ten slotte af te toppen met lipgloss. Op de een of andere manier leek Josephine van mening dat haar lippen ongelukkig werden wanneer die langer dan dertig seconden op het toilet hadden doorgebracht.

Emelie voelde haar maag omdraaien. Ze was echt zenuwachtig. Over een uur zou ze haar beoordeling krijgen tijdens haar jaargesprek dat voortgangsgesprek werd genoemd.

Ze ging verder met het schrijven van de aandeelhoudersovereenkomst. Het ging om een online kansspelbedrijf, poker en gokken en zo. De eigenaren wilden nieuw kapitaal aanwerven en het belangrijkste was dat zij in de toekomst zonder al te veel omwegen konden opstappen. Wanneer de koper met hoofdletter K in letterlijke en figuurlijke zin zou opduiken, maakte het niet uit of het een risicokapitalist of een industriële speler betrof. Dan moest iedereen aan boord zijn. Als koper wil je dan geen eenprocents-eigenaar die moeilijk doet.

Josephine pakte haar tas, ze was onderweg naar een vergadering, daarna zou ze het voor gezien houden en naar huis gaan.

'Je bent zo stil, hoe gaat ie?'

Emelie was zo goed als klaar, maar moest ergens in de komende vierentwintig uur nog even de overeenkomst doornemen met de verantwoordelijke vennoot Magnus Hassel. Maar ze wist best dat dit niet was waar Josephine naar vroeg.

'Ik weet het niet, ik ben hier over een paar uur wel mee klaar. Maar Magnus zit in een conferencecall met San Francisco, dus ik heb geen idee wanneer hij tijd voor me heeft.'

'Ik bedoelde het voortgangsgesprek.'

'Dat komt wel goed,' probeerde Emelie op zo kalm mogelijke toon te zeggen.

Josephine grijnsde. 'Toen ik hier ongeveer net zo lang was als jij, was ik altijd jaloers op de schoonmaaksters.'

'De schoonmaaksters?'

'Ja, en de conciërges. Ik had uitgerekend dat de schoonmaaksters per uur één komma vier keer zoveel verdienden als ik. Dat geldt voor jou vast ook, aangezien je zoveel werkt. Zou je dit niet eens aankaarten tijdens dat gesprek met de vennoten?'

Emelie dacht even na over wat haar kantoorgenoot zojuist had gezegd.

Josephine schoot in de lach en trok haar jas aan.

'Ik maakte maar een grapje. Ik denk dat het vast goed zal gaan,' zei ze en ze liet Emelie alleen achter met haar aandeelhoudersovereenkomst.

Twee vennoten en zij.

Anders Henriksson was een achtenveertigjarige übernerd die pas hertrouwd was met een zevenentwintigjarige secretaresse. Hij deed zich voor als een dertiger, maar leefde nog steeds in de overtuiging dat Icona Pop een soort Italiaanse wijn was – dit wist Emelie omdat Jonas het er op het vorige zomerfeest met hem over had gehad. Ondertussen was hij een van de meest toonaangevende experts in Zweden op het gebied van fusies en overnames. De lijst van zaken die hij tot een goed einde had gebracht en megabedrijven die hij had vertegenwoordigd was ellenlang. In de laatste editie van *Legal 500* stond hij te boek als 'Leading Individual', wat inhield dat hij tot de acht namen behoorde die binnen de grenzen van de juristiek werden gezien als meest maatgevend in Zweden.

Magnus Hassel was zesenvijftig jaar en voor zover zij wist gewoon vader van een gezin. Hij was extreem in kunst geïnteresseerd en hij had de afgelopen jaren de muren van het bureau min of meer volbehangen met kunst. Ook Magnus stond in de grote ranglijsten en had deelgenomen aan de grote conflicten: de fusie van de apotheken, de uitverkoop van de zorg. De afbraak van de welvaartsstaat, zoals Emelies moeder zou hebben gezegd.

'En Emelie, hoe vind jij dat het gaat?' vroeg Anders.

Ze zaten niet in een van de vergaderruimtes, maar op Anders' kantoor. In een van de hoeken van zijn kamer had hij een paar fauteuils staan. Op de grond lag een Perzisch tapijt van roodbruin, glinsterend fluweel. Emelie probeerde aan Josephines opbeurende woorden te denken.

'Ik vind dat het goed gaat. Ik heb het naar mijn zin en heb er ook plezier in. Ik heb al heel veel geleerd, maar ook meer verantwoordelijkheid gekregen. Dat voelt goed.'

'Mooi. Vind je dat je genoeg verantwoordelijkheid krijgt?'

'Absoluut, ik heb steeds meer eigen zaken gekregen en delen van zaken die ik zelf afhandel.'

En zo ging het vijftien minuten lang door. Welgemeende beleefdheden en schouderklopjes. En toen kwamen de belangrijke vragen aan bod.

'En je uren, hoe vind je dat het daarmee staat?' vroeg Magnus.

'Ik geloof dat ik afgelopen jaar tweeduizend uur had, dus daar ben ik tevreden over.'

'Hmm, maar je moet nooit tevreden zijn, of wel soms, Emelie?'

'Nee, mijn ambities liggen nog veel hoger.'

'Juist. We hebben je uren even bekeken en ik moet zeggen dat we daar bepaalde ideeën over hebben.'

Emelie voelde hoe het zweet haar in de handen stond.

'Je werkte afgelopen jaar mee aan Project Classic, en daarbij was het ontzettend simpel om aan je uren te komen. Wat had je gedaan als je niet aan die case had meegewerkt?'

'Ik stel me zo voor dat er dan andere grote zaken waren geweest. Project Twin bijvoorbeeld.'

'Nee, daar zou je niet bij betrokken zijn geweest, daarbij hadden ze behoefte aan meer ervaren assisterende juristen en belastingmensen.

Dus ik vraag me nog steeds af wat je zou hebben gedaan.'

Magnus zat met beide handen in zijn schoot. Ook Anders kwam ontspannen over. Ze wachtten beiden op haar antwoord.

'Ik had extra hard gewerkt voor de kleinere zaken. Misschien waren het dan nog meer uren op kantoor geweest om toch genoeg factureerbare uren bij elkaar te krijgen, maar dat was wel goed gekomen.'

Magnus boog zich voorover. 'Nee, Emelieke. De waarheid is dat jij geen flauw idee had gehad wat je dan had moeten doen. Of wel?'

Emelie wist niet wat ze hierop moest zeggen.

'Het is belangrijk dat je daarbij stilstaat. Of niet soms?'

Hij lachte scheefjes.

'Want hier bij Leijon zijn we van elkaar afhankelijk. En iedereen is afhankelijk van ons omdat wij de zaken acquireren. Snap je? Vorig jaar had je *geluk*. Het was voor iedereen een goed jaar. Maar nu wordt het serieus, meissie.'

Emelie probeerde terug te lachen. 'Ik begrijp wat u bedoelt.'

'Ik vraag het me af. Maar we verwachten een tandje bij.'

Magnus' lach verdween. Zijn ogen fonkelden.

*

Hij had zijn jas nog niet uit of Linda vloog hem al om zijn nek.

'Teddy, Teddy, wat ben ik blij om je weer te zien. Kom binnen. Naar de woonkamer.'

Ze omhelsde hem niet, maar hing meer aan hem zoals een klein kind een grote man als klimrek gebruikt. Haar manier van bewegen en praten deed aan hun moeder denken, het was een bepaalde schokkerigheid in haar bewegingen, alsof ze steeds zichzelf weer verraste.

Linda's hal zag eruit zoals die er altijd had uitgezien. Aan de muur hingen twee ingelijste posters, de ene stelde een brug in New York voor, de andere was een oude foto van de Ada-brug in Belgrado. Hij nam aan dat ze vond dat hier een sterke symboliek in huisde. New York en Belgrado waren haar favoriete steden.

Teddy trok zijn schoenen uit. Hij wist dat Linda dit graag zo zag. Dejan daarentegen hield zijn zwartleren schoenen aan en liep achter Teddy aan naar binnen.

Hier zou hij vannacht slapen, of beter gezegd: hier zou Teddy waarschijnlijk de komende tijd wonen.

Linda opende de deur naar de woonkamer.

Iedereen daarbinnen staarde hem aan: zijn vader, Linda's zoon Nikola, Darko en zijn huidige vriendin met wie hij samenwoonde. De mensen die de afgelopen jaren werkelijk op hem hadden gewacht, zich om hem hadden bekommerd, op bezoek waren gekomen en hadden gebeld. Zijn familie.

Toch voelde het alsof er een lege plek was. Hij wist wie hij daar ook graag had gezien.

De woonkamer werd verlicht door twee aan weerszijden van de bank staande lampen met een wit scherm, een hanglamp waarvan het licht leek te zijn gedimd en een groot aantal gekleurde lantaarns met kaarsen erin. Voor de twee ramen hingen nog kerststerren van december, Teddy vroeg zich af waarom ze die nog niet had opgeruimd.

Op tafel stonden twee flessen Freixenet en zeven wijnglazen.

'Nu gaan we feesten.'

Linda schonk de mousserende wijn in en hief haar glas. 'Op je nieuwe leven, Teddy. Broertje van me.'

Ze keken hem aan. In de glazen fonkelden de bubbels als kleine briljantjes op weg naar de oppervlakte. Ze had het knus hier met al die verschillende lampen en een mooi tapijt op de vloer.

'Proost,' zei hij.

Darko zette zijn glas met een klap op tafel, alsof hij zijn glimlach extra kracht wilde bijzetten. 'Welkom terug.'

'Dankjewel.'

'Je kunt je niet voorstellen hoezeer we hiernaar hebben uitgekeken.'

'Niet meer dan dat ik daar weg wilde.'

'Maar dat is nu voorbij. Toch?'

'Dat is het zeker.'

Teddy was blij hem te zien. Darko woonde in Malmö en was hier kennelijk helemaal naartoe gekomen om te vieren dat hij vrijgekomen was.

Linda's ogen glinsterden: 'We hebben een kleine survivalkit voor je samengesteld.'

Ze pakte een mand en zette deze op tafel. 'Hier is je vrijkom-mand. Hier hebben we onderbroeken en sokken in gestopt, Nikola's oude telefoon die je mag gebruiken, een ov-kaart die we met tweehonderd kronen hebben opgeladen, een fles rode wijn en je oude sportkleren. En ik heb er nog een cadeaubon bij gedaan. Leuk, toch?'

Teddy nam de mand aan en keek er even vluchtig in. 'Jullie zijn geweldig.'

Linda knikte met vochtige ogen.

Vader Bojan kwam met langzame passen naar voren. Hij droeg een rode, gebreide trui die er pluizig uitzag, en bij de hals stak een boord erbovenuit die vroeger ooit wit moest zijn geweest, maar nu qua kleur nog het meest aan boter deed denken. Hij sloeg zijn arm om Teddy heen. Het was niet echt een knuffel, maar meer een haastige klop op zijn schouder. Waarschijnlijk was dit het meest innige contact dat zijn vader sinds de dood van Teddy's moeder had gehad.

'*Dobrodošao, moj sin*,' zei hij met de klemtoon op *sin*, terwijl hij Teddy recht in de ogen keek. '*Zivio*.'

'Dankjewel, pa.' Hij wilde geen Servisch praten. Niet dat hij het niet verstond, maar het was niet zijn taal.

Zijn vader bleef zijn blik vasthouden, zonder verder nog iets te zeggen. De anderen in de kamer stonden af te wachten. Teddy zag in zijn ooghoek hoe Nikola van standbeen wisselde, de enige die niet helemaal stil kon blijven staan.

'Je bent mijn zoon en dat zul je ook altijd blijven,' zei zijn vader uiteindelijk. 'Je moeder zou blij voor je zijn geweest.'

Later die avond, toen hij zijn kleren uittrok, rook hij dat ze sterk naar goedkoop wasmiddel stonken. Dit deed hem terugdenken aan de bajes.

Behalve het geld dat hij in zijn kluisje in de gevangenis had gehad, had hij achtentwintigduizend in contanten in een envelop en twee gouden armbanden uit vroeger tijden, maar daar zou hij niet ver mee komen.

Een nieuw leven.

Hij bestudeerde zichzelf in de spiegel die aan de wand hing. Het litteken over zijn buik was nog als een dun lijntje te zien, misschien was het wat roder dan normaal. Hij herinnerde zich het geluid van het schot, hoe hij eerst nog dacht dat ze in de lucht schoten.

Hij was van plan zijn drie millimeter kortgeschoren haar nu weer te laten groeien. Een kaalgeschoren kop was daarbinnen alleen maar het makkelijkste kapsel geweest.

Hij lag in zijn bed, maar had de hele tijd het gevoel dat er elk moment iemand het appartement binnen kon stormen om Nikola en Linda kwaad te doen. Het was net alsof de muren en deuren in dit huis slechts van gips waren gemaakt, alsof ze er alleen maar als dunne decorstukken stonden. Waarschijnlijk was het maar gewoon aanstellerij, een soort paranoia die pas vrijgekomen gevangenen hadden. Hij had er van anderen over gehoord, hoe het voelde om geen beschermende muren en gesloten stalen deuren om je heen te hebben. Kooikoorts werd dit ook wel genoemd.

Hij ging rechtop op de rand van zijn bed zitten.

Staarde recht in het duister.

Hij was ziek van vrijheid.

5 februari

Altijd een vol glas naast je bed: een heilig principe. Philip controleerde het met zijn hand. Koel, rein oppervlak. Mooi zo.

En pillen. Altijd pillen. Hij drukte twee pillen Zoloft uit een strip en spoelde ze weg met het water. Hij zou met zijn ogen dicht nog pillen naar binnen kunnen duwen als dit nodig was.

Maar toch: te veel beelden in zijn hoofd. De werkbijeenkomsten. De afspraken met de banken. Iedereen die op geld uit was. Zijn bed in het appartement. De klap in zijn gezicht. Het krakende ijs. De vriendelijke arts in het Karolinska Ziekenhuis die hem zogezegd had 'opgelapt'. Stephanie die liep te zeuren dat ze wilde weten wat er was gebeurd.

Hij begreep haar wel – het was nu eenmaal niet bepaald de normale gang van zaken dat iemand uit zijn vriendengroep bont en blauw geslagen thuiskwam. En toen wist ze nog niet eens dat hij meer dan een kwartier op het dunne ijs van Nybroviken had gestaan.

Uiteindelijk waren de mannen aan de kade weggegaan en had hij zich op zijn buik op het ijs gelegd en was hij in elkaar gekropen.

Hij was nog nooit van zijn leven zo bang geweest. Maar de échte doodsangsten waren pas gekomen toen hij thuis in bed was gaan liggen. Hij had een etmaal lang liggen rillen.

Eigenlijk had hij het liever staan uitschreeuwen op het balkon. Brullen tot zijn longen uit elkaar klapten en zijn hoofd zou ontploffen. Maar dit zou niet echt gewaardeerd worden door de buren. En misschien zouden zijn ouders of een van zijn vrienden hier achter komen. De Hamiltons uit dit gebouw, of die bejaarde Wachtmeister van de overkant: *het lijkt niet goed te gaan met Philip. Philip gilt. Philip huilt.*

Zijn vader en moeder moesten de voortekenen al eerder hebben opgemerkt. De wallen onder zijn ogen, het geluid wanneer hij nachtenlang videogames aan het spelen was. De doosjes pillen op zijn bureau, de kleine zakjes in de prullenbak. Maar ze hadden zich erbij neergelegd. En om de een of andere reden was Philip daar ook wel blij om geweest, hij wilde het graag zo houden. Een scheiding tussen hem en hen in, een veilige afstand. Zij: de hort op, naar feestjes, recepties, borrels, reizen, werk. Hij: thuis met de oppas, zijn grote zus, vrienden, iemand anders. Meestal: alleen.

Waardeloos.

Hij ging rechtop in bed zitten. Iets beter nu met zijn hoofd. Het dekbed was omlaaggeschoven in het overtrek. Hij probeerde het terug te schuiven zonder op te hoeven staan. Hij keek op een van de horloges die op zijn nachtkastje lagen: Cartier Santos, 44 millimeter grote wijzerplaat. Vijf maanden geleden bij Nymans Horloges gekocht. Van titanium gemaakt.

Toen: het horloge was een echte aanwinst. Materiaal: zwart, mat, duur. Maar toch subtiel. Een bezegeling van wie hij was.

Nu: vorige week had hij een Patek Philippe gekocht. Op de Cartier was hij uitgekeken. Kwart over tien.

Hij moest opstaan. Hij moest de dag weer tegemoet. Niemand mocht weten dat hij door al zijn gedachten niet voor vieren sliep. Niemand mocht weten dat er nog een andere Philip in Philip huisde.

Die op het randje balanceerde, op het punt stond om het duister in te storten.

Hij pakte zijn iPad en las de twintig nieuwe mails door. Het meeste was van dien aard dat anderen dit ook konden afhandelen, maar hij wilde de controle behouden.

Daarna meldde hij zich aan op Facebook. Zijn laatste post was van begin deze week. Een foto van de dansvloer in Clara's Bar: lichtstralen in rook. Hijzelf met een flesje in zijn hand. Hij werd er misselijk van.

Er stond een nieuw bericht in zijn inbox.

De profielfoto van de afzender was een wit konijn met rode ogen.

Ik denk vaker aan je dan ik wil. Jij bent de mijne, Philip. Wij tweeën zijn voor eeuwig samen verbonden. Ik ben nu nog meer te weten gekomen. Er moet een eind aan komen. Ik kom binnenkort naar je toe, Philip. Binnenkort. Jouw AA.

Hij legde zijn iPad neer en klikte op de diverse icoontjes van Facebook.

Het waterige, dunne ijs: hij zag het weer voor zich.

Het scheurde onder zijn voeten.

12 februari

De kamer was zwart.

Teddy ging rechtop zitten en zocht op de tast naar het lampje naast zijn bed.

Al Pacino keek vanaf de *Scarface*-poster aan de muur boos op hem neer. Tony Montana zat aan zijn bureau met een gouden horloge om zijn pols en een kristallen glas whisky op het bureau. Men wist dat hij een goede vrouw in zijn leven had en dat het heel erg goed ging, maar toch leken de groeven in zijn gezicht dieper dan die van Teddy's vader nadat zijn moeder was overleden. Het zwart in Tony's ogen spatte echt van de foto af, en zelfs in het donker van Nikola's slaapkamer kon Teddy het duister zien. Dit was niet die scène waarin er een grote berg cocaïne op het bureau ligt en Montana, helemaal naar de kloten en uitgeput, zijn gezicht in het poeder begraaft; dit was ervoor. Montana tijdens de hoogtijdagen van zijn drugscarrière – en dan toch, toen al: dat duistere in hem.

In de boekenkast stonden twee ingelijste foto's. Op de ene stond Linda in een helderblauwe zomerjurk met haar studentenmuts op, ze keek blij. Teddy herinnerde zich de receptie daarna nog, thuis bij hun vader. Een jaar later werd Nikola geboren, toen was hun vader niet zo blij meer. Linda zou immers gaan studeren aan de universiteit of hogeschool.

Op de andere foto stond het hele gezin. Zijn vader, zijn moeder, Linda, Darko en hijzelf. Die was genomen in Belgrado toen ze nog klein waren. De stenen muur op de achtergrond met de enorme paarse rododendron die wel honderden jaren oud leek. Teddy was toen nog maar elf, toch herinnerde hij zich die zomer nog heel goed. Elke middag hadden hij, Darko en zijn vader in Café Biblioteka gezeten terwijl hun moeder en Linda op hun beurt aan het rondstruinen waren. Zijn vader had een gehaktsalade met gekaramelliseerde ui gegeten en een flinke hoeveelheid Drina, inheemse sigaretten, gerookt. Ze hadden gepraat over boeken, voetbal en koken, en zijn vaders gezicht had gestraald van warmte als hij naar hen keek.

Nu focuste hij zich op zijn vaders blik op de foto. Teddy moest hem maar gauw weer eens opzoeken.

Maar nu moest hij gewoon weer in slaap zien te komen.

De nacht was altijd zijn vriend geweest.

Vroeger.

Hij moest heel snel zijn financiële situatie zien te verbeteren. Die achtentwintigduizend kronen en de gouden armbanden waren bij elkaar nog niet de helft van wat hij nodig had. Alleen al zijn rijbewijs weer halen – de theoriecursus, rijlessen en examens – zou die reserves sneller opmaken dan hij het woord 'loon' kon zeggen. Hij moest vooral een eigen woning zien te regelen, en tot die tijd stond hij erop, eigenwijs als hij was, dat hij zijn deel van de huur aan Linda betaalde.

De cadeaubon was opgegaan aan een rugzak en een paar winterschoenen. Al het andere wat hij momenteel bezat was geleend. *Fucking hell*: zelfs zijn onderbroeken waren van iemand anders omdat de drie die hij van Linda had gekregen in de was zaten.

Hij dacht aan het gesprek dat hij gisteren met Dejan had gehad.

'Hoe goed ben je tegenwoordig nog met wapens?' had zijn maat hem gevraagd toen ze alleen in een lunchrestaurant op Södermalm zaten.

Teddy ademde lucht door zijn neus naar binnen. Dejan was al sinds de middelbare school zijn handlanger geweest. Als hij nog steeds degene was die hij was voordat Teddy vast kwam te zitten, was hij een goede vriend. Hij was loyaal en grappig op een zieke manier, maar om heel eerlijk te zijn zou je hieraan moeten toevoegen dat Dejan niet alleen op een zieke manier grappig was, maar ook ziek in zijn hoofd.

'Ik schiet niet meer.'

Dejan keek vragend. 'Omdat je acht jaar geen wapen in je handen hebt gehad? Ben je het niet meer gewend?'

'Nee, dat raak ik nooit ontwend, dat weet je. Maar ik ben daar nu klaar mee. Klaar met wapens.'

'Maar hoe getraind ben je dan? Kun je je mannetje staan in situaties waarbij er wat, laat ik het zo zeggen... lichamelijk contact gewenst is?'

'Ook daar hou ik me niet meer mee bezig.'

Dejan had er achterovergeleund en zwijgend bij gezeten. Hij bewoog zich langzaam, wiegde zijn hoofd als een slaperige dinosaurus op en neer. Zijn geruite Burberry-sjaal hing losjes om zijn nek en de kraag van zijn polo stond zoals altijd omhoog.

'En je rijbewijs, hoe staat het daarmee?'

'Dat hebben ze ingetrokken toen ik vast kwam te zitten. Maar ik ben van plan om het zo snel mogelijk opnieuw te halen.'

'O shit. Geen wapens, geen gebruik van je vuisten. Geen autorijden. Teddy, vertel me eens wat je wél kunt?'

'Ik ben heel goed met tuinmeubels.'

Dejan trok zijn wenkbrauw op.

'Ik ben de laatste jaren veel met houtbewerking bezig geweest, zowel in Hall als in Österåker. Ik maak echt geen geintje. Banken, krukjes, vogelkooien. Ik heb zeven van de veertien banken getimmerd die ze laatst in het Hellasgårdenpark hebben neergezet.'

Dejan dronk van zijn Cola Zero. In vroeger tijd had hij Cola Light achterovergeslagen, maar het doel was nog altijd hetzelfde: zijn bloedsuikerspiegel niet verhogen.

Dejan begreep natuurlijk dat de problemen zich ophoopten. De fiscus zat al boven op oude schulden in algemene en specifieke zaken, zoals dat heette. Met wit loon zouden ze zonder te vragen zoveel van Teddy's bankrekening innemen als ze maar konden. Welk baantje hij ook zou krijgen, hij zou van het minimumloon moeten leven tot zijn werklust allang verdwenen was.

Maar er lagen nog gevaarlijker zaken op de loer. Gisteren had Linda hem een briefje gegeven met een telefoonnummer erop. Er had kennelijk iemand gebeld, ze wist niet wie.

Hij belde het nummer.

'Ja,' antwoordde iemand aan de andere kant.

Teddy meende de stem te herkennen.

'Hallo, mijn naam is Teddy en iemand op dit nummer wilde dat ik zou bellen.'

'Aha, ben jij het. Goed dat je belt. We hoorden al dat je vrijgelaten was. En ik maar denken dat je volgend jaar pas vrij zou komen.'

Een lijzigheid in zijn stem, de man aan de andere kant sprak langzaam maar onduidelijk, zoals een UFC-vechter op een persconferentie.

'Ik ben nu vrij. Met wie spreek ik?'

'Ik ben het: Morgan. Je kent me toch nog wel? Mogge Viking, de campingman. The *big fat camping lord*. Hallooo?'

Teddy wist al waar dit over ging. Morgan Östling heette de persoon aan de ander kant. Die gast had toen, acht jaar geleden, op camping Solvalla gewoond, en hij stond bekend om zijn zenuwtrekjes. Als Mogge Viking niks te doen had met zijn handen – zijn neus snuiten, zich krabben, met zijn mobieltje spelen – kon hij het op zijn heupen krijgen en extreem gewelddadig worden. Af en toe werd hij door mensen gevraagd om zaakjes voor hen op te knappen, iets het land binnen te smokkelen, een schuld te vereffenen. Hij was op alle mogelijke manieren een man die aan de grond zat, een man die door anderen werd uitgelachen. Maar hij had één troef, bijna letterlijk. Mogge Viking kaartte één keer per week bij game-club Krukan met Robert Hillström. En Robert Hillström was niet zomaar iemand.

Hillström werd beschouwd als de man achter de Marlboro-zwendel, en nu werd er gezegd dat hij hetzelfde trucje met elektronica deed. Import van miljoenen sigaretten uit landen binnen en buiten Europa waar de prijs laag was naar diverse bedrijfjes waarvan halve junks op papier de eigenaren waren, waar de magazijnen werden getroffen door brand, diefstal of waterschade en waar de handel op allerlei manieren verdween of beschadigde. Het idee erachter was dat er geen accijns over de sigaretten zou hoeven worden betaald en soms kregen die bedrijfjes zelfs verzekeringsgeld uitgekeerd. Ondertussen was het algemeen bekend dat die sigaretten gewoon bij alle tabakszaken in Midden-Zweden werden verkocht. In de gevangenis werd gezegd dat Hillström meer dan honderd miljoen had verdiend.

Teddy had deze verhalen gehoord en hij had altijd extra goed geluisterd; net voordat hij vast kwam te zitten had hij namelijk wat geldkoeriers voor Hillström geregeld.

‘Herinner je je die bekende van je, Johnny Olsson, nog? Die puisterige kerel?’

‘Die herinner ik me nog. Hoezo?’

Teddy kreeg een vermoeden van waar dit heen ging, en dat was niet positief.

‘Hij is een paar jaar geleden veroordeeld.’

‘Een páár jaar? Dat was vijf, zes jaar geleden, misschien nog wel langer, toch?’

‘Hmm, en jíj was degene die hem had gerekruteerd. Hij kreeg drie jaar voor medeplichtigheid aan zware belastingontduiking.’

‘Ik had hem dríé jaar daarvoor binnengehaald, ja. Wat wil je nou eigenlijk?’

'Hij heeft de halve organisatie verlinkt, zeven personen werden veroordeeld. Zelfs ik werd veroordeeld. Wist je dat? Ik heb een jaar gezeten dankzij jouw *fucking* Johnny Olsson.'

Teddy had de geruchten gehoord, maar had nooit zin gehad om zich daar verder in te verdiepen.

'En wat wil je nou dan?'

'Ik wil niks, ik ben mijn ergernis te boven gekomen, maar er zijn er ook die een andere mening hebben. Dat begrijp je vast wel?'

Teddy begreep dit wel degelijk. Hij wist hoe het werkte.

Johnny Olsson, de geldkoerier die Teddy had geregeld, had bovendien tweehonderdduizend kronen van Hillströms geld achterovergedrukt toen hij werd gepakt. Maar het verlinken telde nog tien keer zwaarder. En nu moest iemand daar voor boeten. Tenminste, zo dacht Mogge Vikings opdrachtgever erover.

Teddy haalde een keer diep adem. 'Laat het toch rusten. Gedane zaken nemen geen keer. Zeg hem dat maar. Hij kan het vergeten.'

Teddy was heel voorzichtig om geen namen te noemen om zodoende niemand onnodig pissig te maken, maar hij wist inmiddels hoe de zaken ervoor stonden. Mogge Viking zou nooit bellen als het Hillström niet menens was.

En de Marlboro-koning wilde kennelijk zijn geld, tweehonderdduizend kronen. En zijn punt maken naar verraders en mensen die verraders in dienst namen.

Mogge had zich rustig gehouden. 'Relax, Teddy. Ik zeg alleen maar dat íémand moet boeten. En dat als iemand dat niet doet, het die iemand slecht zal vergaan. Dat snap jij toch ook wel?'

Teddy probeerde te ontspannen.

Dat was onmogelijk.

*

Porsche Carrera 911 Turbo. Kuipstoelen, Porsches eigen communicatiesysteem, alles in rood leer; de handgrepen, het stuur, zelfs de handrem. De vijf ronde wijzers op het dashboard straalden neoklassieke perfectie uit.

Ze waren op weg naar Arlanda, hij en Stephanie.

Ze zou met haar volledige gezin veertien dagen naar Mauritius gaan om te vieren dat haar vader zestig werd.

Steffi had het de laatste weken non-stop over dit tripje gehad.

Philip begreep dit – het ging om Luxe met een grote L – al zou hij iets gematigder in zijn uitspraken zijn geweest.

Het was ook niet zomaar een of andere hotelketen waar ze naartoe gingen. Four Seasons, Anahita Garden Royal Residence Villa met vijftienhonderd vierkante meter grond, eigen infinity pool en tropische tuin, elke kamer met een eigen badkamer en een panoramisch uitzicht over de lagunes. Nummer drie op de *Condé Nast Travellers*-lijst van Top Luxury Resorts of the World. All-inclusive uiteraard. En vooral: een eigen butler.

Stephanie had in haar handen staan klappen van plezier toen haar moeder belde om het te vertellen. Zet de tuinstoelen maar klaar, de champagne in de koeling, laat het pedicure-team maar aanrukken: Anahita, *here I come*!

Het ironische was dat ze die week zich had volgesmeerd met zelfbruiner om er daar niet zo bleekjes uit te zien.

Ze hadden vannacht overigens samen bij Stephanie geslapen, ze wilde de laatste restjes nog inpakken. De verdieping aan Kommendörsgatan had ze vier jaar geleden van haar ouders gekregen voor haar twintigste verjaardag. Ze sliepen altijd wel een nacht per week bij elkaar, meestal bij hem. Maar hij kon haar daar niet al te vaak gebruiken, dat was om verschillende redenen wat lastig. Pillen, snuifbuizen, telefoonnummers en andere zaken die weggestopt dienden te worden.

'Zal ik dit, dit of dít badpak meenemen? En deze We Are Handsome is ook echt *gorgeous*, of niet dan?' vroeg ze terwijl Philip op haar bed lag en zich probeerde te focussen op het verdrijven van zijn angstgevoelens. Hij keek met een half oog naar *Mad Men*, maar was net even de wc in geglipt om twee Zolofts te slikken.

Op de E4 reed rond deze tijd weinig verkeer. Het was halfacht 's avonds. De spits was allang voorbij.

De 911 spon als een tijgertje. Eigenlijk zou hij hem in winterse omstandigheden niet moeten gebruiken, daar had hij veel onder te lijden. Maar aan de andere kant, als je de op een na mooiste Porsche had die je buiten de racebaan kon krijgen, dan wilde je er ook in rijden, welk jaargetijde het ook was.

'Ik was vandaag bij Rolf,' zei Stephanie, die blijkbaar behoefte had om over haar favoriete gespreksonderwerp te praten: zichzelf.

Ze had licht, krullend haar dat altijd in een staart zat, behalve als er een feest, verjaardag of etentje met de familie was, dan föhnde ze het tot het net zo golfde als bij Blake Lively. Ze trainde vier à vijf dagen per week bij Balance, ze zat erover te denken om personal trainer te worden, zei ze.

Philip ergerde zich aan de nagel van zijn wijsvinger: die was aan één kant niet fatsoenlijk geknipt. Hij maakte een mentale notitie om hem bij te vijlen als hij weer terug in de stad was.

'We hebben veel over deze trip gekletst, zoals zo vaak de laatste paar keer. Hij vroeg hoe het nu allemaal voor mij voelde, nu we ook daadwerkelijk gaan. Nu mijn ma en ik misschien eindelijk eens een keer kunnen praten, en dan bedoel ik echt serieus praten. Of niet dan?'

Philip probeerde te kijken alsof hij zich werkelijk op de weg en het rijden moest concentreren. Maar eigenlijk pulkte hij met zijn duim aan de nagel van zijn wijsvinger.

'Ja, dat wordt fijn voor je.'

'Weet je, sinds ik naar Kommendörsgatan ben verhuisd, praten zij en ik nog maar amper. Ik bel om te vertellen over een tentamen of om te vragen of ze zin heeft om naar de nieuwe Ralph Lauren-collectie te gaan kijken, en het enige wat ze dan zegt is: "Ja ja, praat maar met je vader." Ik weet niet wat er is gebeurd. Alsof mijn vader geïnteresseerd is in een kledingcollectie. Rolf zegt dat ik de navelstreng moet doorknippen, zelfstandig moet worden. Hij stelde voor dat ik met osteopathie begin.'

Philip sloeg vanaf Arlanda de oprit op.

Hij had Stephanie bij de ingang afgezet, een karretje gehaald en haar koffers opgeladen. Maar hij was niet met haar mee naar binnen naar de incheckbalie gegaan. Hij had op dat moment even geen zin om haar ouders te zien, en hij had als smoesje het risico op een parkeerboete gebruikt.

Hij dacht na over een investering waar hij vandaag naar had gekeken. Een presentatie van een financieringsmaatschappij voor consumenten die geld nodig had. Ze leenden aan particulieren, voornamelijk via sms, met een korte looptijd. Vijfduizend kronen lenen gedurende twee weken kostte duizend kroon aan rente enzovoort. Dit kon op jaarbasis oplopen tot wel vijfhonderd procent rente. CashFinance noemden ze hun product. Ze hadden een geweldige cashflow en een sterk groeiende klantenkring. Maar ze hadden kapitaal nodig om uit te breiden.

Hij moest de balansrekening en het risico van kredietverlies nog een keer extra berekenen. Misschien kreeg hij Ian mee in dit idee, afhankelijk van hoe zijn laatste Fluxovent-investering was verlopen.

Het probleem met Ian was dat die een echt rekenwonder was, maar volstrekt kansloos in de uitvoerende kant. Die gast betaalde bakken met geld aan revisors, advocaten en andere consultants, puur en alleen maar omdat hij de praktische kant niet aankon. In de drie zaken die Philip tot nu toe samen met Ian had gedaan, had hij bijna een soort moeder moeten spelen. Ian wist niet eens hoe je in het register van de Kamer van Koophandel je bestuur moest wijzigen. Soms vroeg Philip zich weleens af hoe het hen zou vergaan.

Hij dacht aan de brunch van gisteren.

De T-Bar in hotel Diplomat zat altijd vol met de juiste soort mensen. De perfecte plek om mensen te kijken, te netwerken, samen te komen.

Ook de inrichting was *nice*. De stoelen waren fatsoenlijk, zacht, eerder kleine fauteuils. De ramen naar Strandvägen waren groot. Mannen in overcoat en kravat met kleine teckels voor zich, Russische toeristen in gigantische, extra-ordi bontjassen, en wijven met geblondeerd haar in een staart gestoken paradeerden een voor een voorbij.

Op tafel stond een driedelige etagère met versgebakken scones, roomboter en Engelse marmelade. Ei benedict, wraps met Kalix-kaviaar, bacon en chorizo. En dan nog een klein vaasje met daarin iets wat op groene golfballen leken, maar waarschijnlijk luxe snijbloemen waren.

Lollo keek hem strak aan toen hij de stoel naar zich toe trok en ging zitten.

'Er staat vandaag geen horror-themafeest gepland.'

Philip zei niets, maar wenkte in plaats daarvan de serveerster. Dit was immers een mannenbrunch, een traditie. Vriendinnen meenemen verpestte het gevoel altijd een beetje, maar Lollo was cool, dus dat was wel oké.

Philip stond moeizaam op en liep op haar af, hij zoende haar op haar wangen. Ze wendde demonstratief haar gezicht af om zijn adem te ontwijken.

'Ja, maar ik zie er altijd nog beter uit dan dat kadaver daar,' zei hij en hij wees naar Ivers.

Ian hief zijn glas. Zijn platina manchetknopen in de vorm van gebalde vuisten, glansden in het licht van het raam. 'Ik ben ook blij om jou weer te zien, Philip. Altijd even leuk.'

Naast Ian zat Carl Lewenskiöld met wie Philip afgelopen zomer naar New York was geweest. Ze zouden een paar investeerders treffen, voornamelijk Joden en twee jonge gasten van de Westkust, Silicon Valley, maar uiteindelijk kwam het vooral neer op feesten; The Ritz was een goed hotel met een meer dan uitstekende service. Ze vonden elders geld toen ze weer thuiskwamen.

Naast Carl zat Axel Nilsson, wiens ouders goede vrienden waren met Philips ouders. En naast Axel zat dus Lollo, ook haar kende hij nog van school. Aan tafel zaten bovendien vier andere mannen die hij al van jongs af aan kende.

Philip bestelde een cappuccino en een mimosa.

Ivers dronk het laatste restje van zijn bloody mary op en zette het glas op tafel. Er stonden reeds twee lege glazen voor zijn neus. 'Ik zit hier nu al twintig minuten met die lege glazen. Kennelijk komen ze hier niet langs om lege glazen op te halen.'

'Dus?'

'Weet je wat dit betekent?'

Philip schudde zijn hoofd. 'Dat ze te zuinig met personeel zijn?'

'Laat ik dit zeggen. De enige plek waar je fatsoenlijk kunt eten is Londen of NYC, hier zijn het allemaal maar paupers.'

Twee uur nadat hij Stephanie had afgezet, zat hij nog steeds te wachten. Probeerde wat tv te kijken. Boer-zoekt-vrouw-achtige meuk op alle kanalen. Mongool zoekt mongool: misschien een nieuw idee voor een programma?

Hij probeerde op internet te surfen, checkte wat pagina's over consumentenkrediet, concurrenten van CashFinance. Hij checkte ook nog wat andere zakelijke aangelegenheden op de computer, berekeningen, e-mails, rapporten.

Hij peuterde en drukte een pil door. Wederom Zoloft, zijn vriend.

Hij trok de koelkast open en nam een Red Bull.

Zijn gedachten moesten weg. Hij trok het niet op deze manier.

Hij voelde zich onrustig. Alleen. Vergeten.

Eigenlijk bekommerde niemand zich om hem. Niemand zag wie hij was. Duistere herinneringen trokken door zijn hoofd. Geschreeuw. Maagpijn. Dichtgeknepen ogen.

Hij drukte nog wat pillen uit een strip, spoelde ze weg met behulp van de laatste paar slokken zoetige energiedrank.

Hij liep heen en weer. Keek door het raam. Pakte zijn telefoon. Stuurde een sms naar Ian: *Zou je tijd hebben om naar een project te kijken waar ik mee bezig ben? Het heet CashFinance. Heb hun jaarrekening bekeken, ziek goeie cashflow.*

Daarna dacht hij weer aan Ians tekortkomingen. Een paar weken geleden had hij nog zitten jammeren dat hij een assistent wilde aannemen, alleen maar om de betalingen van de voorlopige belastingaanslagen van zijn Zweedse holdingmaatschappijen te regelen. Dit hield niet veel meer in dan wat cijfertjes invullen via de homepage van de bank, maar zoiets kon Ian blijkbaar niet.

Philip ging op bed liggen, maar stond meteen weer op om het rolgordijn naar beneden te trekken.

Ging weer liggen.

Kroop in de foetushouding.

Wachtte tot de pillen hun werk gingen doen.

Wachtte op een of andere vorm van stilte.

De deurbel ging.

Vreemd, normaal gesproken belden ze van tevoren altijd op zijn gsm.

Hij stond op. Deed de deur open.

In het trappenhuis was het donker.

Hij zag vaag wat personen, maar niet hun gezichten.

Ze hadden iets op hun hoofd. Kleine gaten voor hun ogen. Nog kleinere gaten voor hun neus om door te ademen.

De persoon helemaal vooraan stapte op hem af. Philip had niet de tijd om te zien wat er gebeurde.

Hij trok iets over zijn hoofd: een soort stoffen tas of zak.

Philip hapte naar adem. Het was zwart. Hij probeerde de zak van zich af te rukken.

Iemand hield zijn armen vast.

Hij worstelde, probeerde los te komen.

Iemand hield zijn lichaam vast.

Ze trokken hem naar de grond.

Gingen ze hem weer slaan? Waren dit diezelfde mannen?

Hij voelde hoe zijn handen werden samengebonden. Ze wikkelden iets om zijn polsen, het deed pijn. Hij stribbelde tegen.

Het was al te laat.
Hij kon zijn handen en armen niet bewegen.
Hij lag op de grond, wachtte op de klappen en schoppen.
'Wat willen jullie, verdomme?' brulde hij.
Geen antwoord.
Iemand trok aan zijn been, hij voelde hoe ze ook zijn voeten vastbonden.
'Wat willen jullie?'
Stilte.
De duisternis in dat wat ze over zijn hoofd hadden getrokken, was drukkend.
Maar geen klappen.
Geen schoppen.
Hij hoorde zijn eigen snelle, korte ademhaling.
Het was vochtig in die zak.

De harddisk

Het was exact zeven weken geleden begonnen.

Precies toen Cecilia de deur naar de kleedkamer met de overbroeken en achtergelaten sokken had dichtgetrokken, belde haar buurvrouw op haar mobieltje.

'Het is heel raar, maar volgens mij staat jullie appartement in brand.'

'Wat zeg je nu toch?'

'Er is brand, ik sta hier op het balkon naar jullie verdieping te kijken en er komt rook uit de keuken. Ik hoop echt dat er niemand thuis is.'

Toen ze in haar straat aankwam stonden er al twee brandweerauto's en waren er rood met gele afzettingen geplaatst. Ze hield Lillan stevig in haar armen gedrukt terwijl de brandweermannen met smoezelige gezichten de portiek in en uit renden. Boven het keukenraam en het raam van de woonkamer zag ze zwarte roetplekken op de buitenmuren en achter de afzettingen herkende ze de gezichten van diverse buurtgenoten.

Een brandweerman die zich voorstelde als de brandmeester kwam naar haar toe en legde haar de situatie zo goed als hij kon uit. Het eerste wat hij vertelde deed al het andere daarbij verbleken.

Haar man, Mats, was thuis geweest. De brandweermannen hadden hem bewusteloos aangetroffen op de grond in de slaapkamer, misschien was hij gevallen, misschien had hij geprobeerd om laag over de grond kruipend de gasontwikkeling te ontwijken.

Gelukkig hadden ze hem snel weg weten te halen en ze hadden kunnen constateren dat hij nog in leven was. De ambulance was al gekomen om hem op te halen. Meer dan dit wist de brandmeester momenteel niet.

Ze vroeg zich af wat hij midden op de dag thuis had gedaan. Meestal kwam hij niet voor zessen thuis.

Na een tijdje werd het rustiger op straat, buurtgenoten verdwenen langzaam weer toen de vlammen niet langer langs de muren van het huis laaiden.

De brandmeester kwam weer naar Cecilia toe. 'Hij ligt in het ziekenhuis van Huddinge, en hij gaat het redden. De verpleegster belde me zojuist. Hij heeft veel rook en gas ingeademd, maar ze waren positief.'

'Dat klinkt goed. Werkelijk waar.'

'We hebben boven nu alles geblust, maar morgen zullen we een calamiteitenrechercheur langssturen om te zien hoe dit heeft kunnen gebeuren. Hebt u een idee?'

'Nee, absoluut niet. Maar we hebben wel wat gedoe gehad met de elektriciteit van de vaatwasser.'

'Ja, dan zou het weleens kortsluiting of iets dergelijks geweest kunnen zijn, maar zoals gezegd: we kijken er morgen naar.'

Ze bleef voor de brandmeester staan en bekeek hem. Zijn oranje kleding was vies, diepe groeven liepen over zijn wangen en zijn haar dat onder de helm uitstak, was samengeklit. Zijn gezicht deed aan iemand denken, Keith Richards misschien.

Ze wilde iets, maar ze kwam er niet op wat. Het was alsof het zeurde om haar aandacht, alsof ze nog iets wilde zeggen.

'Mag ik het appartement zien?' vroeg ze uiteindelijk.

In de gang hing de kleding waar die altijd hing, de schoenen stonden in het schoenenrek en het enige wat wees op wat er was gebeurd, was het zwartgeblakerde plafond en het dunne laagje as op het dressoir en de spiegel. Het leek alsof iemand het plafond van de gang had geflambeerd, maar verder alleen maar wat stof op specifieke delen van het meubilair had gestrooid.

Ze liepen verder de keuken in. Het rook er naar open haard.

'We denken dus dat het hier is begonnen. Zoals u ziet is hier een sterke brand- en rookontwikkeling geweest. Er is ook ernstige waterschade voor de buren ontstaan, maar dat is niets om u zich momenteel zorgen over te maken. Er is plastic gesmolten, jullie eettafel, tja, u ziet het...'

Het was een vreemd gezicht. De muren waren altijd Stockholmwit geweest, oftewel eierschaalkleurig, en alle kastjes en lades, het witgoed en het kookeiland hadden dezelfde kleur. Ze wilden het minimalistisch hebben, geen tierelantijnen, zoals Mats altijd zei. Maar nu, nu was het allemaal zwart of grijs. Bijna alsof iemand had besloten om hun smaak in negatief te laten zien.

De lucht was scherp, en ze hapte een keer naar adem, maar toen ze dit deed werd het alleen maar erger. Het stonk naar een vreugdevuur in combinatie met verbrand rubber.

'Misschien kunt u die beter opzetten,' zei de brandweerman en hij wees naar het gasmasker dat hij haar had gegeven.

Zo bleven ze even stil naast elkaar naar de verwoesting staan kijken. Het plafond was afgebladderd en pikzwart, de plankjes in de kastjes boven de vaatwasser waren helemaal weggefikt en het porselein dat erop had gestaan was naar beneden gekomen toen de bodem was doorgebrand. Op de vloer was een soort smurrie van blusschuim, water en as zichtbaar.

'Wilt u ook nog een andere kamer zien?'

Dat wilde ze. De brandmeester ging haar voor naar de slaapkamer.

Hier was Mats dus gevonden. Ze kon nog steeds niet begrijpen wat hij rond deze tijd thuis had gedaan.

Toen ze naar binnen keek, zag ze dat hier minder schade was aangericht, er had geen directe brand gewoed, maar het plafond en het bovenste gedeelte van de muren waren zwart. Ze deed haar gasmasker af.

De brandweerman wees naar de deur en zei: 'De rookontwikkeling hier was aanzienlijk omdat de deuren naar de kinderkamer, de woonkamer en het trappenhuis dicht waren. De rook kon alleen maar deze kant op.'

Ze zette nog een paar stappen de slaapkamer in. De brandweerman bleef op de gang staan, hij sprak met iemand door zijn walkie-talkie.

Ze voelde meteen dat er iets mis was, hier was iets niet zoals het hoorde.

De sprei was bedekt met as, waardoor die er donkerblauw in plaats van roze uitzag. De deuren van de kledingkasten waren dicht, hopelijk was de kleding ongedeerd gebleven, of was het naïef om dit te denken? Op haar nachtkastje lag zelfs het boek van Arne Dahl nog, met de boekenlegger nog precies daar waar ze de avond ervoor gestopt was met lezen.

Toen zag ze wat er anders was. Op het kleine bureautje onder het raam stond een computer. Het was een laptop, met het beeldscherm opengeklapt.

Hij had een desktop op zijn werk, dat wist ze. Maar deze draagbare computer, die had ze nog nooit gezien.

Ze liep naar het bureau en raakte hem aan. Kon hij van een van de brandweermannen zijn?

Nee, op de toetsen lag de as als een dun laagje grijze sneeuw. Die moest hier al hebben gestaan toen er brand in de keuken was.

Het geborstelde staal voelde stroef en kil aan. Het scherm was zwart.

Het vreemde gevoel bekroop haar weer.

Ze draaide zich om, de brandmeester stond er niet, maar ze hoorde zijn stem in de gang.

Ze drukte op de spatiebalk en het scherm lichtte op.

Het was het ziekste wat ze ooit had gezien.

15 februari

Linda was pissig toen ze 's ochtends haar espresso maakte, dit was zoals gewoonlijk te merken aan haar bewegingen. Ze trok het kastdeurtje met een ruk open, scheurde de lange kant van de koffieverpakking open en duwde de capsule met een smak het koffiezetapparaat in.

Nikola was vannacht niet thuisgekomen. Hij had alleen rond acht uur 's avonds ge-sms't dat hij bij een vriend bleef pitten.

Het was nog steeds niet het juiste moment om haar te vertellen over het gesprek van een paar dagen geleden met Mogge Viking, ook al was dit het enige waar Teddy aan kon denken.

Hij wilde het er ook niet met Dejan over hebben. Die zou trouwens zeker wel kunnen helpen, maar dat zou zijn prijs hebben. En die prijs wilde Teddy niet betalen.

'Ik neem het jou niet kwalijk, Teddy. Dit gedoe met niet thuiskomen is allang geleden begonnen,' zei Linda.

'Wil je dat ik met hem probeer te praten?'

Ze bleef op haar broodje kauwen alsof ze met haar gedachten ergens anders was. Toen zei ze: 'Als hij al niet naar mij luistert, luistert hij vast ook niet naar jou.'

'Maar wanneer is dit begonnen?'

'Weet ik niet meer. Is dit een soort verhoor, of zo?'

Ze stond met haar kopje in de hand op, dronk een laatste slok van haar koffie en zette het met een klap op tafel.

's Ochtends maakte hij een korte wandeling op een paar schoenen die hij uit Nikola's kledingkast had geleend. Teddy's oude trainingspak dat in Linda's welkomstmand had gezeten was niet geschikt voor de vrieskou, en in plaats daarvan had hij, wederom van Nikola, een fleecetrui en een windjack geleend.

's Middags was hij van plan om zijn vader met een bezoek te vereren.

Bij het sportveld bij de Wasa-school kwam hij ondanks het koude weer een oudere man die zijn honden uitliet en een paar joggers tegen.

In deze buurt was hij al zeker tien jaar niet meer geweest. Geneta, Södertälje, waar hij was opgegroeid. Op dit verharde veld had hij zoveel voetbalwedstrijden gespeeld dat ze in zijn herinnering tot één oneindige vrije trap waren samengevloeid. Het enige wat eruitsprong was toen Dejan midden in de topmatch in de vierde divisie een speler van de tegenpartij een kopstoot had gegeven. Toen waren er bijna rellen op het veld ontstaan.

Nu was er nog een veld bij gekomen, Teddy schraapte met zijn voet wat van de sneeuwsmurrie weg, het was kunstgras.

Geen enkel gezin van zijn vroegere maten woonde hier nog. Dejans familie was naar een ander postcodegebied verhuisd, de familie van Alex een paar jaar later. Hij vroeg zich af hoe het voor Nikola was om hier te wonen. Linda had verteld dat hij bijna foutloos Syrisch sprak.

Hägerstensvägen was een relatief nieuw adres voor Bojan. Teddy was er nog niet eerder geweest, ondanks dat zijn vader hier een jaar geleden was komen wonen. Zijn vader had hem nooit echt uitgenodigd, dus was er tijdens zijn verlof nooit gelegenheid toe geweest.

Bojan had in zijn hoofd gehaald dat Södertälje geen goede plek meer was. Ondanks dat hij daar al zijn hele volwassen leven had gewoond en zijn dochter en kleinkind er nog steeds woonden.

'*Jebiga.* Ik ben Zweeds,' zei hij. 'En als de Zweden uit Sö'tälje weg verhuizen, dan doe ik dat ook.'

Dit was ironisch, want alleen een diepgewortelde inwoner van Södertälje sprak de naam van deze stad zo uit als Bojan.

Op de brievenbus had Bojan een briefje geplakt met de tekst 'Helemaal geen reclame a.u.b.' Ook hierom kon Teddy een glimlach niet onderdrukken. De normale schrijfwijze van zo'n mededeling zou zonder het woord 'helemaal' zijn geweest. Maar zo stellig was zijn vader altijd al geweest. Als hij geen reclame bedoelde, dan bedoelde hij ook helemáál geen reclame.

Zijn vader droeg een joggingbroek en een blauw overhemd dat over zijn broek hing. Aan zijn voeten sportsokken en pantoffels.

'Najdan, hoe gaat het met je?'

Hij bukte om zijn ene afgezakte sok op te trekken.

'Is het koud buiten?'

'Niet zo heel erg. Ben je vandaag niet buiten geweest?'

'Nee, als het even kan niet. Thuis is het in deze tijd van het jaar minstens vijf of zes graden boven nul.'

Teddy hing zijn doorweekte jack op. 'Ten eerste is het hier vandaag een graad boven nul, dus zo erg is het niet. Ten tweede vraag ik me af wat je bedoelt met thuis?'

'Belgrado, natuurlijk.'

'Nog even en je woont hier vijftig jaar.'

'Ja, maar thuis is altijd thuis.'

'Maar was jij niet degene die tegen me zei dat je uit Sö'tälje wegging omdat je Zweeds was?'

Bojan lachte. 'Waar heb je het over? Ik ben ook Zweeds, maar Belgrado is altijd thuis.'

Ze liepen naar de keuken.

Bojan slofte terwijl hij door de hal sjokte. Zijn vader, die altijd de vitaliteit zelve was geweest, die hem reeds op vijfjarige leeftijd had geleerd altijd zijn rug recht te houden, zijn blik op te richten en die voor niemand af te wenden, sleepte zich als een gepensioneerde bejaarde voort.

Teddy ging aan de keukentafel zitten terwijl Bojan bij het fornuis ging staan om zijn *turska kafa* te maken.

'Wil je veel of weinig suiker?'

'Doe maar wat jij wil, pa.'

Bojan goot koud water en suiker in de *djezvan* en zette deze op de kookplaat. Zolang Teddy zich kon herinneren had zijn vader op dezelfde manier en in hetzelfde traditionele pannetje met de hoge wanden, het kleine tuitje en de lange handgrepen zijn koffie gemaakt. Hij vroeg zich af of zijn moeder haar koffie vanuit ditzelfde pannetje geschonken had gedronken.

'En wat doe je tegenwoordig, jongen?'

'Ik ben nog geen maand vrij.'

Bojan goot een klein gedeelte van het kokende suikerwater in een kop en vulde de djezvan met koffiepoeder, dat hij langzaam doorroerde tot het weer begon te koken. Hij leek niet te willen praten over het feit dat dit de eerste keer in acht jaar was dat Teddy bij hem thuis was. Ook Teddy had geen zin om hier verder nog woorden aan vuil te maken.

'Ik weet nog dat je toen je klein was,' zei Bojan, 'op de hoge kruk achter de counter in het restaurant de gasten begroette. Je pakte iedereen in, mijn zoon. Misschien moet je je op die branche richten?'

Teddy dacht aan de reis van zijn vader. Bojan was eind jaren zeventig naar Zweden gekomen, zevenentwintig jaar oud. Hij had een technisch diploma van een hogeschool in Belgrado op zak en had vervolgens een paar jaar bij een mechanische werkplaats in Novi Sad gewerkt. Toen zijn vrienden een voor een verdwenen door aanbiedingen van Zweedse bedrijven, besloot Bojan dit ook te proberen. Hij behoorde tot de laatste stroom arbeidsimmigranten naar het koude welvaartsland in het noorden. Sindsdien was Zweden gestopt met mensen van zijn kaliber binnen te halen, zoals hij altijd zei.

Bojan begon bij Scania-Vabis in Södertälje waar hij motoren voor het wagenpark van de Stockholmse busmaatschappij in elkaar zette. Een paar jaar later leerde hij Teddy's moeder kennen die op de financiële afdeling werkte. Zij kwam uit Sundsvall. Het jaar daarop werd Linda geboren. Teddy anderhalf jaar later. Darko kwam als laatste.

Maar de tijden werden zwaarder, in het midden van de jaren tachtig begon Scania wegens bezuinigingen mensen te ontslaan. Ondertussen hadden meerdere van zijn vaders kameraden ingezien dat er meer geld te halen viel door een pizzeria of restaurant te runnen dan te moeten zwoegen voor een grootbedrijf. Bojan ging bij zijn beste vriend aan de slag, ze runden een lunchrestaurant in een industriegebied in Solna. Hij reisde in totaal vier uur per dag van en naar het werk, maar hij overwoog nooit om uit Södertälje weg te gaan. Toen voldeed het in elk geval nog voor hem.

Bojan roerde zwijgend in de koffie. Toen de koffie drooggekookt was, zette hij die op het aanrecht en goot hij vervolgens het suikerwater terug dat hij daarvoor in de kop had gegoten. Hij dekte de djezvan af met een bord en liet hem trekken.

'Kom, we drinken de koffie in de woonkamer.'

Dezelfde gewoontes als vroeger: zijn vaders koffie moest in de woonkamer worden gedronken en daarbinnen voor de gasten worden ingeschonken.

Hij boog weer voorover en trok zijn ene sok op voordat hij in de fauteuil ging zitten. Teddy ging op de lederen driezitsbank tegenover hem zitten.

'Pa, weet jij eigenlijk wie ik was?'

'Luister, mijn zoon, jij deed jouw ding en ik het mijne. Dat was niet altijd even makkelijk, moet je weten. Ik moest aan Linda, Darko en jou denken, kun je je überhaupt voorstellen hoe het is om alleen te staan met drie kinderen? Ondertussen runde ik elke dag het restaurant, en toen kwam na al die jaren die verdomde *pička* belastingdienst en sloot mijn tent.'

'Ik bewonder je dat je voor ons zorgde, dat weet je. Maar wist je wie ik was?'

Teddy wist niet waarom hij dit momenteel ter sprake bracht. Nooit eerder hadden ze zo'n discussie gehad, maar hij kon het niet laten.

Bojan nam een slok van de koffie. 'We moeten het hier nu maar niet over hebben. Het is gewoon goed om elkaar te zien. Weet je dat het je moeders verjaardag is, de twintigste?'

'Tuurlijk.'

Teddy leunde achterover en keek om zich heen. Het zag er nog net zo uit als in de oude flat in Södertälje. Aan de ene muur hingen twee sabels waarvan zijn vader altijd had beweerd dat die nog van de slag om Novi Pazar in 1912 kwamen, aan de andere muur hing een schilderij dat nog uit het ouderlijk huis van zijn moeder stamde.

'Ik zou het dan fijn vinden als je hierheen wilde komen om een kaarsje voor haar te branden.'

Ze bleven van de koffie slurpen. Bojan vertelde hoe goed het met Linda en Darko ging, daarna praatte hij wat over zijn verschillende lopende zaakjes, die over het geheel genomen bergafwaarts leken te gaan.

Teddy stond op.

'Pa, ik moet ervandoor. Dankjewel voor de koffie. We zien elkaar snel weer.'

'Mijn zoon, zou je niet hier in Örnsberg komen wonen?'

'We zullen zien, momenteel woon ik bij Linda.'

'Hoe is het met die Sara afgelopen dan?'

Teddy strikte zijn veters, het waren zijn vaders zaken niet om over Sara te praten.

Bojan zei: 'Heb je geprobeerd om contact met haar op te nemen?'

'Nog niet.'

'Dat zou je moeten proberen. Iedereen heeft een vrouw aan zijn zijde nodig, in elk geval op jouw leeftijd.'

Teddy deed de deur open en liep naar buiten.

16 februari

De zeventien mappen moesten binnen achtenveertig uur klaar en doorgenomen zijn. Bovendien moest Emelie nog een rapport opstellen over de eventuele juridische risico's die ze ergens in de ruim vijfentwintighonderd pagina's had ontdekt. Dit werd Due Diligence genoemd, of DD, maar het correcte Zweedse woord was bedrijfsdoorlichting. Een gebruikelijk werkje voor iemand die binnenkort alweer drie jaar voor dit bureau werkte.

DD: er deden verhalen de ronde over bureaus die ten onder waren gegaan omdat ze zogenaamde *change of control*-clausules over het hoofd hadden gezien, oftewel bepalingen die inhielden dat het contract niet langer geldig was wanneer het van eigenaar veranderde. Het ergste wat ze had gehoord was toen een paar jaar geleden de grootste gsm-keten van Zweden zou worden verkocht. Advocatenfirma Werner Hansson & Partners had over de COC-clausule heen gekeken in het contract met een van de leveranciers; dit was misschien nog geen ramp geweest als die leverancier niet een klein bedrijfje genaamd Samsung was geweest. De koper kon naar die mobieltjes fluiten. Wat valt er dan nog te zeggen? Sorry, onze jurist heeft nu net dat ene puntje van de overeenkomst verknald, het spijt ons. Helaas is de winkelketen een half miljard in waarde gedaald. Foutje, bedankt, Werner Hansson & Partners!

Emelie had een kopie van de inhoudsopgave van de mappen gemaakt en vinkte systematisch stuk voor stuk de punten af die volledig waren gecheckt.

Josephine zat aan haar bureau. Ze was net thuisgekomen uit Londen waar ze samen met een vennoot had onderhandeld over een case voor een Zweeds industrieel bedrijf. Al zeker een week van tevoren had Jossie over de reis lopen kakelen, maar nadat ze goed en wel waren geland was ze niet meer dan twee uurtjes buiten de vergaderruimte of haar hotelkamer geweest. En dat was in de taxi van en naar Heathrow.

'En ik was nog wel van plan om mezelf op een nieuwe tas te trakteren, en ook een voor jou trouwens.'

'Voor mij?'

'Ja, ik vond dat jij wel een update kon gebruiken. Er zijn mooiere dingen dan DKNY. Heb je bijvoorbeeld Alexander Wang of Céline weleens gezien?'

Emelie zag tassen als een noodzakelijk kwaad. Toch ergerde ze zich aan het commentaar.

'Wil je dat ik over Londen vertel?' vroeg Jossie sarcastisch.

'Ja, graag,' zei Emelie. Josephine was te leuk om lang boos op te blijven.

'Zo'n black cab mag niet meer dan dertig pond vragen voor een ritje vanaf Heathrow, ze eten daar niks anders dan sandwiches en de kussens in de hotels zijn keihard. Meer weet ik helaas niet.'

Terwijl Josephine vertelde, behandelde ze haar handen met wat ze uit een tube handcrème had geperst. De onderhandelingen met de Britten waren drie uur geleden spaak gelopen en de cliënt had hun gezegd hun pennen neer te leggen. Maar toch zat ze hier nog.

'Ik begon steeds meer op de rest te lijken; het bureau is meer mijn thuis dan mijn flat. Dus nu kun je het aan mij vragen als je ergens hulp bij nodig hebt. Ik heb zoveel DD's gedaan dat ik erover heb zitten denken om mijn tussennaam te veranderen. Duegren in plaats van Dahlgren, wat vind jij?'

'Dat zou je niet misstaan. Heel erg Londen-achtig.'

'Luister, ik zeg je toch dat ik weet hoe het met die Due Diligence zit. Eigenlijk zijn er maar drie punten waar geen enkele koper risico op wil lopen, de echte juridische mijnenvelden, en die moet je zien te achterhalen voordat de cliënt ermee om de oren wordt geslagen. En dan hebben we het over milieurisico's, productaansprakelijkheid en belastinggesodemieter. De rest is over het algemeen een hoop blabla, vergeet dat niet, Emelie. Maar we hebben er niets op tegen om dit op te blazen, we moeten nu eenmaal onze uren maken, of niet dan?'

Emelie schoot in de lach. Ze was niet van plan om iets anders te doen dan elk afzonderlijk puntje door te nemen, wat Jossie ook zei.

Haar telefoon ging. Emelie nam op en hoorde de stem van een van de secretaresses. 'Kun je even naar Magnus komen?'

'Natuurlijk. Wanneer?'

'Graag asap.'

Emelie hing op en schudde haar hoofd.

Jossie zei: 'Misschien nog wat weekendklusjes als je straks klaar bent met die DD? Probeer je nog steeds met die gast te daten?'

'Ja, Felix.'

'Zeg hem dan maar dat jullie elkaar over een week of drie wel weer eens kunnen zien.'

Een van de dingen die Emelie kon waarderen aan dit bureau was dat in principe de deur altijd openstond, behalve wanneer er een vergadering aan de gang was. Ook al was het werktempo zwaar, het serviceniveau gigantisch en de kenniscompetentie een van de hoogste in het land, je kon altijd zomaar binnenwandelen en wat dan ook vragen wanneer je hulp nodig had.

Magnus stond op en keek door het raam naar buiten. Het eerste wat hij deed was haar vragen om de deur dicht te doen.

Ze dacht aan het voortgangsgesprek van een paar weken geleden. Ze hadden haar het vuur na aan de schenen gelegd. Toen ze daarvan terugkwam, had ze alleen nog maar naar huis willen gaan, Netflix willen aanzetten en een deken over zich heen willen trekken. Maar in plaats daarvan had ze Jossie gebeld die haar vertelde dat het allemaal best meeviel.

'Bijt op je tanden, en laat hun nooit je ongenoegen zien.'

Aan de muur hingen schilderijen en op de lage boekenkasten stonden diverse min of meer cryptische kunstwerken. Magnus was echt gek op contemporary art, zoals hij altijd zei. Emelie wist dat het merendeel van de werken van bekende Zweedse kunstenaars was. Karin Mamma Andersson, Ragna Berlin en hoe ze allemaal nog meer heetten. Emelie, Jossie en een aantal andere assistent-juristen hadden ze meerdere malen gegoogeld.

Maar het waren niet allemaal schilderijen uit eigen land.

In het midden van de wand, bijna door de andere werken omlijst, hing het meest eenvoudige schilderij. Een aantal verschillend gekleurde stippen waren in cirkelvormig patroon op een witte achtergrond geschilderd. Het was duidelijk, dacht ze toen ze het bekeek, dat wie dan ook, inclusief zijzelf, dit had kunnen schilderen. Dit had de kunstenaar, Damien Hirst, blijkbaar ook doorgehad, want hij was niet degene die dit werk had geschilderd, maar in plaats daarvan had hij een groepje medewerkers die de stippendoeken voor hem maakten.

Magnus draaide zich om. Hij was zoals altijd onberispelijk gekleed, maar zijn stijl was ook een beetje *too much*. Een donkergrijs maatpak, niks mis mee, maar zijn stropdas was knalgeel en zijn pochet was roze. Bovendien glom zijn achterovergestreken haar van de wax of iets dergelijks, en dat op zich was al zorgwekkend te noemen. Op Magnus' leeftijd mocht je best iets in je haar hebben, maar met zoveel grijze haren moest het verdorie niet zo glimmen als bij een zeventienjarige.

'Ga zitten.' Magnus ging zelf op zijn speciaal bestelde bureaustoel zitten, die meer op een spin leek dan iets om op te zitten. Hij had met geen woord meer gerept over zijn commentaren tijdens het voortgangsgesprek, terwijl ze sindsdien toch al meerdere werkbesprekingen hadden gehad.

'Heb je veel te doen momenteel?'

Ze voelde het al aankomen. Een klein verzoekje om bij een overeenkomst of startgesprek te helpen – dit botste enorm met die DD waar ze nu mee bezig was. En ze vond het al zo lastig om nee te zeggen.

'Ik heb nu relatief veel omhanden, ik zit midden in de DD van Project Ray Signal die overmorgen af moet zijn,' zei ze, maar ze voegde hier toch aan toe: 'Heb je ergens hulp bij nodig?'

Magnus boog zich over zijn bureau en dempte, ondanks dat de deur dicht was, zijn stem. Wat hij nu ging zeggen lag kennelijk gevoelig.

'Dit is een speciaal geval. Zoiets heb je nog nooit gedaan, dat kan ik je garanderen. En ook ik heb zoiets nog nooit gedaan.'

Soms was Magnus wel bescheiden, dat moest ze hem nageven.

In tegenstelling tot zijn uiterlijk had hij een rustige manier van spreken. Toch voelde ze zich nooit helemaal op haar gemak bij hem. Ze wist niet zeker waarom dit was, hij was in principe erg resultaatgericht maar toch vriendelijk, zat haar niet te veel op de huid en was altijd bereid om haar met raad en daad bij te staan. Maar toch was er iets. Emelie dacht dat dit te maken had met het feit dat Magnus nooit helemaal relaxed met zichzelf leek te zijn.

'Het zit zo. Ik kreeg net een telefoontje van een goede vriend van me, Carl-Johan Schale. Er is iets gebeurd, denken ze, en als ze gelijk hebben dan is dit een gigantisch gezinsprobleem, en ze hebben onze hulp nodig. Ik zat te denken dat jij en ik dit samen konden doen, misschien hebben we er nog iemand bij nodig.'

'Absoluut. Dus het gaat niet om iets bedrijfsrechtelijks?'

'Zo ver daarvandaan als maar kan.'

'Is het iets erfrechtelijks of een voogdijconflict?'

'Niks van dat al.'

'Is het een strafzaak?'

'Dit is iets bijzonders. Ik wil dat je dit nu alvast begrijpt. En het betreft zeer goede vrienden van me. Anders zou ik me zoiets nooit op de hals halen.'

'Ik snap het.' Emelie wist dat dit voorrang had op andere zaken, maar ze vroeg zich toch af hoe ze het allemaal moest gaan bolwerken.

'Voordat ik je vertel waar dit over gaat wil ik dat je beseft dat in deze case, zelfs intern, een zwijgplicht geldt. Begrijp je, je mag hier niet met de andere vennoten over praten, zelfs geen kik geven tegen Josephine. Er geldt een openbaringsverbod.'

De gesloten deur, de zachte stem, dat het om een voorrangsgeval ging. En nu dit: een openbaringsverbod.

Magnus begon te vertellen waar het over ging.

Emelie keek weer naar het stippendoek. Heel even leek het cirkelpatroon achter Magnus langzaam rond te draaien. Een kolossaal, gekleurd aureool. Een verwarde engel die midden in dit hoofdkantoor van het wantrouwen was nedergedaald.

*

Teddy stapte bij T-Centralen de pendeltrein uit en liep langzaam richting de tunnel die naar de perrons van de metro leidde. Hij had tijd genoeg, het arbeidsbureau was zijn enige project van vandaag. Hij bleef een paar seconden staan kijken naar de krioelende drommen mensen die zich naar de roltrappen begaven. Durfde hij daar wel naar beneden? In de acht jaren gevangenis had hij steeds hooguit vijftien personen tegelijk gezien, en dan ging het meestal om het rustig in een gemeenschappelijke of eetruimte zitten achter tralies en hoge muren.

Hij moest haar vandaag proberen te bellen, nu.

Sara.

Hij kreeg een rilling. Er klonk een geluid uit zijn zak.

'Politie, iedereen op de grond!'

Teddy pakte de telefoon, Nikola had politiestemmen als ringtoon gekozen. Dat moest Teddy zo snel mogelijk aanpassen.

'Goeiesmorgens.'

Het was Mogge Viking.

'Goedemorgen. Ik dacht dat ik duidelijk naar jou was geweest toen je laatst belde?' Je kon tegen dit soort mensen maar beter meteen duidelijk zijn.

'Ik heb je standpunten doorgesluisd naar Hillström, dat het zijn probleem is en niet het jouwe. Weet je wat hij zei?'

'Nee.'

'Dat er vanaf nu ook rente bij komt, het wordt driehonderdduizend.'

'Dat is er niet.'

'Ooo, dat is er wel hoor, dat kan ik je garanderen.'

Morgans opgewektheid verdween als sneeuw voor de zon, zijn stem werd gevaarlijk.

'Binnen zeven dagen betalen.'

Toen hing hij op.

Het huis boven op de berg bij Liljeholmstorget verdween in de mist die zich over deze bewolkte dag had gelegd. Het was een geleidelijke overgang die maakte dat de aarde bijna ongemerkt overging in hemel. Misschien waren het de wolken die zich als het ware over de stad hadden neergestreken, alsof Stockholm een deel van een andere wereld werd.

Nu moest hij het doen.

Hij hield zijn gsm in zijn ene hand en het briefje in de andere, Sara's telefoonnummer, dat hij van de nummerinformatiedienst had gekregen. Langzaam toetste hij het nummer in en hij drukte op het groene knopje.

De tonen waren hoorbaar. Een, twee, drie.

Vier, vijf, zes.

Er ging een antwoordapparaat aan. Het was haar stem. Die had Teddy in geen jaren meer gehoord, maar ze klonk nog precies hetzelfde als toen ze de laatste keer met elkaar belden. Nog even licht en zacht.

'Hoi, dit is het antwoordapparaat van Sara. Laat een bericht achter na de piep, dan bel ik je zo spoedig mogelijk terug.'

Piep.

De werkcoach, Isa, of arbeidsbemiddelaar zoals ze kennelijk werd genoemd, zat achter een bureau van licht hout, het zag er hierbinnen net zo uit als in de kamer waar hij haar de vorige keer had gezien. Op de vloer lag linoleum, de wanden waren bedekt met wit structuurbehang en de stoelen waren van plastic. Alles behalve het bureau deed hem aan de gevangenis denken, inclusief Isa. Dit was geen persoonlijke kamer, niet Isa's eigen kamer, dit was een bezoekerscel, een plek zonder vensters naar de realiteit.

Isa typte op haar computer. 'Ik heb even naar je plan van aanpak gekeken, en ik vind het er goed uitzien. Je cv is ook al af, heb je daar hulp bij gehad?'

'Een beetje.'

'Ja, je hebt mensen om je heen nodig die je kunnen steunen.'

Teddy wachtte op wat komen ging, en probeerde ondertussen zo vriendelijk mogelijk te kijken.

'Ben je al begonnen met het solliciteren op die banen waar we het over hadden gehad?'

Hij bekeek haar onderzoekend. Ze zag eruit alsof ze rond de veertig was, maar ze was gekleed als een soort mengelmoes van hippie en dametje. Rood en turkooizen sjaaltjes leken haar ding te zijn, terwijl ze ondertussen kleine, paarlemoeren oorhangers droeg. De vorige keer had ze een soort paars gewaad aangehad, maar aan haar ringvinger droeg ze een eenvoudige gouden ring met een ingelegd briljantje.

'Jazeker, ik heb op zeven bouw- en constructievacatures gereageerd, maar op allemaal nee te horen gekregen.'

'Dat is niet zo mooi. Maar er zijn nog andere banen binnen die categorie. Sneeuwruimen en het sneeuwvrij maken van daken is in deze tijd van het jaar meestal ook goed te doen.'

'Ik ben drieëndertig. Dat zijn geen banen waar je een diploma voor nodig hebt. Maar ik kan timmeren en ben bekend met de horeca.'

Hij hoorde op de achtergrond de ventilatie zachtjes suizen.

Isa keek omlaag in haar papieren. 'Ja, maar dat soort banen zijn niet zo makkelijk te krijgen, weet je. Maar wat zou je ervan zeggen om in de zorg en verpleging aan de slag te gaan?'

Er was niks mis met haar, ze deed haar werk, ook al praatte ze te veel. Het was meer dat Teddy niet wist wat hij daar eigenlijk deed.

Hij had geen werkervaring, en hij had een gat van ácht jaar op zijn cv staan. Hij moest binnen een paar dagen driehonderdduizend kronen zien te regelen voor een psychopathische sigarettensmokkelaar. Wat hij in zijn vorige leven als een baantje zou hebben bestempeld was goed voor minstens vier jaar cel.

‘Ik zal zo veel mogelijk proberen te solliciteren, maar het voelt niet goed als je niet eens voor een gesprek wordt uitgenodigd.’

Ze praatten nog een tijdje over verschillende manieren om jezelf te presenteren en mogelijke arbeidscategorieën.

‘Het komt vast wel goed,’ zei Isa uiteindelijk. ‘Zoals men zegt: Rome is ook niet in één dag gebouwd. Toch?’

Teddy zat er zwijgend bij.

‘Zoek gewoon verder. Het duurt voor mijn cliënten meestal wel een halfjaar voordat ze een baan vinden. Dat is heel normaal. Niets om je druk over te maken. Zo is de situatie nu eenmaal tegenwoordig.’

Isa schoof haar stoel naar achteren en stond op. Op haar computer was de screensaver te zien, een parelwit zandstrand met palmbomen. Misschien had hij naar Dejan moeten luisteren, die had lopen zeuren dat hij naar Thailand wilde reizen om daar de onroerendgoedbusiness in te gaan.

Ze schudden elkaar de hand.

Teddy opende de deur.

Hoe had hij ook kunnen denken dat het allemaal makkelijk zou gaan? Hillström wilde over zeven dagen wat hem toekwam.

Een halfjaar.

Hij had een gemiste oproep op zijn telefoon. Hij wilde niet nog meer onaangename verrassingen, dus belde hij de nummerinformatiedienst om te kijken wiens nummer dit was. Het was een telefoonnummer van een advocatenbureau waar hij nog nooit van had gehoord.

Leijon.

*

Het was pikkedonker in Tumba, hoewel het pas tien voor halfdrie was. In deze tijd van het jaar gingen de mensen naar hun werk voordat de zon opkwam en tegen de tijd dat ze rond halfvijf hun kroost bij het kinderdagverblijf oppikten was het alweer donker. De zon mochten ze proberen te zien in hun lunchpauze, als die zich al door alle sneeuwbewolkte hemelen heen liet zien.

Dejan was blij dat hij geen negen-tot-vijfbaan had: hij zag zichzelf als een man van de zon. Maar aan de andere kant was hij meestal niet voor de middag wakker en dan was het altijd licht, welke tijd van het jaar het ook was.

Hij drukte op de bel voor hem. Achter hem stond Tomas.

Van binnenuit klonk het langdurige melodietje van de deurbel, en het geluid van voetstappen kwam dichterbij.

Een zwaarlijvige man met vet haar en stoppelbaard deed open. Hij heette Rodjo, maar Dejan gaf de voorkeur aan zijn eigen koosnaampje dat hij voor hem had: Bollo.

'Wat moeten jullie hier verdomme?' Bollo's ogen waren wijd open gesperd, al vond Dejan dat dit amper te zien was omdat ze zo diep in zijn gezichtsvet ingebed stonden. Sommige mannen die er als varkens uitzagen waren ook echt varkens.

'Dat weet je best,' zei hij en hij zette zijn kist tussen de deur.

De gang was donker en rommelig en het gruis op de vloer knarste onder zijn zolen. Hier leek men zijn schoenen niet per se uit te hoeven trekken, dus kon het nooit een probleem zijn dat hij wat natte sneeuw mee naar binnen liep.

De man bleef in de gang staan. Maar Dejan keek om zich heen. Rechts lag de keuken.

Dit was zo fucking irritant. Hij had wel wat beters te doen, dit was kruimelwerk waar hij zich normaal gesproken niet mee bezig hoefde te houden.

'Kun je geen koffie zetten?'

Bollo pufte en liep de keuken in. Elk keukenkastje en het aanrechtblad was in houtkleur. Ook de vloer, de wandpanelen en de rekjes voor de koelkast en vriezer waren in vuren uitgevoerd. Zelfs de tafel en stoelen leken van dezelfde boom afkomstig.

Bollo trok een blik open en schepte koffie in een percolator.

'Doe ook maar een broodje, ik heb enorme honger.'

Dit was meer dan waar: hij moest snel iets binnen krijgen. Hij voelde zijn eigen lichaam, en als hij niet binnen het kwartier iets at zou hij een te lage bloedsuikerspiegel krijgen. Slechte focus, koppijn, in het slechtste geval bewusteloosheid en kramp. Dit laatste was hem minstens tien keer overkomen, maar dat was al een aantal jaren geleden.

Bollo rommelde wat in een voorraadkast. De etiketten van die spullen zagen eruit alsof ze er al tien jaar stonden. Uiteindelijk viste hij twee stukken knäckebröd tevoorschijn.

'Ga zitten,' zei Dejan nadat Bollo hem het bord met brood had voorgezet.

'Waarom? Wat willen jullie eigenlijk?'

Bollo ging op een van de keukenstoelen zitten.
'Leg je handen op tafel alsjeblieft.'
'Verdomme! Kom op nou. Zeg gewoon wat je wil.'
Tomas ging achter de man staan, vlakbij. Boog voorover en siste: 'Doe gewoon wat Dejan zegt. Niks aan de hand.'
Bollo legde langzaam zijn ene hand op tafel. Op zijn onderarm waren twee getatoeëerde cijfercombinaties zichtbaar. Waarschijnlijk de burgerservicenummers van zijn jong.
Dejan pakte de knuppel die hij in zijn jaszak had en sloeg uit volle kracht op de hand.
Bollo brulde het uit.
'Vuile teringlijer!' schreeuwde Dejan.
Bollo trok zijn hand terug, maar Dejan hield deze in een ijzeren greep.
Bollo trok harder en harder. Ten slotte liet Dejan los. Bollo sloeg achterover op zijn stoel en viel op de grond.
Dejan kalmeerde meteen. Oftewel het was wat hij had moeten doen, of het was zijn bloedsuikerspiegel die zich na het brood was gaan stabiliseren.
'Joh, ik moet echt effe gaan zeiken. Tomas, kun jij niet even met hem praten?'

Vanuit de badkamer hoorde hij Bollo jammeren. Hij verdiende het. Zijn eerste vrouw had hij buiten bij een restaurant in Huddinge zo hard tegen de grond geslagen dat ze drie ribben had gebroken. Ze zou zogenaamd op een bevroren plas zijn uitgegleden, maar die vadsige Rodjo kreeg toch zes maanden voor de klap. Zijn tweede vrouw, die hij uit Thailand had geïmporteerd, had hij over haar halve lichaam met een nijptang bewerkt en verwond, inclusief haar onderlichaam. Dit zou ze zogenaamd zelf hebben gedaan om hem erin te luizen – de dame in kwestie trok haar aanklacht in en verliet het land nadat iemand haar foto's van haar driejarig kind had toegestuurd.
Vrouwenmeppers waren klootzakken.
Daarnaast was hij Kum al meer dan een jaar flink wat doekoe verschuldigd. Dit ging om een racepaard dat hij van de godfather had gekocht.
Dejan liet zijn pisstraal over de toiletzitting en de halve vloer gaan. Daarna waste hij zijn handen en stapte hij naar buiten.

Bollo zat tegen de muur. De hand waar Dejan op had geslagen was felrood en hij bloedde uit zijn neus.

'Niet meer slaan.'

Dejan boog voorover en pakte hem bij zijn vette haren beet.

'Je schuld is bij dezen gestegen.'

'Ik geef jullie alles wat ik heb.'

'Mooi,' zei Dejan en hij liet hem los. 'Trek je schoenen aan.'

De man trok zijn jas en kisten aan. Het bloed druppelde als een slecht dichtgedraaide kraan uit zijn neus.

'Beter dat je die gok van je dichtknijpt, anders bloed je straks nog op mijn schoenen. En stofzuig je gang es een keer. Het knarst hier goddomme als een zandbak.'

Op weg naar Tumba voelde Dejan zich bijna schuldig. Hij moest dit soort dingen ook niet doen als hij zijn insuline niet had gespoten. Het was belangrijk dat hij dit niet verknalde, want dan zou al het andere waar hij zich op dit moment mee bezig hield ook in de soep kunnen lopen.

Hij dacht aan de Teddy uit vroeger tijden. Die keer dat hij het in zijn kop had gehaald dat een gast een meisje aan het versieren was op wie hij de hele avond al een oogje had gehad. Ze waren in Kharma geweest bij Stureplan en hadden wat shotjes op en ieder had zijn lijntje gesnoven op de toiletten. Teddy was direct op die kerel afgestapt en had hem gevraagd of hij het aan de bar of buiten in het park wilde afhandelen. Die gast had hem vol onbegrip aangekeken, maar hierdoor was Teddy alleen nog maar pissiger geworden. Hij wendde zich naar Dejan, hij herinnerde zich nog levendig Teddy's duistere blik. 'Het lijkt alsof deze gast geen Zweeds verstaat.' Toen sloeg hij die jongen met een directe rechtse in het gezicht. Die kerel ging als een blok neer. Teddy begon hem te schoppen: een, twee, drie keiharde kicks. De jongen probeerde zijn gezicht met zijn armen te beschermen. Vier, vijf, zes trappen tegen zijn borstkas en hoofd. Teddy deed er nog een schepje bovenop. Dejan schreeuwde hem toe dat het nu wel genoeg was, maar dit hielp niet. Teddy was net een losgeslagen hond. Uiteindelijk moest Dejan hem met alle kracht die hij in zich had wegduwen en hem vervolgens die tent uit slepen.

Hij moest zijn maat nu bellen om te checken hoe het met hem ging.

Hij pakte zijn telefoon en toetste de sneltoets in.

‘Yo, ik ben het.’

‘Wat ben je aan het doen?’ Teddy’s stem was kortaf. Dit voelde haast nog erger dan zijn schuldgevoel omdat hij zich zo overdreven op Bollo had afgereageerd.

Dejan probeerde zo opgewekt mogelijk te klinken.

‘Tomas en ik zijn een Audi S7 voor mij gaan regelen.’

‘Da’s fijn.’

‘Jazekers. Dus nu rij ik geen asobak meer. Ben je nu blij?’

Dejan keek naar Tomas in de bijrijdersstoel. Zijn kaalgeschoren kop glom en het zweet leek op zijn bovenlip te staan. Er was niks mis met hem, al was hij soms wat traag. Maar hij dacht aan hoe Teddy was, in die goeie ouwe tijd: een brein dat het Bollo-probleem honderd keer eleganter zou hebben opgelost dan dat hij zojuist had gedaan.

‘Hey, ik sprak Ivan die gister met Kum heeft gesproken. Momenteel helaas geen vacatures.’

‘Godsamme.’

‘Dan heb ik het je in elk geval maar gezegd. Weet je nog steeds zeker dat je je niet voor kunt stellen iets van de vroegere dingen te doen? Ik kan echt veel hulp gebruiken.’

‘Weet ik zeker.’

Dejan haalde diep adem, Teddy was niet meer dezelfde als voorheen. Hij was rustiger nu, en dat was goed, maar tegelijkertijd leek zijn houding ook anders. Een stelligheid in zijn stem.

‘Ben je er nog? Je bent zo stil.’

‘Sorry. Het is gewoon dat het werk zoeken kut gaat.’

‘O, shit.’

‘Ze sturen me van het kastje naar de muur. Ze zeggen dat het een halfjaar gaat duren voordat ik werk heb.’

‘Die hebben schijt aan jou, dacht je echt dat ze iets om jou zouden geven?’

‘Dejan...’

Ze zwegen. Dejan frunnikte aan de knoppen van de airco, wreef met zijn handen over het leer boven het dashboard. Deze auto was top notch, S-klasse en ga zo maar door.

Teddy zei: ‘Maar ik had daarnet nog een vaag telefoontje. Een juriste die Emelie heette van een advocatenbureau dat mij wilde helpen met schuldsanering. Ik heb gezegd dat ik daar geen geld voor heb.’

‘Ik zou erheen gaan.’

'Dat is vast te duur.'

'Teddy, jij bent mijn maatje. Ik kan je helpen met de betaling, als jij denkt dat dit goed voor jou is.'

'En waar komt dat geld vandaan, dan?'

Vanbinnen slaakte Dejan een diepe zucht.

*

Hij lag stilletjes. Zijn benen opgetrokken in de foetushouding. Zijn handen waren ergens mee achter zijn rug gebonden en zijn voeten waren met tiewraps geboeid. De pijn bonsde in zijn voeten en enkels, het brandde wanneer hij zich bewoog. Aan de andere kant gingen zijn armen slapen als hij niet af en toe van positie veranderde. Ze hadden zijn mond afgeplakt met een stuk tape, en dat deed pijn aan zijn wangen.

Hij had een zeurende, lichte hoofdpijn. Hij had zijn medicijnen nodig. De buil op zijn achterhoofd leek dik te zijn geworden.

Philip was er niet zeker van, maar hij dacht hier nu al zo'n vier dagen te hebben gelegen.

De grond was hard, tegels. Het was aardedonker, veel donkerder dan hij ooit had gedacht dat het in een ruimte kon zijn. Toch had hij al na een paar seconden doorgehad dat dit zijn badkamer was. Dit had met de geur te maken, iets aan het galmende geluid wat hij herkende. Vervolgens was hij op de tast verdergegaan. De wc-pot, de wastafel, het handdoekenrek, er was geen twijfel mogelijk.

De flitsen in zijn kop. Alles was zo onwerkelijk. Ze hadden hem daar in de hal overmeesterd. De klap op zijn achterhoofd had hij alleen maar gevoeld. De duisternis in de zak had hem in verwarring gebracht. Ze waren professioneel en rap te werk gegaan. Stil en zonder woorden.

Hij begreep maar niet waarom hem dit hier nu moest overkomen.

De deur was maar een paar uur na de overval opengegaan. Eerst had hij geen snars gezien. Het tegenlicht prikte in zijn ogen.

Een paar seconden daarna ontwaarde hij de personen die de kamer binnenkwamen. Het was geen zonlicht dat achter hen naar binnen viel, eerder het schijnsel van twee lampen. Die leken ze op hem te hebben gericht.

Een donkere broek, een donkere trui en een pet op zijn hoofd.

De persoon had zich voorovergebogen. Hij zou die aanblik nooit vergeten.

Het onderste deel van zijn gezicht was bedekt met een grijns die zo groot was dat er wel twee vuisten in die bakkes konden. Enorme tanden met blootliggende tandwortels en rode lippen. Een lach die eerder aan een getekende joker dan aan een levend wezen deed denken. Maar het was ook echt geen menselijke lach: het was een soort halsdoek of sjaal met daarop een gezicht gedrukt. Een manier om het onderste deel van zijn gezicht te verbergen, dat er meteen zo akelig uitzag dat Philip zijn maag bijna voelde omdraaien.

De persoon zette een tas neer en zei hem te drinken. Het was een petflesje met daarin iets wat eruitzag als een bodempje water. Philip vroeg zich af wat er eigenlijk in zat. Het was misschien ook wel fijn als ze hem wilden drogeren.

Jokerface trok de tape van zijn mond.

'Alsjeblieft, zeg me wat jullie willen, dan regel ik dat,' smeekte hij en hij probeerde rechtop te gaan zitten.

De persoon hield hem het flesje voor. Hij dronk met grote teugen.

'Alsjeblieft, ik heb geld, ik zal geen aangifte doen. Dat beloof ik.'

'Stil nu.' De stem klonk als die van een man, maar Philip was er niet helemaal zeker van.

'Alsjeblieft, ik smeek het je. Laat me gaan, ik zal je belonen.'

'Het belangrijkste hier is dat je stil bent. En dan wil ik nu de code van je random reader.'

'Alsjeblieft...'

'De code, en geen gezeik. Ben je achterlijk of zo?' De stem in een andere toonval.

Philip liet zijn hoofd zakken en zweeg. Hij had niet eens kunnen zien of het een licht- of een donkerharige persoon was die over hem heen gebogen stond. De pet verborg zijn haren en het tegenlicht maakte het lastig om details te zien.

Jokerface boog zich opeens over hem heen en duwde hem tegen de grond. Hij viel achterover.

Jokerface lag nu boven op hem. De armen achter zijn rug voelden alsof ze zouden afbreken. Philip voelde zijn gewicht tegen zijn lijf.

Zag zijn fonkelende ogen.

Daarna zag hij dat Jokerface iets tegen zijn gezicht hield.

Het was een stanleymes met een goudkleurig, plastic handvat.

'Je moet stil zijn, da's het enige wat ik je wil meegeven.'

Het was een scherpe pijn in zijn wang, en hij gilde het uit. Maar Jokerface drukte zijn hand voor zijn mond, en trok de tape er weer overheen.

'Nog één kik en de volgende keer trek ik hem nog vijftien centimeter door.'

Philip richtte zich langzaam op. Hij drukte zijn wang tegen zijn eigen schouder. Voelde het natte bloed omlaag druppelen.

Hij huilde.

Hij voelde dat hij op het punt stond om over zijn nek te gaan.

Soms dacht hij erover om de tiewraps die om zijn handen en benen waren getrokken, open te schuren. Misschien zou hij het handdoekenrek of iets uit het badkamerkastje kunnen gebruiken. Maar wat zou er gebeuren als ze zagen wat hij aan het doen was? Ze hadden al laten zien dat ze geen grenzen hadden.

Soms had hij geprobeerd om naar geluiden te luisteren. Af en toe hoorde hij iets wat leek op een radio of muziek uit de speaker van een telefoon.

Wie zou erachter komen dat hij weg was? Steffi was degene met wie hij het meest contact had, maar die was op reis. Ze zou het vast vreemd vinden wanneer hij haar telefoontjes niet beantwoordde, maar ze was niet zo iemand die de politie zou bellen alleen maar omdat hij een paar dagen niet te bereiken was. En verder? Ian misschien, zij zagen elkaar best vaak op het werk. Maar aan de andere kant waren ze al snel overeengekomen dat ze volledig vrije arbeidstijden zouden hanteren en bovendien waren zij allebei toch vooral met hun eigen projecten bezig. Ook Ian zou niet reageren omdat Philip nu toevallig deze week niet op kantoor zou verschijnen.

Hij dacht weer aan het eerste etmaal dat ze hem in hun bezit hadden gehad.

Een paar uur nadat Jokerface hem had gesneden en om de code van zijn random reader had gevraagd was hij teruggekomen. Hij had de sleutel in het slot gehoord. Hetzelfde verblindende licht van de lampen.

Hij deinsde achteruit.

De persoon had een stoel naar de deuropening getrokken.

Philip zag achter hem een glimp van een tweede persoon, met een bivakmuts over zijn hoofd.

Jokerface trok de tape van Philips gezicht.

'Rechtop zitten.'

Philip leunde tegen de muur en probeerde zich op te richten. 'Alsjeblieft, maak die tiewraps los, ik trek dit niet. Ik kan niet nadenken, het begint te veel pijn te doen.'

Geen reactie.

Jokerface was gaan zitten. 'Die fucking reader van jou doet het niet.'

'Wat zeg je?'

'Ik zeg dat we tien miljoen kronen van je willen en we hebben geprobeerd die shit over te maken, maar dat lukt niet.'

Philips hart begon te bonzen. Dat was een ziekelijk bedrag. Toch moest hij zich nu concentreren en zich niet door het bedrag van de wijs laten brengen.

'Toch zou hij moeten werken,' zei hij zacht.

'Maar dat doet hij verdomme niet. Dit zou allemaal vlot gaan.'

Philip probeerde na te denken. Hij had een aandelenfonds met vooral Zweedse, beursgenoteerde aandelen van circa tien miljoen. Er zou ook nog ongeveer acht miljoen aan contanten op zijn gewone betaalrekening en diverse spaarrekeningen moeten staan. Bovendien had hij een kapitaalverzekering in Ierland geregistreerd staan met waardepapieren, aandelen en fondsen, met een waarde van zo'n twintig miljoen, maar om die te kunnen zien had je gelukkig andere inloggegevens nodig. Daarnaast bezat hij aandelen in een paar kleinere, niet-genoteerde bedrijven, eigen durfkapitaalinvesteringen die niet op de website van zijn bank te zien waren. En de écht grote bedragen stonden immers op de rekeningen van de zaak en zaten in de investeringen die van daaruit werden gedaan, maar dit waren rekeningen die niet direct onder hem vielen. Die random readers lagen bij zijn accountant.

Hij zou dus minstens acht miljoen aan liquide middelen moeten hebben en nog meer in redelijk snel te realiseren bedragen. Maar het probleem lag hier bij de regels van de banken.

'Wat is er dan gebeurd?' vroeg hij uiteindelijk.

Het leek wel alsof Jokerface beefde.

'Ik word hier hartstikke gek van. Ik weet niks van dit soort geneuzel af. Die kutbank van jou heeft een of andere automatische limiet op alle buitenlandse betalingen buiten de EU hoger dan twintigduizend euro.

Dan willen ze ook nog eens dat je registreert waar dat geld naartoe gaat, dus als het naar Thailand gaat, moet je eerst een zooi formulieren en verzekeringen invullen. Het is één groot drama wat ze daarvoor hebben verzonnen.'

Philip stond op scherp.

Jokerface zei: 'Je hebt ons verdomme besodemieterd.'

18 februari

Een van de receptionistes belde om te zeggen dat de cliënt er was.

Met de gedachte dat ze nog vier uur de tijd had voordat het DD-rapport afgeleverd moest worden, zou ze nu eigenlijk niet met die man af moeten spreken. Maar Magnus was heel duidelijk geweest.

Bovendien wist ze al dat het een goed rapport zou worden. Ze had geen dermate serieuze juridische problemen ontdekt waar de cliënt de deal op zou laten afketsen, maar vervelend genoeg om grof geschut te kunnen vormen in de eindonderhandelingen over de prijs van het aan te kopen object, oftewel het bedrijf. Dit zou leiden tot nieuwe garanties, een betere escrow en misschien een holdback. Met andere woorden: de cliënt zou advocatenbureau Leijon nóg harder nodig hebben voordat ze deze deal konden sluiten.

De receptie was een van de trotsen van het bureau.

Advocatenbureau Leijon wilde in hetzelfde rijtje horen als de Londense firma's, maar niet die zogenaamde giganten met duizenden advocaten, Allen & Overy, Linklaters, Clifford Chance of hoe ze ook allemaal heetten. Eerder de wat kleinere, zoals Slaughter and May, Parabis en Stewarts Law – met andere woorden degene die de hoogste PEP hadden: *Profit per Equity Partner*. Waar een vennootschap in principe een jaarlijkse uitkering inhield zoals die van een directeur van een Amerikaans beursgenoteerd bedrijf.

De vloer bestond uit grote tegels van kalksteen uit Gotland en de wanden waren bekleed met houten panelen. Het waren geen oubollige, britsachtige panelen, maar eerder een matte, egale wand van berkenhout. De receptiebalie was van een stuk donkergrijs graniet en werd meestal bemand door een receptioniste. De gedachte erachter was dat dit tegelijkertijd de Zweedse oerberg, stabiliteit en traditie, moest voorstellen.

Langs de rechterwand stonden een paar minimalistische, lederen fauteuils in een klassiek Poul Kjærholm-design. Op kleine tafeltjes lagen netjes opgevouwen financiële en zakelijke kranten en internationale business-tijdschriften.

Deze receptie kon niet worden verward met een of ander plattelandsbureautje met lompe, algemeen praktiserende advocaten, maar het ademde toch ook niet de wezenloosheid uit van zo'n mega-firma. Wanneer de cliënt door de ogenschijnlijk nietszeggende, eikenhouten deuren op de zevende verdieping binnenstapte, zou hij of zij met alle zintuigen niet anders kunnen dan opmerken dat hij of zij zich in een van de meest vooraanstaande advocatenfirma's van Europa bevond. Dit was een boutique-firma van de bovenste plank.

In een van de fauteuils zat een man. Hij leek een jaar of dertig. Hij was breed en droeg een windjack dat er te dun uitzag voor het weer buiten. Naast hem op de grond stond een rugzak. Toen hij opstond, zag Emelie pas hoe groot hij echt was.

'Hallo, welkom. Mijn naam is Emelie Jansson. Ik ben degene die u had gebeld.'

De man legde een krant op de tafel en stak zijn hand uit. 'Dank u. Najdan, maar noem me maar Teddy.'

Zijn handdruk was een beetje te hard.

En hij liet haar maar niet los met zijn blik.

Het belletje van de lift klonk en de deuren sloten zich.

'Bah, wat een triest weer vandaag,' zei Emelie.

'Nogal.'

'Laten we hopen op wat fijne sneeuw voordat de winter weer voorbij is.'

'Hmm.'

'Bent u hier weleens eerder geweest?'

'Nee.'

Toen gaf ze het maar op. De reis van de zevende naar de tiende verdieping duurde maar negen seconden.

Het uitzicht vanaf Emelies kamer een paar verdiepingen lager was mooi, maar nu stonden ze helemaal boven, op de afdeling met de vergader- en gespreksruimtes. Vanaf hier was het uitzicht door de panoramaramen niet gewoon mooi, het was fenomenaal. De gashouders van Gärdet waren helemaal in de verte nog net als donkere silhouetten zichtbaar, die markeerden duidelijk waar de grens van de binnenstad liep – een definitie die boven alles de huizenprijzen in Stockholm bepaalde. Of je woonde daarbinnen, of je was een sloeber.

Ze keek vanuit haar ooghoek naar de man naast haar om te zien of hij op het uitzicht reageerde. Hij leek zijn eigen knie te bestuderen.

Ze namen plaats in een van de kleinere vergaderruimtes, die allemaal van die domme namen hadden. Deze heette Bloemenhof.

Ze schoof hem, geheel volgens de etiquette, haar visitekaartje toe. Dit hield hij in zijn hand zonder schijnbaar te weten wat hij hiermee aanmoest. Ze dacht aan sommigen van de vennoten die vouwregels voor de kaartjes hadden. Een persoonlijk overhandigd kaartje moest rechtsboven worden omgevouwen.

'Zoals ik al aan de telefoon zei, heb ik begrepen dat u hulp nodig had met schuldsanering.'

Najdan, Teddy, of hoe hij nu ook heette, stopte haar visitekaartje in zijn portemonnee.

'Van wie heb je die info gekregen?'

Er viel een korte stilte toen Emelie nadacht over wat ze ging zeggen. Dit stond zo ver van haar normale werk en cliënten af als maar mogelijk was. Ze had maar een vaag idee van wat schuldsanering eigenlijk inhield voordat Magnus haar had gevraagd om contact met deze cliënt op te nemen en hem min of meer de diensten van het bureau aan te bieden.

Vaak ging het om mensen zonder fatsoenlijk inkomen die bij diverse geldgevers in de schulden stonden vanwege een consumentenkrediet. Via de rijksoverheid kon je dan een saneringsplan opstellen. De schuldeisers moesten er dan mee akkoord gaan om maar twintig procent van hun vorderingen terug te krijgen – het was in elk geval meer dan niets – en de schuldenaar moest ermee akkoord gaan om vijf à zes jaar van het minimumloon te leven.

'Een van de verantwoordelijke vennoten hier wil u graag proberen te helpen. En ik ben zijn assisterende jurist, dus sta ik tot uw dienst.'

Teddy strekte zich uit naar een flesje mineraalwater dat op een dienblad op tafel stond. Hij zei geen woord, maar draaide slechts het flesje open en schonk de inhoud in een glas. Het bruisen was het enige wat er te horen was.

'Waarom wil hij mij helpen?' vroeg hij daarna.

Dit had Emelie zich ook afgevraagd. Maar Magnus had haar reeds geïnstrueerd wat ze moest antwoorden.

'Soms doen we ook wat aan zogenaamde pro-Deowerkzaamheden. Ik weet niet hoe mijn vennoot nu precies met uw situatie bekend is geraakt, maar het is belangrijk voor een bureau als het onze om ook een bijdrage aan de samenleving te leveren, en ik kan u garanderen dat u de best mogelijke service zult krijgen.'

'Ja ja. Maar dan kan ik wel meteen open kaart spelen, dan zullen we es zien wat ervan terechtkomt.'

Emelie bekeek de man tegenover haar nog eens onderzoekend. Er miste een tand in zijn onderkaak.

'Ik heb acht jaar in de gevangenis gezeten en ben nog maar net vrijgekomen.'

Ze huiverde. Ze wist dat iedereen in Zweden na twee derde van het uitzitten van de straf voorwaardelijk werd vrijgelaten. Met andere woorden: acht jaar in de gevangenis betekende dat Teddy tot twaalf jaar was veroordeeld. Een twaalfjarige gevangenisstraf: er waren niet veel misdrijven die tot zo'n straf leidden. Ze vroeg zich af waarom het zo belangrijk voor Magnus was om nu juist deze vent te helpen.

Teddy vertelde in het kort over zijn problemen met het vinden van werk en dat hij teerde op de zak van zijn zus. 'En wat schulden betreft, die zijn er zeker.'

Ze stelde de vervolgvragen. Over de grootte van zijn schulden, hoe ze waren verdeeld, hoe oud ze waren, of hij wist wie de schuldeisers waren. Ze vulden samen een formulier in. Hij keek in de verste verte niet blij.

De grauwe mist buiten drukte als het ware tegen de ruiten. Stockholms kringelende nevelen kwamen helemaal tot aan de fraaie ramen hierboven.

Toen ze klaar waren, keek ze hem aan.

'Er was nog één ding. De vennoot, Magnus Hassel, wil je graag persoonlijk ontmoeten.'

Magnus' stropdas was vandaag felrood, de vouw in de knoop van zijn stropdas zat perfect. De zakdoek in zijn borstzakje was paars.

Hij schudde Teddy de hand en nam plaats. Emelie bleef op haar stoel zitten. Zoals zo vaak, draaide Magnus met een pen tussen zijn vingers.

'We kennen elkaar natuurlijk niet, maar normaal gesproken werk ik aan F&O, fusies en overnames: wij bieden hulp bij aankoop, verkoop en fusies van bedrijven. Zo waren wij er bijvoorbeeld bij toen Adaxtra afgelopen voorjaar van de beurs werd gehaald. Wij zijn het op tien na grootste advocatenbureau van Scandinavië. We streven er eigenlijk puur en alleen naar om loyaal aan onze cliënten te zijn en bij te dragen aan hun voorspoed.'

Emelie dacht aan de opschepperij die meestal intern werd uitgekraamd. Het bureau was de afgelopen tien jaar vier keer door *Legal 500* en *Client Choice Award for Sweden* verkozen tot transactiebureau van het jaar. Magnus zelf werd *Highly recommendable* genoemd in *The Yearly Lawyer*.

Teddy liet zijn hoofd hangen. Hij leek niet eens te luisteren. Emelie vroeg zich af wat er mis was met die man. Onverschillig. Ongeïnteresseerd. Ondankbaar.

Magnus vouwde zijn handen voor zich uit. De mouwen van zijn colbert gleden omhoog en legden zijn manchetknopen bloot. Die waren in de vorm van een M en een H, van puur goud.

Emelie herkende dit gebaar, dit deed hij altijd wanneer hij wilde onderstrepen dat iets belangrijk was.

'Het zit zo, Najdan, ik vraag me af of jij Emelie en mij ergens mee zou willen helpen.'

Voor de tweede keer vandaag huiverde Emelie. Magnus was meestal rechtdoorzee, maar nu blijkbaar niet. Hij had er tegen haar niets over gezegd dat hij Teddy wilde inhuren. Die schuldsanering moest alleen maar een smoesje zijn geweest.

'Het gaat hier om een vermoedelijk vermist persoon,' ging Magnus verder.

Daarna hield hij op met praten, alsof hij wilde controleren of Teddy wel luisterde.

Teddy zei niets, maar hij keek in elk geval op.

'We weten niet precies hoe lang deze persoon al verdwenen is, maar tussen de drie en zes etmalen. We weten niet waar hij is. Zijn ouders maken zich ontzettend veel zorgen, zoals je vast begrijpt. We vermoeden dat hij is meegenomen.'

Teddy onderbrak hem opeens. 'En waarom, als ik vragen mag?'

'Welnu, ik bedoel dus dat hij gekidnapt is. Ik kan in dit stadium niet in details treden, vrees ik. Je moet weten, deze familie is zeer welgesteld, om het zachtjes uit te drukken.'

'Maar waarom wil je dan dat ík help?'

Magnus schoof zijn stoel onder zijn bureau vandaan en leunde achterover. Hij keek omhoog naar het plafond, een beetje alsof hij zat na te denken over wat hij moest antwoorden, maar dit kon net zo goed ook een spelletje zijn.

'Er is veel haast bij geboden, om eerlijk te zijn wijst onderzoeksstatistiek uit dat wanneer iemand langer dan achtenveertig uur is vermist, de overlijdenskans twee keer zo groot wordt. Dat is toch verschrikkelijk. Emelie werkt hier ook aan, dus je staat niet alleen.'

'Ik geloof niet dat je antwoord hebt gegeven op mijn vraag. En daarbij lijkt het erop dat jullie al een bekwaam iemand hebben die ermee bezig is.'

'Absoluut, maar we hebben jou nodig.'

'Waarom?'

'Ik zal helemaal eerlijk tegen je zijn, dit is zo belangrijk dat het geen zin heeft om om de hete brij heen te draaien. Er is een bepaalde connectie met Södertälje. De vermiste persoon werd een paar weken voordat hij verdween mishandeld door iemand of door meerdere personen die, naar wij denken, daarvandaan komen.'

'Er zijn meer mensen in Södertälje die jullie kunnen helpen.'

Magnus leunde voorover op zijn bureau. 'Teddy, ik denk dat jij wel weet waarom jij hier de aangewezen persoon voor bent. Dat weet je best, dat hoef ik je niet te vertellen, toch?'

'Ik weet waar je aan denkt.'

'Oké, dan begrijpen we elkaar. En dan weet je ook waarom ik jou nodig heb.'

Emelie hield het niet meer. Voorzichtig draaide ze haar hoofd om te zien hoe Teddy reageerde. Die bleef recht voor zich uit staren.

'Dan moet ik je helaas informeren dat ik niet meer op die manier te werk ga.'

Magnus sloot zijn mond, ongeveer alsof hij geen woorden meer had.

'Bel in plaats daarvan de politie,' zei Teddy.

De pen wipte heen en weer in Magnus' hand.

'Nee, het zou fijn zijn als je een paar seconden naar mij zou kunnen luisteren. Ik begrijp dat je momenteel je reden hebt om voorzichtig met je leven om te gaan, en dat het verwarrend kan zijn om langere tijd in de gevangenis te hebben gezeten. Maar de familie durft absoluut geen aangifte bij de politie te doen. Het is algemeen bekend dat de politie smeuïge verhalen naar de media lekt, dat weet jij ook wel. En als dit uitkomt, dan kan de mogelijkheid om die jongeman te vinden worden bemoeilijkt en kan degene die hem heeft of degenen die hem hebben uit stress iets ondoordachts doen. Het is te gevaarlijk, ik heb het hun zelf afgeraden. Herinner je je de ontvoering van Sebastian Andersson nog?'

'Tuurlijk. Wie niet?'

'Toevallig ken ik zijn vader persoonlijk. Die zei mij dat naar de politie gaan de grootste fout is geweest.'

'Omdat ze hadden gelekt.'

'Yep, en toen begonnen onze lieve sensatiekranten het werk van de politie te volgen zodat de ontvoerders een nieuwe tactiek konden bedenken. Bovendien konden ze de financiële middelen van de familie Andersson met nog meer precisie in kaart brengen. De kidnappers verhoogden het losgeld met dertig miljoen. Het lichaam van Sebastian Andersson is nooit gevonden. Alles is misgegaan.'

'Maar ze hebben hier bij de politie vast wel speciale eenheden voor.'

Emelie hoorde Magnus' stoel kraken toen hij zich nog verder naar voren boog.

'Dat is een mogelijkheid, maar nu betreft het een familie van Anderssons kaliber. De media zullen ervan smullen. Zoiets kunnen zelfs hun speciale eenheden niet stilhouden. Je hoeft maar één geldbeluste, domme smeris te hebben en alles ligt zo op straat.'

Teddy gaf geen weerwoord op Magnus' uiteenzetting.

'Volgens de informatie die ik heb ontvangen, ben jij nog steeds uitzonderlijk, en heb je een groot netwerk.'

'Niet onder jouw vriendjes, denk ik zo.'

'Dan is dat maar zo. Maar ik ben van mening dat jij aan deze zaak kunt bijdragen. En om eerlijk te zijn, er is geen tijd te verliezen. Ook kan ik melden dat je zelf kiest hoe je je vergoeding wilt ontvangen, als je begrijpt wat ik bedoel.'

Magnus knipoogde extra overdreven met zijn ene oog.

Emelie hield daar niet van, zwart geld.

Teddy stond op. 'Ik vrees dat dit niks voor mij is.'

Ook Magnus stond op. 'Wacht Teddy, ik wil toch nog even zeggen dat we je nodig hebben. Je bent hier keihard nodig.'

Teddy schudde Magnus vriendelijk de hand. 'Jij weet niet wie ik ben.'

Daarna wendde hij zich tot Emelie en schudde ook haar de hand. 'En jij ook niet.'

Ze zeiden niets tegen elkaar terwijl ze op de lift stonden te wachten. Toen de liftdeuren opengingen, zei Emelie: 'Je vindt het verder wel, hè?'

Het was bedoeld als grapje, maar Teddy keek haar aan alsof ze niet goed bij haar hoofd was.

Ze liep terug naar de vergaderruimte nadat de lift op weg naar beneden was.

De geur van Teddy hing er nog. Goedkope deo en zweet.

'Moet ik hem nu nog helpen met zijn schuldsanering?' vroeg Emelie en ze sloot de deur achter zich.

Magnus was opgestaan en keek door het raam.

'Dat is onbelangrijk zolang hij ons niet helpt. De ontvoeringszaak gaat voor alles.'

'Waarom wil je juist hem erbij hebben?'

'Hij kent dit soort dingen en hij is op belangrijke wijze de juiste man voor ons. Iedereen die ik heb gesproken zegt hetzelfde. Van mijn oude studiegenoten die tegenwoordig advocaten in het strafrecht zijn tot de regionale politiechef. Haar sprak ik eergisteren.'

Emelie kon het niet nalaten om te zeggen: 'Ik vraag het me af. Je weet dat hij tot twaalf jaar gevangenis is veroordeeld?'

'Absoluut, dat is een van de redenen waarom ik hem erbij wil hebben.'

*

's Avonds wilde Linda uit eten in het centrum van Södertälje. Teddy vermoedde dat ze hem wilde opvrolijken. En dan wist ze nog niet eens dat hij sinds kort een sigarettenreus een paar honderd rooitjes schuldig was. Of ze wilde zichzelf opvrolijken. Ondanks dat Nikola kennelijk had gebeld om te zeggen dat alles oké met hem was, was hij nog steeds niet thuisgekomen.

Ze liepen erheen. Dit voelde verfrissend: ook al duurde het een halfuur om er te komen, het was pure vrijheid om te voet te gaan waar je maar wilde.

Teddy dacht aan een andere nacht een paar dagen geleden, voordat Nikola had besloten om niet meer naar huis te komen. Hij had niet kunnen slapen en was in de woonkamer tv gaan zitten kijken. Eigenlijk had hij hier een hekel aan, in de gevangenis had hij de eerste jaren zoveel naar die domme beeldbuis zitten staren dat de tv-programma's hem zowat zijn neus uit kwamen. Toch bleef hij zitten.

Rond halfdrie hoorde hij de voordeur opengaan. Iemand zocht op de tast naar een kleerhanger en er werden schoenen uitgetrokken.

Daarna stille, trippelende voetstappen. Nikola keek de woonkamer in.

'Ben je nuchter, Nikola?'

Nikola stond een seconde stil, waarna hij wankelde en bijna omverviel voordat hij op de bank ging zitten.

'Redelijk,' antwoordde hij. 'Wat ben je aan het doen?'

'Van de vrijheid aan het genieten.'

'Gelijk heb je.'

'Dank je. En ik zat ook op jou te wachten.'

'Da's relaxed, maar je hoeft niet te wachten.'

'Mooi. Ik ga zo naar bed. Ben jij niet moe?'

'Best wel. Ik ben een beetje van de wereld. Kan vaak moeilijk in slaap komen.'

'Wil je liever in je eigen kamer slapen? Ik heb er geen problemen mee om hier op de bank te liggen.'

'Welnee. Jij moet in een echt bed slapen. Dat verdien je. Maar ik moet hier gewoon even zitten en mijn roes uitchillen.'

Teddy zag Nikola's ogen, het waren net twee zwarte puntjes die donkerder waren dan de duisternis in de kamer. Hij kon niet ladderzat zijn, hij sprak niet met dubbele tong.

'Lees je nog boeken tegenwoordig?' vroeg Teddy.

Hij meende een glimlach op Nikola's lippen te zien.

'Begin nou niet net als opa. Die geeft me elke keer dat we elkaar zien een nieuw boek, maar het enige wat ik heb gelezen is dat over Zlatan.'

Uit de speakers klonk Griekse volksmuziek en aan de betegelde muren hingen schilderijen van Poseidon, Dionysos en andere Griekse goden en halfgoden. Hij herinnerde zich hoe zijn vader hem over hen voorlas toen hij nog een kind was.

Medusa was een klassiek Grieks restaurant.

'In de tijd dat jij vastzat is Thais eten erg hip geworden, zelfs de hotdogtentjes zijn verbouwd tot woktentjes. Maar ik hou nog altijd van Grieks.'

Teddy herinnerde zich dit restaurant nog, ze gingen hier vaak heen toen zijn moeder nog leefde.

Ze hingen hun jas op en namen plaats aan een tafeltje. Linda had een tafel gereserveerd, hoewel dit niet echt nodig leek te zijn. De tent was halfleeg.

Als voorgerecht bestelde ze knoflookbrood, tzatziki en feta. Teddy nam niets.

Ze praatten over zijn vader die eigenlijk niet zo goed meer op zichzelf kon wonen. Een tijdje terug was hij een pan vergeten die op het vuur stond.

'Hij is verdorie nog maar vijfenzestig jaar,' zei Linda.

'Ja, maar de een verslijt sneller door het leven dan de ander,' antwoordde Teddy.

Als hoofdgerecht bestelde zij souvlaki en Teddy bifteki, dat was het goedkoopste wat ze op het menu hadden staan.

'Er werd mij vandaag een baantje aangeboden,' zei hij toen het eten werd opgediend. 'Het eerste sinds ik ben vrijgekomen, trouwens.'

Linda bevroor met haar vork halverwege haar mond. 'Maar dat is fantastisch, jeetje wat gaaf. Wat voor iets is het?'

Teddy vertelde in het kort wat hij ervan wist, dat een zakelijk-juridisch advocatenbureau zijn hulp vroeg bij het vinden van een vermist persoon.

'Wat voor honorarium boden ze dan?'

Linda kende op sommige gebieden ook precies de juiste termen.

'Zo ver zijn we nooit gekomen.'

'Hoezo niet?'

'Ik heb ervoor bedankt.'

'Waarom dat dan?' De teleurstelling in haar stem was zo duidelijk dat aan de tafel naast hen een paar mensen zich omdraaiden.

Hij boog zich voorover en dempte zijn stem. 'Het is niks voor mij. Ik weet niet hoe die advocaat aan mijn naam kwam, maar ze zijn in de veronderstelling dat ik nog steeds de oude ben. En ik doe dat soort dingen niet meer.'

'Maar het honorarium dan? Geld is geld.'

'Nee, dit komt op een of andere manier vanuit de verkeerde hoek, uit mijn vorige leven.'

Ze wiegde met haar hoofd heen en weer, alsof ze aan het analyseren was wat hij zojuist had gezegd.

Linda had erop gestaan dat ze een toetje namen. In stilte zaten ze te wachten.

Na een paar minuten klonk er een piepje van haar telefoon. Ze pakte hem op.

'Jezus, Teddy. Waar ben jij mee bezig?'

'Waar heb je het over?'

Linda hield haar telefoon omhoog.

Teddy kon de sms op het scherm duidelijk lezen: *Zeg hem op tijd te betalen. Anders mag hij kiezen wie we als eerste pakken, je zoon of zijn vader. Grt, Mogge V.*

Linda's ogen stonden wijd open.

Teddy kon haar niet aankijken. In plaats daarvan bestudeerde hij een van de schilderijen aan de muur. Het stelde een man voor met vleugels aan zijn schoenen.

Hermes, was dat niet zijn naam? De beschermer van de dieven. Hij die na de dood de ziel van de mens naar de onderwereld begeleidde.

Hij was niet langer Teddy's god.

*

Jokerface stond over hem heen en de lampen op de achtergrond schenen op Philip.

Hij deinsde weer achteruit. Dit had hij de laatste dagen elke keer gedaan zodra de deur opengging. De wond was redelijk snel gestopt met bloeden, maar de herinnering aan het gezicht van Jokerface zo dicht bij het zijne en de brandende pijn aan zijn wang werden er niet minder op.

Het deed pijn als de tape werd weggetrokken.

'Ik moet iets te eten krijgen,' murmelde hij.

'Ja, maar je hebt toch wat gegeten?'

'Iets anders dan brood.'

'Binnenkort. Honger is niet goed. Ik doe dit niet om jou te laten lijden, geloof me.'

'Waarom...?'

'Geld, Philip. Ik heb geld nodig. Dat is het enige waar het om draait. Er was mij beloofd dat dit een fluitje van een cent zou worden. Nu is alles compleet *fucked*.'

Philip wist niet wat hij moest geloven, hij was kapot. Toch voelde hij zich rustiger door de woorden over eten. Binnenkort zou hij iets te eten krijgen, misschien dat dit hem wat kracht zou geven. Daarna maakten ze de tiewraps een paar minuten los en mocht hij ook zijn behoefte op de wc doen.

Hij was de afgelopen etmalen blijven proberen om door de deur heen te luisteren sinds die gek hem had gesneden.

Soms werd het geluid van de muziek onderbroken door stemmen. Meestal waren ze zo zacht dat hij niet kon horen wat er werd gezegd, maar een paar keer had hij een meer geagiteerde toon gehoord.

Hij kon de stem van de ander niet verstaan, alleen die van Jokerface. Maar dat was voldoende.

'Dit zou maar een paar uur duren, hoogstens een dag, dat had je beloofd.'

'Ja, maar nu zit hij hier straks al zes dagen, en je hebt nog steeds niet uitgevogeld hoe die overschrijvingen gedaan kunnen worden.'

'Dit is godver een appartement, mensen kunnen ons horen. Ik los dit op mijn manier op als jij niks weet te verzinnen.'

Philip vroeg zich af wat voor volk dit was, op een of andere manier hadden ze immers niet begrepen hoe het bankwezen in Europa tegenwoordig werkte.

En nu stond Jokerface hierbinnen en wilde praten.

Ik los dit op mijn manier op. Philip hoorde zijn verhitte woorden nog nagalmen in zijn hoofd.

'Nu ga jij ervoor zorgen dat wij onze centen krijgen. Zestien miljoen.'

'Tien hadden jullie toch gezegd?'

'Nu is het zestien, voor al dat gekut en de risico's die we nemen nu het allemaal uitloopt. En omdat we hebben gezien dat het op je rekening staat.'

Philip voelde zijn hoofdpijn toenemen. 'Maar dan moeten de waardepapieren worden verkocht. Dat duurt alleen maar langer voor jullie.'

'Dat moet dan maar. Maak je geen zorgen, je mag hier straks weg. Maar eerst ga je me vertellen hoe wij dat geld krijgen.'

'Maar ik heb geen idee.'

'Denk dan maar es diep na.'

'Maar...'

Jokerface kwam dichterbij. Philip zag twee rimpels tussen zijn ogen. Zou hij deze persoon in een getuigenconfrontatie herkennen, als hier ooit sprake van zou zijn? Hij moest nu zijn hoofd zo koel mogelijk zien te houden.

Jokerface nam iets in zijn hand, het zag eruit als gereedschap.
'Je moet ons een handje helpen, Philip.'
Philip begreep het te laat. Hoe kon hij zo dom zijn?
Hij wierp zich achterover en probeerde op zijn buik verder de badkamer in te kruipen.
Jokerface hield het gereedschap omhoog.
Philip voelde dat hij al een van zijn armen had vastgepakt.
Die werd in een onnatuurlijke hoek gebogen. De wond aan zijn wang deed pijn.
Het leek wel een schaar of een kniptang. Jokerface maakte een snelle beweging en boog zich over hem heen. Op hetzelfde moment voelde Philip een onwezenlijke pijn in zijn pink.
Een klik. Hij begreep wat er was gebeurd.
Hij brulde het uit. 'Au, au, alsjeblieft.'
Jokerface hield zijn hand op.
In het duister wist Philip het topje van zijn eigen pink te ontwaren.
Nu was Jokerface' stem barbaars. 'Ik zal verdomme mijn geld krijgen. Jij snapt ook wel dat ik dit niet voor noppes doe. Denk maar eens goed na over hoe dat geld overgemaakt kan worden. Ik geef je een uur.'
Jokerface gooide een stuk keukenpapier naar binnen.
De deur ging dicht.
Het was weer donker.
Philip ging over zijn nek. Hij hield zijn verminkte pink in het keukenpapier gewikkeld.
Hij probeerde zich te concentreren.
Hij moest iets bedenken.
Hij moest zestien miljoen kronen zien te regelen.

In de bajes

(Vier jaar eerder)

De oudere mannelijke gevangenisbewaarders zeurden dat de tijden waren veranderd. Ze zeiden dat er twee jaar geleden in de complete Hall-gevangenis maar twee vrouwelijke bewaarders werkten en dat waren allebei zulke bikkels dat ze nergens bang voor waren, nog niet eens voor de hepatitis die toentertijd onder de gedetineerden was uitgebroken. Vijf jaar later was een van hen, Kim, zelfs getrouwd met iemand van het team, dus helemaal lesbisch kon ze toch niet zijn, zeiden ze. Toch had ze nog steeds kort haar met een zijscheiding en een hartstochtelijke voorliefde voor Dr. Martens.

Tegenwoordig was bijna de helft van iedereen die werkzaam was in penitentiaire instellingen een vrouw. Tijden veranderen, zeiden de oude bewaarders weer, en daar is ook niets mis mee. Maar wat te doen als er rellen uitbreken? De politie bellen? Of Kim met haar stalen neuzen?

Ondanks de nieuwe geslachtsverdeling was er toch altijd wat weerstand wanneer er een vrouwelijke bewaarder op de afdeling begon. Was het echter iemand onder de dertig die er goed uitzag, dan kon er een bijna giebelende sfeer onder de mannen heersen.

Gedurende Teddy's vierde jaar dat hij vastzat, begonnen er twee vrouwelijke bewakers in de C-vleugel, Emma en Sara. Ze waren beiden vijfentwintig en allebei erg lief.

Er resteerde hem nog vier jaar zitten voor datgene wat helemaal verkeerd was gelopen – het was zaak geweest om daarbinnen een leven voor zichzelf op te bouwen.

In die tijd ging hij het meest om met twee jongens, Jimmy 'Tagg' Eriksson en Loke Odenson.

Tagg kende hij nog van toen ze de eerste maanden in Kumla in voorarrest hadden gezeten. Hij was veroordeeld voor een zware overval op een gelddepot vlak bij Eskilstuna. Hij en een paar andere gasten uit Stockholm hadden zich minutieus voorbereid, ze hadden zelfs met de vluchtauto een proefrit via de verschillende routes gereden. Ze hadden meer dan achttien miljoen kronen buitgemaakt, een fiks bedrag voor vier jongens uit het getto.

Het waren profs, de eerste weken hielden ze zich gedeisd. Ze bleven thuis en keken ziekelijk veel porno en superheldenfilms. Ze gingen de stad niet in, lieten de champagne links liggen, stonden niet in een of andere glossy nachtclub in de buurt van Stureplan op de tafels te schreeuwen of dertig rooitjes aan wijven te spenderen.

Toch ging het mis. Een van die gasten werd twee weken later tijdens een routinecontrole aangehouden. Die jongen moest zich hypernerveus hebben gedragen, want om een of andere reden besloot de verkeersagent een kijkje te nemen in de langwerpige tas die hij in zijn auto had gestouwd: die zat vol wapens. De rest was geschiedenis: de wapens kwamen overeen met de wapens die de overvallers op de bewakingsbeelden vasthielden en op de wapens werd ook DNA van Tagg aangetroffen. De wouten begonnen te graven: ze deden huiszoeking, vonden zijn computer, lieten die leegtrekken door hun IT-forensisch onderzoekers, vonden sporen van betalingen aan een huisjesmelker in Eskilstuna, namen contact met hem op en lieten foto's van Tagg zien: 'Hebt u deze persoon gezien?' Ja, die huisjesmelker kende hem wel: Tagg en drie anderen hadden een appartement in zijn huis gehuurd, pal tegenover het gelddepot.

Maar zoals Tagg zei: 'Het geld hebben ze nooit gevonden, dat is zo goed verstopt dat ik zelf nog maar amper weet waar. Ik kreeg vijf miljoen en ze pakken me zes jaar af. Bij een normaal baantje had ik in dat tijdsbestek nooit zo'n bedrag bij elkaar kunnen verdienen. Het is elke minuut van elke dag waard.'

Teddy kon het wel waarderen dat hij altijd de moed erin hield.

Loke daarentegen was uit heel ander hout gesneden. Hij had twee jaar gekregen voor inbreuk op het auteursrecht. Kennelijk had hij een soort van website op zijn naam staan waar mensen illegaal films en muziek konden downloaden. Het ging om miljoenen gebruikers uit de hele wereld. Loke had zijn betrokkenheid bij de rechtbank bekend, maar hij had zich meer als een politicus tegen de aanklager verweerd. Teddy had hier maar weinig kaas van gegeten, hij was nooit zo'n computernerd geweest.

Loke was helemaal niet op zijn plaats in de gevangenis, vooral niet gezien de beveiligingsclassificatie. Het was opmerkelijk dat ze een twintigjarige, beetje slissende hacker met iele, bleke armpjes tussen de drugsdealers en bendeleden uit de getto's van Malmö en multicriminelen uit de voorsteden van Stockholm hadden gezet, maar om een of andere reden werd hij als vluchtgevaarlijk bestempeld. Misschien had het te maken met de brute uitspraken die Loke in de rechtszaal had gedaan, of met al zijn supporters in de buitenwereld.

Hoe het ook zij, hij werd Taggs vriend in Hall, ze hadden een gedeelde interesse in digitale dingen. En iedereen die Taggs vriend was, was ook Teddy's vriend. Hij mocht die kerel wel.

Een keer had Loke een daarheen overgeplaatste gedetineerde genaamd Ibbe Salah een 'opgeblazen sukkel' genoemd. Het probleem was dat Salah niet alleen voor zware mishandeling en illegaal wapenbezit was veroordeeld, hij was ook ordebewaarder bij de relatief nieuwe, maar achterlijk agressieve bende Scorpio Sweden. Loke werd naar Salahs kamer geroepen en werd bevolen honderdduizend kronen boete te betalen voor zijn opmerking. Loke weigerde, hij dacht zich er wel op dezelfde manier uit te kunnen praten zoals hij ieder ander met zijn gewoonlijke breedsprakigheid omver kon lullen, maar de volgende dag zat er stront in zijn eten. Een dag later ging er, zogenaamd per ongeluk, iemand op zijn voet staan waardoor zijn grote teen en een voetwortelbeentje braken. Toen viel het muntje bij hem.

Drie dagen later verzamelden ze zich op Teddy's kamer. Salah, Loke, Teddy en twee van Salahs mannen; het was tijd om te onderhandelen.

Teddy werd op de afdeling als veteraan gezien en iedereen wist dat hij een rechtschapen man was, iemand die geen onnodige conflicten begon.

Uiteindelijk regelde hij dat Loke vijfduizend op de gevangenisrekening van het Scorpio-lid moest bijschrijven. Teddy had gedacht dat Loke verbitterd en boos zou zijn, maar integendeel: sinds die dag was Loke hem voor altijd trouw.

Ze zaten met hun kaartspel – altijd klaverjassen – gedeeld voor zich, Teddy speelde samen met Tagg, en Loke speelde vandaag met Salica, die normaal gesproken eigenlijk niet met hen speelde. Acht kaarten in de hand, de rest lag opzij. Rondom aan de andere tafels zaten andere gevangenen te spelen, dus meestal hield men zich hier wel gedeisd.

Maar vandaag niet. De nieuwe bewakers, Sara en Emma, zaten in de gemeenschappelijke ruimte. Ze zaten met ieder een kop koffie in de hand op de bank en ze zagen er verloren uit.

Teddy was vast niet de enige die zich afvroeg wat ze daar deden. De gedetineerden zorgden voor het grootste gedeelte voor zichzelf, ze bereidden hun eigen eten, dekten de tafel en ruimden op. Sommigen waren verantwoordelijk voor het pingpong, de kaartspelletjes en de bordspellen. Anderen kozen ervoor in de werkplaats te klussen of in hun eigen cel. Het personeel hield zich op in de bewaarders- en toezichtruimtes. Alles was gedigitaliseerd, geautomatiseerd en werd met camera's bewaakt. Persoonlijk contact tussen de gevangenisbewaarders en de gevangenen was allang weggerationaliseerd. De standaardcommunicatievorm tussen hen was de krakende stem van de bewaarders door de speakers.

Tagg legde zijn hand met kaarten op tafel en grijnsde. 'Zullen we ze als we klaar zijn eens een beetje uittesten?'

Teddy grijnsde mee. 'Iedereen moet weleens op de proef worden gesteld.'

Teddy ging precies tegenover de dames in de bank zitten.

Het plafond was hier laag, zoals in alle ruimtes van de gevangenis, en de tl-verlichting wierp een kil schijnsel. De vloer was van lichtbruin linoleummateriaal en deed nooit echt schoon aan, ondanks dat velen hierbinnen alleen op pantoffels liepen. De houten tafels zaten aan de grond vastgeschroefd, net als de stoelen; het was alweer lang geleden, maar het gebeurde soms weleens dat hier wat opstootjes ontstonden, Hall was een van de drie zwaarst bewaakte gevangenissen in Zweden.

'Welkom in Hall, we hebben dan misschien niet de beste koffie, maar absoluut wel het beste personeel. Of niet dan?'

Hij toverde zijn breedste glimlach tevoorschijn, ook al wist hij dat Tagg en Loke vonden dat hij er dan als een wolf uitzag.

Emma lachte terug. 'Dank je, ik heet Emma. Hoe heten jullie?'

Ze stelden zich voor, wisselden beleefdheden uit, probeerden grappig te zijn. Ze praatten over de voetbalwedstrijdjes tussen de bewakers en de gevangenen, welke nieuwe films er in de uitleenkast stonden, het mooie weer.

Deze meiden zullen nog van pas gaan komen, dacht Teddy.

'Ik zal jullie zeggen: velen hier worden een beetje gek als het buiten vijfentwintig graden en zwemweer is, en je hierbinnen moet zitten,' zei Tagg.

Emma en Sara knikten en zeiden dat ze dat wel begrepen.

'Hoe werken jullie deze zomer dan?' vroeg Teddy.

Sara zei: 'Ik werk heel juli en augustus, maar daarna ga ik parttime werken, ik begin hiernaast een studie criminologie.'

Teddy probeerde ook te lachen. 'Dan wil ik weleens weten of ze ook een vak over mij hebben?'

Ze moesten lachen.

De dagen gingen voorbij. Teddy en Tagg bewerkten de dames zo goed ze maar konden. Vrolijke kreten als ze hen in het bewaarderskantoortje zagen, brede glimlachen als ze elkaar passeerden op de luchtplaatsen, korte, leuke gesprekjes in de eetruimte als die kans zich voordeed.

Dit systeem werkte zo met alle bewakers. Of je was het meewerkende, relaxte type, de vriend die je een handje hielp, die niet tégen de gedetineerden was. Of je was de mierenneuker, de weigeraar, de bullebak die vijanden maakte en een vreselijke werkdag had met een hoop gezeik en constante discussies.

Maar zij die tot de eerste groep behoorden werden uiteindelijk vaak hulpjes. Dit hield niet op bij dat extra telefoontje of ruimere bezoektijden, maar leidde altijd tot vragen om binnengesmokkelde mobieltjes, drugs, hulp bij ontsnappingspogingen. Had je eenmaal je vinger gegeven, dan kon je er vergif op innemen dat die wolven zouden proberen om ook de rest van je arm op te vreten.

Teddy en Tagg hadden beiden lang genoeg gezeten om de spelregels te kennen. Als ze te opzichtig deden en te hard van stapel liepen, zouden andere bewakers of gevangenen hierop reageren. De eerstgenoemden zouden de dames waarschuwen, proberen een gesprek met hen te hebben. De laatstgenoemden zouden misschien jaloers worden.

En dus zetten ze hun methode voort. Gewoon vrolijk, aardig en gevat zijn.

Een paar dagen later zagen ze de vrouwelijke bewakers toen ze een van de cellen moesten opruimen waar een kerel had gezeten die zojuist naar de isoleercel was verbannen. Die gast was in botsing gekomen met een andere gevangene, had een tandenborstel scherp geslepen en had drie snelle steken in de maag van zijn tegenstander geplant.

'Zwemweer vandaag?' Het was 15 juli en de zon scheen.

Sara en Emma liepen hen tegemoet. Ze droegen hun gebruikelijke blauwe broeken met zijzakken, de stevige riem met sleutelbossen en toegangspasjes en de blauwe bewaardersbloezen met korte mouwen.

'Ja, het is lekker weer. Wanneer mogen jullie vandaag naar buiten?'

'Zometeen,' zei Teddy, 'maar ik wilde jullie wat vragen. Over een paar dagen is het immers midzomer. Jullie snappen wel hoe triest het voor ons is om dat hierbinnen te vieren. We proberen nog een beetje op onze eigen manier een feestje te bouwen, meestal eten we haring bij de lunch, maar veel verder dan dat komen we niet. Da's echt heel sneu. Zouden jullie ons niet een heel kleine gunst kunnen verlenen? Omdat het zomer is?'

Sara en Emma stonden nu vlakbij. Behalve hen vieren was de gang uitgestorven. Toch dempte hij zijn stem. 'Kunnen jullie niet wat light bier in een plastic flesje gieten en op midzomernacht voor mij, Tagg en Loke meebrengen? Gewoon wat light bier. Alsjeblieft.'

Hij wachtte af. Probeerde hun gezichten te lezen en ondertussen zo onnozel mogelijk te kijken.

19 februari

Emelie zette de speakerfoon aan. De stem van Magnus: 'Lieverd, kun je even hierheen komen?'

Alle mannelijke advocaten waren 'gozer' voor Magnus, al waren ze vijftien jaar ouder dan hij, en alle vrouwelijke waren óf 'lieverd' óf 'schatje'.

Emelie pakte een notitieblok en stond op. Ze dacht weer aan dat voortgangsgesprek. Nu was het erop of eronder.

Het was halftien en Josephine was nog niet binnen, vandaar dat ze de speakerfunctie gebruikte; anders stoorde die haar kamergenote, plus natuurlijk het feit dat Magnus deze case als extra vertrouwelijk zag.

Ze liep naar zijn kantoor.

Magnus zat met de hoorn van de telefoon in zijn ene hand.

'Doe de deur achter je dicht,' zei hij. 'Ik wil Carl-Johan en Catharina Schale, de ouders van Philip, via de speakerfoon bellen en ik wil dat jij daar ook bij aanwezig bent. Er is zojuist iets gebeurd, iets zeer onrustbarends.'

'Wat dan?'

'Dat weet ik niet precies, ik heb alleen maar een sms gehad. Ga zitten.'

Ze was ontzettend blij dat ze dat DD-rapport tot een goed einde had gebracht, en bovendien met de eer ervan. De laatste uren werk waren krankzinnig geweest. De cliënt zou tevreden zijn, dat wist ze. Maar de rillingen in haar lijf waren vanochtend pas overgegaan.

Ze was het gewend om diverse juridische vraagstukken waar ze geen eerdere ervaring mee had te beantwoorden. Zo ging dat op de middelgrote bureaus: de juristen werden geacht de cliënten van dienst te zijn en al hun vragen te beantwoorden, maar ze konden geen experts op elk afzonderlijk rechtsgebied zijn zoals bijvoorbeeld de reuzen Mannheimer Swartling en Vinge. Maar dit, het zoeken naar een vermist persoon, dit was geen nieuw *juridisch* terrein. Dit was een heel nieuw soort opdracht, een andere klus. Voor haar was het alsof ze op Mars was beland.

Haar eerste reactie was dezelfde geweest als die van Teddy, ondanks dat ze op alle mogelijk denkbare manieren van elkaar leken te verschillen. Dat ze naar de politie moesten stappen. Maar Magnus had op dezelfde wijze de weigering van de ouders aan haar uitgelegd en haar herinnerd aan het Sebastian Andersson-voorval toen de kidnappers via de krant het politieonderzoek van dag tot dag op de voet hadden kunnen volgen.

'Het heeft met de bekendheidsfactor te maken. Als de familie Schale niet was geweest wie zij is, zou ik meer vertrouwen in de politie hebben gehad.'

Toen ze deze zaak hadden besproken, had ze Magnus gevraagd waar hij wilde dat ze begon. Hij antwoordde: 'Het is lang geleden dat ik op deze manier met juristiek bezig ben geweest, dus jij bent beter geschikt om dat te bedenken dan ik.'

'Maar dit is eigenlijk geen juristiek.'

'Nee, daar heb je gelijk in.'

Verdere discussies werden er niet over gevoerd. Het was de typische vennotenmanier van doen: zij onderhielden de relatie met de cliënt en een ander kon al het werk opknappen.

In plaats daarvan googelde ze wat rond, zocht op websites van de politie en sommige ideële organisaties. Missing People en AMBER Alert. Daar stonden algemene richtlijnen.

- *Weet u waar de persoon zich voor het laatst bevond?*
- *Hebt u toegang tot de telefoon-/internetrekening van de persoon? Zoek uit wanneer de persoon zijn pinpas en/of creditcard voor het laatst heeft gebruikt, om te zien of die nog in gebruik is.*
- *Bel de ziekenhuizen in de omgeving af om te controleren of de persoon daar is.*

Magnus had haar verteld hoe het allemaal was begonnen.

Als alles volgens de normale gang van zaken was gegaan, waren Philips ouders niet zo snel tot actie overgegaan als nu. Volgens Carl-Johan en Catharina Schale belden ze niet echt regelmatig met hun zoon. Ze zagen hem af en toe, maar ook niet zo heel vaak. Carl-Johan zat dan wel in het bestuur van een van zijn zoons bedrijven, maar veel vergaderingen waren er niet. Philip had absoluut een aantal dagen weg kunnen zijn zonder dat hun dit zou zijn opgevallen.

Maar het toeval had hier een handje in gehad. Carl-Johan had een nieuw hagelgeweer gekocht en hij had het idee opgevat om als kleine verrassing zijn oude wapen aan Philip te geven. Hij was ongeveer een week geleden op zijn gemakje naar Philip gewandeld en had bij hem aangebeld, maar Philip had niet opengedaan. Carl-Johan, die nog steeds een spannende verrassing van het geschenk wilde maken, had in plaats daarvan een briefje geschreven en in de brievenbus van zijn zoon gestopt.

Mijn Flipje, ik vind je echt een toffe peer. Daarom krijg je mijn oude... Want ik wil dat je geniet als je buiten bent en... Bel je pa!

Het was zó ongebruikelijk voor Carl-Johan om iets dergelijks te doen dat Philip dezelfde avond nog, zodra hij het briefje had gezien, zou hebben teruggebeld. Maar misschien sliep hij bij zijn vriendinnetje. Misschien had hij het briefje pas de avond erop gezien? Of de avond daarna? Maar daarna begon Carl-Johan het vreemd te vinden. Waarom liet Philip niets van zich horen?

Carl-Johan wilde echt met zijn zoon over zijn oude donderbus praten. Hij had geprobeerd te bellen, maar Philips telefoon stond uit. En op kantoor nam hij ook niet op. Toen hij bij toeval Ian aan de lijn kreeg, had ook die geen flauw idee waar Philip uithing.

En toen begonnen Carl-Johan en Catharina onraad te ruiken. Maar helemaal zeker konden ze natuurlijk niet zijn.

De dag erop waren ze toevallig Axel Nilsson, Philips vriend, tegen het lijf gelopen. Die vertelde dat Philip een paar weken geleden was mishandeld. Blijkbaar had Axel gezegd dat Philip had gezegd dat de daders uit Södertälje kwamen.

En toen namen ze het besluit.

Nadat ze Philip vier dagen niet te pakken hadden gekregen, en zich middels een slotenmaker toegang tot zijn huis hadden verschaft, hadden ze contact opgenomen met Magnus Hassel. Ze kenden hem ook persoonlijk, en ze hadden zijn raad nodig.

Emelie had alle ziekenhuizen in Zweden gebeld en rondgevraagd. Sommige antwoordden dat hij niet was opgenomen, sommige dat ze geen toestemming hadden om het medisch beroepsgeheim te schenden. Emelie vroeg: 'Maar we weten niet waar hij is, we maken ons zorgen. En dan zeggen jullie doodleuk dat hij jullie misschien gewoon geen toestemming heeft gegeven om het te vertellen.'

De verpleegster van, in dit geval, het Sahlgren-ziekenhuis, antwoordde zoals de meesten. 'Zo zijn de regels. Als de patiënt ons geen toestemming geeft, mogen we niets zeggen.'

Emelie gaf niet op. 'Mag ik het u dan puur hypothetisch vragen? Stel dát hij bij u is, zou u dan willen doorgeven dat hij zijn vader moet bellen?'

De verpleegster was even stil. 'Hypothetisch?'

'Ja, áls hij dus bij u is. Vraag hem dan te bellen.'

'Oké.'

'Vraagt u hem om zo snel mogelijk te bellen?'

'Dat is niet nodig.'

Dit zei Emelie genoeg: in dat ziekenhuis lag hij in elk geval dus niet.

Ze had nog steeds geen idee in welke hoek ze het moest zoeken. Ze was jurist, geen privédetective.

Maar gisteren, nadat die rare Teddy bij hen was weggegaan en zij als een malle aan de slag was gegaan om het DD-rapport af te krijgen, had ze een idee gekregen.

Jossie had verteld dat haar oom politieagent was. Het was het proberen waard, een minuscule kans, maar ze moest een poging wagen. Emelie zei het zoals het was.

'Ik zou met iemand van de politie moeten praten, iemand die mij wat info over een paar dingen kan geven, en toen dacht ik aan jouw oom.'

Jossie klonk bijna sarcastisch: 'Ahaa,' zei ze, en ze legde extra klemtoon op die laatste 'aa'. Misschien was het brutaal geweest om het te vragen. 'Heeft dit met je nieuwe case te maken?'

Inspecteur Johnny Swanell zag er precies uit zoals Emelie zich een politieman voorstelde. Hij had kort haar en iets naïefs in zijn blik, maar ook meteen een rust die controle uitstraalde. Om zijn pols zat een hartslagmeter. Hij was gekleed in een geruit overhemd, stevige, zwarte kisten en een zwart Arc'teryx-windjack. Wat was dat toch met Zweden en hun functionele kleding, vroeg Emelie zich af. Als ze alleen maar naar de winkel gingen voor een pak melk zagen mensen er al uit alsof ze de Kebnekaise gingen beklimmen.

Ze gingen zitten bij Espresso House in de Nacka Forum-passage. Johnny woonde daar vlakbij. Het was zeven uur en veel van de winkels gingen dicht. De cafés en restaurantjes bleven nog twee uur langer open, daarna was het hier volledig uitgestorven.

Een bijna lege passage: Emelie vond dat er iets dreigends van uitging.

Johnny nipte aan zijn kopje thee en prikte met zijn vork een stukje van zijn blauwebessentaart af.

'Mijn nichtje belt mij niet zo vaak, dus als ze belt en zegt dat het dringend is, dan neem ik dat serieus.'

'Ik ben u dankbaar dat u op zo'n korte termijn kan afspreken. Nog blijer ben ik dat u mij überhaupt wil ontmoeten. Aangezien we elkaar niet eens kennen.'

'Ach ja, maar die Jossie is een supermeid.'

Emelie keek in het café om zich heen om zich ervan te vergewissen dat er niemand in de buurt zat. Er waren maar twee tafeltjes bezet en die stonden ver weg.

'Ik ben dus een collega van Josephine en ik ben bezig met een speciale case. Ik gok dat u me zult aanraden om hiermee naar jullie te gaan, maar daar kan ik meteen op zeggen dat ik dit in de huidige situatie niet kan doen. Dan weet u dat alvast.'

'Oké, maar ik heb nog niets gezegd. Waar gaat het om?'

'Wij helpen met het zoeken naar een vermoedelijk vermist persoon. Het kan om een ontvoering gaan, maar ook iets anders, geweld of een ongeluk. Ik zou graag de mening van een ervaren politieman horen over mijn werk. Jossie heeft verteld dat u als een echte ster wordt gezien en binnenkort commissaris bent. Ze zegt dat iedereen gek op u is.'

Ze slijmde zoveel als ze maar kon, dat kon vast geen kwaad.

Johnny nipte nog wat meer van zijn thee.

'Vertel nog maar iets uitgebreider waar dit over gaat, zodat ik het begrijp.'

Emelie had niet anders verwacht. Waarom zou een politieman, wiens taak het is om misdaden op te lossen en tegen te gaan, met de meldingsplicht om misdaad te rapporteren, haar willen helpen zonder te horen te krijgen waar dit over ging? Hij zou alleen maar een aangifte hoeven opnemen, meer niet.

'Helaas kan ik niet zoveel vertellen. U zult het er maar mee moeten doen, een naam of iets wat maakt dat u erachter kunt komen over wie ik het heb, zult u niet krijgen. Wat ik kan zeggen is dat het om een persoon gaat die rijk is, en ongeveer sinds een week wordt vermist.'

Ze vertelde in het kort wat ze wist.

Hij bekeek haar onderzoekend toen ze klaar was. Tilde zijn kop thee weer op, maar hield zijn blik de hele tijd op haar gericht terwijl hij dronk.

'Mag ik je een vraag stellen?'

'Ja.'

'Waar zijn jullie in godsnaam mee bezig?'

'Hoe bedoelt u?'

'Wat je net hebt verteld, daar moet je mee naar de politie, dat snap je toch zelf ook wel. Jullie kunnen niet zomaar zelf kleuterschooldetective spelen, dat is levensgevaarlijk.'

Emelie ademde diep in. Het was erop of eronder.

'Dit is niet het moment om dit ter discussie te stellen. Ik zit vast aan de wens van mijn cliënten, oftewel de ouders van de vermiste man. Ze zijn nu eenmaal bang voor jullie.'

'Bang voor ons?'

'Ja, en u weet best waarom. Het is algemeen bekend dat jullie als een zeef naar de media lekken wanneer het bekende personen betreft en dit kan de mogelijkheden om hun kind te vinden in gevaar brengen, als dit inderdaad om een ontvoering gaat.'

'O, is dat wat je bedoelt.'

'Inderdaad. Dus als u mij niet wilt helpen, dan wil ik u bij dezen bedanken voor uw tijd. Maar ik kan u verzekeren dat wij middelen tot onze beschikking hebben en dat we samenwerken met een eigen recherchebureau, Redwood Security, die weten wat ze doen. We hebben het hier over het helpen van iemand die waarschijnlijk in gevaar is. Wilt u dit niet, dan nemen we nu afscheid. Ik betaal de taart wel.'

Anderhalf uur later zat ze in een taxi op weg terug naar de stad. Ze was moe. Het DD-rapport van eerder die dag had haar gesloopt. En ze was er niet zeker van of ze veel wijzer was geworden van de afspraak met Johnny Swanell.

Hij was als een blad aan een boom omgedraaid. Misschien had hij haar alleen maar willen testen, misschien had hij wel degelijk begrepen wat ze had gezegd en daar zijn eigen conclusies aan verbonden. Het was beter om te proberen een steentje bij te dragen dan om helemaal niets te doen.

Het bleek dat hij tien jaar lang voor de afdeling Zware Geweldsdelicten in politiedistrict Stockholm-Zuid had gewerkt. Die hadden een reeks verdachte ontvoeringen onderzocht en opgelost, maar sommige bleken gewoon domweg ongelukken te zijn geweest.

Hij gaf haar een flink aantal tips.

'Zoek uit welke volwassen personen hem de laatste maanden hebben gezien. Onderzoek zijn financiën. Controleer zijn blootstelling in de media en eventuele publieke optredens. Controleer alle bedrijven waarin hij actief is geweest, inspecteer al zijn ideëele betrokkenheid, ga al zijn wandelgangen na. Check of er veroordelingen of verdenkingen van misdrijven zijn. Spit alle zaken door die het slachtoffer de laatste jaren heeft gedaan, inclusief privétransacties zoals de koop van woningen of gebouwen.'

Met andere woorden: stel een DD van Philip op.

En doe het snel.

'Dit is geen Algerije of Colombia, de gemiddelde duur van een kidnapping in Europa is niet meer dan tien dagen. Wordt die voor die tijd niet opgelost, dan gebeurt er vaak iets rampzaligs. Als dit al om een kidnapping gaat.'

Ze probeerde volgens Johnny's instructies te denken.

Toen ze die avond thuiskwam, belde ze haar ouders. Ze googelde en zocht op internet. Ze bestelde oude klassenlijsten en informatie over Philips vroegere studiegenoten van de Universiteit van Stockholm. Maar ze nam met niemand contact op, dat lag vooralsnog te gevoelig.

Maar toch: ze deed wat ze kon om hem in een kader te plaatsen.

Philip Schale was zesentwintig jaar oud, een paar jaar jonger dan zijzelf. Hij was in Östermalm opgegroeid, had bij zijn ouders thuisgewoond, waarna hij het huis uit was gegaan. Zijn lagere school was Nilssons en daarna volgde het Individuele Gymnasium. Beide waren oude privéscholen die allang bestonden voordat het schoolsysteem in Zweden werd vereenvoudigd, toen er behalve de staatsinternaten nog maar drie vrije gymnasiums in Stockholm waren: het Individuele, het Franse en de Christoffelschool in Bromma. Maar sinds twintig jaar terug was het schoolsysteem volledig geprivatiseerd. Wie dit maar wilde kon een school beginnen, adverteren en leerlingen binnenhalen. En als je leerlingen had, kreeg je geld. Het was volgens de standaardfinanciële berekening een winstgevende business geworden om scholen te exploiteren: lage kosten, zekerheid van inkomsten. Emelies moeder was zeer kritisch geweest, in het bijzonder nadat een van de grote onderwijsmaatschappijen failliet was gegaan. Maar aan de andere kant, waar was zij nu niet kritisch over in het nieuwe Zweden?

Na het gymnasium had Philip een studie gevolgd op een privaat instituut om betere resultaten te krijgen voor de toelatingstest voor het hoger onderwijs; zijn resultaten op het gymnasium waren veel te laag om op een universiteit te kunnen worden toegelaten. Rond die tijd had hij ook zijn eerste investering gedaan. De zoon van een van zijn vaders werknemers, een zeventienjarig computermannetje die Kevin Andersson heette, had de programmatuur in zijn vrije tijd ontwikkeld, een dienst om onderling beelden tussen mobiele telefoons te versturen. Philip beheerde het geheel, zorgde voor afspraken die alles in goede banen leidden en stopte er vijfhonderdduizend kronen in. Het werd Pixel Flow genoemd. Negen maanden later werd het bedrijf voor dertig keer dit bedrag verkocht aan een durfkapitaalbedrijf; Philip verdiende zijn eerste eigen miljoenen met deze transactie. Hoeveel de heer Andersson hieraan had overgehouden, werd niet duidelijk in de paperassen die Emelie had kunnen doornemen. Ze had wel gezien dat het hele idee van beelden versturen tegenwoordig op zijn gat lag, andere technieken hadden het overgenomen. Ze dacht aan wat haar vader zou hebben gezegd: 'Dat nieuwerwetse gaat sneller dan hockey.' Wat hij precies met 'nieuwerwets' bedoelde was altijd wat vaag.

Na twee pogingen behaalde Philip voldoende hoge cijfers bij de toelatingstest en begon hij een studie Economie aan de Universiteit van Stockholm. Maar kennelijk had hij daar maar een derde deel van zijn tentamens gehaald. Het grootste deel van zijn tijd leek hij aan zijn eigen zaakjes te hebben besteed.

Magnus' kantoor. Voor hem op het bureau lagen een aantal papieren. Daarbovenop lag een patroon, misschien van een granaatwerper; Magnus gebruikte die als presse-papier.

Hij belde Philips ouders.

'Hoi, nu heb ik Emelie er ook bij. Vertel, wat is er gebeurd?'

Ze hoorde de stem van Carl-Johan Schale in het blikkerige geluid van de speaker.

'Ik sprak daarnet met Patric Öhrn, dat is Philips en onze vermogensmanager. Philip heeft ongeveer een uur geleden contact met hem opgenomen.'

'En wat zei hij?'

Carl-Johans stem trilde en hij moest een paar keer diep ademhalen voordat hij verder kon gaan.

'Hij vertelde dat Philip hem had gebeld en gezegd had dat hij nu meteen zestien miljoen overgemaakt wilde hebben.'

'Shit. Heb je Redwood al ingelicht?'

Magnus had de familie Schale aangeraden om ook Redwood Security in te schakelen.

'Nee,' zei Carl-Johan.

'Doe dat, het is goed als zij zo snel mogelijk dezelfde informatie hebben als wij. Dan moeten we jouw vermogensmanager meteen spreken. Kun je zijn telefoonnummer doorsturen?'

'Maar wat moeten we doen? Het lijkt er nu toch op dat er iets vreselijks is gebeurd, waar we de hele tijd al bang voor waren. We hadden er nog niet eens aan gedacht dat zoiets zou kunnen gebeuren. Dit is zo erg. Mijn Catharina is helemaal wanhopig.'

Emelie dacht dat het leek alsof Carl-Johan aan de andere kant van de lijn een huilbui probeerde te bedwingen.

Toen Magnus sprak, was dit met vaste en kalme stem. Een belangrijke eigenschap voor een goede advocaat was om altijd zeker van je zaak te klinken.

'Allereerst weten we nog niet of het hier om een misdaad gaat, of dat hem iets is overkomen. Ten tweede wil ik zeggen dat jullie het gesprek tussen Philip en jullie vermogensmanager als iets positiefs kunnen zien. Hij leeft en dit gaat alleen maar om geld. We moeten nu weer een stap vooruitzetten zodat we begrijpen waar dit over gaat. Ik wil dat Emelie weer met jullie praat. En we moeten Philips woning nog een keer doorzoeken, vind ik, en daarnaast hebben we een telefoonlijst nodig met zijn gesprekken van de laatste dagen en een lijst van creditcardaankopen. Emelie kan zo snel mogelijk naar jullie toe komen zodat jullie een volmacht kunnen ondertekenen en dan regelen we dat meteen. Jullie moeten ook bedenken of jullie willen dat we Philips vriendin of iemand in zijn kennissenkring op de hoogte stellen.'

Ze praatten nog een paar minuten verder. Ondertussen kwam er een mail binnen met de contactgegevens van Patric Öhrn, de persoonlijk vermogensmanager van de familie. Magnus opende die terwijl hij ondertussen vertelde dat ze ook een kijkje in Philips auto wilden nemen.

'We weten niet waar die is,' zei Carl-Johan.

'Niet?'

'Nee, hij heeft een garage maar daar staat ie niet.'

'Oké, dan moeten we daarachteraan.'

'En het geld dan, wat moet Patric Öhrn met het geld doen?'

Magnus klonk alsof hij onder de prozac zat toen hij antwoordde. Emelie vroeg zich af hoe hij zo koel kon zijn.

'Ik kom bij jullie terug met een advies nadat ik jullie vermogensmanager heb gesproken. Maar momenteel moet hij niets doen. Vertrouw mij, Carl-Johan. We lossen dit op.'

Nadat ze het gesprek hadden afgerond hield Magnus de telefoon nog even in zijn hand.

'Het is ongelofelijk. Dit zijn goede mensen.'

Daarna wendde hij zich tot Emelie. 'Pak jij dit op?'

'Moet ik nu naar hen toe?'

Ze bleef zitten en wachtte tot hij zou antwoorden.

Magnus gooide zijn hoofd naar achteren, alsof hij het plafond wilde bestuderen. 'Wat zijn dat voor mensen om zoiets te doen?'

'Ja, dit is echt belachelijk.'

'Het is niet alleen belachelijk, dit is te gek voor woorden.'

Emelie wist niet wat ze moest zeggen.

Magnus zei: 'Ga naar hen toe.'

'Ik ga nu meteen.'

'Ja, maar je gaat niet alleen,' zei Magnus. 'Bel Teddy.'

'Ik snap echt nog steeds niet wat we met hem aanmoeten. En hij was er toch aardig duidelijk over dat hij niet wilde.'

'Je snapt het niet, Emelie. Zo werken wij hier niet. Wij zijn advocatenbureau Leijon. Wij werken alleen met de besten.'

*

De deur in de gang ging open. Hij hoorde hoe Dejan zijn jas ophing.

'Hey Teddy-boy. Hier mag wel es een raampje open, zo te ruiken. Lig je nou nog steeds op die bank?' zei Dejan toen hij de woonkamer in kwam lopen. Hij zag er kapot en gebroken uit, met donkere wallen onder zijn ogen en extra diepe rimpels op zijn voorhoofd. Hij leek zelfs nog bijna een beetje dronken.

'Ik zat te wachten totdat jíj thuis zou komen, zodat ik een luchtje kan gaan scheppen.'

'Een luchtje scheppen? Heb je dan al ontbeten?'

'Nee.'

'Hou dan es op met die onzin. Ontbijt is de belangrijkste maaltijd van de dag. En ik kan het weten, want ik heb diabetes.'

Hij had vannacht bij zijn oude vriend geslapen.

Gisteravond was Linda's humeur na de dreigende sms van Mogge Viking volledig omgeslagen.

Haar zoon maakte dezelfde verkeerde levenskeuzes als Teddy, hij keek tegen Teddy op. Als ze ruzie met hem had, begon hij altijd over zijn oom. De persoon waarvan ze had gehoord dat hij die noemde als hij de stad in was en iets gedaan wilde krijgen. Ze had berichten van leraren, de sociale dienst en de politie gekregen over hoe dit kon klinken. 'Ik ben het neefje van Teddy, weet jij wel wie dat is?' 'Zit je mij nou te dissen? Daar zal Teddy van horen.'

En volgens Linda was het alleen maar erger geworden nu Teddy was vrijgekomen. Nu was Teddy niet alleen zijn voorbeeld. Teddy was God.

Maar de bedreiging van Viking was de druppel.

Teddy had Linda en Nikola mee zijn oude leventje ingesleurd.

Ze wilde weten waarom hij haar niet had gewaarschuwd voordat hij bij hen was ingetrokken. Waarom hij zijn oude conflicten niet had opgelost. Waarom hij was wie hij was.

Teddy had haar geprobeerd te kalmeren, maar het werd alleen maar erger naarmate er meer glazen wijn in gingen.

En toen kwam de doodsteek. Ze zei: 'Ik wil dat je vertrekt, in elk geval voor een paar dagen. Misschien kun je bij Dejan of Alex of een van die andere maten van je slapen.'

Teddy wist niet wat hij hierop moest zeggen.

'De rust in huis moet terugkeren,' ging ze geïrriteerd verder. 'En ik moet mijn gezin beschermen.'

'Dat snap ik, dat snap ik,' was het enige wat hij uit kon brengen, hoewel hij niet begreep hoe zij kon denken dat het veiliger zou zijn zonder hem.

Toen hij haar voorzichtig probeerde zover te krijgen om de rekening te betalen zodat ze daar weg konden, schreeuwde ze: 'Ik moet mijn zoon thuis zien te krijgen in een huis waar een crimineel heeft gewoond!'

De andere gasten staarden. Linda leek niet eens meer te beseffen dat ze in een restaurant zat, ze schreeuwde, ze wisselde haar gegil af met huilen. En tussen de snikken door: 'Je moet die schuld aflossen, Teddy, dat moet.'

Ten slotte was de chef-kok aan komen lopen en had hun verzocht weg te gaan. Teddy hing Linda's jas om haar schouders en begeleidde haar naar buiten.

Hij was niet van plan om de discussie met haar aan te gaan. Linda had genoeg voor hem gedaan.

Nadat hij haar bij haar portiek had afgezet, belde hij Dejan.

'Toch moet ik even naar buiten,' zei Teddy.

'Ik trakteer in plaats daarvan op een brunch, inclusief een borrel. Jij hebt een opkikker nodig, wat zou je zeggen van een simpele bloody mary, of een glas champagne? Daarna zou ik je bijvoorbeeld kunnen vertellen over een paar interessante dingetjes die mij zeer recentelijk zijn overkomen, en dan bedoel ik natuurlijk mijn avontuurtjes van afgelopen nacht. Het gaat echt lekker, ik zie momenteel meer poesjes voorbijkomen dan de gemiddelde dierenarts op een hele dag.'

'Ik ben blij voor je, fijn om te horen dat je lul je leven is, bij mij is mijn leven namelijk eerder kut.'

'Soms moet je ook wat geluk hebben.'

Hij overwoog nogmaals om Dejan te vertellen over de ruzie met Linda gisteren, of de schuld die die klote-Mogge probeerde te innen. Maar hij wilde Dejan geen slecht humeur bezorgen, en bovendien wist hij nog steeds niet hoe hij dit gesodemieter tot een goed einde moest brengen.

Over vier dagen móést hij Mogge Viking betalen. Hij had geen flauw idee wat hij moest doen. Geld van Linda lenen? Maar Linda had hem net eruit geschopt en ze had waarschijnlijk nog niet eens genoeg voor de helft, en dan zou ze waarschijnlijk haar auto moeten verkopen.

Moest hij banken gaan beroven en hopen dat die kleine geldlades die ze tegenwoordig kennelijk hadden voldoende zouden zijn? Of zou hij ondanks alles een poging moeten doen om Kum direct te spreken en hem te vragen of híj niet met Hillström wilde praten? Nee, dit was niet de juiste manier. Om diezelfde reden wilde hij ook geen hulp van Dejan aannemen.

Hij zou willen dat hij eens een dag rust kon hebben.

'Het heeft voor mij geen zin om op geluk te hopen,' antwoordde hij Dejan. 'De laatste keer dat ik dacht geluk te hebben, belandde ik midden in de sores die me acht jaar cel heeft opgeleverd. Dat is wat geluk mij heeft gebracht.'

'Nee, dat was niet de laatste keer dat je op geluk vertrouwde. Je snapt het niet. Je hoopt meerdere keren per dag op geluk. Als je ziet waar we ons allemaal mee bezighouden. Elke keer als je onder een dak met ijspegels door loopt, hoop je geluk te hebben dat er geen naar beneden komt. Elke keer dat je een biertje drinkt, gok je erop dat niemand er iets in heeft gestopt. Snap je wat ik bedoel?'

Dejan was net in de stoel tegenover hem gaan zitten. Hij leek verder te willen praten over wat geluk precies inhield. Maar toen ging Teddy's telefoon.

De stem van een jonge vrouw. 'Hoi, met Emelie.'

Teddy wist niet wie dit was.

'De Emelie die jou met je schuldsanering helpt. Heb je even?'

'Absoluut, de hele dag als je dat wilt.'

'Zoveel tijd hebben we niet. We moeten meteen aan de slag. Magnus wil jou aan boord hebben.'

'Ik heb alles al gezegd wat ik te zeggen had.'

'Ja, maar er is het een en ander gebeurd. De familie kreeg vanochtend een telefoontje van iemand van de bank. De persoon die we zoeken probeert een hele grote som geld van zijn rekeningen af te halen. Dus nu weten we dat het om een vorm van afpersing gaat.'

'En hoe weten jullie dat die persoon niet gewoon wat geld wil hebben om lekker naar de zon te gaan en dit kille land achter zich te laten waar mensen nog niet eens een woning kunnen krijgen?'

'Geloof me, we zijn ervan overtuigd dat dit om een vorm van misdaad gaat. Maar daar kan ik over de telefoon niet verder over uitweiden.'

'Ik ben niet jullie man.'

Aan de andere kant van de hoorn viel Emelie stil. Teddy wachtte af tot zij het gesprek zou beëindigen.

In plaats daarvan zei ze: 'Er is haast bij, je kunt niet de hele tijd maar nee blijven zeggen, zo werkt het niet. Wat was je anders van de week van plan? Met je reet op een bankje in de wachtkamer van het arbeidsbureau gaan zitten wachten tot je over een maand of vier een baantje vindt waarvan de staat zeventig procent voor zichzelf houdt? Wees verdomme eens een vent en help gewoon mee!'

Dit had hij niet verwacht. Dat advocatenmeisje zat hem hier min of meer uit te kafferen. Hij zou haar op zijn oude manier moeten aanspreken. De hoorn erop moeten smijten die ze tegen haar kleine met oorbellen versierde oortje hield. In plaats daarvan bleef hij de hoorn tegen zijn eigen oor houden.

'Relax,' was het enige wat hij uit kon brengen.

Maar Emelie was niet relaxed. 'Wees over dertig minuten op het kantoor.'

Teddy zweeg.

'En trouwens, nog even iets,' zei Emelie. 'Je honorarium is vijftigduizend per dag plus een bonus als je dit met ons oplost.'

Daar was het weer, dat woord wat Linda had genoemd. *Honorarium.*

Dejan keek Teddy aan nadat hij had opgehangen en die leek een poging te doen om te begrijpen waar dat gesprek van zojuist over was gegaan.

'Waar ging dat over? Ben je zojuist onder een dak met ijspegels doorgelopen?' vroeg hij en hij stond op, liep naar het raam en zette het open.

Teddy zei: 'Nee, ik heb zojuist een biertje gedronken. En ik denk dat iemand daar misschien wel iets in heeft gedaan.'

*

Het eerste wat een bezoeker ongetwijfeld bij zichzelf moest denken als hij de woning binnenkwam, was dat hij oog in oog stond met een zebra. Een opgezet zebrahoofd aan de muur was nu niet bepaald standaard in woningen in Stockholm, al kwam dit natuurlijk wel voor bij mensen die van de professionele jacht hielden. Maar om nu een complete zebra in de gang te hebben staan, anderhalve meter in schofthoogte: dat moest toch wel uniek zijn.

Carl-Johan had het dier meer dan vijftien jaar geleden in Namibië geschoten. Tijdens diezelfde reis had hij ook een luipaard geveld. Hij had meer dan veertigduizend kronen aan veldpreparatie voor trofeeen, transport naar de conservator in Wildhoek en transport naar huis betaald. De Zweedse instanties hadden hier een hoop kloteregeltjes, verboden en andere flauwekul voor. Dus had hij de zebra en de luipaardenkop op zijn eigen manier ingevoerd, daar had toch niemand last van? Soms ging esthetiek nu eenmaal boven bureaucratie.

Hij keek in de grote spiegel in de hal, trok zijn stropdas recht en klopte een haartje van de mouw van zijn colbert. Zijn ronde bril was nieuw, en normaal gesproken was hij blij met hoe hij er daarmee uitzag. Maar vandaag niet. Zijn grijze haren lagen achterovergekamd. Het was zo snel gegaan, dacht hij, het ontstaan van die haarkleur.

Hij kon niet naar kantoor, maar toch had hij aanstalten gemaakt, ondanks dat Catharina hier op tegen was geweest. Maar dat was voor het gesprek met Patric Öhrn geweest. Nu was het onmogelijk.

Het was niet zo dat het gebeuren hem niet raakte. Integendeel, het deed hem zoveel dat het fysiek pijn deed, dat hij niet helder kon denken. Na het gesprek met Patric had hij een soort bibberaanval gehad en had hij vijf minuten op de grond in de keuken liggen beven. Het was meer dat hij had gehoopt dat hij door het werk zijn gedachten een paar uur kon verzetten. Maar zoals gezegd: nu even zeer zeker niet.

In de tv-kamer zat een man die door Redwood was gestuurd om hen tot steun te zijn.

Catharina zat op de bank in wat Carl-Johan de rookkamer noemde en ze sliep half als ze tenminste niet aan het huilen was. Ze had gisteren al aangegeven dat ze er geen interesse in had om met een of andere bewaker te praten die zich als therapeut voordeed.

Hij had een uur geleden een kop groene thee voor haar gemaakt, maar die had ze niet aangeraakt. Carl-Johan kon haar wel begrijpen, hij zou zich momenteel het liefst op dezelfde manier gedragen. Hij zou vier grote glazen whisky willen drinken met twee Alvedons, zijn kleren uit willen trekken en onder een warme deken willen kruipen. Hij dacht aan het spelletje dat Philip altijd speelde toen hij nog klein was: dekenkamer, noemde hij het. Dan bouwde hij hutten met verschillende kamers van de dekens uit zijn eigen en zijn moeders bed. Catharina vond dit maar niks, ze hield er niet van als de kinderen in hun bed speelden. Maar Carl-Johan had soms meegespeeld, was onder de opgebolde dekens gedoken en had Philip horen gillen van pret.

Daar wilde hij naar terug. Naar de zorgeloosheid. Maar hij was de man in dit gezin. Als hij nu niet de verantwoordelijkheid nam, wanneer dan wel?

Aan de andere kant konden ze dit niet alleen. Ondanks dat hij de ochtend had doorgebracht met het plegen van telefoontjes en ondanks dat Rasmus, Tobias of hoe hij ook mocht heten met zijn laptop op schoot in de tv-kamer zat en tot hun beschikking leek te zijn, voelde hij zich geïsoleerd. Het ging nu om hém, niemand anders voelde wat hij voelde. Het raakte niemand op de manier zoals het hem raakte.

Hem alleen. Alleen.

De bel van de portiekintercom ging, een kort aanhoudend geluid dat hem nooit eerder had gestoord, maar dat nu voelde alsof het zijn trommelvliezen op bijna onverdraaglijke wijze irriteerde. Hij rende zowat naar de knopjes en drukte op de speaker, in zijn ooghoek zag hij hoe de Redwood-hulpverlening uit de tv-kamer kwam lopen.

Het was de stem van dat kleine juristje, Emelie. Nadat hij haar de toegangscode had gegeven, trok hij nogmaals zijn stropdas recht en wendde hij zich tot Rasmus, zoals hij waarschijnlijk heette. 'Niks aan de hand, het is iemand van het advocatenkantoor.'

Hij opende de deur voordat Emelie aan had kunnen bellen.

Ze had donkerblond haar dat ze in een zijscheiding achter haar oren had gekamd. Haar groene ogen, die waarschijnlijk intelligent waren, had ze te veel opgemaakt en haar hoge hakken waren dik, het zag er niet elegant uit.

Hij hielp haar uit haar jas, die ook van dunne, goedkope kwaliteit was. Ze was netjes gekleed. Haar zwarte truitje onder haar colbert was van gewoon, simpel katoen, geen merinoswol of kasjmier. Haar colbert, eveneens zwart, was ook niet van chique snit. Het materiaal schreeuwde middenklasse.

Carl-Johan rilde alleen al bij het woord. Dit land werd bevolkt door mensen die zich vol trots als dat bestempelden, maar wat was er dan zo midden aan? Ze overheersten immers de hele samenleving?

Bovendien leken ze van mening dat ze, omdat ze met zovelen waren, het recht hadden om maar van alles en nog wat te kunnen eisen. Zou het niet juist andersom moeten zijn? Dat zij die iets bijdroegen of wiens familie generaties lang hadden bijgedragen, degenen waren die iets terug mochten verwachten?

Rechten, financiële en sociale zekerheid, zoals dat heette. Dat waren natuurlijk belangrijke elementen in een welvarend Zweden. Maar het moest niet te ver gaan. Het recht dat iedereen maar kon trouwen met wie hij of zij maar wilde. Het recht om wat je maar wilde van internet te downloaden. Het recht om het koningshuis te beledigen, dat de laatste eeuwen geen vlieg kwaad had gedaan. Het recht om minaretten te bouwen vanwaar vijf keer per dag vrouwvijandige propaganda moest worden gekweeld. Het recht op werk, terwijl men ondertussen een uitkering wilde hebben als men niet wilde werken.

De fiscus deed aanvallen op mensen die enorme bedragen hadden geïnvesteerd en de wet gebruikten om niet meer belasting te hoeven betalen dan het betaamde, terwijl ondertussen iedereen, als men de kans kreeg, een zwartwerkende huishoudster zou willen inhuren. Ze probeerden scholen te sluiten die generaties lang succesvolle mensen hadden voortgebracht, en de media staken de draak met huilende kinderen omdat hun ouders het geld niet hadden om hun schoolgeld te bekostigen.

Het ergste was dat jaloezie de overhand leek te hebben gekregen. In dit land was het verboden om succes te hebben, maar nóg erger was het om ervoor te zorgen dat ook je kinderen slaagden.

De middenklasse: het was hun schuld dat deze gebeurtenis nu plaatsvond. Zij waren verantwoordelijk voor Philip. Zij lazen de kranten die in zijn leven hadden zitten wroeten.

Maar dit alles liet hij los, nu hij Emelie in de gang aanstaarde. En eigenlijk was het niet zij die de aandacht naar zich toe trok. Het was de man die naast haar stond.

Die was lang en gekleed in een soort windjack dat eerder bij een zwerver paste. Het was grauwig, waarschijnlijk van het vuil of te veel wasbeurten, en gekreukt alsof het jarenlang opgevouwen in een doos had gelegen. Zijn haar was kortgeschoren, alleen dat was al onprettig. Een man zonder kapsel was ook een man zonder finesse, dit was een van Carl-Johans eigen gezegdes.

'Hallo Carl-Johan, hoe gaat het?' zei Emelie.

Een kleine seconde had hij nauwelijks door wat ze vroeg. Hij bleef de man aangapen die hier nog minder thuishoorde dan die Litouwse werklieden die hier doorgaans in huis rondliepen.

Toen zei hij: 'Ik heb me weleens beter gevoeld. Dit is verschrikkelijk. Maar kom toch binnen. Goed dat jij en...' Hij wendde zich tot de lange man: 'Wat was uw naam?'

'Mijn naam is Najdan, maar noem mij maar Teddy.'

De man stak zijn hand uit, het was zo'n soort onvriendelijke handdruk die je in je hele lijf voelde.

Carl-Johan ging hun voor naar de bibliotheek.
De man die met Emelie mee was, hield zijn jas aan.

*

Hij had gewacht.

Gewacht tot zijn vinger zou stoppen met bloeden, wat een paar uur nadat Jokerface die had afgeknipt ook gebeurde.

Hij had gewacht tot die zieke klootzak terug zou komen en hem nog meer pijn zou doen. Hij lag met zijn oor tegen de deur aan te luisteren. Zodra hij een geluid hoorde, voelde hij zijn maag omdraaien. Maar het was alleen maar Jokerface die met iemand aan het bellen was. Philip kon enkele woorden verstaan, zoals 'smeris', 'kilo' en 'sportschool'. Hij hoorde geen verdere discussies met iemand anders in de kamer aan de andere kant.

Nadat Jokerface zijn vinger had verminkt, had hij stilletjes in de badkamer liggen huilen. Maar daarna had hij zichzelf gedwongen zich te focussen, waarna hij op het idee was gekomen om contact met Patric op te nemen. Misschien, heel misschien zouden ze hem laten gaan wanneer dit was gelukt. Het leek hun tenslotte slechts om het geld te doen te zijn.

Toen hij Jokerface had voorgesteld om zijn vermogensmanager persoonlijk te bellen, had die alleen de deur dichtgetrokken en was weggegaan. Philip hoorde hoe hij zachtjes met iemand overlegde, waarschijnlijk over de telefoon. Daarna was hij teruggekomen en had hij precies willen afspreken wat Philip tegen Patric zou zeggen.

Philip was ook degene die op het idee was gekomen om met een gefingeerd koopcontract te komen: hij wist dat het Patric anders erg vreemd in de oren zou klinken wanneer Philip voor zestien miljoen in contanten een woning zou kopen zonder ook maar één enkel document te laten zien. Vooralsnog waren ze niet met zo'n nepcontract op de proppen gekomen dat hij kon ondertekenen en op kon sturen, maar ze zouden vast niet langer willen wachten.

Dit zag hij als een voordeel. Zolang hij nog niets had ingevuld en ondertekend, hadden ze hem levend nodig.

Daarnaast was er iets anders, nog belangrijkers, waar hij op wachtte.

Er was een idee ontstaan, een plan.

Een manier om hier misschien weg te komen.

Voor het gesprek met de bank hadden ze de tape voor zijn mond weggehaald.

Maar dat hadden ze niet meer teruggeplakt.

Hij legde zijn oor weer tegen de deur en luisterde.

Eerst hoorde hij de constant klinkende muziek. Het kon geen radiozender zijn, want hij hoorde geen reclame of pratende stemmen. Alleen elektronische geluiden die klonken als standaarddancemuziek. Misschien was het David Guetta, misschien Daft Punk.

Na zo'n halfuur verstomden de geluiden. Hij hoorde geen deur dichtslaan, maar het leek daarbuiten uitgestorven te zijn.

Toen ging hij van start.

Het moest nog ochtend zijn, want het gesprek met Patric was 's ochtends om negen uur geweest. Philip had de klok op Jokerface' telefoon gezien toen hij aan het bellen was. Hopelijk was er iemand in dit gebouw die zijn wanhoop kon horen.

'Alsjeblieft, help mij! Ik ben ontvoerd!' schreeuwde hij.

Er gebeurde niets.

Hij wist dat het hier niet echt gehorig was. Dit was namelijk een van de eigenschappen waarom hij dit appartement had gekozen.

Toch ging hij door. Mogelijk hadden de kidnappers deze plaats verlaten: toen hij een paar seconden ophield, hoorde hij daarvandaan nog steeds geen geluiden. Of het hoorde bij hun tactiek om hem te negeren. Eigenlijk maakte het ook niet uit, hoe langer hij lawaai kon maken, hoe beter.

'De touwen snijden; alsjeblieft, kan iemand de touwen losser maken? Hallo. Ze houden me gevangen!'

Het was niet moeilijk om het huilen op te wekken. Eerder die avond, toen ze zijn vinger afknipten, waren zijn tranen echt geweest.

Bovendien had hij sindsdien de rotzooi die ze hem met die petfles probeerden toe te dienen niet meer gedronken. In plaats daarvan dronk hij druppels uit de kraan. Hij hoopte dat ze ervan uitgingen dat hij met zijn handen op zijn rug gebonden niet bij de wasbak kon komen, maar het was hem gelukt om de kraan open te draaien met zijn neus.

Hoe meer hij erover nadacht, hoe meer deze hele ontvoering niet bepaald goed voorbereid leek te zijn: ook al hadden ze hem te grazen genomen nadat Stephanie op reis was gegaan, daarna hadden ze niet echt scherp gehandeld. Ze leken geen rekening te hebben gehouden met de restricties van de bank. Ze hielden hem vast in een woning en niet op een meer verborgen plek; misschien was dat omdat ze hadden verwacht dat dit van een leien dakje zou gaan. Ze hadden hem ook niet in een kist getimmerd, zoals Philip wist dat ze met slachtoffers van andere Zweedse ontvoeringen hadden gedaan.

Hij bleef maar schreeuwen.

*

Aan de ene kant van de muur stonden zelfgemaakte boekenkasten, dit kon Teddy met zijn gevangenistimmermansoog nog wel vaststellen. Hier was zover het oog reikte geen IKEA te bekennen. De boeken in de kasten zagen er grotendeels oud uit, een aantal boekwerken waren de grote, blauwe banden van de Nationale Encyclopedie die er allemaal hetzelfde uitzagen. Helemaal onderaan, bij de grond, stonden de pocketboeken op een rij: van John Grisham, Jan Guillou en een aantal andere detectiveschrijvers. Geen boeken die hij normaal gesproken zelf las.

Boven de ene boekenkast hing een opgezette uil die op hen neerkeek en aan de andere wand waren een aantal trofeeën bevestigd, voornamelijk van elanden en wat kleinere geweien. Teddy ging ervan uit dat het reeën waren, maar hij zag ook een buffelkop, een paar gazelles of zoiets en de kop van een luipaard. Op de grond stond ook nog een levensecht wild zwijn, en buiten in de hal had hij een compleet opgezette zebra zien staan. Carl-Johan Schale leek er echt van te houden om te pronken met wat hij had doodgemaakt.

Carl-Johan gebaarde naar een fauteuil en Teddy nam plaats.

Emelie ging ook zitten, in een bank met een fel bloemetjespatroon die er extreem diep en niet bepaald gemakkelijk uitzag. Ze verdween er bijna in en leek wel een poppetje dat iemand daar voor de sier had neergezet.

Carl-Johan ging langzaam in de andere fauteuil zitten. Hij was redelijk tenger gebouwd en ging gekleed in een grijs jasje, donkerbruine manchesterbroek, wit overhemd en donkergroene stropdas. Aan zijn voeten droeg hij instappers met kleine kwastjes. Teddy zelf daarentegen liep op zijn kousen. Emelie, zo zag hij, had haar schoenen aangehouden.

De paniek droop van Carl-Johan af, bijna letterlijk. Het zat hem in zijn manier van bewegen en zijn bleke voorhoofd. Teddy had zijn vochtige handpalm gevoeld toen ze elkaar de hand schudden. Carl-Johans zoon was ontvoerd en Teddy wist als geen ander hoe dit kon aflopen.

'Jullie wilden een volmacht van mij om de telefoonaanbieder te contacten?' vroeg Philips vader.

'Ja, inderdaad. We willen lijsten van Philips sms'jes en gesprekken van de laatste tijd,' zei Emelie en ze trok een papier uit haar tas. 'We wilden niet mailen omdat we toch uw originele handtekening nodig hebben en dit leek me sneller te gaan. Bovendien zouden we wat dingen met jullie willen bespreken.'

'Oké. Hebben jullie Patric al gesproken?'

'Ja, Magnus heeft Patric al even gesproken en we zien hem straks, hij komt naar ons toe. Hij zou alleen nog checken met de bank welke informatie hij over het telefoongesprek met Philip naar buiten mocht brengen.'

Dit was zo onwerkelijk, Teddy was nog geen maand vrij en daar zat hij dan, toch weer in een misdaad verzeild. Op een andere manier dan vroeger en vanuit een andere invalshoek, maar toch. Hij vroeg zich af of hij wel genoeg zijn best had gedaan, op genoeg vacatures had gereageerd. Of hij wel hard genoeg had geprobeerd.

*

Emelie hield er eigenlijk niet van om cliëntafspraken op andere plaatsen dan in de vergader- en gespreksruimtes op kantoor te houden. De uitzondering hierop waren eventueel de gespreksruimtes bij andere advocatenbureaus. Bij iemand thuis gevoelige en geheime kwesties bespreken werd snel rommelig en er kon ongemerkt een onprofessionele sfeer ontstaan. Maar dit was natuurlijk op alle mogelijke manieren een heel ander geval.

Ze zette het gesprek met Carl-Johan voort. 'Het abonnement van Philips telefoon staat op naam van een van zijn bedrijven, maar u zit daar ook in het bestuur en u hebt ook zakelijke tekenbevoegdheid?'

'Ja.'

'Na ons gesprek zal ik deze volmacht inleveren en alle telefoonlijsten opvragen. Hebben jullie ergens iets van een iPad of een andere tablet aangetroffen? Ik weet inmiddels dat jullie zijn telefoon niet in het appartement of op kantoor hebben gevonden.'

'Nee, dat klopt, geen telefoon, die lag niet in zijn woning. En ook niet op kantoor. Maar ik geloof dat hij een iPhone heeft, dat heb ik op de abonnementsgegevens gezien.'

'Weet u of het een iPhone 5 was of een nieuwer model?'

'Geen idee. Maar is zo'n 5 goed, of zo?'

'Dat kan weleens het geval zijn. Het is namelijk zo dat hij dan automatisch iets heeft wat iCloud heet, dat is een clouddienst die ook iets bevat wat *Zoek mijn iPhone* heet.'

'Doet het wat de naam belooft?'

'Inderdaad, het is een functie die ervoor zorgt dat degene die een bepaalde code heeft erachter kan komen waar zijn telefoon zich op dat moment bevindt. Maar lag er ergens ook zoiets als een iPad?'

'Is dat zo'n tablet?'

'Yep.'

'Er lag zoiets in zijn woning. Daar hebben jullie eerder niet naar gevraagd.'

'Dat weet ik. Mag ik hem even zien?'

Carl-Johan stond op, hij zette het zelfs een beetje op een lopen.

Zij en Teddy zaten in stilte te wachten.

Na een tijdje zei hij met zachte stem: 'Dit schijnt je goed af te gaan, je stelt je vragen als een echte rechercheur.'

'We zullen zien.'

Teddy zei: 'Maar je lijkt hier niet zoveel vanaf te weten. Waarom hebben jullie die iPad niet eerder meegenomen?'

'Dat weet ik niet. Ik dacht er vandaag pas aan.'

'Oké. Dan is er nog iets wat je moet weten over mobiele telefoons.'

Emelie snapte niet waarom Teddy nu de wijsneus probeerde uit te hangen. Ze had zijn eigen gsm gezien. Die leek nog het meest op een archeologische vondst.

'Ga je nu alweer lopen bitchen?' vroeg ze.

Teddy grijnsde met een overdreven glimlach. De lege plek in zijn onderkaak maakte dat hij er ouder uitzag.

Philips vader kwam terug met een iPad in zijn handen.

Emelie pakte hem aan en veegde met haar vinger over de tablet. Opende diverse apps en icoontjes.

Het kostte haar niet veel tijd om het belangrijkste vast te stellen. 'Ik vrees dat hij geen *Zoek mijn iPhone*-functie heeft, wat inhoudt dat we zijn telefoon niet via dit systeem kunnen vinden. Dan blijft de specificatie van het telefoonverkeer over die we dankzij die volmacht zullen krijgen.'

Carl-Johan sloot zijn ogen.

Emelie zei: 'En ik verwacht Magnus' ideeën over eventuele overboekingen nadat we jullie vermogensmanager hebben gesproken.'

Ze knikte richting Teddy. Ze wist hoe ze dit ging brengen. 'Ik heb nog weinig details over Teddy gegeven. We hebben hem ingehuurd om ons te helpen. Hij heeft een uitgebreid netwerk en veel ervaring met het type misdaad waarmee we weleens te maken zouden kunnen hebben.'

Carl-Johan bleef voorovergebogen zitten, het zag eruit alsof hij pijn had. Pijn in zijn maag en in zijn ziel.

'Ik denk dat Teddy nog even met je moet praten. Zelf wil ik nu zo snel mogelijk op weg naar Telephonica. Gaat dat lukken, denken jullie?'

*

Terwijl Emelie Philips iPad aan het onderzoeken was, had Teddy alleen maar stilletjes om zich heen zitten kijken. Zelf zou hij net zo'n neanderthaler zijn geweest met dat apparaat. In de nor waren mobiele telefoons niet toegestaan, laat staan computers of tablets. Het gevangeniswezen was doodsbang dat iemand contact met de buitenwereld zou kunnen leggen. In plaats daarvan werkte men vanuit het principe dat afzondering beter was voor de heraanpassing van de gevangenen aan de samenleving dan de mogelijkheid om contact met gezin, familie of vrienden te onderhouden.

Hij bekeek nogmaals de boekenkasten en bestudeerde twee ingelijste foto's die daarin stonden. Hij zag Philip in een blazer met goudkleurige knopen en keurig gekamde haren tijdens een of andere schoolafsluiting. Hij leek een jaar of zestien te zijn. Op de andere foto stond een jong meisje. Teddy kneep zijn ogen halfdicht en probeerde vanaf zijn plaats in de fauteuil het gezicht van het meisje beter te kunnen zien. Uiteindelijk lukte het hem om te focussen: dit meisje moest Philips zus of een dichtbijstaand familielid zijn. Ze had dezelfde grote ogen en licht opstaande neus. Haar haren waren niet zo licht als die van Philip, maar haar haargrens was een kopie van die van hem. Ze leken erg veel op elkaar.

Toen Emelie was opgestaan, probeerde Teddy Carl-Johans blik te vangen.

'Ik heb nog wat vragen die ik wil stellen. Dat is om een beeld van Philip te krijgen.'

Carl-Johan antwoordde monotoon: 'Ja, vraag maar raak.'

'Het zou eigenlijk het beste zijn als uw vrouw daar ook bij was, samen weten jullie meer dan één. Zou u haar kunnen vragen of ze dit aankan?'

Catharina Schale ging op de bank zitten waar Emelie zojuist had gezeten. Zij leek te weten hoe ze met dit meubelstuk moest omgaan en ze had geen hulp van haar armen nodig om goed te gaan zitten. Maar dit was niet alleen gewoonte: ze had een duidelijk aanwezige elegantie in haar lichaam, haar rug was recht en haar kin week geen millimeter van zijn kaarsrechte hoek.

Teddy stelde zich voor en vroeg hoe het met haar ging. Dit was overbodig. Haar gezicht was rood aangelopen, haar ogen nog vochtig en ze dwaalden heen en weer tussen diverse punten in de kamer en het raam, waar ze haar blik soms op liet rusten en in het oneindige leek te staren.

'Wat Philip is overkomen kan heel goed op een bepaalde manier te maken hebben met zijn dagelijkse leven,' zei Teddy.

Catharina leunde met haar elleboog op de rand van de bank en ze stak haar hand onder haar kin. 'En wat voor ervaring hebt u met dit soort zaken?'

Teddy voelde zijn maag ineenkrimpen. Hij moest nu hun vertrouwen zien te winnen, anders werd dit een lastig verhaal.

Hij sprak kalm. 'Vertrouw mij maar, ik weet hier meer van dan enig ander. En ik begrijp dat u zich machteloos voelt. Wat u doormaakt moet het ergste zijn wat een gezin kan overkomen. Maar om met Winston Churchills woorden te spreken: het is makkelijk om alleen oog voor de problemen te hebben, maar we moeten optimistisch blijven en de mogelijkheden zien die in elk probleem schuilen. We gaan dit oplossen.'

Hij zag hoe Catharina's schouders zakten, ze ontspande.

'Ja, dat klinkt goed. Dit is allemaal zo verschrikkelijk.'

Teddy keek haar aan. 'Dan ga ik verder,' zei hij. 'Ik vraag me af wat Philip voor werk deed.'

'Hij werkte hard. Jullie zijn reeds op de hoogte van waar hij zich mee bezighield, allerhande investeringen. Magnus en Emelie weten daarvan.'

‘Hoe lang werkte hij al?’

‘Eens kijken... ongeveer vier jaar,’ antwoordde Carl-Johan.

‘Waar heeft hij gestudeerd?’

‘Hier in Stockholm. Hij heeft zelfs nog enkele tentamens openstaan, geloof ik, maar desondanks is het hem toch goed afgegaan. Laten we eerlijk wezen, wat heb je ook aan zo’n studie? Philip is toch het levende bewijs dat je gewoon wat ballen nodig hebt,’ zei Carl-Johan.

‘Heeft hij, voor zover jullie weten, nog vrienden van de universiteit?’

De ouders keken elkaar aan.

Philips moeder zei: ‘Niet dat ik weet, eerlijk gezegd. Carl?’

‘Nee, ik zou er zo ook geen kunnen noemen.’

‘Waar is zijn kantoor?’

‘Dat ligt bij Stureplan.’

‘Zijn er nog werknemers?’

‘Twee, geloof ik.’

‘Oké, hebben jullie hun namen aan Emelie doorgegeven?’

‘Uiteraard.’

‘En klanten, zakenrelaties, compagnons? Hebben jullie daar namen van?’

‘Eigenlijk niet. Daar heeft ook niemand ons om gevraagd, is dat echt noodzakelijk?’

‘Dat kan het zijn.’

‘Tja, dan zullen we dat aan Clarera vragen, dat is het accountantskantoor waar ik gebruik van maak, en Philip ook, als ik mij niet vergis. Maar dat moet op de juiste manier door jullie opgevraagd worden. We moeten ook overwegen om het Ian Crona te vragen.’

Carl-Johan legde in het kort uit wie Ian Crona was.

‘Mooi. En andere vrienden, wie zijn dat?’

‘De meesten zijn oude vrienden uit zijn schooltijd, van de lagere school om precies te zijn. En ik vrees dat sommigen van hen zich zullen gaan afvragen waar Philip is gebleven, dit zou een ramp zijn.’

‘Ik begrijp dat dit gevoelig ligt. Maar we moeten hier goed over nadenken. Zo denk ik bijvoorbeeld dat we met Ian Crona zullen moeten praten. Laten we dit nog even met Magnus bespreken.’

‘Ik weet het niet. Philips vrienden zijn allemaal goeie jongens, maar wat nu als ze door zo’n gesprek zo ongerust worden dat ze naar de politie gaan?’

‘Da’s waar. Maar als ze hun kameraad niet te pakken krijgen en hem maar blijven bellen en bij hem langsgaan zonder dat hij opendoet enzovoort, dan gaan ze misschien net zo goed naar de wouten.'

Teddy meende te zien dat Carl-Johan en Catharina verschoten en hem weer argwanend bekeken.

Hij stelde nog wat verdere vragen over Philips vrienden. Noteerde hun namen en hun relatie tot Philip. Toen vroeg hij: 'Wat doet Philip nog meer behalve werken?'

'Hij spreekt af met zijn vrienden, neem ik aan. Zoals de meeste mensen.'

'En wat doen ze dan?'

'Wat alle jongeren van tegenwoordig doen. Lunchen, uit eten, brunchen, reizen.'

Teddy liet dit antwoord even bezinken, het was zo onbeduidend, erg vaag. Tegelijkertijd kon hij het niet nalaten dit te vergelijken met zijn eigen afgelopen jaren.

'En hij heeft ook een vriendinnetje.'

'En wie is dat, kennen jullie haar?'

'Ik heb haar maar één keer bij toeval in levenden lijve gezien. Ze zijn nog niet zo lang samen, een paar maanden. Maar momenteel is ze op reis, geloof ik.'

Philips moeder viel hem in de rede: 'Ze is lief. Een goed meiske, zo voelt het, zij kan hier niets mee te maken hebben.'

'Nee, niet dat iemand dat denkt,' zei Teddy, 'maar er kan haar iets belangrijks zijn opgevallen. Waar is ze?'

'Magnus heeft mij verteld dat ze op Mauritius is,' zei Carl-Johan, die het gesprek weer overnam. 'Maar jullie mogen haar niet bellen. De indruk die ik van dat meisje heb, is dat ze niet zoveel aankan.'

'Ik snap het. Weten jullie of Philip de laatste maanden nog nieuwe vrienden heeft gemaakt?'

'Niet dat ik weet,' zei Philips vader. 'Maar helemaal zeker kan ik daar niet van zijn.'

'Weten jullie of hij thuis werklieden over de vloer heeft gehad of verder nog contact heeft gehad met mensen die toegang tot zijn appartement of random reader gehad kunnen hebben?'

'Niet dat ik weet.'

'Heeft Philip vijanden?'

Dit was de eerste keer dat Carl-Johan opkeek en hem langere tijd aankeek.

'Nee, dat denk ik echt niet. Philip is een goeie jongen. Hij zou geen vlieg kwaad kunnen doen, zo zit hij niet in elkaar. Hij is de beste gozer van de wereld. Wat voor vijanden zouden dat dan moeten zijn?'

'Weet ik veel, iemand die hij pissig heeft gemaakt. Iemand die vindt dat hij ooit eens iets verkeerds heeft gedaan? Iemand die hij minachtend heeft aangesproken? Het kan wie dan ook zijn.'

'Nee, zoals ik al zei: zo zit hij niet in elkaar.'

'Heeft hij iets verteld wat erop zou kunnen duiden dat hem recentelijk iets opvallends, vreemds, ongewoons is overkomen?'

'Voor zover ik weet niet.'

'Iets wat erop zou kunnen duiden dat iemand hem in de gaten hield?'

'Nee, dat zegt me zo niets.'

'Kan hij met drugs of iets in die richting bezig zijn geweest?'

'Dat denk ik absoluut niet.'

'Wat weten jullie over zijn mishandeling van een paar weken terug?'

'Ja, dat gebeurde buiten bij een nachtclub, een of andere allochtoon uit Södertälje reageerde heel agressief op Philip: Philip kreeg een flinke oorvijg en zijn wenkbrauw moest worden gehecht,' zei Catharina.

'Gebeurde er nog meer? Werd hij bedreigd? Zeiden ze nog iets?'

'Niet dat wij weten.'

'En dit hebben jullie gehoord van Axel Nilsson?'

'Inderdaad.'

Philips moeder leek na te denken. Ze veranderde twee keer van houding op de bank, en elke keer rammelde haar gouden armband.

Catharina Schales haar was geblondeerd en keurig in model, geen haartje stond de verkeerde kant op, ondanks dat haar dagelijkse leven momenteel om begrijpelijke redenen volledig op zijn kop stond. Ze zag er slank en getraind uit en haar gezicht, dat inmiddels alweer een wat normale kleur had gekregen, was zongebruind en goed verzorgd. Haar leeftijd was lastig in te schatten, maar ze moest minstens vijfenvijftig jaar zijn. Kennelijk waren uiterlijkheden voor haar op meerdere vlakken belangrijk.

Teddy wachtte tot Carl-Johan het woord weer zou nemen. Maar die zei niets meer.

'Wij hebben in elk geval niets meer van de politie gehoord over die mishandeling.'

'Nee, maar dat zegt eigenlijk niks. Jullie zijn immers ook geen getuigen of degenen die de aangifte hebben gedaan. Heeft Axel nog verteld of een van Philips kameraden erbij was toen het gebeurde?'

'Nee.'

'Een andere getuige?'

'Niet dat wij weten, maar kennelijk had Philip hulp gekregen van iemand uit de kroeg.'

'O? Dat is nieuw voor mij. Weten jullie van wie?'

'Helaas. Dat wist Axel kennelijk ook niet.'

'Een andere vraag: heeft Philip broers of zussen?'

'Een zus, Caroline,' antwoordde Carl-Johan.

'Woont zij hier in Stockholm?'

'Nee, en wat heeft zij hiermee te maken?'

'Kan zij iets weten, zijn zij en Philip close met elkaar?'

'Nee, dat kun je niet echt zeggen. Ze is nooit echt een close persoon geweest, als je dat zo kunt zeggen.'

'Zou ik haar telefoonnummer mogen?'

Ondanks dat Carl-Johan zijn best deed om het te verbergen, zag Teddy het duidelijk. Philips vader keek vanuit zijn ooghoek naar Catharina en schudde zijn hoofd.

Ze zeiden bijna in koor: 'We hebben haar nummer niet.'

*

De bank in de bibliotheek kostte waarschijnlijk meer dan het complete meubilair bij haar ouders thuis. Maar wat dan nog: Emelie had nog steeds pijn in haar rug na die yoga-achtige houding die ze gedwongen aan had moeten nemen.

Nu stond ze in de gang en had zojuist een kort gesprek met Magnus gehad: Philips vermogensmanager zou naar kantoor komen om hen te spreken.

De zebra staarde haar aan. Ze wachtte op de taxi die ze had besteld.

Ze hoorde de stemmen van de ouders en Teddy vanuit de bibliotheek. Eerst waren die hard en monotoon. Het wantrouwen was duidelijk merkbaar en hij leek niet te snappen hoe hij hen moest aanspreken. Ze hoopte maar dat hij niet die achterlijke gangstertoon tegen hen aansloeg. Maar toen gebeurde er iets, de stemmen verzachtten en de stemming daarbinnen leek op te klaren. Ze vroeg zich af wat hij had gezegd, hoe hij zich had gedragen om hun vertrouwen te winnen.

Aan de wanden hingen lampjes en twee grote schilderijen. Het was een andere stijl dan die moderne werken van Magnus; deze stelden Zweedse dieren voor, een vos en een fazant die in de sneeuw renden. Ze vroeg zich af wat de zebra van dit gezelschap vond.

Terwijl ze op de taxi bleef wachten vroeg ze zich af wat Carl-Johan en zijn vrouw van haar vonden.

Emelie twijfelde nooit aan de grotere vragen, dat ze kon bereiken wat ze maar wilde, dat ze het wat haar carrière betrof met behulp van haar intelligentie, mensenkennis en wilskracht ver zou gaan schoppen. Het waren juist de kleine dingen waar ze vraagtekens bij zette, het intermenselijke. Hoe ze zich naar anderen moest gedragen, hoe ze werd gezien, waarom ze niet zoveel vrienden had. Soms was het net alsof ze zichzelf vanaf de zijlijn bekeek, alsof ze het niet kon laten om te beoordelen en te analyseren wanneer ze een nieuw iemand probeerde te leren kennen. Alsof ze zich probeerde aan te passen aan hoe ze dacht dat ze zou móéten zijn.

Ze overwoog om een kijkje in Philips oude kamer te nemen, maar op dat moment belde de taxichauffeur om te zeggen dat hij gearriveerd was.

Net toen ze de voordeur wilde openen kwam Teddy naar buiten.

'Wil je echt niet weten wat ik over die telefoonlijsten te vertellen heb?'

'Kun je mij niet in de taxi bellen, die staat momenteel beneden te wachten. Dat moet jij toch weten als kennelijke telefoonexpert? Daar kun je je telefoon dus voor gebruiken.'

'Wil je het nou nog weten of niet?'

'Oké, wat is er dan?'

'Je hebt niet alleen die telefoonlijsten van de aanbieder nodig, je moet ook achter de telefoonmastverbindingen zien te komen. Op die telefoonlijsten zie je alleen maar welke nummers naar Philip hebben gebeld en naar welke hij heeft gebeld. Maar op de lijsten van de mastverbinding kun je ook van elke keer zien met welke telefoonmast Philips gsm verbinding heeft gemaakt. Zo kunnen we zijn telefoon geografisch traceren. Dat is een van de standaardtrucjes van de politie.'

'Oké, dankjewel. Nog één ding trouwens, verbrijzel hun handen niet als je straks afscheid neemt.'

In de taxi legde ze Philips iPad op schoot.

Ze keek op zijn Facebook-pagina. Vanaf de iPad had je geen wachtwoord nodig, die logde automatisch in. Ze had gisteren al een verzoek naar het Scandinavische hoofdkantoor van Facebook gemaild om alle informatie over zijn account te kunnen krijgen, oftewel alle chat-logs, informatie over zijn vrienden enzovoort. Maar ze was er redelijk zeker van dat ze dit zouden weigeren, ze gaven die informatie aan niemand anders dan aan de politie.

'Ze lijken anders verdraaid goedgeefs als het gaat om het doorspelen van privégegevens aan de Amerikaanse autoriteiten,' was Magnus' commentaar hierop geweest.

Philips profielfoto was relatief terughoudend: een donkere foto van hem in een of andere club of restaurant. De resolutie was slecht.

Hij had 748 vrienden. Het laatste bericht dat hij had ontvangen was van Fredric Löhn, waarin stond: *Thanks voor die dranktip, was echt fokking lekker.*

Emelie scrolde door zijn vrienden. Ze herkende een aantal namen, maar dat was ook niet zo raar. Dit waren personen van ongeveer haar leeftijd die in dezelfde stad woonden en in de handel zaten, zij het op andere wijze. Een paar van Philips vrienden werkten bovendien op advocatenbureaus.

Een van die jongens kende ze zelfs nog van haar rechtenstudie. Die werd gezien als een uitslover en vennotenmateriaal pur sang. Na een paar jaar op een bureau wist iedereen wel wie er *on track* was en wie niet. Leijon was daarop geen uitzondering. Het was nergens terug te vinden in het informatiemateriaal van het bureau, op de website of in de brochures die op de universiteit werden uitgedeeld aan gretige laatstejaars, maar het heersende principe was *up or out*. Dit hield in het kort in dat wanneer je geen vooruitgang op je loonschaal boekte, als ze je geen bevestiging gaven dat je aan het opklimmen was, er van je werd verwacht dat je op zoek ging naar een andere baan. Het bureau ontsloeg je niet, dat zou *bad will* kunnen opleveren. Je moest zelf het initiatief nemen. Gebeurde dit niet, dan doken er doorgestuurde vacatures op in je inbox, verder geen boodschap erbij, alleen de advertentie: 'Google zoekt bedrijfsjurist met ervaring in de bedrijfsacquisitie', 'Astra Zenica zoekt jurist voor managementfunctie op de compliance-afdeling'.

Omhoog of eruit: het principe was simpel. Als je niet op het hoogste niveau meekon, dan moest je eruit. Velen vonden dit een wreed systeem, maar Emelie had er eigenlijk niets op tegen. Wilde zo'n bureau overleven, dan was de voorwaarde eenvoudig: iedereen moest op topniveau functioneren.

Het probleem was de misleiding.

Ze dacht aan een andere jongen die op het bureau had gewerkt: Oliver. Die was nog maar drieëntwintig toen hij als één na beste bij de opleiding Rechten afstudeerde. Dit was een uitzondering, de meesten besteedden tussen het gymnasium en de universiteit minstens een jaar aan iets anders: een studie Frans in Parijs, ze gingen in dienst, of begonnen aan een of andere kunstzinnige opleiding. Maar Oliver niet, die wist wat hij wilde en had bovendien een klas overgeslagen op de lagere school. Voor hem was het óf Leijon óf een kantoor in Londen. Voor minder ging hij niet.

Het eerste jaar was hij betrokken bij acht transacties, hij brak het record voor het aantal factureerbare uren voor een eerstejaars: eenendertighonderd uur. Hij werkte achtenveertig van de tweeënvijftig weekends, nam niet meer dan vier vakantiedagen op, en was op beide kerstdagen, midzomer en nieuwjaarsdag op kantoor te vinden.

Hij deed alles goed, was zowel sociaal vaardig als juridisch competent. Hij zat in de feestcommissie, werd in zijn tweede jaar counselor voor de nieuwe werknemers, leverde een bijdrage aan de jubileumbundel ter ere van professor Jan Friedman over garanties in een aandeeltransitie-overeenkomst. In zijn derde jaar werd hij als een soort uitwisseling gedetacheerd naar Clifford Chance in Londen. Dit was een signaal dat ze al hun pijlen op hem hadden gericht. Het vierde jaar vestigde hij een nieuw record met zesendertighonderd factureerbare uren. Dit was *unheard of* in Stockholm; in de praktijk betekende dit dat hij het hele jaar door, elke dag, inclusief zaterdag en zondag, gemiddeld zestien uur per dag aan het werk was. De verantwoordelijke vennoten zweerden dat Oliver op de juiste weg was, dat hij vennoot zou worden – over een nog nader te bepalen aantal jaren. Ze zeiden dat hij on track was, dat hij volledig overeenkomstig hun verwachtingen leverde.

Zijn zesde jaar op kantoor had hij de leiding over de fusie van de Nordiabank met Bank Swedea; meer dan tien advocaten werkten zes maanden lang non-stop aan deze transactie. Het bureau factureerde elf miljoen voor deze zaak. Oliver werd door de junior juristen als een übermensch gezien, een halfgod. Sommigen vermoedden dat hij ergens op kantoor een geheime slaapplaats had. Niemand zag hem ooit naar huis gaan.

Het achtste jaar zeiden ze: 'De conjunctuur is niet gunstig, dit jaar niet.'

Het negende jaar zeiden ze: 'Nog één jaar. Nog één jaartje doorzetten.'

Oliver kreeg longontsteking, maar maakte toch zijn tachtigurige werkweken. Stuurde Black Rock Partners' investering in de Zweedse gezondheidszorg terwijl hij half van de wereld was door de hoestmedicijnen en Citodon.

Oliver kreeg stressgerelateerde psoriasis aan zijn handen en gezicht. Hij deed absoluut geen stapje terug, het enige merkbare was dat hij constant een tube zalf op zijn kamer had liggen.

Olivers moeder stierf, hij was niet op haar begrafenis: de deal in de verkoop van Hexval Englander AB werd gesloten.

En ze wisten de hele tijd dat hij het niet zou worden, ze waren nooit van plan geweest om hem partner te maken. Ze hadden dit besluit allang genomen. Het enige wat ze wilden was zijn commitment, zijn factureerbare uren. Zijn leven.

Het tiende jaar vroeg Oliver zich af wat er was gebeurd. Ze deden er geen uitspraken over. Maar de advertenties van Ericsson en Investor begonnen zijn inbox binnen te stromen.

Emelie had de maanden voordat hij wegging met Oliver aan een paar zaken gewerkt. Zijn ogen stonden dof, zijn armen en handen waren bloederig van de uitslag. Hij was vijfendertig jaar, maar hij zag eruit als vijfenvijftig.

Emelie scrolde naar beneden over Philips Facebook-pagina. Hij leek zelf niet zo actief te zijn. Op zijn tijdlijn stonden posts van Stephanie, Ian Crona, Axel Nilsson, Carl Lewenskiöld en anderen, een bericht van een groep van sigaargeïnteresseerden, posts van diverse bekenden over feestjes, stapavonden, jachtuitjes.

Hier was veel werk aan de winkel: zijn vrienden doornemen, posts en berichten van de afgelopen maanden.

Ze opende zijn persoonlijke inbox.

Een aantal berichten met dezelfde strekking als op zijn tijdlijn. Feestjes, restaurantbezoeken, jachtweekenden in de buurt van Uppsala, flessen champagne die waren besteld waarvan naderhand om een waardering werd gevraagd, grapjes over vrouwen die ze hadden versierd, discussies over elandenjachtgeweren. Ze probeerde er iets van te begrijpen. DUBBELLOOPS, Italiaans, svs hammerless, fabricaat: Stanley Stoltz/Piotti, model Extra Luxe, cal.470. 310.000 kronen.

Misschien was dit iemand die Philip iets had verkocht. De afzender heette John Hamilton. Ze dacht aan het feit dat deze hele situatie aan het licht was gekomen doordat Philips vader hem met zijn oude hagelgeweer wilde verrassen.

Daarna viel haar oog op een bericht. Het was een paar weken geleden verstuurd. De afzender noemde zichzelf Anton Antonson en had een albino-konijn als profielfoto.

Er stond: *Ik denk vaker aan je dan ik wil. Jij bent de mijne, Philip. Wij tweeën zijn voor eeuwig samen verbonden. Ik ben nu nog meer te weten gekomen. Er moet een eind aan komen. Ik kom binnenkort naar je toe, Philip. Binnenkort. Jouw AA.*

De harddisk

Mats zat half rechtop met de rugsteun van het ziekenhuisbed omhooggeklapt. Zijn benen en lichaam lagen onder het laken, dus Cecilia kon niet zien hoe zijn huid eruitzag, maar dat had de dokter verteld.

'Hij heeft voornamelijk eerstegraads brandwonden, blaasjes en roodheid maar ook tweedegraads brandwonden op zijn handen en armen. Hij moet onder droge, schone lakens liggen en uiteraard geven we hem enige pijnstilling in de vorm van verkoelende gel. Hij heeft voornamelijk last van wat wij inhalatietrauma noemen, hij heeft giftige gassen en rook ingeademd.'

Mats was geïntubeerd geweest, deels vanwege de schade aan zijn hals en slijmvliezen, deels om zijn lichaamsvloeistoffen aan te vullen, maar nu waren die slangen verdwenen.

De dokter zei dat hij last kon krijgen van angstgevoelens of motorische onrust. Zijn bloeddruk was laag en hij kreeg pijnstillers. Cecilia vroeg zich af wat motorische onrust inhield; hij leek de oude te zijn, al ademde hij misschien wat rustiger.

De kinderen vonden het niet leuk om in het hotel te wonen, de nieuwigheid van de bubbelfunctie in het bad en de kleine zakjes chips op de minibar was er na een dag wel af. Ze wilden terug naar huis, naar hun speelgoed en ze wilden hun vader zien.

Maar er was momenteel geen thuis. En de vraag was of er überhaupt nog een vader voor hen was.

Na hen de eerste dag na de brand bij de kinderopvang te hebben afgezet, reed ze naar het ziekenhuis. Ze had zich voor de rest van de week ziek gemeld, haar baas had er begrip voor, had ze gezegd.

Mats sliep de hele dag, maar tegen de avond was hij even wakker.

Ze zeiden niets tegen elkaar. Waarschijnlijk had hij te veel pijn in zijn keel en bovendien was hij volgepropt met pijnstillers.

En zij?

Zij wist niet wat ze moest zeggen.

Vermoedde hij wat ze op zijn computer had gezien?

Op een dienblad naast zijn bed stond het onaangeraakte ziekenhuisvoedsel en een glas met sap. Cecilia hield het glas vast en zag hoe hij langzaam het rode drankje via het rietje opzoog.

'Dat is fijn voor mijn keel,' zei hij voordat hij ging liggen en weer in slaap viel.

Vandaag voelde hij zich beter. Hij was wakker toen ze 's ochtends de kamer binnenkwam. Een eigen kamer, gelukkig. De gezondheidszorg, vroeger nog de trots van Zweden, was tegenwoordig niet meer iets om over naar huis te schrijven.

Dit had Cecilia mogen ervaren toen ze afgelopen herfst haar dijbeen had gebroken. Ze had een kamer moeten delen met drie anderen, waarvan twee halvegaren die de hele nacht hadden liggen schreeuwen. En op de operatie zelf had ze meer dan drie weken moeten wachten, die overigens zo slecht was uitgevoerd dat ze een tweede operatie had moeten ondergaan na wederom een week te hebben moeten wachten.

Ze ging langzaam op de stoel zitten, die nog stond zoals ze hem de avond daarvoor, naast het bed geschoven, had achtergelaten.

Aan de muur hing een schilderij dat een meer met daaromheen een bos voorstelde. De zon ging onder achter de bomen en de hemel kleurde roodoranje. Veel aanschouwers zouden hier vast rustig van worden, maar in Cecilia's geval deden de kleuren aan de hemel haar denken aan haar nachtmerries.

Ze slikte. Ze had er constant over nagedacht hoe ze dit zou gaan brengen. Maar op dit moment voelde het niet alleen alsof ze niet wist hoe ze het moest formuleren, het voelde alsof ze überhaupt niet meer kon praten.

Ze slikte nog een keer.

Ze waren zeven jaar getrouwd, maar al tien jaar samen. Hij was dan misschien niet de meest betrokken vader geweest, maar hij was er altijd genoeg voor hen geweest. En altijd liefdevol naar haar toe, al was hun seksleven niet meer wat het was geweest tijdens hun eerste zomer.

Mats keek haar vanuit zijn bed aan.

'Hoe gaat het met je?' zei hij met zwakke stem.

Ze móést het zeggen. Als het nu niet gebeurde, wist ze niet zeker of ze het nog een keer kon opbrengen. Er drukte een gewicht op haar borst.

Nog meer druk ontstond er op haar hoofd. Het was alsof haar gezicht, haar voorhoofd, achterhoofd en mond van metaal waren gemaakt. Toch moest het er nu uit.

'Ik heb thuis je laptop gezien toen ik het appartement in kwam.'

Niets in Mats' blik te bekennen.

'Die stond open en ik zag foto's op het scherm. En nog meer foto's op de laptop.'

Hij draaide zijn hoofd weg.

Cecilia hoorde ergens op de gang het gepiep van een alarmknop.

Mats zei: 'Ik denk dat zij degenen zijn die ons huis in brand hebben gestoken.'

*

Hij had gelijk gehad. Hij kon niet in het appartement blijven als hij krijste als een speenvarken. Ze hadden geblunderd met het plakband. De oren van de buren werden uiteindelijk een te groot gevaar. De muren hier waren dik en hij wist dat de buren niet zo snel ergens last van hadden, maar zoals hij aan het schreeuwen was bestond er toch wel het risico dat een van hen aan zou bellen om te vragen of het wat zachter kon, of eenvoudigweg de politie zou bellen.

Het alternatief was dat de kidnappers iets aan de situatie zouden proberen te doen.

Ook dat was een deel van zijn plan.

De deur vloog open, Philip had deze keer niet eens het geluid van de sleutel gehoord. Er kwamen twee personen naar binnen. Nu met bivakmutsen op in plaats van vreemde sjaals over het onderste gedeelte van hun gezicht, maar waarschijnlijk was het Jokerface en die andere. Hoewel hij daar niet heel zeker van was.

De ene bukte en pakte zijn benen vast, en Philip probeerde te ontspannen. Hield zich zo slap als een vaatdoek. Toen ze zagen dat hij zich rustig hield, kwam de andere dichterbij en pakte hem bij zijn oksels. Ze droegen hem weg. De badkamer uit. De gang door. Ze hielden hem als een opgerold tapijt beet, ieder aan een kant. Hij voelde hoe ze zich ontspanden toen ze merkten hoe ver hij van de wereld leek te zijn. Hij liet zijn hoofd heen en weer rollen alsof hij bezopen en stoned tegelijk was. Zijn kont sleepte bijna over de grond.

Toen ze de deur naar het trappenhuis openden ging hij in de aanval. Dit was de meest geschikte plaats, waar hopelijk een van de buren hem zou horen.

Met een plotselinge beweging trok hij zijn lichaam samen en rukte hij zijn benen los. Zijn onderlichaam plofte op de grond. Tegelijkertijd zette hij zich schrap en schopte een van hen met volle kracht tegen zijn schenen. De kidnapper viel achterover en Philip wist ook zijn bovenlichaam te bevrijden; hij viel met zijn hele lichaam op de grond. De vreemde hoek van zijn armen deed pijn, maar daar mocht hij nu niet aan denken. Hij draaide zich om en belandde op zijn knieën op de vloer.

Ze gaven geen kik. Maar hij zag hun bewegingen. Ze waren van de wijs gebracht.

Hij begon weer te schreeuwen.

'Hallo, hallo, ze hebben me gekidnapt! Help. Help!'

De eerste kwam op hem af in een poging zijn bovenlichaam weer te pakken te krijgen. Ze tuimelden de gang in. De andere ging achter Philip staan en vanuit zijn ooghoek zag hij hoe de deur dicht werd gegooid.

Hij bleef schreeuwen. 'Help, help. Bel de politie. Iemand. Help!'

De eerste lag op zijn rug en krabbelde overeind. Maar voordat hij omhoog kon komen wierp Philip zich met zijn bovenlichaam naar voren en gaf hem een kopstoot tegen zijn kin. Hij voelde zijn harde voorhoofd tegen iets wat minder hard was aan knallen.

Kidnapper nummer twee besprong hem van achteren en probeerde hem tegen de grond te werken.

Philip spartelde met zijn lichaam. Zwaaide zo goed en zo kwaad als dat ging met zijn armen. Trapte met zijn benen.

Hij was door het dolle heen.

Het verbaasde hem dat hij nog niet uit evenwicht was geraakt.

Nooit meer. Ze zouden hem niet te pakken krijgen.

Chaos.

Een van de kidnappers gaf hem een klap tegen zijn hoofd.

Hij zag sterretjes in het duister. De vloer deinde.

Toch was hij sterker dan hij zelf dacht. Absoluut meer alert dan ze hadden gedacht. Zonder de vloeistof in zijn lichaam die ze bij hem naar binnen hadden proberen te gieten.

De kidnapper sloeg hem weer.

Het leek op een knuppel.

Te bruut, ze waren te bruut.

En hij, hij was in vergelijking een slak. De tiewraps verhinderden hem op welke manier dan ook te vluchten.

Hij voelde hun armen overal. Zoals die avond dat ze hem hadden overrompeld. Die stille efficiëntie. Hun doelgerichtheid.

Ze stopten iets in zijn mond, plakten er tape overheen en trokken iets over zijn hoofd.

Hij raakte in paniek. Voelde hoe zijn neus liep, hij wilde hoesten, de doek uit zijn mond spugen.

Ze sleepten hem de trappen af.

Hij ademde heftig.

Hij moest overgeven. Zijn gehemelte vulde zich met kots. Stukken baguette, water, maagsappen.

Hij dacht dat zijn hoofd uit elkaar zou knallen. Hij probeerde te schoppen.

Hij slikte.

Ze duwden hem ergens in, misschien een kofferbak.

Hij moest weer overgeven. Het spoot zijn neusgaten uit.

Het prikkelde.

Hij huilde. Snikte.

Hij probeerde met zijn voeten tegen de binnenkant te trappen.

Hij hyperventileerde.

Hij lag ineengedoken. Als een gevelde en verslagen reebok.

Nee, hier mocht het niet eindigen.

Iemand moest hebben gezien wat er was gebeurd.

Hij zette zich schrap, trapte weer.

*

'Hij zal het wel gênant hebben gevonden, dat zou ik in elk geval hebben gevonden,' zei Carl-Johan. 'Dus daarom heeft hij ons waarschijnlijk niks verteld.'

Teddy was verdergegaan met vragen wat ze van die mishandeling afwisten. Dat was niet veel.

In plaats daarvan stelde hij een paar vragen over zijn zus. Ze woonde kennelijk in Londen en werkte bij een of ander laboratorium. Ze was drie jaar jonger dan Philip. Ze beloofden dat ze een telefoonnummer en e-mailadres van haar zouden regelen, maar ze wilden in de huidige situatie niet dat hij, Emelie of Magnus contact met haar zou opnemen.

Teddy probeerde Philips financiële situatie te bespreken.

Carl-Johan zei: 'Tja, dat kun je wel lezen in het artikel in *Aftonbladet*.'

Teddy antwoordde: 'Is er over Philip geschreven?'

'Niet overdreven veel. Maar ongeveer drie weken geleden was er een krantenartikel met de kop DIT ZIJN DE RIJKSTEN IN JOUW OMGEVING ONDER DE VEERTIG. Dat was zo'n verschrikkelijke lijst van mensen die succesvol waren, hun vermogen en in welke gemeente ze waren ingeschreven. Het is waanzin, dit hele gebeuren is allemaal de schuld van de krant en iedereen die zonodig dat soort troep moet lezen.'

'Weten Magnus en Emelie hiervan?'

'Ja, ja.'

'En hoe groot is Philips vermogen?'

Toen vond Catharina klaarblijkelijk dat hij te dichtbij kwam, ze zei: 'Het is beter als Magnus zich daarmee bezighoudt.'

Toen hij met de ouders was uitgepraat wist hij niet waar hij naartoe moest. De woonkamer bij Dejan thuis was momenteel geen waardig alternatief en zelfs nu Magnus Hassel had gezegd dat hij een kamer op het advocatenkantoor mocht gebruiken, voelde dat als een totaal onwerkelijke plek om te verblijven.

Emelie zei dat ze de vermogensmanager van de familie Schale vandaag zouden ontmoeten, maar Teddy wist amper wanneer of waar. Er was een privéding dat hij eerst wilde doen, dus eigenlijk was het wel fijn om wat tijd over te hebben.

Hij liep Näravägen op terwijl hij ondertussen Magnus en Emelie probeerde te bellen, zonder succes.

Dat was misschien maar beter ook. Hij moest wat nadenken. Het was nog maar de vraag of hij überhaupt nog wel met dat felle juristendametje wilde praten. Ze leek hem wel zwakzinnig te vinden, terwijl zíj juist degene was die niet eens de basisprincipes van dit alles onder de knie leek te hebben.

Hij had met hen beiden op het advocatenkantoor afgesproken. Magnus' glimlach was zo breed geweest dat Teddy eerst dacht dat hij net de hoofdprijs in de krasloterij had gewonnen, maar toen realiseerde hij zich dat de hoofdprijs van de loterij vermoedelijk niet eens zo vreselijk veel geld was voor iemand als Magnus. Hij was gewoon blij dat Teddy er was.

Magnus vroeg hem een geheimhoudingsverklaring te ondertekenen en schudde hem stevig de hand.

'Ik ben je erg dankbaar, Teddy.'

Daarna had hij hem bij Emelie achtergelaten.

Ze legde een stapel papier recht die voor haar op tafel lag.

'Magnus wil dat jij en ik dit op gaan lossen.'

'Dat had ik begrepen.'

'Maar je moet op de eerste plaats aan mij rapporteren, zodat ik de maatregelen met hem kan bespreken.'

'Zo heb ik dat niet echt begrepen.'

'Nee, maar zo is het wel. Nu zal ik je vertellen waar dit over gaat. In vijftien minuten, daarna moeten we naar de afspraak met de familie Schale.'

'Oké.'

'En nog één ding. Magnus heeft grootse verwachtingen.'

Teddy begon richting het water en Hotel Diplomat te wandelen, een van de plaatsen waar Philip zich kennelijk vaak ophield.

Bij de Djurgårdsbrug sloeg hij af en liep Strandvägen in. Op een paar daken waren mensen sneeuw aan het ruimen, en de mannen die beneden op straat stonden om ervoor te zorgen dat de sneeuw en ijsklompen niet boven op de voorbijgangers neerkwamen, schreeuwden in het Spaans omhoog. Teddy kende deze branche door en door; na een aantal ziekelijk sneeuwrijke winters was het big business geworden om daken te ruimen. En van die loonwerkers was er geen een bereid de helft van zijn loon aan de belastingdienst te betalen. In de bajes hadden een aantal van deze zogenaamd verfijnde herrieschoppers zich nauwelijks met iets anders beziggehouden dan baantjes creëren voor zwartwerkers. Bedrijfje na bedrijfje opzetten, valse facturen verzenden zodat de sneeuwruimbedrijven kosten hadden om in hun administratie op te voeren, het geld de wereld rondsturen, Estland en Dubai, om vervolgens diezelfde kosten cash uit de factuurmaatschappij te trekken en verder in enveloppen aan die kerels door te geven. Het witwasbedrijf pakte vijftien procent van de totale omzet. In een sneeuwrijke winter zorgde dit algauw voor evenveel pegels als sneeuw.

Nu moest hij zijn eigen telefoontje proberen te plegen, en ook daadwerkelijk iets zeggen. Hij had nog nooit een berichtje op haar antwoordapparaat achtergelaten. Daarentegen had hij al zeker twintig verschillende dingen bedacht die hij wilde zeggen.

Hij kende haar nummer uit zijn hoofd.

De telefoon ging over.

Toen hoorde hij een stem. 'Sara.'

Geen antwoordapparaat, nu was zij het echt.

Hij hoorde een zwak geruis op de lijn.

'Hallo?' zei Sara. 'Is daar iemand?'

De ruis op de lijn nam toe, of was dat in zijn hoofd?

'Met mij, met Teddy.'

De ruis was er nog. Sara zweeg.

'Hoe gaat het met je?'

Ze ademde tussen elk woord in. 'Met mij gaat het goed.' Lange adempauze. 'Hoe is het met jou?'

'Ik ben vrijgekomen.'

'O ja, je bent weer vrij. Heerlijk of niet?'

'Het leven is bijna goed.'

'Zo gaan die dingen.'

'Ja.'

'Ja.'

'Mmm.'

'Oké.'

'Maar goed, ik wilde alleen maar even horen of alles goed met je gaat.'

'Alles gaat goed. Prima.'

'Woon je nog in Stockholm?'

'Jazeker, in Solna. Het is rustig hier maar toch dicht bij de stad.'

'Dat klinkt goed.'

'Ja.'

'Wat voor werk doe je nu dan?'

'Momenteel niks. Maar Teddy...?'

'Ja.'

'Ik weet niet hoe ik dit op een vriendelijke manier moet zeggen. Ik heb nu mijn eigen leven. Jij en ik is lang geleden en ik moet... ik moet je vragen om mij niet meer te bellen. Kun je me dat beloven?'

'Hoe bedoel je?'

'Dat je niks meer van je laat horen.'

'Ik weet het niet...'
'Jawel, dat moet je me beloven.'
'Misschien, ik wilde alleen maar even horen hoe het met je was.'
'Oké, het gaat goed met me. En ik hoop met jou ook, echt.'
'Ja.'
'Ik moet nu ophangen. Dag.'
'Dag.'

Er werd op de vaste lijn gebeld.
Magnus pakte de hoorn op. Daarna keek hij iedereen in de kamer aan.
'Patric Öhrn, die man van de bank, is er. Hij komt over enkele ogenblikken naar boven.'
De vergaderkamer van advocatenbureau Leijon was groter dan de kamer waar Teddy laatst had gezeten. Midden op tafel stond een speakerfoon en er lagen een aantal notitieblokken over de tafel verspreid. Dik sierpleisterwerk aan het plafond en de messing armen van de moderne plafondlamp hingen als zware, met sneeuw bedekte takken van een boom omlaag.
Magnus had Teddy een halfuur geleden opgebeld, en het had hem niet meer dan tien minuten gekost om hiernaartoe te wandelen.
Hij zat naast Emelie, die op haar beurt weer naast Magnus zat. Aan de overzijde zat een man die zich slechts had voorgesteld als Jan van beveiligingsbedrijf Redwood Security. Zijn achternaam had hij niet genoemd.
Jans mond deed denken aan een streep die iemand met behulp van een liniaal had getrokken. Om zijn pols had hij een horloge en zijn blauwe overhemd en jas waren te gekreukt om gedragen te worden door een kantoorslaaf, maar toch netjes genoeg om een goede indruk te maken. Hij riekte zo erg ex-smeris dat je het al van kilometers afstand kon ruiken.
Jan staarde Teddy aan alsof hij een besmettelijke ziekte was.
Magnus zei: 'Jan zal onze operationele support ter plaatse zijn. Daarnaast heeft Redwood ook een mannetje bij de familie Schale thuis geïnstalleerd.'
'Dit doen we meestal, zodat zij zich veilig voelen en vierentwintig uur per dag ondersteuning hebben,' vulde Jan hem aan.
'Voorzien jullie een dreiging voor de rest van de familie?' vroeg Emelie.

Jan keek omlaag in zijn paperassen alsof hij haar niet had gehoord.
Teddy vond dat hij naar Emelie net zo chagrijnig deed als naar hem.

De deur ging open en een slanke man van in de veertig kwam binnengelopen. Het was Patric Öhrn. Gekleed zoals te verwachten, in een krijtstreep kostuum, wit overhemd en een lila stropdas met kleine dieren erop. Hij liep rond de tafel en schudde iedereen de hand.

'Bedankt dat u zo snel kon komen. Wilt u koffie?' vroeg Magnus.

De vermogensmanager zag er duidelijk ongemakkelijk uit, hij wreef in zijn handen en keek van de ene persoon naar de andere. Teddy kon zich goed voorstellen hoe hij zich voelde. Hij met zijn deftige klanten en zogenaamd rendementstechnische portefeuilles. Nu was hij opeens midden in Teddy's oude wereldje beland.

Hoewel misschien... Teddy bedacht dat het eigenlijk in feite uitsluitend aan deze man te danken was dat ze überhaupt van een misdrijf uitgingen.

Magnus legde in het kort uit wie ze waren, maar hij zei verder niks inhoudelijks over de zaak.

'Je hebt dit inmiddels met de leiding van de bank besproken, heb ik begrepen.'

'Ja, net voordat ik hierheen kwam. Het zou normaal gesproken nooit in me opkomen om met derden te praten over de belangen van onze klanten. We nemen altijd de hoogste vorm van discretie in acht waar het onze klanten betreft. In welke situatie dan ook.'

'Heel goed, maar de familie heeft deze zaak geopend.'

'Ja.'

'En zoals je begrijpt kan het zijn dat een belangrijke klant slachtoffer is geworden van een zeer ernstige vorm van afpersing. Je hebt begrepen dat mijn cliënt, dat wil zeggen de familie Schale, de politie er op dit moment niet bij wil betrekken?'

'Daarover ben ik geïnformeerd, ja.'

'En voor zover ik begrijp van Claes is de leiding van de bank hier ook van op de hoogte?'

'Ja.'

'Maar ze zijn niet op de hoogte van de details in deze zaak?'

'Nee.'

'Mooi, dan is alles zoals onze opdrachtgever het wil hebben. Mag ik je verzoeken om dit te ondertekenen?'

Magnus schoof een papier naar de vermogensmanager toe. Teddy kon niet zien wat het was, maar nam aan dat Patric Öhrn geheimhouding beloofde, of op enige manier verklaarde dat het klopte wat hij had gezegd.

'Ik kan dit helaas niet ondertekenen, vrees ik. Ik kan me niet binden aan een andere geheimhouding dan die wij bij de bank hebben. Ik volg de regels van de bank en de wensen van de klant.'

Magnus leek het niet zo zwaar op te nemen. 'Daar heb ik het dan straks nog wel met Claes over.'

Het was duidelijk dat Magnus persoonlijke contacten bij de bank had, en hij aarzelde niet om die te gebruiken.

'Vertel maar eens wat er is gebeurd,' ging hij verder.

'Ik werd vanmorgen dus door Philip Schale gebeld. Ik ben nu ongeveer vijf jaar manager van zijn en ook zijn families private-bankingteam, maar ze zitten al veel langer bij onze bank. We helpen ze met het langetermijnkapitaalbeheer, heel wat belastingvragen en de praktische kant van bijvoorbeeld de aankoop van onroerend goed. Wanneer het ging om meer actieve beleggingen kreeg vooral Carl-Johan hulp van een andere adviseur. Philip zei dat hij een opname van zestien miljoen kronen moest doen om een woning te kopen.'

'Is dat gesprek opgenomen?'

'Ja, gelukkig nemen we de meeste gesprekken op.'

'Uitstekend, kunnen we daar nu naar luisteren?'

Patric zag er wat minder gespannen uit. Hij pakte een laptop uit zijn tas en zette twee kleine luidsprekers op tafel. Hij klikte een paar programma's aan en de luidsprekers begonnen te ruisen.

'Hallo, met Philip.'

'Hé hallo, Philip, hoe gaat het met je?'

Teddy herkende Patric Öhrns stem amper, die was zoveel lichter en opgewekter dan nu.

'Met mij gaat het goed. Hoe is het met jou?'

'Best, best.'

'Oké, ik zal het kort houden... ehm... ik heb een geweldige woning gevonden die ik wil kopen. Echt heerlijk, precies wat ik zocht. En er is haast bij, als de koop doorgaat moet ik meteen betalen. Dus ik zou willen dat je me helpt om zo snel mogelijk liquide middelen vrij te krijgen.'

'Natuurlijk, wat leuk. Waar ligt de woning, als ik vragen mag?'

'Ehm... aan Karlavägen. Een zolderetage met vijftien vierkante meter dakterras, echt fantastisch. En ik heb het contract al ondertekend, dus nu is er geen weg meer terug, haha.'

'Top. Hoeveel moet ik overboeken?'

'Zestien miljoen.'

'Zestien miljoen?'

'Yes.'

'Oké, hoeveel aanbetaling moet er nu overgemaakt worden?'

'Er is geen... ehm... aanbetaling. Dit is zo'n unieke deal dat ik het hele aankoopbedrag meteen op tafel leg. Zestien miljoen. En Patric, het moet snel gebeuren, anders loop ik deze woning mis.'

'Ik snap het. Dit valt vast wel te regelen. Zou je een kopie van het contract kunnen opsturen? Maak even een mail met een pdf, dan neem ik het meteen in behandeling.'

'Die kopie van het contract, is dat echt nodig?'

'Dat lijkt mij wel het beste, dat doen we normaal gesproken altijd bij de aankoop van een woning.'

'Ja, maar er is... haast bij nu, Patric. Kan ik hem later opsturen?'

'Je kunt toch wel kijken hoe snel je een kopie voor elkaar kunt krijgen? Dat is toch echt het beste.'

'... Maar kun je het vandaag overmaken?'

'Natuurlijk, stuur de kopie, dan regel ik alles.'

'Oké, ik regel het wel. Geen probleem. Maar zou je ondertussen een miljoen kronen naar een andere bankrekening in het buitenland kunnen overboeken?'

'Dat komt goed. Waar moet het geld naartoe?'

Teddy hoorde een flauw geluid op de achtergrond, het klonk als motorgeluid, een vrachtwagen of iets dergelijks die startte.

'Naar een rekening bij de Bank of Ayudhya, in Thailand.'

'Bank of Ay...?'

'A-Y-U-D-H-Y-A. Het rekeningnummer is 384993443-332. IBAN is 43844934.'

'Oei, kun je dat alsjeblieft herhalen?'

'Rekeningnummer 384993443-332. IBAN 43844934.'

'Nog een keer, alsjeblieft.'

Philip noemde de nummers nogmaals op.

'Ik regel het, het is alleen wat papierwerk maar dat hoeft niet lang te duren. Is dit ook voor die woning?'

'Nee, dat is voor andere dingen waar ik mee bezig ben.'

'Top, dan doen we het zo. En gefeliciteerd met de aankoop van je woning!'

Patric Öhrn zette zijn laptop uit.

Het werd stil in de kamer, alsof niemand van hen iets wist te zeggen.

Na een tijdje zei Magnus: 'Goed dat je om het contract vroeg, erg goed.'

'Ik weet het niet, maar er was iets wat niet klopte, dat voelde ik toen al. Ten eerste was Philip net verhuisd, hij had minder dan een jaar geleden een etage gekocht aan de Östermalmsgatan, toen heb ik hem ook geholpen. Ten tweede vond ik dat de hele situatie vreemd klonk, ik heb nog nooit van een aankoop van een woning gehoord waar men alles in één keer aftikt. Men tekent een contract, verbindt zich daaraan door middel van een aanbetaling, daarna betaalt men de koopsom zelf terwijl men tegelijkertijd toegang krijgt tot het object. Al het andere is immers gekkenwerk. Daarnaast heeft hij geen zestien miljoen in liquide middelen en dat weet hij. Hij zou het best op kunnen hoesten, maar dan moet hij zijn waardepapieren of andere dingen verkopen en dat zou hij onder normale omstandigheden nooit willen doen.'

Patric Öhrn nam een pauze en peuterde een zakje pruimtabak vanonder zijn bovenlip vandaan, toen pakte hij een doosje, opende het dekseltje en legde een nieuw zakje onder zijn lip. Het was General Classic, Teddy zag hoe zijn vingers kliederig werden van de pruimtabak. Hij dacht: advocaten die mastverbindingslijsten opvragen en private bankers die pruimtabak gebruiken. Zweden is veranderd.

'Is er al een contract binnengekomen?'

'Nee, nog niet.'

'Heb je dat geld nog naar dat Thaise rekeningnummer overgemaakt?'

'Nee, want toevallig belde Carl-Johan me vlak daarna over een andere zaak en ik zei: "Wat leuk, ik hoorde dat Philip een grotere woning gaat kopen," en toen vertelde hij dat dit alles waarschijnlijk een vergissing was en nu zit ik hier bij jullie.'

Emelie had als een bezetene aantekeningen zitten maken tijdens het gesprek. 'Dank je Patric, mag ik nog een paar vragen stellen?'

'Geen probleem.'

'Zijn er de laatste tijd nog andere opmerkelijke betalingen gedaan vanaf Philips rekening?'

'Niet voor zover ik me kan herinneren. Maar hij is nu eenmaal een, hoe zal ik het zeggen, big spender. Soms koopt hij een auto, soms iets anders. Maar ik kijk niet in detail naar zijn geldopnames, dat is een privéaangelegenheid.'

'Kunnen jullie informatie krijgen van de Bank of Ayudhya over wie de rekeninghouder is?'

'Eigenlijk niet, ben ik bang, Zweden heeft niet zulke afspraken met Thailand. Ik heb dit al gecontroleerd bij onze Aziatische afdeling.'

'Ik snap het. Kunnen jullie ook zien of er mislukte pogingen zijn gedaan om geld over te boeken de afgelopen dagen?'

'Ja, dat kon ik bekijken en ik kon zien dat hij met zijn random reader geprobeerd heeft zijn rekening te legen en het geld naar datzelfde Thaise rekeningnummer over te boeken. Maar we hebben verschillende blokkades voor overboekingen van dit soort grote bedragen. Allereerst moet men de rekeninghouder aangeven, wat weer bevestigd moet worden door de buitenlandse bank, en daarnaast is er een vertraging van een paar dagen. Dus hij heeft maar negentienduizend euro over kunnen boeken, wat de grens is voordat de blokkades erop gezet worden.'

Magnus en Emelie stelden nog enkele vragen over wat Patric wist van Philips verschillende werkzaamheden. Over het geheel genomen wist hij niet veel details over de investeringen.

Toen ze klaar waren keek de bankier om zich heen alsof hij op toestemming wachtte om weg te gaan.

Magnus zei: 'Oké dan, hartstikke bedankt voor je komst. En je begrijpt, zoals gezegd, hoe gevoelig deze kwestie is.'

Patric Öhrn knikte, stond op en streek de vouwen uit zijn broek. 'Dit is niet tof.'

Magnus' pen fladderde als een vlinder tussen zijn vingers.

'Ik zou nog een aantal dingen willen weten, als dat goed is,' zei Teddy.

Patric bleef staan.

Magnus' pen viel op tafel.

'Hoorde jij ook een andere persoon op de achtergrond? Ik kon het niet horen, maar misschien kon jij het beter verstaan.'

'Niet dat ik me kan herinneren. Ik geloof dat de geluidskwaliteit ongeveer hetzelfde was.'

'Iemand die praatte of fluisterde, of een andere stem op enige manier?'

'Ehm, misschien, geloof van niet. Ik weet het niet zeker.'

‘En hoe beoordeelde jij Philip? Ik ken hem immers niet, maar kun je nog een keer zo gedetailleerd mogelijk vertellen of er iets aan hem opviel?’

Patric kreunde zachtjes. ‘Het is lastig, normaal denk ik daar niet over na. Maar wellicht was het alsof hij naar woorden zocht, alsof hij te lang wachtte met wat hij zei. Naar mijn mening kun je dat horen wanneer hij over dat contract praat. Daarnaast praat hij ook bijna onverstaanbaar, ik moest hem immers meerdere keren vragen dat rekeningnummer in Thailand te herhalen.’

‘Als ik zeg dat ik geloof dat iemand hem gedrogeerd heeft, zou dat dan zo kunnen zijn?’

De bankier had het zweet op zijn voorhoofd staan.

‘Ja, ik geloof dat je gelijk hebt. Zo klonk hij inderdaad.’

Toen Patric Öhrn de kamer had verlaten bleven ze nog een tijdje zitten om de vervolgstappen te bespreken. Magnus deelde de telefoon- en mastverbindingslijsten uit die Emelie had opgevraagd. Jan, de ex-politieagent die zijn naam niet prijs wilde geven, zei: ‘Hoe ben je daaraan gekomen, die mastverbindingslijsten? Die mogen ze alleen met politie en douaniers delen.’

Emelie glimlachte scheefjes en loerde naar Magnus.

‘We hebben Telephonica bijgestaan toen ze afgelopen lente van de beurs werden gehaald. Iedereen van het management heeft toen mooie prestatiebonussen ontvangen. Of niet dan, Emelie? Je zou kunnen zeggen dat ze ons nog wel een wederdienst schuldig waren.’

Teddy bedacht dat ze niet eens wisten dat deze lijsten bestonden totdat hij hierover was begonnen. Maar hij zei niks.

Daarna vertelde Emelie over het vreemde bericht dat ze op Philips iPad had gevonden.

‘Er waren ook een aantal boze berichten van Kevin Andersson,’ zei ze.

‘Wie is dat?’

‘Kevin is degene die Pixel Flow heeft bedacht. Ze hebben daardoor allebei een mooi financieel avontuur mogen beleven, al was dat van Philip ongeveer zeventien keer beter dan dat van Kevin.’

Teddy maakte een mentale notitie terwijl Emelie over Philips eerste investering vertelde.

Er zat een luchtje aan, er was iets wat niet klopte. Hij wist nog niet wat het was – behalve dat er íéts was.

In de bajes

Ze kregen allebei koosnaampjes. Ze noemden Emma de Ritselaar en Sara werd het Groentje genoemd.

Ritselaar omdat Emma toch het feestje had geregeld.

Groentje omdat ze zo ook overkwam, Sara was een echte beginneling.

Teddy en Tagg hadden voor midzomer ieder hun petflesje met bier gekregen. Dat betekende eigenlijk niet veel meer dan dat ze de bittere smaak voor het eerst in jaren weer in hun mond hadden kunnen proeven. Loke had twee maanden geleden een eigen bier in een in de wasruimte verborgen emmer gebrouwen, maar dat was zo walgelijk geweest dat het twijfelachtig was of het zelfs wel als drinkbaar bestempeld kon worden.

Het ging ook meer om het gebaar.

Maar alleen van Emma.

Toen ze daar in de hal hadden gestaan en om deze kleine gunst hadden gevraagd had ze niet één seconde haar blik afgewend, haar ogen hadden gefonkeld.

'Ik kan wel wat voor jullie regelen voor midzomeravond. Van lightbier word je toch niet dronken.'

Sara daarentegen had naar de vloer gestaard. 'Maar Emma, ik geloof niet dat we...'

Na een paar minuten had ze zich omgedraaid en was ze weggelopen. Emma keek haar na en probeerde het uit te leggen.

'Ik heb eerder in Kumla gewerkt, maar Sara, die is helemaal nieuw en studeert aan de universiteit en zo, ze begrijpt er nog niet zoveel van.'

Daarna had Tagg haar Bitch of Zeikwijf willen noemen, maar als iemand van de bewaarders daar lucht van kreeg zou dit voor gesodemieter zorgen.

Bemiddelingsgesprekken, bezoekjes aan de maatschappelijk werker, en in het ergste geval het intrekken van privileges zoals bijvoorbeeld toegang tot de kiosk of de boekenwagen. Dat was onnodig.

Twee weken later vroegen ze Emma of ze een lader voor een mobiele telefoon kon regelen. Tagg had een paar weken geleden een minuscule Samsung binnengesmokkeld via zijn bezoek, maar zonder lader. De batterij moest nu worden opgeladen.

Ze regelde het in minder dan twee dagen.

De week daarna nam ze een USB-stick met films mee naar binnen, ze was de enige die niet in de gaten had dat die volgepropt was met harde pornofilms waarvoor ze de uitleen-Xbox gebruikten om uren te kijken.

Nog een week later bracht ze een geplastificeerde envelop mee. Daar zat twintig gram wiet in en Tagg en Teddy gaven een heftige verkoudheid er de schuld van dat ze de hele dag in hun kamer lagen, zo stoned als een stel veertienjarigen die het voor de eerste keer hebben uitgeprobeerd.

Van Sara zagen ze daarentegen niet zoveel. Die was zoals altijd aan het werk, wist Teddy. Hij ving af en toe een glimp van haar op door het spiegelglas van de bewaardersruimte, hij zag haar door het luikje van de celdeur wanneer het 's avonds tijd was voor *lockdown* en hij probeerde haar gedag te zeggen als ze bij een van de werkplaatsen voorbijliep. Maar nooit samen met Emma, altijd met andere bewaarders.

Het was een warme dag op de luchtplaats aan het einde van juli. Tagg zat voor straf in de isoleer omdat ze erachter waren gekomen dat hij een mobiele telefoon en lader in een holte van het bedframe in zijn cel had verstopt. Loke had gemeenschappelijke dienst in de keuken.

De gevangenistuin was een zoals gewoonlijk verdeelde buitenplaats. De kerels van de motorclubs bleven vooral bij elkaar, al waren het geen onmogelijke types, Teddy was met enkelen van hen bevriend. De Syriers waren precies hetzelfde, het liefst praatten ze met elkaar, maar het waren geen verkeerde gasten. Ze begrepen dat er om hen heen ook nog een wereld bestond, en daarnaast kende Teddy een heleboel van hen nog uit Södertälje. De Arabieren en de Gambianen hielden zich meer afzijdig, de laatstgenoemden spraken vaak belabberd Zweeds ondanks dat ze hier misschien al jaren hadden gewoond en in de paardenbusiness hadden gezeten. Er waren ook nog andere bendes: Black Cobra, de Leeuwen, de Original Gangsters enzovoort. De meesten daarvan waren jonge gastjes die nog een lange weg te gaan hadden voordat ze hun plek zouden vinden. Dan waren er nog de Servische Serviërs, dat wil zeggen zij die geen Zweeds spraken, en andere buitenlanders, Litouwers, Russen. Ten slotte nog de halve gekken. De vader die zijn dochter had doodgeslagen omdat ze in haar thuisland niet met een twintig jaar oudere man wilde trouwen, de kerel die een mes in de nek van zijn partner had gestoken omdat ze hem niet wilde vertellen waar ze zijn drank had verstopt. Die hoorden nergens thuis, ze zouden in een ander soort inrichting moeten zitten.

Teddy zat op de rugleuning van een bankje en genoot van de zon. Dat was zijn favoriete plekje; boven de oostelijke muur kon je de boomtoppen zien, die nog steeds diepgroene, frisse bladeren droegen. Over een paar maanden zou hij voor het eerst met verlof mogen. Dan zou hij de hele boom kunnen zien, niet alleen de kruin.

'Hoi, waar denk je aan?'

Hij keerde zich om. Het was Sara, die op de een of andere manier naar hem toe was gelopen zonder dat hij haar gehoord of gezien had. Wat deed zij hier? Dat een bewaarder alleen rondliep over de luchtplaats was ongewoon, een paar maanden eerder was de verpleger hier zelfs nog ernstig mishandeld.

'Ik geniet van de zomer en droom wat weg.'

Sara's schouders zagen er gespannen uit. Haar haar was opgestoken met haarlokken aan de zijkant. Ze bleef recht tegenover hem staan zonder iets te zeggen.

Teddy zag dat ze een klein Aziatisch teken achter haar ene oor getatoeëerd had, dat was hem nog niet eerder opgevallen.

'Heb je die tattoo nog maar net?'

'Nee,' zei ze glimlachend, 'maar normaal heb ik mijn haar eroverheen.'

'Wat betekent het?'

'Het is Chinees en betekent moed.'

'Betekent dat dat je moed nódig hebt of dat je moed hébt?'

'Beide, geloof ik. Alleen al hier werken duidt toch op een zekere moed. Maar daarnaast kan ik ook af en toe wel wat extra kracht gebruiken, wanneer ik lastige dingen moet doen.'

Ze keek hem net iets te lang aan voor in een normaal gesprek.

'Jullie moeten stoppen Emma om dingen te vragen.'

Teddy gleed neer op de zitting van de bank. 'Waar heb je het over?'

'Je weet best wat ik bedoel. Ze is jullie boodschappenjongen geworden en dat kan maar op één manier eindigen.'

‘Waar maak jij je druk om? Het is toch niet jouw zaak als Emma al of niet aardig voor ons wil zijn?’

‘Dat is zeker wel mijn zaak. Ik ken haar en ze is mijn vriendin. Ze wil dit eigenlijk niet. Ze wil alleen een goede sfeer op het werk en aardig gevonden worden. Maar je moet weten dat ze voor dit werk heeft moeten knokken, ze heeft er haar halve leven van gedroomd om in het gevangeniswezen te werken. Als ze erbij genaaid wordt door dit soort dingen dan is het voorbij.’

Teddy stond op. ‘Je moet één ding leren over het leven in dat gedeelte van de wereld waar ik vandaan kom. Ieder mens is verantwoordelijk voor zijn eigen daden, en het is niet de taak van een ander om zich daarin te mengen. Begrijp je? Dat eenvoudige principe heeft hierbinnen altijd gegolden.’

Hij begon van haar weg te lopen.

Sara bleef staan, maar hij hoorde dat ze zei: ‘Teddy, je begrijpt wat ik bedoel. Ik weet dat je het diep vanbinnen met me eens bent. Hou op met waar jullie mee bezig zijn. Als het niet voor Emma is, doe het dan voor mij.’

Ver daarvandaan, boven de oostelijke muur, zag hij nog steeds de top van de hoogste boom.

*

De zwarte zetels onder de rood- en goudgeverfde bogen waren waarschijnlijk van nepleer. De kristallen kroonluchters die aan het plafond en boven de brede balkonconstructie hingen waren vermoedelijk ook nep en de tafels kwamen vast en zeker eigenlijk van IKEA maar waren dan zwartgeverfd. Men had er ijsemmers voor champagne en andere gekoelde flessen in gemonteerd. De bar was meer dan twaalf meter lang met lichte betimmering aan de muur en drankflessen erop die van achteren werden verlicht. De amberkleurige glans van de whisky, het groene schijnsel van de curaçao, de donkerrode nuance van de cassis.

Tagg was al langer vrij dan Teddy, dus hij had een betere kijk op de stad. Hij had uitgelegd dat dit ’s nachts de meest populaire bar van Stockholm was, hij stond in iets wat de viproom werd genoemd. De nachtclub heette Clara’s.

Maar nu, om drie uur ’s middags, wanneer deze plek uitgestorven was, stond de bar er eerlijk gezegd maar verloren bij. Aan het plafond schenen de kleine spots als bleke sterren en de draaideuren kraakten wanneer ze opengingen.

Tagg zei al toen ze naar binnen gingen dat hij vond dat de kerel die om de flessen heen stond schoon te maken er sukkelig uitzag.

Teddy was het ermee eens. Zijn voorhoofd was zo gerimpeld als die van een gepensioneerde ondanks dat hij niet ouder kon zijn dan vijfentwintig. Daarnaast had hij een stomme armband van gevlochten leertjes om zijn pols, maar dat zagen ze pas toen hij dichterbij kwam, dus daarom waren het toch de rimpels die hen vanaf het begin hadden gestoord.

Tagg siste: 'Je krijgt maar één kans om een eerste indruk te maken in deze wereld: deze kerel heeft een wie-denk-je-wel-niet-dat-je-bent-gezicht. En da's niet oké.'

De kerel ging achter de lange bar staan. Hij had een doekje in de ene hand en zijn mobieltje in de andere.

Teddy liep op hem af. 'Hoi, ik neem aan dat je hier werkt?'

De bartender keek hem aan en trok zijn wenkbrauwen nog meer op. 'Ja, maar we zijn nu gesloten.'

'Dat begrijp ik, maar ik wilde alleen maar wat vragen stellen, als dat goed is. Niks geks.'

'Ik denk dat het beter is als je contact opneemt met Daniel Yalda, hij is hier bij ons verantwoordelijk voor de informatie.'

Teddy bleef op een paar meter van de bar af staan. Tagg fluisterde in zijn oor. 'Ga erop af, Teddy, dichterbij, ga erop af.'

Maar Teddy zei slechts: 'Goed, dan zal ik hem later bellen. Maar het heeft wel ontzettend veel haast, dus nu we hier toch zijn kan ik jou misschien een paar vragen stellen?'

De kerel draaide zijn hoofd naar de ene kant, alsof hij zijn nek wilde kraken. Hij antwoordde niet.

Teddy had Tagg veertig minuten geleden gebeld en gevraagd of hij mee kon gaan. Het was de eerste keer dat ze elkaar zagen sinds Teddy vrij was gekomen. Hij schaamde zich ervoor dat hij had moeten bellen om een gunst te vragen.

'Ik geloof niet dat ik bij Clara's binnen word gelaten als jij er niet bij bent. Het zou superlief van je zijn, het duurt niet meer dan een halfuur.'

'Teddy, ik ben lief geboren.'

En nu stonden ze hier, Teddy was als eerste naar binnen gegaan, hij ging er helemaal voor, hij accepteerde geen nee als antwoord, hij probeerde dit kleine ventje aan de andere kant van de bar te pushen, op de manier die Tagg waarschijnlijk van hem had verwacht.

'Was je hier aan het werk het een-na-laatste weekend in januari?'

'Zoals ik al zei: het is beter als jullie je tot de daarvoor verantwoordelijke persoon wenden.'

'Maar je kunt me toch wel zeggen of je hier toen aan het werk was?'

'Dat weet ik niet meer.'

'Maar jullie hebben toch wel een rooster?'

'Dat hebben we.'

'Wie regelt dat dan?'

'Dat doe ik, meestal.'

'Dus jij regelt het rooster, maar weet niet of je het een-na-laatste weekend van januari aan het werk was? Hoor je zelf niet hoe dat klinkt?'

'Oké, oké, ik geloof dat ik toen wel aan het werk was.'

'Was je op zaterdag aan het werk?'

De kerel pakte zijn mobiele telefoon op. 'Ik bel zo onze beveiliging, dan kunnen jullie vertrekken.'

'Luister eens, dit is belangrijk...'

'Ik ben klaar met jou, ik heb gezegd hoe het er hier aan toe gaat. Ga weg.'

Toen kwam Tagg naar voren. Teddy kon hem niet meer tegenhouden.

'Lekker ben jij, mijn vriend hoeft dit niet van jou te pikken. Moet hij soms je schoenzolen ook nog likken of zo? Je mag verdomme weleens wat meer respect tonen voor iemand die acht jaar opgesloten heeft gezeten.'

De kerel deed nonchalant. 'Opzouten. Allebei.'

Teddy liep om de bar heen.

Op de bar stonden glazen klaar, schaaltjes met limoen en citroen, een groot formaat mixer, een blok met een aantal messen, en bij de spoelbak stonden staafmixers, sapcentrifuges en nog meer bargerei. Daarnaast ook emmers voor gekoelde champagneflessen.

Hij pakte het ventje bij zijn overhemd vast en drukte hem tegen de bar aan.

Hij keek in zijn ogen.

De kerel keek woedend terug.
Teddy voelde hoe zijn adrenalinelevel steeg.
Een knietje in de maag van deze verwaande klootzak, dacht hij. Een kopstoot tegen zijn neus.
Hij trok zijn hoofd naar achteren. Zette zich schrap. Bereidde zich voor op het rondspattende bloed.
Toen liet hij zijn greep los. Heel zijn lichaam trilde. Wat had hij nou toch weer bijna gedaan?
Hij deinsde achteruit, zette twee stappen terug.
Maar het was al te laat. Tagg was al naast hem komen staan. En hij hield een shaker in zijn hand.
Tagg sloeg de shaker met volle kracht op de rimpels van die jongen.
Het mannetje viel op de grond neer.
Hij schreeuwde, maar Tagg tilde hem op en suste hem met een vinger voor de lippen.
'En nu hou je je bek.'
De ogen van de jongen stonden wijd open. Zijn neus bloedde. Tagg scheurde een stuk papier van een rol die in de buurt stond en gaf dit aan de jongen om in zijn ene neusgat te stoppen.
Teddy legde een hand op zijn schouder. 'Relax, verdomme.'
Tagg kon het niks schelen. Hij vond het weleens tijd worden voor Teddy om terug de realiteit in te komen.
Tagg pakte de wangen van de kerel vast.
'En nu ga je de vragen van mijn vriend beantwoorden.'
De kerel siste iets. 'Je bent verdomme ziek in je hoofd. Ik zeg niks. Je komt hier niet mee weg.'
Tagg kneep in zijn wangen. 'Je mag wel iets vriendelijker zijn. En als je niet op de vragen antwoordt, ben ik bang dat ik maar eens een kleine cocktail moet gaan maken.'
Hij greep de hand van de jongen terwijl hij tegelijkertijd het deksel van de blender opende.
Het kereltje was nog steeds even recalcitrant. 'Denk je nou echt dat ik daar intrap?'
Tagg antwoordde niet maar drukte een soort vergrendeling in waarmee je de blender aan kon zetten zonder deksel. Daarna drukte hij op de knop. De messen van de blender begonnen met een onafgebroken gezoem te draaien. De jongen rukte aan zijn hand.
Teddy pakte Tagg bij de arm. 'We laten het hierbij, Tagg.'

Die rukte zijn arm los en schoof Teddy met zijn vrije hand aan de kant.

'Wacht effe, dit is zo gepiept.' Hij wendde zich naar het ventje. 'In tegenstelling tot jou, mijn vriend,' zei hij terwijl hij de pols van de jongen stevig vasthield, 'ben ik geen bluffer.'

En toen brak de jongen. Zijn gehuil was ongecontroleerd, hij jankte en trok zijn hand terug. En Tagg liet los.

Hij had gewonnen.

'Vertel het nu maar eens.'

Het kereltje ging op de vloer zitten en leunde met zijn rug tegen de bar. Hij ademde zwaar. Daar waren de rimpels weer.

*

De ontsnappingspoging was echt helemaal misgegaan. Toch had hij sindsdien door de paniek geen traan gelaten. Hij was niet eens met zijn armen om zijn benen geslagen in foetushouding gaan liggen snikken.

De schram op zijn wang was een dun wondkorstje geworden. En hij voelde zijn vinger nog maar nauwelijks, het was al zeker vierentwintig uur geleden dat ze die eraf hadden geknipt. Misschien kwam het door de pillen. Hij was zo vertrouwd met het nemen van verschillende pijnstillende medicatie dat hij al snel doorhad dat het iets in die trant was wat ze hem hadden gegeven, en nog sterk spul ook. Misschien Citodin of Tramadol. Of misschien was die kloppende pijn gewoon afgenomen net zoals bij een gewone schaafwond, hoewel hij toch een derde van zijn pink kwijt was.

Hij wist niet veel over de nieuwe plek waar ze hem naartoe hadden verplaatst. Een donkere, koude kamer die stonk wanneer de deur te lang dicht bleef. En een houten vloer.

Nadat ze wat hij voor zijn ogen en mond had gehad weg hadden getrokken en wat pillen en een baguette naar binnen hadden gegooid, had hij om zich heen gekeken. Hij lag op een matras. Er waren geen meubels, geen ramen voor zover hij kon zien, geen tapijt, niks aan de muur behalve aan de ene kant een paar planken. Geen kraan waar hij voorzichtig wat uit kon drinken.

Voordat ze hem naar buiten hadden gesleurd, hadden ze hooguit een uur gereden. Maar op dat moment was hij zo groggy geweest dat hij er zich nog maar weinig van kon herinneren.

Hij had ze in de auto niet horen praten, misschien waren ze stil geweest of hadden ze daar voorin naar elkaar gefluisterd. Het enige wat hij had gehoord was een opmerking van de persoon van wie hij dacht dat het Jokerface was toen ze de kofferbak openden.

'Nu ben ik verdomme blij dat dit allemaal langer duurt, anders hadden we deze plek niet kunnen regelen.'

Hij moest zijn gemak houden, hij mocht niet instorten en weer beginnen te schreeuwen en tegen de muren bonken zoals in het appartement, echt niet. Het papier om zijn pink zou loslaten en het bloed zou weer beginnen te spuiten. Hij wilde met zijn hoofd tegen de deur bonken tot hij niet meer kon, maar hij zakte in elkaar.

Ze hadden niet eens de moeite genomen om hier zijn mond dicht te tapen. Dus het moest wel een plek zijn waar niemand hem kon horen.

Om de een of andere reden was hij verbaasd over het feit dat hij het had gered. Maar misschien zat hij zo in elkaar. Misschien was wat hij nu meemaakte niet zo raar, niet zoveel anders dan wat hij toentertijd had meegemaakt, vroeger.

En de pillen.

Hij wist niet meer precies hoe oud hij was geweest. Maar het was toen hij ongeveer in de brugklas of het tweede jaar zat. De gymnastiekles werd die dag buiten gehouden, op het voetbalveld van Östermalm IP. Het was een mooi veld, goed onderhouden gras met echte voetbaldoelen. Toch was voetbal niet iets waar de meesten van zijn vrienden zich mee bezighielden. Voetbal was eigenlijk iets voor paupers.

Maar Philip hield ervan. Misschien niet zozeer het spelen zelf, maar de wedstrijden van Djurgården in het Stadion trokken hem altijd. Hij dacht erover om volgend jaar een seizoenskaart te kopen.

Ze waren bezweet toen ze naar de kleedruimtes teruggingen. De meiden hadden in plaats van voetbal langs de rand van het veld estafette gelopen.

Philip, Carl, Axel en nog een jongen praatten over *American Pie*. The Stiffmeister was zo grappig. Ze begrepen niet alles, maar ze vonden de film toch geweldig.

Ze gingen snel douchen. De sfeer was zoals gewoonlijk: een paar slagen met handdoeken, een paar duwen op de gladde vloer, en veel, heel veel homograppen.

Toen kwam Ian de kleedkamer in. Hij had niet meegespeeld. Hij was verkouden, had hij tegen Lasse, de gymnastiekleraar, gezegd. Verkouden: wat was dat nou weer voor kutsmoes? Ian deed nooit mee met de gymlessen, hij had altijd wel een excuus om niet mee te hoeven doen.

Axel had daar al eerder over lopen zeuren. 'Als je verdomme vrij bent, wat doe je hier dan nog?'

'Ik ben niet vrij, ik kon alleen niet meespelen.'

'Ben je sociaaldemocraat of zo?'

Zwak, snobistisch, sociaaldemocraat.

'*Bring out the gimp!*' riep Axel.

Axel, Carl en Philip grepen Ian vast, smeten hem tegen de vloer, sleepten hem de douches in waar ze buiten het zicht waren als iemand de deur naar de kleedruimtes open zou doen. Philip stond in de deuropening naar de douches. Heel even vond hij het zielig voor Ian. Maar nee, toch kreeg hij waar hij om had gevraagd.

Axel en Carl drukten hem tegen de natte vloer, hij schreeuwde, zijn kleren werden nat. Maar hij was te zwak, de stakker, Carl trok zijn shorts uit.

Philip zei: 'Axel, haal je spray.'

Ze hielden hem vast. Hij huilde, snikte. Axel kwam terug met een bus deodorant. Philip pakte hem aan.

'We moeten je duidelijk nog wat dingen leren.'

Ian brulde.

Philip sprayde deodorant. In zijn gezicht, op zijn lul, en in zijn achterste.

Hij zag Ians wijd geopende ogen vanaf de vloer naar hem kijken.

Het was niet de eerste, en ook niet de laatste keer. Dat wist hij wel.

Ze moesten Ian een lesje leren.

*

Teddy zat in zijn eentje in een van de vergaderkamers van het advocatenkantoor. Hij was niet van plan de half opgegeten pastasalade nog verder op te eten. Die had Magnus' secretaresse voor hem laten halen, maar hij smaakte nog slechter dan het eten in de bajes.

Hij wachtte op Emelie en drie vrienden van Philip die kennelijk door Carl-Johan gevraagd waren om daarheen te komen.

Voor hem op tafel lagen de uitgeprinte telefoon- en mastverbindingslijsten waar hij de laatste paar uur naar had gekeken, maar hij had zijn gedachten er niet bij kunnen houden.

Dat kereltje in de kroeg, Robin, was nadat Tagg zich er behoorlijk mee had bemoeid begonnen met praten. Hij dacht ook aan zijn eigen reactie. Hoe hij op het punt had gestaan zijn controle te verliezen.

Robin had verteld dat er op de zaterdag in dat laatste weekend van januari na sluitingstijd iets was gebeurd. Hij was er verantwoordelijk voor dat de bar leeg was en er niet al te walgelijk uitzag. Ze deden altijd precies om vijf uur de lampen aan en de muziek uit, anders kregen ze problemen met de instanties.

Maar net in die nacht was er een kerel die hij van eerder herkende met een fles bier in een van de zithoeken gaan zitten. Robin had geprobeerd hem eruit te zetten; het gebeurde weleens dat hij de bewakers erbij moest roepen om onhandelbare gasten eruit te laten zetten.

Uiteindelijk kon hij de kerel overhalen, Robin zou hem helpen een taxi te krijgen.

Buiten stonden een paar mensen. Robin had er niet veel meer van meegekregen dan dat ze die kerel hadden aangevallen. Hij was op zijn handen en knieën gevallen, maar was daarna weer overeind gekrabbeld. Robin had zich verder afzijdig gehouden. Daarna hadden ze hem meegevoerd langs Birger Jarlsgatan.

'Heb je de politie gebeld?'

'Nee, eigenlijk niet, we willen geen stapels negatieve aandacht in de buurt van de club. Maar ik ben ze op afstand gevolgd. En ik heb gezien waar ze verderop bij Nybroviken mee bezig waren. Na ongeveer een kwartier gingen die gasten weg en ben ik erop afgegaan. Toen stond die kerel daar nog alleen.'

De mishandeling op zich was reeds bekend bij Philips ouders. Maar dit over Nybroviken was nieuw, het was een raar verhaal.

'Leek het erop dat de jongens hem kenden?' vroeg Teddy.

'Geen flauw idee.'

'Bewakingscamera's, zijn die er?'

'Ja, die zijn er, maar de opnames worden na achtenveertig uur gewist. Die worden alleen bewaard als de politie dat wil.'

'Oké, wat deed je daarna?'

'Ik wachtte gewoon. De kerel was er heel stellig over dat hij alleen maar een taxi wilde. Dus ben ik gebleven tot hij in een taxi naar het ziekenhuis was gestapt. Hij had waarschijnlijk een paar hechtingen nodig boven zijn wenkbrauwen. Misschien moest zijn neus ook worden gefikst.'

'Is hij bij het ziekenhuis aangekomen?'

'Ja, dat denk ik wel.'

Teddy keerde zich om naar Tagg. 'Hij liegt ergens over, deze klootzak, er is iets wat hij achterhoudt.'

Tagg stond op.

Robin kreunde. 'Nee, alsjeblieft. Ik vergat nog te vertellen dat hij op het ijs stond toen ik daar aankwam.'

'Wat?'

'Ja, ze moeten hem hebben gedwongen het ijs op te gaan. Levensgevaarlijk, natuurlijk, aangezien het zo ontzettend dun was. Dus heb ik de reddingsladder voor hem uitgerold. Die stond naast de kaartverkoop.'

Het ijs, dacht Teddy, en dat ze hem buiten op hebben staan wachten. Het was niet zomaar een willekeurige mishandeling geweest.

De deur ging open en Emelie kwam binnen.

'Ze staan beneden,' zei ze en ze ging zitten.

'Zijn vrienden?'

'Ja, zijn vrienden en zakenpartners. Allemaal tegelijk. Ze lijken een hecht clubje te zijn, die jongens.'

Teddy vond dat ze een vrolijke indruk maakte. Hij vroeg zich af of ze iets interessants had ontdekt en hij stond net op het punt om dit te vragen toen er weer op de deur werd geklopt. Emelie stond op, terwijl ze tegelijkertijd op Teddy's salade wees. 'Ben je uitgegeten?'

Ze gooide het voor hem in de prullenbak, en deed toen de deur open.

De mannen kwamen binnen en gaven Emelie en Teddy allen een stevige handdruk. Ze namen plaats aan de andere kant van de tafel.

Die moesten zich natuurlijk afvragen waar dit over ging.

De man die zich als Ian had voorgesteld had een roestbruine corduroy broek aan en een donkerblauw colbertje met een gele pochet in zijn borstzak. Zijn haar was achterover gestyled in een perfect kapsel waarvan elke haar apart gekamd leek te zijn.

Axel, de andere man, droeg een krijtstreep pak met een wit overhemd en een blauwe stropdas die van wol leek te zijn. De knoop was perfect.

Teddy zelf had in zijn hele leven misschien vijf keer een stropdas gedragen; zijn moeders begrafenis was het eerste wat bij hem opkwam.

De derde man, Carl, had een donkerblauw pak aan maar droeg geen stropdas. Zijn schoenen glommen in het licht van de kleine spotjes in het plafond. Teddy vroeg zich af hoe hij die zo mooi hield met al die sneeuw buiten.

Hij nam aan dat ze allemaal op de een of andere manier iets met geld deden.

Emelie nam het woord. 'Het lijkt misschien een beetje vreemd dat jullie op deze manier hiernaartoe worden gehaald. Maar we zijn blij dat jullie op zo'n korte termijn konden komen. Ik ben dus Emelie Jansson.' Ze schoof ieder van hen een visitekaartje en nog wat andere papieren toe.

Teddy observeerde de drie jonge mannen. Ze luisterden aandachtig naar Emelie, terwijl hun gezichten tegelijkertijd wel erg ontspannen stonden, alsof wat ze vertelde hen niet raakte. Het dienblad met koffiekopjes en waterglazen stond onaangeroerd voor haar. Ze hadden allemaal bedankt, ze wilden hier vast zo snel mogelijk weer weg.

Emelie vertelde hoe het ervoor stond, dat Philip sinds een aantal dagen vermist werd, ze wisten niet precies hoe lang, en dat ze dachten dat er een misdrijf was gepleegd. Daarna vroeg ze hun de documenten die ze hun zojuist had gegeven, te ondertekenen.

De drie mannen zaten er nog steeds zwijgend bij, maar nu leken ze te begrijpen wat ze had gezegd, hun gezichten stonden meer gespannen.

Axel hief enkele seconden zijn hoofd de lucht in.

'Dat is verschrikkelijk. Weten jullie meer over wat er is gebeurd?'

'Helaas kan ik daar niet op ingaan. Wat we met jullie willen bespreken is of jullie er iets over kunnen vertellen.'

'Ik kreeg nog een sms van Philip, eergisteren geloof ik, dat hij ziek was, keelontsteking.'

Ian knikte. 'Ik heb hetzelfde sms'je gekregen.'

Axel deed zijn ogen wijd open. 'Dus wat kunnen *wíj* doen?'

'Jullie hoeven niks te doen,' ging Emelie verder. 'Alleen ons op de hoogte stellen als jullie iets weten wat voor ons interessant kan zijn; hou jullie ogen en oren open voor alles wat belangrijk kan zijn. En als jullie vragen krijgen over waar Philip is, dan is hij naar Spanje gegaan om te golfen.'

'Maar hij is geen golfer.'

'Maar dat is wat we nu afspreken.'

De drie vrienden van Philip keken naar Emelie met een blik in de ogen die Teddy niet anders dan verbaasd kon noemen.

'Is er nog iemand die jullie kennen, die zich afvraagt waar Philip naartoe is gegaan?' ging ze verder.

Axel klopte zachtjes op zijn horloge, het was een groot horloge, misschien een Rolex. Hij leek te bedoelen dat hij deze bijeenkomst nog maar een paar minuten gaf.

'Ik weet in elk geval niks wat voor jullie van belang kan zijn. Ik kan wat de laatste tijd betreft niks vreemds bedenken. Daarnaast vraag ik me af of jullie met zijn vriendin Stephanie hebben gepraat?'

Emelie zat met haar armen over elkaar. 'Nee, wij niet, ze is op reis. Maar Carl-Johan of Catharina heeft haar gebeld en verteld dat Philip naar Spanje is vertrokken en dat zijn mobiel daar weinig bereik heeft. Het is van het uiterste belang dat dit niet naar de media lekt, dat zou onze kansen om Philip te vinden in de weg komen te staan.'

Axel maakte een smakkend geluid met zijn mond.

'Ja, maar wanneer lossen jullie dit dan op?'

Teddy boog zich langzaam over de tafel.

'Dat weten we niet. En we begrijpen je, Axel, dit is niet gemakkelijk. Maar mag ik jullie een paar vragen stellen?'

Hij wachtte niet op antwoord. 'Was een van jullie bij Philip op 11 of 12 februari?'

'Geen flauw idee,' zei Axel.

'Maar wat denk je?'

'Dat weet ik echt niet.'

'Heb je geen agenda?'

'Ja, maar ik noteer daar toch niet al mijn privédingen in?'

Teddy boog zich nog verder over tafel en pakte Axels hand vast. De jongen trok hem terug, maar dat was niet verstandig. Teddy hield hem stevig vast en staarde hem strak in de ogen. Axel grijnsde, maar zei niets. Teddy zag de pijn in zijn ogen en hij voelde dat de botten in Axels hand kraakten.

'Het zou fijn zijn als je een beetje meer moeite zou doen.'

Emelie bleef stil zitten.

Axel boog zich ook voorover over de tafel, om de spanning in zijn hand te verlichten.

'Ik weet toch niet wat ik toen deed.' Hij kermde bijna.

'Maar je kunt wel even in je agenda kijken, dan fris je je geheugen misschien op door de andere dingen die je die dag hebt gedaan.'

Ian en Carl zaten er doodstil naast. Ze pakten hun mobiele telefoons en begonnen erdoorheen te scrollen. Teddy dacht bij zichzelf: als dit Philips beste vrienden waren, dan had hij geen vrienden.

Hij kneep nog wat harder. Axels gezicht zag bleek.

'Zo kan ie wel weer,' zei Emelie met een overdreven duidelijke stem.

Teddy liet Axels hand los, die hij snel terugtrok en met zijn andere hand masseerde.

'Ik was in Londen op een vrijgezellenfeest dat weekend. En Axel, jij was daar toen ook bij,' zei Carl vlug.

'Bobo's vrijgezellenfeest, inderdaad. Dan weten jullie dat.'

Ian frunnikte wat aan zijn telefoon. 'Ik geloof dat ik ook niet bij Philip was op die dagen.'

Teddy was niet van plan om op Emelies bemoeienis tijdens het gesprek te reageren. Hij focuste zich op die zogenoemde vrienden.

Hij zei: 'Mijn volgende vraag is of een van jullie bij hem was op de zaterdag van het laatste weekend in januari.'

De drie mannen aan de andere kant van de tafel pakten hun mobiele telefoons er weer bij.

Axel leek zich in te spannen om zijn geheugen op te frissen. 'Ik heb niks in de agenda staan, maar we waren wel op stap de avond van de achttiende januari. Dat herinner ik me nu. Ik heb hier een sms van Flipper rond één uur die avond. *Kom naar het herentoilet.* Dat moet bij Sturecompagniet geweest zijn.'

'Zijn jullie na Sturecompagniet nog ergens anders heen gegaan?'

'Nee, we zijn daar tot sluitingstijd gebleven.'

'En waar ging Philip daarna naartoe?'

'Naar huis, denk ik. En toen kreeg hij ruzie, dat vertelde hij me later.'

'Ja, dat weten we. Wat vertelde hij precies?'

'Niet zoveel.'

Axel bracht in het kort verslag uit van wat Philip had gezegd, en toen zei hij: 'Meer weet ik niet over die gebeurtenis.'

'Maar hoe wist Philip dat de daders uit Södertälje kwamen?'

Axel rolde met zijn ogen. 'Hoe moet ik dat weten? Dat was gewoon wat hij zei.'

'Dus de laatste keer dat je hem zag was rond vijf uur, rond sluitingstijd?'

'Ja.'

'Maar Sturecompagniet gaat toch om drie uur dicht?'

'Eh, ja, dat is misschien ook wel zo.'

'Heb je hem om drie of om vijf uur nog gezien?'

'We zijn naar een andere kroeg gegaan, nadat Sturecompagniet sloot.'

'Welke dan?'

'Dat weet ik niet meer zo goed.'

'Dit is toch nog maar een paar weken geleden?'

'Ja, maar weet je, ik ga zo vaak op stap. Ik geloof dat we naar Clara's gingen, naar de viproom.'

'Maar Clara's laat na drie uur geen mensen meer binnen. Ik heb daar een kerel van de kroeg gesproken.'

Er klopte iets niet, niet alleen dat deze Axel steken liet vallen in zijn verhaal. Teddy wist alleen niet wat het was.

Axel zuchtte. 'Oké, ik zal eerlijk zijn. Ik had veel gedronken. Ik kan me geen details meer herinneren van die avond. Helaas.'

De andere mannen en Emelie staarden hem indringend aan.

Teddy hoorde het gedempte geluid van een gesprek dat in een van de aangrenzende vergaderkamers bezig moest zijn. Het was niet mogelijk om te verstaan wat ze zeiden.

De deur ging open en Magnus stapte naar binnen. Hij keek om zich heen en maakte gebruik van de stilte van het moment.

'Hallo. Mijn naam is Magnus Hassel. Excuses dat ik te laat ben.'

Teddy negeerde hem en Magnus leek dat op te merken want hij liep niet verder om handen te schudden.

Teddy zei: 'Hoe dronken was Philip?'

'Niet zo erg als ik.'

'Had hij drugs gebruikt?'

Axel keek Teddy aan. Zijn ogen waren groen en helder. Teddy dacht aan Linda, ze zei altijd dat je mensen kon inschatten aan de hand van hun ogen. Hij wist wat ze over Axel gezegd zou hebben: die had geen vriendelijke ogen, totaal niet.

Axel zei: 'Ik weet het niet. Geen flauw idee.'

'Oké, dan heb ik geen vragen meer,' zei Teddy en hij leunde achterover.

De stemming in de vergaderkamer verbeterde. Magnus liep de tafel rond en begroette Philips vrienden.

Maar Teddy had nog iets belangrijks te doen.

Hij stond op en pakte de waterkan op. 'Mag ik jullie iets te drinken aanbieden?'

Hij voelde Emelies ogen in zijn rug priemen, ze had hun immers al water en koffie aangeboden. Maar Teddy wachtte niet op antwoord en schonk drie glazen water in. Daarna bleef hij staan wachten en keek hij de jongemannen streng aan. Ze namen allen een slok uit hun glas, Teddy kon zich indenken dat ze op z'n minst een klein beetje gestrest werden van het feit dat hij bleef staan kijken totdat ze wat hadden gedronken.

Magnus legde in het kort ongeveer hetzelfde uit als wat Emelie reeds had doorgenomen, op een typische directeursmanier: het reeds gezegde herhalen maar op een meer volwassen manier.

Alles voelde weer goed. Bijna.

Maar Teddy wist het. Iets klopte hier niet.

Ze rondden de bespreking af, en Emelie volgde hen naar buiten.

Teddy begon de glazen te verzamelen en legde elk daarvan in een plastic zak die hij bij de receptie had gehaald.

Het was acht uur.

*

Wat was het probleem nu eigenlijk van die idioot van een Teddy, dacht Emelie terwijl ze de drie vrienden van Philip naar buiten begeleidde. Toen ze bij Carl-Johan en Catharina waren, was hij toch echt in staat geweest zich aan te passen, maar nu niet.

Waarom had zij deze jongens niet mogen ondervragen, mensen die zij gegarandeerd beter begreep dan hij? Teddy was niets meer dan een crimineel die acht jaar uit de werkelijkheid weg was geweest. Een uit de kluiten gewassen voorstedelijke gangster die nooit, noch voordat noch nadat hij in de gevangenis terecht was gekomen, het vertrouwen van Philips vrienden zou kunnen winnen. Ook al waren ze jong, ze waren nog steeds iemand waar men in deze maatschappij op kon bouwen. In vergelijking met hen stelde Teddy nog minder dan niks voor.

Daarnaast had hij het risico genomen een dusdanig slechte sfeer te creëren dat ze naar de politie hadden kunnen stappen of hadden kunnen weigeren om mee te werken, ondanks dat ze misschien wel iets belangrijks wisten of zouden bedenken. Ze moest dit zo snel mogelijk met Magnus bespreken. En zo snel mogelijk het vonnis van Teddy opvragen. Dat moest wel openbaar toegankelijk zijn, al lag het waarschijnlijk ergens in een stoffig archief.

Ze wachtte geduldig toen Axel, Carl en Ian hun overschoenen, kasjmier shawls en donkerblauwe en grijze lange jassen aantrokken die in de bezoekersgarderobe hingen. Ze schudden haar de hand voordat ze uiteindelijk hun pekarileren handschoenen aantrokken. Ze zeiden niet veel, ze hadden begrepen dat ze, vanaf het moment dat ze de vergaderkamer uit liepen, op geen enkele manier openlijk over deze zaak mochten praten.

Axel zei: 'Ik laat van me horen als me nog iets te binnen schiet.'

Hij opende de deur van de lift en ging naar binnen, Carl volgde hem.

Ian draaide zich naar de andere twee om: 'O nee, ik geloof dat ik mijn mobieltje daarbinnen heb laten liggen. Gaan jullie maar, dan spreken we elkaar later. Ik moet hierna toch nog naar kantoor.'

Teddy en Magnus zaten nog steeds in de vergaderkamer toen Emelie en Ian binnenkwamen. Haar blik gleed snel over de tafel en de vloer, maar ze zag geen mobiele telefoon.

Ian maakte ook geen aanstalten om ernaar te zoeken.

'Ik heb niet alles verteld toen de anderen erbij zaten,' zei hij toen.

Hij had meteen hun onverdeelde aandacht.

'Ik weet waarom Philip dacht dat degenen die hem hebben mishandeld dat weekend aan het eind van januari uit Södertälje kwamen.'

'Ga gerust even zitten,' zei Teddy.

Ian hing zijn jas over de stoel en plofte neer.

'Ik was eerder op de avond samen met Philip. Axel was er ook bij. Flipper bleef alleen bij Clara's achter. Nou ja, alleen, hij kent veel mensen daar, dus hij was nooit alleen. Hij belde mij de dag erna om alles te vertellen.'

'Wat is er gebeurd?'

Ian vertelde ongeveer hetzelfde als Robin, die jongen uit de kroeg, had verteld.

Maar daarna zei hij: 'Het had ergens anders mee te maken, denk ik. Philip zei dat hij een paar keer verdachte telefoontjes had gekregen. Iemand die hem belde en bedreigde, krijste en schreeuwde dat hij op zijn donder zou krijgen.'

'Wist hij waarom?'

'Ik geloof dat het met een of andere chick te maken had.'

'Een of andere chick?'

'Ja, ze waren woest omdat hij met een of andere chick had gepraat, en dat had hij niet mogen doen, want het was hun chick. En ze komt uit Södertälje. Zoiets ongeveer.'

'Weet je wie dat was?'

'Geen flauw idee. Maar ze hadden geloof ik een paar keer afgesproken.'

'Hoe hebben ze elkaar ontmoet?'

'Is het mogelijk dat Carl en Axel hier vanaf weten?'

'Dat geloof ik niet. Ze weten waarschijnlijk alleen dat hij klappen heeft gekregen, maar niet van dat met die chick.'

Ian vertelde zo goed mogelijk wat Philip had verteld. Het waren verschillende onbekende personen geweest die hem de dag ervoor hadden gebeld, en het ging om twee, drie gesprekken.

Emelie zat er zo gespannen als een vioolsnaar bij, doodsbang dat Teddy weer dezelfde verhoormethode zou gebruiken als hij bij Axel had toegepast. Misschien moest ze hen onderbreken en de touwtjes in handen nemen. Of Magnus moest dat doen.

'En er is nog iets,' zei Ian.

'Wat?'

'Ik heb ook bedreigingen gekregen. En nu jullie hebben verteld wat jullie denken dat er met Philip is gebeurd, maak ik me zeer ernstig zorgen.'

'Vertel verder.'

'Ik heb twee onaangename telefoontjes gehad. Bij het eerste gesprek was het iemand die, excuses voor de bewoording, Negerzweeds sprak en alleen maar aan het schreeuwen was. Zoiets als "we gaan je moeder neuken, we gaan je moeder neuken". Ik heb geprobeerd hem te vragen wat het probleem was, toen begon hij alleen maar meer te schreeuwen, "jij Zweeds hoerenjong, laffe klootzak", enzovoort. Ik kon het niet aanhoren, eerlijk gezegd dacht ik dat hij een verkeerd nummer had gedraaid. Maar toen kwam er een paar dagen later nog een telefoontje, dit was tegen het einde van januari, en toen was het iemand die wat rustiger sprak. Ik weet niet of het dezelfde persoon was, maar nog steeds iemand die niet correct Zweeds kon praten. Hij zei dat ik en mijn walgelijke vriend dood zouden gaan, dat ze verschillende lichaamsdelen af zouden hakken. We stonden op hun lijst. En ongeveer een week geleden werd het pas echt akelig. Toen ik thuiskwam had iemand een zakje met ontlasting in mijn brievenbus achtergelaten. Dus voor mij is het nu wel duidelijk dat deze telefoontjes verband houden met wat Flipper is overkomen.'

'Heb je het hier met Philip over gehad?'

'Een beetje, we grapten het eigenlijk weg. Maar dat ik een zak met stront kreeg weet hij niet, want hij is nu immers verdwenen. En ik had dit alles bij de politie moeten melden, dat besef ik nu.'

Nu mengde Magnus zich in het gesprek. Hij stelde vervolgvragen over wanneer die telefoontjes waren geweest, hoe lang ze waren, of er nummers waren, maar Ian zei dat het beide keren een anoniem nummer was geweest. Hij vroeg of Ian de brief en het zakje had bewaard, maar hij zei dat hij beide had weggegooid. Magnus vroeg zich af of Ian wist wie het zou kunnen zijn die hierachter zat.

Ian schudde zijn hoofd en Emelie dacht voor het eerst angst in zijn ogen te zien, ze leken wijder. Het was alsof hij iets tegen moest houden; misschien een huivering, misschien tranen.

'Ik heb geen flauw idee. Maar je weet dat ik veel mensen tegenkom in mijn werk, ik ontmoet veel mensen in de kroeg. Ik ben altijd vriendelijk en aardig, maar wie weet, misschien dat iemand me een keer overdreven zelfverzekerd of protserig vond. Ik ben niet altijd helemaal nuchter wanneer ik op stap ga. Maar ik weet verder niks, het zijn maar theorieën.'

Ze stelden hem nog meer vragen. Of hij dit aan iemand anders had verteld, of hij nog andere opmerkelijke berichten had gekregen, op Facebook, via sms of e-mail, of hij had gemerkt dat iemand kwaad op hem was geworden in een ander verband de laatste maanden. Ian antwoordde ontkennend op alle vragen.

'Dus, wat weten jullie eigenlijk over wat er met Philip is gebeurd? Dit voelt voor mij ook helemaal niet goed. Ik weet niet wat ik moet doen, moet ik beveiliging regelen of het land verlaten?'

Magnus probeerde hem te kalmeren. 'We weten het nog niet precies. Maar je moet op je hoede zijn; ik kan je Redwood Security aanraden als je hulp wilt hebben. Maar ga alsjeblieft nog niet naar de politie.'

Hij stond op, het was tijd om deze bespreking af te ronden. Ian stond ook op. Maar hij deed nog niet meteen zijn jas aan. Hij stond daar maar, zwijgend, met terneergeslagen ogen, en heel even dacht Emelie dat hij heen en weer slingerde, alsof hij op de grond zou vallen.

Teddy ging ook staan en hij liep op Ian af. 'Ik heb nog een vraag.'

Emelie vroeg zich af wat er nu weer zou komen. Alles was toch prima verlopen tot nu toe?

'Waarom liegt Axel over de avond dat Philip werd mishandeld?'

Ian keek op. 'Ik kan maar één reden bedenken.'

'Welke?'

'Ik denk eerlijk gezegd niet dat hij liegt.'

'Maar hij wil niks loslaten over wat jullie hebben gedaan.'

'Axel was die avond niet alleen dronken. Hij stond stijf van de coke en waarschijnlijk nog een hoop andere shit. Ik geloof dat hij zich niet eens herinnert dat hij met Philip was. Dat houdt hij liever voor zich dan dat hij over zijn problemen praat.'

*

Er lag een dik pak sneeuw op de stoep, maar op sommige plekken, waar de warmte uit de huizen kwam en de goten water drupten, was het in ijs veranderd; levensgevaarlijke stukken voor gepensioneerden, onoplettende wandelaars of gekken die ondanks de weersomstandigheden voor leren schoentjes met dunne zolen hadden gekozen. Daar wemelde het hier voor het advocatenkantoor trouwens van, terwijl het toch al negen uur 's avonds was.

Teddy liep naar de ingang van de metro. Er was vandaag veel gebeurd, maar tegelijkertijd was er maar één ding in zíjn leven gebeurd: het gesprek met Sara. En nu was hij op weg naar Dejans bank.

Of toch niet?

Hij stapte bij station Solna uit, en liep richting de achterste uitgang. Op de roltrap stond hij stil en liet zich naar boven voeren, weg uit de donkere wereld van de tunnels, probeerde nergens aan te denken. De blauwe metrolijn lag in het onderste gedeelte van Stockholms metronet, de roltrappen daarvandaan waren altijd lang.

De affiches toonden afbeeldingen van de nieuwste mobiele-abonnementsvormen. Gratis sms, gratis gesprekken, gratis internet, om het samen te vatten: totale vrijheid; als je maar een abonnement van 36 maanden bij ons neemt.

Voor het stationsgebouw stonden de rode bussen op een rij, de chauffeurs zaten verkleumd in hun bestuurdersstoelen te wachten tot de bustabel hun de mogelijkheid bood de deuren te sluiten en Solna's straten op te rijden.

Teddy zag in dat hij de verkeerde uitgang had genomen, hij kon hier de weg niet vinden. En heel even kreeg hij spijt van deze ingeving, hij had meteen naar Dejans huis moeten gaan.

Nadat Philips vrienden weg waren gegaan, waren hij, Emelie en Magnus nog een halfuur blijven zitten om de dag na te bespreken.

Teddy had eigenlijk Emelies gedrag ter sprake willen brengen, hoe ze zich had bemoeid met de manier waarop hij Axel had aangepakt, maar hij hield zich in. Deze kleine juriste kon hem niet van de wijs brengen, ondanks het feit dat ze een bitch van jewelste was en klaarblijkelijk een groentje in dit soort werk.

De hoofdlijn in dit kidnappingsdrama was natuurlijk het ijsincident, maar, en dat had hij al eerder opgemerkt, er zat een vreemd luchtje aan. Waarom zou je een man slaan en bijna verdrinken om vier weken later terug te keren en hem te kidnappen? Waarom hem dan niet meteen kidnappen? Het leek onnodig riskant te zijn om iemand midden in centraal Stockholm het ijs op te dwingen; natuurlijk wel 's nachts, maar toch. Zo gingen profs in elk geval niet te werk. Hij vroeg zich af of het hier wel alléén om geld ging.

En er was ook nog iets anders... iets. Philips zogenaamde vrienden hielden informatie achter. Ze vertrouwden elkaar niet. Ze vertrouwden hem niet. Ze vertrouwden Magnus niet eens.

Teddy keek naar het A4'tje in zijn hand, het was een kaart die een receptioniste op het kantoor voor hem had uitgeprint. Hier moest het ongeveer liggen. Volgens internet woonde Sara nu in een vrijstaand huis. Dat klonk niet als iets voor haar, Teddy herinnerde zich nog dat ze tegen hem had gezegd dat ze van de stad hield, dat ze van de dorst zou sterven als ze geen fatsoenlijke cappuccino kon krijgen.

De sneeuw op Tottvägen was witter, maar ze hadden het op kleine walletjes geschept die eruitzagen als extra trottoirranden.

Nummer zeven. Teddy bleef staan.

Hij stond aan de andere kant van de straat en keek naar het grote, twee verdiepingen tellende huis met een wit hek eromheen. De gevel was van roodgeverfd pleisterkalk. De lampen op de begane grond waren aan en hij zag planten en gordijnen voor de ramen.

Een windvlaag waaide door de wijk, Teddy deed de capuchon van zijn jas op. Hij stond te verkleumen, zijn hele lichaam rilde. Ondertussen was hij er niet zeker van of dit alleen maar door de kou kwam.

Toen zag hij haar. Sara.

Ze had haar lange haren afgeknipt maar voor de rest zag ze er nog hetzelfde uit. Haar kenmerkende neus, haar volle lippen en haar hoge voorhoofd.

Ze liep heen en weer terwijl ze iets droeg. Eerst zag Teddy niet wat het was. Daarna kreeg hij door dat ze een kind op haar arm had, een kleine baby, hij probeerde de leeftijd in te schatten. Misschien was ie een halfjaar oud. Het kind klemde zich aan haar vast en ze wiegde het stilletjes heen en weer. Haar mond bewoog alsof ze iets zong.

Toen draaide ze haar hoofd om en keek naar hem.

Hij glimlachte naar haar vanaf de straat en vroeg zich af wat ze dacht. Ze leek niet bang te zijn, en ze bleef hem recht aankijken. Maar haar blik was afwezig, en ging als het ware dwars door hem heen.

Teddy begreep dat ze hem helemaal niet had gezien, waarschijnlijk zag ze alleen maar haar eigen spiegelbeeld, of het duister daarbuiten.

Daarna ving hij een paar seconden een glimp van een man op, verderop in de kamer.

De man praatte met Sara, zo leek het, want ze wendde zich van het raam af.

Hij legde zijn arm om haar rug en nam het kind in zijn armen.

Ze verdwenen allebei verder het huis in.

Het donker welde op.

Hij moest hier weg.

*

Toen ze de sleutel in het bovenste slot stak, merkte ze dat dit al open was. Emelie vroeg zich af of ze vanmorgen was vergeten het op slot te doen, of dat iemand het daarna had opengemaakt.

Ze legde haar tas neer en schoof de deur voorzichtig open. De lamp in de hal was aan en zo had ze het zeker weten niet achtergelaten toen ze weggegaan was.

Toen ze de hal in kwam, begreep ze aan het geluid wat er aan de hand was.

Felix zat op de bank en voor hem op de salontafel stond zijn laptop opengeklapt. Ze wist wat hij aan het doen was, hij was helemaal gek op een fantasy-serie die *Game of Thrones* heette en dat was precies wat er op het scherm te zien was. Het hele seizoen had hij op een USB-stick staan die hij van een vriend, die het had gedownload, had gekregen. Een aantal weken geleden toen Felix over de serie had gepraat had hij de woorden 'houden van' gebruikt om zijn gevoelens te beschrijven.

Er waren maar weinig dingen die Emelie minder boeiden dan fantasy. Misschien sciencefiction dan; zelfs het vampier- en eroticagenre vond ze nog aantrekkelijker. Maar dat maakte op zich niet uit. Ze had nooit meer tijd voor tv-series, hoe vaak er ook over *Girls, Mad Men* of *House of Cards* werd gepraat.

Ze ging naast hem op de bank zitten. Die kraakte licht, het was een deel van de erfenis van oma, een roze stoffen Carl Malmsten die eigenlijk vervangen moest worden omdat hij zo versleten was.

'Wat doe jij hier?'

'Ik wilde er alleen maar gebruik van maken dat je me afgelopen woensdag voor het eerst de sleutel hebt gegeven.'

'Felix, je moet naar huis.'

Hij pauzeerde de film midden in een scène door op de spatiebalk te drukken. Op het scherm was een volwassen mannelijke dwerg in ridderuitrusting te zien, die een zwaard vasthield en er dom uitzag.

'Maar waarom dan? Je had toch gezegd dat we samen zouden slapen vannacht?'

'Dat was gezellig geweest, echt. Maar ik moet werken.'

'Nu?'

De klok op het scherm liet 23:34 zien.

'Ja, nu.'

'Maar kan ik hier dan niet gewoon op je zitten wachten? Ik kan nog een aflevering kijken, geen probleem. Ik kan de hele nacht naar deze serie kijken.'

'Nee, dat is geen goed plan. Ik moet werken, ik heb ontzettend veel te doen.'

'Kom op nou, het is toch goed zo. Ik vind het gewoon zo leuk dat ik de sleutel heb gekregen. Ik kan gaan slapen terwijl jij werkt, dan gaan we morgen gezellig samen ontbijten.'

'Sorry, maar dat gaat niet werken.' Ze legde haar hand op zijn dij. 'Ik kan sowieso niet werken wanneer jij hier bent. We kunnen elkaar van het weekend toch zien?'

Emelie ging in de keuken zitten en ze spreidde de papieren en voorwerpen voor zich uit.

Ze was eergisteren in Philips appartement geweest aan de Östermalmsgatan. Redwood was daar eerder die dag geweest en had de plaats delict al onderzocht.

Ze had zich er kamer voor kamer doorheen gewerkt.

De woonkamer en keuken waren snel gegaan. Er was nauwelijks bestek, borden of kookgerei in de keuken aanwezig. Emelie dacht dat Philip vast meestal uit eten ging. De woonkamer was schaars maar elegant ingericht. Een grote fluwelen bank, een oude, leren fauteuil en een glazen salontafel waar een aantal tijdschriften onder lagen: *Icon, Café, Veckans Affärer* en een aantal buitenlandse: *Vanity Fair, Wired, Forbes.*

Carl-Johan had de deur voor haar opengemaakt, ze hadden er een nieuw slot in gezet nadat ze de deur opengebroken hadden. Hij was in de keuken blijven zitten.

Op de vloer lag een groot, effen, beige vloerkleed. De tv was minstens 60 inch, en zag er dunner uit dan de witte verf op de muur. Er hingen twee enorme ingelijste foto's boven de bank. De ene was Kate Moss vanaf de zijkant gezien, naakt, met alleen laarzen aan. De andere was meer obscuur, een donker bos met een roodgekleed meisje onder in beeld.

Ze ging de werkkamer binnen.

Een rij met spots aan het plafond, een vloerlamp – AJ – die achter een fauteuil stond, en in de ingebouwde boekenkast een kleine ronde lamp die eruitzag als een gloeiende aardbol.

Aan de muur hing nog een grote zwart-witfoto. Die moest vier grimmige mannen voorstellen die een strandwandeling maakten. Ze waren gekleed in lichte pakken en stropdassen, maar iedereen daaromheen zat in badkleding. Verenigde Staten, zestiger of zeventiger jaren. Misschien was de man in het midden een relatief jonge Frank Sinatra.

Verder stond er een wit modern bureau in de kamer, een ladeblok op wielen en een bureaustoel die deed denken aan Magnus' ultrageavanceerde, multifunctionele stoel. Het tafelblad was in principe helemaal glad, net een fotolijst, en er stond een pennenbakje op.

Ze begon de boekenkast te doorzoeken. Op de bovenste plank stonden vooral Lee Child-detectives en Leif G.W. Persson-boeken. Die eronder was gevuld met Engelse managementliteratuur, ondernemersverhalen en economieboeken. Ze trok een paar boeken naar voren en bekeek de titels: *The Effective Executive, The Power of Full Engagement, The Machine That Changed the World.*

Ze zag ook een aantal jacht- en wapentijdschriften en op een plank lag een Djurgårds voetbalsjaal plus een DIF-pet.

Op de een-na-onderste plank stond een grote iPhone-speaker van Bang & Olufsen die eruitzag als een toren met balkons bovenin. De telefoon zelf ontbrak, dat had Jan haar al verteld.

Ze keerde zich om naar het bureau. Ze trok de lades van het ladeblok open en gooide die leeg. Legde laders van mobiele telefoons en laptops op een rij, losse papieren, pennen, aanstekers, paperclips en nietjes, een paspoort, pasfoto's van Philip – waarschijnlijk bedoeld voor een paspoort of ID-kaart – drie verschillende modellen Rayban-zonnebrillen, visitekaartjes, bonnetjes, twee horloges – een groene en een blauwe – beide van het merk Triwa, en twee horloge-etuis. Emelie opende ze. In het ene lag een platina Cartier-horloge. Het andere etui was leeg, maar er stond Patek Philippe in zilveren letters op de buitenkant.

Ze bekeek de voorwerpen die ze op het bureau had gelegd. Ze wist niet wat ze zocht, maar ze wist dat ze grondig moest zoeken.

Ze nam de foto in haar handen. Er zat stof op het lijstje.

De foto moest ergens in de Alpen genomen zijn. Philip had een blauwe, dichtgeknoopte jas aan met een zonnebril op zijn hoofd en hij leunde achterover. Op de achtergrond lag sneeuw en waren skiërs in felle kleuren te zien. Zijn gezicht was rood, hij had zich blijkbaar niet voldoende tegen de zon ingesmeerd. Dit kon niet de eerste dag van zijn trip zijn. In zijn handen had hij een glas bier.

Daarna draaide ze de lampen op vol licht en bukte zich om onder de boekenkast, het ladeblok en de fauteuil te kijken. Ze rolde zelfs het vloerkleed op en inspecteerde de plinten langs de vloer. Een van Johnny Swanells tips: wees nauwkeuriger dan nauwkeurig. Wanneer je denkt dat je alles hebt gezien, kijk dan op een nieuwe plek.

Ze keek in de prullenbak. Daar lagen enkele papieren die eruitzagen als reclame. Ze pakte ze op en legde ze naast de andere dingen die ze gevonden had.

Philip leek hier niet al te vaak te zijn.

Emelie liep de slaapkamer in waaraan ze eerder voorbij was gegaan. Het raam was groot, de gordijnen waren dichtgetrokken. Het bed was breed met een overtrek met een patroon van de Britse vlag. Ze deed de kleine AJ-lampen aan die van hetzelfde type als de vloerlamp in de werkkamer waren. Op het ene nachtkastje lagen een paar tubes huidcrème. Emelie moest aan Jossie denken.

De inbouwkasten liepen van vloer tot plafond en op de grond lag een vloerkleed. Ze bedacht dat dit een goed idee was voor slaapkamers, wel gezellig.

Ze hoorde een geluid achter zich. Ze keerde zich om en zag dat Carl-Johan daar stond te kijken.

'Heb je iets in de werkkamer gevonden?'

Ze kon niet opmaken of zijn blik nieuwsgierig of kritisch was.

'Nee, ik geloof het niet. Maar ik moet overal nauwkeurig doorheen gaan, zelfs als Jan hier al geweest is. Ik moet hierbinnen ook nog wat rondkijken. En dat kan nog wel even duren.'

Carl-Johan spreidde zijn armen. 'Doe wat je niet laten kunt.'

Hij bleef staan.

Het rook in de slaapkamer naar de parfum van Philips moeder, misschien kwam het door een of ander overtrek of gordijn dat uit het ouderlijk huis kwam en doordrenkt was met Catharina-geur.

Emelie trok de kledingkasten open, een voor een.

Ze vond niets, behalve exclusieve kleding.

Ze richtte zich tot Carl-Johan.

'Het is misschien beter als ik een poosje alleen kan werken.'

De vader draaide zich om en ging terug naar de woonkamer. Daar mompelde hij iets bij zichzelf. Emelie hoorde niet wat hij zei.

Ze voelde zich net een inbreker. Ze ging door de pakken heen en voelde in de zakken. Ze pakte overhemden en broeken uit de kast, schudde ermee en voelde in de voor- en kontzakken. Ze zocht onder de kussens, het dekbed en de matrassen.

Nee, ze voelde zich geen inbreker. Ze voelde zich meer een bewaarder die de cel van een gedetineerde doorzocht.

Ze keek onder het bed, ging op de fauteuil staan en keek in de vloerlamp, keek in de nachtkastjes, daar lagen wat servetten, een detective van Michael Connelly en een paar condooms.

Ze vond niks interessants.

Toch lag nu alles voor haar. De telefoon- en mastverbindingslijsten. Het bonnetje van de taxi dat vanaf zijn kantoor was binnengekomen. De voorwerpen en papieren die ze in de prullenbak had gevonden en uit Philips appartement aan de Östermalmsgatan had meegenomen.

Reclamefolders, brieven van fundraisers en uitnodigingen voor feestjes, andere bonnetjes, twee, zo leek het, oude mobieltjes, sleutelbossen en een paar tijdschriften.

Ze zocht een patroon. Ze onderzocht Philips leven de maanden voor zijn verdwijning. Er hadden zelfs nog na 12 februari mensen naar zijn abonnement gebeld. Omdat de telefoon meestal uitgezet was na die datum, leek het erop dat Philip óf later gekidnapt was dan ze tot nu toe hadden gedacht, dat de telefoon soms nog steeds aanstond hoewel hij werd vastgehouden, óf dat de kidnappers hem bewust hadden gebruikt om de mensen die hem zochten op een dwaalspoor te brengen.

Teddy dacht aan laatstgenoemde alternatief omdat al deze gesprekken extreem kort waren. Geen enkel gesprek was langer dan twaalf seconden. Maar de telefoon leek in elk geval in beweging te zijn geweest: iemand had Philips telefoon bij zich.

Er kon qua geografische beweging een zeker patroon in ontdekt worden. In de periode voor 12 februari bewoog de telefoon zich vaak rond vier geografische punten: een zendmast die op Karlavägen stond, een aan Stureplan, een op de Kommendörsgatan en een mast aan Högbergsgatan, op Södermalm. In de periode na 12 februari waren het dezelfde zendmasten geweest, behalve die op de Kommendörsgatan.

De eerste zendmast was makkelijk uit te leggen, die dekte Philips appartement aan de Östermalmsgatan. Elke keer dat hij zich in zijn eigen woning bevond of hier in de buurt, en belde of een gesprek aannam, meldde de telefoon zich aan bij de zendmast. De andere was ook redelijk duidelijk: wanneer Philip zijn telefoon gebruikte op of in de buurt van zijn kantoor, werd deze zendmast gebruikt. Ook de derde mast op de Kommendörsgatan was redelijk duidelijk: daar woonde Stephanie. Maar de vierde zendmast hield haar bezig. Wat deed Philip gemiddeld zo'n twee keer per week op of in de buurt van Högbergsgatan?

Meestal was de telefoon daar 's avonds, op een paar uitzonderingen midden op de dag na.

Ze schreef alle afzonderlijke data en tijden op een apart papier. Negentien keer tussen november en 11 februari. Drie keer op 12 februari. Drie keer na 12 februari. Ze onderzocht elke datum in allebei zijn agenda's.

Ze bladerde door zijn contacten en belde Carl-Johan.

Hij ging nog geen halve keer over toen hij al antwoordde.

'Hallo, met Emelie, het spijt me dat ik zo laat nog bel.'

‘Is er iets gebeurd?’
‘Nee, eigenlijk niet.’
‘Maar...?’
‘Ik zit hier met de mastverbindingslijsten en ik heb ze vergeleken met een paar andere dingen.’
‘En?’
‘Ik vraag me af of u weet of Philip nog een reden had om zich in de buurt van Högbergsgatan op te houden.’ Emelie legde in het kort uit wat er naar voren was gekomen.
‘Ik heb geen flauw idee’, zei Carl-Johan.
‘Kan daar een bekende van hem hebben gewoond?’
‘Nee, hoor eens, ik denk niet dat een van zijn vrienden op Södermalm woont. Dat is hoogst onwaarschijnlijk.’
Emelie dacht dat dat inderdaad wel klopte, nadat ze Philips vrienden vandaag had ontmoet, zou ze enorm verbaasd zijn als een van hen ooit ten zuiden van Slussen kwam zonder zijn paspoort en een landkaart met zich mee te nemen.
‘Misschien een zakenpartner, kan dat het zijn geweest?’
‘Dat geloof ik ook niet. Niet van wat ik heb gehoord. Maar onmogelijk is het niet. Misschien kunnen jullie dat aan Ian vragen?’
Carl-Johan zweeg.
Emelie zat erover te denken om het telefoongesprek te beëindigen. Het was halfeen.
Carl-Johan zei: ‘Emelie, kun je me alsjeblieft antwoord geven op deze vraag?’
‘Natuurlijk.’
‘Gaan jullie dit oplossen? Wat denk jij? Wees eerlijk tegen me.’
Emelie wilde hem alleen maar troosten, hem wat beter laten slapen, in elk geval deze nacht.
‘Ik weet zeker dat deze zaak opgelost wordt.’
‘Maar hoe?’
‘Hoe dan ook. Dat beloof ik.’

*

Donker.
Hij kon geen hand voor ogen zien in de kamer. Daarbij kwam dat hij ze niet kon voelen, zijn handen; haperende, slechte doorbloeding. Wa-

ren ze er nog wel? Of hadden de tiewraps zich in zijn vlees gevreten en hadden die zijn handen eraf gesneden zonder dat hij dit had gemerkt? Hij voelde zelfs zijn pink niet meer.

In het donker. De bedompte lucht.

Het was onmogelijk te slapen. Philip lag met zijn rug en armen tegen de muur. De kou kroop via zijn trui naar binnen als koorts die het lichaam binnendringt. Hij moest hier nu al minstens een half etmaal zijn.

Hij draaide zich om, trok zijn knieën op. Zocht met zijn mond naar de pijnstillende pillen die Jokerface naar binnen had gegooid. Hij slikte er twee door.

Hij kon dit niet gebruiken.

Hij: opgevoed om op het randje te leven, ongeveer zoals groenten die over de hele wereld groeien zonder wortels. Het was niet zijn ding om het bijltje erbij neer te gooien.

Hij wist niet of degenen die hem gevangenhielden het contract op hadden gestuurd. Maar er was geen aanleiding voor hen om nog te wachten nu hij dit had ondertekend. Wellicht gokten ze erop dat Patric het geld toch over zou boeken, zonder contract. Dat was niet onmogelijk; maar dan waren het echt een stelletje idioten.

Ze zeiden niks. Ze deden de deur niet open. Ze dwongen hem niet eens het aangelengde water te drinken. Dat was misschien maar goed ook. Hij kon het wel gebruiken om wat helderder te worden. De pillen voldeden.

Ja, ik moet vanaf nu extra gefocust zijn, dacht hij bij zichzelf.

Want hij had iets.

Hij had iets gepakt.

Misschien wel iets wat ervoor zorgde dat hij hier wegkwam.

Het was stil. Hij vroeg zich af of de kidnappers er nog wel waren.

Misschien deden de kidnappers de boel wel op slot en gingen ze 's avonds naar huis, lieten ze hem hier alleen, zoals iedere werknemer: nu gaan we dicht, nu gaan we naar huis en halen onze kinderen van de opvang en eten we samen met het gezin.

Hij had ook hier geluisterd. Maar hier kon je geen auto's, bussen of geluiden van vliegtuigen horen zoals in het appartement. Hij hoorde geen beltonen of geluid van tv's of muziekinstallaties. Hij hoorde niet eens deuren open- of dichtgaan.

Hij had getracht bij te houden welke kant de auto was afgeslagen, hoe lang ze hadden gereden, hoeveel deuren hij had horen openen, hoeveel sleutels hij om had horen draaien. Hij had getracht zijn aandacht erbij te houden, maar nu kon hij zich daar niets meer van herinneren.

Hij moest hier weg zien te komen.

En hij had inmiddels een nieuw plannetje.

Een aantal uur geleden had er zich een kans voorgedaan, toen ze hem eindelijk hadden gevraagd het valse contract te ondertekenen. Hij nam aan dat zijn ontsnappingspoging en de verplaatsing de reden waren dat het langer had geduurd. Misschien was híj wel de idioot geweest.

'Als jullie willen dat het op mijn handschrift lijkt, moeten jullie de tiewraps losser maken,' zei hij met zwakke stem tegen Jokerface.

Die kwam een paar seconden later met een schaar terug.

'Dank je,' zei Philip. Hij probeerde het bovenste deel van Jokerface' gezicht te lezen: waren er dan toch een paar menselijke trekjes? Misschien vond hij het een goed idee om Philips lijden te verzachten. Maar helaas, die vreemde halsdoek en het tegenlicht verhinderden elke poging om hem te doorgronden.

Het licht van de zaklamp was net genoeg om de tekst op het papier te zien. Maar hij wist al wel hoe het er daarbinnen uitzag, waar het matras lag, waar de emmer stond, hoe de muren met planken eruitzagen.

Wat hij moest doen.

Het was een metalen Bic-pen met een klemmetje om hem aan een borstzak, jaszak of een stapel papier vast te maken.

Hij legde het document op schoot.

'Dit gaat niet, ik heb iets hards eronder nodig.'

Ze waren er kennelijk zeker genoeg van dat hij niks kon doen zolang zijn benen maar met tiewraps samen waren gebonden. Jokerface verdween uit de kamer. Philips handen waren nu los.

Hij deed alsof hij zijn pink masseerde. Tegelijkertijd pakte hij met de vingers van zijn rechterhand het klemmetje van de pen vast. In één beweging boog hij dat omhoog tot het afbrak. Het knapte, maar Philip hoestte tegelijkertijd. Hij liet het op de matras vallen. Er was niks te horen. Hij zag het liggen en legde zijn ene knie erop.

Hij hoorde Jokerface ergens buiten wat rommelen.

Toen kwam hij terug met een tijdschrift. *Autogear*.

Philip legde het tijdschrift onder het contract en ondertekende het met zijn handtekening.

'Gaan jullie het nu opsturen?' vroeg hij.

De Jokerman boog zich over hem heen. Eigenlijk zag hij er niet zo vreemd uit, als je de grijns die op de buitenkant van de shawl was gedrukt buiten beschouwing liet. Philip kon in het tegenlicht de kleur van zijn ogen niet onderscheiden, maar de ogen zagen er rond en nieuwsgierig uit. Hij had smalle rimpels op zijn voorhoofd die nog niet zo diep waren als die van een ouder iemand. Hij vroeg zich af hoe oud deze persoon was. Dertig? Veertig?

'Ergens ben je in elk geval nog wel oké,' zei Philip en hij probeerde te glimlachen.

Jokerface staarde weer op hem neer.

'Ik heb geen kwaad in de zin.'

'Bedankt dat je de tiewraps los hebt gemaakt.'

'Ik doe ze snel weer om. Ik ken je inmiddels, we nemen geen risico.'

'Met hoeveel zijn jullie eigenlijk, ik ben echt zo van de wereld.'

Philip probeerde zich onderdanig op te stellen.

'Dat doet er niet toe. Al mag ik alle kutklusjes opknappen.'

'Zijn jullie vrienden?'

'Vrienden?' Misschien hoorde hij Jokerface lachen. 'Wij zijn absoluut geen vrienden, verre van dat.'

Nu lag hij daar en frunnikte achter zijn rug aan het kleine stukje metaal van de pen.

Het was ongeveer vier centimeter lang en een centimeter breed. Waarschijnlijk was het van aluminium of een soort metaal. Het voelde koel in zijn hand. Het ene eind was rond, maar het andere, waar hij het had afgebroken, was scherp en oneffen.

Hij ging met de top van zijn vinger over het oneffen gedeelte. Het schuurde.

Zijn plan.

Hij was iemand van dingen dóén.

*

Alle lampen bij Emelie thuis waren uit, behalve de keukenlamp. Het licht maakte een eiland van activiteit van een tafel, in een appartement, in een flat waar ogenschijnlijk iedereen lag te slapen.

Ze had overwogen Ian Crona te bellen, maar had dit toch maar niet gedaan. Niet alleen omdat het zo laat was, maar ook omdat Teddy's gedrag en manier van omgaan met Philips vrienden een vreemde sfeer had gecreëerd. Ze wilde die eerst wat laten wegtrekken.

De greep waarin hij Axels hand had gehouden: wat was dat voor achterlijke manier om een vertrouwensband en een goede relatie op te bouwen?

Teddy was een debiel, en morgen zou ze met Magnus over hem gaan praten. Als hij niet zou dimmen, zou zij niet met deze zogenaamde samenwerking verder kunnen gaan.

Ze had het bonnetje van de taxi en de mastverbindingslijsten aan de kant gelegd, en ze had alleen nog haar notitieblok met de samengevatte punten voor zich. Nu spreidde ze de overige papieren en dingen uit die ze had meegenomen uit Philips woning.

Ze begon met de bonnetjes: een iPad, manchetknopen van Bonne Marche van vijftienhonderd euro, een paar John Lobb-schoenen uit Londen voor achthonderd pond, een veelvoud aan restaurantrekeningen – Theatergrill, Strandvägen 1, Boqueria, Riche – Tom Fordzonnebril, handschoenen van de Hestrawinkel aan Norrlandsgatan, een Gucci-riem, een armband van Bottega Veneta voor zesduizend kronen. Het waren gewoon de gebruikelijke, fatsoenlijke, extreem luxe uitgaven, ze vond eigenlijk niks interessants.

Ze legde de uitnodigingen voor feestjes naast elkaar. Eén was voor de opening van een nieuwe nachtclub, Café Café, met een geheim gastoptreden. Een andere was voor de lancering van de nieuwe Audi A6, met exclusieve proefrit. Een derde voor de opening van het nieuwe Hotel Étoile en de nieuwe gouden bar. De rest van de uitnodigingen waren voor soortgelijke gelegenheden: bars, kroegen, clubs, viprooms.

Ze legde ze opzij.

Het viel haar ook op dat ze bij Philip thuis geen random reader hadden gevonden. Ze vroeg zich af of hij die bij zich had gedragen toen hij gekidnapt werd of dat hij vanuit huis ontvoerd was en ze die mee hadden genomen. Redwood was er geweest en had geen spoor van anderen dan Philip zelf of Stephanie gevonden.

Wat was er nog meer? Een paar tijdschriften, wat reclame die kennelijk in de brievenbus was gegooid, wat financiële papieren.

Die Teddy toch, dacht ze weer; ze kreeg zijn manier van doen maar niet van zich af gezet. Voordat Emelie er erg in had pakte ze de telefoon en belde hem op.

De telefoon ging vijf keer over zonder antwoord. Emelie dacht er al over om op te hangen, hij sliep vast al zoals ieder ander op dit tijdstip. Zo raar was Teddy dan misschien toch ook weer niet.

Maar net op dat moment nam hij op.

'Met Emelie.'

'Dat hoor ik. Vind je niet dat je me wat laat belt?'

'Sliep je?'

'Nee.'

'Wat ben je aan het doen?'

'Hetzelfde als jij, denk ik.'

'Je weet toch niet wat ik nu aan het doen ben?'

'Nee, maar ik doe een gok, trek gewoon conclusies. Ik zit hier zelf met de telefoonlijsten en de mastverbindingslijsten voor me en probeer ze te begrijpen. Is dat niet wat jij nu ook aan het doen bent?'

'Ben je nog iets te weten gekomen?'

Emelie wist nog steeds niet waar hij voor veroordeeld was, maar op de een of andere manier wilde hij zijn verleden achter zich laten, zich opwerken, begreep ze. Anders had er voor hem niks anders opgezeten dan schuldsanering aan te vragen.

Een snelle gedachte kwam in haar op: zij wilde zich óók opwerken. Maar opwerken naar wát?

Ze zei: 'Ik bel je omdat ik wil dat je je in het vervolg wat inhoudt bij de vrienden van Philip en andere personen die van belang kunnen zijn. Als je aan deze zaak verder wilt werken, tenminste. Door je houding riskeer je dat dit hele gedoe op de klippen loopt.'

Teddy was stil. Emelie vroeg zich af of hij wel had begrepen wat ze had gezegd.

'Of ik werk op mijn manier aan deze zaak, of ik heb er geen interesse meer in,' zei hij toen.

'Maar begrijp je het dan niet?'

'Ik ga mijn methodes niet met jou bespreken. Als Magnus niet tevreden is moet hij maar van zich laten horen. Begrijp jíj dat?'

Het was alsof ze geen lucht kreeg. Magnus was immers duidelijk geweest over dat hij Teddy erbij wilde hebben. Ze begreep nog steeds niet waarom, maar het was onmogelijk om nu met deze bajesklant te praten. Magnus moest dat morgen dan maar opknappen.

'Het is laat,' zei Teddy. 'Je moet naar bed om te rusten. We moeten allebei onze krachten sparen.'

Hij had eigenlijk gelijk, maar er was nog één ding dat ze wilde vragen. Hij mocht het zo opvatten als hij wilde.

'Waarom zat je eigenlijk in de gevangenis?'

Het werd stil aan de andere kant van de lijn. Ze dacht aan het gesprek met Carl-Johan van daarnet. Ze vond het echt heel erg voor hem en Catharina.

Teddy zei: 'Het is één uur. Zei ik net niet dat je moest gaan slapen?'

'En mijn vraag?'

'Ga slapen. Dat heb je nodig.'

'En jij, moet jij niet slapen?'

'De ongelovigen krijgen geen slaap, zei de Heer.'

De reclamefolders en administratie lagen nog voor haar op tafel. Haar ogen prikten, ze moest Teddy's advies opvolgen en naar bed gaan. Maar ze kon nog wel een paar minuten doorgaan.

Het leek vooral om brievenbusinhoud te gaan.

Koop een MacBook Pro met Retina-scherm. Abonneer je op het Zweeds Defensiegeschiedenis tijdschrift en krijg het zeer spannende Navy Seals boek gratis. Bestel vandaag nog nieuwe Porsche velgen en krijg de vierde gratis.

Toen zag ze het. Op de aanbieding voor de velgen zat een adressticker. Het schrijven was verstuurd naar ene Jarl Poljonen, Fatbursgatan 22. Waarom stond dat adres op een reclamefolder die bij Philip thuis lag?

Fatbursgatan 22. Ze toetste het adres in op de kaartfunctie van haar telefoon – dit lag ongeveer zestig meter van de zendmast bij de Högbergsgatan vandaan.

Ze legde de reclamefolder weer op tafel.

Ze had een adres gevonden dat overeenkwam met waar Philips telefoon was geweest.

*

Alle deuren van het huis waren gewone houten deuren, veiligheidsklasse 2. Op de brievenbus van deze deur stond de naam J. Poljonen.

'Deze deur houdt een breekijzer en beitel ongeveer tien minuten tegen. Maar als je een koevoet of boormachine hebt, gaat het sneller.'

Emelie keek hem boos aan. 'Ik ga je niet eens vragen waarom je dit soort dingen weet.'

Ze stonden in de hal buiten de deur van het appartement aan de Fatbursgatan 22. Het was halftwee 's nachts. Emelie had Teddy weer opgebeld, vlak nadat ze hun gesprek hadden beëindigd. Ze vertelde hem dat ze misschien het adres had gevonden waar Philip was geweest toen de telefoon zich bij de zendmast aan de Högbergsgatan had aangemeld. Hij hoorde de tegenzin in haar stem en ze had hem met klem verzekerd dat ze eerst Magnus had gebeld, en niet hem.

Maar daar stonden ze nu dan.

Met zijn tweeën.

De buitendeur had op slot gezeten, maar aangezien hij voor haar was aangekomen had hij op zijn eigen manier de deur opengemaakt. Deze huizen waren ergens aan het begin van de negentiger jaren gebouwd, en zagen er allemaal hetzelfde uit: beige, grijs, bruine kleuren, trieste balkons en metalen details. Het was alsof er een voorstad van de grond was getild en hier, midden in de stad, was neergeploft, maar dan zonder de fruitkraampjes en al die andere kleine winkeltjes die telefoonkaarten verkochten. Het gevoel van architectonische homogeniteit was hetzelfde, elk spoor van fantasie was afwezig, de kwaliteit van de bouw was slecht: één ruk met beide handen en hij had de deur al opengetrokken.

Teddy belde aan en een razend gezoem was vanuit het appartement te horen, maar er gebeurde niks. Dat was op zich niet zo vreemd: Jarl Poljonen, of wie er dan ook in het appartement woonde, lag rond deze tijd vast te slapen.

Hij belde weer aan en tussendoor klopte Emelie op de deur. Vroeg of laat moest er iemand in het appartement wel wakker worden, als er iemand thuis was.

Emelie bukte, graaide in haar tas en haalde twee sleutelbossen tevoorschijn.

'Die heb ik bij Philip thuis gevonden.'

Ze stak de langere sleutel in het politieslot, maar die werkte niet.

Ze probeerde de andere sleutels, geen van hen paste in het slot.

Teddy kreeg een vreemd voorgevoel. Hij deed een stap naar voren en pakte de klink vast.

De deur was niet op slot.

Emelie keek hem met grote ogen aan.

Hij had schijt aan wat ze van hem dacht.

Hij rukte de deur open en stapte naar binnen.

In de gang was geen lamp, Teddy ging op de tast in het halfduister naar binnen terwijl Emelie met de zaklampfunctie van haar mobiele telefoon licht maakte. Ze had geroepen: 'Is er iemand thuis?' zodra ze de deur achter hen dicht had gedaan, maar de duisternis was nog even compact als toen ze hadden aangebeld.

Het rook muf en niet schoongemaakt, alsof er ergens voedselresten lagen, of alsof iemand vergeten was de wc door te trekken.

Uiteindelijk vond Teddy een lichtknopje, in de keuken, en toen hij het licht aandeed, zag hij pas hoe klein het appartement eigenlijk was. Een eenkamerappartement. Daarna deed hij alle lampen aan die hij kon vinden, en zag hoe weinig interesse de persoon die hier woonde voor inrichting had.

De gangmat was aan het uiteinde van de gang opgerold, het was een plastic-achtig ding dat vast ooit fel was geweest maar nu meer deed denken aan de kleuren van aangestampte grond. Er hingen geen kleren aan de hangers en er stonden geen schoenen op de vloer. Tegen de muur stond een spiegel.

De meubels in de keuken bestonden uit twee stoeltjes en een wankel houten tafeltje. Op tafel stond een asbak, maar zonder peuken, twee lege pizzadozen en een half leeggedronken fles whisky, Lagavulin. De koelkast was op vier blikjes Red Bull na leeg, en in de vriezer vond hij drie Gorby-minipizza's.

Ze trokken lades en kastjes open, maar zelfs hier leek de eigenaar van het appartement het minimalistisch te hebben gehouden. Er waren een paar messen en vorken, vier borden en zeven glazen. Verder niks. Niet eens een vaatdoekje.

Teddy opende het gootsteenkastje, daar vond hij een prullenbak met een plastic zak erin. Hij pakte de zak eruit en hield deze onder de keukenlamp omhoog: wat papier, twee lege Red Bull-blikjes. Hij wroette er met zijn handen door en zag meer dingen. Kauwgompapiertjes, twee taxibonnetjes, een paar reclamefolders, wat in elkaar gefrommeld tape en een Gorby-verpakking. Hij vond ook nog drie kleine zakjes met de tekst *Fentanyl Sandoz*. Het leek op een soort medicijn. De zakjes waren leeg.

Emelie had de hele tijd naast hem gestaan.

'Wat denk je?' zei ze toen hij klaar was met het doorzoeken van het afval.

'Dit is interessant,' zei Teddy met zachte stem en hij wees naar de fentanylpleister. 'Maar nu moet je zachter praten.'

'Waarom?'

'Iemand kan hier afluisterapparatuur hebben achtergelaten. Het is niet ongewoon dat ze dat doen. Zodat ze worden gewaarschuwd.'

Hij drukte zijn neiging om iets gemeens tegen haar te zeggen de kop in. Ze had tenslotte haar trots opzijgezet door hem weer te bellen.

Ze gingen de woon-/slaapkamer in. Aan het plafond hing een gloeilamp die nog steeds niet helemaal helder was geworden, en op de vloer stonden twee hoge lampen die kapot leken te zijn.

'Een zwendel waar Zweden mooi in is getrapt terwijl ik in de gevangenis zat, die spaarlampen.'

'Ze zijn milieuvriendelijk, weet je. Milieu, heb je daar weleens van gehoord?'

'Je hoeft niet zo ironisch te doen. Het duurt wel vijftien minuten voordat ze een normaal licht schijnen. De bevolking van dit land leeft al in het halfduister, wij hebben licht nodig, niet andersom.'

Ze keken om zich heen.

In de ene hoek stond een tweepersoonsbed van betere kwaliteit, een dikke boxspring en topmatras. De lakens waren daarentegen niet zo fris, ze waren voor de helft gescheurd en smoezelig. Het dekbed lag op een hoopje aan het voeteneinde. Emelie bukte zich en pakte het vast.

'Nee,' fluisterde Teddy. 'Doe niks met het dekbed, er kunnen veel sporen op zitten die we met het blote oog niet kunnen zien.'

Naast het bed stond een boekenkast, die als een kleine tussenmuur het bed afscheidde. Maar er stonden geen boeken in, hij leek als groot nachtkastje te dienen. Teddy pakte een pakje sigaretten, een aansteker, een doosje condooms, een paar tabletjes die her en der verspreid lagen en een strip Zoloft op. Er lagen ook twee pennen en een paar handboeien in de kast.

Emelies ogen vernauwden zich tot kleine spleetjes.

'Denk je dat we hier weg moeten gaan?' vroeg Teddy.

Emelie wees op een grote spiegel aan de muur. 'De persoon die hier woont moet haast wel ijdel zijn.'

Ze wilde het bezoek kennelijk nog niet afbreken. Hij wees met zijn handen: aan het plafond was ook een spiegel bevestigd.

'Degene die hier woont moet zichzelf wel graag vanuit elke hoek in actie willen zien.'

De rest van de kamer was ingericht met een tweepersoonsbank, een fauteuil en een glazen salontafel. Er stond een tv op een kastje tegenover de meubels. De muren waren kaal en er waren geen kussens, dekens of iets anders wat deze kamer iets gezelliger had kunnen maken.

Op de salontafel stond een reinigingsspray. Daar lag ook een papiertje bij met een aantal krabbels erop. Ze leken op cijfers, vreemde websites, losse woorden en kleine tekeningen – dingen die je maakt wanneer je je verveelt.

Teddy ging met zijn wijsvinger over het glas, en toen hij zijn vingertop inspecteerde kon hij de conclusie trekken dat deze schoon was.

Daarna bukte hij zich. Er lag een ansichtkaart op de vloer.

Hij pakte hem op en probeerde het slordige handschrift te ontcijferen. Het slechte licht was verbeterd en de gloeilamp brandde nu op normale sterkte. Hij was geadresseerd aan Poljonen op dit adres. De poststempel kwam uit Stockholm.

Er stond: *Je bent van mij, Philip, vergeet dat niet. En ik heb je gezegd op te houden. Jouw AA*

Teddy keek Emelie aan. Ze zag er moe uit en de haarlokken die de hele dag netjes achter haar oren hadden gezeten waren omlaag gaan hangen.

Hij draaide de ansichtkaart om en ze boog zich naar voren. Op de voorkant stond een foto van een wit konijn met rode ogen.

Teddy zei met gedempte stem: 'Jan, die zijn achternaam niet wilde vertellen, of iemand anders van Redwood, moet hier morgen bij daglicht naartoe komen en een degelijk onderzoek uitvoeren. En deze ansichtkaart moet geanalyseerd worden.'

Hij ging de keuken weer in. Hij legde de fentanylzakjes naast de rest van het afval. Daarna pakte hij het in elkaar gefrommelde stukje tape en begon het uit elkaar te trekken.

'Hij is hier vastgehouden.'

'Philip?'

'Ja, natuurlijk. Ik kan je niet vertellen hoe lang en vanaf welke datum, maar ze hebben hem hier gevangengehouden.'

'Waarom?'

'De fentanylzakjes. Weet je wat fentanyl is?'

'Geen flauw idee, maar dat kunnen we online in de medicijndatabase opzoeken.'

'Da's niet nodig. Ik weet wat voor zakjes dit zijn. Zie je dit? Hier staat doseerpleister. Dit is een soort pleister die gebruikt wordt bij erge pijn. Je plakt hem direct op de huid en dan geeft hij een hoop morfine of wat het dan ook is af. De meest gebruikelijke bijwerking is enorme moeheid. Drie lege zakjes bij het afval. Plak je drie zulke pleisters op een normaal volwassen persoon dan kun je op twintig centimeter afstand van die persoon nieuwjaar vieren en hij zal zich nog niet eens omdraaien in zijn slaap. Zulk spul wordt alleen door profs gebruikt.'

'Ik snap het, maar hoe weet je dat Philip hier vastgehouden is? De persoon die hier woont kan immers de pleisters ook voor eigen gebruik hebben toegepast, of iemand anders kan ze op een doodnormale manier hebben gebruikt.'

'Nee, morfinepleisters zijn misschien niet genoeg, maar kijk hier eens naar.'

Teddy hield de bruine tape omhoog, het was verfrommeld maar het was hem gelukt het stuk bijna helemaal uit elkaar te halen.

'Zie je dit?'

'Nee. Tape?'

'Ja, tape. Maar kijk es dichterbij.'

Emelie boog zich voorover. 'Vertel het maar. Ik zie niks.'

'Kleine, kleine haartjes aan de plakzijde. Het zijn geen haartjes van het hoofd van een mens of van een dier. Het zijn ook geen schaamharen of stofdeeltjes. Deze kleine haartjes lijken meer op baardstoppels. Mijn gok is dat deze tape over de mond van een mens geplakt heeft gezeten, waarschijnlijk Philips mond.'

Emelie zag er niet meer moe uit.

'We moeten dit morgen met Magnus bespreken. Hoe laat sta je op?'

'Over vierenhalf uur.'

Een geluid doorbrak de stilte. Het was een bekend maar toch verrassend geluid.

Er klopte iemand op de deur van het appartement.

De harddisk

Dag vier na de brand.

De ouders van Cecilia waren uit Umeå gekomen. Ze hadden hun intrek in hetzelfde hotel genomen en waren van plan om in elk geval de rest van de week te blijven. Eigenlijk hadden ze niet hoeven komen. De kinderen gingen gewoon naar school en de kinderopvang, en het hotel was voor hen een ontzettend comfortabele manier van leven. Ze hadden van de verzekering bonnen voor het ontbijt en avondeten gekregen. Natuurlijk, Benjamin had zijn computerspelletjes en Lillan haar speelgoed niet meer, maar andere ouders toonden begrip en lieten hen na schooltijd met hun eigen kinderen mee naar huis gaan. Cecilia haalde hen rond etenstijd weer op en dan aten ze in het restaurant van het hotel. Daarna stonden er heel veel tv-zenders tot Benjamins beschikking om te kijken terwijl Lillan hutten bouwde in het tweepersoonsbed.

Maar haar ouders wilden toch langskomen, en aan de ene kant vond ze dat wel fijn, als mentale steun. Ze hadden er geen flauw benul van wat haar zwaarste last momenteel was.

Mats lag klaarwakker. Volgens hemzelf had hij maar een beetje paracetamol in zijn bloed, verder niets.

Vandaag zat hij helemaal rechtop in bed, en op het kleine roltafeltje naast hem lag de Aftonbladet *van vandaag.*

'Heb je die krant zelf gekocht?' vroeg ze.

'Ja, ik ben naar de kiosk beneden bij de ingang gegaan. Dokter Ashraf denkt dat ik over een paar dagen uit het ziekenhuis ontslagen kan worden.

'Waar ga je wonen?'

'Bij jullie dacht ik. In het hotel.'

'We moeten eerst praten.'

Gisteren, toen ze had verteld dat ze zijn laptop had gezien, had hij niks anders gezegd dan dat hij dacht dat zij degenen waren die het apparte-

ment in de fik hadden gestoken. Nu moest hij het verklaren.

'Ik ben ergens bij betrokken geraakt wat ik niet wilde.'

'Vertel het maar, Mats.'

'Dat lukt me niet. Ik kan het niet.'

'Je zult wel moeten.'

Hij zuchtte en strekte zich naar zijn glas. Een slurpend geluid was te horen toen hij de laatste druppen sap opdronk.

'Mats, het moet, zei ik.'

'Wil je scheiden?'

'Ik weet het niet. Ik wil eerst praten over wat ik gezien heb.'

'Het is te moeilijk.'

'Dat begrijp ik, maar dan wil ik je twee dingen zeggen. Ten eerste hou ik nog steeds van je.' Ze zag aan zijn gezicht dat hij zich een beetje ontspande. 'Maar ik denk wel dat je hulp nodig hebt.'

Buiten kletterde de regen tegen het raam.

De volgende dag was ze er weer.

Op een subtiele manier drong ze aan.

'Wanneer?' zei ze, of slechts: 'Mats?'

Hij draaide zijn hoofd weg zoals hij eerder ook had gedaan.

De uren gingen voorbij. Iemand in de kamer ernaast keek tv of luisterde naar de radio. Achter de dunne gordijnen was het weer nog steeds even slecht.

Een verpleegster kwam binnen en keek of alles goed met hem ging. Toen ze weg was, boog Cecilia zich voorover en fluisterde: 'Ik breng je laptop naar de politie als je me geen verklaring geeft.'

Hij had zijn ogen dicht.

Maar ze wist best dat hij niet sliep.

De volgende dag praatte ze met de verpleegster in de gang. Mats maakte het nu in principe goed. Misschien dat hij morgen naar huis mocht.

Zodra ze aan zijn bed ging zitten, zag ze dat hij wakker was, hoewel zijn ogen dicht waren.

'Vertel op nu,' zei ze.

Hij had nog steeds zijn ogen dicht maar zei: 'Oké, ik zal het proberen.'

Toen begon hij. Het ging moeizaam, hij nam lange pauzes en staarde recht voor zich uit. Cecilia wist niet of dit was om het zich beter te kunnen herinneren, of omdat hij dit gewoon niet aankon.

Volgens hem was het een halfjaar eerder begonnen. Hij voelde zich gestrest op het werk, de nieuwe chef zat hen achter hun broek over de effectiviteit van de organisatie. Mats werd gedwongen een logboek bij te houden van al zijn vergaderingen, zijn e-mails op een andere manier te behandelen, en elke week verslag uit te brengen. Hij zat op het randje van een burn-out. En toen hij toenadering tot Cecilia had gezocht, had hij het gevoel gekregen dat ze hem buitensloot. Ze hadden nauwelijks gepraat, ze hadden al meer dan vijf maanden niet meer gevreeën.

In plaats daarvan was hij op internet gaan surfen, pornografische sites. Op de een of andere manier kon hij daardoor het werk volhouden, hij werd er rustiger van. En daarnaast moet hij zichzelf immers bevredigen omdat dat met haar niet ging. Na een paar maanden was hij op websites terechtgekomen waar de vrouwen op de foto's er jonger uitzagen. Hij wist niet waarom, maar hij kon er geen genoeg van krijgen.

Daarna werd zijn verhaal vager. Hij zei dat hij 'met al dat slechts door was gegaan'. Maar niet alleen dat: klaarblijkelijk was hij in contact gekomen met anderen die dezelfde neigingen hadden. Hij zei niet hoe of wanneer ze contact met hem op hadden genomen, maar ze nam aan dat dit ook via internet was gebeurd. Ze wilden 'materiaal' uitwisselen, zoals Mats het noemde, en hem naar andere netwerken loodsen die op andere plaatsen dan de gebruikelijke waren te vinden. Ze vroeg zich af wat hij met 'de gebruikelijke' bedoelde.

Hij had geen interesse getoond, hij wilde hier niet 'dieper in wegzakken'. Hij zat eraan te denken om naar een psycholoog te gaan, hij begreep dat waar hij mee bezig was niet gezond kon zijn. Meerdere keren had hij naar diverse therapeuten gezocht, en zelfs hun nummer gedraaid, maar nooit met ze gesproken. Hij wist niet of hij dan het risico liep om bij de politie te worden aangegeven. Talloze keren had hij geprobeerd zich ervoor af te sluiten, dit had hij steeds een paar weken vol weten te houden, maar toen ze op het werk mensen begonnen te ontslaan en de stress terugkwam, was hij weer achter zijn laptop te vinden.

Cecilia zat er als versteend bij. Ze hoorde wat hij zei, nam elke pauze, inademing en kreun in zich op. Ze keek hoe zijn wenkbrauwen en de rest van zijn gezicht bewogen. Toch begreep ze er niks van.

Mats sloot af met het vertellen over de brand. Hij was twintig minuten thuis geweest toen hij een brandlucht uit de keuken had geroken. Toen hij die kant op was gerend stonden het aanrecht en de planken al in de fik, en hij was snel terug naar de slaapkamer gegaan om zijn mobiele telefoon en portemonnee te halen. Maar daar hield het op, hij was bewusteloos geraakt door de rook en gasvorming.

Waarom hij nu precies op dat tijdstip thuis was geweest zei hij niet. Maar hij moest iets met zijn laptop doen, wist ze uiteindelijk uit hem te trekken.

Op de een of andere manier dacht hij dat die mensen met die slechte sites het op hem hadden voorzien. Dat zij achter de brand in hun appartement zaten.

'Ze konden het niet accepteren dat ik uiteindelijk nee zei.'

Cecilia wist niet wat ze moest geloven en wat Mats' verdedigingstactiek was. Maar hij had het in elk geval verteld. Eigenlijk had ze niet eens verwacht dat hij iets zou zeggen.

Het was een begin.

Toch zei ze: 'Ik wil dat je jezelf bij de politie aangeeft.'

*

Het was twee uur 's nachts, en er werd op de deur van een appartement geklopt waar een paar dagen eerder een mens was gekidnapt. Iemand wilde naar binnen, maar drukte niet zoals normaal was op de deurbel.

Twee gedachten gingen door Emelies hoofd. Of het was Philip die terug was gekomen, of het was de politie. Toen bedacht ze dat Philip hier natuurlijk niet terug naartoe zou gaan als ze hem hier gevangen hadden gehouden.

Ze ging naar de gang om open te doen, maar Teddy stak zijn hand op.

Hij fluisterde: 'Ik handel dit wel af.'

Hij draaide zich om en deed de lampen in de keuken en slaapkamer uit. Hoewel hij maar twee meter bij haar vandaan stond, zag ze hem nauwelijks meer in zijn donkere jas.

Hij ging recht voor de buitendeur staan en zei met luide stem: 'Wie is daar?' Daarna ging hij op zijn hurken zitten.

Emelie vroeg zich af waar hij mee bezig was.

'Doe die deur open.' De stem aan de andere kant klonk alsof die van een jonge man was, misschien met een licht accent van een of andere vreemde taal. Emelie kon niet horen welke.

'Waarom?' vroeg Teddy.

'Doe open.'

Teddy strekte zijn hand uit naar het slot.
De deur werd snel opengedaan.
Emelie zag het silhouet van drie donker geklede mannen die binnenstormden.
De eerste persoon struikelde over Teddy, die snel op zijn hurken ging zitten.
'Wie ben jij in godsnaam?'
Teddy antwoordde niet, Emelie zag hoe hij snel van de vloer opvloog en op ze inbeukte. Ze begreep meteen waarom hij op zijn hurken was gaan zitten, dat gaf hem de mogelijkheid om ze te overrompelen.
Een van de personen viel met een schreeuw tegen de grond neer.
Een andere begon op Teddy in te slaan.
De eerste kwam verder het appartement in. '*What the hell* doe jij hier, stomme kut?'
Emelie toetste voor de zekerheid 112 op haar scherm in. Maar dat was misschien al te laat. In het schijnsel van de telefoon kon ze zien dat de eerste man haar recht aanstaarde.
'En wie ben jij?' siste hij.
Emelie probeerde de situatie in te schatten. Rondom hen stonden drie onbekende personen, waarschijnlijk allen mannen. Ze droegen bivakmutsen. Ze waren niet bijzonder lang, Teddy was aanzienlijk groter, maar de mannen waren met z'n drieën en zij en Teddy waren maar met z'n tweeën. De jongens hadden donkere donsjacks en trainingsbroeken aan, waarvan er één uitzag als een Adidas-broek. Ze kon drie witte strepen langs de benen onderscheiden.
Een van hen hield iets vast, ze meende een aluminium honkbalknuppel te zien.
Het gevecht was opgehouden.
Een van de jongens brieste naar Teddy: 'Wie denk jij verdomme wel dat je bent? Ik ga je moeder pakken.'
'Makker, we moeten ervandoor. *Ayde,*' zei de jongen die naast haar stond.
'Mijn *dachri*, wat een bullshit. Geef die motherfucker nu maar een beuk zodat hij zich niks in zijn hoofd haalt.'
'Pak hun telefoons.'
Ze hoorde Teddy's kalme stem. 'We kunnen onze telefoons kapotmaken, dat is beter. En we zullen jullie niet verlinken. We weten niet eens wie jullie zijn.'

'Wat lul jij nou? Ons verlinken? We hebben toch niks gedaan, of wel dan?'

'Nee, rustig maar. Maar ik raad jullie aan hier nu weg te gaan. Het is afgelopen met onze UFC-*fight*.'

'Hij is grappig, deze kerel. UFC, hij praat als een van ons. Leer hem nu maar eens een lesje.'

Teddy liet zijn telefoon op de vloer vallen en verpletterde hem met zijn voet.

Emelie keek weer op haar telefoon. De 112-cijfers stonden nog steeds klaar op de display. Het was vergeefse moeite om iets te proberen. De jongen die voor haar stond rukte de telefoon uit haar hand voordat ze er iets mee had kunnen doen, en smeet hem op de vloer. Daarna deed hij er hetzelfde mee als Teddy zojuist met de zijne had gedaan.

'Ga nou maar gewoon,' zei Teddy.

De man met de honkbalknuppel deed een stap in zijn richting. Zijn gezicht was op vijf centimeter afstand van Teddy's gezicht.

'Jíj gaat hier weg.'

'Nee, ik ga niet. Ik kan jullie hier niet zomaar je gang laten gaan.'

Het suisde even voordat de slag kwam. Teddy deed zijn arm omhoog en het leek alsof de knuppel hem op zijn onderarm raakte. Emelie hoorde een dof geluid, alsof iemand een natte handdoek op de vloer had laten vallen.

Maar in plaats van de jongen omver te duwen, te slaan of te schoppen, bleef Teddy stilstaan. Compleet passief. Eén slag met de honkbalknuppel tegen zijn hoofd en hij zou misschien nooit meer opstaan.

De jongen zwaaide nogmaals. Teddy bukte, de slag miste.

Emelie dacht: waarom doet hij niks? Wíl hij soms in elkaar geslagen worden?

Daarna kon ze niet echt bevatten wat er nog meer gebeurde, behalve dat Teddy een snelle beweging naar een van de jongens maakte, die plat op de vloer viel.

Een halve seconde later viel ook de tweede jongen.

De derde riep: 'We zijn hier weg.'

De jongen met de honkbalknuppel probeerde zijn maat op te tillen die Teddy had neergeslagen.

Teddy hield de laatste jongen met zijn elleboog in een houdgreep.

De jongen met de honkbalknuppel probeerde Teddy te raken. In plaats daarvan moest hij zijn vriend hebben geraakt, want iemand schreeuwde. Ze hoorde ook het metaalachtige geluid van de honkbalknuppel die op de vloer viel.

Nu probeerden ze de jongen die Teddy in zijn greep had los te krijgen.

Teddy keek naar Emelie.

Zijn blik was nauwelijks zichtbaar in het donker.

Maar één ding was duidelijk: als Teddy doordrukte, zou hij de nek van de jongen breken. Hij kon dit mens in één beweging doden.

Emelie kon haar blik niet van hem afhouden.

De tweede brulde.

De jongen siste, maar kon geen woord uitbrengen.

Toen liet Teddy zijn houdgreep los.

De jongen strompelde weg.

Emelie hoorde hun snelle voetstappen op de trap.

Teddy zei niks, hij draaide zich alleen maar om en rende ze achterna.

Zelf liep ze ook half rennend de trap af.

*

De Ulrikagatan op Östermalm, waar ze meer dan twintig jaar hadden gewoond, werd gezien als een van de voornaamste straten in Stockholm. De andere twee die normaal gesproken in dezelfde context werden genoemd waren Danderydsgatan, een paar kilometer verderop in het stadsdeel, en ook Tysta gatan, die achter het voorname Karlaplan verstopt lag. Alle drie waren kort, amper honderd meter lang, met maar weinig verkeer en inkijk. De huizen waren iets lager, drie, maximaal vier verdiepingen, niet zoals de gebouwen aan de grote straten, Karlavägen, Narvavägen enzovoort, waar vijf of zes verdiepingen de standaard was. Daarnaast waren vele huizen zogenaamde townhouses, binnenstadsvilla's, iets wat erg zeldzaam was in Stockholm. Dit was geen New York of Londen, en alle verdiepingen die groter waren dan 250 vierkante meter werden door grote delen van de bevolking met sociaaldemocratische argwaan bekeken. Strandvägen, het paradepaardje in het zuidelijke deel langs het water, was zeker meer bekend bij het gewone volk, en de woningen hadden ongetwijfeld een uitzicht zoals maar weinig objecten in Stockholm dat hadden, maar de echt exclusieve families vermeden de openbaarheid en het rumoer waar dit adres mee in verband werd gebracht. Ulrikagatan, Danderydsgatan en

Tysta gatan lagen in volledig andere uiteinden van Östermalm, maar de woningen daar werden door mensen bewoond wier inkomsten en vermogens samen een substantieel deel van het Zweeds bruto nationaal product uitmaakten. Daar woonden zij die niet onnodig in diverse artikelen en op weerzinwekkende lijsten gezien wilden worden.

Was het daarom zo gelopen? dacht Carl-Johan Schale in het duister van de nacht. Was het omdat Philip met zijn geld werd gezien? Omdat hij zich er niet over schaamde dat het hem goed ging.

Of kwam het misschien door hoe Philip in het algemeen was? Degene die Philip was geworden dankzij hem.

Carl-Johan kon onmogelijk slapen. Hij had eerst geprobeerd tv te kijken, maar er was alleen maar een hoop onzin op de buis en hij wist in alle eerlijkheid niet eens welke kanalen ze hadden.

Daarna had hij zeven keer achter elkaar naar het gesprek geluisterd dat de bank met Philip had opgenomen. Hij klonk gemaakt zeker, zijn zoon. Carl-Johan kon zich niet eens voorstellen hoe het op dit moment was om Philip te moeten zijn.

Hij voelde zich zo machteloos.

Uiteindelijk had hij een kop van Catharina's groene thee voor zichzelf gemaakt; het blik garandeerde dat er geen cafeïne of iets anders in zat wat hem wakker zou kunnen houden. Daarnaast zou het rustgevend moeten zijn.

Het werkte niet. Hij was te ongerust om te kunnen slapen.

Toch ging hij terug naar bed. Catharina lag stil op haar zij, misschien sliep ze of deed ze maar alsof. Carl-Johan vond het gezien alle omstandigheden in elk geval fijn dat ze rustig was.

Hij ging liggen, maar hij kon zijn gedachten niet loslaten. Hij vond het zijn schuld dat het zo was gelopen. Dat hij het was die Philip de betekenis van de begrippen stijl en finesse niet had bijgebracht. Discretie, gematigdheid.

Maar waarom eigenlijk? Philip had zijn eigen geld verdiend, weliswaar met de steun van de middelen van de familie, maar toch. Bovendien waren de tijden veranderd: 'Ziet men je niet, dan ben je er niet', zei zijn eigen marketingmanager altijd weer als een mantra tijdens de vergaderingen van het bestuur.

En gezien worden, daar had Philip immers aan gedaan, maar dat was niet alleen zijn eigen schuld. Die verdomde krant die zijn naam enkele weken eerder had lopen rondbazuinen zou nog wel van Carl-Johan Schale horen wanneer dit allemaal voorbij was, dat was iets wat zeker is.

Hij moest naar het toilet, de thee liet van zich horen. Hij gleed uit bed en stak zijn voeten in de pantoffels die hij daar precies onder had neergezet. Zijn pyjama was klam van het zweet, het was te warm hier.

Op het toilet hing zijn diploma van de Handel in een klein goudomrand lijstje aan de muur. Iedereen die hem kende wist dat hij aan de Handelshogeschool had gestudeerd en hij hoefde er echt niet mee te koop te lopen, maar het was een grappig iets om een paar diploma's en dergelijke op deze manier op te hangen. Daarnaast hing het diploma van zijn MBA-opleiding aan de Universiteit van Columbia die hij het jaar na de Handel had gevolgd.

De Handelshogeschool was al sinds 1976 een speciale plek. Maar dat was het eigenlijk altijd al geweest. Carl-Johan was in 1980 afgestudeerd en begon bij McKinsey, een adviesbureau dat er vooral om bekendstond dat het werk daar zwaarder was dan het werk van de jagers in Lapland.

Dat was ook wat er van hem werd verwacht. Zijn vader was advocaat geweest en had eerst een eigen kleine firma op Kungsholm, waar Carl-Johan opgegroeid was, later fuseerde hij met enkele andere advocatenlui en zette hij een groter kantoor op. Hij had zich voornamelijk met erfrecht beziggehouden, maar hij had ook wat geluk gehad en voor schappelijke prijzen een aantal panden van enkele cliënten kunnen overnemen.

De familie had al een voorgeschiedenis; Carl-Johans grootmoeder kwam uit een adellijk geslacht, maar had vanwege bepalingen van de fideï-commissaris en wat al niet meer geen bezittingen geërfd. Carl-Johans vader was daarom vastbesloten om weer enige vorm van financieel succes op te bouwen. Er bestond geen andere optie voor Carl-Johan dan een economische opleiding te volgen. Hij had lang gedacht dat zijn vader het wel zou accepteren als hij dokter of op zijn minst jurist werd, maar dit had absoluut niet door de beugel gekund.

Het was succesvol gebleken, in elk geval puur financieel. Na drie jaar bij McKinsey werd hij gerekruteerd als directeur van Agratium AB, een zusteronderneming van het Högberg-concern dat zich met rederijwerkzaamheden bezighield. Het bedrijf verwierf na een paar jaar een beheerbedrijf van onroerend goed en waardedocumenten, en daarmee had Carl-Johan meteen een instrument voor speculaties op de beurs gekregen.

De jaren tussen 1983 en 1985 groeide de handel op de beurs van Stockholm van twee miljard naar circa acht miljard kronen; het was onmogelijk geweest om geen geld te verdienen.

De zaken gingen natuurlijk niet altijd even goed en na enkele mislukkingen werd hij in 1985 ontslagen. Dat maakte niet meer uit. Vierendertig jaar oud begon hij samen met twee voormalige medecursisten van de Handel het bedrijf Lucrum Invest. Ze slaagden erin hun bezittingen te verkopen toen de financiële crisis toesloeg aan het begin van de negentiger jaren, en uiteindelijk waren het de belastingbetalers die de lul waren. Lucrum Invest behaalde grote winsten van meer dan twee miljard kronen.

'Zaken zijn zaken, zelfs als de staat erbij betrokken is,' zei zijn oude partner, Tord von der Schner, altijd wanneer die kwestie ter sprake kwam. Maar over het algemeen hielden ze er niet van om die oude zaak te bespreken, hoe hard de journalisten hun best ook deden.

Ja, Lucrum Invest had gedaan waar het voor was opgezet: lucratief zijn. En zelfs nu hij het bedrijf al meer dan tien jaar geleden had verlaten om andere soorten van investeringen te doen, miste hij soms die jaren.

Maar nu? Nu voelde al dat geld als een vloek. Het was de schuld van het geld dat zijn zoon gekidnapt was.

's Avonds voordat Catharina naar bed was gegaan, hadden ze de dag doorgenomen, zij verwachtte van hem dat hij dit zelf allemaal wel zou dragen, maar hij wist dat hij niet veel meer aan kon. Hij had iemand nodig om dit mee te delen, en er was niemand anders dan zij.

Magnus had gemeld dat ook Ian Crona was bedreigd. Ze hadden ook verteld dat ze de telefoonlijsten hadden doorgenomen, maar het was duidelijk dat ze nog niets hadden gevonden, in elk geval niet om elf uur toen ze elkaar de laatste keer deze avond spraken.

'We moeten naar de politie gaan,' zei Philips moeder.

'Je weet dat dat niet gaat.'

'Het zit niet goed. Hij is nu al een aantal dagen weg, misschien al meer dan een week. Ik kan niet accepteren dat mijn zoon zoiets overkomt. Ik pik het niet dat iemand mijn zoon probeert te verwonden en dat wij hier maar stilzitten.'

'Cath, we zitten niet stil. We moeten op de adviseurs vertrouwen. Als we naar de politie gaan, riskeren we dat het dreigt uit te lekken. Kijk naar hoe het bij de familie Andersson is gegaan.'

Catharina's ogen fonkelden. Carl-Johan had dat nog maar een paar keer eerder zien gebeuren. Hij herinnerde zich nog duidelijk de laatste keer. Toen had een van de roddelbladen een foto van hem naast Layla Yon, de erfgenaam van het Cilion-concern, geplaatst en geïnsinueerd dat ze een affaire waren begonnen. Catharina had de verantwoordelijke uitgever opgebeld en als een gek staan schreeuwen en hem zelfs bedreigd, niet alleen met wettelijke middelen. Gelukkig had dit geen verdere gevolgen meer gehad.

Ze kwam overeind en liep op hem af en pakte snel zijn mobiele telefoon die naast hem op tafel lag.

'Ik ga ze nu bellen.'

'Nee, dat doe je niet.'

Hij reikte naar zijn telefoon en pakte die uit haar hand.

'Wat doe je?' siste ze en ze probeerde de telefoon terug te pakken.

Hij pakte haar polsen vast en keek haar weer in de ogen. Ze verzette zich. Ze stribbelde tegen.

Het fonkelen, die vlammen.

'Nog één dag, lieve Catharina. Kunnen we het niet nog één dag geven?'

Ze werkte haar hand los en deed een greep naar de telefoon die hij in zijn borstzak had gestopt. Hij deinsde achteruit, maar ze vocht en klauwde naar hem terwijl ze schreeuwde: 'Je doet het verkeerd!'

Hij voelde haar nagels tegen zijn kin.

'Nu is het genoeg!' riep hij.

Ze bleef maar trekken en krabben.

Hij pakte haar armen vast en duwde haar tegen de grond.

'Ben jij helemaal gek geworden?'

Catharina bleef op de vloer zitten.

Ze huilde niet.

Ze dook slechts als een kind in elkaar.

Carl-Johan ging na een tijdje op de bank in de bibliotheek zitten. Die zat helemaal niet lekker, dat rotding, maar Catharina was blijven aandringen. Het meeste hier in huis kwam uit dezelfde winkel: Svenskt Tenn, aan Strandvägen.

Hij wist niet wat hij met haar aanmoest. Maar zolang ze de politie maar niet belde zou hij het nog op zijn beloop laten. Hij was blij dat de man van Redwood niet had gereageerd. Die had de tv zeker hard aanstaan.

Die figuur die vandaag met hen was komen praten, hij vroeg zich af waar Magnus die had gevonden. Teddy, of hoe hij ook heette. Het had allemaal nog het meest op een verhoor geleken, maar toch had zowel hij als Catharina hem antwoorden gegeven. Er was iets met de blik van die man, alsof hij alles allang had begrepen.

Maar dat was onmogelijk: niemand begreep álles.

Hij liet zijn rug tegen de kussens rusten en leunde met zijn hoofd achterover.

'We moeten praten.'

Carl-Johan schrok wakker. Hij moest op de bank in slaap gevallen zijn, daar in de bibliotheek.

Magnus stond voor hem. Hij had zijn jas nog aan.

Carl-Johan ging rechtop zitten. 'Wat doe jij hier? Hoe laat is het?'

'Het is midden in de nacht. En Catharina heeft me binnengelaten. Ik belde al zeker vijf minuten aan, maar toch hield ze vol dat ze niet sliep.'

'Je had ook gewoon kunnen bellen.'

'Kijk eens naar je telefoon.'

'Die heb ik net uitgezet vanwege een kleine woordenwisseling met Catharina.'

'Ja. Ik geloof dat je die nu maar even met rust moet laten.'

'Dat weet ik, je hebt gelijk. Ga zitten.'

Magnus Hassel trok zijn jas uit en legde die op een van de fauteuils. Zijn schoenen zagen er droog uit, waarschijnlijk gebruikte hij overschoenen, zoals alle fatsoenlijke mensen tegenwoordig deden.

'Ze hebben een appartement gevonden. En een vreemde ansichtkaart.'

'Een appartement?'

'Ja, precies.'

Magnus keek op en Carl-Johan draaide zich om. Achter hem, in de deuropening, stond Catharina.

'Hoi, hoe gaat het met je?'

'Nog hetzelfde.'

'Kun je niet slapen?'

'Dat lukt niet zo goed, nee. Ik heb de deur voor Magnus opengedaan. Nog nieuws?'

Magnus keerde zich om naar Catharina. 'Ik denk eerlijk gezegd dat het beter is dat ik dit alleen met Carl-Johan bespreek.'

Catharina smeet de deur met een klap dicht.

Magnus zei: 'Hoort ze ons nu niet?'

'Ik weet het niet, maar dat maakt niet uit. Vertel maar.'

*

Het was uitgestorven op het advocatenkantoor toen Teddy en Emelie daar ongeveer een uur geleden binnen waren gekomen, maar de lampen waren automatisch aangegaan toen ze uit de lift stapten. Emelie had zich opgesloten in een van de vergaderkamers.

Hij zag achter een stapel papieren een glimp van een pakje sigaretten, hij vroeg zich af of ze dit had proberen te verbergen. Ze wilde echt als perfect overkomen.

Het eerste wat Emelie had gedaan was Magnus proberen op te bellen vanaf een telefoon in de vergaderkamer.

Toen ze bij de woning aan de Fatbursgatan weg waren gegaan had Teddy gevraagd: 'Kunnen we niet ergens een telefooncel zoeken?'

Ondanks wat er was gebeurd had Emelie gegrapt: 'Onder welke steen heb jij de laatste jaren gelegen? Stockholm heeft geen telefooncellen meer. Iedereen wordt geacht zijn eigen telefoon te hebben. Waarom heb je trouwens voorgesteld om onze telefoons te vernielen?'

'Had je dan liever gehad dat ze jouw telefoon in handen hadden gekregen?'

Terwijl Emelie Magnus te pakken probeerde te krijgen, trok Teddy zijn jas uit en rolde de mouw van zijn trui op: hij moest ernaar kijken, het deed zo ontzettend veel pijn.

'Geen gehoor, maar de telefoon staat aan, ik laat een berichtje achter en vertel wat er is gebeurd,' had Emelie gezegd.

Ze namen ieder plaats op een stoel.

'Moet je naar het ziekenhuis?'

'Hoe bedoel je?'

'Ze hebben je toch geslagen met die honkbalknuppel. Moet je naar het ziekenhuis, of zo?'

'Het gaat wel, ik heb hem met de zachte delen van mijn arm opgevangen.'

Teddy leek verbaasd dat ze ernaar vroeg. Hij wees naar de binnenkant van zijn onderarm.

'Als ze de buitenkant te pakken hadden gehad, had ie er nu vreemd bij gehangen.'

Zijn onderarm was flink rood. De roodheid was twintig centimeter lang en ongeveer tien centimeter breed, en het begon al op te zwellen. Hij was blij dat hij een leren jas van Dejan had geleend en die bovendien daarbinnen aan had gehouden, dat had een stuk gescheeld.

'Wat wil je doen? Wachten tot Magnus terugbelt, of gaan we naar huis om te slapen?'

'Het enige wat ik weet, is dat er iets is wat ik eerst moet doen.'

'Wat dan?'

'Een dubbele espresso drinken. Ik weet dat jullie hier goede koffie hebben, die stond klaar toen je deed alsof je mij met mijn schulden zou helpen, maar ik neem aan dat er op dit tijdstip geen serveerster aan het werk is.'

'Die worden gastvrouwen genoemd. En ik deed niet alsof ik je zou helpen. Ik ga je ook echt helpen.'

'Kan de nachtelijke gastvrouw me dan even laten zien waar ik een kop koffie kan krijgen?'

Emelie stond op en legde haar hand op Teddy's schouder.

'Ik ben geen gastvrouw. Ik dácht dat ik assisterend juriste was, maar het lijkt er meer op dat ik een of andere verdomde actrice in een slechte actiefilm ben.'

Ze liep de gang op.

Teddy bleef zitten, het voelde alsof de plek waar ze haar hand op zijn schouder had gelegd brandde.

Hij haalde tevoorschijn wat hij na het tumult op de vloer van de gang had gevonden.

Het was een leren kaarthouder. Hij draaide hem om: *Gucci* stond er met kleine gouden letters in de ene hoek. Hij haalde de inhoud eruit en legde die op het bureau. Een Swedbank Visa-kaart, een rijbewijs, een knipkaart van Wayne's Coffee en een sportschoolpasje van World Class.

'Kijk hier eens naar.' Teddy wees naar de plastic pasjes die hij naast elkaar had gelegd. 'Er staat niet dezelfde naam op de Visa-kaart, het rijbewijs en de knipkaart, en op het sportschoolpasje staat geen naam. Maar deze zien er in elk geval goed uit. Morgen vinden we die klootzakken. Wat heb jij meegenomen?'

'Ik heb alles in mijn tas zitten,' zei ze.

'Dan hebben we nog wel wat te doen morgen.'

Emelie zette haar laptop aan. Ze legde de Visa-kaart en het rijbewijs voor zich neer. Op de Visa-kaart stond *Chamon Hanna* en op het rijbewijs en de knipkaart stond *Daniel Baylan*. Ze typte de namen op enkele zoekmachines op internet in.

Ze kreeg eenentachtig hits op Chamon Hanna. Van Baylan had ze een persoonsnummer; ze had direct beet. Een zesentwintigjarige man uit Södertälje die bij een of andere revisiemaatschappij leek te werken.

Nu zal de link met Södertälje wel duidelijk worden, dacht Teddy.

Emelie leunde achterover in de bureaustoel, de rugleuning helde achterover, dat zag er fijn uit. Teddy verlangde naar een bed, of zelfs naar Dejans bank.

'Hoeveel weten we eigenlijk over Philip?'

'Ik heb wat onderzoek gedaan.'

'Wat weet je dan over hem?'

Emelie typte *Philip Schale* in op Google. Een aantal pagina's van verschillende zakentijdschriften die zijn ongekende successen op het gebied van investeringen beschreven, kwamen naar voren. Emelie klikte op afbeeldingen. Je zag foto's van Philip, sommige uit dezelfde artikelen uit de tijdschriften, maar de meeste van het nachtleven rondom Stureplan.

'Aardig wat, eigenlijk,' zei ze en ze vertelde in het kort over Philips achtergrond.

'Om het kort samen te vatten doet hij aan investeringen, maar hij is selfmade, zou hij zelf zeggen.'

'Papamade, bedoel je?'

'Allebei, het geld komt daarvandaan, en veel van zijn contacten. Maar de objecten vindt hij zelf.'

Ze vertelde over enkele zaken die Philip had gedaan, onder andere over toen hij Pixel Flow had verkocht.

Ze klikte op een portretfoto die in een van de artikelen stond.

Beiden bestudeerden Philips gezicht. Hij had donkerblond haar in een zijscheiding gekamd, de haren leken op natuurlijke wijze in het netste kapsel ooit te liggen. Zijn ogen waren blauw en bij zijn mondhoeken zag je twee kleine kuiltjes.

'Hij ziet er aardig uit, vind ik.'

Teddy begon te lachen. 'Geloof me, je kunt aan iemands foto niet zijn binnenkant zien.'

'Is dat zo?'

'Dat is zo.'

'Maar kun je het aan een artikel wél zien dan?'

'Hoe bedoel je?'

'Die foto is één ding, maar lees het artikel eens.'

Teddy las het snel door.

Het bedrijf PI AppInvest van jonge ondernemer en succesvolle investeerder Philip Schale is voor de rechter gedaagd door het bedrijf KA Products AB bij het kantongerecht van Stockholm. Het geschil betreft de investering die Schales bedrijf in Pixel Flow deed welke ertoe leidde dat KA Products, en zijn eigenaar Kevin Andersson, bij de verkoop van het bedrijf een winst maakte die beduidend lager was dan die van Schale.

Schale maakt het Kevin Andersson echter niet gemakkelijk. Zijn bedrijf, dat de gedaagde in dit geschil is, heeft aangedragen dat de schriftelijke aanklacht van KA Products op formele gronden afgewezen zal worden.

'Hij houdt zich er als een laffe crimineel buiten,' zegt Kevin Andersson.

Dagens Affärer *noteert dat een van Schales andere bedrijven op eenzelfde manier optrad bij een geding vorig jaar en op die manier schadeloos werd gesteld, wat ertoe leidde dat de schuldeiser failliet ging.*

Philip Schale was niet bereikbaar voor commentaar.

'Waarom heeft niemand hier iets over gezegd?'

Emelie proestte. 'Ik begrijp niet dat ik dit niet eerder heb gezien. Dat was slordig van me. Kevin Andersson lijkt immers een reden te hebben om nog bozer op Philip Schale te zijn dan ik al dacht. We hadden hem vandaag een bezoekje moeten brengen.'

'Ja, maar nu kun je dat mooi morgen doen. Ik neem die dingen die we in het appartement hebben gevonden mee.'

Hij raapte haar tas op.

Emelie legde weer haar hand op zijn schouder. Hij keek haar aan. De aanraking van een vrouw, twee keer in dezelfde nacht.

Ze zei: 'Laat die dingen maar. Ze kunnen hier blijven liggen, dan kijken we daar morgen wel weer naar.'

*

'Wat een kutwijven, wat een hoeren.'

'Echt, ik heb er schijt aan. Doet er niet toe. Als ze zo'n verdomde vent op ons afsturen om ons eronder te krijgen, zullen we ze nog meer shit geven. Die gast of dat wijf, wie denken ze verdomme wel dat ze zijn?'

'Ik ga zijn moeder neuken, zijn zus, zijn grootmoeders tante. Ik ga hem in zijn oor neuken, in zijn oog.'

'Vertrouwen ze ons niet meer?'

'Duhuh. Ze móéten ons wel vertrouwen. We moeten nog heel lang samenwerken.'

Die gasten gingen maar door, hoewel ze al meer dan een uur aan het rondrijden waren. Ze konden er maar niet over ophouden, ze moesten al hun shit kwijt.

Nikola probeerde zich op het rijden te concentreren, hij was de chauffeur. Wat er in het appartement was gebeurd moest hij maar uit hun gevloek zien te distilleren.

Eerst hadden ze als gekken rondjes in de stad gereden, door bochten gescheurd, tegen het verkeer in gereden, door rood gereden, bijna een hond platgereden. Alles om eventuele achtervolgers af te schudden.

Na een kwartier zei Yusuf: 'Lijkt er niet echt op dat iemand politieagentje aan het spelen is, ik denk niet dat we iemand achter ons aan hebben.'

Dat was na tien minuten al duidelijk geworden, de straten waren leger dan in *I am Legend*, maar *what the fuck*, ze konden er net zo goed nog even wat agressie uit rijden.

Nikola had in de auto zitten wachten toen ze de trap af, en de toegangsdeur uit kwamen rennen. Eerst had hij er niet veel van begrepen, ze hadden als een stel kleuters door elkaar heen geschreeuwd. 'Rijden verdomme.' 'Plankgas.' 'Rally, *chabibi*, rally.'

Met gierende banden dus: ze moesten daar weg. Er was iets gebeurd. Iemand zat achter ze aan.

Hij hoefde de sleutel niet meer om te draaien, de motor liep al. Hij zette de pook in drive en drukte het gaspedaal diep in. De kerels achterin vlogen als gestolen waar door de auto. Hij kreeg de personen waarmee ze ruzie hadden gehad niet te zien, maar volgens Yusuf was een van hen te *sick* voor woorden geweest.

De kerels giechelden, ze namen een paar keer flinke hijsen van de joint.

'De volgende keer jongen, hé, kunnen ze mijn pik zuigen.'

Yusuf zat naast Nikola in de bijrijdersstoel.

'Je rijdt goed man, wie heeft je dat geleerd?'

'Mijn ma.'

'Wijven kunnen niet rijden.'

'Mijn ma rijdt in elk geval beter dan Bello.'

Ze lachten. Bello, een van de mannen, was vorige week in een routinecontrole terechtgekomen. Niks om moeilijk over te doen: rijbewijs laten zien, blazen in het apparaatje, niet zeuren, je gedeisd houden, dan ben je er met vijf minuten vanaf. Maar Bello niet, die wist dat hij achttien gejatte iPads in de kofferbak had liggen en nog zes maanden voorwaardelijk had openstaan van zijn vorige straf. Vergeet het maar dat hij zijn derde zomer zou moeten zitten voor een paar lullige iPads. Hij draaide het raampje dicht zodat die smeris met zijn halve lichaam in de auto vast kwam te zitten, en hij was met plankgas weggereden.

Ze achtervolgden hem meer dan twintig minuten op wegen die spekglad waren. Hij brak door twee wegversperringen en reed dwars door twee tuinen. Hij reed over voetpaden en een schoolplein. Uiteindelijk had hij een horde van zes auto's met zwaailichten achter zich aan. De achtervolging eindigde op de weg naar Trosa. Bello reed op een hek in dat de weg opdeelde, stuiterde een aantal keer als een flipperbal heen en weer, kwam naast de weg terecht, reed een sneeuwhoop in, ging twee keer over de kop en kwam ondersteboven tot stilstand. Het dak van de auto had meer deuken dan een autowrak in Amman, de voorkant was in elkaar gedrukt en de zijkanten waren zo vervormd dat een crossauto er nog beter uitzag. Rijp voor de sloop, hem laten repareren zou vier keer zoveel kosten als een nieuwe kopen. Bello daarentegen had geen schrammetje. En het ziekste van dit alles was dat de juten niet eens in de kofferbak hadden gekeken.

'Okay, vet. Dan rijdt ze goed,' zei Yusuf.

Nikola was tevreden. Yusuf was drie jaar ouder dan hij en stond direct onder Isak.

Ze zwegen een tijdje. Hij zette de radio aan en kreeg 105.9 te pakken,

The Voice. *Shine bright like a diamond. Shine bright like a diamond.* Rihanna, zoals altijd.

'Wat voor auto heeft je moeder dan?' vroeg Yusuf na een tijdje.

'Een oude Mercedes.'

'Mooi, in elk geval geen barrel.'

Nikola zei: 'De volgende keer moet je verdomme mij ook meenemen in plaats van die daar achterin.'

'We zullen zien. Maar dan nemen we beter spul mee in elk geval. Als je begrijpt wat ik bedoel. Een honkbalknuppel lijkt niet meer genoeg te zijn in deze stad. Je vraagt je af waar alles naartoe gaat. Toen ik hiermee begon was het verdomme al genoeg om jezelf te laten zien om ze in hun broek te laten pissen.'

Tien minuten later stopten ze in Geneta. Ze maakten de kerels op de achterbank wakker, degene die een opdonder had gekregen klaagde over pijn in zijn nek. Het bloed onder zijn neus was opgedroogd.

De andere klaagde ook. Die wilde nog een jointje draaien, maar kreeg een duidelijk nee op zijn rekest.

Het was eigenlijk Yusufs auto, maar die was zijn rijbewijs kwijtgeraakt. Toch wilde hij hem zelf inparkeren.

Ze stonden een tijdje in de kou op niks te wachten.

'Wat een kutwijf, ik ga ze hell geven,' begonnen ze weer. Maar niemand had nog zin om te luisteren naar wat een ander zei. Het was al veel te laat.

'Ach, *fuck it*, welterusten, jongens. We spreken elkaar morgen weer,' zei Yusuf uiteindelijk, voordat hij wat onwennig wegreed.

Nikola opende de deur. Er kwam licht uit de woonkamer.

Hij hoorde Linda's stem. 'Waar ben je geweest?'

Hij had geen zin te antwoorden.

'Waar ben je geweest, vroeg ik je.'

'Bij de jongens.'

'Nikola, je bent al een paar dagen weg. Ik heb geen flauw benul van waar je bent geweest, en je hebt nauwelijks iets van je laten horen. Dat is niet oké, dit kan niet zo, dat begrijp je toch wel?'

'Waar is Teddy?'

'Die is vertrokken.'

'Waarom?'

‘Dat gaat je niks aan. Waar ben je geweest, vroeg ik?’

‘Wat is er verdomme met jou aan de hand? Ik was bij de jongens. Waar maak jij je druk om?’

‘Ik hou hier niet van. Je woont hier, niet bij je vrienden. Ik word ontzettend ongerust, dat begrijp je toch ook wel? Nu heb je in elk geval je eigen kamer terug.’

‘Mooi. Maar ik vond het cool dat Teddy hier sliep. Heb jij hem eruit gezet?’

‘Ga slapen. We hebben het er morgen wel over.’

Ze snapte er ook niks van, die moeder van hem. Maar met Teddy was het anders, in de korte tijd dat hij bij hen had gewoond.

Die begreep het wel.

*

De metro reed allang niet meer, dus had Teddy een taxi naar huis genomen. Hij bewaarde het bonnetje.

Zijn voetstappen echoden opvallend hard toen hij naar de derde verdieping klom, alsof ze een versterker aan het plafond hadden bevestigd en alle geluiden op het hoogste volume opnieuw afspeelden. Hij kon het niet laten om terug te denken aan het trappenhuis aan de Fatbursgatan, het gevecht en de spullen die ze hadden gevonden. Als hij niet acht jaar uit de werkelijkheid was weg geweest, dan had hij vast al wel geweten wie die jongens waren.

Hij hoopte dat Dejan niet thuis zou zijn, of dat hij in elk geval zo diep in slaap was dat hij niet wakker zou worden wanneer hij de woonkamer in sloop. Hij had geen zin om nog een waslijst aan vragen te krijgen.

Hij zou morgen meteen tegen Magnus zeggen dat hij ermee ophield, dat dit zaken waren waarin hij niet terecht wenste te komen. Dit onderzoek ging de verkeerde kant op, op persoonlijk niveau. Daarnaast was die Emelie een enorme pain in the ass.

Tegelijkertijd voelde hij een soort neiging om die plastic kaartjes weer te bekijken, om alles wat ze uit het appartement hadden meegenomen weer door te nemen, de telefoonnummers van de eigenaars van de kaartjes te vergelijken met Philips telefoonlijst. Hij wilde met Ian Corona en Axel Nilsson praten, hij wilde Jarl Poljonen te pakken krijgen, en hij wilde zeker nog verder met Philips ouders praten. Kortom, hij begon te voelen dat hun zoektocht belangrijk was. Niet alleen vanwege het geld, dat had hem vanavond geen zak geïnteresseerd. Nee, het was het gevoel iets te doen wat nuttig was.

Maar het geweld dan?

Hij had al jaren berouw getoond over dat waarvoor hij was veroordeeld. Misschien was dit zijn manier om zich met zijn verleden te verzoenen. Of was het onvermijdelijk. Welke Griek het ook was geweest die had gezegd dat je nooit twee keer in dezelfde stroom terechtkwam, hij had gelijk gehad, maar hij was vergeten erbij te vertellen dat je toch altijd wel weer natte voeten kreeg.

Teddy opende Dejans deur. Het was donker in het appartement.

Zijn vriend leek niet thuis te zijn.

Hij trok zijn kleren uit en legde ze op de fauteuil.

In een plastic zak naast de bank lagen zijn tandenborstel en een tube tandpasta. 'Wat een eng Hermès-toilettasje heb jij,' had Dejan hem plagend gezegd.

'Dan heb je mijn Hästens-bed nog niet geprobeerd,' zei Teddy en hij had naar Dejans bank gewezen.

'Jawel hoor, die heb ik al heel vaak geprobeerd, kan ik je vertellen. Zowel met één als met twee, en één keer zelfs met drie sletjes.'

'Je zit me te *fucken*. Echt geen drie.'

'Ik kan dan vanbinnen erg Zweeds zijn, zo hou ik bijvoorbeeld van kaviaar, maar ik heb echt nog wel wat Servische eer over. Eén ding waar ik geen grappen over maak, is over wijven.'

Teddy deed het licht in de hal aan en ging in zijn onderbroek naar de badkamer. Aan de muur hingen Dejans ingelijste filmaffiches. *Heat, Goodfellas, The Usual Suspects*. En dan nog de verplichte *Scarface*-poster, niet dezelfde als in Nikola's kamer, maar die waar Tony Montana zijn tegenstanders met zijn M16- en M230-granaatwerpers onder vuur nam.

Teddy poetste zijn tanden, waste zijn handen en zijn gezicht. Hij wilde douchen, maar dat moest maar wachten, hij was te moe en hij had beloofd morgen vroeg op te staan.

Hij bedacht dat het nu nog maar drie dagen was voordat Hillström zijn driehonderdduizend kronen moest hebben. Het beloofde honorarium voor dit zogenaamde werk waar hij nu mee bezig was zou nog een paar dagen op zich laten wachten. Hij had geen flauw idee wat hij moest doen.

Op weg terug naar de woonkamer en de bank zag hij Dejans laptop op de keukentafel staan.

Er was nog iets wat hij wilde doen voordat hij ging slapen.

Hij ging aan de keukentafel zitten, de stoel kraakte. Hij klapte de laptop open en klikte op internet en opende Google. Teddy was niet echt gewend aan het navigeren met een touchpad, het beetje training dat hij in de gevangenis had gehad en de laatste dagen bij de sollicitatieprocedures op het arbeidsbureau was met een gewone computermuis geweest.

Hij bewoog voorzichtig met zijn wijs-, middelvinger en duim over het gladde oppervlak. Het vegen van zijn vingertoppen werd door het kleine pijltje op het scherm gevolgd. Dit was lastig; een beweging van één millimeter met zijn wijsvinger en het pijltje vloog zo ver weg dat hij hem niet meer zag. Hij moest echt leren dit onder de knie te krijgen.

De cijfercombinatie en websites die op het papiertje stonden dat op de salontafel in het appartement had gelegen waren moeilijk te lezen geweest.

Maar hij had ze zo goed als hij kon onthouden. Https://dreamremote.org was waarschijnlijk een soort website, maar het enige wat hij ervoor kreeg was een wit veld waar je een eigen tekst in kon voeren. Niets anders.

De drie cijfercombinaties hadden er als telefoonnummers uitgezien. Teddy had deze ook onthouden, het briefje zelf lag nog bij Emelie.

Nu toetste hij een van de nummers in in Googles zoekbalk.

Hij kreeg een lijst met suggesties van waar de cijfercombinatie in terug te vinden was.

Het leek in veel landen op een telefoonnummer. De lijst somde websites op van Vodafone, South African Phone Numbers, France Telecom, en een paar letters die er Arabisch of Hebreeuws uitzagen, plus een Duitse site die Telefondetektiv.de heette. Hij bladerde verder, maar de lijst met buitenlandse sites ging maar door.

Hij toetste het volgende telefoonnummer in. Dezelfde resultaten.

Hij toetste hetzelfde nummer nogmaals in, maar voegde er het woord Zweden aan toe. Hij kreeg heel andere websites als suggestie.

De eerste was een site die Escort24 heette.

Teddy klikte.

Een foto van een halfnaakte poserende Afrikaanse vrouw dook op, maar haar gezicht was onherkenbaar gemaakt. Waarschijnlijk een hoer die op internet adverteerde.

Hi, my name is Cassandra. I am young and want to give you big pleasure.

Het telefoonnummer op het papiertje leidde naar haar.

20 februari

Philip zat op zijn knieën op de vloer. Bij elke beweging trokken er nare pijnscheuten vanaf zijn enkels waar de tiewraps zaten omhoog, ondanks de pijnstillende middelen die hij had genomen. Tegelijkertijd bedacht hij dat het goed was om te bewegen, omdat hij daardoor bloed naar zijn voeten liet stromen.

Bovendien waren zijn handen nu vrij. Eerst had hij de tiewraps rond zijn polsen niet los durven snijden omdat hij bang was dat Jokerface erachter zou komen. Maar om te kunnen werken had hij uiteindelijk de tiewraps losgekrast. Hij wreef in zijn handen en dat voelde fijn, het voelde bijna alsof hij kon vliegen. Maar het allerfijnste was dat hij zijn armen weer voor zijn lichaam uit kon strekken.

Hij leunde met zijn bovenlichaam tegen de muur. Hij was zo moe, zo vreselijk moe. Het behang voelde ruw en ongelijk aan, het moest wel oud zijn. Maar hij wist wat hij ging doen.

Voor zijn gevoel was het dag, hij hoorde buiten de vogels fluiten. Op de een of andere manier leek het lichter in de kamer waar hij zich bevond.

De deur was een tijdje geleden opengegaan.

'Er is nog geen geld gekomen, ondanks je verdomde idee voor het contract.'

Jokerface hoefde hem niet te verlichten, er stroomde licht naar binnen vanuit die andere ruimte. Philip vroeg zich af of het dezelfde persoon was met wie hij de hele tijd al had gepraat, of dat ze elkaar afwisselden. Meestal dacht hij de stem en het gezicht te herkennen, maar soms twijfelde hij. Alsof degene die de jokerhalsdoek droeg een dubbelganger had, met een lichtere stem en andere ogen.

'Ik kan daar niks aan veranderen,' probeerde hij te zeggen, terwijl hij tegelijkertijd zijn armen achter zijn rug hield en het metaalstukje in de grote prop papier verstopte die om zijn pink zat.

Jokerface zei: 'Je gaat het in elk geval regelen. We moeten het geld over tien uur hebben. En als je dit niet voor elkaar krijgt...'

Hij maakte met zijn hand een gebaar dwars over zijn hals.

Philip draaide zijn hoofd weg.

Jokerface stond nog steeds in de deuropening.

'Waar ben jij verdomme mee bezig?'

'Huh?'

'Waarom zit je op je knieën?'

Philip balde zijn rechtervuist achter zijn rug en drukte het metalen klemmetje tegen het papier van de pink van zijn andere hand. Philip besefte dat als Jokerface een meter naar rechts zou gaan, hij zou zien dat de tiewrap was verdwenen.

'Ik moest naar het toilet.'

'Dat doe je wanneer ik dat zeg.'

'Dat weet ik, maar ik moest het wel zelf proberen, al heb ik nu per ongeluk de emmer omgegooid.'

Jokerface zweeg even. Philip hoorde hem wat mompelen. Misschien zei hij iets als: 'Arme drommel.'

'Kan ik niet naar een normaal toilet gaan?'

Jokerface hield zijn hoofd schuin. 'Helaas, het spijt me. Dat kan niet. Er zijn ergere dingen, weet je.'

'Mag ik dan wat toiletpapier? Kunnen jullie de tiewraps even losmaken?'

Philip besefte dat als Jokerface drie meter naar rechts verhuisde, hij zou zien dat de band was verdwenen.

'Luister, na wat jij hebt uitgevreten toen we je wilden verplaatsen kan ik niks doen. Weet je wat?'

'Nee.'

'Ik zat ooit in een bunker, tijdens een oorlog. Het was een brok beton dat ze aan een tunnel vast hadden gebouwd, een soort model MG 12. Het regende pijpenstelen en het hele complex liep onder. De bombardementen van de vijand zorgden ervoor dat we als het ware ingesloten werden. Ik was nog maar negentien en om ons heen donderde het dag en nacht. Ik heb er nog steeds een piep van in mijn oren, weet je, hoewel het al lang geleden is. Hoe dan ook, het toilet werkte niet. Niet dat het sowieso zo'n geweldig toilet was, een gat in de grond van de tunnel, maar die ruimte stond vol met water, pis en stront. Acht dagen lang zaten we daar te wachten tot het offensief op zou houden. Hoor je me? Acht dagen.'

'Jezus. En je kon niet...?'

'Inderdaad. Ik kon acht dagen niet schijten. Ik wilde in een plastic tas schijten, maar er waren geen tassen. Het enige waar ik aan kon denken was hoe ik het kon doen.'

Philip spande de vingers van zijn rechterhand aan tot hij bijna kramp kreeg.

'Ik wilde het in mijn helm doen, maar de anderen verboden me dat. Toen zei ik dat ik een kogel in mijn kont zou riskeren als ik maar naar buiten kon om mijn ding te doen. Maar ik kon niet eens naar buiten toe. Weet je wat ik uiteindelijk heb gedaan?'

'Nee.'

'Ik scheet mijn T-shirt vol. Draaide het geheel in elkaar en gooide het uit de opening voor de machinegeweren op de bovenste verdieping.'

Hij tastte langs de muur, centimeter voor centimeter. Ze zouden nu een aantal uur de deur niet opendoen. Hij had de tijd om heel kleine stapjes op zijn knieën te maken totdat hij de juiste plek bereikt had.

Zouden zijn ouders zich onderhand niets afvragen? Hoewel ze elkaar niet zo vaak spraken hadden ze misschien geprobeerd te bellen. Als hij niet antwoordde en ook niet op kantoor was, zouden ze daar toch vraagtekens bij gaan zetten. De vraag was alleen hoe lang het zou duren voordat ze actie zouden ondernemen.

De persoon die zich het meeste zorgen zou maken was Steffi. Zij moest zich wel afvragen waarom hij niet antwoordde, want ze had vast al geprobeerd te bellen of te skypen. Hoewel ze het daar op Mauritius misschien te leuk had om zich echt zorgen te maken. Of de kidnappers hadden iets vanaf zijn telefoon naar haar gestuurd. Misschien hadden ze dat ook naar Ian en zijn ouders gedaan.

Stephanie was een lief klein grietje, maar zo dom als het achtereind van een varken. Ze bleef maar doorzaniken over haar gesprekken met de psycholoog en het gezeik met haar moeder, haar vader en haar zussen. Maar toch ging ze twee weken met haar familie op vakantie, dus om zulke gigantische problemen kon het kennelijk nou ook weer niet gaan. Hij was zo attent om haar een paar keer per maand een cadeautje te geven en mee uit eten te nemen zodat ze dankbaar en tevreden was. Zolang ze maar niet over een serieuze relatie, samenwonen of iets dergelijks begon, was hij tevreden. Misschien begreep Stephanie hoe hij in elkaar zat, of misschien was ze te stom om het te begrijpen. Het maakte niet uit, de deal was simpel: zij mocht zich zijn vriendin noemen en deel van zijn succes uitmaken. Haar tegenprestatie was er goed uit te zien en naast hem gezien te worden wanneer het hem uitkwam.

Hij dacht aan die meid bij Clara's die hij had gezien toen ze hem het ijs op hadden gedwongen. Anina.

Ze hadden elkaar een paar weken daarvoor ontmoet. Axel had een bekende met wie hij had gestudeerd, aan hem voorgesteld. Gabriël heette die gast. Als hij een andere haarkleur en iets minder wenkbrauwen had gehad, was het een passende naam geweest. Philip kende immers bijvoorbeeld Gabriël af Fuchs en Gabriël D'Otrante, maar zo iemand was dit niet.

Ian had blijkbaar dezelfde gedachten gehad. Hij siste in Philips oor: 'Het is een Syriër. En als je het mij vraagt is het een snob. Een buitenlander die bij de Enskilda Bank werkt – zo zal hij Axel wel kennen – maar nog steeds een buitenlander. Niet oké om dan Gabriël te heten.'

De Syriër was even aan hun tafel gaan zitten, had over investeringen in de BRIC-landen en aandelen met direct hoog rendement gepraat. Niets, er was niets mis met die vent, aan de buitenkant leek hij de juiste dingen te zeggen, maar het voelde toch niet goed. Hij vloekte in elke zin, hij zwaaide met zijn handen alsof hij een squashwedstrijd aan het spelen was, maar dan zonder racket, en hij praatte over zijn en andermans inkomsten.

Na een tijdje was de Syriër opgestaan en terug naar zijn gezelschap aan een andere tafel gegaan. Het was toen dat Philip een van de meiden aan die tafel in de gaten kreeg. Ze had donker, lang, stijl, in een scheiding gekamd haar, en grote ogen met lange wimpers. Ze gluurde stiekem naar hem.

De Syriër kwam in een heel ander daglicht te staan.

Philip tikte op Ians schouder. 'Heb je dat kleine ding daar gezien?'

Ian glimlachte slechts. 'Lieve, onzekere meisjes zijn de beste die er zijn. Ik heb toch opeens interesse gekregen in een gesprek met Axels nieuwe Zweedse vriend.'

'Nee, ik ga eerst,' zei Philip.

Hij stond op.

Het meisje keek nog steeds naar hem.

Een week later had Ian warempel lopen opscheppen dat hij die meid ook had gepakt. Dat was precies tien dagen voordat ze hem het ijs op hadden gedwongen. Het voelde zo ver weg nu, zo banaal als je het met elkaar vergeleek. Maar of het dezelfde mannen waren die dit, nu, met hem deden... Nee, hij wilde er niet meer over nadenken.

Hij was er. Elke stap maar een paar centimeter met zijn knieschijven over de koude vloer. De hele tijd met zijn handen tegen de muur om maar niet om te vallen.

Nog maar een paar uur te gaan.

Het klemmetje in de hand. Dat kleine metalen scherpe randje.

Tussen duim en wijsvinger.

Het scherpe deel.

Hij begon met wat hem te doen stond.

*

Het liep tegen het einde van de ochtend, en ze had al een hele hoop gedaan. Maar nu bereidde ze zich voor.

Het zou een moeilijk telefoongesprek worden met Ian.

Magnus had haar net gebeld en heel snel gepraat. Ze had hem nog nooit zo geschokt gehoord.

'Je moet de politie zo snel mogelijk bellen', was wat hij in het kort had willen zeggen.

Terwijl Emelie zich mentaal had voorbereid, stond ze met de strijkplank uitgeklapt haar blouse voor die dag in orde te maken.

Vreemd genoeg was ze meteen in slaap gevallen nadat ze thuis was gekomen. Niet meer aan de gebeurtenissen in het appartement gedacht. Kennelijk was ze te moe en uitgeput geweest. Maar nu zag ze de paniek in de ogen van de man voor zich toen Teddy bijna zijn nek brak. Ze hoorde het geschreeuw van de anderen. Ze vroeg zich af waarom Teddy zich niet had verweerd, alsof hij het pak slaag met de honkbalknuppel exprés had geïncasseerd.

Het appartement waar ze woonde had een vermogen gekost. Ze had een jaar geleden zeventigduizend kronen per vierkante meter betaald voor het kleine anderhalve kamerappartement van zevenendertig vierkante meter. Haar ouders vroegen zich af of ze gek was geworden. Hun vrijstaand huis was honderdzestig vierkante meter, had een garage, stadsverwarmimg en uitzicht over het Vättern-meer, maar ze zouden het nooit ofte nimmer kunnen verkopen voor iets wat in de buurt kwam van wat Emelie voor Rörstrandsgatan 36, op de tweede verdieping, had betaald. Ze had gelezen dat de prijzen sindsdien een paar procent waren gestegen, dus een echte investering vanuit puur financieel perspectief was het tot nu toe niet echt geweest.

Ze dacht maar zo: ze was intelligent, ze was bereid om te werken en ze was in dienst bij een van Zwedens meest voorname kantoren. Het basissalaris was zesentwintigduizend kronen, wat natuurlijk een schijntje was als je keek naar de uren die ze maakte; dat had ze al begrepen voordat Jossie daarover was begonnen. Maar daarna zou het snel omhooggaan. Nu, in haar derde jaar bij Leijon, verdiende ze tweeenveertigduizend. Volgend jaar zou haar loon naar minstens vijftigduizend stijgen, het kantoor paste de eerste vier jaren een vaste schaal toe. Daarna werd het loon individueel bepaald met het bonussysteem in het achterhoofd.

Met andere woorden: ze wist dat ze de aflossing en de rente voor het appartement in de toekomst zeker zou kunnen betalen. Maar één ding was zeker: ze zat tot haar nek toe in de schulden, vijfentachtig procent, en zelfs als ze tienduizend per maand aan hypotheek zou afbetalen – en dat kon ze echt nog niet missen – zou ze haar schuld de komende twintig jaar niet aflossen. Als de rente net zo hard zou stijgen als haar vorige loonsverhoging, of als ze op de een of andere klotemanier haar baan verloor, kon ze ernaar fluiten, dan moest ze het appartement verkopen. En als de woningmarkt ook nog precies op dat moment in elkaar zou zakken, ja, dan zou ze de rest van haar leven op water en knäckebröd moeten leven. Maar ze hield van haar appartement. En de woningmarkt in Stockholm was zoals die was. De laatste twintig jaar waren de prijzen meer dan verviervoudigd terwijl er tegelijkertijd jacht werd gemaakt op huurrechten, die waren tegenwoordig een bedreigde diersoort.

Ze had de juiste keus gemaakt.

Ze had al om halfnegen vanmorgen Kevin Andersson gebeld en hem bijna eerlijk verteld wat er aan de hand was. Ze vertelde dat ze juriste was bij advocatenkantoor Leijon en dat ze hem graag naar aanleiding van zijn eerdere geding tegen Philip Schale in de Pixel Flow-zaak wilde spreken. Daarna kwam het leugentje om bestwil: ze legde Kevin uit dat ze van mening was dat hij met een behoorlijk advocatenkantoor moest praten wat betreft het geschil met Schale.

Hij ging akkoord met een ontmoeting na de lunch vandaag.

Daarna had Magnus haar opgebeld en ze hadden wat meer gesproken over de gebeurtenissen van afgelopen nacht.

'Oké, ga zo door. En perfect dat Kevin je zo snel wilde ontmoeten.'

'Er is iets wat ik met je wil bespreken,' zei Emelie. 'Het gaat om Teddy. Kunnen we...'

Magnus viel haar in de rede. 'Is het lastig om met hem samen te werken?'

Emelie vroeg zich af of Magnus dit gesprek had zien aankomen.

'Zacht uitgedrukt. Je had moeten zien hoe hij zich naar Axel gedroeg gisteren. Maar dat heb ik je toch verteld. En vannacht, voordat we het appartement binnengingen, heb ik het met hem besproken. Maar daar trok hij zich niets van aan en hij zei dat ik maar met jou moest praten. Dus dat doe ik bij dezen. Het werkt niet tussen ons.'

'Alsjeblieft lieve Emelie, kun je hem niet zien als een aanvulling op jou en mij? Hij komt uit een wereld waar wij niets van afweten.'

'Ik weet het niet. Dit klinkt misschien een beetje bot, maar ik kan niet met iemand samenwerken die gelooft dat geweld ons verder kan helpen. En die denkt dat ik een idioot ben die me door andere dan mijn eigen verdiensten bij dit kantoor naar binnen heb gewerkt.'

Ze had er meteen spijt van dat ze dit had gezegd.

'Is dat het?' zei Magnus met hardere stem. 'Dat had ik niet van je verwacht. Prestige-gelul. Dan regel je dit gebeuren toch lekker alleen? Bel me zodra je Kevin Andersson hebt gesproken.'

Ze zat nog een paar seconden met de telefoon in haar handen en kreeg er nog meer spijt van. Maar ze kon nu geen tijd meer aan die Teddy verspillen.

Ze had Jan gebeld en hem gevraagd of hij of iemand anders van Redwood naar het appartement aan de Fatbursgatan kon gaan om het verder te onderzoeken. Ze moesten ook de ansichtkaart met het albinokonijn bekijken, ze wilde dat ze naar vingerafdrukken en DNA zouden zoeken.

Daarna was ze achter de computer gaan zitten en ze had research gedaan naar Kevins geschil met Philip Schales bedrijf en een poging gedaan om meer informatie over Daniel Baylan en alle verschillende Chamon Hanna's te vinden. Daarna had Magnus haar weer opgebeld en het op dit moment belangrijkste verteld: een contract dat zo te zien door Philip Schale was ondertekend was bij Patric Öhrn binnengekomen. Als laatste had Magnus gezegd dat ze Ian moest bellen. Hij had tegen Magnus gedreigd alles bij de politie aan te geven.

Ze moest hem zo snel mogelijk bellen. Toch ging ze verder met haar blouse strijken. Dit was een lastig gesprek.

Veel van haar collega's leverden hun overhemden en blouses in bij de stomerij die in hetzelfde gebouw als het kantoor zat. Ze konden ervoor kiezen om ze of opgevouwen voor vijfentwintig, of op een hanger voor twintig kronen per overhemd op te halen. Dat was natuurlijk lekker makkelijk, vooral omdat het perfect gestreken werd, de vouwen op de armen superstrak en de manchetten netjes rond gestreken.

Toch streek Emelie zelf. Ze kon beter nadenken als ze daar bij de uitgeklapte strijkplank stond. Een moment van rust waarbij ze alleen haar handen bewoog, en niet haar hersenen gebruikte. Normaal gesproken deed ze dit rond halfacht 's ochtends, maar vandaag niet. Niet na de gebeurtenissen van vannacht.

Veel van Emelies vrienden hadden alle telefoons behalve hun mobieltje de deur uit gedaan, de meeste werkgevers betaalden immers hun rekening. Daarom was ze blij dat ze zo ouderwets was nog steeds een IP-telefoon in huis te hebben. Toch voelde ze zich onthand zonder haar mobieltje. Ze was dertien toen ze haar eerste mobiele telefoon kreeg.

Ze had Teddy nog niet te pakken gekregen. Dat hij een vaste lijn had was vast te veel gevraagd. Maar waarom had hij nog geen nieuwe mobiele telefoon gekocht en iets van zich laten horen? Hij zei dat hij dat zou doen.

Daar moest ze nu maar niet over nadenken.

Ze moest ophouden met piekeren en Ian bellen.

Ze trok haar T-shirt uit en haar blouse aan. Die was nog warm van het strijkijzer.

'Hallo, met Emelie van het advocatenkantoor.'

'Ja.'

'Ik hoorde van Magnus dat je iets van plan bent.'

'Ja, dat kun je wel zeggen. Ik ben van plan het nu bij de politie aan te gaan geven.'

'Ik vind dat niet zo'n goed idee.'

'O.' Hij was zo kortaf dat ze amper hoorde wat hij zei.

'Ik wil niet dat je dat doet.'

'Kom op zeg, er zit iemand achter me aan. En iemand heeft Philip gekidnapt. Ik ben eerlijk geweest tegen Magnus en heb hem gezegd dat als jullie geen resultaten zouden boeken, ik van plan was om de politie te bellen om twee aangiftes te doen. Een voor mijzelf en een voor Philip.'

Ian ging verder en vertelde hoe bang en ongerust hij zich voelde.

Emelie ging rechtop zitten. Ze had gemerkt dat moeilijke gesprekken gemakkelijker werden als ze haar lichaam rechtop hield.

'Ik kan dit zo niet verder laten gaan.'

Ze keek naar haar nagels terwijl ze afwachtte wat hij te zeggen had. Het was nog de vraag welk argument het beste zou overkomen.

'Ian, het zit zo. We hebben alles zo goed als het kan onder controle. En je mag de politie niet bellen. Dat kan ik je meteen vertellen. Ik weet niet wat je wel en niet van deze zaak begrijpt. Maar als het in de media uitlekt dat Philip weg is, kan dit Carl-Johans hoofdbedrijf beïnvloeden, en je weet dat dat bedrijf beursgenoteerd is.'

'Ja maar...'

'Geen "ja maar". Jij en je vrienden hebben de geheimhoudingsovereenkomst getekend toen jullie hier waren. Heb je gelezen wat daarin stond? Ik kan je verzekeren dat als jouw gedrag effect op de koersen heeft, Schale je voor de rechter zal slepen. Je bent vast financieel redelijk stabiel, maar ik zal er persoonlijk voor zorgen dat je die rechtszaak nooit meer te boven zult komen. Ben ik duidelijk genoeg geweest of is er nog iets wat ik je moet uitleggen?'

Ze zat met haar nieuwe mobiele telefoon te spelen terwijl ze in de vergaderkamer op Kevin Andersson zat te wachten. Leijon had een vrouw van in de vijftig ingehuurd, alleen maar om mensen met hun mobiele telefoons te assisteren, met de synchronisatie tussen de mobiele telefoons en Outlook, met de agendafuncties en de to do lists. Ingela heette ze, maar alle werknemers noemden haar liefkozend Mobingela.

Jossie was net even binnengelopen.

'Het ligt niet aan jou, het ligt aan mij,' zei Emelie en ze glimlachte.

'Ja, maar we kunnen elkaar toch wel blijven zien, als vrienden?' lachte Jossie. 'Wat zijn het eigenlijk voor geheime dingen waar jullie mee bezig zijn? Jullie doen net alsof jullie van een of andere inlichtingendienst zijn.'

'Ik mag er van Magnus niks over zeggen, niet eens wat voor soort werk het is. Maar ik kan je vertellen dat ik nog nooit zoiets heb meegemaakt. Zowel positief als negatief.'

'Ja, ja, je moet maar een peptalk voorbereiden voor de maandagochtendvergadering wanneer jullie klaar zijn. Met powerpointpresentatie en al.'

'Misschien wel. Maar niemand zal me geloven.'

Kevin had er tien minuten geleden al moeten zijn, maar soms werden cliënten opgehouden. Dat was hun voorrecht. En strikt genomen was hij geen cliënt, niet eens in zijn eigen ogen.

Emelie vroeg zich af wat Johnny Swanell zou hebben gezegd als hij dit alles zou horen. Hij was immers degene geweest die haar had aangeraden om het volledige plaatje te bekijken. De eerste verblijfplaats van het slachtoffer. Alles in hokjes. Daarna dacht ze aan wat het Juristengenootschap van het doel van deze vergadering zou zeggen, als ze hier ooit achter zouden komen.

De receptie belde om te zeggen dat hij er was.

Emelie deed de manchetten van haar blouse goed en stond op. Het was tijd om de enige persoon op te halen van wie ze in de huidige situatie zeker wisten dat hij Philip absoluut niet mocht.

*

Teddy werd wakker.

Hij vroeg zich af of hij hier in Dejans appartement echt had liggen schreeuwen. Hij had een van zijn gebruikelijke nachtmerries gehad. Onder water, zonder lucht te krijgen.

'Hallo, DJ, ben je daar?'

Hij ging rechtop in de bank zitten, Dejan gaf geen antwoord. Teddy keek op de klok. Het was één uur 's middags.

Hij dacht aan de eerste keer dat hij onder water de wereld had gezien. Het was in een zwembad in Skärholmen geweest, ergens halverwege de tachtiger jaren. Hij haatte zwembaden, ze waren koud en men verwachtte altijd dat hij zou lachen, spetteren, en gek op water zou zijn. Zijn ouders hadden hem op zwemles gedaan, maar dit had niet mogen baten. Hij hield er niet van om water in zijn gezicht te krijgen of überhaupt het water tot aan zijn borst te hebben.

Dejan was kennelijk nog niet thuis, Teddy liep de keuken in en begon een soort ontbijt te maken. Hij checkte zijn onderarm weer. Die was roodblauw geworden, hopelijk was er niks gebroken, hoewel hij het al bijna uitschreeuwde als hij ernaar wees.

Dejan had niet veel in huis. Wat knäckebröd, maar geen boter, een pak suikerklontjes, maar geen beleg. Hij had een koffiezetapparaat dat leek op dat wat Linda thuis had, maar daarvoor had je een soort capsules nodig en die kon Teddy niet vinden. Uiteindelijk vond hij een blik Nescafé, maar daar werd hij ook niet blij van omdat de melk die in de koelkast stond vorig jaar al over de datum was.

Teddy ging aan de keukentafel zitten. Dejans laptop stond er nog steeds zo bij als hij hem vannacht had achtergelaten.

Hij had Cassandra vanaf Dejans vaste telefoon gebeld, nadat hij wat dingen op de computer had uitgezocht. Het was een risico, maar haar nummer had tenslotte op een papiertje gestaan in het appartement waar Philip was vastgehouden.

Hij dacht aan de donkere vrouwenstem die in het Engels had geantwoord. Het was rond vieren geweest.

'*Yes*?'

Teddy's Engels had beter gekund, maar hij was blij met alle films die hij in de bajes had gezien, misschien had hij er toch nog iets aan gehad. 'Is dit Cassandra?'

'Wil je Cassandra hebben?'

'Ja, of kan ik jou krijgen?'

'Nee, mij niet. Maar als je Cassandra wil, die kan. Over ongeveer een uur.'

'Okay, goed.'

'Heb je haar al eerder ontmoet?'

'Is zij degene die normaal gesproken nummer 0736-474894 heeft?'

'Ja.'

'Ja, ik heb haar eerder ontmoet. Wat kost ze?'

'Zoals altijd, ze doet *out-calls*. Drieduizend per uur voor gewone dingen, zolang het in Stockholm is. Tienduizend voor een *allnighter*.'

'Oei, die is duur.'

De vrouw aan de andere kant begon te lachen. 'Je weet waarom ze duur is, als je haar eerder hebt gehad. Maar je krijgt wat we beloven.'

Een krap uur later werd er op de deur geklopt en Teddy deed open.

Dejan was nog steeds niet thuisgekomen, maar hij zou zich er niet druk om maken, integendeel, hij zou blij voor Teddy zijn als hij erachter kwam dat hij daar een Cassandra had.

Het meisje dat in de gang stond was absoluut niet dezelfde vrouw als op de foto's op internet, maar het verbaasde Teddy niet. Hij was in heel zijn leven nog nooit in een striptent geweest waar de grietjes er echt zo uitzagen als de vrouwen op de affiches.

Ze was ongeveer een meter zestig lang, had lang zwart haar, mogelijk met extensions. Haar hoge laklaarzen, haar korte rokje en haar leren jasje met nepbont zagen er niet alleen ordinair uit, maar ook smerig. Die kon nooit ouder dan zestien zijn.

Dat was vast de reden van haar hoge prijs.

Hij deed de buitendeur achter haar dicht. Het leek alsof ze alleen gekomen was. De vrouw met de donkere stem, de madam of wie ze nu ook was, was nergens te bekennen. Teddy vroeg het meisje op de bank te gaan zitten. Hij liep naar het raam, trok de jaloezieën dicht terwijl hij naar buiten gluurde. Beneden stond een Volvo V40 geparkeerd die hij nog niet eerder had gezien. Hij zag een silhouet op de bestuurdersstoel.

Ze keek hem recht aan.

'*I only fourteen, mistah. You like dat, huh?*'

Hij kon geen glinstering in haar ogen ontdekken, geen uitnodigende blik. Dit meisje deed haar werk slecht, ze herhaalde slechts een ingestudeerde zin. Haar Engels was slechter dan de madam met wie hij aan de telefoon had gepraat.

'*I fourteen, you ma' big man.*'

De meeste hoeren die hij in zijn leven had ontmoet werden nu niet direct tot dit werk gedwongen. Ze vonden hun werk vast niet leuk, en zouden gegarandeerd andere bezigheden hebben gekozen als ze niet zo verdomde arm en kwetsbaar waren, maar ze deden wat ze moesten doen voor geld of omdat ze op de een of andere zieke manier van hun pooier hielden. Misschien kon je zeggen dat ze door de omstandigheden gedwongen werden, door de situatie, door hun eigen visie op mannen en vrouwen. Maar hij had er nog nooit van gehoord dat iemand hen pijn zou doen als ze hun lichaam niet zouden verkopen.

Maar dit meisje, Cassandra, of hoe ze nu ook heette, keek alleen maar bang. Teddy was er van overtuigd: er zat iemand daar beneden in die Volvo op haar te wachten.

Hij ging in de fauteuil tegenover haar zitten.

'Jij nu betalen?'

Teddy pakte zijn portemonnee erbij en gaf haar zes biljetten van vijfhonderd. Hij was blij dat Emelie hem cash had gegeven.

Het kleurcontrast tussen de buiten- en de binnenkant van Cassandra's hand was duidelijk te zien.

Ze trok haar laarzen en haar blouse uit. Daarna maakte ze haar beha los.

Teddy bekeek haar.

Hij had al zo lang geen vrouw meer gehad.

*

Kevin was kort en tenger. Hij droeg een donsjack met North Face Summit Series op de rug. Het leek geschikt te zijn voor elk klimaat.

Ze schudden elkaar de hand en liepen een andere vergaderruimte in dan ze voor het onderzoek tot haar beschikking had. Emelie zag hoe Kevin zijn blik over de daken van Stockholm liet glijden terwijl hij het uitzicht in zich opnam; het was een welbekend gezicht.

Ze kletsten eventjes over koetjes en kalfjes, dronken koffie en aten wat stukjes chocolade die in wikkels met het Leijon-logo waren verpakt.

Daarna kwam ze ter zake.

'Dit is misschien een beetje onorthodox, maar ik wilde je ontmoeten omdat ik over je meningsverschil met PI AppInvest had gelezen in de krant. Het is volkomen objectief om over Philip Schale te horen en over je meningsverschil met hem.'

Toen kwam het, ze had er de hele ochtend over nagedacht: 'om over Philip Schale te horen', zo was het immers, en Magnus' oordeel was dat dit, zolang ze het op deze manier uitlegde, geen onwaarheid was.

'Ik begrijp het,' zei Kevin. Hij stopte een stukje kauwgom in zijn mond, herkauwde als een malle.

Emelie legde in het kort uit wie ze was en wat de specialismen van het kantoor waren. Kevin zat nog steeds op zijn kauwgompje te smakken.

Ze wist dat hij maar net twintig was. Een Beats-koptelefoon hing om zijn nek, zo een met een plat snoer dat niet in de knoop raakte. Zijn haar was gestyled en stond recht overeind als van een tieneridool bij het songfestival en zijn iPhone, die hij op tafel had gelegd, had een grote barst dwars over het scherm.

Ze vroeg zich af waarom hij alleen was gekomen. Of hij niet iemand had die hem bijstond; een jurist, accountant, vriend of ouder.

'Ik heb eigenlijk al een advocaat die me helpt, maar ik luister naar wat je te zeggen hebt.'

Emelie wist dat de schriftelijke aanklacht die zijn bedrijf bij het gerechtshof ingediend had, ondertekend was door een jurist, maar die jurist was geen advocaat. Het recht om je zo te noemen hadden alleen juristen die als lid waren toegetreden tot het Zweeds Advocatengenootschap. Ze had meteen medelijden met deze jongen, hij wist niet eens dat degene die hem bijstond geen advocaat was.

'Dan zal ik je mijn kijk op de zaak geven,' zei ze. 'Ik heb de schriftelijke aanklacht gelezen en heb je eisen op de volgende manier begrepen. Jouw bedrijf KA Products en Philip Schales bedrijf PI AppInvest zijn een vennootschap aangegaan toen hij zijn eerste geld in Pixel Flow had gestoken. Volgens de overeenkomst zouden de bestaande aandeelhouders, oftewel jullie respectievelijke bedrijven, de mogelijkheid krijgen om er met meer geld in te gaan dan nodig was om de werkzaamheden te kunnen ontwikkelen. Dus na vijf maanden, toen jullie met het eerste potentieel van jullie product begonnen, gaf Pixel Flow meer aandelen uit, maar was het alleen Philip Schales bedrijf dat ze opkocht. Jouw aandeel in het bedrijf verminderde en Philip kreeg door deze en volgende aandelenuitgiftes ongeveer negentig procent van het bedrijf in handen.'

'Dat klopt, maar het zat zo...'

'Daar kom ik zo aan toe, wacht even. Tot zover waren er geen rare dingen, jullie waren het erover eens dat wanneer er meer geld nodig was, de eigenaren kapitaal in konden brengen en daarmee ook een groter bedrijfsaandeel zouden krijgen. Maar het was de vraag op welke voorwaarde de extra uitgifte gedaan werd. Volgens jullie afspraken zouden de aandelen overeenkomstig de waarde van het bedrijf betaald moeten worden. Een erg onduidelijke formulering, als je het mij vraagt. En als ik je goed heb begrepen bedoel je dat Philip je erin had geluisd door je te laten denken dat dit een substantiële waardebepaling van het bedrijf inhield.'

'Zo was het inderdaad. Toen waren we namelijk nog vrienden en alles was tiptop in orde, ik had software ontwikkeld en we moesten een verkoper in dienst nemen, nog een systeemontwikkelaar en een directeur. Philip vertelde me dat omdat het bedrijf op dat moment nog geen cent binnenhaalde, hij niet meer voor de aandelen zou betalen dan hij bij de eerste investering had gedaan, dat wil zeggen tien kronen per stuk.'

'Inderdaad. Maar je bedoelt dat het bedrijf op dat moment ontzettend veel meer waard was omdat jullie in de ontwikkeling al zo ver waren gekomen. Hij had minstens vijfhonderd kronen per aandeel moeten betalen.'

'Exact. We hadden alles voor elkaar, we hoefden alleen nog maar te groeien. Vier maanden later werd Pixel Flow voor twintig miljoen kronen aan een risicokapitalist verkocht. Dat hoor je goed, víér maanden. Philip kreeg veertien miljoen, de directeur kreeg er vijf en ik één miljoen. Het is ziek. Ik was degene die alles had bedacht.'

'Ik ben het met je eens. Dus je daagde hem voor de rechter?'

'Ja, natuurlijk. Hij heeft me als een gek misbruikt, en daarna bedonderd. Ik heb een heel jaar van mijn leven in dat project gestoken, ben niet eens geslaagd voor het gymnasium, maar moest naar het volwassenenonderwijs om alles opnieuw te doen. Ik word alweer gek als ik eraan denk.'

'Maar je hebt toch een miljoen gekregen?'

'Een miljoen? Toen de belastingen en premies eraf gingen had ik ongeveer driehonderdduizend over. We wonen in Zweden, de belastingdruk is hier hoger dan in Noord-Korea.'

'Het is niet verkeerd om driehonderdduizend in je zak te hebben, je hoeft geen studielening aan te gaan, neem ik aan.'

'Waar hebben we het hier eigenlijk over? Hij heeft veertien keer zoveel verdiend en er misschien vijftig uur werk in gestoken. Veertien miljoen voor vijftig uur, tegenover mijn driehonderdduizend voor een heel jaar fulltime werken, een verknalde opleiding en de wetenschap dat je genaaid bent. Plus dat het mijn idee was.'

'Maar was er dan wat van gekomen als Philip zijn geld er niet in had gestoken? Ik ben gewoon nieuwsgierig, niet kwaad worden.'

'Ik vraag me af waarom je me hiernaartoe hebt gehaald. Ik ben ervan overtuigd dat ik een andere investeerder had kunnen vinden.'

'En was er niemand die je hielp de vennootovereenkomst te begrijpen dan?'

Kevin pakte de kauwgom uit zijn mond en legde die op het koffieschoteltje.

'Nee, wie had dat moeten zijn? Ik ging nog naar school, ik had geen geld om een advocaat in te huren. Mijn vader werkte bij een van de bedrijven van Philips vader en Philips vader had alleen gezegd "je zoon is in goede handen, Philip regelt alles", of zoiets.'

'Een laatste vraag, puur uit nieuwsgierigheid. Waarom duurde het zo lang voordat je hem aanklaagde? Dit alles is immers al een paar jaar geleden gebeurd.'

'Wil je dat echt weten?'

'Ja, daarom vraag ik het.'

'Nadat het bedrijf verkocht was en mijn pa en ik ons realiseerden hoe weinig er voor mij over was gebleven, ging mijn pa naar zijn vader om te proberen de zaak te bespreken. Maar er kwam alleen maar heibel van, ik begrijp mijn vader wel, die was woest. Uiteindelijk werd hij ontslagen. Niet direct door Carl-Johan Schale, maar het was duidelijk dat hij de opdracht had gegeven. Mijn vader probeerde die klootzakken aan te klagen om een schadevergoeding te krijgen. We gebruikten het geld van de verkoop van Pixel Flow voor dit geschil. Maar pa verloor, het duurde meer dan twee jaar. We hebben meer dan driehonderdduizend aan het honorarium van de advocaten uitgegeven en alles is naar de kloten gegaan, niet alleen op werkgebied.'

'Hoezo?'

'Mijn vader kon het allemaal niet meer aan. Hij draaide door, vooral omdat hij degene was geweest die Philip en zijn familie vanaf het begin bij mijn uitvinding had betrokken en omdat hij me had geholpen om de vennootovereenkomst en zo te begrijpen. Hij is nog steeds over de zeik, mijn vader.'

'Wat doet hij nu?'

'Hij werkt ergens anders, maar het gaat niet goed.'

'Waarom niet?'

'Hij heeft het daar niet naar zijn zin, maar het is vooral iets anders.'

'Wat dan?'

'Je hebt toch een zwijgplicht ondanks dat ik je nog niet aangenomen heb?'

Dat was een lastige vraag. Emelie schonk meer koffie in en ze strekte zich naar de melk. Ze had zwijgplicht, natuurlijk, maar alleen wanneer het om zaken van haar cliënten ging. En de cliënt in dit geval was Carl-Johan Schale, dat wil zeggen Kevins tegenpartij.

Als ze ja op Kevins vraag zou antwoorden zou ze recht in zijn gezicht zitten te liegen. Tot nu toe had hij uit vrije wil gepraat, maar min of meer naar aanleiding van haar eerste vraag. En ze had niet beloofd dat ze aan zijn kant stond. Maar nu vroeg hij iets anders, nu vroeg hij iets wat duidde op een relatie tussen haar en de cliënt, en zoiets was er nog niet.

Ze keek Kevin recht in zijn helderblauwe ogen. Hij zag er echt nog niet oud uit, ondanks dat hij maar vijf, zes jaar jonger dan zij was.

'Als ik heel eerlijk ben, heb ik in dit geval geen zwijgplicht. Je bent mijn cliënt nog niet en wordt dat misschien ook niet. Dus je moet zelf bepalen wat je wel en niet aan me vertelt.'

'Aha, ik begrijp het. Laat dan maar zitten.'

Dit alles was Magnus' idee geweest. Volgens de advocatenregels moest men altijd duidelijk zijn over wie je vertegenwoordigde. Toch hoopte ze dat Kevin met haar over andere dingen verder zou willen praten.

'Hoe dan ook heb je onlangs het verzoek tot dagvaarding bij Stockholms gerechtshof ingediend. En nu heeft zijn bedrijf hierop geantwoord dat volgens jullie vennootovereenkomst jullie bij een conflict niet naar een gewone rechtbank gaan, maar naar een geschillencommissie.'

'Ja inderdaad, hij is zo laf, die rat. Hij wil het gevecht bij de rechtbank niet aangaan. Ze beweren dat de overeenkomst een geschillenclausule bevat, dus dat als we het oneens zijn het opgelost wordt door een privérechtbank.'

'Ja, ik weet wat een geschillenclausule is. Het wordt gezien als een opzichzelfstaande overeenkomst binnen de overeenkomst, dus zelfs wanneer de rest van jullie overeenkomst ongeldig of foutief zou zijn, kan nog steeds de geschillenclausule gelden. En dan is Stockholms gerechtshof niet de juiste plek.'

'Nee, dat heb ik nu begrepen, misschien. Wat een zak.'

Zijn toon werd nu scherper.

Ze zei: 'Mag ik nog een laatste ding vragen? Wanneer kreeg je de mededeling dat hij op grond hiervan had verzocht je aanvraag tot dagvaarding af te wijzen?'

'Wanneer?'

'Ja, ik wil graag de precieze datum weten. Ik heb de stukken immers van de rechtbank gekregen en daar staat dat het antwoord van zijn bedrijf op 5 februari binnen is gekomen. Maar mijn vraag is: wanneer kwam jíj dit te weten?'

'Waarom is dat belangrijk?'

'Het zou belangrijk kunnen zijn. Weet je wanneer je de informatie kreeg dat hij je verzoek wilde afwijzen? Kreeg je een brief van de rechtbank, of een e-mail? Of heeft je jurist jou gebeld of gemaild?

'Mijn advocaat heeft me een kopie van alles gemaild.'

Emelie weerhield zichzelf er weer van te zeggen dat zijn 'advocaat' eigenlijk geen advocaat was.

'En wanneer was dat dan?'

'Wacht even, dan zoek ik het op.'

Kevin pakte zijn gebarsten telefoon erbij en begon te scrollen.

'Ik heb het mailtje op 10 februari ontvangen.'

'Dus op 10 februari vernam je dat Philip er niet eens over piekerde om bij de rechtbank argumenten tegen je aan te voeren.'

'Ja.'

'Hoe voelde dat?'

Kevin keek haar weer aan. Ze had eigenlijk niet hoeven vragen hoe dat voelde. Ze zag hoe hij zijn onderkaak bewoog en door zijn neus moest ademen om zichzelf in bedwang te houden.

'Je stelt vreemde vragen, weet je dat? En dan zeg je dat je geen zwijgplicht hebt. Ik wil minstens tien miljoen kronen van Philip Schale of zijn bedrijf hebben, dat is mijn eis. Maar ik vraag me af: wat wil jíj eigenlijk?'

Emelie voelde hoe ze trilde. Ze meende dat er een zweetdruppel onderweg was om van haar voorhoofd te druppen. Dit was niet oké. Als ze nog een stap zette zou ze zo enorm de advocatenregels breken dat ze nooit toegelaten zou worden tot het Advocatengenootschap als dit uitkwam.

Waarschijnlijk was ze al over die grens heen gegaan.

Ze moest het gesprek afbreken. Magnus kon zeggen wat hij wilde.

Ze stond op. 'Ik begrijp het. Maar ik geloof dat we het gesprek nu moeten afronden, ik heb nog wat andere afspraken in mijn agenda staan. Ik ben je erg dankbaar dat je meteen vandaag hierheen kon komen...'

'Was dit alles?'

'Ik hoop dat ik je tijd niet tevergeefs heb verspild. Misschien kom ik er nog op terug, je weet maar nooit.'

Emelie gebruikte haar meest formele stem, terwijl ze tegelijkertijd demonstratief de deur opende.

Ze vond zichzelf niet echt aardig.

Even later wandelde ze naar Norrmalmstorg. Ze was onderweg naar het appartement aan de Fatbursgatan om Jan te treffen tijdens het onderzoek van de plaats delict.

Het was fijn om een luchtje te scheppen en even buiten te komen. Nadenken ging het beste wanneer ze aan het wandelen, joggen of aan het boksen was in de sportschool, iets monotoons wat toch het lichaam en de endorfine aan het werk zette. Op de tweede plek kwam blouses strijken.

Verschillende aanwijzingen, verschillende cirkeltjes die al of niet met Philips huidige situatie te maken hadden. Ze moest een schema opstellen, een plan, een weg vooruit.

Kevin was op 10 februari te weten gekomen dat Philip zijn verzoek tot dagvaarding volledig wilde afwijzen. Philip verdween kort daarna. De jongen was duidelijk razend op Philip en zijn vader was er bovendien ook door geraakt. Hoe erg zijn vader er precies aan toe was, daar was ze niet achter gekomen, maar er was in elk geval iets mee.

Daarnaast waren er ook nog de gebeurtenissen van vannacht. Waarom kwamen drie jonge gasten het appartement in waar Philip waarschijnlijk gevangen was gehouden?

En de ansichtkaart en het berichtje van het albinokonijn op Facebook, wat hadden die te betekenen?

En ten slotte: wanneer was Teddy van plan iets van zich te laten horen?

Die gedwongen samenwerking met hem werkte niet. Teddy was arrogant, neerbuigend en leek te denken dat hij zijn eigen plan kon trekken. Maar wie was degene die vannacht achter het adres van dat appartement was gekomen?

Hij had er niet eens iets over gezegd. De zelfingenomen eikel.

In de bajes

Tagg was weer eens weg. Deze keer lag hij in de ziekenboeg, omdat hij bloed in zijn urine had gehad.

Teddy en Loke moesten lachen om de snelheid waarmee hij steeds verhuisde. Hij was twee dagen geleden uit de isoleer gekomen, maar kon zich nog geen vierentwintig uur van het blowen afhouden. Toen de bewaarders een onverwachte algemene piscontrole hielden, had Tagg het oudste trucje uit het boek gebruikt door zich in zijn arm te snijden en zijn urine met bloed te mengen. Het werd geen narcotica-analyse, maar in plaats daarvan stuurden ze hem direct naar de ziekenboeg waar hij twee dagen ter controle moest blijven, motortijdschriften en sportmagazines kon lezen en met de verpleegsters kon flirten.

Teddy had trainingstijd geboekt. Hij drukte het handvat van de schoudermachine met een snelle, rake beweging naar buiten en bracht hem daarna langzaam terug. Hij liet de gewichten nooit tegen elkaar aan klappen, elke beweging werd gecontroleerd uitgevoerd, de binnenkant van zijn ellebogen in een hoek van negentig graden wanneer hij aan de volgende beweging begon. Spiertraining was altijd een technieksport geweest, maar hier in de bak was het daarnaast ook een opschepperig gebeuren. Losse gewichten waren verboden. Bij een gewone sportschool zou Teddy, als hij aan de machines hing, minstens vijfenzestig kilo aan elke kant hebben gehad, maar hier was ook dat niet toegestaan. De penitentiaire instellingen hadden een limiet van dertig gesteld.

Volgens het geplastificeerde informatiebriefje met de trainingsrichtlijnen voor penitentiaire instellingen moest conditietraining gecombineerd worden met vaste krachttraining met een 'begrensd gewicht'. Bovendien zou natuurlijk 'een modern trainingspakket gebruikt worden, wat echter niet de mogelijkheid geeft tot zogenaamd overdreven spieropbouw'.

'Ze zeggen dat je hierbinnen weer gezond wordt, is dat zo?'

Het was Sara. Ze had haar haren vandaag weer in een paardenstaart zodat je haar kleine tattoo kon zien, en hij merkte haar hoge jukbeenderen op. Haar gezicht had iets strams en strikts wat eerlijk overkwam.

Teddy had al sinds ze een paar dagen geleden op de buitenplaats naar hem toe was gekomen niet meer met haar gepraat. Ook toen was ze in feite naar hem toe geslopen.

Hij vroeg zich af of ze hem had ontweken. Hij had haar gezocht, maar alleen op afstand gezien. De andere jongens leken haar aardig te vinden. Hij had een van de bewaarders van middelbare leeftijd gevraagd wat hij over haar wist.

'Niet zoveel,' had deze geantwoord. 'Ze is kennelijk net begonnen met studeren dus ik gok dat ze binnen vijf jaar een of andere hotemetoot binnen de gedetineerdenzorg zal zijn. Maar ze doet haar werk goed, ze heeft het hier goed door.'

'Heeft ze ook een gezin en zo?'

'Ik geloof het niet, ik heb geen kinderstoel in haar auto gezien.'

Hij wilde eigenlijk doorvragen, maar iets in hem hield hem tegen. Het was nooit goed om te nieuwsgierig te zijn.

Teddy droogde zijn voorhoofd met zijn T-shirt en antwoordde. 'Je zou nog gezonder worden als je mocht trainen zoals je zelf wilde.'

'Je kunt toch push-ups doen met iemand op je rug?'

'Ik dacht het niet, wat zouden de anderen dan zeggen? Ik heb er nu zes keer dertig gedaan op deze machine, dat is alsof je de marathon loopt. Sommigen hebben sleutels gekregen om de machines van het slot te krijgen.'

Wat had hij nou weer gezegd? Degenen die de sleutels hadden gekregen hadden ze immers van bewaarders zoals Emma gekregen. Hij dacht terug aan het gesprek dat hij een paar dagen geleden met Emma had gehad, zonder dit ook maar eerst met Tagg te overleggen.

De boodschap was duidelijk geweest. 'Emma, ik wil je vertellen dat ik je dankbaar ben voor alles wat je voor ons hebt gedaan, maar nu is het genoeg geweest. We hebben niks meer nodig. En je moet ook niks meer voor Tagg doen.'

Eerst had ze hem verbaasd aangekeken, haar ogen werden zo groot als die van een mangafiguur. 'Is er iets aan de hand?'

'Nee, niks aan de hand, we zijn blij met wat je hebt gedaan. Maar nu is het genoeg. En zoals ik zei: doe niks meer voor Tagg. En ook niet voor Loke. Ik zal nog wel met ze gaan praten.'

Sara had vandaag een bewaardersoverhemd met korte mouwen aan. Haar kleine naambordje zat met een stuk klittenband over haar borst. De huid van haar onderarmen was mooi en zo wit als melk. Hij vroeg zich af of ze bewust niet in de zon kwam of er gewoon geen tijd voor had.

'Ik wilde je bedanken,' zei ze stilletjes. 'Tof dat je met Emma hebt gepraat.'

'Geen probleem,' zei hij en hij deed een stap naar haar toe: hij wilde niet dat iemand dit gesprek zou horen. Ze rook naar pasgewassen haar. Hij wist eigenlijk niet waarom hij op haar verzoek om Emma te stoppen was ingegaan, hij had zoiets nog nooit van zijn leven gedaan, het ging tegen zijn principes in.

'Ze was nogal verbaasd, kan ik je vertellen. Ze had nu niet meteen verwacht dat de generaal van de afdeling haar zou vragen ermee op te houden.'

'Generaal?' Teddy kon het niet laten om om die bewoording te glimlachen.

'Of moet ik je het opperhoofd noemen?'

Teddy begon te lachen.

'Je praat niet echt als een toekomstig criminologe.'

'En jij gedraagt je niet als een crimineel. Daar hou ik wel van.'

*

Philip hield het stukje metaal stevig tussen zijn duim en wijsvinger vast en begon met het scherpe einde verder te schrapen waar hij eerder was gestopt. Hij wist wat hij kapotschraapte: ze hadden aan de korte kant van de kamer een multiplex plaat opgehangen. Hij had die de eerste keer dat Jokerface de deur open had gedaan al gezien. Die moest er zijn opgehangen om een raam te blokkeren. Hij had zich er met zijn vingers naartoe gewerkt tot hij een klein oppervlak had gevonden dat harder en kouder was dan de rest van de plaat: de kop van een spijker. Daarna had hij met zijn vingers verder langs de rand gevoeld. In totaal zat die met tweeëntwintig spijkers vast. Hij moest op een van die plekken beginnen.

Hoeveel uur had hij nu al rond de spijker gewerkt? Hij gokte tussen de vier en zes. Het was waanzin. Jokerface had hem een ultimatum gesteld, en er waren nog maar een paar uur over.

Wat was Patric in godsnaam aan het doen? Wat was er nu zo moeilijk te begrijpen? Een koopcontract voor een woning. Philip had gewoon dat geld nodig.

Daarna kwam er nog een gedachte in hem op: misschien had Patric door dat er iets niet in orde was. In dat geval zouden ze de overboeking zeker tegenhouden om hem te proberen te lokaliseren.

De multiplex plaat waar hij in zat te krassen was hard. Zijn stukje metaal ging door het oppervlak heen maar drong niet echt diep in het hout door. Maar hij ging verder met schrapen, en hield hem op een andere manier vast zodat hij er meer met de binnenkant van zijn hand tegenaan kon drukken. Hij leunde op zijn stuk gereedschap, bij elke schraapbeweging duwde hij er keihard tegen.

Kleine, halsstarrige bewegingen.

Nu had hij het gebied rondom in totaal drie spijkers uitgehold. Het leek erop dat ze met twintig centimeter tussenruimte vastzaten. Toch kwam er geen licht naar binnen, dat verontrustte hem. Als er een raam achter de plaat zat had hij nu ondertussen al iets moeten zien, zelfs als de uithollingen maar een millimeter groot waren.

Hij had geprobeerd er een spijker met zijn vingers, en daarna met zijn tanden, uit te trekken, om die in plaats van het stukje metaal te gebruiken, maar dit was onbegonnen werk. De spijker zat vast.

In plaats daarvan werkte hij verder aan de plaat. Schraapte, oefende druk uit, kraste.

Nog drie spijkers en hij zou zijn vingers onder de plaat kunnen krijgen en hem aan de kant kunnen duwen om te kijken wat er aan de andere kant zat.

Soms trippelde hij op zijn knieën naar de deur om te luisteren. Hij moest weten wat ze daar aan het doen waren zodat ze hem niet zouden verrassen.

Hij drukte zijn oor tegen de deur aan. Meestal hoorde hij niks, behalve rustige muziek.

Maar deze keer hoorde hij de stem van Jokerface.

Degene met wie hij sprak hoorde hij daarentegen niet. De geluiden waren moeilijk te verstaan, hij en die ander leken altijd heel zacht te praten.

'Ik ben het nu zat. Als ik mijn geld vandaag niet krijg, gaat alles naar de klote,' klaagde de Joker.

De ander sprak misschien rustig, maar Philip kon er niks van maken.

Jokerface antwoordde: 'Schei toch uit verdomme, dat zeg je nu al dagen. Maar ik heb nog steeds geen ene kroon gezien. Plus het feit dat ik hier niet langer mee door kan gaan. Ik begin medelijden met die gast te krijgen. Hij voelt zich verdomme niet best sinds ik zijn vinger eraf heb geknipt.'

De ander mompelde iets terug.

'Maar jij bent ook niet degene die de hele tijd bij hem naar binnen hoeft te gaan. Ondanks dat hij die pillen krijgt, lijkt het erop dat hij dit misschien niet lang meer volhoudt, en dan krijgen we helemaal niets.'

Opnieuw sprak de onduidelijke, rustige stem.

En nu verhoogde Jokerface het volume. 'Oké, oké. Ik heb hem tien uur gegeven. Nu zijn er nog vijf over. Is er dan nog niks binnen dan weet ik het verdomme ook niet meer. Dan maak ik er een einde aan, op de ene manier of de andere.'

Daarna leek hun discussie naar een andere kamer te verdwijnen, hij hoorde niets meer.

Hij vroeg zich weer af of Patric überhaupt een overboeking had gedaan.

Hij kneep zijn ene hand om het stukje metaal vast.

Hoeveel spijkers kon hij in vijf uur nog uitgraven?

*

Dejans knäckebröd kleefde in zijn mond en de Nescafé was smerig, en niet alleen omdat er geen melk in zat. Teddy bekeek het blik dat voor hem stond nauwkeurig. De ten-minste-houdbaar-tot-datum was al twee jaar geleden verstreken.

Hij nam aan dat hij eigenlijk op de een of andere manier wat van zich zou moeten laten horen aan Emelie of Magnus, het was al middag. Maar aan de andere kant had hij niet voor zessen in bed gelegen, en hij kon er verder ook niets aan doen dat zijn mobiel geplet was om de kerels die hen hadden aangevallen ervan te weerhouden die mee te nemen. Hij zou een telefoon regelen en hen bellen. Straks.

Zijn gedachten gingen terug naar vannacht.

'Kunnen we eerst een beetje praten?'

Cassandra stopte met bewegen, haar beha lag naast haar op de bank.

'Natuurlijk, wat wil je dat ik vertel?'

'Niks, ik wil alleen dat je wat vragen beantwoordt.'

Teddy hield haar beha voor haar. 'Doe die maar weer aan.'

Haar borsten waren klein en ze had kippenvel.

'Hoe heet je eigenlijk?'

'Baby Belle.'

'*Fuck that*, hoe heet je echt?'

Hij hield haar blouse omhoog en gebaarde dat ze die ook aan moest trekken.

'Dat is mijn naam hier, mistah. Maar je mag me noemen zoals je wilt.'

'Oké, dan noem ik je Cassandra. Je bent te jong, je zou je niet met dit soort dingen bezig moeten houden.'

'Mistah? Ik ben alleen voor jou. Ik ben bijna maagd, ik doe alleen voor jou mijn benen open.'

'Heb je een paspoort bij je?'

'Nee.'

'Waar kom je vandaan?'

'Edo. Hou je van zwarte meisjes?'

'Waar ligt Edo?'

'Bij Benin, Nigeria.'

'Weten je ouders waar je bent?'

'Waarom vraagt jij?'

'Ik ben nieuwsgierig. Luister, je krijgt tweeduizend extra als ik nog een paar vragen mag stellen.'

'Nee, ik denk niet dat dat kan.'

'Je krijgt er achtduizend bij. Die mag je zelf houden, of het vertellen aan die persoon die daarbeneden verwacht dat ik je in je kont heb gepakt. Wat jij wil.'

Teddy hield het geld omhoog, zestien briefjes van vijfhonderd. Ze moest zich wel afvragen wat voor type hij was.

Maar ze ging niet weg, en dat betekende dat ze niet dacht dat hij een smeris was. En acht rooitjes was acht rooitjes, bovendien had ze al geld gekregen voor een wip die niet was gebeurd. Ze hadden haar paspoort waarschijnlijk afgepakt, en dat moest ze terugkopen door een paar honderdduizend binnen te halen, zo werkten ze normaal gesproken. Maar de deal die hij haar aanbood was niet verkeerd, het was bijvoorbeeld meer dan wat ze voor een allnighter zou hebben gekregen.

Ze was niet zo zwaar opgemaakt, dat was niet nodig: haar huid was jong en effen, behalve op de linkerkant van haar voorhoofd, waar ze een klein pukkeltje had. Haar ogen keken vol onbegrip, alsof ze verwachtte dat hij haar zou vragen om haar kleren uit te doen en te doen wat waarschijnlijk alle mannen die ze tot nu toe in dit land had ontmoet met haar hadden gedaan. Tegelijkertijd was er ook de hele tijd nog iets anders in haar blik. Angst.

Ze zei niks, nam het geld aan en stopte het in de binnenzak van haar jas.

'Nu moet je mijn vragen beantwoorden,' zei hij. 'Heb je de afgelopen tijd een klant aan de Fatbursgatan gehad?'

'Het spijt me, mistah, ik weet het niet. Ik ken de straten niet.'

'Heb je iemand ontmoet die Chamon Hanna of Daniel Baylan heet?'

'Ik weet het niet, ik weet de naam van de klanten niet.'

'Hoeveel werk je?'

'Ik ben speciaal, mistah, ik ben zo jong. Ik doe bijna alleen out-calls.'

'Wie zit er in de auto beneden?'

'Mijn chauffeur. Ik noem hem Adia.'

'Wie was het die de telefoon opnam toen ik je nummer belde?'

'Ik noem haar Big Mama, soms Sister, ze zorgt voor me.'

'Waar kan ik haar vinden?'

'Ik weet het niet, ze woont ook in het huis.'

Dit was zinloos. Het meisje wist niks, of ze wilde niks weten. Misschien was ze alleen maar sluw, ze had zijn geld al aangepakt.

'Wacht hier,' zei hij en hij stond op. In Dejans keuken had hij twee mappen met alle gegevens liggen, die hij van Emelie had gekregen. Telefoon- en mastverbindingslijsten, artikelen over Kevins conflict met Philip en nog een stel andere papieren.

Hij pakte de telefoonlijst erbij. Zocht met zijn vinger naar het nummer, 0736-474894.

Rij na rij met telefoonnummers. Pagina na pagina met data, tijden, cijfercombinaties. Uitgaande gesprekken, inkomende gesprekken, onbeantwoorde gesprekken, inkomende en uitgaande sms'jes enzovoort.

Cassandra bewoog zich op de bank.

Toen zag hij het: 0736-474894. Het was niet Chamon Hanna of Daniel Baylan geweest die Cassandra had gebeld. Het was Philips telefoon waarvandaan gebeld was.

Hij bleef de rij met zijn vinger volgen.

Philip had niet slechts één keer naar haar gebeld, hij vond het nummer op zes verschillende data, de laatste was op 12 februari dit jaar.

Hij pakte de mastverbindingslijst erbij. Keek naar de data en tijden, volgde de rijen en de regels.

Daar vond hij het nummer ook.

Alle zes de keren dat er vanaf Philips telefoon naar Cassandra was gebeld was hij in de buurt van Fatbursgatan geweest.

Hij ging weer naar haar toe.

'Heb je ooit iemand ontmoet die Philip heette?'

'Ik heb je verteld, mistah, ik ken de namen van klanten niet. Die vertellen ze niet tegen mij.'

'Je hebt geld gekregen om vragen te beantwoorden, begrijp je dat?'

'Ik zal het proberen. Beloofd.'

'Oké. Dan wil ik weten of iemand anders je wat heeft gevraagd of heeft gepraat over iemand die Philip heet.'

'Ik weet het niet.'

Nu was het genoeg geweest. Ze ontkende te makkelijk.

'Ik wil nu mijn geld terug.'

Cassandra's gezichtsuitdrukking veranderde. De angst voor wat hij met haar zou doen ging over in de angst om de briefjes van vijfhonderd kwijt te raken.

'Okay, mistah, ze hebben me naar een Philip gevraagd. Precies zoals jij.'

'Ze?'

'Eerst een vrouw.'

'Wanneer?'

'Ik weet het niet meer precies. Ze rende achter me aan op straat, een paar weken geleden. Die andere nam rond dezelfde tijd contact met me op, via de computer.'

'Wie was de vrouw op straat?'

'Ik weet het niet. Ik haar nog nooit eerder hebben gezien.'

'Hoe kwamen ze via de computer met je in contact?'

'Op de chat.'

'Weet je ook wie het was?'

'Nee.'

'Wacht even, ik pak de laptop erbij en dan kunnen we naar foto's van personen kijken.'

Hij stond op en liep de keuken in.
Hij hoorde een geluid.
Daarna hoorde hij hoe de deur dichtsloeg.
Cassandra was weg.
Hij opende de deur, rende haar achterna, hoorde haar voetstappen in het trappenhuis. Het was te laat. Hij keek door het raam en zag haar op de achterbank van de oude Volvo springen. Het was te donker om een kenteken te zien.

Teddy ging op dezelfde plaats zitten als waar hij vannacht met Cassandra had gesproken.
Een vrouw en een andere persoon hadden haar dingen over Philip gevraagd. Dit kwam tot nu toe het dichtst in de buurt van een duidelijke aanwijzing.
Toch stoorde hij zich aan het feit dat er nog steeds iets niet leek te kloppen, er ontbrak iets. Hij voelde het instinctief aan, of misschien was het niet eens zijn instinct, misschien waren het zijn ervaringen, zijn leven in de wereld die hij besloten had vaarwel te zeggen.
Meteen wist hij wat het was dat vreemd aanvoelde, wat er niet klopte: hij had een vermoeden waar Philip was vastgehouden, maar ze hadden geen idee wat de connectie met het appartement aan de Fatbursgatan was. Maar misschien had hij daar nu het antwoord op gevonden.
Hij wist wie hij moest opzoeken.
Een oude vriend uit de bajes.
Hij belde een taxi.

*

Op de vloer in de gang lag iets wat er als uitgerold aluminiumfolie uitzag.
'Wees heel voorzichtig als je daar loopt,' zei Jan, die haar in de deuropening ontving. Ze wist nog steeds niet wat zijn achternaam was, ondanks dat ze elkaar sinds de vergadering al meerdere keren aan de telefoon hadden gesproken.
Hij was meer casual gekleed dan de laatste keer: in een donker fleecejack, zwarte broek met zakken aan de zijkant en hetzelfde soort legerkisten dat Johnny Swanell ook had gedragen. Het enige verschil was dat hij blauwe plastic hoezen over zijn schoenen had.

'Meiske, ik probeer hier voetafdrukken te vinden, zie je dat niet?'

Jan de Anonieme stond wijdbeens achter het uitgerolde folie. Hij reikte haar ook schoenhoesjes aan.

'Doe deze aan. Heb je zoiets al eens eerder meegemaakt?'

'Nee, eigenlijk niet.'

'Ik ben nog in Philips woning in Östermalm geweest, zonder verder succes, en ik ben hier nu een uur en heb al heel wat interessante dingen ontdekt. Maar kun je eerst vertellen wat er hier vannacht gebeurd is?'

Ze stonden nog in de gang. Ze vertelde snel wat er was gebeurd.

Ze dacht aan het feit dat Teddy zich bewust had ingehouden.

Jan de Slecht Opgevoede trok zijn schouders op en nam haar mee de woonkamer in.

'Ga nergens zitten en raak niks aan. Jij en die Nazdan hebben hier al genoeg als kippen zonder kop rondgeraasd.'

'Hij heet Najdan, en wordt Teddy genoemd.'

'Ja ja, maar jullie hadden voorzichtiger moeten zijn, het veiligstellen van de plaats delict en het tegengaan van vervuiling behoort tot de basisprincipes. Waarom hebben jullie ons niet meteen gebeld?'

'Omdat het midden in de nacht was.'

Jan negeerde haar en wees in plaats daarvan naar een apparaat dat op de vloer stond. Het zag eruit als een groot model printer; lichtgrijs plastic, een paar knoppen aan de voorkant en aan de onderkant iets wat eruitzag als een schuifluik.

'Weet je wat dat is?'

'Geen idee,' zei Emelie.

'Dat is de RapidHit 200, de nieuwste techniek uit de VS. Zelfs de geheime dienst heeft zoiets nog niet eens.'

'Wat doet het? Ontvoeringen oplossen?'

'Dat kan het. Het is een draagbaar laboratorium om menselijk DNA op te sporen. Speciaal gemaakt om ter plekke door niet-forensisch geschoold personeel te kunnen worden gebruikt, zoals bijvoorbeeld door normale onderzoekers van een plaats delict of door mensen van private beveiligingsbedrijven zoals ik. We hebben hem twee weken geleden binnengekregen. Aan de andere kant van de oceaan wordt dit soort lab al een halfjaar gebruikt.'

'Wat kan het detecteren?'

'Weet je, het meetbare menselijke DNA kan qua kwaliteit in drie verschillende groepen worden ingedeeld. Wanneer je bij een verdachte een monster uit de mond afneemt, krijg je veel speeksel, dat hele proces is ervoor gemaakt om hun DNA in het register op te nemen. Het duurt misschien twee uur om het tevoorschijn te krijgen. Maar wanneer we een onderzoek op de plaats delict doen gaat het bijna altijd om de twee lagere groepen, de op één na beste DNA-sporen en de slechtste.'

'Wat heb je hier dan gevonden?'

'Dat zal ik je zeggen. De op één na beste aanwijzing vind je in lichaamssappen op voorwerpen, bijvoorbeeld bloed, speeksel of sperma. Ze zijn niet direct van het lichaam genomen, dus zijn in veel mindere mate aanwezig. Het kan ook gaan om snotjes of haren. Maar dan moet je geluk hebben dat de dader die heeft achtergelaten. En dan doet het SKL er meestal een week over om DNA te vinden. Over de derde groep gaan we het niet eens hebben, die wordt LCN genoemd, Low Copy Number-DNA, maar een paar kleine mitochondriën: huidcellen op een trui, deeltjes van haarzakjes op een kussen, vet van een hand op een mobiele telefoon. Dan moeten we weken, soms maanden wachten als ze het naar Engeland moeten sturen. Maar met deze machine krijgen we in elk geval de sporen in lichaamssappen in simsalabim, negentig minuten aan het licht. LCN lukt soms ook, maar niet altijd.'

'En wat heb je dan gevonden?'

'Ik heb sporen in de badkamer gezocht, maar daar was niet zoveel. De vloer, wc-bril, wastafel. Erg fijne oppervlakken, glad en daarom goed. Daarna heb ik in de woonkamer gekeken, het bed, de boekenkast, salontafel. Nog niet aan de keuken toegekomen. Ik heb net de analyse uit de badkamer gekregen. Het was veel van Philip.'

'Nog van iemand anders?'

'Nee, daar niet.'

Ze gingen de keuken in. Jan ging op zijn hurken zitten en opende een aktetas. Hij trok een stel latexhandschoenen aan en pakte toen een lang staafje dat eruitzag als de staafjes die Emelie gebruikte om in haar oren te steken, maar deze had maar aan één kant watten. Hij boog zich over het aanrecht en trok en pulkte met de punt van het stokje tussen het handvat van de blender. Daarna pakte hij een nieuw staafje uit zijn borstzak, haalde het beschermplastic eraf en ging verder met zoeken naar de voor Emelie onzichtbare sporen.

Nadat Jan met het staafje ergens overheen had gezwabberd, deed hij dit in een plastic flesje en schroefde de dop erop. Toen hij zes flesjes had ging hij de woonkamer in en opende het luikje van de RapidHitmachine. Hij stopte staafje na staafje elk in hun eigen vakje.

'Nu duurt het negentig minuten om antwoord te krijgen.'

'En wat kun je dan zien?'

'Dan is het DNA geanalyseerd, dat wil zeggen dat ik dan kan zien of er genoeg materiaal aanwezig was om een DNA-spoor te krijgen dat ik met het register kan vergelijken.'

'Welk register?'

'Op de computer heb ik het politieregister, zij nemen immers tegenwoordig van iedereen DNA af die wordt verdacht van een misdaad waar een gevangenisstraf op staat, en daarnaast heb ik een register van plaats delicten en veroordeelde misdadigers.'

'Hoe ben je daaraan gekomen?'

'Laten we het daar nu maar niet over hebben.'

Jan ging verder in de gang. Dezelfde procedure; hij hurkte, doorzocht de ruimte. Soms pakte hij er een vergrootglas bij en keek ergens naar: de klink van de deur, een stofvlok op de vloer, de spiegel die tegen de muur aan stond. Emelie kon maar niet besluiten of dit *CSI* in het echt was of iets wat juist ouderwets aandeed.

Ze dacht aan de spullen die ze vannacht in de prullenbak en op de vloer hadden gevonden.

'Kan dit iets zijn om te checken?' zei ze en ze gooide de spullen die ze gevonden hadden voorzichtig op de salontafel. Het kauwgompapiertje, twee taxibonnetjes, reclamefolders, de verfrommelde tape, de Gorby-verpakking. Ze legde ook het pakje sigaretten, de whiskyfles, de aansteker, het pakje condooms, de strip Zoloft en de handboeien op tafel.

Voor het eerst keek Jan de Nu Iets Aardigere blij. 'Dat is smullen voor iemand zoals ik.'

Hij begon de voorwerpen te inspecteren, hield ze tegen het licht, onderzocht ze met het vergrootglas, prikte erin met zijn staafjes.

Emelies telefoon ging. Het was het nummer van Magnus.

'De bank en Carl-Johan hebben de handtekening onder het overdrachtscontract onderzocht en hij is echt, het is Philip die het heeft ondertekend,' zei Magnus meteen zonder haar de kans te geven het gesprek fatsoenlijk aan te nemen.

Ze ging weer naar de woonkamer en sprak met gedempte stem. 'En de verkoper, wie is dat?'

'Goede vraag, ik heb de naam van de verkoper vlug gecontroleerd en voor zover ik kan zien woont er niemand met die naam op het actuele adres. Het is een vals contract.'

'Hoe moeten we het nu dan doen met de overboeking?'

Magnus zuchtte. 'Ik heb Carl-Johan aangeraden om nog een dag te wachten. De kidnappers kunnen niet precies weten hoe snel Patric reageert en ook niet precies hoe snel een overboeking van zestien miljoen kronen naar Thailand gaat. Ze zullen hem niets aandoen, alleen maar omdat ze tot morgen moeten wachten op de bevestiging dat Patric op de verzendknop heeft geklikt.'

'En morgen, wat gaat hij dan doen?'

'Dat zien we dan wel weer, alles op zijn tijd, Emelie.'

Ze vroeg niet door. In plaats daarvan praatten ze verder over andere dingen. Emelie moest toch wachten tot Jans onderzoek afgerond was.

Kevin en Jarl Poljonen moesten worden onderzocht. Magnus zou een paar dingen omtrent Kevins vader uitzoeken. Over Jarl Poljonen, de man die op het adres aan de Fatbursgatan ingeschreven stond, had Redwood al ontdekt dat hij twee keer tot een langere gevangenisstraf was veroordeeld. In 1998 had hij drie jaar gekregen voor zware boekhoudfraude en in 2003 één jaar voor heling, maar sindsdien was hij niet meer in aanraking met de politie geweest. Hij was veertig jaar en had de laatste twintig jaar op de zak van de staat geteerd aangezien hij beweerde rugletsel te hebben opgelopen in de bouw toen hij achtentwintig was. Hij was overduidelijk zo'n figuur die zich liet betalen om als afleiding te fungeren.

Het was van groot belang dat ze Jarl Poljonen te pakken kregen.

Uiteindelijk spraken Magnus en Emelie over het appartement zelf, Emelie vroeg of hij de familie al had gesproken.

'Misschien weten ze of hij hier al eens eerder heeft verbleven? Of dat een vriend van hem het misschien heeft gebruikt?'

'Je hebt gelijk, ik heb er met Carl-Johan over gepraat. Hij zou het ook aan Catharina vragen. Als we de persoon die in het appartement woont vinden, zijn we zeker een stap verder.'

Emelie zag hoe Jan de woonkamer binnenkwam en naar haar gebaarde.

'Ik moet ervandoor, de onderzoeker van de plaats delict heeft me nodig.'

Jan zei: 'Ik heb inmiddels resultaten, van zowel de sporen uit de keuken als van wat je vannacht in het appartement hebt verzameld. Maar eerst wil ik je iets interessants in de gang laten zien.'

*

Teddy stapte uit op station Alby.

Dit was niet zijn buurt, maar ze lag aan de juiste kant van de stad. Hij herinnerde zich vaag dat hij hier eerder was geweest, een keer vele jaren geleden samen met Dejan of Alex of iemand anders.

Alby Svarta Lötets Bar & Restaurant was echt zo'n shabby tent. Het soort plek waar hij zich veilig voelde. Hij dacht aan Leijons overdreven kantoorruimtes met panoramaramen van wereldklasse en het luxegevoel dat zelfs de knopjes van de lift hadden. Toch was dit allemaal maar uiterlijke schijn. Hij vroeg zich af wat ze nu eigenlijk echt voorstelden. Zoals die Emelie, die de baas over hem probeerde te spelen maar had nagelaten om te vragen of ze de iPad mocht zien.

Teddy ging met zijn blik door het halflege café. Hij leek er nog niet te zijn, wat op zich niet vreemd was, ze hadden ook op zo'n korte termijn afgesproken.

Hij had met Loke Odenson afgesproken.

Aan het plafond en aan de muur hingen vlaggen en sjaals van meerdere voetbalteams uit Stockholm. AIK, Hammarby en Djurgården. Op de beste plek, boven de bar, hing het rood-gele embleem van de Syrische Voetbalvereniging. Teddy kon wel raden wie de eigenaar van deze tent was. Achter de bar stond een bartender glazen te spoelen, en achter hem hing een tv waarop een of andere wedstrijd uit La Liga werd gespeeld. Achter in de kroeg stonden zoals altijd Jack Vegas-automaten, die behoorden tot de standaarduitrusting van al dit soort Zweedse kroegen. De blik van een eenzame klant was als in trance op de knoppen gericht die hem voordat de dag ten einde was gegarandeerd zouden hebben afgezet. Het was alsof je naar een zombie keek. Teddy zag kleine rekjes met de brochure *De waarheid en mythes van het gokken*, uitgegeven door de Zweedse staat. Hij had die informatiefoldertjes al eerder gezien, in de gevangenis. Big Brother deed alsof hij het gokken wilde verminderen, terwijl ie ondertussen miljarden aan de gokverslaving van het volk verdiende.

Teddy ging aan een tafel zitten. Zijn been raakte de onderkant van de tafel aan, hij was te lang, en hij voelde hoe zijn knieën tegen oude opgedroogde kauwgom wreven. Hij griste een van de brochures naar zich toe, hij kon er net zo goed even doorheen bladeren terwijl hij zat te wachten.

Gokken is het meest voorkomend bij jonge mannen in de leeftijd van 18-24 jaar. Bij deze groep zijn de gokproblemen het laatste decennium verdubbeld.

Teddy dacht aan hoe het was geweest in de gevangenissen waar hij had gezeten: daar was zeker tussen de twintig en vijftig procent gokverslaafd.

De opdracht van het Zweedse Spel is om te werken aan voorkoming en het tegengaan van gokproblemen.

Apart, dacht Teddy, dat ze dan juist in die sociaal kwetsbare gebieden overal van die Vegas-automaten plaatsten. Volgens de statistieken waar de kranten een paar jaar geleden over hadden geschreven, was het aantal gokhallen het laagst in de gemeente Danderyd, waar de rijksten van Zweden woonden, en het hoogst in Botkyrka en Strömstad, waar de armste mensen eigenlijk hun laatste centen voor andere dingen nodig hadden.

De deur ging open en Loke kwam binnen. Hij lachte toen hij Teddy zag en gaf hem een dikke knuffel.

'Mijn redder, hoe lang is het geleden? Drie jaar?'

'Dat kan weleens kloppen.'

'Hoe lang ben jij al op vrije voeten?'

'Vier weken.'

'En je hebt me niet uitgenodigd voor je welkom-thuis-feestje?'

'Ik heb geen feestje gehouden.'

Ze gingen zitten. Teddy's knieën schuurden weer langs de fossiele kauwgom. Loke had een baard en een grote Thors hamer om zijn nek. Iemand die Odenson niet kende, zou zo kunnen denken dat hij een of andere oude, doorgewinterde skinhead was, vooral als je bedenkt dat zijn voor- en achternaam een ariër met een zwak voor het Walhalla en Vikingofferfeesten niet zouden misstaan. Daarnaast hield hij van donkere broeken, grote zwarte laarzen en leren jassen tot op zijn enkels.

Maar Teddy wist: dit was geen nazi, dit was gewoon Loke, een verloren hacker die van *Lord of the Rings* en geavanceerde computerspelletjes hield.

'Wat doe jij tegenwoordig?' vroeg hij.

'Ik werk met computerbeveiliging,' zei Loke met een grijns. 'Je moet een kant kiezen in dit leven. Ik ben naar Satan overgelopen. En Satan betaalt goed, spaart pensioen op en mijn voet wordt niet verbrijzeld als ik een grote mond opzet. Ze respecteren me, ondanks dat ik praatjes heb. En dan word ik ook nog eens vader.'

Pensioen, dacht Teddy, dat wil ik ook krijgen.

'Krijg je een kleine?' zei hij in plaats daarvan. 'Gefeliciteerd.'

'Dank je.'

'Wanneer?'

'In juli.'

'O wat leuk. Weten jullie al wat het wordt?'

'Ja, een jongetje.'

'Al namen bedacht?'

'Ja, mijn voorstel tijdens de onderhandeling over zijn naam was Hugin of Munin.'

'En Hulk dan, is dat niks?'

'Waar heb je het over?'

'Ik dacht aan die film *The Avengers*, daar spelen Thor en Loke en het andere Asavolk in. En de Hulk.'

'Je weet niet waar je het over hebt. Hugin en Munin waren de raven van Odin, niet van die Amerikaanse troep.'

'Nee, maar "Door de hele wereld wijd, elke dag, vliegen Hugin en Munin". Misschien was dat wel in de VS.'

'Jij spoort niet. Wat lul jij nou allemaal?'

'Dat komt uit de *Edda*.'

Lokes ogen begonnen te glimmen, hij leek Teddy te evalueren. Zijn praatjesmakerij was nog niet helemaal verdwenen ondanks dat hij dan was overgelopen.

Ze bleven nog even verder kletsen. Wisselden ervaringen uit over het leven buiten de muren, al was dit voor Loke, die maar acht maanden had gezeten, iets heel anders. Ze praatten over gemeenschappelijke bekenden van de tijd in de nor, hun familie, arbeidsmogelijkheden en de smaak van bier de eerste keer na hun vrijlating.

Teddy schoof zijn leeggedronken bierglas opzij.

'Ik zou wel wat hulp kunnen gebruiken,' zei hij. 'Maar dat wil ik hierbinnen niet bespreken. Zullen we een eindje gaan wandelen?'

Het was geen fijn weer buiten de deur.

Regen met sneeuw.

*

In de tv-kamer zat nog steeds een man van Redwood op een meegebrachte laptop te werken. Soms voerde hij discrete gesprekken aan de telefoon, soms leek hij vooral met zijn hoofd achterover te leunen en weg te dommelen. Carl-Johan wist nog steeds niet of hij Jesper of Jens of zo'n andere middenklasse-naam had.

Sommige mensen misten het gevoel voor Zweedse tijdloosheid, voor namen die al generaties lang hetzelfde hadden geklonken. Carl-Johans vader heette Carl-Philip en zijn vader had op zijn beurt weer Carl-Johan geheten. De overgrootvader van de vader van Carl-Johan heette Carl-Fredrik Philip Schale.

En het waren nu net die mensen, zonder gevoel voor waarden, die genoten van andermans ongeluk. Dezelfde mensen die ervan hielden het gelukkige privéleven van een individu binnen te dringen en die smulden van de media, de krant die Philip in deze situatie had gebracht. Die een lijst had gemaakt van mensen die succesvol waren, die de deur wagenwijd open had gezet voor criminelen en hun hadden aangewezen wie ze moesten hebben.

Hij zat zich af te vragen of de persoon in de tv-kamer er misschien meer voor Catharina was. Ze hield zich voornamelijk in de slaapkamer of bibliotheek schuil. Ze dronk haar thee, probeerde naar haar kleine tv'tje te kijken, en nam haar pillen. Soms ging ze een eindje in het winterweer wandelen; ze moest even wat afstand nemen, zei ze, op adem komen.

Toch vond hij het fijn dat er iemand was. Hij wilde hier nu niet alleen met Catharina zijn.

Carl-Johan vroeg zich af waar Magnus en Jan eigenlijk mee bezig waren. Zijn zoon was inmiddels al meer dan een week verdwenen. Het was de zwaarste week van Carl-Johans leven geweest, en vooralsnog was zowel Redwood als Magnus niet dichter tot een oplossing gekomen.

Philips moeder zat met de plaid tot aan haar kin opgetrokken op de bank in de bibliotheek. Die had ze voor haar vijftigste verjaardag gekregen van een paar goede vrienden. Hij was een beetje pluizig, maar omdat hij de laatste acht jaar voornamelijk onaangeroerd in de fauteuil of de bank had gelegen, was hij nog steeds tamelijk nieuw.

Hij ging in de deuropening staan. 'Wil je geen lichte lunch, om toch iets binnen te krijgen?'

Catharina zonk met haar rug neer in de bank, ze leek op Caroline toen ze nog jong was, die nam de bank voor de tv ook altijd in precies diezelfde positie in bezit toen ze nog thuiswoonde.

'Ik heb geen trek.'

'Dat begrijp ik, maar toch denk ik dat het goed zou zijn...'

'Heeft Magnus al iets van zich laten horen? Weten we al meer?'

'Nee, maar hij heeft geadviseerd om Patric vandaag niets te laten betalen.'

'Durven we dat aan?'

'Dat denk ik wel. Volgens Magnus weten ze misschien niet precies hoe snel zo'n overschrijving kan gaan. Ze lijken immers het blokkadesysteem van de bank niet begrepen te hebben.'

Philips moeder draaide haar hoofd weg. Hij hoorde haar snikken. Toch was hij blij dat ze geen aanval kreeg en begon te slaan en te krabben.

Hij zei: 'En Emelie heeft Kevin Andersson gesproken. Die was er kennelijk rond 10 februari achter gekomen dat Philip zijn achterlijke eisen bij de rechtbank aan zijn laars lapte.'

'Maar een paar dagen voordat Philip verdween?'

'Inderdaad. Dus heeft Magnus Redwood gevraagd om wat personeel in te zetten om die Kevin te schaduwen en nader te onderzoeken.'

'En?'

'Nog niks. Ze is hier nog maar een uur of wat geleden achter gekomen.'

Philips moeder zonk nog verder de bank in. Ze huilde niet zoveel meer als de eerste dagen, maar haar gezicht had alle kleur verloren en zag er bijna doorzichtig uit. Haar haren waren niet gekamd en er was een beginnende uitgroei te zien; haar haren zagen er dieper vanbinnen donkerder uit. Hij realiseerde zich dat hij Catharina's echte haarkleur nog nooit gezien had.

Hij dacht aan hoe ze eruit had gezien toen ze waren getrouwd; haar haren op ingenieuze wijze opgestoken, wat haar ranke, mooie hals had geaccentueerd, met daarbovenop een klein kroontje.

Ze hadden de inzegeningsplechtigheid in de kapel van Djursholm gehouden en het aansluitende diner was in het Grand Hotel in Vinterträdgården geweest. Het leven lachte hun toe, al had Catharina's vader niet staan springen van geluk dat zij nu net hem was tegengekomen.

Carl-Johan was directeur van Lucrum Invest geweest en alles was in een stroomversnelling gegaan, al had hij toen nog niet eens echt grote zaken gedaan. Maar op een of andere manier was Catharina zwanger geworden, ze was in verwachting van Caroline, en dus waren ze gedwongen om in het huwelijk te treden. Het was niet zo dat hij niet had willen trouwen. Catharina Adlercreutz, zoals ze toen nog heette, was een goede vangst. Ze was vrolijk en lief, en begaf zich in dezelfde kringen als hij. Maar hij kon zich nog voor de geest halen dat hij toen al nadacht over hoe het over tien jaar zou zijn.

Hij was naïef geweest, tegenwoordig wist hij dat begrippen zoals 'liefde' en 'houden van' veel gecompliceerder waren dan het gevoel van een bonzend hart en een verhit hoofd. Soms zag de omgeving deze liefde misschien zelfs als bedreigend.

'Anders nog iets?' vroeg Catharina.

'Nee, verder niets.'

Carl-Johan zei niets over het appartement waar Teddy en Emelie vannacht waren geweest en dat Redwood momenteel aan het doorzoeken was. Hij zei niets over de man die Teddy had aangevallen. Hij zei niets over wat Magnus hem had verteld over Teddy's andere bezigheden van vannacht. Kennelijk had Teddy zojuist pas weer iets van zich laten horen.

'Ik heb Caroline gebeld,' zei ze opeens. 'Nou ja, gebeld, gebeld... ik heb haar een mail gestuurd en zij heeft mij gebeld.'

'Waarom dat dan? Wat heeft zij hiermee te maken?'

'Ik vond dat ze het moest weten, en ik wilde horen of het goed met haar ging, en ik had graag dat ze hierheen kwam.'

'Maar waarom?'

'Omdat ze onze dochter is en Philips zus. Ze moest ervan weten, en ik wil haar hier hebben, het gaat niet goed met me, dat snap jij toch ook wel?'

'Wanneer komt ze?'

'Ze komt nu.'

Op hetzelfde moment hoorde Carl-Johan de deurbel.

Hij, Catharina en Caroline gingen in de woonkamer zitten. Dit voelde onwennig, maar het was op zich wel fijn dat hij Catharina uit de ligstand had gekregen. Hij vroeg zich echt af waarom ze Caroline had gebeld. Misschien was het alleen maar zoals ze zei: dat ze haar hele gezin bij elkaar wilde hebben nu Philip werd vermist. En nu Caroline er eenmaal was, was hij blij om haar te zien.

Ze hadden elkaar lange tijd in de hal omhelsd voordat hij uiteindelijk had verteld wat er gaande was. Maar Catharina moest haar toch al íéts hebben verteld, ook al had ze tegen hem gezegd dat dat niet zo was. Caroline had al iets bezorgds in haar blik toen ze gedag zei.

'Maar we weten nog niets met zekerheid,' zei hij ten slotte na in het kort over Philips situatie te hebben verteld. 'In het beste geval heeft hij een raar idee in zijn hoofd gekregen en verschuilt hij zich momenteel alleen maar. Al heb ik geen flauw benul waarom hij dat dan zou doen.'

Caroline streek een lok van haar voorhoofd, haar haar was nu donkerder geworden dan toen ze nog een kind was. Ze zag er vermoeid uit, ze had donkere kringen onder haar ogen en Carl-Johan kreeg de indruk dat ze er een stuk ouder uitzag dan dat ze in werkelijkheid was. Ze droeg een groen, gebreid vest en een wijde spijkerbroek. Ongeveer dezelfde stijl als toen ze nog thuiswoonde. Ook toen kleedde ze zich al als een veldbioloog, ze was erg betrokken bij allerlei milieuorganisaties. Het was misschien nog niet eens zo'n verrassing geweest dat natuurwetenschappen haar later op de universiteit zo hadden getrokken. Voor zover hij wist, was ze op dit moment aan het promoveren aan een Britse universiteit op iets wat duurzaamheidsleer werd genoemd. Het ging voornamelijk om allerlei experimenten.

Volgens Carl-Johans mening hadden mensen met stijl zulke specialistische interesses niet nodig. Hij had zijn kinderen altijd volgens twee simpele principes opgevoed: etiquette en discipline. Met die eerste eigenschap kon je met alle situaties van het leven omgaan: zolang je maar wist hoe je je moest gedragen, hoefde je je nooit ergens misplaatst te voelen. De tweede eigenschap bood succes op het puur financiële vlak: als je je best maar deed, dan boekte je succes. Sociale stabiliteit en financiële zekerheid: wat wilde je nu nog meer?

Er was geen ruimte voor overdreven muzikale of kunstzinnige interesses, er was geen plaats voor al te veel tijdrovende sportactiviteiten, met eventuele uitzondering van tennis en paardensport. Er werd onder geen enkele voorwaarde toestemming gegeven voor dubieuze bezigheden zoals politiek engagement, backpacken of skateboarden.

Dit paste gewoonweg niet bij hen; een persoon die ergens te geïnteresseerd in was, liep het risico om zijn connectie met de maatschappij te verliezen.

Er was ook nog een dieperliggende reden die Carl-Johan nooit echt goed onder woorden kon brengen. Het risico om in rare kronkels te gaan denken, dat men, door zich in een interesse te verdiepen, de wereld vanuit vreemde, obscure hoeken ging zien. Dat men dingen en zaken onnodig ter discussie ging stellen.

Caroline was nooit zo diep gaan wroeten, maar soms was hij daar weleens bang voor geweest.

Carl-Johan herhaalde wat hij al had gezegd: 'Maar alles wijst dus op kidnapping. Maar we hopen natuurlijk, we moeten wel, dat hij alleen maar even wat afstand heeft genomen.'

'Zoals ik, bedoel je?'

'Maar jij hebt toch niet expres afstand genomen?'

'Pa, wanneer heb ik jou voor het laatst gebeld?'

'Maar je hebt toch wel contact met je moeder?'

Hij keek naar Catharina.

Die wendde haar gezicht af.

Carl-Johan zei: 'Wanneer heb je je moeder voor het laatst gesproken?'

'Die belde mij een uur geleden of ik hierheen wilde komen.'

'Een uur geleden? Maar hoe kun je zo snel hier zijn vanuit Londen?'

'Ik was hier al,' zei Caroline. 'Ik ben al een tijdje in Stockholm.'

Carl-Johan voelde zich meer dan verdrietig. Zijn dochter was in het geniep hier geweest, zonder dat hij daarvan af had geweten. Hij vroeg zich af waar zij mee bezig was. Hij vroeg zich af in hoeverre Catharina hiervan afwist.

Het was alsof ze hem iets wilde zeggen.

Iets wat hij niet begreep.

*

Emelie en Jan liepen terug naar de gang van het appartement. Ze probeerde mentale notities te maken van alles wat ze nog moest doen als ze hier klaar was, het brandde in haar hoofd.

'Kijk eens naar de spiegel die daar tegen de muur aan geleund staat. Het is niet de bedoeling dat die zo staat, al zouden sommigen misschien vinden dat dit er fraai uitziet. Er zit een flinke spijker in de muur waar hij aan heeft gehangen. En aan de achterkant van de spiegel zit een stevige staaldraad die nog steeds vastzit. Er is niets wat erop duidt dat deze spiegel vanwege een slechte spijker of slecht ophangingssysteem op de grond is gevallen. Die is door invloed van buitenaf naar beneden gekomen, dat is mijn professionele gok. Iemand is ertegenaan gebotst, heeft hem vastgegrepen of heeft er op een of andere manier aan getrokken.'

'Wat wil dat zeggen?'

'Dat is een vraag voor jou. Heeft hier jullie vechtpartij plaatsgevonden vannacht?'

'Ja.'

'In dat geval heeft het misschien niets te betekenen. Ik zal het later onderzoeken. Laten we nu de DNA-resultaten eens bekijken.'

Het RapidHit-apparaat stond op de vloer van de woonkamer. Jan wees ernaar.

'Daar zien we dat we goed DNA op een van de handgrepen van de keukenlades hebben gevonden en daarnaast trof ik ook nog goed materiaal aan op de whiskyfles en de Gorby-verpakking.'

Jan had een laptop op de salontafel neergezet en deze aangesloten op het RapidHit-apparaat op de grond.

'Nu stuur ik het profiel van de DNA-monsters naar de computer en ga ik ze vergelijken met het register.'

Hij klikte op diverse icoontjes en Emelie zag hoe de computer begon te zoeken.

Het duurde een paar minuten voordat er iets gebeurde.

'Dus even voor mijn beeldvorming: dat we meetbaar DNA hebben gevonden wil nog niet meteen zeggen dat we weten van wie dit is? Daarvoor moet die persoon in het politieregister zijn opgenomen?'

'Dat zie je helemaal goed.'

'Mag ik vragen of Jarl Poljonen ook in dat register staat?'

'Daar kan ik straks wel naar kijken.'

De computer bleef werken en de ventilator ervan begon op hoog volume te draaien.

Na een tijdje kwam er een melding: *Match gevonden.*

Jan klikte op de melding.

Er stond: *3442: Najdan Maksumic.*

'Oké, dat is dus Teddy. Op het handvat van de keukenla. Daar hebben we niet veel aan, jullie hebben vannacht echt overal zonder handschoenen aan gezeten.'

'Kun je zien waarom hij erin vermeld staat?'

'Nee, helaas niet, alleen dat ze ooit een keer DNA van hem hebben afgenomen. Dit was dus niet bepaald een succes, gewoon geen passende match,' zei Jan en hij klapte de laptop dicht.

'Wat doen we nu dan?'

'Ik moet deze monsters gewoon mee naar mijn lab nemen.'

'Kun je daar andere matches vinden die RapidHit niet kan?'

'Misschien als het om LCN gaat, maar dat denk ik niet. De registers daarvan zijn te klein. Sommige registers heb ik niet op deze computer staan.'

'Waarom niet?'

'Niet alle registers zijn even koosjer, als ik dat zo mag zeggen. Maar die ik op kantoor heb bevatten meer personen, dan kunnen er meer matches naar boven komen. En misschien kan ik die whiskyfles of die pizzaverpakking aan iemand linken.'

En precies op dat moment ging de deurbel. Emelie merkte dat ze zich schrap zette, ze dacht weer aan vannacht, aan de indringers.

'Kom mee,' zei ze tegen Jan. Ze liepen naar de gang.

Ze overwoog om op dezelfde manier te hurken als Teddy vannacht had gedaan, maar ze bedacht zich. In plaats daarvan trok ze de deur snel open.

Daar stond Teddy. Die zag grauw in zijn gezicht, maar probeerde waarschijnlijk te glimlachen.

Hij zei: 'Hoe gaat ie hier?'

Emelie merkte dat ze met haar mond halfopen had gestaan voordat ze iets wist uit te brengen.

'Waarom heb je niks van je laten horen?'

'Moet ik jou soms elk kwartier bellen of zo?'

'Nee, maar het zou toch wel fijn zijn als we weten waar de ander mee bezig is. Of niet dan?'

'Maar nu ben ik hier. Nu zie ik waar jij mee bezig bent.'

De harddisk

Het was donker in de hotelkamer. De kinderen sliepen en omdat er voor haar geen andere plek was om te zitten dan de hotelbank in dezelfde kamer, had Cecilia geen andere keus dan de lampen uit te laten. Vooral Lillan had moeite met slapen als er nog een lamp aan was.

Haar ouders waren teruggegaan naar Umeå. Die hadden uiteraard aan haar gemerkt dat het niet goed met haar ging. Dat ze 's ochtends opstond en er nog vermoeider uitzag dan de avond ervoor. Dat ze niet scherp was en in een gesprek de draad kwijtraakte. Dat ze zich snel ergerde aan de kinderen terwijl die zich eigenlijk voorbeeldig gedroegen. Het was net alsof zij voor de eerste keer in hun leven de ernst van een probleem in de volwassen wereld inzagen.

Toch wist niemand van hen wat haar daadwerkelijk dwarszat. De brand was vervelend, het geregel met de verzekeringsmaatschappij, het saneringsbedrijf, de klagende buren en het inslaan van nieuwe kleding en verzorgingsproducten. Maar al met al waren dit slechts praktische dingen. Het ergste wat er zou kunnen gebeuren was dat de buren begonnen te denken dat de brand op een of andere manier was voortgekomen uit onachtzaamheid van Cecilia of Mats en hierdoor zo boos werden dat ze uit de vereniging van huiseigenaren werden gezet, en in dat geval zouden ze een nieuwe woning moeten kopen. Ze mochten hen overigens eigenlijk wel dankbaar zijn: degenen die onder hen woonden zouden hun keuken en woonkamer geheel kosteloos mogen vernieuwen. De verzekeringsmaatschappij vergoedde alles.

Maar het enige waar ze aan kon denken was het verhaal van Mats. Moest ze zich zorgen maken over Lillan en Benjamin? Was er iets wat hij niet had verteld?

Ze probeerde gesprekken terug te halen die ze de laatste jaren met Benjamin had gehad. Zoals die keer dat hij na de voetbaltraining was thuisgekomen en had gezegd dat hij niet met de andere jongens wilde douchen omdat die zoveel met elkaars bips bezig waren. 'Ze slaan elkaar met gedraaide handdoeken,' had hij gezegd. Was dit eigenlijk een teken? Had hij geprobeerd om iets anders duidelijk te maken?

Of toen Lillan haar pop had uitgekleed, deze op de keukentafel had gelegd en had geconstateerd dat die 'door haar spleetje poepte'.

Ze opende voorzichtig de hoteldeur. De gang was leeg en summier verlicht. De blauwe vloerbedekking deed haar denken aan stille wateren.

Ze liet de deur op een kiertje staan, zodat ze kon horen wanneer een van de kinderen wakker werd.

Haar gsm brandde in haar hand. Ze toetste 0900-8844.

'Ik wil aangifte doen van een misdrijf.'

'Oké, is het iets wat momenteel gaande is?'

'Nee, het is iets ouds, nou ja, wat ouder.'

'Een moment alstublieft.'

Ze verbonden haar door. De volgende agent vroeg ongeveer hetzelfde.

Cecilia zei: 'Mijn man heeft op internet naar kinderporno gekeken.'

De volgende dag vertelde ze Mats wat ze had gedaan.

Die werd niet kwaad, zoals ze had verwacht, hij leek eerder nerveus. Hij begon in zijn handen te wrijven en met zijn ene been te trillen. Zijn stem ging omhoog wanneer hij sprak.

'Maar ik word vandaag uit het ziekenhuis ontslagen, zei dokter Ashraf. Het gaat stukken beter met me. Het ademen gaat me bijna probleemloos af.'

'Dat weet ik, daarom heb ik de politie ook gebeld.'

'Maar ik heb het je toch verteld? Je had gezegd dat je aangifte zou doen als ik het niet vertelde, dus heb ik dat gedaan. En nu doe je dit...'

Zijn vingers trommelden als drumstokjes op het laken.

'Waar heb je de laptop?' vroeg hij.

*

Jan de Eigenlijk Wel Toffe Gast vertelde Teddy wat hij gevonden en geanalyseerd had. Een reeks sporen van Philip, enkele sporen van Teddy zelf, maar verder geen matches. Plus DNA van een onbekend persoon op de whiskyfles en de pizzaverpakking.

Teddy stelde een paar vragen: Vingerafdrukken? Voetsporen? Tekenen van geweld? Sperma?

Emelie vroeg zich af waarom hij dat laatste vroeg.

'Wat doe jij hier eigenlijk?' vroeg ze hem toen Jan klaar was.

Teddy keek op haar neer. Hij was echt lang. De jaren in de gevangenis hadden zijn uiterlijk geen verkeerd gedaan.

'Ik sprak Magnus net en die zei dat jij hier was en dat hij echt wil dat wij nu gingen samenwerken. En ik wil ook die gasten te pakken zien te krijgen die ons vannacht hebben geprobeerd dood te slaan. Daarnaast heb ik hier nog wat spullen voor Jantje.'

Emelie keek naar Jan, die wat verderop met zijn latexhandschoenen en zijn schoenbescherming in de gang stond. Toch was ie wel aardig, die Jan zonder achternaam.

Teddy gaf hem een tas en zei: 'Kijk maar eens of je nog wat DNA op deze glazen kunt vinden.'

Ze liepen dezelfde weg als vannacht.

'En wat heb jij uitgespookt sinds we elkaar voor het laatst spraken?' vroeg Emelie.

'Ik heb zo mijn eigen onderzoekje gedaan.'

'En wat ben je te weten gekomen?'

'Het is nog te vroeg om daar al iets over te zeggen.'

'Waar heb je het over?'

Teddy gaf geen antwoord.

Op de hoek van de straat die zij passeerden zat een bedelende zigeuner op zijn knieën heen en weer te wiegen. Teddy hield halt en gaf hem een briefje van twintig.

Emelie liet het onderwerp even los. Maar het was irritant dat hij zo uit de hoogte deed.

Ze zei: 'Ben je dan al iets meer te weten gekomen over de personen die ons hebben aangevallen?'

'Soort van. Van Daniel Baylan hebben we natuurlijk het burgerservicenummer en ik heb een maat gevraagd hem nog wat verder te onderzoeken. Ik heb een pasfoto van hem, maar kan niet zeggen dat hij bijzonder veel lijkt op een van die kerels in het appartement. Het was nu eenmaal donker en tweedimensionale beelden kunnen misleiden. Wat Chamon Hanna betreft, daarvan heeft diezelfde maat nog meer pasfoto's weten te versieren. Foto's van iedereen die zo heet. Ik heb ze hier in mijn tas. Laten we kijken of dat iets oplevert.'

Emelie moest eerlijk toegeven een beetje versteld te staan van zijn woordkeuze, 'tweedimensionale beelden kunnen misleiden'. Hij klonk niet altijd als de crimineel die hij eigenlijk was.

Ze keek omlaag, Teddy hield een verfrommeld plastic tasje in zijn hand.

'Je mag straks op kantoor wel een fatsoenlijke tas lenen.'

'Helemaal geweldig, maar luister nou maar gewoon even. Daniel Baylan is bedrijfsrevisor op Kungsholmen en hij is vandaag aan het werk.'

Hij en zij wederom in een taxi.

Ze waren op weg naar een revisorenkantoor met de naam Ace Revision aan de Hantverkargatan op Kungsholmen.

'En wat denk jij ervan?' vroeg ze toen de taxi over de Centralbrug over het water tussen Södermalm en Gamla Stan reed. Dit was de grote hoofdslagader van Stockholm. Een verkeersader van beton en asfalt die dwars door de vijftiende-eeuwse wijk heen sneed. Het verwonderde haar dat ze het hem überhaupt vroeg.

'We hebben momenteel nog veel aanwijzingen te volgen.'

'Dat kun je wel zeggen, en ik dacht nog wel dat ik inmiddels wel gewend was aan informatieverwerking. Maar nu gebeurt alles live, niet op papier zoals ik gewend ben.'

'Net als het leven.'

'Je hoeft niet zo diepzinnig te doen. Zeg nou maar gewoon wat je denkt.'

'Vooralsnog weet ik niks. Maar ik neem aan dat je weet van wie dat appartement is?'

'Niet echt. Jarl Poljonen?'

'Dat denk ik niet. Het is een extra schuilplaats van Philip.'

Emelie keek door het raam naar buiten. Aan de ene kant lag Riddarholmen, waar het Zweedse gerechtshof en het hoogste administratieve rechtscollege stonden. Aan de andere kant van de brug lag het hooggerechtshof. De allerlaatste eindstations van het rechtssysteem. Ze begon zich meteen zorgen te maken. Waar was ze eigenlijk aan begonnen?

'Waarom denk je dat?'

'Ik tel gewoon één en één bij elkaar op. Zijn telefoon heeft heel vaak met de mast in die buurt verbinding gemaakt, bij hem thuis vind je reclame die aan dat appartement is geadresseerd. Bovendien was zijn

DNA in de douche te vinden. Als hij daar alleen maar door de kidnappers was vastgehouden, had hij toch niet gedoucht?'

Haar hoofd gloeide er helemaal van.

Nadat ze klaar waren bij Daniel Baylan, liepen Emelie en Teddy een paar blokken van de Hantverkargatan een 7-Eleven binnen. Teddy mompelde iets over dat je die zaken tegenwoordig nog meer zag dan kapsalons.

Acht jaar, dacht Emelie, toen ze hem hoorde. Ze moest zijn veroordeling in handen zien te krijgen, dit was immers een openbare zaak geweest. De vraag was alleen door welk gerechtshof of welke arrondissementsrechtbank hij was veroordeeld. Er was in Zweden geen centraal register van vonnissen, ook al waren er een paar particuliere registers die tegen betaling de vonnissen van het gerechtshof en het hooggerechtshof publiceerden. Maar de namen van de verschillende partijen stonden daar meestal niet in. In het slechtste geval moest je de ene na de andere rechtbank bellen tot je de juiste had gevonden.

De inrichting was standaard voor een 7-Eleven. Groen-wit-rode strepen op de muur boven de kassa en kleine, ronde tafeltjes. Sandwiches, koffiebroodjes, brownies, chocolatechip-cookies en een tiental andere gewichtsbedreigende gebakjes lagen achter het glas bij de counter.

Ze moesten even zitten, praten en alles doornemen.

Teddy kocht voor allebei een kopje koffie en voor zichzelf twee worsten.

'Hoef jij geen lunch?' vroeg hij toen hij tegenover haar ging zitten.

'Nee, ik volg een dieet. NOSEF heet het.'

'Wat houdt dat in?'

'No 7-Eleven Foods.'

Teddy schoot in de lach. 'Goeie humor heb jij.'

Dit was waarschijnlijk de eerste keer dat ze hem zag lachen. Hij had lachkuiltjes.

Daniel Baylan was niet langer interessant. Ze hadden hem op kantoor te pakken gekregen en al snel kunnen constateren dat een tijdje geleden zijn rijbewijs was gestolen. Baylan liet hun een aangifte zien die al in december was gedaan.

Teddy haalde zijn tasje tevoorschijn en rommelde tussen wat papieren. Dit waren kopieën van de pasfoto's van de verschillende mannen die Chamon heetten. Hij had de personen die ouder dan vijfendertig en jonger dan dertien waren er alvast tussenuit gehaald. Er waren nog zevenentwintig foto's overgebleven.

Zelf had hij ze al doorgenomen.

'Ik denk dat we onze Chamon Hanna hebben gevonden, maar ik ben nog niet honderd procent zeker. Ik kan mezelf wel voor mijn kop slaan dat ik het licht in het appartement heb uitgedaan.' Hij hield het stapeltje voor zich uit. 'Maar ik wil dat ook jij ze allemaal bekijkt, voordat je mijn keuze ziet.'

Emelie nam de papieren aan. De kopieën waren even groot als in een paspoort. Eigenlijk had ze die graag uitvergroot en in kleur gehad, maar misschien waren ze gewoon zo uitgegeven.

Ze bladerde ze langzaam door. Donkerharige, jonge mannen, de een wat jonger dan de ander. Sommigen met een pokdalige huid en een soort onschuld in hun blik. Anderen met gemillimeterd haar of wat langer haar in een zijscheiding, maar heel weinig met lang haar. Ze vond dat veel ervan op elkaar leken, maar dat was waarschijnlijk omdat ze het niet gewend was om op deze manier foto's van een redelijk homogene groep mensen te bekijken.

Uiteindelijk was er één foto die er voor haar uitstak. De jongen op de foto zag er relatief verzorgd uit, netjes geschoren, vriendelijke ogen, goed gestyled kapsel – zo had hij er in het appartement niet uitgezien – maar op de een of andere manier herkende ze hem.

Ze wees naar de foto. 'Ik denk dat dit hem is. Maar ik zag nog minder dan jij.'

'Oké, dan zal ik je mijn foto laten zien.'

Teddy wees naar een andere kopie.

Emelie bekeek de man op de foto nauwkeurig, waarna ze Teddy's keuze naast die van haar legde. Die van haar had een stoppelbaard, kort haar, halfgesloten ogen. Die van hem had ook een stoppelbaard, kort haar, maar meer open ogen. Teddy had een punt: ook zijn mannetje leek aardig op een van de mannen in het appartement.

'Ik weet het niet,' zei ze uiteindelijk.

Teddy schoof de foto's opzij. 'Ik ook niet. Deze gasten zouden goed broers kunnen zijn, ware het niet dat ze allebei Chamon Hanna heten. Hoe dan ook, we zullen het moeten doen met wat we hebben. Ze lijken allebei op die klootzak van vannacht.'

Hij pakte een ander papier met adressen en burgerservicenummers. 'Jouw eerste keus is negentien. Mijn kerel is eenentwintig. Jouw mannetje woont bij zijn moeder in Södertälje. De mijne staat geregistreerd als zijnde "geëmigreerd". Laten we hopen dat het jouw man is.'

'Misschien kunnen we hun naam vergelijken met het kentekenregister en kijken of ze een donkere BMW hebben? Daarin waren ze toch gevlucht?'

Teddy staarde weer naar de foto's terwijl hij op het laatste stuk van zijn worst kauwde.

'Helaas, dat soort info kun je niet bij het kentekenregister achterhalen als je het kenteken van de auto niet hebt. En ik wed om twee van deze worsten dat die toch niet op naam van onze man staat. Het soort jongens die ons vannacht aanvielen weten wat ze doen. Ze zijn gek op Duitse auto's, maar die staan nooit op hun naam.'

Teddy's telefoon ging.

Hij antwoordde met korte ja's en nee's, waarna hij zei: 'Ik moet ervandoor.'

'Waarheen dan?'

'Ik had je toch verteld dat ik in deze warboel nog een andere aanwijzing aan het onderzoeken was?'

'Dat had ik begrepen, maar had je soms gedacht dat ik die twee Chamon Hanna-gasten zelf op ging sporen? Ik dacht dat Magnus jou er juist bij wilde hebben voor dit soort figuren? Gezien de connectie met Södertälje, en zo.'

'Ik weet niet wat jij allemaal denkt, Emelie, maar je mag Hanna zelf te pakken zien te krijgen. Maar je moet hem niet in je eentje opzoeken, dat ben ik met je eens. Ik kan je een beetje op weg helpen. Ik ken daar een kerel die Isak Nimrod heet. Als je hem kunt traceren, kan hij jou helpen. Zijn telefoonnummer of adres heb ik niet, maar ik geef je de tip om het via zijn advocaat, Ove Tiberg, te spelen. Zijn kantoor is toevallig hier aan de Hantverkargatan, maar honderd meter hiervandaan.'

'Handig. Maar waarom zou die Isak mij helpen, en op wat voor manier?'

'Geloof mij. *We go way back*. Als Isak iemand in Södertälje sommeert te komen, dan komt diegene ook. Vraag die advocaat om hem te lokaliseren. En doe hem de groeten van me. Zeg hem maar dat Beertje hulp nodig heeft.'

Teddy stond op en zette koers naar buiten.

'Wacht.'

Hij draaide zich om. 'Was er nog iets?'

'Ja, voordat je gaat, moet je me vertellen wat je aan het onderzoeken bent. En ik wil je mobiele nummer. Want ik ga ervan uit dat je een nieuwe telefoon hebt geregeld.'

'Dat klopt. Maar misschien moet je het eerst even wat vriendelijker vragen.'

Emelie was meteen weer woest. Als Magnus zo graag wilde dat ze samenwerkten, dan mocht Teddy weleens wat normaler proberen te doen.

'Waarom zou ik dat doen?' zei ze. 'Jij bent degene die zich net omdraait en naar buiten loopt zonder überhaupt gedag te zeggen. Is dat nou wat jij onder samenwerken verstaat?'

Teddy zette een paar passen in haar richting. Emelie zag dat hij absoluut een fatsoenlijke tas nodig had, maar dat niet alleen: een nieuw jack en een nieuwe broek zouden hem ook niet misstaan. En eigenlijk kon hij ook zeker wel een knipbeurt gebruiken, een paar nieuwe schoenen en ook wat zonnebrand. Bovendien mocht hij ook nog wel wat op zijn glimlach oefenen. Dan zou hij echt wel knap zijn.

'We werken parallel, is mijn mening. Niet samen. Jij doet jouw ding, ik het mijne. Als onze wegen elkaar kruisen, dan is dat maar zo. Maar ik ben de manier waarop je mij loopt te commanderen inmiddels kotsbeu. Je gedraagt je zoals wij zeggen als een *superbitch from hell*. Heb je dat goed begrepen?'

Emelie deinsde zowat achteruit. Tot nu toe had Teddy niet bepaald heftig op hun samenwerkingsproblemen gereageerd, al had hij vannacht over de telefoon gezegd dat Magnus de touwtjes in handen had en niet zij. Maar zoiets?

Er kwam een gedachte in haar op: laat het los. Laat hem gaan. Laat hem lekker zijn ding doen, hij is tenslotte met het onderzoek bezig. Hij heeft Magnus' vertrouwen. Aan de andere kant was dit niet oké. Hij kwam zomaar uit het niets, gedroeg zich alsof dit zijn zaak was, terwijl hij waarschijnlijk net zo crimineel was als die mannen die hen in het appartement hadden geprobeerd neer te slaan.

Nu was het welletjes.

'Laat één ding even heel duidelijk zijn,' brieste ze toen ze ver genoeg van elkaar af stonden. 'Zo praat je niet tegen mij. Als ik nog één keer zoiets van jou hoor, dan is het gedaan met deze opdracht. En dan heb ik schijt aan wat jouw vriendje Magnus zegt. Je bent een trieste, fucking loser die flink op zijn tellen moet gaan passen. Heb jíj dat goed begrepen?'

Teddy draaide zich om en liep naar de uitgang.

'Je nummer! Je hebt me je nummer nog niet gegeven!' moest ze hem wel naroepen.

Maar het was al te laat, ze praatte tegen zijn rug.

Drie minuten later had ze het precieze adres van advocaat Ove Tiberg gevonden. Ze belde, kreeg zijn secretaresse aan de lijn en begreep van haar dat hij aanwezig was, maar geen tijd had om haar te zien.

'Mag ik alleen maar even met hem praten, dit is ontzettend dringend.'

'Helaas,' zei de secretaresse. 'Hij is druk momenteel.'

Bullshit, dacht Emelie.

Ze liep de honderd meter naar het advocatenkantoor. Naast de deur hing een kleine, messing plaquette: ADVOCATENKANTOOR TIBERG. Een standaard civielrechterlijk advocatenkantoor. Ze googelde het kantoor op haar telefoon. Advocaat Tiberg zelf plus drie werknemers. Eén advocaat en twee assisterend juristen: deze wereld was zogezegd een heel andere tak van sport. Op een bepaalde manier kon ze het discrete bordje en de kleinschaligheid wel waarderen, zo hadden advocaten door de jaren heen altijd gewerkt, voordat de enorme M&A-transacties een grote melkkoe werden.

Ze drukte op de intercom en hoorde de stem van dezelfde secretaresse, maar dan blikkiger.

Een minuut of wat later zat ze in de wachtkamer van de advocaat, die eigenlijk niet meer was dan twee neergezette stoelen in een hoek van de gang. Emelie had gezegd dat ze Ove Tiberg meteen moest spreken en dat het om een goede zaak ging: dit laatste had kennelijk wonderen gedaan.

Het kantoor was gehuisvest op een gedateerde verdieping met een hoog plafond, stucwerk en overal parketvloer. Aan haar rechterzijde, aan de kant van de Hantverkargatan, zag ze drie deuren, twee ervan stonden open. Kantoorruimtes; momenteel zonder advocaat. De werkplek voor dit soort advocaten was voornamelijk de rechtszaal. Zij verdienden hun geld door te procederen, aangeklaagden te verdedigen en soms misdaadslachtoffers bij te staan; het had voor hen geen zin om achter hun bureau met papieren in de weer te zijn. Het was puur geluk dat Ove Tiberg aanwezig was.

Aan de muur hing een semi-kitscherig schilderij van het stadhuis van Stockholm aan de Scheelegatan, zoals het er vijftig jaar geleden uit moet hebben gezien. Het zag er trouwens tegenwoordig nog steeds zo uit: groot, met een hoog oprijzend torengedeelte waarvan werd gezegd dat de presidenten van de rechtbank daar een geheim archief bijhielden van ten onrechte uitgesproken vonnissen.

In een ruimte aan de linkerkant was de receptie: een bureau met veel dossierkasten. De secretaresse had een headset op haar hoofd en leek ongeveer één telefoongesprek per minuut te beantwoorden terwijl ze ondertussen als een gek op een toetsenbord typte. Emelie zat te luisteren. Dit was zo anders. Alleen al het aantal cliënten dat ze de afgelopen tien minuten had horen bellen oversteeg haar hele cliëntenportefeuille van een heel jaar.

Ze was al snel weer afgekoeld nadat Teddy naar buiten was verdwenen. Maar nu vroeg ze zich af of hij nog wel van plan was om verder te gaan met dit onderzoek. Maar dat was zijn probleem, dan maar geen honorarium.

Ze hoorde dat de secretaresse haar riep.

'Ove heeft nu vijf minuten, daarna moet hij naar de rechtbank.'

Ove Tiberg was bijna niet te zien achter alle stapels dossiers, boeken, papieren, computers, pennen, notitieblokken en presse-papiers.

Hij zag er uiterst betrouwbaar en saai uit met zijn zijscheiding, wit overhemd en donkergrijze kostuum zonder stropdas. Hij had een puntige kin en nieuwsgierige ogen.

Aan de muur hingen twee schilderijen die eruitzagen alsof iemand een baby met dikke verf had laten kliederen, maar ze waren minstens even mooi als die van Damien Hirst. Ook hingen er ingelijste rechtbanktekeningen uit kranten. Op een ervan zag ze duidelijk dat Ove was afgebeeld. De tekenaar had zich op zijn kin gefocust en die zo getekend dat hij eerder leek op een landingsbaan voor een zeppelin die een plek nodig had om midden in de rechtbank te landen.

Emelie gaf hem haar visitekaartje.

'Ik zal u niet onnodig ophouden.'

'Heeft Katinka gezegd dat ik maar vijf minuten heb?'

'Absoluut. Het is als volgt. Ik moet een van uw cliënten te pakken zien te krijgen, Isak Nimrod. Ik weet dat u zwijgplicht hebt, dus ik heb er alle begrip voor als u mij zijn contactgegevens niet wilt geven, aangezien u mij verder helemaal niet kent. Maar...'

'Dat heb je inderdaad goed verwoord, vind ik,' onderbrak Ove Tiberg haar en hij stond op. Hij pakte zijn versleten lederen tas in die naast hem op de grond stond en pakte zijn iPhone. Het viel Emelie op dat het hoesje van de telefoon nogal opvallend was: het was van roze plastic met twee lange, uitstekende Playboy-bunny-oren.

'Wacht even, laat mij nog twee dingen zeggen. Eén, mijn case heeft sowieso niets met Isak Nimrod te maken, ik beloof u dat het voor hem niet leidt tot een of ander rechtsverlies alleen maar omdat ik met hem praat. Twee, ik ben er aardig zeker van dat Nimrod goed kwaad zal worden wanneer hij erachter komt dat u mij niet met hem in contact hebt gebracht.'

Ove snoof, maar misschien was het slechts een diepe zucht.

'Wat is dat toch met de jeugd van tegenwoordig? Jij werkt op een handelsbureau. Weet jij wel wat advocatenethiek inhoudt?'

'Reken maar.'

'Ik vraag het me af. Ik ben mijn cliënten altijd trouw. Ben ik dat niet, dan heb ik geen enkel bestaansrecht als advocaat. Wat heeft de maatschappij aan advocaten als die niet doen wat er van hen in een rechtsstaat wordt verwacht? Ik mag niet eens bevestigen dat Isak Nimrod een cliënt van mij is. Ik mag helemaal niks over deze persoon zeggen, begrijp je dat? Ik mag nog niet eens zeggen of ik hem ooit heb ontmoet.'

Emelie stond ook op. 'Ik respecteer uw standpunt, dat is bewonderenswaardig. Maar doet u mij een plezier als ik hier weg ben. Bel toch Nimrod maar even en doe hem de groeten van Teddy Maksumic, of Beertje. Zeg hem dat Beertje om een gunst vraagt. Geef daarna mijn nummer aan Nimrod.'

Ove Tiberg staarde haar aan.

Zijn kin leek wel een stokbrood.

*

Nog een uur, dat had Jokerface hem een uur geleden gezegd.

Philip wist niet precies wat hem daarna wachtte. Zouden ze nog meer vingers afknippen? Zouden ze nog meer eisen? Als het geld binnen was, zouden ze doorhebben dat dit werkte. Deze nachtmerrie zou nooit meer ophouden. Totdat ze hem vermoordden.

Hij drukte de ergste gedachten weg. Dat het geld toch niet zou komen. Dat ze hem zouden martelen. Hem doden. De woorden van Jokerface: *dan maak ik er een einde aan, op de ene manier of de andere.*

Ondertussen probeerde hij zichzelf ervan te overtuigen dat het hen nu eenmaal om het geld ging, dus dood had hij geen enkel nut. In elk geval niet voordat ze hadden wat ze wilden.

Ze hadden hem opnieuw laten proberen om Patric te pakken te krijgen, maar de vermogensmanager nam niet op en zijn assistent antwoordde doodleuk dat hij momenteel niet bereikbaar was. Hij ging er inmiddels van uit dat ze hem hier niet voor eeuwig konden vasthouden. Uiteindelijk moesten ze een keuze maken.

Het koude zweet brak hem uit. Hij voelde hoe hij op een haartje na verwijderd was van een paniekaanval. Hij haalde een paar keer diep adem.

Ik móét me nu vermannen.

Hij had geen oog dichtgedaan. Alleen maar gewerkt.

Geschraapt.

Hij had rondom nog twee spijkerkoppen het triplex weggeschuurd.

Nu kon hij zijn vingers onder de spaanplaat krijgen en deze loswrikken.

Hij gaf een ruk.

Probeerde hem met zijn blote handen zo goed en zo kwaad als dat ging los te trekken. Hij trok zich niets aan van zijn pink: die deed wel zeer, maar verder voelde hij alleen het gestolde bloed als een klompje onder het ingedroogde papier. Zijn beide wijs- en middelvingers bloedden van de splinters van het triplex. Hij had pijn in zijn armen, schouders en handen.

Het moest lukken, hij had geen tijd om maar wat aan te klooien.

Hij had al veel shit meegemaakt in zijn leven. Nu moest hij een keer geluk hebben.

Hij bleef maar wrikken. Zijn vingers gleden weg. Hij weigerde op te geven.

Hij greep de plaat opnieuw vast in de gaten die hij met het stuk metaal weg had geschraapt, hij helde naar achteren, trok met zijn hele lichaam.

Toen voelde hij dat er spijkers loslieten. De plaat boog om en hij viel achteruit.

Dit had hij verwacht, hij viel niet in het wilde weg. In plaats daarvan rolde hij op zijn zij en hij ving zichzelf op met zijn armen.

Hij kwam overeind en ging op zijn knieën zitten. Probeerde in het rond te tasten.

Ja, dit was absoluut een raam. Hij voelde het profiel van de sponningen in het hout. Hij voelde het koele, gladde oppervlak van de ruit. Toch was het donker, maar helemaal bovenin was een klein, grijs streepje licht te zien. Het was zoals hij al dacht: ze hadden het raam ook van buitenaf dichtgetimmerd.

Hij draaide zich om. Luisterde.

Van buitenaf geen geluid, ze leken niet te reageren op het geluid van de spaanplaat die op de grond was gevallen.

Hij wachtte een paar minuten.

Niets.

Hij bukte en zocht naar een van de spijkers die nog in de spaanplaat vastzaten. Daarmee sneed hij de tiewraps door die om zijn benen zaten. Hij voelde zich zo vrij als een vogel.

Hij ging bij het raamkozijn staan en deed het raam voorzichtig naar binnen open.

Dit knarste niet eens.

Toen zette hij zich schrap en trapte zo hard als hij kon tegen de planken.

De pijn trok door zijn been omhoog. Daar trok hij zich niets van aan.

Hij trapte nog een keer.

Gekraak. Dit geluid kon niemand zijn ontgaan.

Hij wachtte geen moment en nam nogmaals een aanloopje. Luider gekraak. En hij voelde hoe een plank loskwam. Er sijpelde donker licht naar binnen, het moest buiten avond of nacht zijn.

Hij nam nogmaals een aanloop, deze trap trof nog beter doel. Hij voelde hoe meerdere planken loskwamen. Hij wierp zich naar voren en trok eraan.

Na een paar seconden keek hij naar buiten.

Het was donker buiten, maar ergens kwam een zwak schijnsel vandaan. Hij was niet langer in de stad, dat was wel duidelijk. Tegen de donkere hemel waren boomtoppen zichtbaar.

Het rook bekend.

Nu moest hij snel zijn.

Hij brak de planken verder af met zijn handen, trok zich niets aan van de pijn in zijn vingers en armen.

Hij was een machine. Een robot.

Hij klauterde op de vensterbank.

Keek vluchtig naar beneden.

Hij zag de witte grond, de sneeuw die daarbeneden lag. Waarschijnlijk drie meter tot de grond. Dat moest toch lukken.

Hij sprong.

*

Misschien was het verkeerd geweest om Emelie zo achter te laten, maar dit zou niet lang hoeven duren.

Teddy had zichzelf voorgenomen om dit vandaag te doen. En het lag tegenwoordig in zijn bedoeling om een man te zijn die zijn beloftes nakwam. Het was precies negentien jaar geleden dat zijn moeder was overleden.

Hij zou naar zijn vader gaan om haar te herdenken.

Daarnaast had hij elk woord gemeend dat hij tegen Emelie had gezegd. Ze had zich vanaf het eerste moment als een bitch gedragen. Het was haar eigen schuld. Ze zocht het maar lekker zelf uit.

Hij was niet van plan om zijn excuses aan te bieden, maar hij had in elk geval een bericht gestuurd naar Jan van Redwood om te vragen hoe het met zijn DNA-analyse was gegaan.

Sommige dingen waren nieuw in dit land: de e-sigaretten, de desinfecterende handgel die tegenwoordig op alle wasbakken stond als aanvulling op de zeep, de geprivatiseerde apotheken die zich niet langer leken te richten op de verkoop van medicijnen, maar vooral op make-up, afslankmiddeltjes en mondwater.

Andere dingen waren nog steeds hetzelfde, alsof iemand in de jaren dat hij vast had gezeten de tijd had stilgezet. De handel in heroïne en Subutex op Sergels Torg, de afwezigheid van Stockholmse voetbalclubs, die het maar niet voor elkaar kregen om in de Champions League te komen, en de H&M-reclames op de grote reclameborden op de metrostations.

Teddy keek nu net naar zo'n Hennes & Mauritz-bord, waarop een model stond afgebeeld dat zelfs nog dunner was dan de ergste heroïnejunks waar hij al die jaren mee in de bak had gezeten.

Deze reclames moesten begeerte opwekken, dat was natuurlijk duidelijk hun bedoeling. Maar om dit doel te bereiken leek de toeschouwer zich minderwaardig te moeten voelen ten opzichte van het reclameobject. Als degene die naar dit model keek zich al mooi of vitaal genoeg voelde, dan was er geen enkele aanleiding om deze kleding te kopen. Als degene die keek tevreden met zichzelf was, was er geen enkele reden om zichzelf te willen verbeteren door middel van consumptie.

Op die manier was de gevangenis een vorm van afkicken geweest, een plaats zonder reclame en merken die je probeerden te onderdrukken.

Linda was al eerder op de dag bij hun vader geweest, dat was het eerste wat Bojan zei toen Teddy bij hem de deur binnenkwam.

Op het bureau waar de foto van zijn moeder altijd stond had Bojan ook een plateau met drie kaarsen neergezet. Twee ervan brandden al. Het glas van het fotolijstje reflecteerde de beweging van de kleine vlammetjes.

Aan de muur hingen een paar olieverfschilderijen die Teddy zich nog kon herinneren van toen hij klein was. Eén ervan stelde een klein hutje in een herfstlandschap voor. Een ander een huilend kind, waarbij de grote druppels meer op haargel leken dan op tranen. Hij herinnerde zich dat hij zich altijd afvroeg waarom dat kind zijn neus niet snoot of op zijn minst de mouw van zijn trui gebruikte om zijn tranen mee te vegen.

Zijn vader reikte hem de lucifers aan.

'*Izvoli.*'

Teddy sloot zijn ogen en hij zag zijn moeder voor zich. Haar huid was zo glad en haar ogen waren zo blij. Maar toen ze met haar ogen knipperde en weer naar hem opkeek, was daar iets in veranderd. Een verontrusting, een angst. Misschien had ze toen al gezien wie hij zou worden. Wat hij zou meemaken.

Hij stak de kaars aan.

'Weet je nog wat ze altijd met jou deed?' vroeg zijn vader nadat ze daar even in stilte hadden gestaan.

'Waar doel je op?'

'Toen je oorontsteking had en zij naast je bed zat.'

'En ik verschillende delen van mijn lichaam opnoemde waar ik wilde dat ze me aaide? Mijn rug, mijn wang, mijn haren. Dat was het enige wat me in slaap kreeg. Dat vergeet ik nooit.'

Zijn vader legde de lucifers weg.

'Wil je koffie?'
'Nee, dankjewel. Daar heb ik geen tijd voor.'
'Waarom heb je het nu opeens zo druk?'
'Sinds een paar dagen werk ik ergens aan.'
'En wat mag dat dan wel niet zijn?'
'Waarom vraag je dat?'
'Omdat ik het wil weten. Waarom vragen mensen anders iets?'
'Vroeger vroeg je nooit waar ik mee bezig was.'
'Toen wist ik wat je deed.'
'Waarom heb je daar dan nooit echt iets van gezegd?'
'Praat alsjeblieft niet zo tegen me.'

Zijn vader ging in de fauteuil zitten. Die had dezelfde pluizige bekleding als hij altijd had gehad. De bruine vlek waar hij chocola had geknoeid toen hij zeven was zat er zelfs nog op.

Teddy dacht dat niet alleen zijn vaders manier van lopen sjokkend was geworden, ook zijn stem was slomer geworden.

'Ik werk voor een advocatenbureau, pa,' zei hij.

'Wat zeg je nou toch? Een Servische jongen die als advocaat werkt? Ik heb altijd gedacht dat wij alleen gangsters, kroeguitbaters en voetbalspelers werden.'

Teddy dacht terug aan hoe zijn vader gedurende Teddy's hele jeugd Ivan gratis in zijn restaurant had laten eten.

'Ik ben geen advocaat, hoor.'

'Dat weet ik wel, je bent nog maar net vrij uit Österåker. Maar ik ben blij dat je fatsoenlijk werk hebt.'

Teddy's telefoon ging. Hij nam op en hoorde Loke Odensons enigszins opgewonden stem.

'Ik heb wat interessante dingen gevonden, heel erg interessant.'

Hij liep naar de gang.

'Ik moet er nu vandoor,' zei hij tegen Bojan. 'Het werk roept.'

Aan de muur hing een ingelijste afbeelding van de ouderdomstrap. Die kwam van oma vandaan, dacht Teddy. De sierbloemen hingen boven de trap waar de levenscyclus van een mens in verschillende stappen werd beschreven in de vorm van plaatjes van een stelletje dat eerst omhoogklom tot ze vijftig waren, om vervolgens weer stap voor stap af te dalen. Bij de twintig stonden ze met rechte rug zonder rimpels of problemen. Bij de tachtig stonden ze kromgebogen en keken om onbekende reden zuur. Of waren ze misschien verdrietig?

‘Wil je een keer mee naar de kerk?’ vroeg Bojan.
‘De kerk? Ben je religieus geworden?’
‘Misschien niet religieus, maar het is daar wel gezellig. Landgenoten die ik al vele jaren niet heb gezien.’
Bojan ging op het krukje onder de afbeelding van de ouderdomstrap zitten. Hij zuchtte en steunde.
Teddy begon zijn veters te strikken. Hij dacht aan het leven van zijn vader.
‘Teddy,’ zei Bojan. ‘Gaat het echt wel goed?’
‘Pa, geloof je niet dat het wel goed komt met mij?’
‘Je moet eerlijk tegen jezelf zijn. Anders kun je ook niet eerlijk zijn tegen een ander.’
‘Je begint als monnik Zosima te klinken, gelovig en zo.’
Bojan glimlachte.
‘Jongen, je weet het nog, hoor ik.’
‘Ja, je hebt me veel voorgelezen.’
‘En *Braća Karamazovy* was mijn favoriet.’
‘Ook een van de mijne. Maar ik hield nog meer van *Misdaad en straf*, dat was wat spannender.’
‘Heb je in de gevangenis gelezen?’
‘Best wel wat.’
‘Da’s mooi, jongen. Dan komt het wel goed met je. Als je maar bij hen wegblijft. Je weet wel wie ik bedoel.’
‘De Joegoslavische maffia bestaat niet meer, pa. Het is niet meer zoals vroeger. Er zijn tegenwoordig zoveel andere. En al zou die er nog zijn, dan zou ik er niks mee te maken willen hebben.’
Teddy zei maar niet wat hij dacht over zijn vaders relatie met hen.
Daarentegen dacht hij aan wat zijn vader had gezegd.
Wees eerlijk tegen jezelf.
Er was iets wat hij Loke moest vragen.
Een persoonlijke vraag over de waarheid.
Een vraag die hij de laatste acht jaar niet had durven stellen.

*

Al dat wachten.
Ze wachtte in de Steakhouse Bar aan de Nygatan in Södertälje. Volgens de aanhef boven aan het menu: *Een Amerikaanse grillroom en bar*

met vlees- en fajitagerechten. En heb je geen honger? Geen probleem! Dan heb je vast wel dorst!

Nou ja, dacht Emelie, ik hád honger. Maar nu niet meer. Ze had een ribeyesteak van driehonderd gram op. Het was haar eerste echte maaltijd van de dag geweest. Ze vroeg zich af welk dieet zo'n voedselinname aanraadde, er zou er vast wel één bestaan.

Deze plek was donker ingericht. De vloer en de muren waren zwart. Als dit een vrijdag- of zaterdagavond was geweest, dan was het er vast drukker geweest. De Steakhouse Bar had kennelijk geen ambities om een chic restaurant te zijn, de sfeer die er hing was ronduit shabby. Op de vloer stonden acht ovalen, donkergrijze tafels en bij het raam waren vier compartimenten met tegenover elkaar staande tweezitsbankjes. Er was ook nog een aangrenzende ruimte, maar die leek momenteel leeg te zijn.

Wat de meeste plaats innam in deze ruimte was de bar. Dat was het enige wat geen donkere kleur had, maar paars was.

Dat wachten.

Zonde van de tijd. Ondertussen was dit de beste aanwijzing die ze nu hadden. Chamon Hanna moest iets weten, hij moest hier iets mee te maken hebben. Waarom was hij anders Philips appartement binnengedrongen, waar Philip ook gekidnapt had gezeten?

Ergens kon ze deze wachttijd ook wel gebruiken om alles te laten bezinken. Ze had haar reusachtige steak opgegeten en twee koppen koffie gedronken. Ze had Jantje de Geheimzinnige gebeld om te vragen of hij al wat verder was gekomen met zijn DNA-analyses.

'Niks belangrijks, maar ik heb nog meer DNA van Philip gevonden. In de keuken, op wat bestek in de vaatwasser. Ook heb ik DNA van onbekende personen gevonden, minstens vier stuks, die niet in mijn register staan. Daar ben jij er ook vast één van, Emelie.'

Het restaurant begon vol te lopen. Aan de tafel naast haar zaten een man en een vrouw. Ze keek naar die vrouw. Die moest in de veertig zijn. Ze had volle lippen, een rechte neus en lang, geblondeerd haar. Aan haar voeten droeg ze Uggs en over haar laag uitgesneden topje een donkergrijs vest dat van kasjmier leek te zijn. Ze had haar handtas op de grond naast haar stoel neergezet. Die was bedekt met Louis Vuttons bruinachtige monogrampatroon. Hij zag er echt uit. Alles wees erop dat dit een welgestelde, normale vrouw van middelbare leeftijd was.

Maar één detail sprak dit plaatje tegen: aan de bovenkant van een van haar borsten zag Emelie een tatoeage: een doodshoofd.

Ze kon het niet nalaten zich af te vragen wat voor volk dit moest zijn.

Ze had geprobeerd Isak Nimrod te googelen, maar geen bruikbare resultaten gevonden. Er waren vier personen in Stockholm die zo heetten, maar geen van hen kwam erg veel op internet voor.

Met wie had ze eigenlijk afgesproken? Iemand die Teddy nog van vroeger kende. Iemand naar wie mensen in Södertälje kennelijk luisterden. Dit kon van alles betekenen.

Ze googelde zijn advocaat, Ove Tiberg. Over hem stonden daarentegen een groot aantal artikelen op diverse nieuwssites. Hij was vijfenvijftig en blijkbaar een van de meest ingehuurde strafzaakadvocaten. Advocaat Tiberg was zowel openbaar als particulier pleiter geweest in allerhande soorten zaken. Hij werd vooral genoemd wegens zijn verdediging bij de grote roofoverval op het gelddepot in Täby en de moordzaak van de zogenaamde tabakskoning. Maar meestal leek het om moord, drugsdelicten en overvallen te gaan. Een standaard gangsteradvocaat dus.

Ove Tiberg had haar na een kwartier teruggebeld om te zeggen dat Isak misschien met haar kon afspreken. Geen tijd, geen telefoonnummer. Alleen een locatie: de Steakhouse Bar in Södertälje.

Toch was hij erg stellig geweest over zijn advocaatethiek toen Emelie daar was; het had misschien toch wel iets, de ouderwetse visie op het vak die civiele juristen erop nahielden.

Ze stond van tafel op.

Ze liep naar buiten, waar niemand haar gesprek met Magnus kon horen.

Haar handsfree-oortjes hadden de neiging om op de meest onhandige momenten uit haar oren te ploppen, dus drukte ze die stevig aan. Zoals gewoonlijk had ze ijskoude handen, en ze wilde haar telefoon niet onnodig in haar hand hoeven te houden.

'Wat was je aan het doen?' vroeg ze terwijl ze hoorde hoe boos dit klonk. 'Ik heb je twee keer geprobeerd te bellen.'

Magnus nieste recht in haar oor. 'Ik ben zo verschrikkelijk verkouden.'

'Gezondheid. Maar wat is er aan de hand?'

'Ik heb overleg gehad met de bank, Redwood, de familie. Philip heeft blijkbaar vandaag geprobeerd Patric Öhrn te bellen, maar de bank heeft hem geen antwoord gegeven. Precies zoals ik ze gezegd had. Het begint op de Forsborgentransactie te lijken. Was jij daarbij? In drie dagen had ik negentien vergaderingen met consultants en kopers.'

'Misschien hebben we er meer man voor nodig dan alleen jij en ik?'

'We hebben Teddy toch?'

'Ik weet niet...'

Ze bekeek haar eigen spiegelbeeld in de ruit van de Steakhouse Bar. Had ze een slechte houding? Ze rechtte haar rug, en dacht terug aan wat haar moeder altijd zei: *Stel je voor dat er een boom boven op je hoofd groeit waar iemand aan trekt, zo moet je je hoofd houden.*

'Op dit moment kunnen we er in elk geval niet meer mensen bij betrekken. Zo zijn de instructies. Wat ben jij aan het doen?'

'Ik wacht op iemand uit Södertälje die een oude vriend van Teddy is en misschien iets weet over Chamon Hanna.'

'Oké, is Teddy er niet bij?'

'Nee, die is ergens anders mee bezig, waarmee weet ik niet.'

'Voelt het wel goed voor je om daar alleen te zijn?'

'Dat denk ik wel.'

'Moet ik iemand van Redwood vragen om naar je toe te komen?'

'Het komt wel goed.'

'Zeker weten?'

'Ik vertrouw Teddy wel.'

Ze rekte zich voor haar spiegelbeeld in het raam uit. Zei ze nu net dat ze Teddy vertróúwde? Terwijl hij de grootste mafkees van de eeuw was?

Ze wisselden nog wat woorden over het appartement aan de Fatbursgatan.

De wind blies in haar telefoon.

Magnus' stem klonk afwezig. Ze vroeg zich af of hij ondertussen iets anders aan het doen was of dat hij vond dat dit onderwerp niet boeiend genoeg was.

'Zijn zus is nu ook thuis,' zei hij.

'Van wie?'

'Philips zus, Caroline. Zij was bij het overleg dat ik met hen had.'

'En wat zegt zij ervan?'

'Niet zoveel, ze heeft kennelijk in het buitenland gewoond en lijkt haar broer niet echt goed te kennen, maar ze was erg geïnteresseerd in het onderzoek en wilde alle details horen. Ze wil ook graag het appartement aan de Fatbursgatan zien, maar ik heb gezegd dat we daar nu geen tijd voor hebben.'

Nog meer wachten.

Al twee uur hier in deze toko. Hoe lang zou ze Isak Nimrod nog geven? Er waren namelijk genoeg andere dingen die ze vanavond moest uitzoeken. De bedreiging van Ian. Kevin en zijn pa. Poljonen.

Haar telefoon piepte. Een sms.

Die was van Felix: *Zien we elkaar morgen? Heb je dan minder werk te doen?*

Ze frunnikte wat met haar telefoon, dacht na over of het zin had om hem te antwoorden.

Toen voelde ze een hand op haar schouder.

Er stond een jongeman met een pet met camouflagekleuren en een donkere stoppelbaard achter haar. 'Wil je hem nog spreken?'

Emelie stond op en stak haar hand uit. 'Hallo, mijn naam is Emelie Jansson...'

De jongen keek haar aan alsof ze hem zojuist had geprobeerd te bespringen.

'Yo, doe es effe chill. Jij bent het dus. Wil je hem nog spreken of niet?'

Emelie deed een stap terug. 'Dat wil ik, als je Isak bedoelt. En ik moet de groeten doen van Beertje.'

'Relax.'

Emelie voelde dat ze had lopen ratelen.

'Ga naar de wc. De dames,' zei de jongen.

Ze wilde nog wat zeggen, maar de jongen was alweer op weg naar buiten.

Emelie keek vanuit haar ooghoek naar het stelletje aan de tafel naast haar. De vrouw met de borsttatoeage glimlachte naar haar.

In de wc rook het naar luchtverfrisser met citrusgeur. Aan de ene muur hing een ingelijste poster met reclame voor de Steakhouse Bar: *What's cookin'?* stond er boven een foto van een maïskolf en een steak. Op de achtergrond het silhouet van de staat Texas.

Er kwam een vrouw naar binnen die haar muts ver over haar hoofd had getrokken en zwarte kleding met Adidas-strepen droeg. Emelie nam tenminste aan dat het een vrouw was, ze leek nog erg jong.

Het meisje wees naar de wasbakken. 'Leg je tas daarop.'

Op een of andere manier leek dit nog onwerkelijker dan de vechtpartij in het appartement vannacht. Meer voorbereid. Zoals het Zweden waar Emelie wel over had gelezen, maar nog nooit mee in aanraking was gekomen.

'Wat ga je daarmee doen?' vroeg ze.

'In kijken,' antwoordde het meisje in gebroken Zweeds. 'En daarna moet ik jou ook checken.'

Emelie nam aan dat ze zich ervan wilden verzekeren dat ze geen afluisterapparatuur bij zich had, maar waarom eigenlijk? Wat ze kwam bespreken was toch niet illegaal?

Ze hoorde zichzelf zeggen: 'Je mag mij best controleren. Maar in mijn tas zitten spullen die vertrouwelijk zijn, dus daar blijf je met je poten van af.'

Het meisje keek haar met bijna dichtgeknepen ogen aan. Haar pupillen waren kleine zwarte puntjes.

De lucht van namaakcitroen prikte in haar neus.

*

Hij ging meteen door naar Alby om Loke weer te zien.

Toen Teddy hem eerder die dag had gezien, had hij Loke gevraagd om alles te doen wat in zijn hackermacht lag om uit te zoeken wie de website beheerde waarop Cassandra werd aangeboden. Teddy wist genoeg over de prostitutiebusiness in Stockholm; toen hij in Salberga zat had hij zelfs een corridor gedeeld met twee zogenaamde loverboys uit Roemenië, die overigens bij hoog en laag volhielden dat ze hun meisjes niet hadden gedwongen. Maar het waren nooit de meisjes of hun pooiers, hoerenmadammen, loverboys, of hoe ze verdomme allemaal ook mochten heten, die de websites beheerden.

Deze keer gingen Loke en hij niet eens aan de met kauwgom beplakte tafel zitten, maar ze gingen meteen aan de wandel.

'Bedankt voor de pasfoto's, ik denk dat we daar een heel eind mee komen.'

'Graag gedaan. Maar nu heb ik nog wat beters. Hier, pak aan.' Loke hield een klein rood voorwerp in zijn hand.

Teddy pakte het aan.

'Dat is een USB-stick,' zei Loke. 'Daarop staat alle info die ik heb weten te achterhalen over die website, Escort24, waar jij meer over wilde weten. Fijne opdracht, mag ik wel zeggen.'

'Hoe heb je dat voor elkaar gekregen?'

'Dat kan ik je wel vertellen, maar de kans is groot dat je hoogstens dertig procent van wat ik je ga zeggen zult begrijpen.'

Teddy schoot in de lach. Dit was echt weer van die Loke-praat, dezelfde onzin die hem in de gevangenis bijna een verbrijzelde voet had gekost.

'Vertel het nou maar gewoon, ik roep wel als ik het niet begrijp.'

'Je zult zelf niet eens doorhebben wat je wel en niet begrijpt. Maar goed.'

Ze liepen over Albyvägen. De natte sneeuwval behield zijn vaste vorm, maar zodra de vlokken de grond raakten, smolten ze en bleef er niet veel meer van over dan kleine stroompjes in de goot. Waarschijnlijk was het een paar graden boven nul.

'Laat ik het zo zeggen: stel je een groot gebouw voor. Dat gebouw heeft verschillende deuren, en ik wil dat gebouw in.'

'Een gebouw?'

'Luister nu eerst maar even, dan kun je daarna vragen stellen. Het gebouw is een server, een computer zogezegd. Ik zei toch dat je het niet zou begrijpen.'

'Pas op hè, Loke.'

'Whatever. In elk geval, ik weet welke server ik in wil, namelijk die waar Escort24 op wordt beheerd. En dat zogenaamde gebouw heeft, zoals gezegd, meerdere deuren, maar een van die deuren heeft een slot uit de jaren vijftig. Iemand die ik toevallig ken, heeft geleerd hoe die sloten in elkaar zitten en heeft sleutels gemaakt die zouden kunnen passen. Dus ga ik naar dat grote gebouw, maar ik wil niet worden opgepakt voor inbraak, dus ik vermom mezelf. Ik probeer een paar sleutels in het slot en draai eraan. De deur gaat open! Maar onze vrind van wie het gebouw is, en dus Escort24 beheert, heeft verborgen camera's aan het plafond geïnstalleerd, maar dat geeft niet, want ik heb mijn vermomming. Dus als ik eenmaal binnen ben, kan ik zoveel rondkijken als ik maar wil. En dan zie ik een adres van onze vrind.'

'Tot nu toe klinkt het goed.'

'Dank je, maar dat adres blijkt een *care of*-adres te zijn.'

'Maar wat houdt het allemaal in wat je hebt gedaan? Dat niemand weet dat je er geweest bent, niemand kan je opsporen, toch? Maar dat adres dan?'

'Precies. In het echt ging het ongeveer zo. Een beveiligingslek, *vulnerability*, is een soort slot dat niet goed meer werkt. Wij, mijn vrienden en ik, hebben toevallig een heleboel zogenaamde *exploits*, sleutels dus, van zulke oude rotsloten. En wat mijn eigen vermomming betreft, ik ben via een proxyserver gegaan. Dat is een computer in een ander land die ons via hem laat aansluiten op internet. Maar het gedoe met dat care-of-adres is het lastigste van het verhaal. Onze vrind maakt ook gebruik van proxyservers, dus zijn IP-adres is niet zijn echte adres.'

Lokes leren jas wapperde in de kille wind.

Teddy draaide zich naar hem toe. 'Dus?'

'Dus is wat ik nu vertel allemaal nog niet zo eenvoudig als het klinkt.'

'Begin nou niet weer.'

'Oké, ik kon in elk geval zien welke proxy hij gebruikte, het was een server in Mexico. Dus heb ik die ook gehackt. Je mag blij zijn dat ik niet de enige ben daarbuiten, mijn vrienden en ik waren er een aantal uren zoet mee. Uiteindelijk wist ik een IP-adres in Zweden te achterhalen.'

'Super.'

'Ik ben nog niet klaar. Het was een adres van een bedrijfsserver van een bedrijf hier in Stockholm dat NetImports AB heet. Dus kon ik mijn derde aanval in dit festijn gaan doen. Ik hackte NetImports' wifi en gebruikte vervolgens een *packet analyzer*, een sniffer dus, je zou kunnen zeggen dat ik net als een CIA-agent hun wifinetwerk heb afgeluisterd. Toen pas kon ik het verkeer vinden naar de web-host waar Escort24 op staat. Op die manier kwam ik uiteindelijk achter het IP-adres van de computer van onze vrind op het netwerk van NetImports AB. Het laatste wat ik heb gedaan is de Arp Poisening-app gebruiken om het verkeer van diezelfde computer met Gmail te vinden en over te nemen.'

'Oké, oké, zo is het wel genoeg. Kon je die chats zien? Ik ben eigenlijk op zoek maar iemand die via die site met iemand anders heeft gechat.'

'Ja, dat had je al gezegd. Helaas waren het heel veel chats en was het niet mogelijk om op naam of iets dergelijks te zoeken, want het zijn alleen maar log-files. In dat geval zou ik voor willen stellen dat we op de normale manier de server in gaan.'

'Hoe dan?'

'Door de computer in handen te krijgen vanwaar deze hoerensite wordt onderhouden.'

'Oké, maar dan vraag ik me af wie die site beheert. Wie is "onze vrind"?'

'Hij wordt de *administrator* van de site genoemd. Dat is waarschijnlijk zo'n computernerd die ze gebruiken om foto's en teksten te plaatsen en het design te doen, dat er, als je het mij vraagt, écht niet uitziet. Er valt nog veel winst te halen als ze een betere interface...'

'Jou wordt niks gevraagd. Hoe heet die administrator?'

'Die heet Lazar Guldman.'

Teddy bleef stilstaan. Een moeder en haar kleine zoontjes in overall liepen hen voorbij. Het jongetje stampte in een van de plassen waardoor het water opspatte.

Teddy zei: 'Hoe vind ik hem?'

'Dat is jouw probleem. Maar ik kan je een eindje op weg helpen. Hij staat ingeschreven op Nybohovsbacken 67.'

In de verte kon Teddy de auto's op Essingeleden horen. Hij stond in het duister, in de schaduw van een klimrek op een bevroren speelplaats, gekleed in zijn veel te koude jas die hij van Dejan had geleend. Hij had zijn capuchon opgezet en de touwtjes aangetrokken, waardoor die zijn gezicht als een wetsuit omsloot; hij kon hier nog weleens een tijdje moeten blijven staan.

Loke Odenson was een goed mens. Eigenlijk was hij Teddy niets verschuldigd, maar toch had hij hier uren aan besteed en naar eigen zeggen 'virtuele risico's genomen' om hem te helpen.

Voordat ze allebei weer hun eigen weg gingen had Teddy hem nog iets gevraagd, op het persoonlijke vlak. Hij kon er niet meer onderuit. Hij moest eerlijk tegen zichzelf zijn.

Loke had het bedrijf opgezocht waar Lazar Guldman werkte en erheen gebeld om naar die vent te vragen. Ze hielden zich kennelijk bezig met IT-consulting, en Guldman was voor een opdracht naar Örebro en zou pas over een aantal uren weer terug op kantoor zijn.

Dit zou betekenen dat vrind Guldman ergens in de vroege avond thuis zou moeten komen.

Daarom stond Teddy nu buiten Nybohovsbacken 67. Hij had de naambordjes beneden bij het gebouw gecheckt en wist dat Lazar Guldman op de tiende verdieping woonde.

Hij voelde zich net detective Porfiri Petrovitsj. Hij had dan misschien niet zo vaak contact met de verdachten, maar hij was wel altijd op de een of andere manier aanwezig.

Onder hem waren de lichten van de voertuigen op de snelweg te zien en om hem heen rezen de flats van Nybohov op als miniwolkenkrabbers in een ministad. Op dit moment zag hij niet veel mensen, maar af en toe werd een van de deuren geopend en liepen er mensen naar binnen. Die liepen met overvolle boodschappentassen te sjouwen of duwden kinderwagens met jankende kinderen voor zich uit.

Nybohov was net een eiland in een gore zee, het gebied lag op een berg met aan de ene kant de snelweg en aan de andere kant steile hellingen. Het uitzicht vanaf de hogere verdiepingen van de flat was op een heldere dag waarschijnlijk van hetzelfde niveau als dat van de bezoekersruimtes van Emelie en Magnus, met als verschil dat je hier vijf kilometer zuidelijker zat. Hier keek je uit over een andere wereld: geen restaurants waar de prijs van een voorgerecht het weekloon van een gewone werkman opslokte, geen pasgewassen Panamera-auto's waarvan de velgen meer kostten dan wat een gezin hier per maand beurde. Dit was het Jan Modaal-Stockholm, niet de rellenwijken met de miljoenensubsidies, maar ook zeker niet het elitedomein van de binnenstad.

Hij dacht aan Sara en het kind in Sara's armen. Hij had gisteravond roerloos bij haar huis staan wachten, net zoals hij nu deed. Hij vroeg zich af waar hij eigenlijk op had staan wachten. Wat gebeurd was, kon niet meer worden teruggedraaid. Toch kon hij het niet nalaten om het zichzelf af te vragen.

Wat wás er nu eigenlijk gebeurd? Toentertijd, een paar jaar geleden, toen hij nog in Hall zat.

Hij had nog steeds pijn in zijn onderarm waar hij de klap met de honkbalknuppel op had gekregen. Zijn benen deden zeer van de kou en van het lange stilstaan, maar hij wilde geen aandacht trekken, dus bewoog hij zich zo weinig mogelijk.

De duisternis was zijn vriend.

Ingang nummer 67, de hele tijd hield hij zijn ogen gericht op ingang nummer 67.

Helaas had Loke geen foto van 'de vrind' op internet weten te vinden, dus wist Teddy niet hoe hij eruitzag.

De flat bevatte veertig appartementen. Tot nu toe waren er dertien mensen naar binnen gegaan. Hij had hen zo goed mogelijk gevolgd en geluisterd naar welke verdieping ze gingen. Geprobeerd te horen welke deur dichtsloeg.

Geen ervan was het juiste appartement geweest.

En op dat moment kwam er iemand naar de deur gelopen: het was een man die in de dertig leek te zijn, met een zwarte muts diep omlaaggetrokken en een tas over zijn schouder.

Teddy kwam vanachter het klimrek vandaan.

*

Emelie zat tegenover Isak Nimrod aan een tafel in het binnenste gedeelte van de Steakhouse Bar. Ze waren de enigen hier.

Hij had een kaalgeschoren hoofd, een buik die de rand van de tafel raakte, ondanks dat hij zijn stoel een aardig eindje van de tafel af had geschoven, en een getatoeëerde arend op zijn ene onderarm. Op zijn andere onderarm had hij een twintig centimeter lang litteken, dat óf door een heel slordige dokter óf helemaal niet door een dokter moest zijn behandeld. De sporen van de hechtingen waren nog steeds te zien alsof zijn huid door kleine witte draden bij elkaar werd gehouden om te voorkomen dat zijn arm uit elkaar viel.

Emelie keek vanuit haar ooghoek naar haar tas die aan de andere kant van de ruimte op een haak aan de muur hing. Ze was met de jonge vrouw die haar had gefouilleerd tot een compromis gekomen nadat het meisje iemand had gebeld om mee te overleggen. Haar tas mocht niet bij Isak in de buurt staan, maar hoefde ook niet gecheckt te worden. Ze had er een hoop documenten in zitten die met de Philip-case te maken hadden. Ze waren in elk geval zo attent geweest om haar door een vrouw te laten fouilleren.

In de ruimte daarbuiten zag ze de jongen met de camouflagepet zitten.

De serveerster kwam naar hun tafel.

'Hetzelfde als altijd?'

Isak antwoordde in een andere taal. Daarna wendde hij zich tot Emelie. Zijn oogopslag kwam enigszins loom over. 'Heeft de jongedame al gegeten?'

Emelie knikte. 'Ik heb meer dan twee uur op u zitten wachten, dus ik kreeg wel honger. Maar ik ben blij dat u bent gekomen.'

'Dat is fijn om te horen. Een dessert misschien? Ze hebben hier erg lekkere Oreo-taart.'

'Nee, dank u.'

Isak bewoog zich langzaam. Wanneer hij zijn hoofd draaide en met de serveerster praatte, deed hij dit op halve snelheid, net alsof hij pijn had. Toen hij zijn ogen weer oprichtte en haar aankeek, ging dat in nog slomere slow motion.

Maar dit had allemaal helemaal niets met pijn te maken. Deze man imiteerde elke karaktertrek uit het maffiahandboek: beheersing en kalmte.

'Dus jij kent Beertje?' zei Isak met lijzige stem.

'We werken samen.'

'Werken? Beertje wérkt?'

'Yep.'

'En waar werken jullie dan aan, als ik vragen mag?'

'Misschien moet ik me eerst even voorstellen. Mijn naam is Emelie Jansson en ik ben assisterend juriste bij advocatenbureau Leijon. Teddy helpt ons met een case.'

Isaks buik ging op en neer toen hij in de lach schoot. 'BMW maakt milieuvriendelijke auto's en Beertje helpt advocaten. Het zijn rare tijden.'

'Ik wil niet te veel van uw tijd innemen, dus ik zal het kort houden. We hebben hulp nodig om iemand te vinden, en Teddy dacht dat u daar misschien bij kon helpen. Uiteraard tegen vergoeding.'

De serveerster kwam binnen met Isaks eten en drinken. Zijn steak was nog groter dan die Emelie daarnet naar binnen had gewerkt.

Ze merkte op dat hij Red Bull bij het eten dronk.

Hij nam wederom de tijd. Hij vouwde zijn papieren servet open en stopte het in de boord van zijn T-shirt. Hij tilde zijn mes en vork op alsof het een religieuze ceremonie was waar elke beweging een kosmische betekenis had. Hij onderzocht de steak die voor hem lag en koos nauwkeurig waar hij zijn eerste stukje zou afsnijden.

'Luister, meiske,' zei hij, en hij liet een pauze vallen. 'Geld heb ik al genoeg.'

Hij prikte het stuk vlees aan zijn vork en stopte het in zijn mond.

'En als ik eerlijk mag zijn, vrouwtjes ook.'

Hij knipoogde naar haar terwijl hij met zijn mond wijd open zat te kauwen.

Emelie voelde de adrenaline door haar lichaam gieren. Dit was verdomme echt niet oké: durfde hij te insinueren dat ze hem geld en zichzélf aanbood? Ze schoof haar stoel naar achteren en probeerde een antwoord te verzinnen.

Voordat ze op wist te staan, slikte Isak de vleesmassa door en zei: 'Zitten blijven. Het enige wat ik wil zeggen is dat als ik iets doe, ik dat voor mijn vriend Teddy doe, niet om daar zelf beter van te worden. Wij werken op een heel andere manier dan de rest van dit land. Principes. Eer. Loyaliteit. Dat zijn woorden die in Södertälje nog wat te betekenen hebben.'

Ze dwong zichzelf zijn denigrerende opmerking los te laten. Nu wilde ze alleen nog maar haar antwoord.

'Denkt u dat u ons kunt helpen?'

'Misschien, maar kan ik Teddy bellen om dit persoonlijk van hem te horen?'

'Helaas heb ik op dit moment geen nummer van hem. Zijn telefoon is gisteren kapotgegaan. Maar u kunt mijn baas bellen, die kan alles bevestigen wat ik heb verteld.'

'O nee, ik heb een hekel aan bazen. Maar je boodschap komt van Beertje, dus dat zegt wel iets. Maar laten we eerst even zorgen dat we elkaar goed begrijpen. Het zit namelijk zo. Teddy is een man. We zijn hier samen opgegroeid, we zijn even oud. We deden alles samen totdat hij zijn eigen weg koos en ik de mijne. Maar no hard feelings, ik heb respect voor hem. Altijd gehad ook. Begrijp je dat?'

Emelie begreep niet alles, maar ze zei niets. Liet Isak nog even verder praten.

'Ik herinner me nog een keer toen we achttien waren en problemen kregen met de Screwbacks. Die kwamen op ons terrein vertellen dat we bepaalde dingen niet meer mochten doen, bepaalde verkopen. Wij dachten dat Teddy wel hulp van Kum kon krijgen. Maar zo zat hij niet in elkaar, onze vriend Beertje. Wist je dat?'

Emelie probeerde te glimlachen, ook al voelde haar gezicht momenteel aan alsof het was volgepompt met Botox.

Isak ging verder: 'Dus zei Teddy "YOLO" – *you only live once* – zoals relschoppers altijd zeggen. Hij regelde een treffen met de Screwbacks bij een afgraving in Tuvängen. En hij wilde mij erbij hebben. Ik zal eerlijk tegen je zijn, meiske, ik was zo bang dat mijn broek al naar stront rook voordat we er waren. Ik herinner me nog dat we te voet zijn gegaan. We hadden allebei geen rijbewijs en we konden het risico niet lopen om aangehouden te worden voor joyriding, zoals we meestal deden. Teddy was net daarvoor nog bij een familielid van me geweest om iets te lenen. We klommen het terrein op aan de westelijke kant van de snelweg. We zagen zo zwart als roet.'

Isak pakte de maïskolf die nog op zijn bord lag. Hij hield hem in zijn handen en bekeek die net zo minutieus als eerder zijn steak. Alsof het van levensbelang was in welke maïskorrel hij zijn tanden als eerste zette.

'Ze hadden een aardige opkomst kan ik je vertellen. De vicepresident, hun ordebewaarder, nog twee gasten die volwaardig lid waren en dan nog zeven of acht man van MC Black Dragons, hun dochterorganisatie. Die moeten gedacht hebben dat wij met de hele liga uit Geneta zouden komen. Maar wij waren de enigen. Twee kleine, schijterige achttienjarigen die het hele eind waren komen lopen. En onze Russische kameraad natuurlijk, want dat was wat Teddy van mijn familielid had geleend. Met vier extra magazijnen.'

Isak stak zijn wijsvinger in zijn mond en likte er mogelijke maïsresten af.

'Weet je, er komt een moment in je leven dat je moet kiezen. Of je gaat vooruit, of je blijft stilstaan en dan ga je eigenlijk achteruit. Of je blijft altijd de oude knecht, of je neemt de leiding en verwerft je eigen knechten. Weet ik veel of Teddy wist wat hij deed, maar hij trok vlak voor de neus van die Screwbacks' vicepresident de kalasjnikov tevoorschijn en zei hoe de zaken ervoor stonden. 'Of je laat ons met rust, óf ik stop dit ding in je hol.'

Isak likte zijn volgende vinger af terwijl hij naar haar keek. In zijn halfdichte ogen zag ze nu iets anders. Hij hoorde zichzelf graag praten, was op het praatzieke af, maar er was toch een zekere scherpte aanwezig. Misschien was de rest alleen maar gespeelde buitenkant.

'Wat is jouw relatie tot Teddy?' vroeg hij.

'Dat heb ik toch gezegd? We werken samen.'

'Verder niks?'

'Nee, verder niks.'

'Zeker weten?'

'Yep.'

'Heel zeker?'

'Heel zeker, ja. Maar ik heb een vraagje, nu u het toch over hem hebt, Waar heeft hij die acht jaar voor gezeten?'

'Weet je dat niet?'

'Nee.'

Isak likte zorgvuldig zijn ringvinger en pink af, hij leek wel een kat die zijn vacht aan het wassen was.

'Vraag het hemzelf dan maar.'

Emelie begon het beu te worden. Meer dan twee uur zitten wachten. Slome interessantdoenerij en geweldverheerlijkende verhalen over Teddy. Het leidde allemaal nergens toe. Ze legde de kopieën van de pasfoto's op tafel, de twee gezichten waarvan Teddy en zij vonden dat ze leken op de persoon die het appartement was binnengestormd.

'We zoeken een persoon waarvan we denken dat hij Chamon Hanna heet, waarschijnlijk is het een van deze twee mannen.'

'En waarom zijn jullie dan naar hem op zoek?'

Emelie twijfelde er geen seconde aan dat zijn gelul over loyaliteit als een blad aan een boom zou omdraaien wanneer het tegenovergestelde hem beter uitkwam. Aan de andere kant was er niets veranderd: dit was tot nu toe hun belangrijkste aanwijzing in de Philip-case.

'Wat ik nu ga vertellen is vertrouwelijk.'

Isak leunde achterover.

Ze ging verder: 'En ik ga ervan uit dat u Teddy niet teleur zult stellen en niets van deze informatie verder vertelt.'

'Ik heb je al gezegd hoe wij daartegenaan kijken. Ik heb niets anders dan mijn woord en mijn naam in deze stad.'

Emelie wachtte even. Toen nam ze een duik in het onbekende.

'We onderzoeken een mogelijke kidnapping van een man die Philip Schale heet. Vannacht kreeg een appartement aan de Fatbursgatan in Stockholm bezoek van Chamon Hanna. We denken dat Philip Schale in dat appartement is vastgehouden. We moeten Hanna te pakken zien te krijgen om ons een beter beeld te kunnen vormen.'

'Oké, en weten jullie nog meer van die Chamon Hanna?'

'We weten niet waar hij zich bevindt, als dat is wat u bedoelt. Maar Teddy en ik waren in dat appartement, dus we zouden hem wel herkennen.'

'En is de politie hier ook bij betrokken?'

'Nee, dat wil de familie op dit moment niet.'

'Dus als ik Chamon Hanna voor jullie zou vinden, zou hij dan het risico lopen om met de politie in aanraking te komen?'

'Mij kent u niet. Maar Teddy kennelijk wel. Ik kan alleen maar zeggen dat u ons erewoord hebt dat we er wat betreft Chamon Hanna geen politiezaak van zullen maken, tenzij hij medeplichtig is aan de kidnapping natuurlijk.'

Isak wenkte de ober. Emelie vond het apart dat die überhaupt de ruimte in kwam aangezien er verder niemand zat, maar misschien hielden ze een extra oogje in het zeil, misschien wilden ze zelfs het kleinste gebaar van de man tegenover haar niet over het hoofd zien.

Isak boog zich voorover, zijn buik kwam weer tegen de rand van de tafel.

'Ik zal je een gesprek met Chamon Hanna geven, ik weet wie dat is. En ik weet dat hij vannacht iets in Stockholm aan het uitspoken was. Soms vragen ze mijn toestemming, die jongens, voordat ze hun ding doen.'

Emelie zei niets.

De ober kwam binnen en zette Isak een bord voor.

'Weet je zeker dat je niet ook een stukje Oreo-taart wil?'

*

Weer die schaduwen.

Die triestheid. Die kilte. De glinsterende planken van het klimrek, de deur van nummer 67 die af en toe openging als er iemand binnenkwam of wegging.

Die laatste man die Teddy de flat in was gevolgd om te zien naar welke verdieping hij ging, was ook niet de juiste persoon geweest.

Teddy had in plaats van hier ook op Guldmans verdieping kunnen wachten, maar hij wilde voorkomen dat iemand zich zou gaan afvragen wat hij daar aan het doen was.

Linda had hem een paar uur geleden gebeld, zijn vader moest haar hebben verteld dat hij een nieuw nummer had. Ze hadden elkaar al twee dagen niet gesproken, sinds de ruzie in het Griekse restaurant.

'Ik wil mijn excuses aanbieden,' had ze met haar liefste stem gezegd. 'En verder vraag ik me af waar je woont.'

Teddy vertelde hoe het ervoor stond. 'Ik woon bij Dejan, of beter gezegd: ik slaap op zijn bank. Dat is nou niet echt bij iemand wonen.'

'Kom anders weer terug naar ons,' zei ze. 'Het spijt me dat het zo gelopen is. Ik was gewoon geschrokken van dat sms'je en maakte me zorgen om Nikola.'

'Is hij alweer thuisgekomen?'

'Ja, even maar. Hij heeft een paar uur geslapen. Na het ontbijt ging ie er weer vandoor. Ik weet niet wat ik moet doen.'

'Dat snap ik, wil je dat ik hem een sms stuur of hem probeer te bellen?'

'Dat mag je natuurlijk altijd proberen, maar zeg dan niks over je vorige leven, en zo. Dat heb ik liever niet.'

'Oké, ik heb een nieuwe telefoon zoals je wel hebt gemerkt, dus hij zal niet weten wie er belt.'

'Wat is er met je telefoon gebeurd? Die zat in de mand die je van ons hebt gehad.'

'Sorry. Die ben ik kwijtgeraakt.'

Ze zou het toch niet begrijpen. In haar wereldje betekende een knokpartij automatisch de oude Teddy.

'Slaap je dan vannacht bij ons?'

Dat kwam nu eerlijk gezegd niet bepaald goed uit, als hij keek naar de werktijden in deze zaak. Als hij vannacht om halfzes thuiskwam, zou Linda zich meteen weer druk maken.

'Ik weet het niet.'

Hij hield zijn ogen constant op de deur gericht.

'Ik was trouwens net nog bij pa.'

'Goed zo, heel goed, ik was er eerder vandaag om een kaarsje voor ma te branden.'

'Ik trek hem slecht.'

'Hij bedoelt het goed. En denk vandaag maar niet aan hem, maar aan mama.'

Er was één gedachte die hem al de hele avond bezighield: wat zou hij doen wanneer Guldman opdook? Hij probeerde verschillende scenario's voor zich te zien, verschillende manieren om te handelen. Maar die eindigden allemaal in situaties waarin hij nu juist níét wilde belanden.

Er kwam een man naar de deur gelopen. Teddy kwam in beweging, stapte achter het klimrek vandaan en liep naar de deur.

In het licht van het portiek zag hij de man beter: hij had halflang haar dat bijna tot op zijn schouders hing en hij droeg een dik donsjack en een wijde, baggy spijkerbroek.

Teddy ging naast hem in de lift staan. De man drukte op de knop voor de tiende etage. Dit kon hem weleens zijn.

Het klonk alsof de staalkabels van de lift het laatste stukje kraakten. De man stond bijna demonstratief dicht bij de deur, waarschijnlijk om aan te geven dat hij geen praatje wenste te maken of niet het risico wilde lopen om Teddy aan te moeten kijken.

De deuren gingen open.

De man ging naar links en liep naar zijn deur: dat kon de juiste deur weleens zijn, een van de twee.

Toen draaide hij zich om. Teddy keek hem recht in de ogen.

Hij was rood in zijn gezicht alsof hij verbrand was onder de zonnebank en zijn bovenlip stak helemaal uit van een pluk pruimtabak die drie keer te groot was.

'Kan ik je ergens mee helpen?' vroeg hij.

Teddy keek om zich heen. 'Nee, dank u wel, ik denk dat ik in de verkeerde flat sta.'

'Wie zoek je?'

'Stening.'

'Stening?'

'Ja, Nybohovsbacken 69.'

'Dit is 67.'

De man draaide zich om en begon zijn deur van het slot te halen.

Het was het goede appartement.

Hij sloot de deur achter zich.

Lazar Guldman.

*

De eerste paar seconden had de sneeuw als een verlichting gevoeld. Het prikkende gevoel in zijn voeten door de slechte bloedcirculatie werd minder door de kou. Zijn verwarde gedachten verscherpten. De winterkou maakte zijn zintuigen weer sterker.

Hij rende. De sneeuw was tientallen centimeters diep en zacht, bijna drassig. Ze hadden zijn schoenen afgepakt. Gek gevoel, met blote voeten in de sneeuw: zoiets had hij nog nooit eerder meegemaakt.

Hij keek geen enkele keer achterom, hij holde alleen maar vooruit. Hij zag geen huizen voor zich, alleen wat verderop de bosrand.

Hij had maar één gedachte in zijn hoofd en dat was dat hij een huis moest zien te vinden of in elk geval een weg.

Hij zag verderop geen licht, de bosrand was in een dichte duisternis gehuld. Toen hij dichter bij de dennenbomen kwam, draaide hij snel zijn hoofd en keek om. Het huis waar hij was vastgehouden was groot, een villa, minstens twee verdiepingen, misschien wel drie. Hij zag licht branden achter een raam op de begane grond. Misschien zat daar Jokerface wel.

Het huis had een lichte kleur, maar het was te donker om verdere details te kunnen zien.

Hij rende verder.

Het bos in. Weg van het huis, weg van het licht achter het raam. De bomen stonden niet zo dicht op elkaar als hij had gehoopt, ze waren meer verspreid, alsof er recentelijk was gekapt.

Het voelde aan alsof het een paar graden boven nul was. Weer iets waar hij geluk mee had. Philip droeg dezelfde broek als toen ze hem gevangen hadden genomen, een 7 For All Mankind-spijkerbroek. Ook had hij zijn overhemd en trui nog aan, een Borelli en een kasjmieren van Loro Piana. Op dit moment was hij heel blij met die trui, zijn romp voelde niet koud.

Maar zijn voeten waren bevroren.

Hij hield een paar seconden halt en probeerde zijn tenen te bewegen.

Hij voelde ze amper meer.

De gedachte een huis of een weg te vinden maakte plaats voor een andere: hij moest een plek zien te vinden die niet was bedekt met ijs en sneeuw. Hij moest weg van de kou op de grond.

Hij rende weer verder. Het licht achter het raam was in de verte nog te zien.

Hij voelde zijn wanhoop toenemen. Hij zou eigenlijk om moeten keren om aan de andere kant van het huis te kijken. Ergens moest er toch een weg zijn. Maar het was, ondanks de sterren en de maan, wel erg donker.

Hij wist niet eens zeker of hij sowieso wel een weg zou kunnen zien.

Hij rende terug en maakte op het terrein ondertussen een omtrekkende beweging. Hij moest volhouden. Naar zo'n soort huis reed je met een auto. En bovendien wist hij dat ze hem er met een voertuig naartoe hadden gebracht.

Na ongeveer een minuut zag hij water, het was met ijs bedekt, maar wat verderop lag het open en glinsterde het in het maanlicht. Aan de andere kant, een kilometer of wat in de verte, zag hij meerdere lichtjes, waarschijnlijk van bebouwing. Hij vroeg zich af of hij op een eiland zat.

Hij keerde weer om. Liep weer richting het huis, maar in een nog wijdere boog.

Zijn voeten voelde hij niet meer. Toch was zijn hoofd zich ervan bewust dat ze van deze ondergrond af moesten.

Toen zag hij een lange gang tussen de bomen zich tegen de hemel aftekenen, als een allee. Dit moest een weg zijn. Toen hij bukte zag hij iets wat wellicht bandensporen in de sneeuw waren. Hier had iemand de laatste tijd meer dan eens gereden.

Hij rende als een volleerd atleet.

Vooruit. Naar het einde van de weg, naar een kruising, misschien naar een grotere weg.

Een weg waarvan hij hoopte dat er auto's reden.

Hij bleef staan. Was hij helemaal gek geworden? Als ze naar hem op zoek waren, zouden ze hier natuurlijk als eerste kijken. Aan de andere kant was dit momenteel zijn enige kans om weg te komen. Want als hij in het bos bleef, zou hij doodvriezen.

Honderd meter.

Tweehonderd meter.

Hij hijgde.

De bomen langs de kant van de weg keken op hem neer. Lachten hem uit. Een gek op blote voeten.

Verderop zag hij iets. Een nieuwe weg kruiste die waar hij op liep. Deze was groter, het voelde als asfalt onder de dunne sneeuwlaag.

Hij wist niet welke kant hij op zou rennen, maar koos voor links.

Weer honderd meter.

Tweehonderd meter.

Toen zag hij verderop iets aan de kant van de weg staan. Een andersoortig silhouet aan de donkere hemel.

Het was een jachthutje.

Iemand had hier zo'n hutje neergezet voor de elandenjacht. Toen hij dichterbij kwam, zag hij dat het eruitzag als alle andere, een simpel bouwwerkje op vier houten palen en een zitgedeelte op een meter of twee van de grond. Het had houten wanden en er zat een dak op.

Philip had al vele malen in zo'n hutje gezeten. Hij kende de voordelen. Je kon goed over lage begroeiing zoals boompjes en struiken heen kijken, en je kreeg een beter schootsveld. Bovendien werd de mensengeur minder omdat die werd meegedragen door de hogere luchtlagen.

Hij klauterde omhoog. Het zitgedeelte was klein, hij kon zich niet helemaal uitstrekken. Maar dat wilde hij ook niet. Hij wilde alleen maar onder het dak in elkaar kruipen en wachten tot er daarbeneden iemand voorbij reed. Hier lag geen sneeuw of ijs, en er stond minder wind.

Aan de andere kant: nu was hij niet langer in beweging.

Hij trok de mouwen van zijn trui zo ver mogelijk uit, tot over zijn handen, en probeerde de bovenkant van zijn voeten erin te stoppen. Ondertussen masseerde hij zijn tenen met zijn vingers. Dit was een vreemde zithouding.

Hij voelde zich net een aap.

*

'*Ajde*, nu.'

'O man, laat mij gewoon lekker high blijven.' Nikola staarde naar het jointdraai-plateau dat voor hem op de salontafel stond. Hij vroeg zich af hoeveel vette joints daar wel niet op waren gedraaid, ondanks dat Yusuf altijd zei dat ze daarmee moesten kappen. Ze luisterden op de computer van Chamons broer naar een nummer op Spotify. Snoop Dogg had zijn naam veranderd: Snoop Lion, reggae style.

Waarom moest Yusuf uitgerekend nu bellen om te zeggen dat ze naar het centrum moesten komen? Ze waren net zo relaxed aan het chillen.

'Yo, makker, híj wil dat we naar hem toe komen.'

Chamon kon het gesprek horen, zo hard schreeuwde Yusuf. Hij legde zijn joint op het plateau. Die was nog maar voor de helft opgerookt. Ze hadden nog de hele avond om hun geest te bedwelmen.

Chamon liet een boer.

'We moeten erheen. Als Yusuf roept, dan roept Yusuf.'

'Fuck, we hebben de hele dag al niks anders gedaan dan klusjes voor hem opknappen. Die politiescanner gefikst, en ook nog dat gesprekje met die kp'er die niet wilde betalen.'

'Je weet hoe het gaat, Nikola. Ooit op een dag zijn wij degenen die "Yo, makker" roepen.'

Een kwartier later stonden hij en Chamon voor de Steakhouse Bar in het centrum. Het was kloteweer. Yusuf kwam het restaurant uit gelopen. Hij had een camouflagepet en een zonnebril op, alsof het een mooie zomerdag was.

'Jullie moeten met een chick praten die een paar vragen heeft.'

Chamon was nog steeds high, dat hoorde je aan zijn lichtere stem. 'Wat lul jij nou? Hoezo een paar vragen?'

Yusuf was in een kutstemming. Hij deed een pas naar voren en ging met zijn gezicht op vijf centimeter van dat van Chamon staan. 'Wat is er met jou, heb je een probleem of zo?'

'Nee nee, sorry. Maar waar gaat dit over?'

'Die chick wil iets weten over dat gedoe dat vannacht in de stad is gebeurd, ik durf te wedden dat zij erbij was in dat appartement, maar ik weet het niet zeker. Maar relax, je loopt geen risico.'

'Is het een smeris?'

'Je mag m'n ma neuken als dat een wout is.'

'Wie is ze dan?'

'Weet ik veel. Maar hij heeft zijn goedkeuring gegeven, hij vertrouwt haar omdat ze met een oude maat van hem samenwerkt. Jouw oom toevallig, Nikola. Hij wil dat jullie met haar praten.'

'Waarover?'

'Hoe moet ik dat weten? Ik ga haar nu halen. En jullie gedragen je.'

Yusuf liep weer naar binnen.

Nikola legde zijn hand op Chamons schouder en lachte. 'Gozer, op een dag roep jij misschien wel dat ik je ma mag neuken.'

Chamon had nog wel meer over Nikola's oom willen vragen, maar Yusuf kwam niet meer terug.

Nikola bestuurde zoals gewoonlijk de auto. Hij was altijd degene die moest rijden, op de wacht moest staan, weg moest, de kleine bedragen moest innen en de pizza's moest ophalen. Wanneer zou híj nu eens een stapje verder komen? Chamon was even oud als hij, en ook al was hij een van zijn beste vrienden, Nikola voorzag problemen: zijn temperament verpestte de helft van alle dingen die ze deden. Nikola was er in het appartement niet bij geweest toen er stront aan de knikker was, maar hij begreep ook wel dat dit weer een van Chamons *fuck-ups* was. Hij sprak toch Syrisch, maar het moest verdomme geen ene moer uitmaken of je Syrisch was of niet. Yusuf liep altijd te zeiken dat het erom ging dat ze samen waren opgegroeid. Dat hij er schijt aan had of iemands ouders in Örebro of in Midyat waren opgegroeid. Het draaide om loyaliteit.

Chamon was achterin naast de jongedame gaan zitten. Ze droeg een soort kantoorkleding en een manteljas. Ze kwam nerveus over, keek de hele tijd door de autoruit, alsof ze in de gaten wilde houden waar ze haar naartoe reden.

Nikola had het bevel gekregen een rondje met hen door de stad te rijden, niet echt in een bepaalde richting.

Maar zij was niet de enige die nerveus overkwam. Nikola had Chamons gezicht gezien toen de vrouw het restaurant uit kwam. Spastische trekjes onder zijn ogen, die altijd opkwamen als hij op het punt stond om zijn broek vol te schijten.

'Ik herken je,' zei ze nu.

Nikola keek in zijn achteruitkijkspiegel. Chamons ene ooghoek trilde zo heftig dat het net leek alsof iemand er een vislijn aan had bevestigd en daaraan trok.

Uiteindelijk zei hij: 'Ik was vannacht in die flat. Ik herken jou ook. Het spijt ons dat het zo is gelopen.'

Nikola reed langzaam. Hij zette de autoradio aan en zette die op 105.9. Het klonk als Justin Bieber.

Eerst probeerde hij te horen waar Chamon en die juriste het over hadden. Misschien zouden ze wel iets over Teddy zeggen. Maar ze hadden het alleen maar over andere dingen. Eigenlijk was dit best oké. Hij hield ervan om in de auto zomaar wat rond te rijden, ook al was die dan niet van hem. Een BMW X5 was toch zeker niet verkeerd.

Hij ontspande. Verloor zich in de muziek. Stopte met denken aan zijn ma en haar gezeur. Dacht aan wat hij van die vijf rooitjes ging kopen die hij vanochtend met het incasseren had verdiend. Hij zou graag een airsoft-gun kopen of op vakantie gaan naar een plek waar het wat warmer was dan in Zweden. Of zou hij in plaats daarvan wellicht een cadeau voor Teddy kopen? Zijn oude oom was dan misschien geen gadgetfreak, hij hoefde toch ook niet rond te lopen met iets wat niet eens een touchscreen had.

Twintig minuten later waren ze uitgepraat op de achterbank. Op een gegeven moment was Chamon even uit zijn slof geschoten, maar nu was alles cool.

Nikola parkeerde weer bij de Steakhouse Bar. Chamon sprong eruit en opende de deur voor de dame alsof hij een of andere limochauffeur was. Nikola had niet veel naar hun gesprek geluisterd, maar nu hoorde hij Chamon iemand bellen.

'Hey, ik ben het,' zei hij. Nikola vroeg zich af waar dit over ging.

Hij hoorde Chamon zeggen: 'Kan ze jou spreken? Ik weet dat het al laat is.'

Chamon liep naar de dame toe.

'Het is oké,' zei hij. 'Ze vindt het goed dat je haar ziet.'

De dame overhandigde iets aan Chamon. 'Hier. En bedankt voor je hulp.'

'Wat was dat?' vroeg Nikola.

Chamon keek omlaag naar wat hij in zijn hand had. 'Een visitekaartje, makker. Nog nooit een advocaat in actie gezien, of zo?'

*

Toen ze Chamon voor het eerst buiten bij de Steakhouse Bar zag staan, wilde ze er als een haas vandoor gaan. Ze zag dat het een van hen was die in de flat waren geweest, misschien was hij het wel die de honkbalknuppel in zijn handen had gehad. Ze voelde een sterk verlangen naar Teddy. In een milliseconde zag ze voor zich hoe hij op zijn dooie gemak naar Chamon zou lopen, hem de hand zou schudden en zou zeggen: 'Deze keer doe je relaxed, oké?'

De chauffeur die de auto bestuurde zag er nog jonger uit dan Chamon Hanna, maar ze herkende hem niet. Hij leek niet erg geïnteresseerd in hun gesprek, hij zat in zijn eigen wereldje. Hij had de radio aangezet en leek te dromen van stranden en palmen in de nacht.

Chamon zat naast haar achter in de auto. Hij droeg een donkergroene winterjas met een opvallende gele streep op zijn bontkraag: een parajumpersjack, de winteroutfit *par préférence* van half Stockholm.

Ze zei: 'Wat deden jullie vannacht in die flat?'

'We zouden een ontmoeting hebben met een paar kerels.'

'Met wie dan?'

'Wie ben jij eigenlijk?'

'Ik ben jurist. En ik ben op zoek naar Philip Schale. Heeft Isak dat niet verteld?'

'Niet echt. En de politie dan?'

'Ik heb niks met de politie te maken. Ik wil alleen Philip Schale zien te vinden.'

'Wij zoeken hem ook.'

Justin Bieber was op de radio. De stoelen roken nog naar nieuw leer.

'Júllie zoeken Philip?'

Chamon Hanna krabde zich op de wang, alsof hij bedenktijd nodig had voordat hij zijn antwoord gaf.

'We dachten dat hij in het appartement was.'

Emelie voelde hoe de haartjes op haar armen overeind gingen staan.

'Hij heeft immers twee plekken. De ene is dat appartement aan de Östermalmsgatan, de andere is dat appartement aan de Fatbursgatan. In het ene is hij samen met zijn schattige vriendinnetje, in het andere doet hij vieze dingen. Hij wil die twee werelden niet combineren.'

'Hoe weet jij dat?'

'We houden hem al een paar weken in de gaten. Na wat hij met mijn nichtje heeft gedaan.'

'Kun je daar iets meer over vertellen?'

'Weet je daar niks van af dan?'

'Vertel het me nou maar gewoon.'

Chamon knipperde met zijn ogen. Emelie moest nu op haar tellen passen, ze wilde hem niet bang maken. Aan de andere kant was er geen tijd te verliezen; ze moest er druk op zetten.

Bruno Mars zong door de autospeakers. De jongen aan het stuur leek nog net zo diep in gedachten als daarnet.

'Het zit zo. Mijn nichtje, Anina, leeft niet zoals het hoort. Ze heeft een Zweedse moeder. Niks mis mee, maar ik denk wel dat Anina daardoor niet op dezelfde wijze naar dingen kijkt als wij. Snap je wat ik bedoel? Ze is het huis al uit, terwijl ze nog niet eens een partner heeft. Ze leeft haar leven op een respectloze manier. Maar een paar weken geleden kwam ik haar tegen en was ze helemaal van de kaart. Ze had een echte klootzak leren kennen.'

Bruno Mars zong op de achtergrond: '*You bring me to my knees, you make me testify, you can make a sinner change his ways.*'

'Eerst had ik alleen maar zoiets van "eigen schuld, dikke bult". Maar toen vertelde ze er wat meer over, en dat ging echt te ver. Er zijn grenzen. Dus heb ik met Yusuf gepraat, die weer met Isak heeft gepraat. En Isak heeft toen gezegd dat het oké was dat ik me ermee ging bemoeien. Van het een kwam het ander.'

'Jullie dwongen hem het ijs op te gaan?'

'Dat zijn jouw woorden. We hebben hem een lesje geleerd. Dat had hij wel verdiend.'

'Wanneer was dat?'

'Jezus, weet ik veel. Toen Anina mij belde.'

‘En jij vertelt net dat jullie hem al een paar weken in de gaten hielden.’

‘Inderdaad, dus het zal wel een paar weken geleden zijn. We hebben hem vlak bij een van die kroegen gepakt, Clara’s of zoiets. Maar het was nog niet gedaan, we wilden ook geld zien, maar dat weigerde hij. Daarom zochten we hem op. Maar in plaats daarvan waren jullie daar.’

Emelie keek uit het raam. Buiten zag ze rijtjeshuizen. Ze had geen idee waar ze ergens was. Ze konden met haar doen wat ze wilden. Het enige wat ze had, was Isaks woord.

‘Wat heeft Philip met jouw nichtje gedaan?’

Chamon draaide zich ook naar het raam. Emelie kon een ader in zijn hals zien kloppen.

‘Ik begrijp dat het lastig is om over zoiets te praten.’

Opeens wierp Chamon zich boven op haar. Hij pakte haar bij haar jas en duwde haar tegen het portier. Zijn gezicht, nu herkende ze zijn gezicht weer van vannacht. Het vuur dat uit zijn ogen vlamde.

‘Waar de fuck bemoei jij je mee? Je hebt hier niks mee te maken. Je begrijpt helemaal niks.’

Hij drukte haar tegen de autoruit. Ze voelde dat ze zwaar begon te ademen. Hij duwde op haar schouders. Ze moest zich beheersen. Hem zien te kalmeren.

De jongen die de auto bestuurde draaide zich om. ‘Chamon, doe verdomme es effe relaxed!’

‘Kan ik haar ontmoeten?’ brieste Emelie.

Anina Hanna Björklund zag er echt nog jong uit. Als Emelie had moeten raden, had ze haar geen dag ouder dan vijftien geschat.

Ze had lange, zwarte haren die in een perfecte zijscheiding waren gekamd. Het was duidelijk dat Anina volgens alle huidige maatstaven als onwijs knap kon worden bestempeld. Maar toen ze op de stoel in de Steakhouse Bar plaatsnam en in de richting van Chamon en zijn consorten keek, kreeg haar blik bijna iets wilds.

Emelie was blij dat ze ondanks het tijdstip zo snel had kunnen komen. Ze was kennelijk met een paar oude vriendinnen uit Södertälje een drankje gaan doen, zelf woonde ze namelijk in Stockholm.

Emelie stelde zich voor en sprak met zachte stem. ‘Ik zou je een paar vragen willen stellen over Philip Schale. Ken jij hem?’

Anina nam een slokje van de thee die de ober voor haar had gezet, ondanks dat ze eigenlijk al gesloten waren.

'Nou ja, kennen...'

'Weet je dan wie het is?'

'Ehm, misschien...' De onzekerheid in Anina's stem was duidelijk te horen.

'Ik begrijp dat dit wat gek kan voelen. Maar er is een bijzondere situatie ontstaan en het zou geweldig zijn als jij mijn vragen zou kunnen beantwoorden. Ik beloof je dat ik hier later meer over zal vertellen.'

Anina leek zich wat te ontspannen. Ze droeg een zwarte broek met hoge, zwarte laarzen. Over haar bovenlichaam droeg ze een dun donsjack van glimmende stof met daaroverheen een bontvest. Ze had haar vest dichtgeknoopt maar niet haar jack, ze moest hierbinnen zitten te koken.

'Ik weet wie Philip is, soort van...'

'Hoe ken je hem?'

'Ik ken hem niet, dat heb ik niet gezegd. En het is een smeerlap. Maar wat wil je nu eigenlijk weten?'

'Zoals ik al zei: het ligt allemaal wat gecompliceerd, maar ik moet zo veel mogelijk over Philip Schale te weten zien te komen. Meer dan dat mag ik op dit moment niet kwijt, overigens. Je moet me geloven Anina, ik heb geen kwade bedoelingen.'

Anina pakte haar theekopje weer op. Emelie meende in een van haar ogen een traan te bespeuren.

'Ze zijn verschrikkelijk. Je weet niet...'

Haar traan viel in haar thee. Anina wreef in haar oog. Je kon zien dat ze haar best deed om niet in te storten.

In korte bewoordingen vertelde ze wat haar was overkomen.

Emelie wist niet wat ze moest zeggen. Ze was in haar vriendengroep nooit echt de beste psycholoog geweest. Sommigen van haar vrienden waren zulke goede luisteraars en zeiden zulke goede dingen dat het bijna verslavend was. En dan waren haar problemen hier nog niet in de verste verte mee te vergelijken.

'Ik heb het recht om mijn eigen leven te leiden, zonder dat een stelletje klootzakken zich daarmee bemoeit. Maar wat mij is overkomen vergeef ik hun nooit. En ik heb van alles zitten denken.'

Ze zweeg, het leek alsof ze aan het nadenken was over of ze nog wel meer moest zeggen.

'Wat heb je zitten denken?'

'Eerst was ik alleen maar verdrietig. Maar een paar weken geleden zag ik hem in de viproom. Toen heb ik Chamon gebeld. Die ging helemaal door het lint en beloofde om naar de stad te komen om "die klootzak te pakken", zoals hij het noemde.'

'Wat is er toen gebeurd?'

'Geen idee. Chamon en zijn maten hebben iets gedaan, maar hij heeft niet gezegd wat. Maar toen ben ik boos geworden.'

'Waarom?'

'Ik heb met een hele hoop mensen gesproken. Er was zelfs iemand die ik niet kende die contact met mij heeft opgenomen, alleen maar om over Philip te praten.'

'Wie was dat?'

'Ik ken haar verder niet. Een gewone meid, ergens tussen de vijfentwintig en dertig, gok ik. Ze leek Philip op een of andere manier te kennen.'

Emelie dacht eraan dat ze Anina foto's van een paar personen moest sturen om te zien of ze daar iemand van herkende.

'Hoe nam ze contact op?'

'Eerst via de mail of Facebook, geloof ik, daarna belde ze me en hebben we een keer afgesproken. Maar ze was raar. Ze werd boos op me omdat ik er niets aan wilde doen. Die keer dat we elkaar zagen schreeuwde ze naar me, ze flipte echt bijna. Maar toch wist ze me van één ding te overtuigen.'

'En dat is...?'

'Er is voldoende bewijs. Ik ben naderhand zelfs bij de dokter geweest. Ik ben van plan om morgen aangifte tegen hem te gaan doen. Ik heb een afspraak bij het plaatselijke politiebureau van Östermalm.'

*

De standaard-avondroutines waren niet langer van toepassing. Rond deze tijd smeerde Carl-Johan altijd zijn voeten in. Hij ging dan in de rotanstoel in Catharina's badkamer zitten, legde zijn ene been over de andere en spoot een hoeveelheid crème uit de tube Dr Scholl's Neutrogena of wat Catharina dan ook had gekocht. Daarna masseerde hij het goedje langzaam in. Eerst onder het voorste gedeelte van zijn voetkussentjes en de zijkant van zijn grote teen. Daarna kneep hij er nog wat uit om zijn hiel mee in te smeren. Zijn hielen waren altijd droog, en als hij dit niet elke avond deed, dan kon je de klok erop gelijk zetten dat de kloven binnen een paar dagen weer zouden verschijnen.

Een paar jaar geleden, toen hij het onvermijdelijke had ingezien – dat hij voorzichtig en consequent met zijn voeten om moest gaan – had hij dit een uiterst langdradige handeling gevonden. Hij had het geprobeerd te combineren met tv-kijken of hij had een cd aangezet voordat hij eraan begon. Hij had zijn pedicure en zijn persoonlijk dermatoloog vervloekt omdat het hun niet was gelukt dit probleem op te lossen.

Maar tegenwoordig zag hij het anders, hij hield zelfs van die tien minuten stilte in de badkamer. Die had hij nodig. En vanavond miste hij die.

Over het algemeen was hij blij dat Catharina en hij al vroeg voor de indeling van hun leven hadden gekozen zoals die nu was. En hij voelde zich gezegend met zijn secretaresse, zijn assistent, zijn chauffeur en zijn financiële man. Zonder hen zou het leven een hel zijn.

Maar nu was het dan toch chaos.

Caroline zou vannacht bij hen slapen, had ze gezegd. Dat was misschien ook wel goed. Catharina had iemand nodig die zich om haar bekommerde, met wie ze beter kon praten dan dat hij zelf kon. Maar nu was ze er even niet.

Hij had haar geprobeerd uit te leggen waarom hij van mening was dat de betaling van zestien miljoen morgen pas mocht plaatsvinden. Dit zou Magnus en zijn mensen meer tijd geven om dit op te lossen. Alle statistieken wezen erop dat het niet zou voldoen om in een keer te betalen, zestien miljoen zou er niet voor zorgen dat ze Philip vrij zouden laten. Catharina had nauwelijks opgekeken, alleen maar iets onverstaanbaars gemompeld. Hij wilde het ook met haar hebben over Kevin en Kevins vader, maar ze had jammerend gezegd dat ze daar nu even geen trek in had. Ergens was hij ook wel blij dat ze zich daar niet mee bemoeide. Ze mocht zich niet weer zo gaan gedragen als de laatste paar dagen het geval was geweest.

Caroline daarentegen was aan de keukentafel gaan zitten en wilde praten.

‘Pa, vertel nu eens van begin tot eind wat we weten. Ik kon niet alles volgen wat er tijdens de vergadering met Magnus Hassel is gezegd.’

Op een bepaalde manier kwam Carl-Johan door deze vraag een beetje tot rust. Nu Caroline thuis was, was hij echt blij dat ze er voor haar familie was. Zoals ze er altijd had moeten zijn.

Hij vertelde wat hij wist. Dat ze dachten dat Philip een tijd in zijn appartement aan de Fatbursgatan was vastgehouden en dat hij Patric Öhrn had gebeld om geld over te boeken, maar dat dit niet zo was verlopen als de kidnappers hadden gepland en dat ze daarom Philip nu een namaakcontract hadden laten sturen voor de aankoop van een woning.

'Wat is het verband eigenlijk tussen die flat aan de Fatbursgatan en Philip?' vroeg ze.

'Dat weten we nog niet. Dat zijn ze nog aan het uitzoeken.'

'Weten ze dat niet? Maar daar is toch zo achter te komen?'

'Dat hopen we maar.'

'En Stephanie dan, hebben jullie haar niet gesproken?' vroeg Caroline toen hij klaar was.

Carl-Johan staarde haar aan. 'Hoe kunnen we nou toch met haar praten? Zij lijkt nog makkelijker van streek te raken dan je moeder.'

Caroline draaide haar gezicht weg.

Maar dat was een paar uur geleden. Nu was Caroline weg, waarschijnlijk maakte ze een wandeling. Hij snapte niet waarom ze dit nu in de huidige omstandigheden deed en zo laat op de avond, maar ze had erop gestaan een luchtje te gaan scheppen.

Carl-Johan trok het kastje in de hoek van de keuken open en haalde daar een fles Glenfiddich uit. Dit was zijn eigen drankkast, de wijnkoeler tegen de andere muur en de wijnkelder waren evengoed Catharina's domein. Maar hij was de enige die dronk van wat er in dit kastje stond.

Hij schonk het kristallen glas halfvol en deed er vervolgens drie druppels lauw water bij. Dit glas was een erfenis van Catharina's opa en oma. Hij hield ervan om hieruit te drinken, het familiewapen van Adlercreutz glinsterde in het licht van de plafondlamp.

Hij dacht erover om toch zijn voeten in te gaan smeren, om even tien minuten alles weer bij het oude te laten zijn.

Hij nam een slok van zijn drankje.

Zijn hoofd tolde.

De wereld draaide.

Hij moest even gaan zitten.

Hij liep de bibliotheek in en plofte neer op de bank.

Hij liet zijn hoofd achteroverzakken en nam nog een slok van zijn whisky.

Toen hoorde hij zijn telefoon. Die lag op de keukentafel. Hij stond op en liep eropaf, maar voordat hij er was, hield het rinkelen op. Hij hoorde Catharina's stem.

Toen hij de keuken in kwam, reikte ze hem de telefoon aan.

'Het is Magnus,' zei ze. 'Ik heb opgenomen, maar hij wilde jou spreken.'

Hij hoorde de stem van Magnus. 'Carl-Johan, het spijt me. Catharina nam op en ik bleef maar doorratelen.'

'Waarover dan?'

'Ik heb Emelie zojuist gesproken, ze is ergens achter gekomen.'

'Wat dan?'

'Ze heeft een van de mannen opgezocht die vannacht de flat waren binnengedrongen. En die heeft haar weer doorverwezen naar een jongedame uit Södertälje. Van buitenlandse afkomst. Emelie heeft haar kort geleden gesproken. Deze dame beweert dat ze eerder dit jaar door Philip is verkracht. Het was misschien niet zo handig van mij om dit aan Catharina te vertellen. Hoe neemt ze het op?'

Carl-Johan keek naar zijn vrouw.

Die was gaan zitten.

Haar blik was leeg.

*

Körsbärsvägen. Het mekka van de studentenhuisvesting. Honderden studio's en tweekamerflats, kamers en gedeelde flats. Hier leefde men op noedels en gehakt en was het tot diep in de nacht feest. Soms kon Emelie het weleens missen dat ze toen ze nog studeerde niet meer aan het studentenleven had deelgenomen. In plaats daarvan was ze altijd gebrand geweest op resultaten en extra studiepunten. En ze had altijd in een gewone flat willen wonen.

Er waren ergere plaatsen dan Körsbärsvägen. Dit gedeelte lag in elk geval nog binnen de grenzen van het stadscentrum. Velen woonden op de campus bij de universiteit of moesten hun afgeragde tweekamerappartement dat vijfenveertig minuten van de stad af lag met twee of drie man delen.

Anderzijds wist ze best dat het luxe was in Zweden: hier kreeg je betaald om te studeren. De studiefinanciering was zo'n drieduizend kronen per maand, en daar kwamen nog voorwaardelijke leningen bij die de staat aan iedereen aanbood die in het hoger onderwijs studeerde. Dat waren ook geen gigantische bedragen, maar als dit Engeland of Frankrijk was geweest, dan had het duizenden kronen gekost om naar een goede school te kunnen gaan. Haar moeder zou het met haar eens zijn geweest, maar zij had dit dan op een heel andere manier verwoord. Volgens haar was dit geen luxe, maar een vanzelfsprekend recht binnen de verzorgingsstaat.

Emelie en Anina Hanna Björklund hadden twee uur geleden bij de Steakhouse Bar afscheid van elkaar genomen. Emelie had een taxi gebeld en was terug naar kantoor gegaan, wat, ondanks dat het nacht was, twintig minuten had geduurd. Ze was van plan om materiaal over Kevin, maar ook over Anina door te nemen. Ze had er alle reden toe om Philip meer te haten dan ieder ander met wie ze inmiddels in aanraking was gekomen.

Toen ze even had gezeten, was haar telefoon gegaan. Het was Anina.

'Ben je in de stad?'

'Ja.'

'Je moet hierheen komen.'

'Wat is er gebeurd?'

'Ik denk dat er iemand is die mij wil spreken over Philip.'

'Wie?'

'Weet ik niet. Er belde iemand aan die binnengelaten wilde worden. Kom nu maar hierheen, dit voelt helemaal niet prettig. Chamon is te ver weg. Ik woon aan Körsbärsvägen.'

Anina had haar het precieze adres en de toegangscode van de deur gegeven

'Ik kom er meteen aan.'

Emelie had haar geprobeerd terug te bellen toen ze in de taxi zat, maar Anina had niet opgenomen.

Ze naderde de flat. Ze zou willen dat ze Teddy kon bellen, maar had daar meteen weer spijt van. Die mocht eerst zijn excuses aanbieden voordat ze contact met hem zou opnemen.

Het gebouw heette de Rozenbottel. Iedereen die in Stockholm had gestudeerd wist welk gebouw dit was. Meer dan twintig verdiepingen en honderdveertig studentenwoningen. Er waren niet veel woontorens die zo groot waren.

Anina bleek, ondanks dat ze pas achttien was, aan de universiteit te studeren; een slimme meid, ze had op de middelbare een klas overgeslagen.

Emelie was nu ongeveer dertig meter van de ingang verwijderd.

Het was donker buiten, ze zag van een afstandje dat de lamp het daar niet scheen te doen.

Toen vloog de deur open. Er stormde iemand naar buiten. Hij of zij droeg een lange donsjas met de capuchon over het hoofd getrokken. Ze herkende het merk. Het was zo'n superdure Mountain Works.

De persoon rende naar een kleine, rode auto die twintig meter verderop geparkeerd stond, midden op de stoep. Het was Emelie tot nu toe nog niet eens opgevallen dat die daar vreemd stond. Hij blokkeerde het hele voetpad.

De auto reed gierend weg en scheurde met veel te hoge snelheid de straat uit.

Het geluid van de piepende banden gaf Emelie de rillingen.

Helemaal beneden in het voorportaal hing een lijst van iedereen die in de flat woonde. Emelie ging ervanuit dat de meeste woningen wel onderverhuurd zouden zijn, maar op de twaalfde verdieping stond wel degelijk Hanna A. Björklund.

Ze vroeg zich af wie het was die op dit uur met haar over Philip wilde praten. En ze vroeg zich af wie die rode auto in gesprongen was. Misschien had ze het kenteken moeten noteren, maar daar was het nu te laat voor.

Ze drukte op het knopje voor de liften. Uit de liftschacht klonk een krakend geluid. Ze drukte op nummer twaalf en liet de lift zijn knarsende tocht omhoog aanvangen.

De deuren van de lift gingen open en ze stapte uit. De lamp aan het plafond flikkerde. Het was stil in de flat.

Emelie belde aan.

Er deed niemand open.

Van binnen geen geluid.

Ze belde nog een keer aan.

Er gebeurde niets.

Anina wist dat ze zou komen. Ze zou toch thuis moeten zijn.

Ze voelde aan de klink.
De deur was open.
'Anina,' riep ze de studentenflat in.
Stilte.
Ze zette een stap naar binnen. Fucking hell, fucking hell.
Er lag een gekleurd kleed op de vloer en er hingen jassen en vesten op kleerhangers. Dit was kennelijk een eenkamerappartement met een aparte keuken. Ze keek direct de kleine keuken in, een eettafel met plaats voor twee stoelen. Er stond een bord met etensresten op het aanrecht.
'Hallo?' riep ze weer, deze keer met een wat fragielere stem.
De stilte hierbinnen maakte haar bang. Ze meende het geluid van haar eigen hart te kunnen horen.
Ze draaide zich om en keek de donkere kamer in. Het licht van de gang wierp wat licht naar binnen.
Ze wist meteen dat er iets mis was.
Toen zag ze het.
Op de grond, bij de muur, lag een lichaam.
Ze zette een stap naar binnen.
Het was Anina.
Roerloos.

*

Het jachthutje.
Hij wist niet hoe lang hij het hierboven zou volhouden, twee meter boven de grond. Hij overwoog om iets van een bericht in een van de zijplanken te krassen. In het kort beschrijven wat hem was overkomen. Wat hij van de kidnappers wist.
Nee, dit was maar onzin. Hij wist immers niets.
Misschien moest hij er andere verhalen in krassen. Wat hij als kind had meegemaakt. Wat ze hem hadden aangedaan. Wat hij anderen had aangedaan.
Dit had allemaal geen nut.
Niemand zou hem missen.
Hij was de eenzaamheid wel gewend.
Zelfs de momenten waarop zijn ouders wél thuis waren, had hij die gevoeld. Het ging er niet om of ze wel of niet fysiek in de woning aanwezig waren. Zijn vader zat toch aan de telefoon of achter zijn compu-

ter. Zijn moeder lag onder een plaid in de bibliotheek, of ze zat in de keuken over een krant gebogen aan een glas wijn.

De enige momenten waarop zijn vader daadwerkelijk met hem sprak, was als hij zijn opvoedingsmonologen hield. Zijn twee simpele principes: etiquette en discipline. Die moesten erin worden geprent, *no matter what.*

Hij dacht terug aan die ene keer, hij kon niet ouder dan een jaar of acht zijn geweest. Hij had er genoeg van gehad.

'Papa, ik doe het niet. Ik kauw lekker toch met mijn mond open als ik dat wil.'

Carl-Johan had hem alleen maar aangekeken en langzaam zijn hoofd geschud.

'Dat moet je niet zeggen.'

De rest van de avond was hij aan het werk geweest. Monica, hun kindermeisje, zorgde ervoor dat Philip en Caroline hun tanden poetsten en naar bed gingen. Waar zijn moeder was, wist Philip niet.

'Lekker slapen, lieverd,' had Monica gezegd toen ze het licht in zijn kamer uitdeed. Het was al veel te laat en hij had drie uur achter elkaar spelletjes op zijn gameboy gedaan.

'Monica, denk je dat papa morgen nog wel met mij zal praten?' vroeg hij voordat ze de deur dichttrok. Het silhouet van haar hoofd leek enorm, maar hij wist dat dit door haar grote haardos kwam.

'Tuurlijk,' had ze gezegd. 'Hij is toch heel vergevingsgezind?'

Maar dat was hij helemaal niet, wist Philip.

Hij was wakker geworden doordat zijn vader op de rand van zijn bed was komen zitten en zijn mond dichthield. De deur was dicht.

Eerst zei hij niets, hij zat daar alleen maar terwijl hij Philips kaken tegen elkaar drukte.

'Ik had gezegd dat je met je mond dicht moet kauwen. Doe je mond open.'

Philip zag hem als een waas door zijn slaperige ogen. Hij wist niet hoe laat het was. Maar één ding stond als een paal boven water. Zijn vader was verschrikkelijk kwaad, op die stille manier.

'Doe je mond open, zei ik.'

De greep om zijn wangen deed pijn. Hij deed zijn mond open.

'Verder.'

Philip opende zijn mond zo ver als hij kon.

Zijn vader drukte iets in zijn gehemelte. Het voelde als een lucifer of iets dergelijks. Die stond rechtop, waardoor hij zijn mond niet dicht kon doen.

'Dat is een tandenstoker. En die blijft daar de rest van de nacht zitten. Als je hem eruit haalt, wordt het alleen nog maar erger. Ik hou je in de gaten om te controleren of hij er nog zit.'

Philip voelde hoe hij zijn kaken spande. De tandenstoker prikte in zijn gehemelte.

Hij keek zijn vader aan.

'Dat zal je leren dat het niet goed is om je mond open te houden.'

Het was zeven uur geweest toen zijn moeder hem wakker maakte. Zowel de boven- als de onderkant van zijn mond bloedde. Hij had de twee weken daarna pijn aan zijn kaken gehad, en hij had nachtmerries dat iemand hem aan een vork spietste.

Zijn vader sprak met geen woord meer over dit voorval.

En zijn moeder? Die was waarschijnlijk door al haar pillen te ver van de wereld om het zich überhaupt nog te herinneren.

Al dat harde lopen had hem warm gehouden, maar dat was alweer lang geleden. Hij was aan één stuk door aan het rillen. Zijn voeten waren nog steeds ijskoud. Zijn handen beefden. Zijn tanden klapperden.

Hij begon zijn concentratie te verliezen, hij kreeg zijn gedachten niet gefocust.

Hij wachtte. Maar wist amper nog waarop.

Het geluid van een auto misschien. In de verte zag hij koplampen. Helaas. Niets daarvan, hij verbeeldde het zich maar.

Hij zou hier sterven als hij geen actie ondernam. Hij moest naar beneden klimmen en proberen wat dennentakken af te breken om zich mee te bedekken.

Hij kroop naar het trapje.

Klauterde achterlangs naar beneden.

Toen hij de met sneeuw bedekte grond weer voelde, wist hij dat zijn voeten nog niet volledig waren verlamd. Zijn hele lichaam bevroor.

Hij rende naar de eerste de beste boom en pakte de laagste tak vast. Die zoefde als een donkere vleugel boven zijn hoofd. Hij rilde nog steeds, maar trok er uit alle kracht aan. Hij ging eraan hangen, draaide hem rond, rukte zo hard hij kon.

Ten slotte brak hij af, een grote dennentak.

Hij legde hem op de grond en ging erop staan. Toen begon hij op dezelfde manier aan de volgende laaghangende tak.

Een paar minuten later had hij acht takken. Die sleepte hij twee aan twee het jachthutje in. Er was amper plek voor, de naalden prikten, maar daar trok hij zich niets van aan.

Uiteindelijk lag hij onder een stapel dennentakken. Kroop ineen, rekte de mouwen van zijn trui weer uit en trok de uiteinden over zijn tenen.

Hij lag nu helemaal uit de wind. Maar van enige warmte was geen sprake.

De kou was nog even volhardend als eerst.

Allerlei gedachten kwamen en gingen. Hoe laag kon de lichaamstemperatuur van een mens zijn voordat hij buiten westen raakte? Hoe lang kon een mens in de sauna zitten?

Dit jachthutje had iets bekends, of het leek gewoon op alle andere hutjes waar hij tijdens zijn diverse jachttrips in had gezeten.

Er moesten al meerdere uren zijn verstreken.

Hij was een loser.

Hij hoorde een stem.

'Wat dacht jij nou?'

Een lichtstraal recht in zijn gezicht. Iemand scheen op hem met een zaklamp.

'Ontzettende sukkel. Dacht je nou echt dat je kon ontsnappen?'

Philip herkende de stem. Hij keek naar buiten.

Jokerface stond onder aan het hutje.

*

Loke belde om te zeggen dat hij onderweg was. Teddy was hem dankbaar. Dit was de derde keer vandaag dat zijn oude bajesmaat er voor hem was. En nu was het middernacht. Loke was een vriend van de oude stempel.

Teddy dacht terug aan hoe hij een paar uur geleden in de hal buiten Lazar Guldmans deur had gestaan.

Hij had bij zichzelf gedacht: wat een vreselijke naam eigenlijk.

De laatste acht jaar waren er veel van dit soort namen de revue gepasseerd, louche, duidelijk verzonnen en aangenomen namen. Maar

Lazar Guldman stond met stip bovenaan. Geen mens ter wereld kon tot Lazar Guldman zijn gedoopt, dit was zelfs nog erger dan Loke Odenson.

Hij had op Guldmans bel gedrukt en had gewacht. Binnen hoorde hij voetstappen.

De deur ging open en daar stond hij weer.

Nu was nog duidelijker te zien hoe roze Lazar in zijn gezicht en hals was. Een echte bleekscheet, dacht Teddy, wiens huid niet gemaakt was voor een zonnebankje of een vakantie naar Mallorca.

Lazar Guldman droeg een zwart T-shirt met daarop de tekst: *HARLEY DAVIDSON. WHEN THE GOING GETS TOUGH, THE TOUGH GET GOING.*

'Wat doe jij nu weer hier? Je zei toch dat je bij 69 moest zijn?'

'Ik zei het verkeerd, ik ben een beetje nerveus.'

'Nerveus? Je kunt daar toch gewoon heen gaan?'

'Mag ik binnenkomen?'

'Gozer, neem je me nou in de maling?'

'Nee, ik ben heel serieus. Ik ben op zoek naar een vrouw, die ik, hoe moet ik dat zeggen... Het voelt niet zo prettig om het er hier over te hebben.'

Guldman bekeek hem even onderzoekend, liet zijn blik van top tot teen over hem heen glijden.

Teddy voelde nu hoe zijn hoofd verhit begon te raken.

Hij stond hier tegenover uitschot, ongedierte.

Hij zag zijn vuist al door de lucht suizen, de neus van die hoerengast breken, hij rook de geur van ijzer terwijl het bloed in het rond spatte. Hij balde zijn vuist, voelde zijn vingers aanspannen om de klap zo hard mogelijk te laten zijn.

Hij ademde diep door zijn neus.

'Oké vriend, ik denk dat we de deur misschien maar beter kunnen sluiten, wat jij?' zei Lazar.

Teddy liep de donkere gang in. Het stonk er naar etenswalm en vuile was. De kleding lag opgestapeld op de vloer. Op een stoel stond een gereedschapskist, maar het merendeel van het gereedschap lag overal in het rond.

Lazar kwam ontspannen over ondanks dat hij zojuist een vreemde, breedgeschouderde man had binnengelaten van wie hij toch moest vinden dat die zich vreemd gedroeg. Of hij deed maar alsof, Teddy wilde hem niet te veel intimideren. In plaats daarvan sloeg hij zijn ogen neer en wreef hij nerveus in zijn handen. Hij wilde voorzichtig overkomen, wat hij ergens ook daadwerkelijk was, maar niet om de reden die Lazar dacht.

'Het zit namelijk zo,' zei hij. 'Het is een beetje pijnlijk, maar ik wil een dame te pakken zien te krijgen die ik een tijdje terug heb ontmoet, maar ze neemt niet op als ik haar bel.'

'En hoe had je gedacht dat ik jou daarbij kon helpen?'

'Ik dacht dat jij me misschien kon helpen met haar te vinden. Ik wil haar echt weer zien, als je begrijpt wat ik bedoel, het liep een beetje verkeerd af de vorige keer dat we elkaar zagen. Een klein negerinnetje. Ik heb haar goed betaald en zo, maar zonder resultaat. Ik heb met haar gechat en dacht dat ik misschien eventjes op jouw computer kon kijken. En, en...'

Lazar lachte scheefjes. 'Ik denk dat ik je snap, vriend. Maar ik begrijp niet waarom je mij dit nu staat te vertellen.'

Hij liep naar de voordeur.

'Gozer, je kunt maar beter gaan. Of je laat hem in de lift effe door het vuistje gieren, ik beloof je dat ik het tegen niemand zal vertellen. Óf je googelt op "Negerin anaal", dan vind je misschien wie je zoekt. Succes ermee.'

'Wacht. Kijk hier dan even naar. Ik wil niet dat deze informatie in verkeerde handen terechtkomt.'

Teddy hield hem het USB-geheugenkaartje voor wat hij van Loke had gekregen.

Guldman graaide de USB-stick naar zich toe en zei Teddy buiten op de gang te wachten.

Vijf minuten later deed hij de deur weer open. Zijn eerder nog roze gezicht was nu meer rood.

'Hoe ben je hier verdomme aan gekomen?'

'Daar zou ik me maar niet druk om maken. Je kunt me beter binnenlaten.'

Ze liepen weer de hal in. Lazar keek niet meer zo zeker, zijn schouders hingen omlaag en hij trommelde als een waanzinnige met zijn vingers op zijn broekspijp.

Teddy zei: 'Ten eerste zoek ik een dame die Cassandra heet, ze wordt ook Baby Belle of Honey Rose genoemd. Ten tweede wil ik de chats zien waaraan zij moet hebben deelgenomen.'

'Ik kan jou niet zomaar toegang tot mijn computer geven, dat snap jij toch ook wel? Dat kan gewoon niet.'

'Ik zal heel duidelijk tegen je zijn. Ik moet die chats van die Cassandra of hoe ze dan ook heet zien te achterhalen. Ik weet dat het leven van zo'n meisje jou geen reet kan schelen, maar ik ben wat dat betreft nog een dinosaurus. Ouderwets dus, als je begrijpt wat ik bedoel. En nu ga je me vertellen hoe ik krijg wat ik wil hebben.'

Dit was zijn laatste troef. Teddy wist niet wat hij zou doen als die kerel dit weigerde.

'En wat dacht je dan te gaan doen?'

'Dat gaat je geen donder aan.'

'Ik denk niet dat je het begrijpt, als je denkt dat je haar kunt redden, dan heb je het toch echt mis. Je hebt er geen idee van, geloof me, die meisjes zijn niet meer te redden. Ik kan het uitleggen. Heb je weleens van *juju* gehoord?'

'Ik heb nu geen tijd voor die bullshit. Laat mij die chats zien.'

'Oké, oké.'

Het viel Teddy op dat Guldman niet langer in elke zin het woord 'vriend' of 'gozer' gebruikte.

'Kun je aan het eind van de week terugkomen? Dan kan ik die dingen in de tussentijd op de stick zetten.'

'Nee, ik moet ze vanavond nog zien.'

'Dat wordt lastig, vrees ik. Maar ik kan het je ook mailen, dan wordt het waarschijnlijk morgen.'

Teddy ontplofte. Hij smeet Lazar Guldman tegen de muur en greep hem bij de keel. Met zijn ene hand drukte hij op de zachte delen van zijn strottenhoofd. Met zijn andere hand had hij in dezelfde beweging een schroevendraaier naar zich toe gegrist die naast de gereedschapskist had gelegen.

Guldman piepte: 'What the fuck doe je?'

Teddy kneep nog harder. Het gezicht voor hem werd weer rood. Lazar sloeg met zijn armen, wat Teddy alleen nog maar harder deed knijpen.

Hij duwde de punt van de schroevendraaier tegen de strakgespannen huid boven zijn halsslagader.

Guldman proestte en krijste.

Teddy zei: 'Het probleem is als volgt: op dit moment ben je banger voor een of andere hoge pief dan voor mij. Daar moet ik wat aan doen. Begrijp je dat?'

Hij hield Lazar in zijn greep.

Toen zei hij: 'Weet jij wel wie ik ben? Ik ben Teddy Nalle Maksumic. Heb je dat goed gehoord? Téddy.'

Hij zag Guldman zijn ogen, voor zover mogelijk, nog verder opensperren.

Hij liet los. Lazar plofte op de grond neer, zijn hyperventilerende gehijg klonk alsof het door een speakerset werd versterkt.

En nu, drie kwartier later, zat Teddy dus naast Loke en Guldman aan zijn ongeordende keukentafel. Lazar had wat asbakken, oude kranten en aanstekers aan de kant geschoven en er zijn laptop neergezet.

Loke was wederom een held dat hij hierheen was gekomen.

Hij had met Teddy besproken waar hij specifiek naar moest zoeken. Ze hadden besloten dat ze in de laatste drie maanden van Cassandra's chats zouden zoeken op Philip, Schale en Fatbursgatan.

Deze woorden gaven geen resultaten.

Het aantal chats was wonderbaarlijk groot, meer dan duizend. En ook al waren de meeste erg kort, het was duidelijk dat de echte Cassandra nooit achter allemaal kon zitten.

Teddy stelde andere zoekwoorden voor. Östermalmsgatan, Porsche en Södermalm.

Geen resultaten.

Ze probeerden diverse data en Philips telefoonnummer.

Geen resultaten.

Teddy dacht aan de vrouw die Cassandra op straat vragen had gesteld. Hij vroeg zich af of er een mogelijkheid was om haar op deze manier te vinden.

Lazar liep te zeuren dat het zo lang duurde en dat het al zo laat was.

Teddy zei hem stil te zijn en gewoon mee te werken.

Toen wendde hij zich tot Loke. 'Houden die zoekopdrachten rekening met spelfouten? Ik bedoel wanneer iemand bijvoorbeeld Filip schrijft in plaats van Philip?'

'Nee, daar lijkt het niet op.'

Ze probeerden hun zoekwoorden nogmaals, maar dan met verschillende schrijfwijzen.

Teddy keek weg van het scherm. *Weet jij wel wie ik ben? Ik ben Teddy Maksumic. Heb je dat goed gehoord?* Hij hoorde zijn eigen woorden in zijn hoofd nagalmen.

Zijn naam was het enige wat hij altijd had gehad.
Zijn naam was nu net hetgene waar hij vanaf probeerde te komen.

'Hier heb ik iets,' zei Loke.
Ze zaten al anderhalf uur.
Teddy blikte neer op het scherm. Eén kort gesprek in het Engels.

I am happy you got the money. I want to know whether he still buys you.
Yes he does. Him at Fatbrsgatan.
Thank you. Then I know.

Teddy las het gesprek nog eens.
'Komt er nog meer tevoorschijn met die spelfout?'
Loke schudde zijn hoofd. 'Helaas, dit is alles.'
Teddy zag iets. Hij boog zich dichter naar het scherm.
'Wat is dat daar?' vroeg hij en hij wees naar een klein icoontje naast het gesprek.
'Dat is de profielfoto van de chatter,' zei Loke. Hij zoomde in.
Degene die naar de man aan de Fatbursgatan had gevraagd, had een wit konijn als foto.
Het was niet precies dezelfde foto als die van het Facebook-bericht dat ze op Philips iPad hadden gevonden, of die van de kaart in de flat, maar de rode ogen lieten er geen twijfel over bestaan. Dit konijn was een albino.
Loke begon als een gek op het toetsenbord te rammen.
Guldman kreunde.
Na een paar minuten constateerde Odenson met vermoeide stem: 'Helaas kun je niet op profielfoto zoeken. Ik vind verder niks.'
Toch ging hij nog door met diverse zoekopdrachten. Na nog een paar pogingen zei hij: 'Ik zal hier nog dieper induiken, dat beloof ik. Maar om eerlijk te zijn, Teddy, moet ik nu gaan slapen. Ik ben tegenwoordig een persoon met een normale baan.'
Guldman keek blij.
'Uiteraard. Je wordt binnenkort natuurlijk vader, en zo,' zei Teddy terwijl hij het beeld van het konijn niet uit zijn gedachten kon zetten.
Ze stonden op en liepen naar de hal.
Lazar Guldman keek nog blijer, eindelijk was hij van hen af.

Op straat aangekomen ging Teddy's telefoon.

'Hoi, met Jan.'

'Hey.'

'Ik heb je nieuwe nummer via je zus gekregen. Sorry dat ik zo laat nog bel.'

'De nacht is mijn vriend. En ik heb jou ook weleens laat gebeld.'

'Dat dacht ik ook. Ik heb eindelijk DNA van die glazen af kunnen halen die je me had gegeven. Ik moet zeggen: erg goed gedaan, Teddy. Goed vooruitgedacht. Boven verwachting.'

'Wat bedoel je daamee?'

'Ik weet niet... sorry. Het was niet makkelijk, moet ik zeggen. Mijn lievelingetje, RapidHit, kreeg het niet voor elkaar, en het grote apparaat in mijn lab moest flink zijn best doen. Maar nu heb ik ze allemaal weten te distilleren, Axel, Carl en Ian. En ik heb een match gevonden.'

'Van wie?'

Teddy bleef onder een lantaarnpaal stilstaan. Het was nog steeds slecht weer.

'Herinner je je die whiskyfles nog die jullie in die flat aan de Fatbursgatan hadden gevonden? Daarop zat DNA van een onbekend persoon. Nu weet ik dat het van Ian Crona afkomstig was.'

De harddisk

Er was een week voorbijgegaan sinds Mats uit het ziekenhuis was ontslagen.

Hij was voor verhoor opgeroepen door de politie en was daar één keer geweest. Ze vroeg zich af wat hij hun had verteld, en hoe serieus ze deze zaak opnamen. Bezit kinderporno, zo werd het gerubriceerd.

Wat de laptop betrof, die had zij of Mats niet ingeleverd. Dat wist ze, want die stond samen met een hoop andere huisraad in een Shurgard-opslag in Fruängen, waar alleen zij de sleutel van had.

Ze zaten in de lobby van het hotel met allebei een kop koffie voor zich. De kinderen waren nog op school en de kinderopvang. Het was halftwee en er was hier geen mens. Een uur eerder waren alle plaatsen gevuld geweest, iedereen leek op deze plek te willen lunchen. Ze konden ongestoord praten.

'En wat zei de politie?'

Hij nam voorzichtig een slokje, want hij wilde zijn mond niet branden.

'Ik heb hun ongeveer hetzelfde verteld als jou. Dat was niet makkelijk.'

'Dat begrijp ik. Wilden ze je nog vaker verhoren?'

'Dat weet ik niet. Maar ze wilden weten met wie ik contact heb gehad.'

'Op internet?'

'Ja, en wie ik verdenk.'

'Wie jij denkt dat er achter de brand zitten?'

'Al heb ik geen bewijs.'

'Zullen ze de laptop willen bekijken?'

'Waarschijnlijk, de harddisk die erin zit, is het belangrijkste.'

'Ga je die nog inleveren?'

'Jij bent degene die hem achter slot en grendel heeft gestopt.'

'Ja, maar ik kan hem aan de politie overhandigen.'

Mats nam een grotere slok van zijn koffie.

'Kunnen we het niet ergens anders over hebben?'

Om drie uur had ze een afspraak bij Bureau Jeugdzorg, afdeling Kinder- en Jongerenpsychiatrie; ze wilde de psycholoog eerst zelf ontmoeten voordat ze de kids ermee naartoe nam.

Mats wist daar niets van.

De intake was gesitueerd op een doorsneeverdieping op Kungsholmen. De psycholoog ontving haar in de wachtruimte en stelde zich voor als Rikard. Aan de ene muur hingen twee schilderijen met kindermotieven: het ene stelde Astrid Lindgrens Madieke en Liesbet op een dak voor, het andere Michiel van de Hazelhoeve en zijn vriendje Lina, ook op een dak.

Aan de andere muur hing een houder met een hele hoop brochures en informatiefolders van de politie, Stichting Kindermisbruik Nee! en Rutgers WPF.

Rikard had geen bureau op zijn kamer. Cecilia merkte op dat er op de grond ook kleine stoeltjes en een lage tafel voor kinderen stonden. In een kast lag tekenpapier en krijtjes en twee poppen die tegen elkaar aan leunden. Zij en de psycholoog gingen tegenover elkaar zitten met een salontafel tussen hen in.

Rikard stelde zichzelf voor. Hij werkte hier nu vijf jaar en was van de algemene intake van die regio gekomen.

Na een tijdje sloeg hij zijn handen ineen en leunde hij achterover. 'Vertel, Cecilia, waarom ben je hier?'

Ze had al veel over dit gesprek nagedacht, maar toch wist ze niet goed hoeveel ze over Mats moest vertellen.

'Ik vermoed dat mijn kinderen misschien iets is aangedaan.'

'En waar komt dit vermoeden vandaan?'

'Ik weet niet... Ik weet niet of ik daarover kan praten.'

'Oké, dat hoeft nu ook niet. Maar hoe lijkt het met je kinderen te gaan?'

'Dat weet ik niet, soms denk ik alleen maar dat ik gek aan het worden ben. Maar ze zeggen soms van die rare dingen.'

Rikard boog zich naar voren in zijn stoel. 'Met iemand die is misbruikt gaat het psychisch vaak niet goed. Er zijn veel verschillende symptomen, daar zijn geen standaardvoorbeelden van. Sommigen kunnen last van slapeloosheid of nachtmerries krijgen. Anderen krijgen concentratieproblemen op school of verliezen de interesse in iets wat ze voorheen wél leuk vonden. Sommigen worden boos of geïrriteerd en weten niet goed wat ze met hun woede aanmoeten. Maar in het algemeen zou je kunnen stellen dat de meeste kinderen die zijn misbruikt niet kunnen, durven of willen vertellen wat ze hebben meegemaakt.'

'Maar wat kan ik dan doen om erachter te komen of er iets is gebeurd?'

'Dat is niet altijd zo eenvoudig, vooral niet als iemand het vraagt die ze kennen. Maar ondertussen is het belangrijk dat er een vertrouwd iemand voor hen is, die hen altijd steunt. Weet je, een deel ervan is bang dat niemand hen zal geloven, dat volwassenen zullen denken dat ze getikt zijn.'

'Maar als ik met hen hierheen zou komen, wat zou er dan gebeuren?'

'Allereerst wil ik zeggen dat het goed kan zijn voor degene die iets is overkomen om een doktersonderzoek te ondergaan. Zodat we kunnen zien dat het lichaam gezond is. Dan hoef je je daar in elk geval geen zorgen over te maken. Maar dat hoeven we niet meteen te doen. We kunnen eerst alleen met je kinderen kennismaken.'

Rikard was een geschikte vent. Ze voelde zich beter bij hem.

Ze praatten nog wat verder, totdat haar tijd om was.

Toen ze elkaar ter afsluiting van het gesprek de hand schudden, zei hij: 'Nog één ding. Je weet dat wanneer blijkt dat er een misdrijf is gepleegd, ik verplicht ben om de politie op de hoogte te brengen?'

Toen ze daarvandaan liep, dacht ze dat ze zelf een kijkje zou moeten nemen op Mats' laptop om te zien wat er op die harddisk stond. Maar hoe zou ze reageren als er foto's of filmpjes van haar kinderen op stonden?

Ze moest dit nu loslaten, die gedachten waren te ondraaglijk. Eerst moest Rikard de kinderen zien.

Toch liet de gedachte aan de laptop haar niet los.

Die moest ze in elk geval op een veiligere plaats bewaren dan in de opslag, al was het maar om er zeker van te zijn dat Mats er op geen enkele manier bij zou kunnen.

*

Het was nu diep in de nacht.

Dronken zeventienjarigen zwalkten rond op zoek naar plekken waar ze ondanks hun leeftijd werden binnengelaten. Dronken vijfentwintigjarigen doolden rond op zoek naar clubs waar ze binnen werden gelaten ondanks dat ze van het platteland kwamen. Dronken drieënveertigjarigen stortten bijna in elkaar op zoek naar kroegen waar ze zich geen fossiel voelden.

Het hoogseizoen op Stureplan was nog maar net begonnen.

Meteen nadat Jan van zich had laten horen, belde Teddy naar Ian

Crona. Die had opgenomen, maar een fatsoenlijk gesprek had er niet in gezeten. De muziek en herrie op de achtergrond waren oorverdovend. Het enige wat Teddy kon verstaan was: 'Ik ben bij Clara's.'

De rij bij Clara's leek nog het meest op een mensenmassa bij de dranghekken tijdens zo'n dj-optreden op Ibiza. Iedereen liep te duwen en te trekken, zwaaide met zijn armen, sprong op om beter gezien te worden en riep naar de uitsmijters. De hoofdportier was op een krukje gaan staan en pikte degenen eruit die uitverkoren waren om naar binnen te mogen, maar de eigenlijke instructies kwamen via een oortje bij hem binnen. De andere portiers patrouilleerden langzaam heen en weer, de hele tijd met hun kin in de lucht, zonder iemand echt aan te kijken.

De echte macho's glipten zonder problemen voorbij de mensenmassa met platina-geblondeerde, zelfbruiner-gebruinde mokkels in hun kielzog. Zo was het hier altijd al gegaan, dat wist Teddy. En dan waren er nog de wannabe's die er alles aan deden om echt over te komen, al moesten ze wel toezeggen een dranktafel à zesduizend kronen te boeken, bij hoog en laag beweren dat ze bekend waren en zweterige, samengevouwen briefjes van vijfhonderd aan steekpenningen overhandigen.

De wanhoop was bij de meesten van hun gezicht af te lezen. Sommige dingen in deze stad veranderden ook nooit. De machotypes waren de baas.

Hij dacht aan Emelie. Die zou goed tussen deze mensen passen. Toch kon hij het niet nalaten om zich af te vragen hoe het met Isak was gegaan. Als ze bij hem de wijsneus had uitgehangen, zou dat nog weleens een probleem hebben kunnen opleveren.

Hij zag twee kerels de rij voorbijglippen met hun handen in de zakken, winterjassen met bontkragen en een wiegende manier van lopen. Hij herkende er één van, Daniel. Die had vier jaar in de B-vleugel gezeten voor drugshandel.

Het liefst zou hij er voorbij willen glippen zoals Daniel zojuist deed, maar dat zou, zoals Dejan zou zeggen, nog lastiger worden dan een driezitsbank in de reet van een van die strakke wijven te schuiven die daar in de rij stonden.

Hij liep heen en weer langs de menigte buiten de club, hij was blij dat hij zo lang was. Boven de hoofden van de partybeluste mensen zag hij de hoofdportier en de vier andere uitsmijters. Die droegen dikke Helly Hansen-jassen, die nog meer uitpuilden door de kogelvrije vesten die ze er waarschijnlijk onder droegen. Zwarte handschoenen, donkere broek, zware schoenen, zwarte mutsen, de hele mikmak hadden ze aan.

Teddy wurmde zich door het gedrang naar voren; dit probeerde hij zo voorzichtig mogelijk te doen, zonder iemand te provoceren, maar toch doortastend genoeg om helemaal vooraan bij het touw te komen.

Een meter van de portier boog hij zich naar voren en zei de hier waarschijnlijk meest gebruikte zin: 'Weet jij wel wie ik ben?'

De portier keek hem met een ongeïnteresseerde blik aan. 'Helaas.'

Teddy werd automatisch door de massa naar achteren gewerkt.

Hij keek om zich heen. Hij stond nu midden op Östermalm, het neusje van Stockholms zalm. Er was waarschijnlijk geen buurt in Stockholm die zo geliefd was en tegelijkertijd verguisd werd als dit stadsdeel. Voor sommigen was dit het enige gedeelte van de stad waar ze zichzelf wel konden zien wonen of waar ze überhaupt een kopje koffie konden drinken, voor anderen was het een heus scheldwoord. Teddy herinnerde zich nog dat hij en Dejan hadden geleerd hoe je snel een Porsche Cayenne openkreeg en zonder sleutel kon starten. Dat was al ruim tien jaar geleden en het model Cayenne was nog maar net in Zweden geïntroduceerd, maar op Östermalm waren ze al in groten getale te vinden. Binnen vier dagen hadden ze al meer dan vijftien van die auto's gejat. Via Ivans contacten kregen ze die Porsches in Belgrado, waar ze opnieuw als Duits-geïmporteerd werden geregistreerd en via officiële autodealers werden verkocht. De kopers stonden ervoor in de rij. Teddy had in een week tijd een half miljoen verdiend. Hij wist nog waar hij het geld aan had uitgegeven: een gouden Breitling en drie wilde weken op Stureplan. Hij zou willen dat hij dat horloge nu nog had, dat had bij het pandhuis aardig wat opgebracht, maar hij had hem in zijn tweede jaar in de bak bij het klaverjassen verspeeld.

En toen wist hij hoe hij binnen kon komen.

De kroeguitbater wiens hand Tagg bijna had verpulverd nam na tien belpogingen op.

Eerst vertikte hij het om te begrijpen wie Teddy was. Maar toen Teddy hem voorzichtig herinnerde aan de blender en zijn ietwat agressieve kameraad, zei hij uiteindelijk: 'Oké, wat mot je?'

'Heel simpel. Loop naar de portiers en zorg ervoor dat ik word binnengelaten.'

Tien minuten later liep Teddy de trap af. Hij had die rimpelkop van een uitbater niet eens gezien, waarschijnlijk had hij het alleen via het oortje van de hoofdportier doorgegeven.

Het was een compleet andere wereld dan de kroeg waar hij pasgeleden was geweest. Nu hing de sluier van de nacht over de club. Overal stonden magnumflessen en gewoon formaat flessen champagne in ijsemmers. Jongemannen met zijden pochetten in hun borstzak, steil achterovergestylede kapsels of losser achterovergekamde haren zaten op rij in de zithoeken. Ze droegen glimmende colbertjes, dichtgeknoopte overhemden en leren riemen met gespen in de vorm van een monogram: Gucci en Hermès. Bovendien zag hij een paar verlopen rockers met bakkebaarden en truckerspetten die óf gewoon fake waren óf waren binnengelaten om een beetje sfeer aan deze toko te geven. De dames zaten naast die foute gasten en dronken een cocktail of lieten die mannen hun bubbels bijschenken.

Op de dansvloer klonk housemuziek die Teddy wel herkende, maar waar hij de naam niet van wist. In Hall of Österåker had in de gemeenschappelijke ruimtes vaak de radio aangestaan, maar hij had er maar zelden op gelet wat er precies werd gedraaid.

Teddy keek om zich heen: hij zag Daniel, zijn bekende uit de bajes, aan een tafel vol met drank en wijven. Maar Ian of de uitbater was nergens te bekennen.

Hij liep een paar minuten rond en bestudeerde elk gezicht van de personen die in de zithoeken zaten. Om een of andere reden moest hij aan Paul Owens' flat denken in *American Psycho*.

Maar nog steeds geen Ian.

Uiteindelijk liep hij op een van de serveersters af om te vragen of er nog ergens een dansvloer was.

Ze droeg een schort met daarop een reclame voor champagne: Taittinger. 'Ja, daar verderop is de viproom.'

Achter de klapdeuren was nog een deur, maar daartussen stond een portier.

'Sorry,' zei hij. 'Dit is het vipgedeelte. Hier mogen alleen stamgasten naar binnen.'

Het was al bijna twee uur en afgelopen etmaal was erg heftig geweest. Teddy had geen zin meer om nog langer van het kastje naar de muur gestuurd te worden.

Hij zei: 'Ik ben één van *Kums*-mannen. Laat me erin.'

De viproom leek groter dan toen hij hier overdag was geweest om de kroeguitbater uit te horen. Nu zagen de wanden die met een soort rood velours waren bekleed er glamoureus uit en de lampen die aan het plafond hingen glommen.

Het stond er propvol, maar boven op het balkon, waar een klein trapje naartoe leidde, zag hij Axel, Ian en Carl samen met nog wat andere kerels en meiden zitten.

Hij liep de trap op.

Ze zagen hem niet, ze hadden ook niet verwacht dat hij hier zou zijn.

Hij liep eropaf en legde zijn hand op Ians schouder.

Ian draaide zich naar hem om. Zijn pupillen waren nog groter dan de knopen van zijn colbert en de huid rondom zijn neusgaten was geïrriteerd.

'Hey,' antwoordde hij, kennelijk nog steeds zonder Teddy te hebben herkend.

Teddy boog zich naar zijn oor. 'Kunnen we hier weg? Ik moet even met je praten.'

Ze gingen bij de bar staan, maar kregen niets te drinken.

Ian ging eerst met de ene bartender ergens over in discussie, en daarna met de andere.

Na een paar minuten klom hij achter de bar en praatte met een of andere hoofdbartender. Teddy bleef netjes staan wachten. De hoofdbartender knikte en glimlachte geforceerd.

Ian rende op een drafje terug naar het balkon waar hij eerder had gezeten. Teddy zag van een afstandje hoe Axel hem iets gaf.

Toen kwam hij weer naar beneden en gaf de bartender wat biljetten.

Na nog een minuut zette deze twee grote glazen neer. Teddy zag in het heldere drankje de groene bladeren tussen het ijs in drijven. Ze hadden hun mojito's gekregen en Ian keek opgelucht.

De muziek op de achtergrond stond hard.

'Hoe gaat ie?' vroeg Teddy.

'Met mij gaat het goed. Wilde jij iets bijzonders?'

'Ben je onder invloed?'
'Pardon?'
'Of je onder invloed bent.'
Ian nam een slok van zijn drankje.
Teddy boog zich naar voren zodat zijn lippen bijna Ians oor aanraakten. 'Heb je vanavond cocaïne gebruikt?'
Ian zette zijn glas neer. 'Wat gaat jou dat aan?'
'Eigenlijk niets, maar ik wil dat je begrijpt wat ik je te zeggen heb. Dat je helder genoeg in je hoofd bent.'
'Dat ben ik, maak je geen zorgen.'
'Ik wil met jou over Philip praten.'
'Dat dacht ik al. Is er iets gebeurd? Zijn jullie meer te weten gekomen?'
'Daar kan ik helaas geen uitspraken over doen.'
'Jullie zouden naar de politie moeten gaan. Ze hebben het immers ook op mij gemunt. Wist je dat die collega van jou, die kleine Emelie, vanochtend heeft gedreigd mij aan te klagen als ik naar de politie ging? Maar weet je wat? Daar heb ik schijt aan, uiterlijk morgen COB stap ik naar de politie als jullie tegen die tijd geen drastische vooruitgang hebben geboekt.'
'COB?'
'*Close of business*, aan het einde van mijn werkdag, dus.'
'Ik snap het. Maar vertel eens, hebben ze je weer lastiggevallen?'
'Toevallig wel, gisteren kreeg ik nog een zeer bedreigend telefoontje. Van een afgeschermd nummer. Ze zouden me pakken, me afschieten en ik moest om een bepaalde tijd op een bepaalde plaats zijn.'
'Ben je daarheen gegaan?'
'Wat denk je zelf?'
'Nee, dat zou dom zijn geweest. Vertel meer over Philip. Jullie runnen samen toch een bedrijf?'
'Zeker, maar dat weten jullie toch allang? We werken redelijk onafhankelijk van elkaar en hebben contact via de mail of over de telefoon als dat nodig is. We doen ieder onze eigen investeringen in onze eigen ondernemingen. Het bedrijf is er voornamelijk om wat werknemers en bedrijfsruimten, et cetera te kunnen hebben.'
'Was er de laatste tijd iets bijzonders met Philip aan de hand?'
'Niet dat ik weet.'
'Leek hij ergens bang voor?'

'Nee, dat geloof ik niet. Behalve dan dat we het over die verschrikkelijke bedreigingen hebben gehad. Dit hebben we toch allemaal allang besproken?'

'Heeft hij zich vreemd gedragen?'

'Nee.'

'Geef me iets, Ian, wat je dan ook maar kunt bedenken.'

Ians pupillen schoten heen en weer.

'Tja, ehm, Philip is altijd al een beetje een aparte geweest, als je het mij vraagt.'

'Hoe dan?'

'Ik weet niet, dat is moeilijk uit te leggen. Nooit tevreden over zichzelf. Beetje onzeker, weinig zelfvertrouwen.'

'Van huis uit meegekregen?'

'Ja, misschien. Maar bij wie is dat niet het geval?'

Ian grijnsde. 'Nee, meer dat hij anderen aanviel. Het was net alsof hij zijn eigen tekort aan zelfvertrouwen compenseerde door anderen in een hoekje te drukken. Vorige maand hoorde ik hem tegen Linnéa, onze receptioniste, tekeergaan. Daarna heeft ze drie dagen ziek thuisgezeten.'

'Oké. Was ze zo van streek?'

'Nou, zeg dat wel. Maar ze begint er inmiddels aan te wennen.'

'Nog meer van dit soort gebeurtenissen die je je kunt herinneren?'

'Nee, er schiet me nu verder even niets te binnen.'

De muziek uit de grote speakers tegen de muur bulderde gewoon door.

'En dan is er nog iets,' zei Teddy.

Ian nam nogmaals een slok van zijn drankje.

'We hebben de plek gevonden waar Philip is gekidnapt, maar daar is hij nu niet meer. Op die plaats hebben we een voorwerp aangetroffen met jouw DNA erop.'

'Wat?'

'Heb jij er een verklaring voor hoe jouw DNA op een voorwerp kan zitten dat in een flat heeft gelegen waar Philip is gekidnapt?'

Op de achtergrond mixte de dj er een nieuw nummer in, dat nóg harder was dan de vorige muziek. Eigenlijk zouden ze naar buiten moeten gaan, waar het stiller was, maar eerst wilde Teddy antwoorden hebben. Hij bekeek Ian onderzoekend.

Philips zakenpartner stond geen seconde stil, hij wisselde constant van houding en schoof zijn glas heen en weer over de bar.

Na een tijdje zei hij: 'Hoe hebben jullie in godsnaam mijn DNA weten te vinden?'

'Dat maakt niet uit. Maar deeltjes van jou zaten op een voorwerp in die flat.'

'Wat voor voorwerp?'

'Een whiskyfles.'

Ian schokte. Zijn reusachtige pupillen draaiden in het rond.

'Ik heb geen idee. Dat klinkt erg vreemd. Kan dat iets zijn wat Philip ooit een keer van mij heeft gekregen?'

Teddy dacht na over eventuele vervolgvragen. Ian was kennelijk zo high als een papegaai. Het was lastig om zijn reacties in te schatten, maar hij had in elk geval niet echt een fatsoenlijke verklaring kunnen geven.

De oorverdovende muziek dreunde in zijn trommelvliezen. Er was nu aardig wat nieuwe informatie die hij met Magnus moest bespreken, of met Emelie misschien. Maar daar was het nu te laat voor.

Iemand drong zich tussen hem en Ian in.

Het was Axel Nilsson. Die wendde zich tot Ian en riep zo hard dat Teddy het ook kon horen: 'Wat doet híj hier?'

Ians antwoord hoorde Teddy niet.

Toen draaide Axel zich naar Teddy. 'Je kunt hier nu beter weggaan. Niemand is blij met dit hele Philip-gebeuren. Vanavond probeerden we het gewoon een beetje gezellig te hebben en dat soort nare dingen even te vergeten.'

Teddy probeerde iets te zeggen, maar Axel luisterde niet.

'Ian is er nog maar net, dus laat hem met rust. Ik weet niet hoe jij binnen bent gekomen, maar dit is de viproom, hier sluiten we de werkelijkheid even buiten. Deze plek is niet zomaar voor iedereen.'

In de bajes

Ze kletsten elke dag wel een paar keer met elkaar.

Teddy greep elke mogelijkheid aan om haar te zien. Als hij haar in de bewakersruimte zag, negeerde hij het verbod om tegen het raam te tikken en bonsde en gebaarde haar zwaaiend om naar buiten te komen, alleen maar om een domme vraag te stellen. 'Weet je wanneer het mijn beurt is om de gang schoon te maken? Wat eten we zondag? Doe je mee een potje floorball, jullie tegen ons?' Wanneer hij haar weg zag lopen om voor iemands vriendin de bezoekersruimte open te maken, bleef hij altijd staan wachten tot ze klaar was. Ze was nauwkeurig, controleerde of er geen metalen voorwerpen op het dienblad lagen dat ze daar neerzette. Plastic bekers, plastic thermoskan met thee en koffie, plastic lepeltjes, suikerklontjes, melkkuipjes, koekjes en servetten. Teddy kende de procedure. Linda, Darko en de anderen kwamen ongeveer één keer per maand bij hem op bezoek. Wanneer hij zag dat Sara iemands cel inspecteerde op drugs of verstopte telefoons, ging hij met zijn rug tegen de lichtgroene betonmuur naar haar zitten kijken.

Het was net alsof ze in één lang gesprek waren verwikkeld, zonder eerst weer een aanzet te moeten doen. Ook al hadden ze maar een minuutje, het voelde altijd even belangrijk.

Ze praatten over van alles. Ze bespraken Sara's studie, koken, wat er in Stockholm en Zweden gebeurde terwijl hij hier zat weg te rotten, politiek, de Nobelprijs voor de literatuur. Ze praatten over tv-series, hoewel hij de nieuwste nooit had gezien, in de gevangenis mochten ze maar één dvd per week lenen. *Sopranos, Six Feet Under* of *24*. Ze was gek op *24*. Teddy vond *Sopranos* het best, maar ze waren het erover eens dat het tweede seizoen van *The Wire* het beste was wat ze ooit hadden gezien, met die havenarbeiders.

Ze deelden vooral hetzelfde gevoel voor humor. Ze moesten om dezelfde dingen lachen: om hoe Tagg het woord 'snuiten' uitsprak, dat zei hij zo snel, meer als 'snutten', de foute tatoeages van bewaker Haglund, spinnenwebben op zijn ellebogen. Humor was het hoofdingrediënt van hun cocktail, haar lach was het mooiste geluid dat hij kende.

Tagg besprong hem een keer vanaf de zijkant toen hij de gemeenschappelijke ruimte binnenkwam. 'Jij bent verliefd aan het worden, mannetje, je laat haar verdomme geen moment met rust.'

'Je weet niet wat je zegt,' was het enige wat hij hierop wist te antwoorden.

De weken gingen voorbij.

Hij kreeg haar niet uit zijn kop.

Begin september liep ze 's ochtends zijn cel binnen. Doorgaans kwam een bewaker niet alleen de cel in van een gedetineerde, tenzij het om een speciale inspectie ging.

Teddy had er niets op tegen.

Hij zat op de rand van zijn bed in een boek van Sofi Oksanen te bladeren, nog steeds in zijn T-shirt en boxershort. Door het raam scheen de late zomerzon, en op de tegenoverliggende muur waren de schaduwen van de witgeverfde, stalen spijlen te zien. Het traliewerk.

De vloer was van kunststof, het structuurbehang aan de muren was oranje geverfd en het kleine bureautje was van licht hout. Toch voelde deze cel als thuis.

Hij legde zijn boek neer, zette zijn voeten op de grond en trok de deken naast zich recht. 'Wil je niet even zitten?'

Sara ging naast hem zitten, haar gezicht was maar vijftig centimeter van het zijne.

'Ik heb ontslag genomen,' zei ze.

Teddy stopte een paar seconden met ademen. Zijn hoofd tolde; hij keek uit het raam, maar zag niets anders dan het grauwwitte beton van de muur vijftig meter verderop. Hij draaide zich weer naar haar toe, en keek om zich heen in de cel. De muren kwamen op hem af.

Zonder haar zou hij het hier niet volhouden.

'Is het soms te veel met je studie erbij?' wist hij uiteindelijk uit te brengen.

Sara frunnikte wat met haar vingers, hij had haar nog nooit op deze manier nerveus gezien.

'Nee, dat is het niet. Het gaat goed met mijn studie terwijl ik hier werk. Het komt door jou, Teddy.'

'Door mij?' Hij moest drie keer slikken. 'Omdat we Emma voor ons karretje hadden gespannen? Maar daar zijn we toch mee gekapt?'

'Daar heeft het niks mee te maken. Ik zou hier graag blijven werken, liefst fulltime zelfs. Maar dat gaat niet.'

Ze zweeg een paar seconden.

'Ik heb een punt bereikt waarop ik iets wil wat niet kan, Teddy, dat is het probleem.'

Hij hoorde Loke in de cel naast hem puffen: hij probeerde daar situps te doen, al zou hij nooit een kleerkast worden, hoe hard hij zijn best ook deed.

'Ik dacht dat ik gek aan het worden was, maar nu heb ik het door. Het gaat om mij in verhouding tot jou. Het is lastig, ik weet niet hoe ik dit moet zeggen. Ik kan me niet concentreren als jij in de buurt bent. Ik wil dingen die ik niet kan krijgen. Begrijp je wat ik probeer te zeggen?'

Teddy wist niet hoe hij hierop moest reageren. Zijn hart sloeg twee keer zo snel, zijn gezicht was waarschijnlijk één grote glimlach, terwijl ondertussen haar woorden in zijn hoofd nagalmden: ze was van plan om te stoppen.

'Het gaat zo niet, ik kan onder deze omstandigheden mijn werk niet doen. Ik word een slechte bewaker.'

Hij legde zijn hand op de rand van het bed, voelde hoe die haar vingers aanraakte.

Hij draaide zijn gezicht naar haar toe.

Ze keek hem aan.

Teddy zei: 'Ik ben meestal niet iemand die makkelijk verliefd wordt, wist je dat?'

21 februari

Dit was een andere kamer in het huis. Hier lagen een soort stenen tegels.

Zijn handen waren weer met tiewraps vastgebonden. Ook zijn voeten waren geboeid.

Ze hadden hem op zijn knieën gezet en hem gedwongen om zijn hoofd op een stoel te leggen. Zijn ogen waren geblinddoekt. Vervolgens werd er tape om zijn nek en ook om de stoel gewikkeld. Hij werd er zo aan vastgemaakt, dat als het hem al zou lukken om op te staan, de stoel nog altijd aan zijn hoofd vast zou zitten. Als een chirurgisch bevestigde gevangenis.

Hij hoorde ook iets rammelen als hij zich bewoog. Jokerface had hem gezegd dat hij vanaf nu ook vastgeketend zat. Waaraan wist Philip niet.

Ondanks de blinddoek, theedoek, of wat het dan ook was, kon hij, als hij omlaagkeek, een deel van de muur zien. Die was niet behangen en hij zag geen ramen.

Hij probeerde zijn armen te bewegen, maar voelde meteen dat ze die deze keer veel strakker hadden vastgebonden dan eerst. De tiewraps sneden in zijn eerdere snijwonden. Zijn houding deed weer evenveel pijn aan zijn schouders als eerder het geval was geweest.

Jokerface had hem in stilte naar de auto geleid. In de auto had hij hem de blinddoek voorgedaan en hem wat te drinken aangeboden.

Philip had zijn mond stijf dichtgehouden.

'Het geld is niet gekomen. Je tijd is om. En dan probeer je ook nog eens van je verantwoordelijkheid weg te lopen.'

Jokerface klonk serieus verontwaardigd. Philip voelde iets in zijn nek terechtkomen. Was dat speeksel?

Hij voelde zich vaag en zijn voeten tintelden. Misschien was hij onderkoeld? Hij bibberde en nam aan dat hij koorts had; hij moest een aantal uren buiten zijn geweest.

Hij was echter bijna verbaasd dat hij niet hyperventileerde of een paniekaanval had gekregen. Misschien was dat omdat hij al zo lang niet had geslapen.

Het was dom van hem geweest om te denken dat dit zou lukken.

Hij dacht terug aan hoe ze hem te grazen hadden genomen en hem uit die flat weg hadden gehaald. Zijn kots tegen de doek die ze in zijn mond hadden gepropt. De kofferbak waar hij in was geduwd.

Hij dacht ook nog ergens anders aan.

Stephanie had hem een keer gevraagd of hij van haar hield. Ze hadden in zijn bed gelegen. Ze trok hem langzaam af, boog zich voorover en trok zijn voorhuid omlaag. Ze kuste zijn eikel en streelde hem onder zijn ballen. Maar er gebeurde helemaal niets, hij kreeg geen stijve.

Ze pijpte hem voor zover dat ging. Een slappe lul. Ze streelde zijn billen, zijn rug, maar er gebeurde niets. Ze legde zijn hand op haar borst en hielp hem deze te masseren.

Ze likte de onderkant van zijn pik, zijn ballen. Ze streek met haar vinger om zijn anus. Er gebeurde niets.

Ze kroop omhoog naar zijn gezicht om hem te kussen. Hij trok zijn hoofd weg. Hij hoefde de smaak van zijn eigen pik niet in zijn mond.

Op dat moment had ze het gevraagd. Eén rare vraag om mee te komen, zo midden tijdens het voorspel, als je dat tenminste zo kon noemen.

'Ja, natuurlijk,' had hij met een glimlach geantwoord.

Steffi liet hem los. 'Ik geloof je niet.'

Philip rolde op zijn zij en sloeg zijn arm om haar heen. Het zijden laken ritselde; dit had hij bij NK gekocht, Schlossberg. Hij keek omlaag naar haar enigszins opstaande neusje en haar blauwe ogen.

'Waarom niet?'

'Ik denk niet dat jij op die manier van iemand kunt houden.'

Jokerface brieste. 'Stomme eikel. Klootzak. Wie denk jij wel niet dat we zijn?'

Philip wist niet of hij geacht werd hierop te antwoorden. Er was tenslotte geen enkele verklaring voor zijn ontsnappingspoging die Jokerface zou accepteren.

'Nu moet je worden gestraft. Dat snap jij ook wel.'

Er belandde weer spuug in zijn nek.

'Nu ben je verdomme van mij. Je hebt ons immers toch geen geld opgeleverd.'

Philip voelde het koude zweet uitbreken. Hij moest nu iets zien te verzinnen. Iets waardoor die gek ophield. Hij begon sneller te ademen.

Jokerface trok zijn hoofd naar achteren en zette iets op zijn hals. Iets wat scherp aanvoelde.

Iets wat sneed.

Philip kon zich niet langer in bedwang houden. Zijn benen begonnen te trillen. Daarna zijn armen. De poten van de stoel stuiterden op de grond. De tiewraps sneden erger dan hij ooit voor mogelijk had kunnen houden. Als hij zijn hals maar stil kon houden.

Zijn hoofd tolde, het klapte uit elkaar, hij was volledig buiten zinnen.

Hij probeerde te gillen, maar wat ze in zijn mond hadden gestopt, slokte alle geluiden op.

Hij wilde schreeuwen. Zijn hoofd laten ontploffen.

Er gingen spastische trekken door hem heen. Hij viel.

Raakte in paniek.

Beefde.

Stortte neer.

Jokerface zei: 'Daar ga je dan.'

Toen bedacht hij iets. Philip stond op. Kreeg de controle terug.

Hij schudde zijn hoofd, probeerde de tape los te trekken door zijn wang tegen de stoel te schrapen.

Jokerface begreep het gebaar en haalde de tape weg.

Philip brulde: 'Nee! Ik bel mijn vermogensmanager. Ik regel nu meteen het geld.'

'Wat lul je nou? Dat hebben we nou al tien keer geprobeerd, maar die klotevermogensmanager van jou vertikt het om op te nemen.'

'Maar ik bedoel op zijn privénummer. Ik bel naar zijn privételefoon. Niet op het werk. Die zal hij wel opnemen.'

Hij hoorde de zware ademhaling van Jokerface. Die trok nog steeds Philips hoofd naar achteren. Hij voelde het mes tegen zijn hals.

Hij verstijfde.

Toen hoorde hij een gedempt gesprek tussen Jokerface en iemand aan de telefoon.

Ten slotte zei Jokerface: 'Als jij hem gelooft, dan laten we het hem proberen. Maar dit is verdomme zijn laatste kans.'

*

Hij werd veel vroeger wakker dan hem lief was, maar hij moest wel.

Teddy had sinds hij terug was gekomen van Clara's een paar uurtjes bij Dejan thuis geslapen. Nou ja, geslapen... hij had verwacht snel in slaap te vallen, maar in plaats daarvan had hij wakker gelegen en liggen nadenken. Dejan was niet thuis, die sliep waarschijnlijk bij een of andere dame of hij was aan het 'zwoegen', zoals hij dat meestal noemde.

Weet jij wel wie ik ben? Ik ben Teddy Maksumic. Heb je dat goed gehoord?

Zijn eigen woorden galmden nog na in zijn hoofd. Hij kon maar niet loslaten wat hij vannacht had gedaan. Hij had zichzelf beloofd zijn oude leventje de rug toe te keren, toch bekroop het hem weer als een kakkerlak.

Hij had zeker vijf gemiste oproepen van Magnus en evenveel sms'jes.

Waar ben je? Bel me.

Hoe gaat het, bel mij of Emelie zsm.

Teddy, waarom laat je niks horen. Is alles wel oké?

Maar Magnus en Emelie konden wel wachten. Zij mocht eerst haar excuses aanbieden, en er waren dringender zaken. Hij moest Cassandra weer te pakken zien te krijgen. Iemand had interesse in Philip getoond, deels op de chat, deels in werkelijkheid, op een manier die verder uitgezocht diende te worden.

Guldman had uiteindelijk onder protest verklapt hoe hij betaald kreeg. En zo dacht Teddy het nu te gaan proberen.

Stockholms centraal station.

De tijdschriftenwinkel, de kaartverkoop en de McDonald's stonden vol met mensen. Zelfs de gigolo's bij het trefpunt in het midden van het station waren alweer aanwezig.

Teddy was absoluut geen wereldreiziger, hij was in zijn jeugd een paar keer in Servië en Kroatië geweest, drie keer in Londen, twee keer in Nederland, een paar keer op Ibiza en een keer samen met Dejan en Alex naar Mallorca, maar toen moesten ze eerder naar huis om te vluchten voor de lokale politie, die in de veronderstelling was dat zij in de grote jachthaven van Palma een pub zouden hebben gesloopt. Daarna had zijn leven acht jaar stilgestaan. Maar hij had één ding geleerd, en dat gold voor zowel Belgrado, Londen als Amsterdam: centraal stations trokken straatvolk aan zoals wisselkantoren zwart geld aantrokken. Het waren net magneten voor hen die buiten de maatschappij stonden, maar nergens boven aan een rangorde waren te vinden. Hij vroeg zich af hoe dit toch kwam.

Volgens Guldman betaalde de madam van de meisjes hem twee keer per week, door contant geld in een zak in bagagekluis nummer 422 van het centraal station te leggen.

Ze hadden kennelijk een standaardplan van aanpak: als die kluis bezet was, nam ze 421 en als die bezet was, gebruikte ze 420 enzovoort. De code was altijd hetzelfde: 1982, volgens Lazar het geboortejaar van de madam.

Teddy ging bij een pilaar staan wachten.

Een halfuur later kwam er een lange, Afrikaanse vrouw van lastig in te schatten leeftijd naar de kluisjes gelopen.

De vrouw was gekleed in een donkere winterjas van dons die helemaal tot aan haar knieën reikte. Op haar hoofd droeg ze een soort zwarte hoed, of was het eerder een te grote baret? Ze keek vluchtig om zich heen voordat ze op kluis 422 afliep, zich vooroverboog, de code invoerde en hem opende.

Hij zag hoe ze er met haar ene hand iets kleins in legde, waarschijnlijk een envelop met geld.

Ze sloot het deurtje, toetste de code in en begon ervan weg te lopen.

Teddy liep de gang tussen de kluisjes uit, hij zag de vrouw nog net richting de roltrappen naar de centrale hal verdwijnen. Hij bleef een paar meter achter haar. Ze leek hier alleen te zijn, maar zeker kon hij daar niet van zijn. Teddy dacht aan de Volvo die met Cassandra erin was weggereden.

De vrouw liep met kordate passen dwars over de enorme vloer in de grote hal. Hoewel het hier wemelde van de mensen, was ze niet moeilijk te volgen. Het zwarte hoofddeksel deinde als een vlaggetje boven op haar rijzige figuur.

Ze liep via de hoofdingang aan de Vasagatan naar buiten. Ze hield een mobiele telefoon tegen haar oor, de madam was met iemand in gesprek.

Buiten zag Teddy dat ze bij de taxistandplaats halt hield, maar ze ging niet in de rij staan voor een taxi. Hij dacht al wel te weten wat er ging gebeuren.

Hij hield haar in de gaten. Haar gezicht was pokdalig en ze had een stompe neus. Hij moest denken aan een van de groepsleiders op zomerkamp die hij had gehad voordat hij naar de vijfde klas ging, net voordat hij en zijn vrienden zomerkamp niet meer cool vonden.

Larissa, zo heette ze, en ze was geadopteerd uit een Afrikaans land.

'En Teddy, wat wil jij worden als je groot bent?' had ze hem eens gevraagd.

'Ik ga een restaurant voor kinderen beginnen,' herinnerde hij zich zijn antwoord nog. 'Met alleen maar gemodificeerde gerechten die allemaal varianten op spaghetti met bolognesesaus zijn.'

Zijn vrienden om hem heen hadden naar hem staan kijken. '"Gemodificeerd" ook echt. Wat praat jij toch raar.'

Larissa zei: 'Daar zou ik ook graag willen eten, al ben ik dan geen kind.'

Teddy had gelijk gehad, vijf minuten later stapte de madam in een lichtverwoeste Renault die vlak naast de rij met taxi's was gemanoeuvreerd. Sommige taxichauffeurs keken woedend.

Teddy was er klaar voor. Hij was al naar een auto van Taxi Stockholm gelopen met daarop een hoop reclame over hoe milieuvriendelijk die wel niet was, en had de rit met de chauffeur besproken.

Toen de Renault voorbijreed, wees hij alleen maar en sprak de clichéwoorden: 'Volg die auto.'

De Renault was de Centralbrug op gereden en zette zijn weg voort door de tunnel die onder Södermalm door liep.

Teddy's chauffeur zei niets, deze rit leek een standaardtochtje voor hem te zijn, en hij leek te begrijpen dat hij niet te dicht op de auto moest rijden die ze aan het volgen waren. Zijn handen hingen ontspannen aan het stuur en af en toe haalde hij luid zijn neus op.

In de verte was Hammarbybacken als een witte schuimtaart te zien. Stockholm was op veel manieren bijzonder, er was gewoon een skibaan midden in de stad. Teddy had nog nooit van zijn leven geslalomd, maar hij kende mensen die dit als kind hadden gedaan; en die kwamen allemaal uit andere buurten dan hij. Wat was dat toch met de scherenkust, schaatsen en ski's dat dit voor mensen zoals zijn ouders en vrienden altijd verboden terrein was geweest?

Hij zat in het midden van de achterbank om zo goed mogelijk naar voren te kunnen kijken en ondertussen van buitenaf zo min mogelijk zichtbaar te zijn.

De Renault reed verder voorbij Globen en verder in zuidelijke richting op Nynäsvägen. Het verkeer viel erg mee.

Teddy begon ongerust te worden: wat als de vrouw in haar achteruitkijkspiegel had gezien dat de man die haar op het station had achtervolgd in een zwarte Taxi Stockholm-auto was gestapt? Misschien hield ze die auto wel in de gaten en had ze gezien dat die de hele tijd twintig tot honderd meter achter haar reed. Tot nu toe was dat nog niet zo opvallend, de weg die ze hadden gereden was nog steeds een van de drukstbereden autowegen van de stad, maar als ze een kleinere weg in sloegen, zou dit vreemd over kunnen komen.

Hij snapte best waarom Magnus hem, los van zijn connectie met Södertälje, bij deze opdracht had willen hebben, maar op deze manier een auto achtervolgen was toch ook voor hem iets nieuws.

Hij haalde zijn telefoon tevoorschijn en belde een nummer dat hij op een van de andere taxi's in de rij had gezien.

'Hallo, zijn al jullie auto's geel?'

'Ja?'

'Oké, perfect. Zou een van jullie wagens mij kunnen opwachten op Nynäsvägen bij de afrit naar Tyresövägen, zo snel mogelijk, over hoogstens vijf minuten?'

'Ja, maar dat is toch midden op de snelweg?'

'Dat weet ik, maar er is momenteel niet zoveel verkeer en het is ontzettend belangrijk. Valt dit te regelen, denk je? Ik betaal het dubbele tarief.'

'Eén moment, dan kijk ik even.'

Het was even stil aan de lijn. Teddy's chauffeur keek even in zijn richting terwijl hij zijn neus nog maar eens ophaalde, zijn gelaatsuitdrukking was duidelijk: waar ging dat in hemelsnaam over?

Een klik op de lijn. 'Ik denk dat we dat wel kunnen regelen. Er zal daar een wagen op u staan wachten.'

'Een gele?'

'Ja, kijk uit naar een gele.'

Drie minuten later vroeg Teddy zijn chauffeur te stoppen bij de gele taxi die langs de kant van de weg stond. De meter stond op tweehonderdveertig kronen, Teddy gaf hem een briefje van vijfhonderd. 'Ik hoef geen bonnetje,' zei hij en hij opende het portier.

Er lag groezelige sneeuw in de berm.

Hij wierp zich in de nieuwe taxi.

'Rijden, ik wil dat we een andere auto verderop achtervolgen.'

Teddy's nieuwe taxichauffeur probeerde een gesprek te beginnen.

'Hebt u de wedstrijd gezien gisteren?'

'Zonder Zlatan zijn we niets meer.'

'Die nieuwe arena, ik weet het niet hoor, die heeft geen uitstraling vind ik. En wat een naam ook, de Friends Arena. Sorry, maar sinds wanneer zijn we *friends* met de tegenstander?'

Teddy keek voor zich uit, blij dat de personen in de Renault niet langer door een zwarte taxi werden gevolgd.

Na twee minuten sloeg de auto van de madam af richting Skarpnäck. De enorme, rode stenen flats stonden als donkere lego-gebouwen om hen heen.

De Renault stopte in een kleinere straat.

'Hoe heet deze straat?' vroeg Teddy aan de chauffeur terwijl hij hem het geld gaf.

'Dit is Horizontvägen.'

Teddy was de auto al uit. De madam was zestig meter verderop uitgestapt en liep naar een van de rijtjeshuizen. De Renault reed weg.

Nu waren het alleen nog maar hij en zij.

Teddy en Big Mama.

*

De sfeer in de kamer was niet alleen zeer ernstig, die was op de grens van agressief. Aan de ene kant van de tafel zaten Emelie en Magnus, tegenover hen zat Jan. Carl-Johan zou zo meteen ook aansluiten en eventueel nog iemand van de bank.

De politie had er ook op aangedrongen Emelie nogmaals te willen spreken, misschien vandaag al wel.

Jan had eerst helemaal niet op het bureau willen afspreken, maar Magnus had erop gestaan. 'Wij staan dichter bij de familie,' had Emelie hem horen foeteren toen deze kwestie telefonisch werd besproken. 'Bovendien is het voor een buitenstaander niet vreemd als Carl-Johan bij ons naar binnen loopt, maar als hij bij jullie de deur binnenstapt en iemand hem herkent, zouden mensen daar weleens vraagtekens bij kunnen gaan zetten.'

Ze zaten in de bezoekersruimte waar Emelie Teddy voor het eerst had ontmoet, toen ze hem was gaan helpen met zijn schuldsanering. Hij was trouwens een extra reden voor de slechte sfeer op dit moment: niemand wist waar hij uithing.

Hij had niet geantwoord op Magnus' telefoontjes of sms'jes. Jan had hem vannacht gesproken, maar die had geen flauw idee waar hij was.

Al was Teddy's afwezigheid momenteel slechts bijzaak. De voornaamste reden voor de nare stemming was de gebeurtenis van vannacht. Dit was een crisisoverleg in de meest letterlijke betekenis.

Emelie kreeg de beelden niet uit haar hoofd. Ze had de lamp aangedaan en was de kamer in gestormd waar ze het lichaam had zien liggen.

Aan de ene kant van de muur had ze een opgemaakt bed gezien, een paar boekenkasten, een kleine bank, een salontafel met daarop wat tijdschriften: *Elle*, *Vogue*, ongeveer dezelfde als die zij weleens kocht.

En Anina.

Die lag op haar rug met haar armen uitgespreid. Haar donkere haar hing los.

Ze had een wond aan haar slaap die nog steeds bloedde.

Anina staarde haar aan. Haar ogen waren gericht op Emelies gezicht.

Nee, ze staarde recht omhoog naar het plafond.

Emelies herinneringen van de uren daarna waren vaag. Zij die altijd alle details nog wist – hele gesprekken, de inrichting van een kamer, alles kon ze altijd zo voor zich zien – wist zich niet eens meer te herinneren wat ze had gezegd toen ze de politie belde.

Ze herinnerde zich niet meer waarom ze had gereageerd door als een gek te gaan lopen gillen, waarom ze niet rustiger en cooler had gereageerd. Ze had eerst contact op moeten nemen met Magnus of Teddy. Ze had de deur stevig dicht moeten trekken en de situatie moeten overdenken.

Maar ze had de longen uit haar lijf gekrijst.

Misschien had ze overgegeven, misschien had ze op de grond tegen het dode lichaam zitten schreeuwen, in de hoop dat het een lugubere practical joke was en dat de dode vrouw het bloed van haar voorhoofd zou vegen en zou opstaan.

De politie kwam al snel. Een vrouw in uniform duwde haar opzij, maar Emelie wist niet meer te vertellen of ze haar daarna in de flat, buiten op straat of in de auto had gesproken.

Na een tijdje hadden ze haar in elk geval naar het politiebureau gebracht en waren ze begonnen haar te verhoren.

Ze wist nog een deel van de vragen. Haar antwoorden kon ze zich minder goed herinneren.

'Kende je Anina Hanna Björklund?'

'Heb je eerder contact met haar gehad?'

'Waarom was je in die flat?'

Alle alarmbellen waren bij Emelie afgegaan. Ze wilde niets loslaten over het onderzoek naar Philip. Maar hoe moest ze dan verklaren wat ze midden in de nacht bij Anina thuis deed?

Ze vertelde hoe het was gegaan, maar niet alles. 'Ik was bij haar omdat ze me had gebeld. Ik had haar een paar uur eerder ontmoet om over een onderzoek te praten waar ik op het advocatenkantoor mee bezig ben. Jullie kunnen dat gesprek vast en zeker op mijn gsm zien.'

Het was niet de vrouwelijke agente die het verhoor leidde. Het was een mannelijke rechercheur, maar zijn naam wist ze niet meer. Hij had een stoppelbaard en een bril. Hij zag eruit zoals iedere willekeurige assisterende jurist er in zijn vrije tijd bij liep.

'En wat is dat voor onderzoek?'

Het moest aan haar te zien zijn geweest dat ze daar met tegenzin antwoord op gaf.

'Het gaat om een vermist persoon, maar ik kan daar niet in detail op ingaan, want wat dat betreft heb ik zwijgplicht.'

De rechercheur tilde zijn bril op.

'Die zwijgplicht geldt nu toch zeker niet?'

Ze wist eerlijk gezegd niet wat de advocatenvoorschriften hierover zeiden.

'Heb ik niet het recht om hier een advocaat bij te hebben?'

De rechercheur schudde zijn hoofd. 'Op dit moment verhoren we je alleen maar om aanwijzingen te verzamelen.'

'Mag ik een telefoontje plegen?' vroeg ze.

Dat telefoontje kon wel wachten, vond de politieman. Maar Emelie moest Magnus nu spreken.

'Het is het beste als je me over dat onderzoek vertelt zodat we kunnen begrijpen waarom je daar was. Dat is belangrijk, zowel voor ons als voor jou. Dat snap je wel, toch?'

Emelie had geen idee wat ze hierop moest zeggen. Dat had ze beter geweten als ze op een ander soort advocatenbureau had gewerkt; misschien had ze zich bij deze politieman dan mooi tussen haar rechten en plichten door kunnen manoeuvreren.

Het was ergens ook wel typisch. In de tijd dat ze haar opleiding koos, was het enige wat ze over de werkzaamheden van een advocaat wist, dat wat ze via de media had meegekregen. Ze was dol op boeken als *The Lincoln Lawyer*, films als *A Few Good Men*, en tv-series als *Shark* en *Boston Legal*. Het werk leek spannend en intellectueel uitdagend. Het leek, in sommige gevallen althans, in te houden dat je de kans had om op te staan voor principes en rechten die het waard waren om voor te strijden. Om andere mensen daadwerkelijk te helpen.

Dat was een van de redenen waarom ze voor een studie Rechten aan de Universiteit van Stockholm had gekozen: ze wilde een advocaat worden die streed voor het individu.

Maar tijdens de vierenhalf jaar durende opleiding was er iets gebeurd. En dit leken al haar studiegenoten zo te ervaren. Misschien was het omdat die civielrechtelijke bureaus nooit op de informatiedagen stonden, misschien waren het de verhalen over hoeveel geld je in het zakelijke recht kon verdienen. Misschien was het wel zo dat de opleiding zich niet erg bekommerde om het menselijke perspectief en hoe het er in de praktijk aan toeging als je iemand moest verdedigen. Of misschien was het wel gewoon het inzicht, wanneer de studenten aan hun toekomst begonnen te denken, dat het erg lastig was om bij zulke bureaus een baan te vinden. Het was voor Emelie en de meesten van haar studiegenoten hoe dan ook duidelijk dat het óf solliciteren zou worden bij de rechtbank, óf bij de grote zakelijke bureaus. Alleen haar vriendin Johanna Nässtróm bleef drammen dat ze individuen wilde bijstaan, de in de hoek gedreven mensen, dat ze het recht zou laten zegevieren. Dat ze met vlees en bloed te maken wilde hebben.

In negen semesters was Emelie gebrainwashed. Wat ze als uitgangspunt had gehad, haar idee van een advocaat, haar drijfkracht, was uitgewist. In plaats daarvan ervaarde ze het als vervelend en ongemakkelijk om met mensen te werken. Big business was waar het nu om draaide.

En nu zat ze daar dan, midden in zo'n situatie als op tv, en ze had geen idee wat ze moest antwoorden.

De rechercheur zette haar niet onder druk, hij stelde alleen steeds maar weer dezelfde vragen, kalm en systematisch.

'Maar wáárom was je in de flat? Wat wilde je precies van Anina?'

'Wat was het eerste wat je in de flat zag?'

'Heb je in de flat iets aangeraakt?'

'Hoorde je geluiden toen je op weg was naar de flat?'

'Met wat voor onderzoek ben je bezig?'

Emelie probeerde het zo goed als ze kon. 'Jullie moeten met mijn baas Magnus Hassel praten. En toen ik Anina gisteravond ontmoette was dat de eerste keer ooit. Ik was niet van plan geweest om haar thuis op te zoeken, maar ze klonk ongerust. Jullie kunnen de oproep van haar naar mij toch in haar telefoon zien? In het begin zag ik niets, want het was donker. Ik liep eerst de keuken in. Ik weet helaas niet meer wat ik heb aangeraakt. Maar in elk geval deurklinken, vast nog wel meer. Ik heb geen geluiden gehoord...'

Ze dacht na.

'Maar ik zag iemand het portiek uit stormen, duidelijk gestrest, die sprong een auto in.'

Ze vroegen verder over de persoon die naar buiten was komen rennen. Emelie wist nu niet meer wat ze had geantwoord, behalve dat ze verteld had dat hij of zij een donsjas had gedragen. Ze zou willen dat ze beter was in automerken, het enige wat ze nog wist, was dat de auto rood was.

Ze stelden nog een hoop andere vragen, maar op dit moment kon ze zich niet meer herinneren waar die over waren gegaan.

Uiteindelijk lieten ze haar gaan. Het was halfzeven 's ochtends toen ze het politiebureau van Kungsholmen uit liep. Ze moesten haar zo'n vijf uur hebben verhoord.

Ze hadden vingerafdrukken en wangslijm bij haar afgenomen, en haar blouse en jas in beslag genomen. Zij was degene die de politie had gebeld. Alles wat ze had gezegd konden ze aan de hand van feiten controleren, en dat zou ook kloppen. Ze had nergens bloedvlekken. Misschien hadden ze sporen van iemand anders in het appartement gevonden? Misschien was het nog niet eens zo raar dat ze een verdachte was.

'Een van de grondregels van deze opdracht was om de politie erbuiten te houden. Het risico is te groot,' zei Jan en hij doorboorde Emelie met zijn ogen.

Magnus ging rechtop in zijn fauteuil zitten. 'Ja, ik was degene die die grondregel heeft ingesteld. Maar die is bij dezen veranderd. Het gaat niet langer meer om een kidnapping. Nu gaat het om iemand die is vermoord. Emelie heeft volledig vanuit gezond verstand en volgens de advocateneed gehandeld. Daarnaast hebben we niets over Philips situatie losgelaten tegen de autoriteiten.'

'Ik moet dit met het onderzoeksteam overleggen.'

'Jij bént het onderzoeksteam, Janneman. Nu moeten we verder in gewijzigde omstandigheden.'

'Ik wil op Carl-Johan wachten voordat we dit verder bespreken.'

Magnus verhief zijn stem een klein beetje. Maar dat was niet zozeer qua volume. Emelie had het weleens eerder gehoord tijdens een onderhandeling met twee banken die onenigheid hadden. Het zat hem meer in de toon. Hoe hij de klemtoon legde, het lagere tempo, de nadruk. Het gezag.

'We hebben geen tíjd om op Carl-Johan te wachten.'

Emelie moest een whiteboard-pen pakken, opstaan en aantekeningen maken.

In de linkerhoek schreef ze de woorden: *Personen in onderzoek.*

Daaronder schreef ze: *Jarl Poljonen. Kevin. Ian. Chamon Hanna, e.a. Anina Björklund. Het albinokonijn. Overigen.*

Jan begon. Hij vertelde dat ze geen verdere sporen naar Jarl hadden. De flat stond op zijn naam, en daar hield het ook mee op. Daarna vertelde hij dat Kevin een paar korte bezoekjes aan Moskou had gebracht. Emelie maakte een paar aantekeningen op het witte bord onder Kevins naam.

'Bovendien zijn we te weten gekomen dat Kevin op 9 februari jongstleden een wapen heeft aangeschaft bij de FSV, de Fridhemsplans Schietsport Vereniging, oftewel vlak voordat Philip werd ontvoerd,' ging Jan verder.

Emelie zag hoe Magnus zijn kaken spande. 'Vertel verder.'

'We hebben goede contacten met veel van die schietverenigingen in deze regio en hebben gevraagd naar nieuwe leden van het afgelopen jaar, en welke daarvan een wapen hebben gekocht. Kevin is zeven maanden geleden lid geworden.'

'Kan iedereen die lid is van een schietvereniging zomaar een wapen kopen?'

'De meeste verenigingen staan het toe om na een lidmaatschap van zes maanden een sportpistool aan te schaffen. Verder moet je een blanco strafblad overleggen en nog wat andere dingen om überhaupt lid te mogen worden.'

'Dus je kunt lid worden zolang je nooit bestraft bent, en dan mag je een wapen kopen?'

'De politie geeft de wapenvergunning uit, niet de vereniging. Maar wanneer een vereniging voor iemand garant staat, is dat nooit een probleem.'

'Oké, ik snap het. Dit had ik in Zweden niet verwacht. En waar bevindt Kevin Andersson zich op dit moment?'

Jan zei: 'We hebben hem de afgelopen vierentwintig uur geschaduwd en hij heeft geen opmerkelijk gedrag vertoond. We zijn hem zo'n twee à drie keer even uit het oog verloren, maar per keer nooit meer dan twintig minuten. Op dit moment heeft Kevin college aan de Koninklijke Technische Hogeschool.'

De hemel buiten het raam was blauw en het uitzicht stukken bekoorlijker dan gisteren. De warmte hierbinnen was dezelfde als altijd, de airco zorgde voor een constante temperatuur van eenentwintig graden. Toch kreeg Emelie de rillingen. Dat kwam niet alleen door haar slaaptekort. Ze keek nogmaals over de daken van de huizen. Ver weg, achter deze grauwe stad, zag ze het topje van Kaknästornet. Dit was een van de hoogste gebouwen van Stockholm, de voormalige televisietoren uit de zestiger jaren. Ze dacht terug aan hoe ze daar als kind tijdens een van hun bezoekjes aan Stockholm naar boven had willen gaan. Hoe ze toen al gek op deze stad was geweest, en had geweten dat ze hier op een dag naartoe zou verhuizen.

Ze rilde nogmaals. Deze plek was haar vreemd. Ze herkende deze plaats niet meer.

Ze wilde een pauze van dit onderzoek. Van het werk.

Ze wilde naar huis.

Ze bespraken de Kevin-kwestie nog even verder, waarna ze met de volgende naam op het lijstje verdergingen.

Magnus bracht verslag uit van zijn gedachten omtrent Ian. Het dreigbeeld naar hem toe en hoe hij zich tijdens hun gesprek had gedragen. 'En ik heb begrepen dat je DNA van Ian hebt weten te vinden op een van onze drinkglazen die je gisteren van Teddy hebt gekregen, en dat dit DNA overeenkomt met wat je op een whiskyfles uit de flat hebt gevonden. Dan rijst de vraag waarom Ians DNA op een voorwerp in die flat zit.'

'We zijn zijn gangen nagegaan, we hebben immers een zekere toegang tot zijn en Philips zakelijke agenda, maar we zijn niets opvallends tegengekomen,' zei Jan. 'En we moeten niet vergeten dat een fles een verplaatsbaar voorwerp is. Dit houdt in dat die daar op een volledig verklaarbare wijze terecht kan zijn gekomen.'

Ze praatten nog even over Ian. Hij was ook degene die er het meest op had aangedrongen dat ze naar de politie zouden gaan.

'Zouden we hem moeten laten bewaken?'

'We weten niet waar hij momenteel is,' zei Jan.

Magnus zei: 'Wat zei Teddy ervan toen je hem over de DNA-match vertelde?'

'Niet zoveel.'

'Maar waar hangt hij dan in godsnaam uit? Ik probeer hem al uren te pakken te krijgen.'

Emelie hield haar handen op haar schoot onder de tafel. Met haar ene duim tikte ze op haar dij. Ze keek omlaag: haar hele been was aan het trillen. Ze moest zien te kalmeren.

Magnus keek haar aan.

'Emelie, heb jij enig idee?'

Ze hield haar been met haar hand onder tafel vast. Spande het aan.

'Nee, maar we hadden gisteren een stevige discussie.'

'Een stevige discussie? Alweer? Je bedoelt dat jullie ruzie hadden?'

'Ja, het spijt me, Magnus. We hebben elkaar sinds gistermiddag niet meer gesproken.'

Magnus sperde zijn ogen wijd open. Die waren bloeddoorlopen. Ze vroeg zich af of hij vannacht misschien niet had geslapen of dat het verkoudheidsverschijnselen waren.

'Maar lieve Emelieke toch, waarom heb je niks gezegd? Nu ga je ervoor zorgen dat je hem te pakken krijgt en je dat conflict van jullie oplost. We mogen hem niet kwijtraken. Is dat nou zo moeilijk om te begrijpen?'

Emelie voelde zich alsof ze op het punt stond om door de stoel en de grond te zakken. Helemaal tot aan de benedenverdieping.

Gelukkig kalmeerde Magnus alweer snel. Hij vond dat nu het meest dramatische moest worden besproken: de dood van Anina Hanna Björklund. De vraag was óf en hoe dit in verband met de kidnapping stond.

Emelie zette haar eigen reactie op zijn tirade van zich af. Ze zei: 'Ik heb op haar Facebook-pagina gekeken, en ze heeft een vriend die Anton Antonson heet en een wit konijn als profielfoto heeft.'

De mond van Magnus leek wel een groot gapend gat. 'Serieus? Heeft ze die echt?'

'Yes.'

'Maar dan moet Facebook ons inlichtingen geven over de gebruiker van dat account.'

'Ik zal opnieuw een poging wagen. Jan, hebben jullie iets op die konijnenkaart gevonden?'

'Helaas niet.'

Magnus zei: 'Dat is momenteel ons belangrijkste aanknopingspunt, vind ik.'

Verder kwam hij niet. Hij werd onderbroken door zijn rinkelende telefoon.

'O shit,' zei hij gaandeweg het gesprek.

'Oké, nu gebeuren er dingen. Dat was Patric Öhrn,' zei hij toen hij had opgehangen. 'Philip heeft hem met een afgeschermd nummer op zijn privételefoon gebeld. Hij heeft opgenomen.'

Jan sperde zijn ogen open. 'En?'

'En Patric zei dat hij momenteel druk was, maar dat hij over uiterlijk twee uur kon terugbellen. Dat was conform mijn instructies voor het geval Philip hem toch zou weten te bereiken.'

'Wat wilde hij dan?'

'Het ging weer over die overboeking, maar Patric kreeg geen details te horen. Maar één ding is zeker: ik heb het liefst dat Teddy erbij is wanneer Philip weer belt, om Patric te helpen. En Jan, ik wil dat jij erbij bent om te proberen te achterhalen waar het gesprek vandaan komt.'

*

'Ken je Mogge Viking?'

Kum keek op van de driedubbele espresso die voor hem stond.

Het was ochtend en Dejan was zo moe als een hond. Er waren een hoop dingen die nu niet meezaten, die dag en nacht zijn aandacht opeisten. Maar Dejan had het gevoel gehad dat dit gesprek met Kum noodzakelijk was.

'Ik ben met een nieuw dieet begonnen, weet je, *mali* Dejan,' zei Kum alsof hij Dejans vraag niet had gehoord. 'Ik eet nog maar twee keer per dag. 's Avonds zoals altijd om tien uur mijn diner. En als ontbijt een grote entrecote. Elke dag. Sinds ik ben begonnen, ben ik al drie kilo kwijt. Maar ik heb daardoor wel de hele dag zin in koffie. Net als zo'n kantoorpikkie.'

Ze zaten alleen aan een tafel bij Nikström & Hansson, een café aan Karlavägen dat via firma's en postbusbedrijven voor de helft in het bezit was van de godfather. Om hen heen was het in principe verder leeg.

Kum mocht eigenlijk niets in zijn bezit hebben of horecagelegenheden uitbaten na een kleine tegenslag twee jaar geleden: hij werd veroordeeld tot een voorwaardelijke straf en publieke dienstverlening wegens boekhoudfraude en belemmering van de belastinginspectie. Die publieke dienstverlening was het probleem niet: Kum had iemand bij de plantsoenendienst omgekocht om justitie te melden dat hij een van de beste bladharkers van Zweden was. Maar het horecaverbod, dat had er aardig ingehakt. En die belastingschuld was nog een trap na geweest. Al het geld dat hij verdiende moest vervolgens via mannetjes worden doorgesluisd. Dat was overigens ook wat Dejan had genekt, toen hij was gevraagd om restaurant Solberg op zijn naam te laten zetten, waarna er van alles was misgelopen.

'Tuurlijk ken ik Mogge Viking,' zei Kum en hij slurpte zo hard van zijn koffie dat het waarschijnlijk op straat nog te horen was. 'Heb je dat verhaal gehoord over die keer dat hij weigerde om naar een rechtszaak te komen?'

Dejan voelde zich zoals altijd lichtelijk ongemakkelijk in Kums gezelschap. Het liefst wilde hij er gierend vandoor gaan. Je wist nooit hoe zo'n ontmoeting afliep. Met Ivan, zijn rechterhand, was het een stuk makkelijker dealen, maar die was er nu niet eens bij.

'Viking was opgeroepen voor een zitting bij de rechtbank, het ging om iets met drugs, samen met twee of drie andere verdachten. Maar hij kwam niet opdagen, dus moesten ze de zitting opschuiven en op een andere dag voortzetten, maar ook toen kwam hij weer niet opdagen. Je weet hoe rechters zijn als je het vertikt om te verschijnen, dus besloten ze om arme Viking door de politie te laten oppikken. In elk geval, de dag erop kwam er een fax bij de rechtbank binnen met een doktersverklaring uit Roemenië. In die fax stond dat Viking zich daar bevond, maar niet kon komen omdat hij ziek was. Om welke ziekte het ging, stond ook in de fax vermeld, maar dat was in het Roemeens, dus niemand kon het lezen.'

Dejan keek naar Kums handen, die roerloos op tafel lagen. Hij droeg zijn beruchte gouden Rolex met diamanten bij elk cijfer. Volgens Ivan en al die andere ouwehoeren, had die meer dan een mille gekost in Antwerpen. Let op: het was geen echte Rolex. Maar de materialen waren wel echt. Aan zijn andere arm droeg de godfather een armband van kinderkralen waarop WORLD CHILDHOOD FOUNDATION stond. Dit was zo'n liefdadigheidsding van prinses Madeleine voor zieke kinderen.

Kum ging verder: 'In elk geval, uiteindelijk kregen ze de Moggeman met hulp van de Roemeense politie terug naar huis, dus drie maanden later begon de rechtszaak. Vikings advocaat protesteerde als een malle, ruziede met de rechtbank en hij bleef maar doorgaan. Het was ongehoord om iemand die zo ziek was te dwingen om naar huis terug te keren, vond hij, en volgens de doktersverklaring kon Morgan Viking alleen onder zeer specifieke voorwaarden aan het proces deelnemen, blabla. Het scheelde maar een schaamhaar of hij had ze zover gekregen het hele proces te schorsen.'

'Wat had hij dan? Wat stond er op die doktersverklaring?'

'Nog even wachten, mali Dejan. Die rechtbank was ook niet gek, dus lieten ze de Roemeense verklaring vertalen. Volgens de dokter daar kon Morgan Viking niet aan de zitting deelnemen tenzij hij de hele tijd mocht staan. Heb je dat gehoord? Onze Mogge had namelijk aambeien. Negen zittingsdagen lang stond hij daar, zodat zijn darmen er niet uit zouden klappen. AAMBEIEN!'

Kums lach weerkaatste in het lege café.

Dit was wel een toffe tent. Een mix van *classy* inrichting met een industriële feeling. Houten panelen langs de wanden, de lampen aan het plafond zagen eruit alsof ze uit een of andere voormalige fabriek kwamen.

'In elk geval,' zei Dejan, 'probeert Mogge Viking een schuld van Teddy te innen.'

'Van Teddy? Maar die is toch nog maar net vrijgekomen?'

'Ja, kennelijk is het iets van lang geleden. Gezeur over geld waar Robert Hillström ook mee te maken had, waarbij Teddy helaas iets heeft verprutst en er een paar honderdduizend verdween en een paar man werden veroordeeld.'

'Hillström? Ik dacht dat die in Marbella woonde?'

'Dat is ook zo, maar de financiële crisis is ook hem niet in de koude kleren gaan zitten en nu loopt hij die hele geschiedenis weer op te rakelen en heeft hij Viking op Teddy afgestuurd.'

Kum schoof zijn kopje opzij. Dit raakte zijn glas water, waardoor het rinkelde.

'Maar waarom vertel je mij dit? Dit heeft niks met ons te maken. En volgens mij kan Teddy zichzelf prima redden. Die heeft wel ergere dingen meegemaakt.'

Dejan haalde een keer diep adem. 'Dat is het niet. Ik dacht ook dat Teddy dat wel op een handige manier op zou lossen. Maar hij is met rare dingen bezig. Ik denk dat hij op een of andere manier op zoek is naar geld om Viking te betalen. Hij doet navraag naar hoeren en zo. Hij wil allerlei dingen weten, steekt zijn neus in zaken die helemaal niet interessant voor hem zouden moeten zijn.'

'Hoeren?'

'Ja, kennelijk. Daarnet belde een zwaar opgefokte gast mij op, Guldman. Zieke naam, trouwens. Die heeft mij vroeger betaald voor bescherming. Hij maakt van die websites en shit voor hoeren en vroeger, voordat hij de bescherming van zijn data goed voor elkaar had, had hij mij soms nodig. Je weet hoe dat gaat: zo'n hoer wil niet al te hardhandig worden aangepakt en weigert, met als gevolg dat zo'n hoerenloper zich dan weer besodemieterd voelt en kwaad wordt. In elk geval, deze gast kreeg vannacht bezoek van Teddy. Ik weet de details niet, maar Teddy wilde blijkbaar een hele hoop weten over sommigen van die meiden. Nigeriaanse hoeren, of zoiets. Ik vraag me echt af waar hij in godsnaam mee bezig is.'

Kums ogen werden groot. 'Nigeriaanse hoeren?'

'Ja joh, je zou ze es moeten zien, sommigen zijn echt lekker.'

'Je lult. Die kunnen nooit lekker zijn. Maar zeg eens, wat wilde Teddy dan? Waarom is hij aan het rondsnuffelen?'

'Dat weet ik niet precies. Ik weet niet eens waar hij mee bezig is, hij vertelt mij niks.'

Kum haalde een cigarillo uit zijn zilveren foedraal dat op tafel lag. Het was hier verboden te roken, maar daar leek hij zich niet aan te storen.

'Je kon Teddy altijd vertrouwen. In elk geval vroeger. Maar beste Dejan, doe mij een plezier.'

Kum stak zijn cigarillo aan en nam een flinke trek.

'Hou je maat in de gaten. Laat hem geen domme dingen doen.'

Hij blies de rook in drie langzame stoten uit.

'Dejan, *moj vojnik*, beloof het me. Laat hem géén domme dingen doen.'

*

De rijtjeshuizen aan Horizontvägen zagen er nieuw en fris uit. Ze waren afwisselend rood en grijs, maar alle raamkozijnen waren geel. Een lager, uitstekend deel bij elk huis was van grijze baksteen, waarschijnlijk een schuurtje; winterbanden-, oude-meubels-, slee- en fietsenopslag. Bij de meeste huizen stond er vergeelde, niet-winterharde begroeiing buiten, maar bij nummer 141 zag Teddy geen planten.

Dit rijtjeshuis lag er verlaten bij. De rolgordijnen op de benedenverdieping waren omlaaggetrokken. Hij liep om het hele blok heen en keek vanaf de achterzijde naar binnen. Elk huis had buiten een kleine overkapping met glazen deuren die uitkwamen op een minuscuul grasveldje. Ook hier zat aan de voorkant een uitstekend deel dat dienst leek te doen als een soort afscherming tussen de kleine tuintjes. Nummer 141 was het enige huis dat geen tuinmeubels, laat staan wat oude rommel onder de overkapping had staan.

Het kon geen groot huis zijn; het had wel twee verdiepingen, maar het was smal, misschien vier meter breed en tien à elf meter lang. Hij schatte het totale oppervlak op zo'n tachtig vierkante meter.

Er was bijna niemand op straat te zien. Verderop zag hij twee vrouwen met kinderwagens voorbijlopen. Hij hoorde geen geluiden vanuit het rijtjeshuis. Maar achter beide ramen op de bovenverdieping zag hij lampen branden. Iemand of meerdere personen waren misschien boven.

Hij bleef op vijftig meter afstand naar het huis staan kijken.

Hij voelde iets trillen in zijn zak en hij haalde zijn telefoon tevoorschijn. Het was Emelie. Hij had haar zijn nieuwe nummer niet gegeven, maar hij nam aan dat ze het van Jan moest hebben gekregen. Misschien kon hij maar beter opnemen en vertellen waar hij mee bezig was.

Maar niet nu.

Hij drukte haar weg, zette zijn telefoon uit en stak die terug in zijn jaszak.

Wat moest hij nu? Of hij herhaalde het hele spelletje zoals hij bij Guldman had gedaan, door er gewoon op af te lopen en aan te bellen. Hoe hij vervolgens het huis binnenkwam, moest hij dan maar ter plekke verzinnen. Een andere optie was om versterking te bellen, maar wie zou hij daarvoor kunnen bellen? Emelie en Magnus waren nu niet bepaald degenen om in deze situatie een bijdrage te kunnen leveren. Tagg of Dejan zou nu mooi van pas zijn gekomen, maar die wilde hij hier niet te veel bij betrekken.

Hij liep op het huis af.

Een minuut later lag hij op zijn buik boven op het schuurtje dat bij het huis hoorde en hij probeerde zijn lichaam zo laag mogelijk te houden, zodat voorbijgangers hem niet zouden opmerken. Ook wilde hij niet gezien worden als iemand in het huis naar buiten keek, maar dat was een risico dat hij maar moest nemen.

Hij tilde zijn hoofd op en keek snel naar binnen, het raam zat maar een paar decimeter boven hem, maar daarbinnen was niets te zien. Aan beide kanten van de kamer alleen maar een opgemaakt bed en een stapel kleren op de grond.

De kou en het vocht die via zijn buik en benen naar binnen drongen, deden hem terugdenken aan de kille celvloer waar hij acht jaar geleden zijn eerste nachten had doorgebracht.

Toen hoorde hij door het raam een geluid, misschien van een deur die daar openging. Hij tilde zijn hoofd op en zag iets bewegen.

Het waren twee meisjes die de kamer in kwamen en beiden deden een pruik af. Het ene had lang, zwart haar met een slag, het andere korter, rossig haar. Hij keek naar binnen.

Het meisje dat zojuist de rossige pruik had afgedaan was Cassandra.

Dit was waanzin, compleet van de zotte.

Maar hij deed het toch, hij had geen keus.

Hij klopte op het raam.

De meisjes draaiden zich om in zijn richting. Hij drukte zijn gezicht tegen de ruit.

Cassandra's ogen werden zo groot als schoteltjes. Ze moest hem hebben herkend. Hij hield een vinger voor zijn mond en gebaarde hun stil te zijn.

Het andere meisje zette het raam een centimeter open, Teddy zag dat er aan de binnenkant een sluiting op zat.

'*Wha' you want?*'

Hetzelfde Afro-Engels als Cassandra sprak.

'*Get* Cassandra *to the window*,' fluisterde hij door de opening.
Ze kwam naar het raam toe.
Teddy ging verder in zijn gebrekkige Engels: 'Ik wil je zo graag spreken. Mag ik binnenkomen?'
Cassandra had haar ogen nog steeds wijd opengesperd, alsof ze daarbuiten een spook had gezien.
'Nee, dan moet je met Big Mama praten. Ik kan nu verder niet met je praten, mistah.'
Ze deed het raam weer dicht en trok het rolgordijn omlaag.
Teddy klauterde weer van het schuurtje.
Er was nu geen tijd meer te verliezen.

Hij deed de voordeur open, die was vreemd genoeg niet op slot. Hij vroeg zich af wie er een aantal jonge hoeren in een huis hield zonder de deur af te sluiten.
Hij trok hem zo zachtjes mogelijk achter zich dicht.
Hij dacht terug aan wat Guldman had gezegd: *die meisjes zijn niet meer te redden.*
Het was stil en leeg in de gang. Het rook er naar sigarettenlucht.
Er waren haken aan de muur bevestigd waar een paar jassen aan hingen, in een flits zag hij de jas die de madam had gedragen. Hij stond roerloos te wachten op wat komen ging, maar het was nog steeds muisstil in het rijtjeshuis, mogelijk hoorde hij boven ergens wat gedempte stemmen. Er kwam niemand om hem te verwelkomen, dus hij kon net zo goed verder naar binnen lopen.
Er stonden geen schoenen op de grond zoals in gewone, Zweedse gangen. De geur hier was bijzonder, misschien was het een soort kruid, misschien geurkaarsen, misschien gewoon de lucht van een bordeel.
Toen vroeg hij zich af of dit eigenlijk wel een bordeel was. Hij had het huis nu een tijdje in de gaten gehouden, zonder dat er mannen op af waren gekomen. Wellicht dat die meisjes alleen maar out-calls deden.
De gang leidde direct naar de keuken. In het duister zag hij nietafgewassen borden in de gootsteen. Aan de andere kant van de keuken was een kleine woonkamer, met zo'n grote, oude tv en een tapijt op de vloer. De rolgordijnen voor het raam dat op de tuin uitkeek, waren omlaaggetrokken. Verder naar binnen stond er tegen de ene muur een bedbank die tot bed was uitgeklapt, hij dacht te zien dat er iemand op lag. Hij hield weer halt, bleef onbeweeglijk staan en luisterde naar zijn

eigen ademhaling. Hadden ze hier echt geen hoerenwachters? Lagen die meiden in open kamers te slapen, met open deuren naar de vrijheid?

Hij dacht nogmaals aan wat Guldman over die meisjes had gezegd.

Om de hoek was de trap naar de bovenverdieping. Hij nam elke trede voorzichtig om die maar niet te laten kraken. De hele tijd erop beducht dat er iemand naar hem zou gaan schreeuwen of zich op hem zou storten.

Aan het einde van de trap was een klein halletje. Hier was het nóg donkerder, omdat alle deuren gesloten waren. Maar Teddy wist precies welke deur naar de kamer leidde waar hij Cassandra had gezien, daar hoorde hij ook het zachte gemompel vandaan komen.

Hij opende deze voorzichtig.

De meisjes waren daar nog binnen, ze hadden een nachtlampje aangedaan en zaten allebei op hun eigen bed. Ze waren al fluisterend in een discussie verwikkeld.

Toen ze Teddy zagen, zwegen ze en keken nog geschokter dan toen ze hem voor het raam hadden gezien.

Hij zag nu ook duidelijker wat die kledingstapel op de vloer was. Diverse pruiken, hoge laarzen en allerlei soorten korsetten en andere kledij. Verder was hier niks, geen schilderijen aan de muur, geen boekenplankjes en vloerkleden. Geen stoelen en geen nachtkastje. Alleen de bedden en de lamp.

Hij zei met zachte stem: 'Cassandra, ik moet je wat vragen stellen.'

Ze kneep haar ogen dicht, fronste haar voorhoofd en hield haar handen voor haar gezicht, alsof ze hoopte dat Teddy slechts een uit de kluiten gewassen hallucinatie was die zou verdwijnen als ze maar genoeg haar best deed.

'Mistah, weet Big Mama dat je hier bent?'

'Nee, maar ik wil alleen maar even praten, verder niks.'

Cassandra verhief haar stem, van fluistertoon naar normaler volume.

'Ik mag niets zeggen, tenzij Big Mama zegt dat het oké is.'

Het andere meisje liep naar de deur.

'Nee, nee, blijf zitten. Ik betaal jullie.' Teddy probeerde weer terug naar fluisterstem te gaan, maar het was al te laat. Het andere meisje opende de deur en riep iemand in een vreemde taal.

Tien seconden later stond de madam in de deuropening.

Het was echt een grote vrouw; in de hoge ruimtes van het centraal station en buiten op straat was hem dat nog niet zo duidelijk opgevallen als nu. Big Mama was niet alleen lang, alles aan haar was groot: haar hals was dik en breed, haar hoofd zag er bijna opgezwollen uit, haar handen waren net kolenschoppen en ze moest dezelfde schoenmaat als hij hebben.

Haar ogen keken onbegrijpend, niet kwaad of bang. Misschien was een man op de kamer van deze meisjes wel helemaal niets raars, behalve dan dat ze hun kleren nog aanhadden.

Big Mama's Engels klonk hetzelfde als dat van Cassandra. Teddy herkende haar stem, zij was degene geweest die hij gisteravond had gesproken toen hij het meisje had besteld.

Ze had een brandende sigaret in haar hand.

'Mistah, je mag hier helemaal niet zijn, vrees ik.'

'Sorry dat ik niet heb aangebeld. Maar ik moet Cassandra hebben.'

'Mistah, zij doet alleen out-calls. Als je dat wilt, dan kan dat, drieduizend kronen per uur. Maar niet meteen.'

'Waarom niet?'

'Waarom ben jíj mijn huis binnengegaan?'

De madam nam een hijs van haar sigaret. Het was onbegrijpelijk hoe ze zo kalm kon zijn.

Teddy zette een stap naar haar toe, ze waren ongeveer even lang.

'Ik wil Cassandra nu meenemen. Ik betaal goed. Hoeveel wil je hebben?'

De madam keek hem niet aan. Vanuit zijn ooghoek zag hij Cassandra naar hem staren.

'Was jij degene die haar gisteren wilde spreken?'

'Ja. Ik moet haar een paar vragen stellen.'

Big Mama nam een flinke trek van haar sigaret. 'Dus je wilt haar niet op een andere manier leren kennen?'

'Nee.'

'Stel je vragen aan mij.'

Teddy liet een paar seconden voorbijgaan. Misschien moest hij inderdaad zijn vragen wel aan de madam stellen, het was niet onmogelijk dat zij degene was die in werkelijkheid de chats onderhield. Hij geloofde geen seconde dat Cassandra al die berichten had gestuurd. Maar zíj was door een vrouw op straat aangesproken en iemand had haar geld gegeven om over Philip te vertellen, dus Cassandra zelf moest die persoon of personen hebben gezien.

Zij was degene die hij moest spreken.

Hij zei: 'Nee, dat is geen goed idee. Ik kan Cassandra hier en nu wel van je kopen. Noem je prijs.'

De madam snoof alsof hij zojuist een belachelijk voorstel had gedaan. 'Jij hebt geen idee hoeveel zo'n meisje als Honey Rose waard is, met haar leeftijd. Er is geen prijs die jij kunt betalen die genoeg voor mij is. En nu wegwezen.'

'Ik neem haar toch mee.'

'Probeer dat maar es.'

'Ik zie niemand die mij kan tegenhouden.'

De madam keek naar Cassandra.

Teddy wendde zich ook tot haar. 'Ik neem je mee, en alles komt goed. Dan ben je hier vanaf, en ik beloof je dat ik je niet achter zal laten op een boot naar een fucking harem in Abu Dhabi.'

Toen keek hij de madam aan. 'Ik zal jouw werkzaamheden hier verder niet meer komen verstoren.'

Cassandra beet op haar onderlip, ze zei niets.

De madam zette een stap in haar richting.

'Je begrijpt het niet, mistah. Ze zal nooit bij mij weggaan.'

Ze tilde haar sigaret op.

'*Little bird*, geef me je hand.'

Wederom dacht Teddy aan Guldmans woorden. Dit was echt iets wat hij niet begreep.

Cassandra stak haar hand uit. De madam pakte haar pols beet en drukte de sigaret uit in haar handpalm.

Cassandra gaf geen kik, haar gezicht vertrok niet eens. Ze beet alleen op haar tanden.

Teddy keek in de ogen van de madam. Daarin was niets te zien.

Toen kwam hij in actie, hij duwde de madam opzij terwijl hij ondertussen met zijn andere arm Cassandra naar zich toe griste.

Big Mama viel achterover; ze was dan misschien wel groot, maar niet erg stabiel, ze had hier natuurlijk ook niet op gerekend. Teddy pakte Cassandra met beide handen vast en tilde haar over zijn schouder.

'Dit kan zomaar niet, mistah,' zei Cassandra fel, maar ondertussen hoorde hij een brok in haar keel.

Hij smeet de deur open en rende de trap af met het meisje als een zak over zijn schouder.

De vrouw die beneden op de bedbank had gelegen kwam overeind en keek slaperig.

Hij liep verder de gang door. De madam stond hem op de bovenste traptrede na te kijken.

'Dat gaat je nooit lukken,' riep ze.

Teddy wist niet wat hij deed of waarom. Hij wist alleen maar dat zijn hart als een dolle tekeerging.

Hij droeg Cassandra de kou in en bleef richting de grote weg rennen. Hij had een auto nodig.

*

Emelie was serieus achter haar computer in slaap gevallen terwijl ze informatie probeerde te zoeken over Jarl Poljonen, Kevin en Anina Hanna Björklund. Haar oogleden waren zo zwaar als lood. Ze moest echt naar bed.

Magnus had haar gesteldheid ook opgemerkt en haar min of meer bevolen om naar huis te gaan en een paar uur te gaan slapen. Ze dacht dat ze in de taxi al wel zou indommelen, maar dat was niet het geval geweest.

Bovendien begon de taxichauffeur haar te vragen wat voor werk ze precies deed, wat ze van alternatieve routes door de stad vond, en of ze ook migratiezaken deed. Normaal gesproken had ze zo'n nieuwsgierige taxichauffeur allang afgesnauwd. Maar nu niet: het voelde eigenlijk wel fijn om voor het eerst in een paar dagen over alledaagse dingen te kletsen.

Haar telefoon ging.

Ze zag haar moeders nummer op het scherm, en was blij met Mobingela's hulp bij het synchroniseren van haar Outlook-contactpersonen met haar nieuwe telefoon.

'Hoi mam,' zei Emelie.

'Hoi liefie. Hoe gaat ie?'

'Goed hoor. En met jou?'

'Hartstikke goed, ik heb al zo lang niks meer van je gehoord.'

Altijd weer die verplichting. Het was misschien tien dagen geleden dat ze elkaar voor het laatst hadden gesproken. Het was dan misschien wel een heel kort gesprek geweest terwijl Emelie in een andere taxi op weg naar huis zat, maar toch.

'Ik heb het echt superdruk op het werk.'

'Zoals gewoonlijk dus?'

'Ja, alleen is het nu iets meer dan gewoonlijk. Ik mag er niks over zeggen, maar het is een heel speciale opdracht.'

'We maken ons een beetje zorgen, dat weet je.'

'Mam, daar hebben we het nu al duizend keer over gehad. Dat komt wel goed, ik moet nu wat tropenjaren maken anders loop ik straks kansen mis, en ik ben dol op mijn werk.'

Ze bedacht dat dit nu net vandaag toevallig gelogen was.

Ze passeerde Norrmalmstorg. Daar zaten Vinge en MAQS, twee van de grootste advocatenfirma's in Zweden. Ze wist wat haar moeder nu zou zeggen: dat het bestaan om meer draaide dan werk, dat er andere doelen in het leven bestonden dan het worden van vennoot, dat je in het Nu moest leven omdat het later weleens te laat kon zijn.

'Maar Emelie toch,' zei haar moeder met de klemtoon op 'toch', om een zekere teleurstelling te onderstrepen. 'Het leven is zo kort. Er valt zoveel te beleven als je jong bent. Denk je dat je daar nog wel aan toekomt?'

'Ik kom aan alles toe wat ik wil, echt waar. Het zijn nu andere tijden, jij en papa deden wat jullie wilden, ik doe wat ik wil.'

'Maar natuurlijk, lieverd. Tuurlijk. Ik heb gisteren iets met Ingrid besproken wat ik jou wilde vragen. Een supergoed idee. Ingrid en ik hadden het gisteren zo gezellig.'

Haar moeder vertelde verder over haar etentje met Ingrid, de tante van Emelie. Ze kwamen vaak op goede ideeën.

Het was niet zozeer dat Emelie een hekel aan haar ouders had, integendeel, die waren in haar kindertijd heel goed voor haar geweest. Ze hadden haar altijd gestimuleerd om goede resultaten op school te halen zonder haar te pushen, terwijl ze haar altijd in haar keuzes hadden gesteund. Maar ze hadden een andere kijk op het leven. Misschien was dit omdat ze in de jaren dat ze zelf gestudeerd en gewerkt hadden altijd hadden geweten dat de maatschappij opwaarts en vooruitging. Ze waren allebei in de jaren vijftig geboren, waren aan het eind van de jaren zeventig aan het hoger onderwijs gaan studeren en waren begin jaren tachtig aan hun carrière begonnen. Dit waren uit economisch oogpunt de gouden jaren, jaren waarin iedereen wist dat men het beter zou krijgen dan zijn ouders. Het leken ook jaren geweest te zijn waarin ideeën en idealen een belangrijke rol hadden gespeeld, in elk geval voor haar ouders en hun vrienden. Ze hadden zich beiden aangesloten bij diverse organisaties en verenigingen die streden tegen de dictatuur in Latijns-Amerika, met name in Chili. Later werden ze lid van het Onafhankelijk Zuid-Afrika-comité. Ze herinnerde zich tot op de dag van vandaag nog de poster die in hun keuken had gehangen, voordat ze naar een villa waren verhuisd. Het was een tekening van een appel met een gezicht. Onder de tekening stond: *Neem geen hap uit het Chileense volk*. De achterliggende gedachte was om geen Chileense vruchten te kopen.

Maar haar ouders politieke engagement stond allang op een laag pitje en tegenwoordig leek het hen vooral om zelfontwikkeling te gaan. De ideeën over het grotere geheel waren verschrompeld tot gedachten over gezonde voeding, mindfulness en woninginrichting, waarbij het verschil met Emelies interesse in laatstgenoemde was dat haar vader alles zelf timmerde.

Ten slotte kwam Emelies moeder terzake. 'Ingrid en ik hebben een yogaweekend geboekt in Stockholm. En nu dachten we dat Molly en jij wel mee konden. Het wordt echt heerlijk.'

Emelie onderdrukte een zucht zodat die niet door de telefoon te horen was.

'Dat klinkt goed, wanneer is het?'

'Over twee weken, vrijdag tot zondag. De yogastudio is op Södermalm, waar Molly woont, dat weet je wel, toch?'

'Absoluut, ik ben een paar maanden geleden een keer bij haar gaan eten.'

'Ja, en jij hebt ook weleens ashtanga geprobeerd, toch?'

'Dat is alweer drie jaar geleden, maar inderdaad. Nu doe ik vooral aan thaiboksen. Doet Molly ook aan yoga?'

'Toevallig wel, maar zij doet kundalini, ze is erg goed, traint drie keer per week en doet ook een cursus voor instructrice, maar ze vindt het best om met ons mee te gaan, ook al wordt het ashtanga. O, wat leuk dat je meegaat! Dan kunnen we ons echt in die lessen verdiepen, het is vijf keer per dag. Ik denk dat het echt supergaaf wordt. Volledig één zijn met de energieën.'

Emelie dacht aan de laatste keer dat ze had getraind. Dat was nu al meer dan twee weken geleden, maar ze had toen wel een stevige sparringsronde gedaan.

'Ik zal mijn agenda checken, mama. Ik denk dat het lastig wordt, maar ik ga echt mijn best doen.'

Ze trok haar schoenen uit in de gang, maar ze liet het licht uit.

Zo bleef ze een paar minuten staan en probeerde een paar minuten nergens aan te denken.

Haar flat was goed geordend: een kleine keuken, een woonkamer met een klaptafel waar acht mensen aan konden zitten als die was uitgeklapt, en een nis waar haar bed stond. Omdat ze al haar spaargeld en zelfs een groot deel van dat van haar ouders in deze woonruimte had gestoken, was er niet veel geld over geweest voor de inrichting. Al was de flat reeds gerenoveerd en opgeknapt toen ze hem kocht. De vloer was van witgewaxt vurenhout. De muren waren ook wit, Stockholmwit, behalve een stukje in het kleine halletje waar bloemetjesbehang hing. De gordijnen die haar moeder was komen helpen omzomen, waren ook wit en hingen helemaal tot aan de grond. Over het geheel genomen zag de flat er nog steeds aardig uit zoals in de brochure toen ze hem kocht.

Boven de bank had ze twee koeienkoppen opgehangen die waren gemaakt van oude plastic flacons, kurken en dekseltjes. Ze kwamen uit Afrika en waren gemaakt van gerecycled plastic, tenminste, dat hadden ze in de winkel Afroart gezegd waar ze ze had gekocht. Het vloerkleed had ze van haar ouders gekregen. Dit bestond uit allerlei rechthoekige, gekleurde vakjes. In de geërfde bank lagen twee harige kussens van alpacawol. Die had ze gevonden op de Marché aux Puces de Clignancourt toen ze na het gymnasium in Parijs had gewoond. Dit waren haar enige fysieke herinneringen aan dat jaar, maar in haar hoofd droeg ze des te meer beelden met zich mee.

Ze probeerde het hier opgeruimd en schoon te houden, ondanks dat ze bijna nooit thuis was. Jossie had verteld dat ze zo'n goede poetsvrouw had gevonden, dus had Emelie die de laatste maanden ook geprobeerd. Het voelde raar om elke twee weken een vreemde in je huis te hebben, maar alle anderen op kantoor hadden dat nog veel vaker. Mensen die hun kleren wasten en streken, hun eten klaarmaakten, met hun kinderen speelden: dit leek misschien wel luxe, maar in werkelijkheid ging het alleen maar om het creëren van meer factureerbare tijd. Emelie wilde niet als haar moeder klinken, maar soms vroeg ze het zich toch af: zouden mensen niet wat meer contact met thuis moeten hebben? En waarom namen mensen niet langer de verantwoordelijkheid voor hun eigen rotzooi, hun eigen eten, hun eigen kinderen?

Ze stelde het alarm van haar telefoon in en zette hem op stil.

Ze ging uitgestrekt op de bank liggen zonder haar kleren uit te trekken. Anderhalf uur slaap zou genoeg moeten zijn. De rest van de dag moest ze het dan maar op koffie en energiedrank doen. Daarna kon ze Teddy wel weer eens proberen te bellen.

Haar gedachten tolden in het rond. De beelden van vannacht. Het lichaam. Het gezicht.

De bel ging.

Misschien was ze dan toch in slaap gevallen.

De rolgordijnen waren omlaaggetrokken.

Ze had de energie niet om open te doen. Ze wilde gewoon met rust worden gelaten.

Weer ging de bel.

Ze hees zich overeind.

Een toenemende hoofdpijn klopte langzaam in haar hersenpan.

Wie belde er nu midden op de dag bij haar aan?

*

Eerst nam ze niet op toen hij haar had gebeld en nu deed ze haar deur niet open. Teddy was er voor negentig procent zeker van dat ze thuis was. Hij was naar haar huisadres gegaan nadat hij haar weer zonder resultaat had proberen te bellen. Vervolgens had hij naar het advocatenbureau gebeld. De receptioniste had hem verteld dat Emelie naar huis was gegaan.

Hij vroeg zich af of ze ziek was geworden, of nog steeds kwaad op hem was.

Teddy wist zelf niet zo goed hoe hij zich erbij voelde. Aan de ene kant zou ze haar excuses aan moeten bieden. Aan de andere kant was er al bijna een etmaal verstreken sinds ze met ruzie uit elkaar waren gegaan. Het was alsof hij al afstand van het hele gebeuren had genomen, het voelde niet meer belangrijk.

Bovendien kon hij nergens anders heen. Hij had Emelie nodig.

De auto, die nu beneden foutgeparkeerd stond, had hij in Skarpnäck meegenomen. Een Ford Escort die al minstens vijftien jaar oud moest zijn, uit de tijd dat het ontstekingssysteem nog niet van een elektronische startonderbreking was voorzien.

Terwijl hij het portier van de auto had geforceerd had hij Cassandra in de gaten gehouden, die hij had bevolen om bij hem op de grond te gaan zitten. Hij had geluk gehad dat hij deze auto was tegengekomen, hij wist zelfs met zijn ogen dicht hoe hij met deze Ford-modellen om moest gaan.

Eenmaal binnen had hij de onderkant van het dashboard opengetrokken, het startslot eruit gerukt en de schroevendraaier erin gestoken – die had hij van Lazar Guldman meegenomen – en binnen een minuut had hij de auto aan de praat gekregen.

Ze waren de snelweg opgereden. Cassandra zat op de bijrijdersstoel, ze zei niets. Haar gezicht was onbewogen, alsof dit een willekeurig toertochtje was.

Hij liet haar met rust, het was logisch dat ze dit even op zich in moest laten werken.

Dat moest híj in elk geval wel.

'Wil je niet met mij praten? Wil je niet met mij praten over hoe het nu verder moet?' vroeg hij toen ze over de Skanstulbrug reden.

Cassandra gaf geen antwoord.

'Maak je geen zorgen.'

Ze keek alleen maar strak voor zich uit.

'Er is niemand die je nu nog kwaad kan doen, dat beloof ik.'

Ze draaide zich naar hem toe. Haar ogen stonden duister.

'Mistah...'

Teddy richtte zijn blik weer op de weg. Ze reden voorbij warenhuis Åhléns op Ringvägen.

'De juju-man.'

'Wat?'

'De juju-man,' zei ze weer.

'Wie is dat?'

Ze gaf geen antwoord.

Teddy probeerde uit te vogelen wat ze bedoelde, maar ze weigerde om verder nog iets te zeggen.

Toen Emelie uiteindelijk de deur op een kiertje opendeed zag hij meteen dat er iets was gebeurd. Ze was bleek in haar gezicht. De schaduwen onder haar ogen werden niet alleen veroorzaakt door het licht dat vanuit de hal naar binnen viel, ze zagen eruit alsof ze er daarvoor ook al waren geweest.

Het viel hem op hoe aantrekkelijk haar manier van bewegen eigenlijk was. Hoe ze haar haren met haar wijs- en ringvinger achter haar oren stak. Hoe ze haar gewicht van haar ene voet naar de andere verdeelde waardoor het leek alsof ze op een intrinsiek ritme bewoog.

'Wat doe jij hier?'

'Mag ik binnenkomen?'

'Ik probeerde te slapen. En wie is dat?'

'Laat me erin, dan vertel ik het je.'

Ze opende haar deur en deed de lamp aan.

Deze gang was precies het tegenovergestelde van Lazar Guldmans gore hok. Mooie, witte muren en een aantal schoenen, pumps en laarzen in een perfecte rij op de mat. Op de kleerhangers hingen een paar jassen en mantels op kleur gesorteerd.

Hij duwde Cassandra voor zich uit naar binnen en ze gingen in de keuken zitten. Daar stond een ronde, witte tafel met retrostoelen. Het was hier net zo netjes als bij Linda thuis, maar alles voelde nog meer geconstrueerd, alsof bij elk meubelstuk hierbinnen was nagedacht over of het bij de andere meubels, de kleuren op de muren en vloer en de algehele vibe van het appartement paste.

Teddy wilde hun eerdere ruzie niet meer ter sprake brengen. In plaats daarvan beschreef hij beknopt zijn avond, ochtend en middag. Emelie wist al dat er DNA van Ian op het glas was aangetroffen en dat dit overeenkwam met de whiskyfles, dit had Jan al verteld. Maar ze wist nog niet dat Teddy met hem in de viproom was gaan praten en wat hij toen had gezegd. Teddy vertelde ook over de chats die hij los had weten te krijgen die aantoonden dat iemand Cassandra had betaald voor informatie over Philip.

Daarna vertelde hij in het kort dat hij het meisje bij een plek buiten de stad had weggehaald.

'En waar moet ze nu dan heen?' vroeg Emelie.

'Ik heb geen idee. Meer ze weet nu eenmaal iets belangrijks.'

Het was nog steeds net alsof Emelie bijna niet luisterde. Ook zij had er niets van gezegd dat ze bijna vierentwintig uur niet met elkaar hadden willen communiceren. Ze leunde met haar ellebogen op tafel en met haar hoofd op haar handen. Haar ogen waren voor de helft gesloten.

'Hoe gaat het eigenlijk met jou?'

Ze tilde haar hoofd op.

'Ik heb vannacht een dode vrouw gevonden.'

Teddy wist niet wat hij moest zeggen. Hij vroeg alleen maar: 'Wie dan?'

'Anina Hanna Björklund heette ze, en zij heeft ook iets met Philip te maken.'

Emelie gaf een samenvatting van wat Anina had verteld en hoe zij haar later had gevonden. Daarna zweeg ze.

Teddy begreep waarom ze er zo afgepeigerd uitzag.

Hij stond op en liep naar haar toe, ging op zijn hurken zitten tot hij met zijn hoofd op dezelfde hoogte zat als Emelie. Toen boog hij zich voorover en omhelsde haar, zo voorzichtig als hij maar kon.

Cassandra zat er roerloos bij.

Emelie deinsde niet terug. Ze huilde alleen maar in zijn armen.

Even later ging Teddy weer op zijn stoel zitten.

'Philip zal zo zijn vermogensmanager bellen. Magnus wil dat jij of ik daarbij zit om Patric Öhrn tijdens dat gesprek te coachen,' zei Emelie.

'Ik kan wel naar de bank gaan, maar kun jij hier dan bij Cassandra blijven? Zorg dat ze niet weggaat.'

Emelie liep naar de waterkoker en zette die aan. Teddy hoorde hoe het water begon te borrelen.

'Dat slaat nergens op. Dit is geen gevangenis: als ze wil gaan, moet ze dat gewoon lekker doen.'

Cassandra's gezichtsuitdrukking was nog steeds even onbewogen. Ze zag er moe uit, maar zat met rechte rug op de retrostoel.

Teddy vroeg of Emelie thuis een computer had.

'Kun je een foto van Philip laten zien en van nog twee andere personen?' vroeg hij toen ze haar laptop op de keukentafel zette.

'Waarom van nog twee andere personen?'

'Dan wordt het een soort van getuigenconfrontatie; ik wil niet dat ze alleen maar met ja of nee kan antwoorden, ik wil haar antwoorden kunnen controleren.'

Emelie bewoog met haar vingers over het touchpad. Even later kwam er een foto van Philip en van twee onbekenden op haar scherm tevoorschijn.

Teddy richtte zich tot Cassandra. 'Herken je iemand op een van deze drie foto's?'

'Laat je me dan gaan?'

'Waar ga je heen dan?'
'Weet ik niet.'
'Oké,' zei hij. 'We zetten je wel ergens af.'
Hij schoof de laptop dichter naar haar toe.
Philip lachte op de foto. Hij zag er zo onschuldig uit.
'Ik herken hem.'
Ze wees naar Philip. 'Ze vroegen naar hem.'
'Wie zijn "ze"?'
Teddy bestudeerde Cassandra's opgetrokken schouders, haar geconcentreerde ogen. Het was ook niet gek dat ze gespannen was, gezien de situatie waarin ze zich bevond. Maar er was nog iets.
'Ben je bang?'
'Ja, mistah. Heel erg bang.'
Emelie boog naar voren. 'Wil je een kop thee?'
Ze vulde een theezeefje en stak dit in een kop. Daarna goot ze er het dampende water overheen en zette de kop voor het meisje neer.
Teddy zei: 'Cassandra, ik weet niet wie die juju-man is waar jij het over hebt, maar ik kan je beloven dat ik mijn uiterste best zal doen om te zorgen dat jou niets naars zal overkomen. Vertel me alleen of je weet wie het waren die contact met jou hebben gezocht over Philip.'
Cassandra keek naar hem, en voor het eerst meende hij dat het leek alsof ze hem daadwerkelijk zag.
'Ik weet niet wie de persoon van de chat was. Daar zit ik niet op. Maar ik heb een keer geld van een man gekregen.'
'En wie was dat?'
'Dat weet ik niet.'
'En die vrouw die jou op straat naar Philip vroeg, wie was dat dan?'
'Dat was...' Ze leek even te aarzelen, daarna zei ze: 'Zijn zus.'
'Hoe weet je dat?'
'Dat zag ik. En dat heeft ze ook gezegd.'

Toen Teddy buiten op de taxi stond te wachten, haalde hij een pakje sigaretten tevoorschijn dat hij op de weg hierheen had gekocht. Die Ford kon wel blijven staan waar hij stond, maar hij maakte een mentale notitie dat hij de eigenaar later nog moest bellen.
Hij was op weg naar Patric Öhrn om erbij te zijn als Philip zou bellen.
Emelie was met Cassandra thuisgebleven.
Dit was de eerste keer in acht jaar dat hij rookte. De laatste keer had

hij in een zomerhuisje film zitten kijken. Twintig minuten later had hij met handboeien om op zijn buik gelegen en ingezien dat hij waarschijnlijk acht tot tien jaar achter de tralies zou moeten doorbrengen.

Caroline Schale. Anina Björklund.

Cassandra.

Een merkwaardige driehoek. Maar met een duidelijk middelpunt.

*

Nikola wist niet waar het over ging. Alleen dat Yusuf hem en Chamon had ge-sms't met de vraag of ze naar de Steakhouse Bar wilden komen.

Voor Nikola was het nog ochtend. Gisteravond, nadat ze dat rare advocatenvrouwtje met al haar vragen hadden ontmoet, waren ze naar O'Learys gegaan om een paar biertjes te drinken. Hij vroeg zich werkelijk af op welke manier Teddy hierbij betrokken was. Hij moest Yusuf maar eens vragen of die het wist.

Nu waren ze op weg in de auto.

De sfeer zat er goed in. Ze zaten wat te dollen.

'Ken je deze al?' vroeg Chamon. 'Er was eens een Koerd in de dierentuin die naar de gorilla's aan het kijken was. Toen begon een gorilla te zwaaien dat de Koerd dichterbij moest komen. De Koerd keek om zich heen om te zien of hij degene was die die aap bedoelde. Uiteindelijk liep ie naar de kooi toe. Toen fluisterde de gorilla: "Hey broer, hoe ben jij hieruit ontsnapt?"'

Nikola lachte. Toen trok hij zijn neus op. 'Jezus, wat hangt er hier een putlucht.'

Chamon grijnsde. 'Ik had eigenlijk een zevenklapper in de maak, maar heb hem er toch maar in stilte uitgefoefd. Dacht niet dat je het zou merken.'

Ze parkeerden de auto vlak voor het restaurant. Eigenlijk was het geen parkeerplaats, maar de parkeerwachters in Södertälje waren meestal voorzichtig. Een bekeuring op de verkeerde auto kon nog weleens verkeerd aflopen.

Toen ze binnenkwamen vroeg Yusuf hun hun telefoons in een doos bij de ingang te leggen.

Hij ging hen voor verder het restaurant in.

Aan een van de tafels zat Isak in zijn eentje. Hij at een steak – als ontbijt. Een echte vent.

Hij noch Yusuf sprak een woord.

Isak sneed alleen heel nauwkeurig zijn vlees.

Nikola dacht weer aan Teddy, hij vroeg zich af waar die eigenlijk mee bezig was.

Yusuf staarde hen aan.

Uiteindelijk keek Isak op.

'Hebben jullie gehoord wat er vannacht is gebeurd?'

Chamon schudde zijn hoofd.

'Ga zitten, Chamon.'

Chamon schoof een stoel naar achteren en nam plaats.

'Je hebt toch niet geblowd of iets dergelijks, hè?'

'Nee, nee, het is pas ochtend.'

'Oké, ik ga je iets heel ergs vertellen.'

'Wat dan?'

'Iemand heeft Anina vermoord.'

Isak knipperde niet met zijn ogen.

Chamon keek onbegrijpend.

'Iemand is vannacht naar haar toe gegaan, niet lang nadat ze hier is geweest, en heeft haar gedood.'

'*La, la. La afham!*' Chamon schreeuwde.

'Het spijt me.' Isak probeerde hem in het Syrisch te troosten. Hij legde zijn hand op die van Chamon. Yusuf kwam naar voren en omhelsde Chamon.

Chamon kermde en huilde. Hij zwaaide met zijn armen, spuugde om zich heen. Hij wierp zich op de grond. Bonkte met zijn hoofd tegen de tafel.

Hij was niet te kalmeren. Zelfs Isak probeerde hem vast te houden.

Uiteindelijk liet hij zich vooroverzakken en ging op de grond liggen huilen. Snikkend.

'Heeft het met die juristenchick te maken? Was zij het?'

Isak boog zich naar de grond. Tilde Chamon weer zijn stoel op.

'Nee, zij was het niet. Maar zij was wel degene die de politie heeft gebeld. Iemand anders.'

'Was het dan die ander, Nikola's oom?'

'Beertje? Dat denk ik niet. Zoiets doet hij niet.'

Chamon stelde vragen in het Syrisch.

Isak gaf zo goed mogelijk antwoord.

'We moeten erachter komen wie het heeft gedaan.'

Isak omhelsde hem weer. '*La taqlaq*. Ik ga het regelen.'

Yusuf leidde Chamon naar buiten.

Hij zou hem thuisbrengen naar zijn familie.

Isak richtte zich tot Nikola.

Die was nog nooit alleen met Isak geweest. Hij wist niet of hij moest blijven staan of moest gaan zitten, of hij Isak aan moest kijken, of zijn ogen juist moest neerslaan. Hij wist niet of hij boos of verdrietig moest zijn.

'We weten misschien wie het heeft gedaan. Het is niet die ene kerel die jullie bij Stureplan het ijs op hebben gejaagd,' zei Isak.

'Wie is het dan?'

'Dat zal ik je vertellen. Maar eerst wil ik weten of jij volledig achter hem staat.'

'Achter wie?'

'Sta je achter Chamon? Hij moet dit alleen zien te rooien. Zo gaat dat tegenwoordig in Zweden.'

'U hebt gelijk.'

'Dus je staat erachter?'

Hij wilde naar Teddy vragen, maar wist de juiste woorden niet te vinden.

Isaks baard was zo dik dat die eruitzag als een donkere schaduw, niet als een baard.

'Sorry, maar is mijn oom hier op een of andere manier bij betrokken?' vroeg Nikola nadat hij zich had gerealiseerd dat er geen voorzichtige manier was om dit te vragen.

Isak klopte hem op zijn schouder. 'Hij heeft dit Anina niet aangedaan, dat weet ik zeker. Maak je om hem geen zorgen. Zeg alleen maar of je er volledig achter staat.'

'Ja.'

'Chamon zal je eeuwig dankbaar zijn. Zodra we weten waar die *kahben* zich bevindt, krijg je een sms van Yusuf met een locatie.'

'Oké.'

'Laat je telefoon achter waar je bent en ga naar die locatie. Breng handschoenen mee, een bivakmuts en kleren die je daarna kunt verbranden.'

'Oké. Kan ik nu iets doen?'

'Yes, ga naar Gabbe om een Glock 17 of Makarov op te pikken, neem hetzelfde wapen mee als Yusuf gebruikte toen jullie die klootzak het ijs op joegen. Gabbe weet welke het was. En hij weet dat je eraan komt.'

'Hoe weet hij dat?'

'Nikola, *chabibi*, ik heb altijd alle vertrouwen in je gehad. Jij bent een van ons.'

*

Hij rook de tabakslucht aan zijn vingers toen hij zijn hand uitstak om Patric Öhrn te begroeten.

Er waren kennelijk ongeveer twee uur voorbijgegaan sinds Philip had gebeld en Öhrn hem had gevraagd om rond deze tijd terug te bellen.

Tegenover hem, aan de andere kant van de eikenhouten tafel, zat Jan. Die zag er ook moe uit. Teddy gaf hem een knipoog, hij was blij dat Jantje hem vannacht had gebeld.

Tussen hen in lag een gsm, die was aangesloten op een soort kastje waar twee kabels aan zaten die elk naar een koptelefoon leidde.

Ze keken uit over het drukke verkeer van Sveavägen, voornamelijk taxi's. Dit was de City, het hart van Stockholm.

Teddy dacht aan wat Cassandra over Philips zus had gezegd. Ze hadden besloten dat Emelie zou proberen om met Caroline Schale te praten.

Patric Öhrn was duidelijk hypernerveus. Het zweet in zijn handen druppelde bijna op de vloer en zijn overhemd vertoonde donkere vlekken onder zijn oksels. Hij stotterde toen hij de inhoud van het gesprek van vanmorgen probeerde samen te vatten.

Ze namen plaats en wachtten af.

Jan was druk aan het werk op zijn meegebrachte laptop, het plan was dat hij zou proberen om het gesprek te traceren.

Patric Öhrn zat ook met een computer voor zich, waar hij wat op invoerde.

Teddy leunde achterover. Hij zou na moeten denken over de opdracht, bedenken op welke manier alles met elkaar verband hield. Het vermoorde meisje, Cassandra, de Syriërs.

Patric gaf hem een tikje op zijn schouder.

'Ik denk dat hij nu belt.'

Teddy pakte de koptelefoon. 'Jullie nemen alles op, toch?'

Patric knikte, en nam vervolgens de inkomende oproep aan.

'Hey Patric, nogmaals met Philip. Je zei dat ik nu zo ongeveer moest terugbellen.'

Teddy herkende zijn stem meteen.

Patric Öhrn probeerde relaxed te klinken. 'Absoluut, ik zat net in vergadering met een klant. Fijn dat je terug kon bellen.'

'Het gaat over die overboeking die we pasgeleden hebben besproken. Heb je de kopie van het koopcontract ontvangen?'

'Ja, die is gekomen. Om hoeveel ging het ook alweer?'

Patric had van zowel Teddy als Jan de instructies gekregen om het gesprek zo lang mogelijk proberen te rekken. Hij had een handboek voor zich met vragen.

Teddy sloot zijn ogen en concentreerde zich op Philips stem.

'Zestien miljoen was het.' Een zucht.

'O ja, en dat geld moest naar een Thaise bank, toch?'

'Alles staat in het contract. Is het geld overgemaakt?'

'Als je even wacht, dan kijk ik hier even.'

Patric ritselde wat met papieren. Teddy wist dat hij het contract allang voor zijn neus had liggen. Jan typte op zijn laptop.

In de stilte die op de lijn ontstond hoorde Teddy vogels fluiten. Geen auto's, bussen of stadsgeluiden. Alleen maar getjilp. De plek waar ze hem naartoe hadden gebracht moest buiten de stad of aan een park liggen.

'Ah, hier heb ik het.'

'En?'

'Het geld is helaas nog niet overgeboekt. Zoals je weet is de deadline bij ons om tien uur. Aangezien ik gisteren het contract heb gekregen zou het vandaag overgeschreven moeten zijn, maar er moet iets mis zijn gegaan. Sorry.'

'Patric, dat is onacceptabel. Waarom is dat geld niet vandaag overgemaakt?'

Teddy meende de verhoging in Philips stem te kunnen horen, de paniek die hem waarschijnlijk om het hart sloeg.

'Het spijt me verschrikkelijk. We moeten eroverheen hebben gekeken. Maar ik zal even kijken of er nog iets aan te doen valt. Blijf nog even hangen.'

Patric drukte op de mute-knop van de telefoon. Hij wendde zich tot Jan.

'Hoe gaat het?'

Jan keek niet eens op van zijn laptop. 'Misschien, misschien,' zei hij. 'Hou hem nog maar een paar minuten aan de praat.'

Patric stond op en liep een rondje om de tafel. Het zweet glinsterde op zijn bovenlip.

Na twee minuten zei Teddy hem het gesprek weer voort te zetten. 'Zeg dat het misschien wel lukt, maar dat je dit nog bij iemand moet navragen. Hoeveel tijd heb je nog nodig, Janneman?'

'Twee minuten max, ik ben er bijna.'

Patric hervatte het gesprek. 'Hoi, ik heb net iemand gesproken die erover gaat en wellicht lukt het om het geld ondanks alles toch vandaag de deur uit te doen, maar dan moet jij alle overboekingskosten van zender én ontvanger voor jouw rekening nemen. Ze moest alleen nog even dubbelchecken om welk bedrag het ging, ze komt er over een minuutje op terug.'

'Oké.'

'Wanneer mag je die nieuwe woning in, trouwens?'

'Ehm... ja... zodra ik heb betaald.'

'Heerlijk. Ga je haar renoveren of kun je er zo in?'

'Ze is al goed zoals ze is. Heeft ze al antwoord gekregen?'

'Ze laat zo van zich horen.'

Patric keek Jan vragend aan.

Het geluid van vogelgekwetter verstomde. Of ze hielden hun hand voor de hoorn, óf ze hadden op de mute-knop gedrukt zoals Patric zojuist had gedaan.

Weer klonk Philips stem. 'Joh, ik kan hier niet langer op wachten. Kun je het geld in plaats daarvan naar een Europese rekening overmaken?'

Teddy zag hoe Patric zijn ogen opensperde.

'Maar Philip, het is geen enkel probleem. We sturen het zo snel mogelijk naar Thailand, morgen na tienen.'

'Nee, ik heb me bedacht... Ik wil dat je het geld naar dit rekeningnummer overmaakt. 45433455-4. Citibank in Engeland. IBAN is 43434. Dan moet het binnen een paar uur toch wel bij de ontvanger zijn bijgeschreven?'

'Philip, wacht nu eens even...'

Teddy probeerde met zijn handen te gebaren dat hij moest kalmeren.

Jan schudde zijn hoofd, hij had meer tijd nodig.

'We regelen Thailand, absoluut...'

Philip klonk alsof hij in huilen zou uitbarsten, zijn stem stokte haast in zijn keel. 'Nee, Patric, maak het geld naar die Engelse rekening over. Nu.'

Een korte pauze.

Jan gebaarde, hield één vinger op: hou hem nog één minuut aan de lijn.

Patric zei: 'Is er misschien een andere rekening waar ik het geld naar kan overmaken?'

'Alsjeblieft, Patric, ik smeek je. Maak dat geld nu over.'

'Oké, ik zal het doen. Maar ik moet je toch iets vragen...'

Ze hoorden een klik.

Daarna werd het stil.

*

Deze keer was ze er beter op voorbereid om in die lastig zittende bank plaats te nemen. Toch was het nog steeds een evenwichtsoefening.

Emelie was bij de familie Schale thuis, in de bibliotheek. De opgezette dieren aan de muur zagen er akelig uit, vond ze nu.

Tegenover haar zat Caroline Schale.

Carl-Johan had de kamer zojuist met een diepe rimpel tussen zijn wenkbrauwen verlaten.

'Je wilt Caroline onder vier ogen spreken, waarom dan?' had hij gevraagd toen hij de deur voor Emelie opendeed.

'Gewoon, omdat ik dat wil,' had ze geantwoord. Ze had de kracht niet om het mooi te verpakken.

Vlak voordat ze hierheen was gekomen, had ze Cassandra naar het politiebureau van Vasastan gebracht. Emelie wist niet of ze hier goed aan had gedaan. Cassandra had geprotesteerd, maar niet zo uitvoerig. Alleen met klagende stem gevraagd om ergens op straat afgezet te worden. Dit had Emelie geweigerd.

Caroline had donkerblond haar tot aan haar oren. Het lag in een zijscheiding en ze leek het al langere tijd niet gewassen te hebben, Emelie kon zien hoe het glom. Ze droeg een gebreide trui die er uitgelebberd uitzag.

Emelie wist niet waar ze moest beginnen.

‘Ik neem aan dat je weet wat er met Philip is gebeurd?’

‘Ja, helaas wel.’

‘Hoe lang ben je alweer terug in Zweden?’

‘Al een tijdje.’

‘Maar je hebt in die tijd niet in dit huis gewoond?’

‘Nee, ik ben hier gisteren gekomen.’

‘Waar woonde je eerst dan?’

‘Bij een vriend aan Artillerigatan.’

‘Heb je Philip de laatste tijd nog gezien?’

‘Nee, toevallig niet.’

‘Maar jullie zijn ongeveer even oud, trekken jullie niet met elkaar op?’

Carolines ogen waren groen, niet blauw zoals die van Philip. Ze zagen er rood en waterig uit, bijna alsof ze pas had gehuild. Zo raar was dat misschien ook niet.

‘Maar wat wil je nou eigenlijk precies?’ vroeg ze botweg.

Emelie bekeek haar nog eens onderzoekend. Eigenlijk was zij van haar leeftijd. Aan haar kledingstijl te zien, was Caroline niet zo conservatief en hip als haar broer. De spijkerbroek die ze aanhad was wijd en gerafeld van onderen en de gebreide trui leek bij de ellebogen versleten te zijn.

Eigenlijk het enige wat ze over Caroline Schale wist, was dat ze normaal gesproken in Engeland woonde. In een ander land dan haar broer.

‘Ik vroeg me af of je er speciale interesse in had om dingen over Philip te weten?’

Caroline haalde een keer diep adem.

‘Nee, waarom zou ik dat hebben?’

‘Heb je bij andere mensen naar hem geïnformeerd?’

‘Niemand anders dan bij mijn vader en moeder misschien, waarom vraag je dat?’

‘Ik heb informatie gekregen dat jij een jonge vrouw uit Nigeria zou hebben benaderd, om haar uit te horen over het leven van jouw broer.’

Caroline leek naar adem te happen.

Toen zei ze: ‘Ik weet niet waar je het over hebt.’

Emelie zweeg. Caroline loog. Maar ze wist niet wat ze moest doen om haar de waarheid te laten vertellen. Het was de dochter van haar cliënt. Ze dacht erover al haar kaarten op tafel te leggen en te vertellen wat Cassandra had gezegd. Maar ze moest eerst Magnus om raad vragen.

Ze besprak nog wat andere, minder dringende zaken; of Caroline een idee had wat Philip was overkomen enzovoort. Daarna bedankte ze voor het feit dat ze op zo'n korte termijn langs had mogen komen.

Caroline stond op. 'Mag ik je iets anders vragen?'

'Natuurlijk.'

'Was jij degene die vannacht die dode vrouw heeft gevonden?'

'Ja.'

'Wat was er eigenlijk gebeurd, zag je dat?'

'Dat moet je maar aan de politie vragen.'

Emelie stond ook op. Caroline liep achter haar aan naar de hal. Carl-Johan kwam hen bij de voordeur tegemoet gelopen. 'Zijn jullie al klaar?'

'Ik denk het wel. En Teddy is nu bij de bank, die kan elk moment verslag uitbrengen.'

Caroline liet een gemaakte glimlach zien. 'Het spijt me dat ik je niet beter kon helpen.'

Carl-Johan schudde Emelie de hand.

Caroline stak haar hand uit om hetzelfde te doen.

De mouw van haar trui trok omhoog en legde haar pols bloot.

Toen zag Emelie het.

Een tatoeage, een paar centimeter groot.

Het was een wit konijn met rode ogen.

*

Teddy stond buiten het portiek aan de Fatbursgatan. Het was nu later op de middag en hij was direct vanuit de bank hierheen gegaan. Hij moest zijn gedachten op orde zien te brengen.

Hij had gedacht aan de heibel vannacht in de flat bij Lazar Guldman en de vlucht uit het rijtjeshuis in Skarpnäck van vanochtend.

Zo was het idee bij hem ontstaan. Hij was bezorgd geweest dat de buren gehoord zouden hebben hoe hij Lazar Guldman had aangepakt. Maar zowel hij, Emelie als Jan had dit bij eventuele buren op de Fatbursgatan niet gecheckt.

Daarom stond hij daar nu.

Hij had in de taxi zijn gedachten de vrije loop gelaten.

Sara en hij toen ze nog als bewaarder werkte, een lentedag op de binnenplaats. Teddy had gekscherend gezegd dat de gevangenen graag een cursus bergbeklimmen wilden, met touwen, karabijnhaken en enterhaken. 'En dan willen jullie zeker op de muren oefenen?' zei Sara met haar typische, stotterende lach, die wel wat weg had van de hik.

Linda, Darko en hij samen op het kerstfeest van de Servische vereniging. Zijn vaders constante glimlach terwijl hij met een sigaret in zijn mond het eten inspecteerde. Dit was op meer dan één manier een feestelijke dag voor hem.

Daarna kwamen de andere herinneringen.

Zijn vader die een poging deed in het zwembad. 'Ik hou je vast.' 'Ik vang je op als je van de kant af springt.' 'Kijk maar eens naar Darko, die vindt het leuk.'

Het had geen zin. Teddy wilde geen water in zijn gezicht krijgen, laat staan over zijn hoofd. Het was koud in het zwembad.

'Kom eens hier, dan zal ik je wat laten zien,' zei zijn vader.

Teddy klauterde de kant op, zijn vader pakte zijn handen vast en trok hem de laatste meter met zich mee. Darko dobberde rond en riep: 'Springen, springen.'

De zwembroek van zijn vader was klein en strak. Toen was hij nog slank, maar Teddy herinnerde zich nog dat hij altijd onder de indruk was geweest van zijn behaarde rug. Een echte papa kon niet kaal zijn.

Toen greep zijn vader hem beet en gooide hem ver het zwembad in.

De herinneringen werden onderbroken doordat zijn telefoon ging, en hij herkende Nikola's nummer.

Hij had naar voren gekeken, maar de taxichauffeur was druk verwikkeld in zijn eigen telefoongesprek.

'Hey Teddy, met mij.'

'Niko, hoe gaat ie? Heb je Linda gesproken?'

'Dat zit allemaal wel goed. Ze overdrijft gewoon. Maar ik moet iets belangrijks met je bespreken.'

Teddy keek naar buiten en zag Fatbursgatan op het straatnaambordje staan.

'Yusuf zegt dat jij mijn matties eergisternacht op hun donder hebt gegeven.'

Teddy voelde een ijzige vlaag in zijn maag.

'Waren dat vrienden van jou? Aan de Fatbursgatan?'

'Ja, en we hebben dat advocatenmeisje ook ontmoet gister. Luister Teddy, ik moet je wat zeggen. Met alle respect, maar alsjeblieft, stop met wroeten. Ik weet niet wat je al wel en niet weet, maar we moeten nu eenmaal doen wat we moeten doen.'

'En wat mag dat dan zijn?'

'Daar mag ik niet over praten, ik wil je vragen om hier niet verder op in te gaan. Je kent de regels.'

Teddy dacht dat hij zijn tong had verloren.

'Nikola, ik hou van je,' wist hij na een paar seconden uit te brengen. 'Maar ook ik moet doen wat ik moet doen.'

'Alsjeblieft.'

'Nee, niks geen alsjeblieft. Beloof me één ding.'

'Wat?'

'Doe geen domme dingen, wees niet zo stom als ik.'

Er waren vier deuren op deze verdieping en één ervan leidde naar Philips appartement.

Hij belde aan bij de deur ernaast.

Niemand deed open.

Hij belde bij de volgende deur aan. Op de brievenbus stond de naam Persson.

Een vrouw met warrig haar en een baby in haar armen deed open. Teddy kon het niet laten om weer aan Sara te denken. Ze droeg een joggingpak en ze bekeek hem met zo'n vijandige blik dat hij eerst dacht dat ze de deur meteen weer dicht zou smijten.

'Hallo, mijn naam is Teddy. Sorry dat ik zomaar bij je aanbel, maar ik zou je graag wat vragen willen stellen.'

'Ehm... waar gaat het over?'

Een kind, misschien drie jaar oud, rende de gang in en slingerde zich om het been van de vrouw. 'Mama, mama, kom nou.'

'Ik kom namens de beheerder en ik vroeg me af of u tussen vandaag en 11 februari vreemde geluiden uit dat appartement hebt horen komen. We hebben een paar van zulke meldingen gekregen.'

Hij wees naar Philips deur.

Het kind trok weer aan het been van de vrouw. De baby in haar armen begon te jengelen.

'Nee, dat kan ik niet zeggen, ik geloof niet dat daar iemand woont. Ik zie in elk geval nooit iemand.'

Ze begon de deur weer dicht te schuiven. Het signaal was duidelijk: ik heb geen tijd meer voor je vragen.

Teddy bedankte haar.

Hij belde bij de laatste deur aan. Er stond Pascal op de brievenbus.

Een vrouw van middelbare leeftijd deed open, ze was gekleed in een ochtendjas.

Hier hing duidelijk een rustiger sfeer, maar ook zij keek verbaasd toen ze Teddy zag.

Teddy stelde zijn vraag.

De vrouw leek na te denken.

'Het is hier vaak erg stil, moet je weten. Overal is het stil. Het enige wat je meestal hoort, is het geluid van de bussen die beneden bij Swedenborgsgatan stoppen en weer wegrijden.'

'Hoor je de kinderen van Persson dan ook niet?'

'Nee, we wonen niet pal naast elkaar. En het is hier gelukkig ook niet zo gehorig.'

'En daar dan? Poljonen?'

'Tja, ik ben al een paar dagen ziek, griep. Dus lig ik vooral thuis thee te drinken en medelijden met mezelf te hebben. Ik ben namelijk pas gescheiden.'

'Aha.'

'Tja, dus dan wordt de stilte nog tastbaarder.'

'Heb je dan wat gehoord?'

'Toevallig wel.'

'Vertel.'

'Twee keer. Een keer overdag en een keer 's nachts.'

'Vertel eens over die keer overdag,' zei hij.

'Ja, twee dagen geleden was er iets, weet ik nog. Iemand in de woning hiertegenover maakte een hoop kabaal, maar zoals ik al zei: de muren hier zijn aardig dik, dus ik trok me er weinig van aan. Maar toen hoorde ik rond lunchtijd een bons. Het leek wel alsof de voordeur ervan trilde. Dus dacht ik bij mezelf: wat is dat voor een heisa op de trap? Ik voelde me nog steeds niet lekker, maar ik was net met een penicillinekuur begonnen, dus voelde ik me al wel íétsjes beter. Uiteindelijk ben ik naar de gang gelopen om te kijken. Toen klonk er nog een bons, een beetje alsof er iemand tegen mijn deur aan sloeg. Ik vroeg me af of er iemand probeerde binnen te komen. Waarom ze dan niet aanbelden. Ik weet nog dat ik mijn kop thee zo hard op het dressoir zette dat het rinkelde. Het bulderde door de hele gang, en er werd geschreeuwd. Ik keek door mijn kijkgaatje: het was best donker op de galerij, maar ik kon drie personen zien. Ze leken te knokken, twee van hen lagen op de grond en maakten heftige bewegingen.'

‘Hoe zagen ze eruit?’

‘Dat kon ik helaas niet zien, maar na een tijdje verdwenen ze de woning weer in. Maar een paar minuten later denk ik dat ze weer vertrokken, want ik hoorde de deur dichtslaan. Ik heb er nog over zitten denken om de beheerder te bellen en een klacht in te dienen. Maar toen dacht ik: waarom zou ik me er ook mee bemoeien?’

‘Zag je verder niets?’

‘Jij zei dat je namens de beheerder kwam?’

‘Ja, we hebben klachten ontvangen.’

‘Oké. Had je dan niet gewoon kunnen bellen?’

‘Jawel, maar we willen graag ter plekke aanwezig zijn. Zag je nog meer?’

‘Jazeker wel. Geluid vanaf de straat. Dus liep ik naar het raam en keek omlaag naar de stoep. Het moet veegdag op straat zijn geweest, want er stonden redelijk weinig auto’s. Toen kwam dat geluid nog een keer. Ik leunde voorover en keek omlaag. Het was een zwarte auto die met piepende banden de straat uit reed.’

‘Een zwarte auto?’

‘Ja, een Volvo, als ik het me goed herinner.’

‘Heb je die goed bekeken?’

‘Ik heb het kenteken genoteerd. Wil je dat hebben?’

*

‘Je mag een cliënt nooit aangeven, dat weet je.’

Ze zaten in het kantoor van Magnus. Zodra Emelie Caroline gedag had gezegd en haar tatoeage had gezien, was ze naar het bureau gegaan.

Ze rende de receptie door naar de kamer van Magnus.

Die zat met Carl-Johan aan de telefoon toen Emelie binnenstormde.

Hang op, schreef ze op een briefje en hield dit voor Magnus’ neus.

Ze vertelde meteen hoe de zaken ervoor stonden.

‘Caroline Schale is er op een of andere manier bij betrokken.’

‘Wat zeg je me nu?’

Emelie legde het uit. De tatoeage van het albinokonijn. De kans dat dit toeval was, was wel erg klein.

Magnus zei niets. Normaal gesproken zou hij nu met een pen hebben gefriemeld of met zijn vingers op het bureau hebben getikt. Maar nu zat hij volkomen stil.

‘Ik bespreek dit wel met Carl-Johan,’ zei hij.

'Wat ga je dan zeggen?'

'Dat Caroline naar de politie moet gaan om te vertellen wat zij hiermee te maken heeft.'

'En als ze dat weigert?'

'Dan trekken wij ons terug uit deze opdracht. Ze moet naar de politie.'

'Maar als zij naar de politie gaat, zal het hele Philip-gebeuren dan niet in het gedrang komen?'

'Ik weet het, ik weet het. Maar wat moeten we dan?' zuchtte Magnus.

'Er zijn nog meer dingen die haar verdacht maken.'

'Wat dan?'

Emelie vertelde in het kort dat Teddy met een meisje had gesproken dat door Caroline was benaderd. Om een bepaalde reden ging ze niet in op de details, ze kon het zelf ook niet uitleggen, maar ze voelde zich er ongemakkelijk bij om dit allemaal tegen Magnus te vertellen.

'Ik snap het,' onderbrak hij haar bijna. 'Eén ding tegelijk. Ik bel Carl-Johan nu om met hem te praten.'

'Moet ik daarbij zijn?'

'Wat vind je zelf?'

'Misschien. Ik heb het tenslotte gezien.'

'Ik denk toch dat het beter is als ik dit met hem opneem zonder jou. Hij kan zich onder druk gezet voelen als we met meerderen zijn. En om eerlijk tegen je te zijn, Emelie, ik moet dit op een manier zien te verpakken die bij hem binnenkomt als ik het vertel en dan is het beter als jij daar niet bij bent.'

Ze vroeg zich af wat hij daarmee bedoelde.

*

Patric Öhrn had beloofd het geld over te maken, deze keer naar een Britse rekening. Philip herkende de naam van de bank. Hij had met eigen oren gehoord hoe Patric op de toetsen had gedrukt en de transactie had ingevoerd. Zestien miljoen kronen van zijn geld.

Ze zouden tevreden moeten zijn. Het geld zou nu niet langer dan een paar uur op zich laten wachten.

Het zou nu ongeveer midden op de dag moeten zijn. Hij had nog steeds koorts. Hij had het gevoel in zijn voeten niet meer teruggekregen en in zijn vingers ook niet.

Ze hadden hem hier op de stenen vloer achtergelaten, over de stoel gebogen als een bevroren hoer.

Hoeren, sletten... hij had er al zovelen van meegemaakt. In het buitenland was het makkelijker om de écht jonge te vinden, zoals hij ze graag had. In Zweden moest je grondiger te werk gaan, niet alleen uit voorzichtigheid, maar ook omdat ze je altijd probeerden te besodemieteren. De straf die stond op het kopen van seks was gruwelijk zwaar in dit land, het was belachelijk dat het überhaupt illegaal was. Wat was dat toch voor feministisch geneuzel. En die klotepooiers dachten vaak dat je achterlijk was en het verschil niet kon zien tussen een van veertien en een van tweeëntwintig.

Hij dacht aan die negerinnenhoer waar hij op had liggen wachten toen ze binnen waren gestormd en hem hadden overmeesterd. Eerst had hij gedacht dat het haar mensen waren die hem probeerden te overvallen. Maar degenen die hem hadden neergeslagen waren niet zwart geweest, en hij had haar nog nooit met een blanke chauffeur zien komen.

Honey Rose, zo noemde ze zich. Dit was vast een verzonnen naam, al konden ze waar zij vandaan kwam de meest rare namen hebben. Maar ze was van een goede leeftijd, daar was hij aardig zeker van.

Ze was al een paar keer eerder bij hem geweest.

Hij herinnerde zich de eerste keer nog.

'*I like you. You handsome.*'

Ze hadden haar waarschijnlijk geleerd om zo te praten.

Maar hij had geen zin in die onzinpraatjes. '*Shut up*,' zei hij en hij ging in de fauteuil zitten. Het was belangrijk dat ze hier niet te veel geluid maakten, ook al waren het dikke muren.

'Kleed je uit.'

Ze had dit nog niet vaak gedaan, dat was te zien. Die onwennigheid en onzekerheid waren opwindend.

Ze stond naakt voor hem. Haar borsten waren zo klein dat ze amper te zien waren en op sommige plekken waren haar ribben zichtbaar. Het meisjesachtige was nog aan haar lichaam aanwezig. Precies waar hij van hield.

Ze begon weer. Probeerde hem over zijn nek te strelen. '*You big boy.*'

Hij stond op en duwde haar op bed.

Ze keek hem met grote ogen aan. 'Mistah?'

Hij drukte haar lichaam met zijn ene hand tegen de matras en haalde met zijn andere hand zijn pik tevoorschijn.

Die duwde hij achterlangs bij haar naar binnen.

Ze was stil, mooi zo.

Hij neukte haar hard.

Hij sloeg haar op haar kont. Harder en harder. Haar donkere huid werd paars.

Hij trok zijn lul eruit en stopte die in haar kont.

Het bed ging heen en weer.

Ze probeerde iets te zeggen, maar hij hoorde niet wat. Hij had sowieso geen behoefte aan haar gore geluiden.

Hij pakte haar met zijn ene hand bij de hals en trok haar hoofd omhoog.

Hij verstevigde zijn greep. Hoorde hoe ze naar adem hapte. Zag haar bevende lippen en de tranen in haar ooghoeken, dat wond hem nog meer op.

Zij stopte zijn vingers naast zijn pik in haar anus.

Vingerde, duwde, porde.

Hij sloeg haar op haar rug. Op haar kont. Hij trok aan haar haren.

Hij kneep nog harder in haar keel.

Hij neukte haar zoals ze verdiende.

Zoals ze allemaal verdienden.

Hij duwde.

Stootte.

Ramde.

Hij hoorde haar rochelen. Ze zakte neer op het kussen.

Hij kwam in haar kont klaar.

Naderhand had hij niet eens Zoloft hoeven nemen. Hij was een uurtje op bed blijven liggen en in slaap gevallen. Zij mocht nog weleens terugkomen.

Maar de rust was niet van lange duur. Zo ging het altijd.

De volgende dag zou hij zich klote voelen.

Hij wist inmiddels wel hoe het bij hem werkte.

Het geluid van een deur die openging en weer werd gesloten.

Rubberzolen die op de vloer knarsten. Daarnaast nog andere zolen, van leer of iets harders. Philip herkende het geluid; zelf liep hij nooit op rubberzolen, behalve bij de sportschool.

De welbekende stem. Jokerface.

'Dankjewel, Philip.'

Door de spleet onder de blinddoek zag hij alleen het plafond. Maar toen zij buiten waren had hij geprobeerd zijn hoofd en de stoel samen wat te draaien. Toen Jokerface dichterbij kwam, zag Philip zijn been. Donkere spijkerbroek, blauwe Nikes.

'Het geld is er.'

Philip probeerde te reageren, maar hij maakte alleen maar een schor geluid. Hij had de hele dag nog niets te eten of te drinken gehad. Toch voelde hij een grote opluchting.

'Maar je mag dit natuurlijk tegen niemand vertellen, of wel soms?' zei Jokerface en het klonk bijna alsof hij met een dubbele tong sprak. Philip vroeg zich af of hij had gedronken.

'Dus moeten we hier nu een einde aan maken.'

Hij voelde iemand zijn blinddoek afnemen. Hij zag de benen van twee personen.

Toen boog Jokerface zich voorover. Philip staarde in een paar ogen. Hij probeerde die te lezen, maar hij zag geen woede of haat, geen blijdschap of angst. Alleen leegte.

De Joker hield een hamer vast.

Toen deed hij de blinddoek weer voor.

'Pak aan dan,' hoorde Philip hem zeggen. Gaf hij de hamer aan de ander?

Toen voelde hij zijn schouder exploderen.

Dat moest de hamer zijn die hem trof. De pijn schoot als vuur door zijn hele bovenarm en straalde uit naar zijn borst.

Weer trof een klap zijn doel. Deze keer was het zijn rug.

Philip smeekte. 'Stop. Alsjeblieft.'

Hij probeerde zich te bewegen, om de slagen te ontwijken.

Maar in plaats daarvan viel hij op de stenen vloer, met de stoel nog steeds als een bizarre helm om zijn hoofd vastgetapet.

Een slag raakte zijn voet. Daar ging iets kapot.

Hij voelde viezigheid in zijn bloed.

Het werd stil.

Hij hoorde weer knarsende voetstappen. Weg.

Het krakende ijs op Nybroviken. Honey Rose. Ian bij de pisbakken in de brugklas. Het duister in Carolines ogen.

'Wat een fucking zooi. Dit is verdomme niet meer normaal.'

'Wie sloeg er?' bracht Philip uiteindelijk uit.

'Maak jij je daar maar niet druk over. Maar je moet echt naar een andere kamer worden verplaatst. En ik ben weer alleen. Maar het komt goed. Nu krijg ik mijn centen.'

*

'Magnus heeft me bij zoveel zaken geholpen dat ik ze niet eens meer allemaal kan herinneren, hij is ook een persoonlijke vriend van je moeder en mij, dat weet je. Hij zit ook in de Lions Club. Hij is peetvader van Philip. Hij en ik zitten al meer dan twintig jaar bij dezelfde jachtclub. We kunnen hem vertrouwen, dat garandeer ik je.'

Carl-Johan keek naar zijn dochter die tegenover hem in de bank zat. Vanaf de wand keken de opgezette dieren op hen neer.

Ze keek omlaag naar haar handen die ze op haar schoot had gelegd, ogenschijnlijk heel ontspannen. Hoe kon iemand in zijn gezin in deze tijden nu ontspannen zijn?

'Je hebt me niet verteld wat Emelie jou heeft gevraagd,' zei Carl-Johan.

'Daar hebben we het een andere keer wel over.'

'Nee. Emelie heeft vannacht die arme dode vrouw gevonden, en nu belde Magnus om me te vertellen dat Emelie zegt dat jij hier iets mee te maken kunt hebben.'

Hij wachtte op een reactie, maar Caroline bleef zo stil als een standbeeld zitten.

Toen verzuchtte ze: 'Hoezo?'

'Mag ik je rechterarm zien?'

Caroline strekte haar arm uit en trok haar mouw op.

Ongeveer tien centimeter van haar hand zat een ineengedoken klein, wit konijn.

'Je weet waar dit over gaat, of niet soms?'

Ze zat stilletjes.

'Zeg eens iets, Caroline. Ze gaan hier misschien mee naar de politie als jij niet met een bevredigend antwoord op de proppen komt. Snap je dat dan niet?'

Niets.

'Zeg in plaats daarvan dat je hier niets mee te maken hebt, lieve Caroline.'

Ze stond langzaam op.

'Waar is mama?' vroeg ze zacht.

'Mama slaapt, ze was erg moe en ontdaan over wat er momenteel allemaal gebeurt. Ik heb haar nog nooit zo meegemaakt, haar haren door de war en alles. Ze heeft nu een flinke dosis Propavan genomen, dus die zal de komende uren niet wakker worden.'

Caroline was langer dan hij zich haar herinnerde. Eigenlijk waren ze beiden ongeveer even lang. Lastig voor te stellen dat ze zo lang in het buitenland had gewoond. Hij had haar al zeker vier jaar niet meer gezien.

'Caroline, nu heb ik er genoeg van. Wat vind jij dat ik tegen Magnus moet zeggen?'

Ze zette een stap naar hem toe.

'Je zegt verdomme maar lekker wat je wil.'

'Wat bedoel je? Heb je hier nou iets mee te maken of niet?'

'Dat maakt jou toch geen zak uit, pa? Heeft het je ooit iets uitgemaakt waarom ik doe wat ik doe? Heb je ooit weleens één seconde nagedacht over wat ik heb meegemaakt? Het deed je amper iets toen ik twee dagen in het ziekenhuis aan het infuus lag nadat je mij twee dagen en nachten in mijn kamer had opgesloten. En heb je je ooit weleens afgevraagd waarom ik naar het buitenland ben verhuisd?'

Carl-Johan deinsde achteruit. Zo had hij haar nog nooit horen praten. 'Jij bent geen steek veranderd,' ging Caroline verder. 'Was het omdat ik volgens de tradities moest worden opgevoed? Of was het zodat ik harder en sterker zou worden? Weet je wat? Ik ben er toevallig ook sterker uit gekomen. Uiteindelijk. Maar het is de weg daarnaartoe niet waard geweest.'

'Maar liefie toch, doe eens even rustig. Ik weet niet waar je het over hebt.'

'Dat weet je best. Doe me op zijn minst één plezier en stop met je gelieg en je zelfbedrog. Dat is nu afgelopen. Ik heb het heft in eigen hand genomen.'

'Wat bedoel je nu? Ik smeek het je, Caroline, zeg me dat je niets met dit gedoe met Philip te maken hebt.'

Carolines groene ogen waren zo mooi. Hij herinnerde zich nog hoe hij toen ze nog klein was het altijd leuk vond om en profil foto's van haar te maken, zodat haar fantastische wimpers extra goed op die foto's uitkwamen.

'Ik ben erbij betrokken, papa.'

Carl-Johan hapte naar adem.
'Maar niet zoals jij denkt.'
Zijn hart stond stil.
'Maar hoe dan?'
Zijn dochter draaide zich om en liep zonder iets te zeggen weg.
Hij hoorde hoe ze de voordeur dichtsmeet.
Hij dacht bij zichzelf: mijn meisje, wat ben je toch mooi.
Zo mooi.

*

Teddy had haar zojuist gebeld en had verteld over Philips gesprek met Patric Öhrn.

'Kun jij controleren of je iets vindt op Citibank London. Rekeningnummer 45433455-4. Daar wil Philip nu het geld heen sturen, niet meer naar Thailand.'

Emelie meende dat er een belletje bij haar ging rinkelen.

Citibank.

Ze kon er alleen niet meer op komen wat het was.

Daarna vertelde hij over de buurvrouw die hij daarnet had bezocht. De vrouw die het kenteken had gezien van de auto waarin Philip waarschijnlijk was verplaatst.

'Ik heb dat kenteken opgezocht en het is een huurauto van Avis Sverige AB. Ik heb gebeld en de betreffende auto wordt voornamelijk door Avis Sveavägen verhuurd. Ik heb dat kantoor ook gebeld, en op dit moment is de auto verhuurd, maar die wordt ergens vandaag terugverwacht. Waar ben jij?'

'Ik ben op kantoor.'

'Mooi, dan ben jij dichterbij dan ik. Is het voor jou te doen om daar nu meteen heen te gaan?'

Ze kon het kleine Avis-kantoortje al van ver zien. Rode borden in de etalage en rode zonneschermen. Autoverhuur: Avis MiniLease Center.

Ze liep over Sveavägen. Dit was een van Stockholms langste straten en als je die op een heldere dag uitkeek kon je helemaal tot aan Norrtull kijken. Een ader die de stad leven inpompte.

Ze kon Anina's bleke, starende ogen niet uit haar gedachten zetten.

Weg. Naar huis.

Haar ouders zien.
Een hapje eten met iemand bij wie ze zich veilig voelde.
Felix. Jossie. Molly. Teddy.
Teddy?
Toen bedacht ze dat ze waarschijnlijk niet eens vrij zou zijn wanneer dit allemaal voorbij was. Ze was nog steeds assisterend jurist bij advocatenbureau Leijon.

Emelie stapte het autoverhuurbedrijf binnen. De inrichting was grijs en wit. Achter de balie hingen grote posters met het Avis-logo erop en kleine tv-schermen waar reclamefilmpjes op werden vertoond. Op de grond lagen matten met hetzelfde logo erop.
'Wat kan ik voor u doen?' vroeg de vrouw achter de balie. Ze droeg een witte blouse en een rode pullover met Avis op de borst geschreven.
'Ik ben op zoek naar een auto.'
Emelie legde uit dat ze informatie wilde over een Volvo met een bepaald kenteken en dat ze wist dat die vandaag terug zou komen.
De vrouw leek dit geen rare vraag te vinden. Ze begon in haar computer te kijken.
'Ja, die is teruggebracht.'
'Fijn, is het mogelijk om te zien wie deze rond 19 februari heeft gehuurd?'
'Helaas mogen we dit soort informatie niet verstrekken.'
'Oké. Kan ik hem dan nu huren?'
'Dat kan. Maar hij staat niet hier, helaas. Hij staat in de garage in Täby. Maar als u haast hebt, heb ik hier eenzelfde auto staan.'
'Nee, ik zou precies die auto willen huren. Kan ik er nu heen gaan om hem direct op te pikken?'

Die eindeloze taxiritten. Het verkeer was traag. Het duurde alleen al tien minuten om de rotonde bij Roslagstull rond te rijden. Ze dacht terug aan toen president Obama hier was. Toen waren de straten zo goed als uitgestorven geweest. De inwoners van Stockholm hadden de waarschuwingen voor afsluitingen en verkeerschaos serieus genomen en hadden het openbaar vervoer genomen of waren gaan carpoolen. Dit bewees dus dat het kon; als iedereen maar wilde. Je hoefde niet met één persoon in een auto te zitten en als een debiel in de file te staan.
Ze belde Jan, de Mysterieuze maar Vakkundige man.

Ze spraken even over de vereisten om sporen in een huurauto zeker te stellen. Volgens Jan werden deze auto's over het algemeen na elk gebruik gewassen en gereinigd, maar misschien was er nog iets achtergebleven.

Hij zei: 'Je zou thuis wat moeten slapen, Emelie, na alles wat je vannacht hebt meegemaakt.'

'Ja, maar dat kan nu niet.'

'Weten we nog iets meer over wat de politie ervan zegt?'

'Nee.'

'Weten ze hoe ze is overleden?'

'Dat denk ik niet, ze had een wond bij haar slaap. Ik weet niet hoe die daar is gekomen. Misschien is ze gevallen?'

'Dat is lastig te zeggen. Als ze bloedsporen vinden kun je daar meestal wel aan zien of het slachtoffer stond of lag toen ze werd aangevallen. Bloedspatten zien er anders uit, afhankelijk van hoe ze een oppervlak raken. Dit kan belangrijk zijn. Als Anina stond toen iemand haar sloeg of duwde is het iets heel anders dan wanneer ze lag. In het eerste geval kan het een ruzie of iets dergelijks zijn die uit de hand is gelopen. In het tweede geval kan het alleen met voorbedachten rade zijn gedaan.'

De harddisk

Hij had zijn eigen kamer in hetzelfde hotel. De verzekeringsmaatschappij vergoedde dit niet, maar voor Cecilia was dit onbespreekbaar. Mats moest het zelf betalen en ze wisten allebei dat hun financiële situatie niet veel hotelovernachtingen meer aankon. Maar ze dacht dat hij het wel begreep, al had ze dit niet specifiek uitgesproken. Ze durfde hem gewoonweg niet in dezelfde ruimte als de kinderen te laten.

De tijd ging voorbij. Mats was nog een paar dagen met ziekteverlof, hij had Lillan van de kinderopvang kunnen ophalen, maar wat dat betreft was ze al even stellig geweest. Hij mocht nog geen seconde alleen met haar of Benjamin zijn. Ze had hem gezegd dat hij naar een psycholoog moest. Hij had gezegd dat hij na zijn brandtrauma even tot zichzelf moest zien te komen.

'Wil je scheiden?' vroeg hij op een avond nadat ze een roomservicediner op de kamer van haar en de kinderen hadden gegeten. Benjamin keek zoals gewoonlijk naar een niet voor kinderen geschikte actieserie, maar hij was al twaalf dus misschien was dit allemaal nog niet zo erg. Lillan zat op Cecilia's bed een kralenketting te rijgen. De dekens zouden tegen de tijd dat het bedtijd was geheid vol liggen met gekleurde, plastic kraaltjes.

Ze wist niet wat ze hierop moest zeggen. Ergens hield ze nog steeds van hem, van zijn warme handen op haar schouders, zijn lachkuiltjes die in zijn ene wang dieper waren dan in de andere, zijn zelfverzekerde manier van aanpakken bij alle praktische dingen in het huis.

Tegelijkertijd moest hij op boosaardige wijze ziek zijn. Hij moest dit onderhuids aan hebben voelen komen, en hij had moeten kunnen verhinderen dat deze ziekte tot uiting zou komen.

Ze dacht dat ze eigenlijk zou moeten willen scheiden. Dat ze hem nooit ofte nimmer met de kinderen alleen zou durven laten. Dat ze hem nooit meer zou kunnen vertrouwen.

Ze gaf hem een eerlijk antwoord. 'Ik weet het niet, Mats, dat voelt erg heavy op dit moment. Ik vind dat je moet proberen te genezen.'

Ze dacht dat ze moest wachten om te zien wat de conclusie van Bureau Jeugdzorg zou zijn. De kinderen waren daar vooralsnog één keer geweest. Als hij hun iets had aangedaan, was er geen weg terug.

Mats ging weer aan de slag.

Hij had zijn volledige loon nodig, al was het maar om zijn hotelkamer te kunnen bekostigen. Ze probeerden nogmaals een vergoeding van de verzekeringsmaatschappij los te krijgen, maar die stelden hun de vraag: waarom kon hij niet bij de rest van het gezin verblijven?

Hij weigerde om een vriend te vragen of hij daar een paar weken mocht logeren zolang het appartement niet klaar was. 'Wat denk je dat die zullen zeggen? Zij zullen er ook hun vraagtekens bij zetten.'

Cecilia vroeg zich af hoe het zou zijn als ze straks hun huis weer in konden. Ze wilde hem nog steeds niet onder hetzelfde dak als de kinderen hebben.

Hij begon een psycholoog te bezoeken. Hij ging twee keer per week en toen hij daar zes keer was geweest, zei hij: 'Ik denk dat er iets is voorgevallen toen ik nog een kind was. Ik denk dat ik daarom die dingen heb gedaan. Ik moet dit gaan verwerken.'

Cecilia was verbaasd dat de politie niet daadkrachtiger optrad.

Die zouden hem vaker moeten verhoren. Haar misschien ook. De laptop in beslag willen nemen.

Toen bedacht ze dat ze eigenlijk helemaal niet wist wat Mats de politie had verteld. Wisten die überhaupt wel van het bestaan van die laptop af?

De beelden in haar hoofd begonnen zich weer af te spelen.

Benjamin die twee jaar geleden had gevraagd of je de ballen van een dier kon opeten. 'Denk je dat je de ballen van een mens ook kunt eten, mama, je ze eraf kunt bijten?' Of die keer vorig jaar toen Lillan absoluut niet door Mats wilde worden afgedroogd. Ze had in de douche om haar moeder staan krijsen.

Alleen was zij net boodschappen gaan doen, maar Lillan had dit drie kwartier lang volgehouden. Alleen mama. Anderzijds: Mats had haar dit zelf verteld.

De dag was aangebroken dat ze hun appartement weer in konden. Er waren nu sinds de brand twee maanden verstreken. Ze wist nog steeds niet hoe ze het met zijn huisvesting gingen doen.

Om twee uur hadden ze samen met een opzichter in hun appartement afgesproken. Cecilia was daar nog twee keer eerder samen met Mats geweest om nieuwe verf en behang voor op sommige muren uit te kiezen. Ze hadden ook de inrichting van de keuken besproken en waren het er beiden over eens geweest dat ze niet iets wilden wat leek op wat ze voor de brand hadden gehad.

De opzichter kwam vijf minuten te laat. Hij had een map voor zijn paperassen bij zich die er onnodig hip uitzag, gemaakt van een soort krokodillenleer. Mats leek ook vertraagd te zijn.

Ze wachtten tien minuten en Cecilia probeerde hem te bellen, maar er werd niet opgenomen.

Ze begonnen maar vast. De keuken was echt mooi geworden. De keukenlades, de kastjes en de werkbladen kwamen van IKEA; roomwit met knoppen en grepen in klassieke stijl. De keukenkraan boven de gootsteen had grote, porseleinen draaiknoppen, dit deed landelijk aan. Het fornuis was inductie geworden. 'Dat is ook veiliger,' zei de opzichter.

Mats kwam niet opdagen. Het appartement was mooi geworden, ergens voelde het te luxe om dit volledig gerenoveerd te hebben, ze woonden hier nog maar drie jaar.

Toen ze klaar waren, probeerde ze hem nog een keer te bellen. Hij nam niet op.

Ze moest haar dagelijkse leventje weer oppakken.

De kinderen waren vandaag extra lastig. Benjamin wilde na de training absoluut niet mee naar huis en Cecilia kwam meer dan veertig minuten te laat aan bij de kinderopvang. Op weg naar het hotel plaste Lillan in haar broek. Toen ze de kamer in liepen, kwam Benjamin erachter dat hij zijn tas in de metro had laten liggen.

Bij het avondeten was Mats er nog steeds niet. Het was geen uitzondering dat hij overwerkte, maar dan belde hij altijd. Cecilia probeerde hem te sms'en.

Er kwam geen antwoord.

Ze keken die avond naar wat zachtaardiger programma's op het kinderkanaal, aangezien ze zelf ook meekeek. Rond zeven uur liep ze de gang op en klopte ze op Mats' deur.

De volgende ochtend had ze nog steeds niets van hem gehoord. Ze had meer dan tien voicemails ingesproken.

Ze aten zoals gewoonlijk hun ontbijt beneden in de ontbijtzaal. Misschien was dit wel het laatste ontbijtbuffet van het hotel, morgen zouden ze terug naar huis gaan.

Ze vroeg zich af waar hij was gebleven.

Haar gedachten draaiden overuren. Misschien had hij besloten haar te verlaten. Misschien kon hij zijn eigen aanwezigheid niet eens meer uitstaan. Was hij bij die psycholoog iets over zichzelf te weten gekomen?

Maar dan kon hij toch wel iets van zichzelf laten horen? Op zijn minst een sms'je: Ik neem even een paar dagen afstand. *Of:* Ik moet alles even voor mezelf overdenken.

Maar niets van dit al.

Alleen maar radiostilte.

Drie dagen later had ze nog steeds niets van hem gehoord. Ze belde zijn baas op en vroeg of hij op zijn werk was verschenen, maar dat was niet het geval geweest. Ze vroeg het hotelpersoneel of ze hem hadden gezien, maar ze hadden geen flauw idee. Ze maakten zijn kamer open, maar daar was hij niet. Ze belde zelfs Viktor Blomgren, zijn beste vriend – aan wie ze echt een hekel had – om te vragen of hij iets wist. Maar die gaf hetzelfde antwoord als het hotelpersoneel.

Mats Emanuelsson was verdwenen.

En niemand wist waar hij was gebleven.

*

'Zullen we meteen naar die auto gaan kijken?'

Jan had een grote tas over zijn schouder hangen. 'Ik heb namelijk aardig wat materiaal meegebracht.'

Ze liepen gedrieën naar de garage waar de auto stond geparkeerd. Emelie had verteld dat ze zojuist de huurovereenkomst voor de auto had ondertekend. Nu liep ze een paar meter achter Jan naast Teddy.

Täby Centrum was vol met mensen, en ondanks dat deze plek gigantisch was, leken de mensen zich te verdringen. De vloer glom en op de reclameborden werd met veel poeha gemeld dat de zuidelijke vleugel met nog eens veertienduizend vierkante meter was uitgebreid. Aan het plafond hing iets wat eruitzag als grote kristallen. Waarschijnlijk was dit een soort verlichting.

Teddy gebruikte de grote etalagevensters als spiegel. Hij zag er belabberd uit, en dat was ook meteen de beste omschrijving van hoe hij zich voelde.

Hij had Linda geprobeerd te bellen om haar te vragen alles wat in haar macht lag te doen om Nikola naar huis te krijgen, maar haar telefoon stond niet aan. Daarna probeerde hij Nikola zelf te bellen, maar die nam niet op. Het enige wat hij kon doen was hopen dat zijn neefje zijn raad had opgevolgd.

Ook Emelie zag er afgepeigerd uit. Toch was hij onder de indruk van het feit dat ze niet opnieuw was gaan slapen nadat hij bij haar thuis was geweest.

Haar telefoon ging.

Hij hoorde haar antwoorden. 'Hoi.'

'Nee, ik ben aan het werk.'

'Nee, helaas, ik kan nu niet echt praten.'

'Nee, dat wil ik wel, maar ik heb nu een hoop andere dingen te doen.'

Ze vertraagde haar pas zodat ze een paar meter bij Teddy achterop raakte, maar toch hoorde hij de rest van haar gesprek.

'Alsjeblieft Felix, ik wil wel, maar dan volgende week misschien. Ik kan het op dit moment niet met zekerheid zeggen, maar kunnen we dat over een paar dagen bespreken?'

'Nee, oké, dat snap ik. Joh, ik moet nu ophangen. We hebben het er binnenkort nog wel over.'

'Nee, oké dan. Oké. Doei.'

Hij draaide zich om en zag haar gezicht: haar mond als een streepje, haar blik star vooruit. Gezien haar laatste etmaal was het niet duidelijk of haar verbeten uitdrukking het resultaat was van dit zojuist afgeronde gesprek, de belevenis van vannacht of dat het de algehele uitwerking van deze huidige puinhoop was.

Wat het ook was, hij kon haar wel begrijpen.

Avis' deel van de parkeergarage verschilde niet van de rest van de garage, behalve dat er bordjes aan de muur hingen met hun logo erop.

Teddy zag hoe Emelie de zwarte autosleutel indrukte die ze in haar hand had. Er klonk een geluid en de zijverlichting van een van de auto's begon te knipperen.

'Misschien moeten we hem eerst naar voren rijden voordat je begint, Jan,' zei ze.

Teddy stak zijn arm uit en hield haar tegen.

'Nee, dat denk ik niet. We moeten er zo min mogelijk van aanraken, dat was in dat appartement namelijk niet zo goed gelukt. Maar wat vind jij, Jan?'

'Hoe minder vreemde afdrukken en sporen, hoe beter. Dat zouden jullie nu toch inmiddels wel moeten weten.'

Jan zette zijn tas achter de auto, bukte en haalde een paar latexhandschoenen tevoorschijn die hij over zijn handen heen trok.

'Geef die maar aan mij,' zei hij tegen Emelie terwijl hij de autosleutel uit haar hand trok.

Jan de Vakman zette een hoofdlamp op, opende het portier en kroop op de achterbank.

Teddy zag niet wat hij daarbinnen deed, behalve dat hij af en toe naar buiten hing en met wattenstaafjes, kleine zakjes en pincetten aan het rommelen was. Hij vroeg zich af wat de mensen om hen heen wel niet dachten, maar niemand leek het iets te interesseren. Waarschijnlijk dachten ze alleen dat Jan Avis' meest nauwkeurige schoonmaker ooit was.

Emelie hurkte met de laptop op haar schoot neer op de grauwe betonvloer.

Na tien minuten liep Teddy zelf naar de auto toe. Hij raakte niets aan, maar hij probeerde naar binnen te kijken. Het was een Volvo station van het nieuwere model, donkerblauw, maar zonder allerlei extra's. De stoffen bekleding zou moeten betekenen dat DNA-sporen beter bleven zitten. In de kofferbak was genoeg plaats voor een mens. Teddy liep een rondje, vroeg Jan of hij het bestuurdersportier mocht openen en keek naar de voorstoel, het stuur en het dashboard. Hij dacht terug aan Dejans asobak waar hij in was opgehaald. Tegenwoordig bestond een auto meer uit computeronderdelen dan uit mechanische. Nu reed Dejan ook in zo'n wagen. Zijn maatje had opgeschept over het gestreamde geluid, de tv-mogelijkheden en het navigatiepakket.

Teddy versteende met zijn neus bijna tegen het dashboard aan.

Het navigatiesysteem.

'Jan,' zei hij, 'zit er een ingebouwde gps of iets dergelijks in deze auto?'

Jan keek op vanaf de achterbank. 'Je bent een genie.'

Teddy en Jan gingen op de voorstoelen van de auto zitten. Emelie keek voorovergebogen vanaf de zijkant mee. Teddy rook haar geur, shampoo vermengd met huid. Waarschijnlijk had ze al heel wat uurtjes niet gedoucht, ze rook naar mens.

Jan zei: 'Hij heeft een geheugen in zijn navigatiesysteem. Maar ik weet niet hoeveel ritten hij onthoudt. En we weten niet eens of ze de gps wel hebben gebruikt.'

Hij drukte op de knoppen van het dashboard. De tekst *Recente bestemmingen* kwam op het scherm tevoorschijn.

Ze zagen een aantal adressen. Jan scrolde door de lijst. Hij drukte op de knoppen. Scrolde omlaag.

Daar. Een datum. 19 februari.

Het adres klopte: Fatbursgatan.

Jan draaide verder aan de knop.

Bestemming: Lövtuna Gård, Enbacken 1, Sörmland.

Emelie bestuurde de Volvo.

Ze waren onderweg naar het adres waar de kidnappers volgens de navigatie op 19 februari om 12.07 uur heen waren gereden. Hoogstwaarschijnlijk hadden ze Philip op dat tijdstip naar een nieuwe plek gebracht. Een plek waar je geen bussen of ander verkeer hoorde, alleen maar het gekwetter van vogels.

Emelie reed op haar gemak.

Ze zei: 'Ik heb iets kunnen vinden via dat rekeningnummer van de Citibank, waar Philip het geld nu naartoe heeft gestuurd.'

Jan was ervandoor gegaan om zijn vondsten te analyseren. Als dit adres een dwaalspoor was, was het beter als hij zijn tijd hier niet aan verspilde.

'Ik heb veel digitale documenten over Philip gekregen, en heb die ingevoerd in mijn computer. Daarna heb ik een eigen kleine Due Diligence op het geheel uitgevoerd.'

'Een wat?'

'Een onderzoek, een ontleding. En ik meende die bank ergens van te herkennen. Geen kleine bank, maar toch ook weer geen standaardbank voor Zweedse bedrijven.'

'En?'

'Ik heb ontdekt dat die bank gebruikt wordt voor diverse bedrijven waarin Philip heeft geïnvesteerd. Hij wordt ook gebruikt voor sommige bedrijven waar Carl-Johan de eigenaar van lijkt te zijn. Hij werd ook voor Pixel Flow gebruikt, het bedrijfje van Kevin.'

Ze zaten in stilte en probeerden de puzzelstukjes op hun plek te krijgen.

In de bajes

November: het duister, de kou en de wetenschap dat de lente nog ongeveer een halfjaar op zich liet wachten maakten dit, op februari na, de meest verschrikkelijke maand in Zweden. Februari was alleen maar erger omdat je al vanaf november het weer en het duister beu was, maar toch nog even door moest.

Maar deze november was een uitzondering. Sara had toestemming gekregen om hem te bezoeken.

Ze was onwrikbaar geweest in haar besluit om bij Hall te stoppen. Maar daar was hij op dat moment niet eens mee bezig. Om die ochtend in zijn cel te zitten, haar in haar ogen te kijken en te voelen wat hij voelde, was uniek geweest. Hun lippen hadden elkaar aangeraakt, heel even maar, zijn cel was van buitenaf zo te openen, maar de smaak van haar mond was nog weken blijven hangen.

Ergens had hij ook wel bewondering voor haar beslissing. Een goede bewaarder moest objectief zijn, en zich niet extra om bepaalde gedetineerden bekommeren of hun een voorkeursbehandeling geven. Toch barstte hij bijna in huilen uit toen Hasse, de oudste bewaarder van de vleugel, twee dagen later officieel aankondigde dat Sara per direct ontslag had genomen.

Een bizar gevoel. Het was dezelfde bezoekersruimte waar hij al zo vaak met Linda, Darko, zijn pa en soms ook Dejan had gezeten. Zelfs sommigen van zijn oude maten waren hier geweest. Al kregen de meesten van hen geen toestemming om in deze gevangenis op bezoek te komen, hun strafblad was hier ongeveer even populair als iemands al-Qaida-lidmaatschap wanneer die naar de Verenigde Staten wilde vliegen.

Maar nu was het Sara die daar op hem stond te wachten. Ze was bij binnenkomst gefouilleerd, haar schoenen waren door de scanner gegaan, ze had haar mobieltje, haar riem en horloge afgegeven.

De bewaarder die de deur openmaakte, Boris, gaf hem een knipoog. 'Raar dat ze nu zo terug is, maar je bent vast blij?'

Teddy kon niets anders dan lachen.

Sinds de dag dat ze was gestopt had hij elke dag aan deze ontmoeting gedacht. Of ze elkaar zouden omhelzen of zoenen. Of ze zich op de plastic bank zouden storten waarover zo'n beetje iedereen van de corridor weleens seksverhalen had verteld. Of ze iets zouden zeggen of in stilte samen zouden zijn.

Toch vervlogen al die gedachten op het moment dat ze de kamer binnenkwam. Sara liep naar hem toe en hij legde zijn handen om haar middel. Zijn bloed gierde niet door zijn lichaam, het borrelde helemaal.

Zij dronk koffie en hij thee. De eerste jaren van zijn opsluiting had hij zeven, acht koppen zwarte koffie per dag gedronken, waarschijnlijk had dit iets met zijn mistroostigheid te maken. Alles wat de suffe sleur in de gevangenis ook maar kon doorbreken was goed, en de twaalf meter van zijn cel naar de koffieautomaat was een welkome routine. Maar het was niet goed voor zijn maag, dus stak hij een pen in de tapkraan van de koffieautomaat en brak die vervolgens af. Het apparaat was tien dagen buiten dienst geweest en de rest van de afdeling was langzaam gek geworden, maar Teddy was tevreden. Hij was van zijn cafeïneverslaving af.

Ze kletsten aan één stuk door. Over haar studie en haar baantje bij strafinrichting Kronoberg in Stockholm. Over de laatste nieuwtjes van de corridor in Hall. Het meeste hadden ze al doorgenomen: ze hadden elkaar al eerder over de telefoon gesproken. Ze praatten over wanneer hij met verlof mocht, over wat alle andere bewaarders ervan vonden dat zij iets met elkaar hadden, over wat haar vrienden hadden gezegd toen ze hun had verteld dat ze aan het daten was met een gedetineerde.

Het voelde bijna alsof ze terug was net als vroeger.

Uiteindelijk belandden ze op de bank. Ze waren nog nooit eerder met elkaar naar bed geweest, en deze kamer en deze bank voelden op een bepaalde manier best wel shabby, maar aan de andere kant was dit hun meest vertrouwde plekje.

Ze deden niet alles, misschien vanwege de kamer, misschien omdat de bezoektijd was beperkt tot dertig minuten. Sara's bezoek was op proef deze keer, voordat ze toestemming kreeg voor een uur. Wat een belediging.

Bovendien werd er na precies een halfuur op de deur geklopt en stond Boris daar met half dichtgeknepen ogen.

'*Time's up*.'

Sara's ogen glinsterden. 'Kom op nou, Boris, geef ons nog vijftien minuutjes. Ik weet dat je dat bij anderen ook meestal doet.'

'Veertienenhalf dan,' mompelde haar voormalige collega.

De weken gingen voorbij. De herfst werd winter, de koudste sinds het nieuwe millennium, en de verwarming van de gevangenis kon deze ontbering niet bijbenen. De temperatuur in de cellen was constant zeventien graden en de vloer was zo koud dat Hasse aan iedereen extra dikke, wollen sokken van de Wibra uitdeelde. De meesten meenden dat hij die van zijn eigen geld had gekocht, want zo was hij.

Tagg verkondigde dat dit een vorstoffensief van justitie was om hen te verlammen en hij begon zijn eigen hongerstaking. De bewaarders reageerden hierop door hem vier weken in de isoleer te gooien. Toen hij daaruit kwam, zag hij er erger uit dan Saddam Hoessein in dat gat in de grond.

Teddy en Sara spraken elkaar om de dag, dit was wat de regels toelieten. Ze bezocht hem twee keer een uur per maand, ook dat was de max. Ze ontwikkelden hun eigen maniertjes, schonken koffie en thee voor elkaar in, hielden elkaars hand vast, praatten over boeken die ze hadden gelezen, wat ze op tv hadden gezien en de laatste roddels in het gevangeniswezen. Ze hadden seks met elkaar op de bank net als ieder ander.

Maar toen gebeurde er iets onverwachts.

Tijdens een van haar bezoekjes merkte hij dat ze wat afwezig was.

'Zit je ergens aan te denken?' vroeg hij.

Eerst antwoordde ze nee, maar toen hij het tien minuten later weer vroeg, zei ze: 'Wist je dat Mats Emanuelsson zelfmoord heeft gepleegd?'

Teddy verstarde, het voelde alsof alles om hem heen ook ophield. De wereld stond stil.

Ze was hier nog nooit over begonnen, over waar hij voor was veroordeeld. De ontvoering van Mats Emanuelsson. Of vrijheidsberoving en zware mishandeling, zoals in zijn vonnis stond vermeld.

'Hoe weet jij dat?' vroeg hij.

'Ik zag het in de krant.'

'Hoe weet je dan dat het zelfmoord was?'

'Dat stond in de krant, het was namelijk een artikel, niet alleen een rouwadvertentie.'

'En hoe weet je dat ik iets met hem te maken heb?'

'Dat weet ik al een tijdje, ik had jouw vonnis al doorgelezen toen ik hier nog werkte.'

'Is dat zo? Dat heb je me nooit verteld.'

'Waarom zou ik? Dat verandert niets tussen ons.'

'Maakt dat echt geen verschil?'

Sara schudde haar hoofd, maar tegelijkertijd verscheen er een rimpel tussen haar wenkbrauwen.

Op de achtergrond ruiste de ventilatie. Teddy keek omlaag. Hij focuste zijn blik op Sara's voeten, haar schoenen. Die waren van zwart leer zonder veters, alleen een bandje om haar enkel.

Er werd op de deur geklopt en Boris deed open. 'Betrapt!' riep hij grijnzend. Maar ze lagen niet op de bank.

Toen Teddy terug naar zijn cel werd geleid, voelde hij zich beroerd.

De dagen verstreken.

Om zeven uur werden ze gewekt doordat de bewaarders rondgingen en op hun celdeur klopten. De meesten waren aardig en probeerden met een zo zacht mogelijke stem goedemorgen te zeggen. Maar dan waren er natuurlijk altijd ook nog de rotte appels.

Na het ontbijt ging Teddy meestal in de werkplaats aan de slag, dat was zo'n beetje de enige plaats waar hij het nog naar zijn zin had nu Sara was gestopt. Momenteel werkte hij aan een stel parkbanken. Het lastige daarvan was om de lange houten palen zo te frezen dat ze precies het juiste profiel kregen.

's Middags gingen de meesten altijd naar hun groepen, zoals die werden genoemd. De officiële naam was correctionele behandelingsprogramma's. Er waren drank- en drugsgroepen, vechtersjassen en vrouwenmeppers en bendeleden. Verkrachters hadden natuurlijk ook groepen, maar daar waren er niet veel van op deze afdeling. Daar had Tagg wel voor gezorgd.

Teddy had in zijn jaren drie verschillende cursussen gevolgd. ART: Aggressive Replacement Training. GDA: Gedrag Dialoog Alteratie. En ten slotte ETS: Enhanced Thinking Skills. Met die programma's was niets mis, het was alleen dat ze geen enkele ziel hierbinnen raakten.

Op dit moment volgde hij niets. Toch mocht hij niet in zijn cel blijven zitten. Wanneer de gevangenen in hun groep zaten, begonnen de bewaarders de cellen en de gemeenschappelijke ruimten te doorzoeken.

Meestal speelde hij tafeltennis tegen de andere veteranen, mensen zoals hij, voor wie er geen cursussen meer waren.

Later maakte hij zijn wandeling. Ze hadden elke dag recht op een uur buitenlucht. Soms kon hij nog een dienst in de werkplaats meepikken, soms maakten hij, Tagg en Loke het eten klaar.

In de namiddag kregen de mensen hun bezoek. Teddy telde de dagen tot de volgende keer dat Sara zou komen, ook al liep het de vorige keer wat raar. Maar toen hij haar de volgende dag over de telefoon sprak, had alles weer goed gevoeld.

'Ik heb nog wat meer over hem uitgezocht,' zei ze twee weken later op een avond toen ze met elkaar belden.

'Over wie?'

'Mats Emanuelsson, de man die jij had gekidnapt. Ik hoop dat je dat oké vindt.'

Dit was de eerste keer dat hij met betrekking tot Sara iets voelde wat op irritatie leek. Hij kon niet snappen waar ze mee bezig was. Ze emmerde over iets wat hem alleen maar pijn deed. Als ze zijn vonnis had gelezen dan wist ze wat hij zogenaamd zou hebben uitgevreten, ze wist hoe bruut het eraan toe was gegaan. Ze wist hoe hij over zijn aanklacht dacht, dat hij de kidnapping had bekend, maar de martelingen niet. Als ze hem haatte om wat hij had gedaan, had ze sowieso nooit iets met hem moeten beginnen. Als ze hem leuk vond omdat hij zo'n *'bad boy'* was, zoals sommigen van de vriendinnetjes van de gedetineerden hier, dan was ze niet goed bij haar hoofd, en was ze niet de ware voor hem.

Sara zei: 'Ik vond dat alles zo vreemd overkwam. Sinds jij en ik iets met elkaar kregen heb ik dat voorval waar jij bij betrokken was niet los kunnen laten.'

'Waarom?'

'Het klopt niet. Mats Emanuelsson klopt niet. Ik was op een seminarium over ontvoeringen, die komen tenslotte amper voor in Zweden, en sprak achteraf met de docent. Hij raadde me wat literatuur aan die ik heb gelezen. Over het algemeen ontvoer je iemand voor het geld, of gaat het om een ruzie over voogdij, een vader die zijn kind mee naar het buitenland neemt. Dan zijn er nog de zogenaamde mensenhandel-ontvoeringen, wanneer vrouwen dus naar andere landen worden meegenomen. En dan zijn er nog de vergeldingen tussen criminelen. Maar waar past Emanuelsson in dit rijtje?'

'Hoe bedoel je? Moeten we het hier echt over hebben? Ik schaam me diep voor alles wat er is gebeurd. Er gaat geen dag voorbij dat ik er geen spijt van heb, niet alleen omdat het voor mij zo in het honderd is gelopen, maar vooral naar de familie Emanuelsson toe. En ik weet dat je me niet gelooft, maar ik heb niks met die martelingen te maken gehad, ook al ben ik daar wel voor veroordeeld.'

'Maar hoe past Mats in dat plaatje, dat is wat ik wil weten. Volgens jou? Jij hebt hem immers gekidnapt.'

'Sara, moet dit echt?'

'Het móét niet. Maar ik denk dat het goed voor je is. Alsjeblieft, Teddy, dat denk ik echt. Ik doe dit voor jou.'

'Oké, oké.'

'Goed, dit is wat ik bedoel: Mats Emanuelsson was geen crimineel, toch? Je had geen ruzie met hem? En je maat, die je in je vonnis niet wilt noemen, had waarschijnlijk ook niets tegen die man?'

Teddy dacht aan Dejan. Nee, natuurlijk had Dejan niks tegen Mats Emanuelsson gehad. Zowel Teddy als Dejan had hem nog nooit eerder gezien voordat ze hem kidnapten. En wat Ivan betreft, geloofde Teddy echt niet dat die verder iets met Emanuelsson te schaffen had. En Kum? Teddy had geen flauw idee, maar hij had dit alles puur als een klus op bestelling gezien die uit de klauwen was gelopen.

Hij dacht terug aan zijn telefoongesprek met de vrouw van Mats. Hoe hij haar door de regen bij het stadhuis had zien stressen en zij hem verward had aangekeken. *Als jij of iemand anders naar de politie gaat, vermoorden we Mats*, had hij gezegd. Soms voelde het weer als de dag van gisteren.

'En mensenhandel-ontvoering of voogdijconflict kunnen we ook meteen wegstrepen. Dan blijft alleen de klassieke kidnappingsmotivatie over, voor het geld. Maar ook dat klopt niet,' zei Sara.

'Waarom klopt dat niet? We zouden er veel geld voor krijgen. Hij was rijk, hij barstte van het geld.'

'Nee, hij was helemaal niet rijk.'

'Ja, ik weet dat de aanklager beweerde dat ik loog, maar dat is bullshit. Hij was rijk, mijn maat en ik zouden drie miljoen aan die klus overhouden. Dan weet je dat, ik ben er niet trots op. Ik heb een ander mens ontvoerd voor drie miljoen. Ik zou het geen tweede keer meer doen. Ik heb sindsdien elke dag weer spijt van die shit, maar toentertijd draaide voor mij alles om geld. Ik heb geprobeerd contact op te nemen met Mats Emanuelsson en zijn vrouw om mijn excuses aan te kunnen bieden en uit te leggen wat een idioot ik ben geweest. Maar dat is waar ik het voor deed. Voor het geld.'

'In dat geval kan ik zeggen dat je genaaid bent, want Mats Emanuelsson had een modaal inkomen zonder vermogen. Ik heb zijn belastinggegevens gecheckt.'

'Serieus?'

'Ja, echt.'

'Maar dan had hij op een andere manier cash, zwart geld misschien.'

'Dat denk ik niet. Ik heb ook de verklaring van boedelscheiding in handen weten te krijgen nu hij is overleden. Dat wil zeggen wat hij zijn vrouw en kinderen nalaat. Dat is in principe niets. Ik ben ook wezen kijken waar hij woonde om te zien hoe zijn auto en het huis waar ze naartoe waren verhuisd eruitzagen, maar dat is allemaal niks bijzonders. Bovendien was de villa voor tachtig procent gefinancierd. Mats Emanuelsson had geen witte of zwarte cent te makken.'

Teddy zag zijn eigen reflectie in het glas dat het telefoonhokje afschermde.

Hij stond met zijn mond open.

Was Sara gek aan het worden?

Of was hij onwijs besodemieterd?

*

Weer een andere kamer.

Onder hem lag plastic, en daaronder iets wat als een vloerkleed aanvoelde.

Zijn lichaam deed zoveel pijn.

Er was lange tijd voorbijgegaan. Jokerface had hem een trap op gesleurd naar deze kamer.

Hij kon de tijd niet langer inschatten. Hij kon zich alleen maar concentreren om de pijn in zijn voet, schouder en rug te kunnen verdragen.

Hij was kapot.

Hij hoorde hoe Jokerface de onbekende begroette.

'Waarom duurde dat zo lang? Heb je alles?'

Ze rommelden wat en praatten in stilte met elkaar.

Hij hoorde de stem van Jokerface weer. 'Ik ben blij nu. Doe wat je wil.'

Philip voelde zich iets rustiger. Hij dacht dat Jokerface nu een soort van betaling had gekregen.

Maar toen hoorde hij hem zeggen: 'Oké, pak dan maar lekker zelf die hamer vast. Je weet hoe ik daar over denk.'

Het lukte Philip om een glimp onder de blinddoek op te vangen. De onbekende persoon met bivakmuts hield de hamer in zijn hand.

Hij probeerde zich opzij te werpen.

Hij voelde de hamer langs hem heen zoeven en het knalde in zijn oren toen die naast hem insloeg.

Zijn voeten deden zoveel pijn dat hij zowat buiten westen raakte, hij wenste bijna dat de hamer hem de volgende keer volledig knockout zou slaan.

Hij kronkelde als een worm. Slingerde zijn hoofd en lichaam voor zover mogelijk heen en weer om te voorkomen dat zijn schedel verbrijzeld werd. Hij probeerde zich op zijn zij te draaien.

Hij voelde de hamer langs hem zoeven en zijn oren knapten toen hij neerkwam.

Zijn voeten deden zoveel pijn dat hij het bewustzijn verloor, hij wenste bijna dat de hamer hem de volgende keer helemaal uit zou schakelen.

De volgende klap trof niet zijn gezicht of schedel, maar zijn oor. De pijn schoot direct naar zijn hoofd, hij dacht dat dit uit elkaar zou spatten. Hij schreeuwde het uit. Geen woorden, maar één lange gil. Hij kon de hamer niet zien, alleen maar gissen hoe die man wijdbeens over hem heen stond en zijn hoofd probeerde in te slaan. Hij bleef met zijn lichaam spartelen. Hij had een piep in zijn ene oor alsof er een sirene in zijn gehoorgang was ingebracht.

De volgende klap trof zijn bovenarm. Misschien brak daar iets.

Hij voelde een klap op zijn andere oor. De pijn overmande hem nu compleet.

Zijn hoofd bloedde.

Hij liep leeg op het verkreukelde plastic.

Hij lag stil. Allebei zijn oren piepten. Hij wist niet of hij nog echt geluiden hoorde.

Geen klappen.

Geen krakende vloer.

Het voelde alsof zijn hoofd aan beide kanten was opengebarsten. Alsof hij twee gapende gaten had waar eerst zijn oren hadden gezeten.

Hij hoorde een stem. Die klonk ver weg en gedempt.

'Dit deel van je leven houdt nu op.'

Hij kon niet horen of de stem van dichtbij of van veraf kwam. De piep in zijn oren hield aan. Een poging om de persoon die sprak te lokaliseren had geen zin.

'Dit gaat niet alleen maar om geld. Het gaat om het leven.'

Iemand trok de blinddoek van hem af.

Philip keek op naar de persoon die de hamer vasthield. Zijn zicht was wazig, alsof iemand verfrommeld vershoudfolie tegen zijn netvliezen had gedrukt.

Het was niet Jokerface die over hem heen gebogen stond, dat wist hij redelijk zeker. Die was een paar meter daarachter te zien. Het was die ander, met de bivakmuts op.

'Eerst was ik van plan geweest je te laten gaan, nu we het geld binnen hebben. Maar wie weet hoe het dan verder loopt. Ze zijn naar je op zoek, wist je dat? Een klein legertje amateurs. En vroeg of laat zullen ze je vinden. En wat zul je ze dan vertellen? We kunnen bij jou niet op loyaliteit rekenen, dat is niet jouw sterkste kant.'

Philip wist niet zeker of hij alles verstond wat die persoon zei. De stem klonk zo dof en de piep in zijn oren was nog steeds oorverdovend. Was het een man of een vrouw die sprak? Aan de andere kant vond hij dat deze gek hem ergens bekend voorkwam.

'Dit is belangrijk voor me, Philip. Ontzettend belangrijk. Altijd al geweest. Maar zo voelt het rechtvaardiger. Er is geen normale manier om boete te kunnen doen voor wat jij hebt gedaan. Geld is niet genoeg.'

De persoon hief de hamer weer op.

'Je hebt mijn leven kapotgemaakt. Dus nu moet ik het jouwe kapotmaken.'

*

Het was een heldere dag. Emelie deed haar mond dicht en ademde diep in door haar neus. Rustig en stil. Ze ademde zoveel lucht in als ze maar kon, er goed op lettend dat ze haar buik gebruikte, niet haar borst.

Teddy draaide zich om en keek naar haar.

Ze herhaalde de oefening drie keer.

Diepe ademhaling. Twee keer per jaar kwam er een ergonomisch consultant naar het bureau die behalve een ronde deed om te checken of alle bureaustoelen goed waren ingesteld, ook snelcursussen muisarmstretching en kantoormindfulness aanbood. Bewustzijn is de sleutel naar verandering, ontspanning door diepe ademhaling. Dit was overigens de eerste keer dat Emelie uitprobeerde wat de coach hun had geleerd.

Ze was al vele malen erg gestrest geweest in haar vooralsnog korte arbeidsleventje. Maar ze had zich nog nooit zo gespannen gevoeld als nu.

Links van haar zag ze een hoge, oranje silo met daarop een bordje: SALTÅ MOLEN. Aan de andere kant spreidden de velden zich uit. De sneeuw lag er hier dun maar feilloos schoon en wit bij. Ze waren nu op het platteland. Over een paar minuten zouden ze bij Lövtuna Gård, Enbacken 1 moeten aankomen.

De plek waar Philip waarschijnlijk vanuit het appartement naartoe was gebracht.

In precies deze auto.

Ze draaiden van de snelweg af en reden twee kilometer op een kleine, geasfalteerde weg voordat ze weer afsloegen. Deze keer naar een grindweg. Ergens passeerden ze een jachthutje dat eenzaam over het niet-aanwezige verkeer waakte.

De kale bomen in de allee waren mooi aangelegd. Waarschijnlijk waren die meer dan honderd jaar oud, de stammen waren dik met veel vertakkingen. Ze dacht dat het eiken waren, maar dat was lastig te zeggen in de winter.

De eigenaar die op dit adres was ingeschreven was een Brits bedrijf, Meadow Managemant Ltd., dit had Emelie opgezocht. Maar meer dan dat was ze niet te weten gekomen.

Ze minderde vaart. 'Teddy, zouden we niet op Jan of een van zijn mannetjes moeten wachten?'

'Denk jij dat daar tijd voor is?'

'Ze houden hem al drie dagen vast, een halfuurtje zouden we dan toch wel kunnen wachten?'

'Maar ze hebben nu het geld net binnen, en misschien willen ze meer, maar misschien vinden ze het ook wel goed zo.'

Meer hoefde hij niet te zeggen, Emelie begreep wat hij bedoelde.

De routebeschrijving van de gps eindigde hier. Ze reden voorbij een zelfgetimmerd, houten bord met de tekst LÖVTUNA GÅRD. WELKOM.

Verderop zagen ze een stenen huis. Voor het huis lag een grote, met grind bedekte oprit met in het midden een soort van standbeeld. Al op tweehonderd meter afstand zag ze dat daar twee auto's stonden geparkeerd.

Ze stopte langs de kant van de weg en stapte uit.

Er kwam stoom uit haar mond. Teddy nam met grote passen de leiding.

Emelie controleerde of haar telefoon verbinding had.

Ze liepen langs de weg, langs de dikke eikenstammen. De voordeur leek wijd open te staan.

Toen de allee ophield, week Teddy uit naar rechts en begon over het terrein te banjeren. Emelie liep hem achterna. Het halfhoge, dorre en bevroren gras knarste. Ze liepen om wat struikgewas heen. Misschien was het hazelaar, sering of een andere soort die ze niet kon plaatsen.

Teddy bleef achter een van de bladloze bosjes staan. Hij ging op zijn hurken zitten, en zij volgde zijn voorbeeld. Het had veel dikke takken. In deze positie waren ze waarschijnlijk niet vanuit het huis te zien.

'Herken jij een van die auto's?' vroeg hij.

Ze schudde haar hoofd.

Het klonk alsof er verderop iemand schreeuwde. Het geluid kwam van de andere kant van het huis, ver weg.

'Wat was dat?'

'Daar zullen we zo achter komen,' zei Teddy.

Ze bleven in een omtrekkende boog verder lopen. Emelie begreep hoe hij dichterbij wilde komen zonder gezien te worden. Aan de korte kant van het huis stond een aantal lage fruitboompjes. Verderop lag het bos met hoge sparren en dennen. Achter de fruitboompjes zag ze een deur naar het huis. Misschien was dit van de ingang van de kelder of iets dergelijks.

Nu ze dichterbij waren gekomen, realiseerde ze zich hoe groot het huis eigenlijk was. Het was twee verdiepingen hoog, maar elke etage was minstens tweehonderdvijftig vierkante meter. Het had een zwart, schuin dak van dakplaten, meerdere schoorstenen en op elke etage een glazen aanbouw op het zuiden. Het was eerder een kleine herenboerderij.

Ze slalomden tussen de bomen en bosjes door. Op sommige plaatsen liepen ze in tegenovergestelde richting om maar onder de juiste hoek achter de bomen te blijven.

Uiteindelijk stonden ze op twintig meter van de kelderdeur, achter een netjes gesnoeide struik, waarvan de naalden niet door de jaargetijden werden beïnvloed.

Als iemand bij een van de ramen op de bovenverdieping had staan kijken, waren ze ontdekt geweest. Er was geen honderd procent beschutte weg tot aan het huis. Maar niet alles kon nu perfect zijn.

Emelie keek op haar telefoon die ze de hele tijd in haar handen had gehouden. Ze veegde zachtjes met haar duim over het scherm en toetste 112 in. Dit was haar enige wapen. Het groene bel-icoontje lichtte op in haar hand, als een tegengestelde waarschuwing. Ze was er klaar voor.

Teddy fluisterde: 'Ik ga erheen en jij blijft hier.'

Ze probeerde te protesteren. 'Kunnen we dan op zijn minst telefonisch contact houden?'

'Oké, maar ik zal geen kik geven, ik wil niet dat iemand iets hoort.'

'Maar hoe kom je binnen?'

Teddy hield een schroevendraaier omhoog. 'Die heb ik van Lazar Guldman geleend.'

Hij wachtte niet tot ze dit laatste van commentaar zou voorzien, maar sprintte gehurkt over het grasveld.

Zes, zeven grote passen tot aan de traptreden die naar de houten deur daarbeneden leidden. Ze zag niet precies wat hij deed. Maar vijftien seconden later deed hij hem open.

Teddy verdween het huis in.

Emelie wachtte.

Al haar zintuigen stonden meer dan ooit op scherp. Uit haar telefoon kwamen maar sporadisch geluiden, iets wat klonk als een opengaande deur, een krassend geluid als er iets tegen de microfoon aan kwam. Elk schrapend takje om haar heen daarentegen hoorde ze luid en duidelijk. Ze kon de atomen van de bast van de boom waar ze achter stond bijna zien. De luchtdeeltjes in de wind die haar raakten voelden als steentjes.

Ze keek weer omhoog naar de voorgevel van het huis. Het viel haar op dat er kapotte planken voor een van de ramen zaten. Vervolgens moest ze om een of andere reden denken aan de eerste keer dat ze in haar eentje, zonder een vennoot erbij, een afspraak met een cliënt had. Ze had zich van tevoren uren voorbereid, ze had alle punten nog minstens vier keer extra doorgenomen, een scenario geschreven voor wat ze allemaal zou zeggen en hoe ze dit zou gaan zeggen. De avond ervoor met Jossie geoefend. De cliënt was een assistent van een CFO van een middelgroot Zweeds bedrijf in de zorgsector. Toen ze eenmaal kennis hadden gemaakt en de cliënt vragen was gaan stellen, had Emelie in principe constant hetzelfde antwoord gegeven.

'Sorry, maar dat moet ik met de vennoot overleggen die hier verantwoordelijk voor is.'

'Helaas kan ik daar geen antwoord op geven zonder dit met de vennoot te dubbelchecken.'

Maar nu stond ze er alleen voor.

Zij was op dit moment de verantwoordelijke.

Zij en niemand anders.

*

Het was niet moeilijk geweest om de deur naar de kelder open te krijgen. Teddy dacht aan zijn commentaar op de deur van Philips flat aan de Fatbursgatan dat Emelie wantrouwend naar hem had doen kijken.

Het oude, vertrouwde trucje met de klink had hij nog steeds onder de knie, en in de ruim vijftien jaar sinds hij dit voor het laatst had gedaan, waren de sloten niet noemenswaardig veel veranderd. Dit slot was bovendien oud en de deur stelde niet veel voor, anders was een schroevendraaier alleen niet genoeg geweest.

Hij stond in een kleine voorraadkelder. De vloer was van steen. Aan het plafond hing een alarminstallatie. Die was hem al instinctmatig opgevallen, hoewel deze achter een luchtpijp verborgen zat; hij was, zoals gezegd, zijn oude vaardigheden duidelijk nog niet verleerd. Het systeem zou uit moeten staan, aangezien iemand, of meerdere personen in het huis waren, maar toch bleef hij een paar seconden staan luisteren zonder een gepiep te horen. Langs de muren stonden eenvoudige, houten kasten waarin honderden flessen wijn lagen. De ramen zaten hoog, vlak bij het plafond. Het was hier maar een paar graden warmer dan buiten.

Toen hij om zich heen keek zag hij dat er behalve de wijnkasten alleen maar drie fietsen stonden die er kapot uitzagen. Hij bleef nogmaals staan luisteren. Het was stil.

Hij liep de volgende deur door. Eenzelfde soort kamer, maar in plaats van wijnkasten stonden er langs de ene muur twee grote koelboxen en langs de andere een lange, roestvrijstalen werkbank. De vloer was hetzelfde als in de wijnkelder. Hij luisterde weer en keek om zich heen. Er hingen haken, kettingen en iets wat eruitzag als stroppen aan de plafondbalken.

Hij meende bloedsporen op een stenen tegel te zien.

Midden op de grond stond een stoel met ducttape over de rugleuning en zitting.

Wat was dit voor iets? Het bleke licht van het kelderraam weerkaatste op het werkblad. In een nis zag hij op de grond een grote keukenmachine staan. Dit moest een soort vleeshakselaar zijn. Toen begreep hij het: hier werden dieren geprepareerd en in stukken gehakt. Een koelruimte waar het wild kon worden opgehangen en bewaard.

Er waren nog twee deuren. Hij koos de rechtse.

Deze kamer was warmer. Grote tegels van wit steen bedekten de vloer en de wanden. In de ene hoek stond een ingebouwde jacuzzi en langs een van de wanden een enorme douchecabine met twee douchestangen naast elkaar. Hij zag een glazen deur en daarachter meende hij de lichte houten banken van een sauna te zien. Dit was waarschijnlijk de zogenaamde spa-afdeling.

Hij liep naar buiten en kwam in een kleine gang terecht met nogmaals vijf gesloten deuren. Hij opende de eerste en zag de slachtruimte weer. Achter de tweede lag een stookruimte. De derde deur leidde naar de wasruimte. Toen hij de vierde opende keek hij recht in een overvolle opslag. In de stellingen lagen ski's en skischoenen, een paar oude sleeen, gereedschap, een dikke en een platte tv, verhuisdozen met diverse opschriften, lampen en nog een hoop andere zooi. Op de grond stonden een bank, een paar fauteuils en een klaptafel. Het zag er allemaal oud en versleten uit.

Hij opende de laatste deur van de gang.

Daarachter was een trap die omhoogleidde.

Hij bevond zich in een grote hal. Midden op de vloer stond een houten tafel met daarop twee hoge kandelaars. Aan het plafond hing een messing kroonluchter. Een brede trap leidde verder naar boven het huis in. De buitendeur stond inderdaad open, zoals ze al hadden gezien toen ze het huis waren genaderd. De gordijnen voor de ramen waren dichtgetrokken en de dubbele deuren die naar de rest van het huis leidden waren gesloten.

Hij opende ze voorzichtig en keek een grotere kamer in, een salon. Wederom dichtgetrokken, zware gordijnen met gouden kwastjes. Een schouw in een van de hoeken met kandelaars erop en daarboven een opgezet reeënhoofd, twee zitgroepen met glazen salontafels met daaromheen een paar fauteuils. Op de grond lagen twee Perzische tapijten die er echt uitzagen. Een ervan was voor een groot deel met wit plastic bedekt.

Op dat plastic lagen twee mensen.

Die bewogen zich niet.

*

Emelie had de hele weg naar het huis haar telefoon tegen haar oor gedrukt gehouden. Teddy had haar toegefluisterd naar binnen te komen, verder niets. Hij gidste haar door een wijnkelder, door een paar andere kamers in de kelder, een trap op, een hal door en een soort salon in.

Toen ze om zich heen keek, liet ze haar telefoon bijna uit haar handen vallen.

Teddy stond over een levenloos lichaam heen gebogen. Een stukje verderop lag nog een lichaam.

'Dit is Philip,' zei hij wat harder fluisterend vanaf de andere kant van de kamer. 'En die ander is Ian.'

Emelie zag duidelijk de rode bloedvlekken op het witte plastic onder Philip. Het deed haar aan Anina's geopende ogen denken. Maar natuurlijk was zij dit niet, dit was de man die Anina wilde aangeven voor verkrachting.

Ze schuifelde naar voren, boog zich over het plastic op de grond en voelde haar maag samentrekken. Een paar seconden lang wist ze niet of ze over haar nek zou gaan.

Een zure oprisping vulde haar gehemelte.

Ze haalde een servet uit haar handtas en droogde haar mond. Dit werkte zo niet, ze had werk te doen. En er lagen hier levenloze mensen die haar hulp nodig hadden.

Ze liep naar Philip toe en hurkte bij hem neer.

Hij lag met zijn hoofd opzij. Zijn gezicht was moeilijk te herkennen. Zijn neus zag eruit als een grote, bloederige klomp en zijn ogen waren zo opgezwollen dat het slechts spleetjes waren. Zijn oor was kapot en bloederig en zijn lippen waren gesprongen. Een halve meter verderop lag iets wat op tanden leek.

'Hij ademt en leeft nog, dat heb ik gecheckt.' Teddy draaide zich naar haar toe. 'En ik heb hem in de stabiele zijligging gelegd. Maar ik weet niet of hij het gaat redden. Ik gok dat hij een fikse hersenschudding en kneuzingen in zijn hoofd heeft. Iemand heeft hem stevig aangepakt. Ik heb een ambulance gebeld, maar het ziekenhuis ligt hier een aardig eindje vandaan dus het kan wel even duren voordat die er is.'

Emelie merkte dat ze zwaarder was gaan ademen.

'Kunnen we verder nog iets doen?'

'Dat denk ik niet. Hij bloedt niet zo heel erg, maar ik weet niet wat er beschadigd is of niet. Het kan gevaarlijk zijn om hem te proberen op te tillen. Het belangrijkste was om zijn luchtwegen vrij te maken, zeiden ze van 112. Ian leeft ook nog, die is er minder erg aan toe.

Emelie zag in dat er momenteel niets was wat ze voor Philip kon doen. Ze liep naar Ian.

Die lag op zijn zij met zijn benen opgetrokken tegen zijn lichaam. Zijn haar zat door de war. Hij had een kleine wond bij zijn wenkbrauw en zijn wangen waren rood. Iemand had zich kennelijk ook op hem uitgeleefd, maar voor zover ze kon zien bloedde hij niet.

Ze bukte.

Zijn starende ogen keken haar aan.

'Hoe gaat het?' vroeg ze.

Hij ging langzaam rechtop zitten en spuugde een bloederige rochel op het plastic.

'Met mij komt het wel goed. Maar Philip, hoe gaat het daarmee?'

Teddy antwoordde. 'Die haalt het wel. Denk ik.'

Ian wreef over zijn polsen.

'Ze hebben mij ook meegenomen.'

Emelie vroeg: 'Wie zijn "ze"?'

'Degenen die Philip hebben gekidnapt.'

'Waar zijn die nu?'

'Dat weet ik niet. Ze zijn weggerend.'

Emelies vraag werd onderbroken door een snerpend geluid. Het kwam van buiten.

Het klonk als een schot.

Ze liep naar voren, tilde de gordijnen op en keek uit over de tuin en de sneeuw. Ze zag geen mens.

Toen kwam het geluid weer, nog een schot dat werd gelost.

Teddy zei: 'Ik ga naar buiten om te kijken wat er aan de hand is. Wacht hier.'

*

De woning was een gevangenis.

En de wereld daarbuiten een slagveld.

Een afschuwelijk barbaarse plek. Een plek waar nu alles zijn verdiende loon moest krijgen.

Anders wist Carl-Johan niet hoe dit af zou lopen. Wat hij met zichzelf aan zou moeten.

Twintig minuten geleden had Magnus gebeld om te vertellen dat Emelie waarschijnlijk het huis had gelokaliseerd waar Philip vast werd gehouden. Hij gaf Carl-Johan het adres en zei alleen: 'Wees er nu voor elkaar. Ik bel als ik meer weet.'

Catharina zat naast Carl-Johan toen hij ophing. Ze zag bleker in haar gezicht dan de sneeuw buiten op het raamkozijn. Zij was duidelijk niet bereid om er voor hem te zijn, met hem te praten. Dat kwam hem wel goed uit. Hij wist toch niet wat hij zeggen moest.

En wat Caroline hem had verteld over haar betrokkenheid bij dit alles?

Daar kon hij zich op dit moment totaal niet druk om maken.

Feit was dat Carl-Johan het adres van het huis herkende. Daar stond een boerderij die al zeker een halfjaar te koop stond. Hij wist helaas niet wie de eigenaar was, maar zijn goede vriend Tom Crona had hem nog niet zo lang geleden over de verkoop ervan verteld.

Een kilometer of tien daarvandaan hadden Tom en Christina namelijk hun eigen plekje. Die woonden sinds tien jaar op landgoed Lagerby. Carl-Johan dacht terug aan toen hij daar afgelopen herfst op sluipjacht was geweest.

Carl-Johan was gek op de sluipjacht. Bij de gewoonlijke drijfjacht later in het jaar werden de dieren opgejaagd het bos in, de jagers zaten dan alleen maar op hun reet te wachten; dat was wat minder een sport. Maar bij de sluipjacht was je zelf degene die een reebok besloop, niet zo eentje die recht op je af kwam gerend.

Crona's grondgebied was zo'n duizend hectare, en stond als landbouwgrond te boek. Dit betekende lagere belasting en de mogelijkheid om bepaalde EU-subsidies te krijgen. Ongeveer drie kwart van de oppervlakte was bosgebied en de rest grasland en weidegrond. Ze verhuurden de stallen en de paardenweides aan een paar fokkers en de grindafgraving aan SWE Schakt, maar Tom Crona nam het kapbare bos zelf onderhanden. Bovendien waren de jachtgronden magistraal.

Carl-Johan wist dat Catharina eigenlijk altijd op een boerderij had willen wonen. Misschien moesten ze die plek waar Tom het over had gehad toch maar kopen, had hij gedacht.

Carl-Johan wist nog hoe hij daar naast Tom had gestaan. Het bos was dichtbegroeid en op een kleine verhoging in het terrein lag de bok die Tom had geschoten. Het schot had over het domein geëchood.

Tom had het dier op zijn rechterzij gelegd. Hij had al een snee in zijn hals gemaakt en hij hield het dier in de gaten.

'Dit was echt al een ouwe, lamme rakker,' zei hij. 'Goed voor de wildstand. Dit zijn precies de exemplaren die je bij de sluipjacht moet schieten.'

Carl-Johan knikte. 'Ik kan er alleen slecht tegen dat jij me net voor was met je schot.'

'Zo gaat dat in het leven.'

Tom bukte en sneed de geslachtsdelen van het dier af. Daarna sneed hij langs de buik.

Hij zei: 'Maar dit is de laatste keer.'

'Hoezo?'

'We gaan Lagerby verkopen.'

'Wat? Daar wist ik helemaal niks van.'

Toms handschoen was rood van het bloed dat uit het dier vloeide.

'Dat ligt gevoelig, Carl-Johan, ik heb liever niet dat je er met iemand over praat, niet eens met Catharina. Maar we kunnen het eigenlijk niet meer betalen. De hypotheek hierop is best hoog en de bosbouw en grindafgraving zijn niet gelopen zoals ik wilde. Het is triest. Zelfs Ian weet hier nog niet van af. Ik krijg het niet over mijn hart het hem te vertellen.'

Carl-Johan was nooit gelovig geweest. Hij was uiteraard wel lid van de Zweedse Kerk en zijn kinderen waren gedoopt en ze hadden hun vormsel ontvangen. Bij de juiste parochie, bij de juiste pastor in de juiste kerk. Catharina en hij gingen om het jaar op kerstavond naar de Oscarkerk, maar dat was alleen omdat zij dat graag wilde.

Toch zat hij er nu over te denken om te bidden.

Te bidden dat ze zijn zoon zouden vinden. Ongedeerd.

En voor Caroline.

Hij wilde bidden dat ze geen dingen had gedaan die ze niet had moeten doen.

*

Teddy liep door de reeds openstaande voordeur. Zodra hij buitenkwam hoorde hij geschreeuw. Het waren de stemmen van meerdere mannen.

Op de veranda zag hij voetsporen in de dunne laag sneeuw.

Er klonk weer een kreet. Die kwam vanuit het bos rechts van het huis, de andere kant dan waar hij en Emelie vandaan waren gekomen.

Hij begon erheen te rennen.

De zon glinsterde in de sneeuw en ook hier zag hij voetsporen.

Zeventig meter verder doemden de dennen en sparren voor hem op. De tuin van het huis hield daar op, en hij sprong over een versleten houten hekje.

Tussen de bomen zag hij mensen bewegen.

Het waren drie mannen die in de richting van een vierde liepen, die op zijn beurt een stukje verderop tussen de bomen op zijn knieën zat.

De drie hadden een bivakmuts op en waren in het zwart gekleed.

Hij hoopte maar dat het niet degenen waren die hij dacht dat het waren. Hij bad tot de god waar hij niet in geloofde dat Linda Nikola te pakken had gekregen en hem thuis had weten te houden.

De vierde leek ook iets voor zijn gezicht te hebben. Teddy kon hem in het duister tussen de bomen niet goed onderscheiden, maar hij had zijn lichaam zorgelijk gebogen. Alsof hij gewond was.

Teddy ging twintig meter van hen vandaan staan. Hij sprak duidelijk. 'Waar jullie ook mee bezig zijn, kap ermee.'

De personen bleven staan. Ze draaiden zich om.

Met luidere stem vroeg hij: 'Hebben jullie op hem geschoten?'

Hij hoorde een van de mannen iets in een vreemde taal zeggen, het klonk als Arabisch, Perzisch of Syrisch.

Hij zag dat een van hen iets vasthield, een donker silhouet, het zag eruit als een wapen.

De persoon die op zijn knieën zat viel op de grond. Teddy vroeg zich af hoe ernstig hij eraan toe was.

Twee van de mannen kwamen langzaam op Teddy af.

De laatste bleef achter en hield een oogje op de persoon die op de grond was gevallen.

'Wie the fuck jij ook bent, je kunt beter opsodemieteren,' riep een van hen.

Teddy vertrok geen spier.

De mannen kwamen dichterbij, nu kon hij hun kleding beter zien. Joggingbroeken, zwarte donsjacks. Hij bleef hoop houden.

'Gozers, ik weet niet of jullie voor Isak werken of niet. Maar ik wil weten wat jullie met hem daar verderop hebben gedaan, en waar jullie hier mee bezig zijn,' zei Teddy.

Ze waren nu vier meter van hem verwijderd. Het bos voelde duister en eenzaam.

Hij keek naar de uitgeknipte ogen in de bivakmutsen.

Op twee meter afstand bleven ze staan. Hij zag nu dat het wapen dat de ene in zijn hand had een Glock 17 was.

'Jezus, ben jij het weer?' brieste de man met het wapen.

Teddy stak zijn handen naar hen op.

'Blijf daar staan.'

'Was jij in die flat op Södertälje met die advocate?' vroeg de andere man.

'Ja.'

Hij leek te ontspannen.

'Beertje? Teddy?'

'Dat ben ik.'

De kerel met het pistool reageerde precies tegenovergesteld. Die stak zijn wapen omhoog en richtte het op Teddy.

'Vuile teringlijer. Jij liet me zowat stikken daar in die flat. En nou ben je alweer bezig. Dit is allemaal jouw schuld.'

Teddy keek recht in de loop van het pistool. De gemaskerde man met het wapen was overduidelijk labiel.

Hij voelde zich misselijk. Om onbekende redenen moest hij aan het bloemenboeket denken dat hij op zijn moeders begrafenis op haar kist had gelegd. Dat was zo groot geweest dat hij het amper had kunnen dragen. Vervolgens dacht hij aan de grijze betonmuur van de cel waar hij op zeventienjarige leeftijd voor de eerste keer in was beland. Hij voelde zich een insect dat op het uiterste randje van de aarde kroop.

De man ernaast zei: 'Chamon, relax man. Dit is verdomme de oom van je mattie. En een oude vriend van Isak.'

Op de achtergrond zag Teddy de derde man aan komen lopen. Die bleef staan en trok zijn bivakmuts af. Zijn haar stond alle kanten op en zijn ogen waren groot.

'Nikola,' zei Teddy zonder zijn hoofd ook maar een millimeter te bewegen. 'Ik zou willen dat dit anders was gelopen.'

'Teddy, godsamme. Ik had het je nog gezegd,' zei Nikola zacht.

De Glock bevond zich nog steeds op een decimeter van Teddy's hoofd. Hij staarde recht in de zwarte loop.

De knul met het wapen was kennelijk Chamon Hanna.

Nikola zei: 'Kom op, Chamon. Hij staat aan onze kant.'

Teddy liet zijn blik van het wapen omhoogglijden naar Nikola's gezicht. Er ging een schok door de ogen van zijn neefje.

'Hoe de fuck moet ik dat weten?' brieste Chamon. 'Hij heeft me in dat appartement proberen te vermoorden. En nadat hij en die advocate zich ermee gingen bemoeien, was het gebeurd met Anina.'

Teddy probeerde beheerst te spreken. 'Ik weet wie jij bent, Chamon. Je bent de maat van mijn neefje. Je bent een van Isaks mannen. Ik begrijp dat je boos bent door wat er is gebeurd. Maar ik ben je vriend.'

Nikola zei op de achtergrond wat dingen in het Syrisch. Aan de toon te horen probeerde hij Chamon te overtuigen. Maar daar kon Teddy zich nu niet mee bezighouden.

Hij keek de dood in de ogen.

Chamons blik was door de gaten in zijn bivakmuts te zien.

Die was donkerder dan het zwarte oog van het pistool.

*

Emelie staarde naar Ian.

Ze had buiten verder geen geweersalvo's of geschreeuw meer gehoord. Maar Teddy was nog niet terug.

Philip lag nog op de grond, zonder enig teken van verbetering. Maar hij ademde nog. Ze was op de grond gaan zitten en had naar zijn borstkas gekeken en geluisterd. Die ging langzaam op en neer.

Ian zat in een van de fauteuils. Hij zag er inmiddels wat normaler uit, het rood in zijn gezicht begon weg te trekken.

Emelie wendde zich tot hem. 'Hoe zijn jullie hier terechtgekomen?'

Ian bewoog zich in de fauteuil en zuchtte.

'Ze hebben me meegenomen, ik neem aan dezelfde personen die mij hadden bedreigd en Philip hebben gekidnapt. Ik was thuis, ze belden aan, toen werd alles pikzwart totdat ik hier weer wakker werd. Ze hebben ons mishandeld. Ik weet niet of ze mij ook wilden vermoorden, vooral Philip kreeg er flink van langs. Het is allemaal zo ziek. Wat een geluk dat hij nog leeft.'

'Was Philip bij bewustzijn toen jij hier aankwam?'

'Dat weet ik niet, hij lag daar waar hij nu nog ligt. De hele tijd al.'

'En zij stormden naar buiten?'

'Ja, ze zijn weggerend. Allemaal. Teddy moet echt oppassen.'

Emelie keek weer door een van de ramen naar buiten.

Verderop stonden de bomen er als een donkere muur bij.

In de bajes

De warmte buiten was weer terug, maar Tagg was nog steeds bezig met zijn protestlijst tegen het Koude-offensief, zoals hij tegenwoordig de problemen noemde die ze in november hadden gehad.

Teddy en Sara spraken elkaar zoals gewoonlijk om de dag aan de telefoon, maar het voelde anders nu. Hij wist dat ze dat waar hij voor was veroordeeld niet had losgelaten, dat ze nog steeds in die oude shit aan het wroeten was. Maar op dit moment zei ze er niks over tegen hem.

Over vier weken zou hij zijn eerste verlof zonder begeleiding hebben, tien uur de volledige vrijheid om te doen en laten wat hij zelf wilde. Op een zeer wenselijk tandartsbezoek na zou hij de rest van zijn dag met Sara doorbrengen, ze zou zelfs met hem meegaan om aan zijn vader te worden voorgesteld.

Hij en Sara planden de uren tot in het kleinste detail. Ze zou hem 's ochtends om negen uur oppikken in haar Fiat Punto en hem een stukje op de bosweg laten rijden ondanks dat hij geen rijbewijs meer had – puur voor het gevoel. Daarna zouden ze samen bij haar thuis ontbijten. Ze had al foto's van haar appartement laten zien, maar dit ook daadwerkelijk in het echt te zien, op haar bank te mogen zitten, in haar boekenkast te mogen snuffelen en op haar bed te mogen liggen, voelde bijna onwerkelijk. Na het ontbijt zouden ze naar de tandarts gaan. Teddy had minstens twee oude vullingen waar hij last van had, plus daarbij het gapende gat in zijn onderkaak dat hij het liefst met iets van een soort porselein zou laten vullen, wat in totaal niet meer dan een uur zou moeten kosten, zo dacht hij. Daarna wilde hij een tijdje met Sara door de stad lopen, gewoon een beetje slenteren, een kop koffie drinken... ze moest om hem lachen.

'Ik dacht dat jij geen koffie meer dronk?'

'Jawel, op mijn vrije dag drink ik me een stuk in mijn kraag,' had hij geantwoord.

Hij wilde muziek en kleren kopen. Daarna zouden ze bij McDonald's gaan eten.

'Dat slaat nergens op, waarom wil je daar eten?'

Teddy had zijn poot stijf gehouden. 'Het diner doen we ergens chiquer. Maar voor mij staat de Mac gelijk aan vrijheid. Dat is iets symbolisch, zeg maar. Beter kan ik het niet uitleggen.'

's Middags zouden ze Teddy's vader bezoeken en daarna weer naar Sara's huis gaan. Om vijf uur had ze een vroege reservering bij Sturehof gemaakt. In dit fancy restaurant zou hij zijn eten naar binnen moeten schrokken, want hij moest om klokslag zeven uur weer het hek bij de centrale wachtpost binnenlopen, anders kwam zijn volgende verlof in gevaar.

Toen ze elkaar drie dagen voor zijn verlof spraken, zei Sara: 'Je weet dat ik waar jij voor veroordeeld bent niet kan loslaten.'

'Dat had ik wel door, ja. Maar waarom? Dat Mats Emanuelsson geen geld had speelt vandaag de dag geen rol meer. Dat ik me überhaupt met die shit heb beziggehouden, dat is mijn fout geweest. Verder niks.'

'Dat is het niet alleen.'

'Wat is er dan nog meer? Ik wil het hier liever niet over hebben. Ik ben verdergegaan met mijn leven, ik had gehoopt dat de familie Emanuelsson dat ook kon.'

'Dat weet ik, en daar heb ik ook respect voor. Maar ik heb het gevoel dat ik dit verder moet uitzoeken. Voor jou, Teddy. Ik denk dat ik er morgen meer van weet. Ik heb namelijk met Cecilia Emanuelsson afgesproken, de weduwe van Mats.'

'Sara, ik vind dat je er niet verder in moet gaan graven.'

'Maar ik weet het zeker. Er zit een luchtje aan alles waar jij voor veroordeeld bent. Maar wat dat precies is, weet ik nog niet. Maar ik weet meer te vertellen als we elkaar zien.'

Teddy telde de uren.

Toen brak de dag voor de grote dag aan. Morgen zou hij voor het eerst in meer dan vier jaar de wereld zonder tralies of bewaarders zien. Zich vrij kunnen bewegen, gaan en staan waar hij wilde, Sara zo lang knuffelen als hij maar wilde.

Tagg was gek van jaloezie. 'Alsjeblieft, Teddy, als jij Sara aan het neuken bent, kun je haar dan op het moment dat je klaarkomt de groeten van me doen? Ik wil zo graag deel uitmaken van jouw fijne moment.'

'Je mag zoveel grappen maken als je wilt, Tagg, maar praat niet over wat ik doe als ik bij Sara ben. We gaan niet neuken. We bedrijven samen de liefde.'

'Hebben jullie het al gedaan dan?'

'Dat gaat je geen zak aan.'

Ze zouden elkaar nog één keer spreken om de details van de volgende dag door te nemen.

'Hoi, met mij.'

Hij hoorde Sara aan de telefoon snotteren, en voelde meteen aan dat er iets mis was.

'Wat is er?'

'We kunnen elkaar morgen niet zien,' zei ze.

'Wat zeg je nou toch?'

'We kunnen elkaar helemaal niet meer zien. Het is voorbij.'

'Kom op, Sara, kappen nou. Wat is er met je aan de hand?'

'Ik maak geen grapje, dit wordt ons allerlaatste gesprek. We kunnen elkaar morgen niet zien, nooit meer. Dat gaat niet. We moeten ermee stoppen.'

Teddy snapte er niets van. Ze was zichzelf niet. Hij kende haar goed genoeg om dit aan haar stem te horen.

Ze was niet alleen verdrietig.

Ze was doodsbang.

'Heeft het met Emanuelsson te maken?' vroeg hij.

'Ik kan niet meer praten... ze hebben... ik mag niet...'

Verder kwam ze niet voordat ze ongecontroleerd begon te huilen. Hij hoorde niet eens wat ze probeerde te zeggen.

Het was de laatste keer dat hij iets van Sara hoorde.

*

De bomen zagen eruit alsof ze over hem heen vielen.

Een pistool op zijn hoofd gericht. Eén vingerbeweging van de dood af.

Een jonge gozer uit Södertälje, verblind door woede. Net zo gestoord als hij ooit zelf was geweest.

Teddy deed een poging met zijn meest kalme stem: 'Kun je in plaats hiervan niet vertellen wat jullie hier aan het doen zijn?'

Chamon snauwde hem af. 'What the fuck? Denk je soms dat ik achterlijk ben?'

Teddy beklemtoonde elke lettergreep. 'Vertel me alleen wat jullie hier doen. Ik ben de oom van Nikola. Een jeugdvriend van Isak. Ik heb niks tegen jou. Ik heb niks met de dood van jouw nichtje te maken.'

Chamons gezicht vertrok.

Hij hield zijn arm recht naar voren gestrekt, met het pistool een paar centimeter van Teddy's ogen verwijderd. Teddy zag hoe de loop begon te trillen. Dit was een teken dat Chamon moe in zijn arm begon te worden. Hij was ook duidelijk aangegrepen door wat Teddy had gezegd en door Nikola's smeekbeden. Ook die derde kerel vroeg hem het wapen te laten zakken.

'Makker... je begaat een fout.'

Teddy ademde lucht in via zijn neus en vulde zijn longen. Hij voelde zijn eigen lichaam, zijn armen, zijn rug, zijn hoofd. Hij keek recht in de loop van het pistool, daarna naar de handen die het wapen vasthielden. Eigenlijk wilde hij dit knaapje niet nog een keer pijn doen.

Maar het was nu of nooit. Hij ontplofte.

Chamon kreeg niet de tijd om te bevatten wat er gebeurde. Teddy deed wat hij deed in één vloeiende beweging, waarin elke hoek en elke draai deel uitmaakte van een perfecte lichaamsmanoeuvre.

Hij pakte Chamons hand beet terwijl hij die gelijktijdig in zo'n hoek draaide dat het wapen op de grond werd gericht. In diezelfde beweging drukte hij uit alle macht tussen de duim en wijsvinger van de jongen terwijl hij zijn hand naar achteren richting zijn pols duwde.

Er ging een schot af, de grond in.

In minder dan een tiende van een seconde was Chamons arm in zo'n onnatuurlijke en pijnlijke hoek gevouwen dat hij zijn greep op het pistool losliet.

Teddy had controle over zijn arm, zijn hand en zijn wapen.

Daarna deed hij iets waartoe hij geen andere keus had. Hij gaf Chamon zo'n hard knietje in zijn kruis dat die twee meter achteruitvloog. Hij landde met een zachte kreun op het met sneeuw bedekte mos.

Nikola stond er met grote ogen naar te kijken.

Teddy hield het wapen in zijn hand.

Ook die derde kerel stond erbij en keek ernaar.

'Vertel nu maar eens wat jullie hier uitspoken,' zei Teddy.

Nikola knipperde met zijn ogen. 'We zijn iemand hierheen gevolgd en zagen hem dat huis in gaan.'

'Was dat Ian Crona?'

'Ian Crona, ja.'

Chamon vloekte: 'Die klootzak van een Ian heeft mijn nichtje gemold.'

Teddy ademde uit door zijn neus. 'Dat spijt me. Maar hoe weet je dat?'

'Dat weet ik gewoon. Hij heeft haar al eerder lastiggevallen. En die andere ook, die Philip.'

'En wat gebeurde er toen?'

Nikola ging verder. 'We kwamen binnen en pakten Ian aan in dat huis. Maar die gast die verderop op de grond lag, wist te ontkomen. Een goed stuk het bos in haalden we hem in. Hij vertikte het om te stoppen, dus heeft Chamon hem neergeschoten. En toen kwam jij.

'Dus degene die daar verderop ligt was ook in het huis toen jullie aankwamen, samen met Ian en Philip?'

'Yes, en toen had ie ook al die vage Headface-bandana vóór zijn mond. Ik heb geen idee wie het is, maar hij had niet moeten proberen te vluchten. Ze hebben allemaal iets te maken met wat er met Chamons nichtje is gebeurd.'

Hij zag hoe Chamons gezicht vertrok van verdriet.

Teddy liep naar de man die op de grond lag.

Die leek bewusteloos te zijn en de sneeuw onder zijn ene been was roodgekleurd.

De capuchon van zijn trui had hij dichtgesnoerd. Over zijn mond had hij een soort halsdoek geknoopt. Die zag er vreemd uit, Teddy keek er met een schuin oog naar, het stelde een brede, naargeestige grijns voor. Een soort jokerlach.

Die lach had iets bekends. Het had eigenlijk allemaal wel iets bekends.

Teddy zei luid: 'Hallo?'

De man verroerde zich.

Na een tijdje ging hij langzaam rechtop zitten, hij leek pijn te hebben, en Teddy meende te zien dat zijn broek doorweekt was van het bloed.

'Gaat het met je?'

De man hoestte.

'Wat is er gebeurd?'

De man wendde zijn gezicht af.

Teddy pakte zijn pistool wat steviger vast. 'Ik vroeg me af wat hier gebeurd is.'

Hij zette een stap naar voren en trok de jokerhalsdoek weg.

Later dacht Teddy aan dit moment terug als een scharnierpunt in zijn leven waarop al zijn keuzes samenkwamen. Een punt dat zijn hele geschiedenis samenvatte en dit op genadeloze wijze linkte aan zijn toekomst. Een punt dat hij misschien niet had willen bereiken maar dat hij toch niet had kunnen vermijden.

Hij begreep waarom de man achter die vreemde halsdoek iets bekends had gehad.

Het was Dejan.

Hij tierde: 'Teddy, verdomme. Wat je hier ook te zoeken hebt, flikker op. Bemoei je hier niet mee.'

Teddy keek Dejan in de ogen. Zijn beste vriend. Die zijn huis voor hem had opengesteld.

Een korte tel stelde hij zichzelf de vraag of hij ooit écht op deze manier naar Dejan had gekeken. Maar nu deed hij dat, hij zocht naar een ziel in de ogen van zijn vriend.

Hij vond niets.

'Zit je nou nog steeds in deze branche?' was het enige wat hij wist uit te brengen.

Dejan keek alsof hij op het punt stond om in huilen uit te barsten. 'Waag het niet mij te veroordelen, Teddy. Jij en ik hebben dit soort dingen altijd gedaan. En je weet niet waar je je mee bemoeit.'

'Ik ben al lang geleden gestopt. Wie zijn hier nog meer bij betrokken? Met wie heb je dit samen gedaan?'

'Dit is niet het moment om te praten, vriend. Je bent toch zeker niet van plan om de politie erbij te halen? Zo ben jij niet.'

Teddy liet zijn blik zakken.

Dejan herhaalde wat hij zojuist zei. 'Teddy, zo ben jij niet. Toch? Zeg dat je er niet zo een bent geworden.'

Teddy draaide zich om.

Hij begon terug naar het huis te rennen.

*

Een knal uit het bos. Maar nu was het weer stil.

Philips ademhaling was niet te horen, ze liep nogmaals naar hem toe, alleen maar om te controleren of zijn borstkas nog bewoog. Dat was het geval.

Ian stond op. 'Misschien is het beter als ik ga. Ik kan maar beter een dokter opzoeken.'

'Kun je niet wachten tot de ambulance er is?' vroeg Emelie. Ze had er niet op gerekend dat Ian zo snel uit dit huis weg wilde.

'We kunnen elkaar later spreken, als ik weer ben opgelapt,' zei hij met een scheef lachje.

Ze keek naar hem. Moest hij echt zo nodig worden opgelapt? Zijn hoofd moest een paar optaters hebben gehad, misschien wat klappen op zijn wang en voorhoofd. Maar veel meer dan dat kon ze niet aan hem ontdekken.

Toen zag ze iets wat haar eerder niet was opgevallen toen hij op de grond had gelegen of in de stoel had gezeten.

Zijn overhemd zat vol vlekken. Bloed.

Misschien was hij zwaarder gewond dan haar eerder was opgevallen.

'Je kunt toch maar beter op de ambulance wachten. Je lijkt er best wel slecht aan toe te zijn,' zei ze terwijl ze naar zijn overhemd wees.

'Welnee, dat komt wel goed. Dat moet zijn gekomen toen ze me sloegen.'

Maar daar was zijn overhemd veel te bloederig voor.

'Ian, ik wil dat je nog even hier blijft.'

'Wat bedoel je daarmee?'

'Ik bedoel niks. Ik vraag alleen of je hier kunt blijven totdat Teddy terug is.'

Ze zag hem van het ene op het andere moment veranderen. Hij brieste schuimbekkend: 'Ik ga nu, en onderweg bel ik de politie.'

Hij pakte zijn telefoon en begon een nummer in te toetsen.

Emelie stak snel haar hand uit en pakte de telefoon van hem af. 'Kunnen we niet samen de politie bellen?'

'Ben jij ziek in je hoofd, of zo? De laatste keer dat ik de autoriteiten wilde inschakelen, dreigde je me aan te klagen. Waarom willen jullie dit toch de hele tijd vermijden? We hebben het hier over een zware misdaad.'

'Alsjeblieft, wacht hier nog een paar minuutjes, tot de ambulance Philip heeft meegenomen. We kunnen nu de politie bellen, jij en ik.'

Ian griste naar zijn telefoon. Ze vond niet dat ze zo stevig vasthield, het moest niet te gek worden. Toch werd het een heen-en-weergetrek.

Ians telefoon vloog door de kamer. Hij kwam vijf meter verderop op het tapijt terecht.

Op hetzelfde moment sloegen de dubbele deuren open en kwam Teddy de salon in.

Heel even zag hij er onwerkelijk uit, als een geest die vanuit het binnenste van dit landgoed naar voren getreden kwam. De zonnestralen vielen vanuit de hal naar binnen en spreidden zich om hem heen.

Hij stond stil en bekeek de situatie.

Zijn gezicht kon Emelie in het tegenlicht niet zien.

*

Ze keken elkaar aan en uiteindelijk was het Yusuf die in de lach schoot.

'Makker, die familie van jou. Jullie sporen echt niet. Waar is die Teddy in hemelsnaam mee bezig?'

Nikola ademde uit, het was fijn dat Yusuf het zo opnam.

'Misschien is het de schuld van m'n ma. Zij heeft hem er immers uitgegooid en hem net zo uitgescholden als mij.'

Yusufs blik werd donkerder. 'En jij, Chamon, hoe gaat het met jou?'

Chamon trok een grimas. 'Mijn lul zit verdomme tussen mijn longen.' Hij spuugde bloed. 'En die tyfuslijer die Anina heeft vermoord is nog in het huis.'

De hemel was amper te zien. De hoge dennenbomen stonden stil om hen heen, alsof ze stonden te wachten tot ze een besluit zouden nemen. Nikola dacht terug aan een verhaal dat Teddy had verteld over die keer dat hij onder een dennenboom had geslapen toen hij op de vlucht was voor de smerissen.

Ze keken elkaar aan. Yusuf was het oudst en had Isaks vertrouwen in dit gebeuren, maar het was Chamons nichtje dat was vermoord.

Yusuf zei: 'Isak houdt van Teddy. Hij vertelt altijd zoveel verhalen dat je er een complete tv-serie van zou kunnen maken. Die verlinkt ons echt niet, toch, Nikola?'

'Fuck no.'

'En Chamon, we laten dat met je nichtje niet op zijn beloop. Dat heeft Isak beloofd, *walla*.'

Chamon stond op.

'Oké, we gaan.'

'En die eikel met die jokersmile dan?' vroeg Nikola zich af.

Ze keken naar de plek waar de man had gelegen die Chamon in zijn been had geraakt.

Die was verdwenen.

Zelfs de bloedvlekken in de sneeuw waren niet meer te zien. Die jokergast moest ze met sneeuw hebben bedekt.

Ze renden op een drafje naar de X5. Chamon bleef ergens stilstaan, vloekte en spuugde nog meer bloed.

Daar stond nu geen tweede auto meer. De jokerman moest er in de andere vandoor zijn gegaan.

De kou in de lucht had Nikola's wangen doen verkleumen. Tegelijkertijd voelde hij hoe moe hij was. Bij Chamon en zijn andere maten wonen, als een zwerver in het rond sjouwen, nooit een eigen garderobe met zijn eigen spullen. Nooit weten wanneer de volgende keer is dat je je onderbroek kunt wassen. De angst dat de smerissen een huiszoeking zouden doen en hen op zouden pakken voor iets wat ze zich zelf nog maar amper herinnerden.

Dat gedoe met Anina. En Teddy.

Misschien was het tijd om weer thuis bij zijn moeder te gaan wonen.

*

'Ian, jij gaat zitten.'

Teddy sprak zo luid en duidelijk als hij maar kon.

Deze middag was slopend geweest.

Maar Ian ging niet zitten, in plaats daarvan boog hij zich naar zijn telefoon die een paar meter verderop lag.

Teddy pakte hem beet en klemde zijn onderarm vast. De man was slank, maar absoluut niet schriel. Waarschijnlijk trainde hij keihard met een personal trainer in een of andere luxe sportschool in het centrum.

'Zitten, zei ik.'

Ian bleef staan, en in plaats daarvan bukte Teddy om de telefoon op te rapen. Die was niet kapotgegaan, voor zover hij kon zien.

'Jullie zijn allebei hartstikke gestoord,' bromde Ian, en Teddy zag nog net in zijn ooghoek hoe hij een hamer naar zich toe griste die op de salontafel lag.

Hij wierp zich instinctief opzij. Maar het was al te laat, hij voelde iets tegen zijn kaak aan komen.

Alles werd zwart.

Een tunnel, een tunnel met daarin een zwak briesje. Het gevoel dat alles in het rond tolde. Dat de tunnel bewoog.

Een licht wat verderop. Een fel licht dat hem deed denken aan de eerste zonnestralen van de lente op de muur in de gevangenis.

Een licht dat zijn gezicht streelde en hem ondertussen herinnerde aan iets beters aan de andere zijde.

Teddy draaide zich om. Hij moest een paar seconden bewusteloos zijn geweest. Vanuit zijn positie op de grond zag hij Ian zijn telefoon oprapen en door de dubbele deuren naar buiten lopen. Hij had de hamer nog steeds in zijn hand.

Emelie versperde zijn doorgang.

Teddy probeerde op te staan, alles draaide en tolde. Vervolgens zorgde de pijn in zijn kaak ervoor dat hij bijna weer omviel. Hij kon niet veel meer dan op zijn knieën gaan zitten. Zijn hoofd bonsde en hij had het gevoel dat hij moest overgeven. Het was net alsof hij op die rare roltrap in het lunapark op de kermis liep terwijl er iemand een mes in zijn kaak stak.

Emelie stak haar hand naar Ian uit. 'Hier blijven.'

Ian probeerde haar voorbij te lopen.

Ze pakte hem bij zijn arm.

Ian zwaaide met de hamer naar haar hoofd, maar ze wist een stap opzij te doen waardoor hij miste.

Nu kon ze hem niet langer vasthouden.

Teddy kreeg zijn mond amper open omdat die zo'n pijn deed. 'Pas op, Emelie,' zei hij toch, al rochelend.

Ze trok zich niets van hem aan en liep opnieuw recht op Ian af.

Hij hief nogmaals de hamer op. Maar deze keer leek Emelie te weten wat ze moest doen. Ze zette haar linkervoet schuin voor zich neer en bewoog haar rechtervoet bliksemsnel.

Teddy had nog nooit van zijn leven zo'n perfect uitgevoerde muay-thai-draaikick gezien. Hij kende gasten die al vijftien jaar trainden en dan zoiets nog steeds niet voor elkaar kregen. Snelheid kon je maar tot op zekere hoogte aanleren, de rest was talent.

Emelies rechtervoet raakte Ian met volle kracht op zijn borst. Door de kracht liet hij de hamer vallen en hij tuimelde achterover.

Emelie daarentegen landde in vechtstand, volledig in balans.

'En nu hou je je gemak,' zei ze.

Met tegenzin ging Ian in een van de fauteuils zitten. Hij hield zijn handen voor zijn borst, misschien had hij een of meerdere ribben gebroken. Emelies trap was niet alleen goed gemikt geweest, hij was ook met flair uitgevoerd. Maar Ian sprak met geen woord over wat er zojuist was gebeurd. Hij liet alleen zijn hoofd naar achteren hangen en keek omhoog naar het plafond.

Teddy stond met moeite voor de helft op en kroop op handen en voeten naar de bank tegenover hem. Hij vroeg aan Emelie of hij Ians telefoon mocht.

Ian, Emelie, de bewusteloze Philip en hijzelf: het werd inmiddels tijd dat hier een einde aan kwam.

Teddy wilde gewoon zijn honorarium en voor zijn neefje gaan zorgen.

Hij schraapte zijn keel.

'Ian, je weet hoe de zaken ervoor staan. En ik ook.'

'Waar heb je het in hemelsnaam over? Je bent ziek in je hoofd. En zij daar,' en hij wees naar Emelie, 'is hartstikke gestoord. Mag ik nu mijn telefoon terug?'

Teddy keek nogmaals omlaag naar Ians iPhone. Zijn kaak deed verdraaid veel pijn.

'Nee, op dit moment niet. Je bent in elk geval schuldig aan ontvoering, chantage en poging tot moord en/of zware mishandeling.'

'Ben jij een fucking politieagent, of zo?'

'Hou je bek. Jij hebt die man ingehuurd die zojuist het bos in is gevlucht om Philip te kidnappen. Laten we hem de Joker noemen. Toevallig weet ik dat hij dit soort dingen al eerder heeft gedaan.'

Ian keek op en staarde hem nu aan. Teddy kon niet opmaken of er haat of verbazing uit zijn ogen sprak.

25 februari

'Normaal gesproken proosten we met champagne als we een zaak tot een goed einde hebben gebracht, maar dat voelt ongepast, vind ik.'

Magnus Hassel zette Emelie en Teddy allebei een kopje koffie voor. Ze wist niet of hij grappig probeerde te zijn, of dat hij Teddy alleen maar wilde informeren.

Magnus zag er vandaag weer zoals gewoonlijk uit. Zijn haar was achterovergekamd en zijn wangen waren netjes geschoren. Donkerblauw kostuum, lichtblauw overhemd, een korenblauwe stropdas en een oranje pochet in zijn borstzak. Over het algemeen voelde dit als een heel gewone werkdag, maar de toestand was nog steeds verre van normaal.

De laatste dagen waren Emelie, Teddy en Magnus door de politie verhoord. Zij had al haar eerder gegeven antwoorden herhaald, maar ze had geprobeerd om nog meer in detail te treden. Wat haar onderzoek naar de kidnapping betrof, daar had ze bijna alles over verteld.

Nu wilde Magnus een kleine debriefing, zoals hij hun samenkomst noemde.

'We moeten deze zaak nu op een of andere manier af zien te ronden. Om heel eerlijk te zijn, ben ik daar ook wel blij om. Ik ben gek op mijn werk, dat weet je, Emelie, maar dit is niet mijn type werk. Bovendien is wat dat meisje is overkomen zo verschrikkelijk. En tja... die Philip en zo.'

Magnus nam slurpend een slok van zijn koffie.

Teddy dronk zijn koffie met een rietje, dat zag er raar uit. Zijn kaak moest na de klap van Ians hamer worden geopereerd, maar volgens de dokter zou het snel genezen. Verder leek Teddy voornamelijk geïnteresseerd te zijn in de kunstwerken die aan de muur hingen. Emelie realiseerde zich dat hij eerder alleen nog maar in de bezoekersruimtes was geweest, nog nooit op Magnus' kantoor. Ze ging ervan uit dat dit inhield dat Teddy nu volledig door het bureau in vertrouwen was genomen.

Het meeste wat Magnus wilde bespreken was allang duidelijk. Toch luisterde ze aandachtig naar zijn samenvatting en probeerde ze zijn vragen te beantwoorden.

De politie was kort na de ambulance gearriveerd. Zij hadden Ian en Emelie uit het huis meegenomen. Philip en Teddy waren met de ambulance vervoerd.

In de salon had een tas gestaan, waaraan zowel Teddy als Emelie eerst niet had gedacht. De politie had die even vluchtig opengemaakt, maar Emelie had nog net kunnen zien wat erin had gezeten. Stapeltjes bankbiljetten.

Magnus gokte dat dit een betaling was die Ian had opgenomen. De betaling aan degene die Teddy de Joker noemde.

Iedereen die Teddy in het bos had gezien was verdwenen. Hij was erg gesloten over wat daar was gebeurd en Emelie kon alleen maar gissen wie hij daar had gezien. Ergens vond ze dat het volledig aan hem was of hij dit wilde vertellen of niet. Ze vroeg zich alleen af of hij net zo zwijgzaam was geweest toen de politie ernaar had gevraagd.

Philips toestand was niet langer kritiek. Hij was eergisteren ontwaakt in het ziekenhuis van Huddinge.

Ians diverse investeringen en ook zijn privévermogen waren zo goed als uitgeput, had Emelie kunnen constateren na een eigen, grondige Due Diligence. Ze had onderzoek gedaan naar zijn bedrijven, maar ze had nu ook inzicht gekregen in de schulden, bankrekeningen, leningen, creditcardrekeningen enzovoort van hemzelf en zijn maatschappijen. Dit waren gegevens die de bank over het algemeen met haar leven bewaakte, maar in dit geval hadden ze een uitzondering gemaakt.

Ze ontdekte onder andere dat iemand met de naam Jonas Svensson op de middag van 22 februari op het kantoor van de Handelsbank in het centrum was geweest om vijfhonderdduizend kronen in contanten op te nemen. Die opname was al een paar dagen eerder voorbereid en alle papieren waren geheel volgens de regels naar de bank opgestuurd. Het probleem was echter dat de Jonas Svensson wiens legitimatie bij de bank was getoond tijdens die geldopname al drie jaar vastzat in de Kumla-gevangenis. Hij was veroordeeld voor drugshandel.

Emelie kreeg zelfs toestemming om de bewakingscamera's van de bank te bekijken. De persoon die het kantoor van de bank binnenkwam droeg een zwarte zonnebril en een diep omlaaggetrokken pet. Het zou lastig worden om hem te identificeren, maar misschien had de politie daar wel speciale analyses voor. Haar gok was dat Ian het legitimatiebewijs van Svensson simpelweg had gekocht en er zelf de bank mee in was gelopen. Misschien leken ze wel op elkaar.

Ians financiële problemen werden nu duidelijker. Zowel hij als zijn bedrijven hadden flinke leningen. Zijn investeringen waren niet met eigen geld gedaan.

Het ging bij elkaar om een tekort van zo'n honderd miljoen kronen voor de bedrijven, maar ook nog tien miljoen van hem privé. Emelie was te weten gekomen waar sommige privéleningen voor waren afgesloten. Twee auto's: een Ferrari en een Maserati. Maar vooral consumptiegoederen. Hotelovernachtingen, flessen champagne van vijfduizend euro per stuk in clubs in Londen en New York, horloges, dinernota's van vijfendertigduizend kronen, kleding en businessclassreizen. Plus nog de nodige opvallend hoge geldopnames.

Ze bleef dieper graven. Op plekken waar zelfs Magnus zijn wenkbrauwen bij zou ophalen. Ze ontdekte dat zijn ouders, Tom en Christina Crona, hem bij lange na niet financieel hadden kunnen helpen. De kunst om boven zijn stand te leven had hij kennelijk niet van een vreemde.

De zestien miljoen kronen van Philip hadden zijn privéfinanciën misschien kunnen redden. Maar alle andere zaken van Ian waren volledig bankroet.

Teddy zei: 'De politie heeft zich over zijn telefoon ontfermd. Hebben ze jullie naar de sms'jes gevraagd die ze erin hadden aangetroffen?'

Zowel Emelie als Magnus knikte.

Er waren sms'jes van Philip in gevonden. *Zou je tijd hebben om naar een project te kijken waar ik mee bezig ben? Het heet CashFinance. Heb hun jaarrekening bekeken, ziek goeie cashflow.*

Dit was verstuurd op dezelfde avond dat Philip werd gekidnapt: 12 februari. Ian had hierop geantwoord, dat had ook Teddy in zijn telefoon gezien. *Kunnen we het daar morgen over hebben?*

Maar toen Ian, Axel en Carl bij het bureau waren geweest, had Axel verteld dat hij ook een sms van Philip had gehad dat Philip ziek was, iets over keelontsteking.

Emelie herinnerde zich hoe Ian hem was bijgevallen.

'Ja,' zei Magnus. 'Dat weet ik ook nog. Hij zei dat hij ook zo'n sms'je had gekregen, dat heb ik de politie ook nog gezegd.'

'Maar een sms over dat Philip ziek zou zijn stond dus niet in zijn telefoon,' legde Teddy uit. 'Philip heeft Ian nooit over keelontsteking ge-sms't omdat Ian zo'n sms helemaal niet hoefde te krijgen, hij wist namelijk al de hele tijd waarom Philip niets van zich liet horen. Waarschijnlijk is hij degene geweest die dat berichtje over keelontsteking naar Axel en andere kameraden heeft gestuurd en een aantal telefoongesprekken heeft gevoerd om bij eventuele controles van zijn telefoon mensen op een dwaalspoor te zetten. Alles om maar te voorkomen dat mensen zich dingen gingen afvragen.'

Zowel Emelie, Teddy als Magnus wist niets af van wat Ian de politie had verteld tijdens zijn verhoren. Maar ze konden constateren dat hij een paar uur geleden door het gerechtshof in bewaring was gesteld. De politie zou hem in elk geval vasthouden tot het einde van het onderzoek. Hij werd verdacht van ontvoering, chantage en zware mishandeling. Wat ongeveer was wat Teddy daar in het huis tegen hem had gezegd.

Het bloed op zijn overhemd, dat waarschijnlijk van Philip was, zijn DNA op de fles in de flat aan Fatbursgatan, de tas met geld en zijn dubieuze opmerking over de keelontsteking waren meer dan genoeg voor een inhechtenisneming.

'Maar is het genoeg om hem uiteindelijk te veroordelen? Daarvoor is het nodig dat zijn schuld onomstotelijk wordt bewezen,' vroeg Magnus zich af.

'We zullen zien waar de politie verder nog achter komt. Transacties, overboekingen, DNA, vingerafdrukken, verdere controle van zijn telefoon. Er is nog genoeg voor ze te vinden,' antwoordde Teddy. 'Maar uiteraard zal hij misschien zeggen dat het bloed op hem spatte toen iemand anders Philip mishandelde. En dat die fles daar door iemand anders moet zijn neergezet, dit hoeft immers nog niet te betekenen dat Ian in dat appartement is geweest.'

Magnus keek bedenkelijk.

Ians fout in dit hele kidnappingsplan leek te liggen in het feit dat hij niet op de hoogte was van de limieten van de bank. Als de banken geen maximumbedrag hadden gehad voor overboekingen naar landen buiten de EU, dan hadden ze die tien miljoen al met de random reader over kunnen maken. Volgens Philip was Ian nooit sterk geweest in de praktische dingen.

Bovendien was Carl-Johan bij toeval onraad gaan ruiken toen Philip niets van zich had laten horen met betrekking tot het jachtgeweer dat hij cadeau kreeg. Dit was niet iets waar Ian en de andere kidnapper op hadden gerekend.

In plaats daarvan waren ze kennelijk in de veronderstelling geweest dat ze het geld binnen een paar dagen zouden hebben, maar toen hier meer tijd overheen ging, waren ze op zoek gegaan naar een plek om Philip vast te houden. Lövtuna Gård had al langere tijd te koop gestaan. De eigenaar had inmiddels bevestigd dat ene Jonas Svensson een paar dagen geleden over de telefoon contact met hem had opgenomen en per direct het huis had gehuurd. Weer diezelfde persoon. Ian had nooit zijn eigen naam gebruikt.

'En die jongens uit Södertälje waren daar omdat ze de persoon of personen die zich aan Anina hadden vergrepen een lesje wilden leren? Dat heb ik toch goed begrepen?' ging Magnus verder.

Teddy en Emelie knikten.

'Die volgden Ian om dezelfde reden als waarom ze achter Philip aan zaten. Omdat zij allebei Anina hadden verkracht. De mishandeling toen ze Philip het ijs op hadden gedwongen was het begin van hun wraakactie geweest,' antwoordde Emelie.

'Ja, dat ligt nog niet zo eenvoudig. De familie Schale is mijn cliënt. Ik wil het liever niet hebben over dit gedeelte van deze zaak. Het voldoet voor mij om te constateren dat die mannen uit Södertälje niet de kidnappers waren.'

Ze pakten tegelijkertijd hun kop koffie en namen een slok.

Magnus keek over de rand van zijn kopje naar Emelie en Teddy.

'Dit hele gebeuren is zo fucking ziek,' zei hij.

Emelie had Magnus nog nooit zo horen vloeken.

'Hebben jullie de politie alles verteld?'

'Het meeste wel,' zei Teddy.

Magnus zuchtte. 'Ja ja, zoals gezegd, dit is een tragische gebeurtenis. Maar we hebben de cliënt in elk geval gegeven waar hij om had gevraagd. Laat de politie het drama met dat meisje Anina maar verder onderzoeken. Dat is onze zaak niet.'

Hij legde een envelop op zijn bureau neer.

'Ik dacht dat jij je honorarium wel wilde hebben,' zei hij en hij schoof de envelop naar Teddy.

Teddy deed hem open en bekeek de inhoud.

Hij kneep zijn lippen een paar seconden samen. Daarna zei hij: 'Zo werk ik niet meer. Laat driehonderdduizend op een van jullie cliëntbewaarrekeningen of hoe dat ook mag heten staan. En de rest van het honorarium wil ik direct op mijn privérekening hebben. En ik wil dat ervan wordt afgedragen aan een pensioenfonds.'

Magnus lachte scheefjes en nam de envelop terug. 'Weet je dat zeker?' zei hij.

Teddy stond op en schudde eerst Magnus en daarna Emelie de hand. 'Geloof me, na deze zaak ben ik daar zekerder van dan ooit.'

Hij wendde zich tot Emelie. 'Wie is trouwens jouw thaiboks-trainer? Zeg hem of haar maar dat hij of zij goed bezig is.'

Emelie en Magnus bleven even in stilte zitten nadat Teddy de deur had dichtgetrokken. Er viel niet veel meer te zeggen, maar des te meer om over na te denken.

Ze moest dit nu loslaten. In *post closing*-stemming zien te komen. Het gevoel van complete rust en harmonie dat altijd kwam in de dagen nadat er een grote transactie was afgerond, wanneer je soms daadwerkelijk even niets te doen had.

Maar zo zou dit na deze zaak niet lopen. Misschien moest ze maar eens naar een psycholoog om haar gedachten op orde te brengen.

Ze kon Anina niet loslaten.

'Ja, Emelie,' verzuchtte Magnus. 'Wat een verschrikkelijke puinhoop. Ik hoop alleen maar dat de kranten niet te veel over onze betrokkenheid schrijven, dat kan badwill voor ons bureau betekenen. We kunnen ons immers niet met zulke praktijken bezighouden.'

'Magnus, ik zat er eerlijk gezegd over te denken om vandaag wat eerder naar huis te gaan, als dat oké is.'

'Absoluut, dat heb je wel verdiend, lieverd.'

'Ik heb alleen nog één vraag voor je.'

'En dat is?'

'Waarom werd Teddy hier eigenlijk van begin af aan bij betrokken? Ik weet dat hij uit Södertälje komt, maar dat was toch niet de enige reden? Ik heb eindelijk zijn vonnis in handen gekregen. Hij werd veroordeeld voor iets wat veel gelijkenis vertoont met deze zaak. Acht jaar geleden. Ontvoering, mishandeling. Wilde jij hem er daarom bij hebben? Als zogenaamde expert?'

'Gedeeltelijk, Emelie, gedeeltelijk. Maar een andere factor was bijna nog belangrijker. Zoals je in het vonnis van Teddy gezien zult hebben waren er nog meer personen bij dat vreselijke voorval betrokken.

Maar alleen Teddy werd veroordeeld. Weet je waarom?'

'Daar heb ik niet bij stilgestaan.'

'Het antwoord is heel simpel. Hij... om maar even een voor mij ongewone term te gebruiken... heeft nog nooit iemand erbij genaaid. Teddy hield zijn mond. Heeft nooit over iemand anders gerept. Hij hield zich aan zijn zwijgplicht, om maar even als een advocaat te klinken. Mijn onderbuikgevoel zei me dat er in deze zaak dingen aan het licht zouden komen die inhielden dat we iemand nodig hadden die never nooit niet uit de school zou klappen. Nog niet eens als hij daardoor acht jaar cel riskeerde.'

Emelie knipperde met haar ogen.

Magnus wist niet half hoezeer hij het bij het rechte eind had. Háár onderbuikgevoel zei haar dat Teddy nooit iets zou zeggen over Isak Nimrods jongens in het bos.

Het enige wat ze zelf niet wist, was wie die Joker nu eigenlijk was.

Daar kon ze wel mee leven.

1 maart

Steffi was thuisgekomen van haar reis, maar hij had haar verboden om naar het ziekenhuis te komen.

Philip had zichzelf nog maar twee keer in de spiegel gezien sinds hij wakker was geworden, maar hij kon wel janken om wat hij had gezien. Er zat een soort sterke tape over zijn neus en bovenlip. Hij miste twee voortanden en een paar andere tanden in zijn bovenkaak werden bijeengehouden door iets wat op een beugel leek, hij had gezwollen ogen, zijn oren zaten in het verband en om zijn nek droeg hij zo'n plastic kraag.

Zware hersenschudding, fracturen in zijn neus, zijn kaakbeen, zijn oren en zijn voet en ook zware bloeduitstortingen, had dokter Alvnäs gezegd. Daarnaast had hij koudeletsel aan zijn voeten en wangen. Hij moest onder andere nog een MRI-scan en röntgenonderzoek ondergaan, maar ze konden niet zeggen wat de schade op langere termijn zou zijn.

Hij barstte van de koppijn.

Hij had geen behoefte aan Stephanies medelijden. En hij had geen zin om alles wat hij had meegemaakt nog een keer te moeten vertellen. De politie en zijn ouders hadden hem al meer dan genoeg uitgehoord.

Hij wilde gewoon weer heel worden.

Hieruit komen.

Alles hierbinnen ademde een publieke, goedkope sfeer uit. De vloer was van kunststof en de gordijnen die voor de ramen hingen zagen eruit alsof ze van polyester waren. De lamp die boven het paarse bijzettafeltje hing was een kopie van een PH-pendellamp. Zelfs de chocoladecake die de zuster daarnet had neergezet was van een of ander onbekend merk. Ze leek uit Noord-Korea te komen.

De politie had hem drie keer verhoord. De eerste keer was hij zo ver van de wereld geweest dat het een wonder was dat hij überhaupt kon praten. Ze zouden beter moeten weten dan een persoon te verhoren die nog niet eens zijn eigen burgerservicenummer kon opnoemen.

Maar hij was wel blij dat dokter Alvnäs hem een fatsoenlijke pillencocktail had voorgeschreven. Morfin Meda, Flunitrazepam en Propavan.

De tweede keer had hij zijn best gedaan om zich dingen te herinneren. De overval in de gang aan de Fatbursgatan. De dagen in de badkamer. Hoe hij Jokerface door de deur had horen praten, maar de stem van die ander nooit had gehoord. Dat ze in het begin blijkbaar hadden gedacht dat alles snel zou gaan. Hoe gestrest ze waren geweest dat het niet lukte en dat hij hen zover had gekregen dat ze hem naar het huis hadden moeten verplaatsen. Dat ze hun gezichten hadden bedekt.

De politievrouw die hem had ondervraagd had steeds maar weer dezelfde vragen gesteld. Veel ervan gingen over de man met de jokerhalsdoek. Philip was maar wat graag in de mogelijkheid geweest om hem aan te kunnen wijzen, hij had immers zijn ogen gezien. Maar dat had geen enkele zin: als hij aan die klootzak dacht was het net alsof de ogen van Jokerface vuur spuwden en hem daarmee verblindden. Qua uiterlijk kon hij zich niet echt iets fatsoenlijks herinneren.

De derde keer ging de politie verder terug in de tijd en wilden ze dat hij weer vanaf het begin begon. Toen ze hem vragen begonnen te stellen over waarom hij zich in die flat aan de Fatbursgatan bevond, werd het wat lastiger.

'Ik ben daar soms.'

'Van wie is die flat dan?'

'Een vriend, Jarl. Zo goed ken ik hem eigenlijk niet.'

'Hoe heet hij nog meer behalve Jarl?'

'Weet ik niet, maar volgens mij staat er een naam op de deur. Iets met Polj...'

'Hebt u een telefoonnummer van hem?'

'Misschien wel. Daarvoor moet ik in mijn telefoon kijken en die heb ik hier niet.'

'Oké... En wat dóét u daar dan als u er bent?'

De politievrouw, van wie hij de naam was vergeten, keek hem met haar grote, ronde ogen aan. Ze probeerde vast alleen om vriendelijk te zijn, of klonk er een kritische ondertoon in haar vraag?

'Niks bijzonders,' antwoordde hij. 'Zeg, duurt het verhoor van vandaag nog lang? Ik voel me nou niet bepaald toppiejoppie.'

Na een paar minuten hielden ze ermee op. Hij was nu eenmaal een slachtoffer van een misdaad, een vreselijke geweldsdaad en hij was afschuwelijk mishandeld. Hij kon echt wel van ze verlangen dat ze even pauze namen.

Het liefst zou hij die vragen voor altijd willen pauzeren.

Ze boden hem aan om met een psycholoog te praten. PTSS, zeiden ze: posttraumatische stressstoornis. 'Cognitieve gedragstherapie, dat kun jij denk ik wel gebruiken,' zei dokter Alvnäs, en hij gaf hem een schouderklopje. Maar Philip was toch verdomme mooi niet van plan om bij zo'n zielenknijper te gaan zitten om alle herinneringen weer op te moeten rakelen.

Hij wilde vergeten.

Hij wilde naar huis.

Hij had zaken die zijn aandacht nodig hadden. Investeringen. Zakenplannen.

En Ian?

Dat was moeilijk te bevatten.

Hij kon het zelf maar amper geloven, maar bij het derde verhoor had de politie verteld dat zijn bloedeigen vriend en zakenpartner werd verdacht. Ze konden dit niet langer achterhouden: elke krant repte in koeienletters over de arrestatie van Ian Crona.

De politie had verteld dat Ian bankroet was. Hij had een gevaarlijk spel gespeeld. Veel meer geleend dan wat Philip eerder had begrepen. Maar nu bedacht hij achteraf dat Ian meer en meer had gezeverd dat het bergafwaarts ging met sommige van zijn bedrijven. De bedrijven die ze samen bezaten waren ook getroffen, realiseerde Philip zich nu. Ian had naar hem toe met de cijfers gerommeld.

Ian had zich als een dwaas gedragen en dit was dan ook zijn verdiende loon. Hij had geld nodig gehad. Tot zover was het nog wel te begrijpen.

Maar het had ook nog om iets anders gedraaid. Iets obscuurders. Dat kon Philip in zijn hele kapotgeslagen lichaam voelen.

Haat.

En inderdaad, hij en de andere jongens waren soms hard tegen Ian geweest toen ze opgroeiden. Zo ging het nu eenmaal tussen hen. Dat hadden ze allemaal moeten ondergaan, al was Ian vaker de lul geweest. Philip dacht aan de kuil waar ze hem op de lagere school in zijn gezicht hadden gepiest. Hij herinnerde zich nog die keer in de bovenbouw toen ze Ian hadden gedwongen om zijn eigen sperma door te slikken. Hij zag het nepfeestje van een paar jaar later nog voor zich, toen Ian dacht dat hij seks zou gaan hebben, maar ze in plaats daarvan hadden opgenomen hoe dat meisje hem had uitgelachen.

Ze hadden het filmpje op twintig cd'tjes gebrand en onder hun vriendjes op school uitgedeeld.

Ze waren gemeen geweest. Maar Ian was toch altijd weer teruggekomen, hij was daarna altijd weer *one of the guys* geweest.

Dat het zo had kunnen lopen. Het was ongelofelijk.

Philip kon niet begrijpen waarom Ian na het gymnasium überhaupt nog vrienden met hem had willen zijn als hij zo'n grondige hekel aan hem had gehad. Waarom hij ervoor had gekozen een firma met hem op te zetten. Hij kon maar één antwoord bedenken.

Ian wilde er nog steeds bij horen. Maar de vernedering was in hem blijven sluimeren. Als een kwaadaardige tumor waar niemand van af had geweten. Niemand had het zich gerealiseerd.

Zijn ouders waren een paar keer bij hem op bezoek geweest. Veel zeiden ze niet. Ze namen alleen kranten mee, aaiden hem over zijn bol en zeiden dat alles snel weer zijn gangetje zou gaan.

Dat was bullshit. Niets zou ooit meer zijn gangetje gaan.

Maar daar wilde hij nu niet aan denken.

Ze hadden in korte bewoordingen verteld over het team dat hem had opgespoord en hoe dit gegaan was.

Ze spraken ook nog over een ander drama. Een jonge vrouw die dood was gevonden. Een vrouw van wie sommigen claimden dat hij seks met haar zou hebben gehad.

Anina; hij gaf geen commentaar.

Het was zijn zaak niet wat er met haar was gebeurd. Maar misschien zat Ian hier ook wel achter. Die had haar net zo erg te grazen genomen als hijzelf.

De verpleegster kwam binnen. Die figuur sprak amper Zweeds en moest dan zogenaamd betrouwbaar overkomen. Wat dachten zij nou eigenlijk?

'Jai besoek hebben.'

'Wat zegt u?'

'Meissie hiel. Besoek.'

'Bezoek? Laat haar maar binnenkomen.'

Het was Caroline. Ze was gekleed zoals hij het zich altijd herinnerde. Wijde, grijze broek en een gebreide trui. Ze legde haar donsjas op tafel en ging in de stoel bij het raam zitten. Ze zag er tegenwoordig goed uit, dacht hij bij zichzelf.

'Ze willen niet meer met mij praten,' zei ze.

'Zou je niet eerst vragen hoe het met mij gaat?'

'Ik zie toch hoe het met je gaat. Stukken beter dan toen ze je vonden, neem ik aan.'

'Waarom willen pa en ma niet meer met jou praten dan?'

'Ze hebben door dat ik het albinokonijn was.'

'Hoe dan?'

'Die mensen van dat advocatenkantoor hebben contact opgenomen met Facebook, dat eerst weigerde om hen antwoorden te geven. Maar omdat er nu een politieonderzoek in gang is gezet, heeft die Emelie nogmaals een verzoek gedaan om informatie over de identiteit van de gebruiker met een albinokonijn als profielfoto, Anton Antonson. Facebook heeft bepaalde informatie verstrekt, onder andere dat mijn e-mailadres aan dat account was gekoppeld, waardoor ze dus konden zien dat ik degene was die jou die berichten had gestuurd. En ze hebben diezelfde gebruiker ook met Anina in verband weten te brengen. En misschien kwam het ook wel hierdoor.'

Ze stak haar arm uit. Philip zag boven haar hand een kleine tatoeage: een konijntje met rode ogen.

'Tja, da's je eigen schuld. Je was ook zo vermoeiend met al je berichten en kaarten en wat al niet meer.'

'Maar toch ben je geen steek veranderd en heb je je er niks van aangetrokken.'

'Waarom ben je hiernaartoe gekomen? Om te zeiken?'

Philip probeerde rechtop in bed te gaan zitten, maar dat lukte niet echt. Het deed pijn in zijn kaken en nek als hij zich bewoog.

Caroline stond op en liep naar hem toe.

'Ik vraag me af waarom Ian dit allemaal heeft gedaan.'

Ze stond nu over hem heen gebogen, en ze trok langzaam het onderste kussen weg dat hij onder zijn hoofd had liggen.

'Alsjeblieft, Caroline, je stelt van die rare vragen. Ik heb geen idee waarom. Ian moet wel gestoord zijn, hartstikke ziek. Hij haat mij voor dingen die ik heb gedaan toen ik veertien was. Dat valt niet te begrijpen.'

Caroline hield het kussen boven zijn hoofd. Hij zag haar nu niet, alleen de boterwitte kussensloop tien centimeter van zijn gezicht.

Wat was ze van plan?

Hij hoorde haar stem. Die klonk ver weg. 'Dus hij wilde je dood hebben voor iets wat je lang geleden hebt gedaan?'

Opeens voelde Philip zich zo moe. Als ze het kussen op zijn gezicht zou drukken, wist hij niet zeker of hij tegen zou kunnen stribbelen. Niet met die schreeuwende pijn in zijn nek en kaken die meer pijn deden dan eerst. Niet met al die medicijnen die hij de laatste uren naar binnen had gewerkt.

'Ik weet het niet, Caroline.'

Hij slikte.

'En jij dan? Had jij graag gezien dat hij me vermoord had?'

Ze liet het kussen nog een paar centimeter zakken.

Zijn hele rug deed pijn toen hij zijn handen onder de dekens vandaan probeerde te halen om haar tegen te houden. Het ging langzaam. Hij was echt zwak.

Het kussen raakte het puntje van zijn neus.

Hij hoorde haar stem: 'Het enige wat ik wil, is dat jij verandert en vrouwen, meisjes en kinderen met rust laat. Vergeet niet dat ik weet waarom jij bent zoals je bent, jij en ik zijn thuis op dezelfde manier behandeld. Maar dan hoef je nog niet te worden zoals jij.'

Hij probeerde antwoord te geven, maar zijn mond voelde te stijf aan.

Caroline huiverde.

Ze gooide het kussen van zich af, het belandde in de stoel.

Daarna pakte ze haar donsjas en begon weg te lopen.

Philip vond dat die jas er wel erg lekker en warm uitzag om van haar te zijn. Caroline trok zich over het algemeen niets van jaargetijden aan. Meestal kleedde ze zich altijd te licht.

Ze was een idioot.

*

Teddy woonde nog steeds bij Linda, maar hij sliep niet in Nikola's kamer, dat had hij haar verzekerd toen hij weer bij hen introk.

Hij gebruikte de bank.

Tot Linda's en Teddy's plezier had Nikola na het incident in het bos in principe weer elke nacht thuis geslapen. Nu al meer dan een week.

Eén keer maar was hij 's avonds niet thuisgekomen, maar toen had hij in elk geval gebeld en verteld waar hij uithing.

Teddy en hij hadden maar één keer over de gebeurtenis gesproken.

Ze hadden elkaar 's ochtends in de keuken gezien nadat Linda al naar haar werk was gegaan. Nikola keek omlaag naar de grond. Teddy had bij het koffiezetapparaat gestaan waar Linda zo trots op was. 'Een Nespresso,' had ze gezegd. 'Het is net alsof je bij een koffieclub zit. En de koffie zelf blijft altijd vers in die kleine capsules.'

De eerste keer had het Teddy een halfuur gekost om uit te vogelen hoe dat ding werkte.

'Zeggen we nog iets, misschien?' Teddy glimlachte.

Nikola trok de koelkast open en schonk een glas jus d'orange in.

'Sorry.'

'Je hoeft geen sorry te zeggen. Ik weet toch hoe het is. En ik heb medelijden met Chamon. Hoe gaat het met hem?'

'Kut.'

'Dat snap ik. Maar beloof mij één ding.'

Nikola zette zijn glas op tafel.

'Volg orders niet blind op, Nikola. Denk zelf na. Vergeet dat niet. Ik denk niet dat jullie de juiste persoon achternazaten.'

'Hoe weet jij dat?'

'*Gut feeling*. Ian kidnapte die andere kerel waar jullie achteraan zaten. Maar het nichtje van Chamon heeft hij niet vermoord. Dat was iemand anders.'

'Wie dan?'

'Daar ben ik nog niet achter.'

'Ga je daar nog achteraan?'

Teddy wist niet wat hij hierop moest zeggen.

'Ik vraag me iets af. Waarom heb je ons laten gaan?' vroeg Nikola.

'Niko, dat ligt niet zo eenvoudig.'

'Maar waarom dan?'

Teddy stopte een capsule in het apparaat.

'Dat weet ik niet. Dat is mijn antwoord. Ik weet het gewoon niet.'

Zijn kaak genas snel en de zwelling trok weg. Hij kon nu weer vast voedsel eten, maar hij had nog steeds een flinke, groenig-blauwe plek.

De bank bij Linda was comfortabeler dan bij Dejan thuis, hij klopte de kussens elke dag op. Toch voelde hij aan zijn rug dat de bank te kort was. Hij kon zich nooit fatsoenlijk uitrekken. Eén nacht was hij zelfs op de grond gaan liggen om tenminste uitgestrekt te kunnen liggen. Toen Linda hem daar de volgende ochtend aantrof dacht ze dat hij in zijn slaap van de bank was gerold en ze had medelijden met hem gekregen.

De volgende avond had er een opgeblazen luchtbed voor de bank gelegen. In plaats van op de bank ging Teddy hierop liggen. Hij merkte dat dit wel degelijk fijner was.

Hij hoorde Nikola's en Linda's gedempte discussies in de ochtenden wanneer hij bleef liggen en geen zin had om op te staan.

Ze probeerde nog steeds haar zoon in te tomen.

Teddy was weer naar de werkcoach op het arbeidsbureau geweest, maar kreeg hetzelfde te horen als eerst. 'Het kost tijd, Teddy, maar ik zeg altijd maar zo: alle wegen leiden naar Rome.'

Dat was niet helemaal waar, de vorige keer dat hij daar was geweest had ze 'Rome is niet in één dag gebouwd' gezegd.

Teddy vond het nu beter klinken. Maar toch vond hij geen werk.

Het honorarium van advocatenbureau Leijon kwam, na aftrek van belasting, uit op ongeveer vijftigduizend kronen. Dit betekende dat hij de komende maanden wel even vooruit kon. De resterende driehonderdduizend stond nog op een van de rekeningen van Leijon, zoals hij had gevraagd.

Hij belde Mogge Viking op een middag nadat hij met Nikola was gaan wandelen.

'Teddy, je bent een eerzaam mens. Dat had ik nooit achter je gezocht,' zei Mogge nadat Teddy hem verteld had dat hij van plan was te betalen. Mogge klonk ook echt verbaasd.

'Maar op één voorwaarde. Het geld wordt van de ene rekening op de andere overgemaakt.'

'Maar beste vriend, dat kan natuurlijk niet. Dat is volstrekt *impossible*, zoals de Fransen zeggen. Zo werken wij niet.'

'Dan houdt het op.'

'Zit je nou te kutten? Heb je die cash serieus op een rékening staan?'

'Yes, en niet zomaar een rekening. Een rekening van een advocatenbureau.'

Mogge Viking schoot in de lach.

'Oké, *for you only, my friend*. De wereld kan kennelijk echt veranderen. We regelen het wel.'

Overdag probeerde Teddy te trainen of met Nikola om te gaan. Ze gingen zwemmen, zaten twee uur in de sauna en praatten alleen maar over Bojan, Linda en hoe het was om in de gevangenis te zitten. Ze gingen de stad in en keken naar dingen waar ze geen geld voor hadden om die te kopen. Ze hadden het over wat Nikola van plan was met zijn leven. Hij was geïnteresseerd in computers en training, zei hij.

'En rechten dan?' vroeg Teddy. 'Lijkt dat je niet spannend?'

Nikola grijnsde. 'Dan is er geen enkel vak waar ik een voldoende voor haal. De kans dat ik jurist word is net zo groot als dat jij een smeris wordt.'

Teddy hield zijn handen omhoog en probeerde zo zijn brede glimlach te verbergen.

Op een avond vertelde Linda dat Dejan haar had gebeld om te vragen of Teddy contact met hem wilde opnemen.

Ik denk niet dat het goed is als wij elkaar nu zien, probeerde Teddy in een sms te zetten. *We kunnen maar beter even wat afstand bewaren.*

Maar Dejan gaf niet op. Nu hij Teddy's nummer had, bleef hij hem maar bellen en bestoken met sms'jes. Teddy gaf geen antwoord, maar luisterde de voicemails wel af. Dejan beweerde dat hij alleen maar een biertje wilde drinken en het uit wilde praten. Verder niets.

Teddy wist niet hoe hij dit allemaal moest opvatten. Of Dejan wilde hem zien en hem voor altijd het zwijgen opleggen; Teddy had zich met zaken bemoeid waar hij zich buiten had moeten houden, dat begreep hij ook wel. Óf hij wilde zich ook echt nader verklaren. Beide opties waren onrustbarend, al leek de eerste de meest aannemelijke.

Uiteindelijk antwoordde Teddy met een sms: *Oké, we spreken af. Maar niet nu, kan het in de zomer? Als alles wat tot rust is gekomen.*

Hij kreeg een antwoord van Dejan. *Even voor de duidelijkheid. No hard feelings. Het was gewoon business as usual, hij huurde mij in. Die gierige, zieke eikel.*

Daarna kwam er nog een sms: *En ik kan weer lopen. Zonder kruk. Maar weet jij wie die hufters waren die mij overhoop hebben geknald?*

Dejan sloot af met een smiley.

Teddy gaf geen antwoord.

3 maart

De zebra overviel Emelie, hoewel ze nu al een paar keer in die hal was geweest.

Catharina Schale zag er beduidend beter uit dan de vorige keer dat ze elkaar hadden gezien. Haar haren moesten wel opnieuw geverfd zijn, want die hadden een perfecte grijsblonde kleur en ze was óf onder de zonnebank geweest óf ze had gewoon een geweldige foundation gebruikt, want ze zag er bruin en fris uit.

Emelie stak ter begroeting haar hand uit, maar Catharina zette een stap dichterbij, boog haar hoofd naar voren en kuste haar op beide wangen.

'Welkom,' zei ze terwijl ze Emelies mantel aannam, die hartstikke pluizig was, zo zag Emelie nu.

'Wat fijn dat je hierheen kon komen. Kom binnen.'

Ze liepen de bibliotheek in.

Emelie zag dat Catharina struikelde toen ze over de drempel stapte.

Ze namen plaats op de bank. Het was nog even lastig om in dit diepe meubelstuk te gaan zitten, net zoals eerst, er was een grote mate van lichamelijke concentratie nodig om goed te gaan zitten. Emelie dacht bij zichzelf: sommige dingen zal ik nooit leren.

'Momentje, dan haal ik Carl-Johan,' zei Catharina.

Emelie had sinds een paar dagen weer zoals gewoonlijk op het bureau gewerkt. Er was een nieuwe transactie in gang gezet waarbij zij verantwoordelijk was voor het Due Diligence-rapport. Geen verrassing, maar deze keer kon ze in elk geval sommige taken aan twee assisterende junior juristen delegeren. Toch had ze dertig van de laatste achtenveertig uur in die kleine dataruimte doorgebracht. De lucht was er bedompt, de mappen werden twee keer zo snel met documenten gevuld als dat zij ze kon doornemen en de twee jongere assistenten begrepen niet precies waar ze naar moesten zoeken.

Maar op een bepaalde manier was het fijn. Het was bekend terrein. Geen risico dat een paar gestoorde bendeleden de deur zouden openbreken en met een honkbalknuppel in het rond begonnen te zwaaien. Geen gevaar dat ze achter een van de karretjes met mappen op een dode vrouw zou stuiten. Ze had dit nodig om niet aan dat andere te hoeven denken.

Aan Anina.

Het was haar zelfs gelukt om Felix op een avond te zien en een glas witte wijn te drinken.

Die kon zich van zijn leven niet voorstellen waarom ze de laatste dagen zo afwezig was geweest. Hij was ook jurist, was pas advocaat geworden bij een kleiner bureau dat zich voornamelijk met kleine, civielrechtelijke conflicten en geldelijke juristiek bezighield. Deze werkplek was van een heel ander kaliber dan Leijon. Felix vond dat hij veel had gewerkt als hij twee avonden in de week om negen uur thuiskwam.

Naderhand gingen ze naar haar thuis en hadden ze seks met elkaar.

Het voelde niet zoals anders. Emelie kon er niet van genieten zoals vroeger.

Ze was met haar gedachten ergens anders.

Carl-Johan zag er niet zo fris en fruitig uit als zijn vrouw. Hij was ongeschoren en zijn ogen waren rooddoorlopen.

'Dag Emelie.' Hij klonk vermoeid.

Catharina zei: 'We willen je eigenlijk alleen even bedanken voor wat je hebt gedaan. Omdat ik momenteel niet graag naar buiten ga met al die vreselijke journalisten die nare vragen willen stellen, kunnen we het erg waarderen dat je hierheen kon komen.'

Emelie vroeg zich af of ze er niet aan hadden gedacht om ook Teddy te bedanken, maar ze zei niets.

Catharina zette een ingepakt cadeau op tafel. Het leek alsof ze haar best moest doen om vrolijk te kijken. 'Maak maar open.'

Het was een grote, ronde glazen schaal. Op een klein label dat aan de doos vastzat, las Emelie: *Vas Dagg*.

Hij was mooi, al was hij te groot voor in haar kleine appartementje. Ze las verder op het label: *Toen Carina Seth Andersson vazen voor Svenskt Tenn modelleerde, werd ze geïnspireerd door de exotische voorwerpen die Estrid Ericson van haar reizen meebracht.*

Buiten het raam hing het lentegevoel in de lucht, al wist Emelie dat het nog steeds fris was. De zon scheen naar binnen en liet de zijden draden van het tapijt glinsteren.

'Hoe gaat het met Philip?' vroeg ze.

'Het gaat elke dag een beetje beter,' antwoordde Carl-Johan. 'Maar hij is nog steeds in een soort shocktoestand.'

Ze praatten nog een paar minuten verder over Philips toestand en over alles wat er in de kranten over het voorval was geschreven.

Emelie had nog steeds moeite om zich te kunnen concentreren. Ze dacht de hele tijd aan Anina en Cassandra. Wat laatstgenoemde betrof, Emelie had de politie gebeld die haar had verteld dat Cassandra nu in bewaring was gesteld bij de Immigratiedienst.

Na een tijdje stond Carl-Johan op. 'Vergeef me, Emelie, maar de zaak roept. Nogmaals heel erg bedankt voor alles wat je hebt gedaan. We willen ook graag dat je onze hartelijke groeten overbrengt aan je partner Teddy.'

Emelie stond op. 'Dan zal ik jullie ook niet verder ophouden.'

'Nee, nee. Nog niet gaan. Drink eerst even een kopje koffie met me,' zei Catharina. 'Na alles wat er is gebeurd, haat ik het om dat alleen te moeten doen.'

Emelie hoorde de deur van de hal achter Carl-Johan dichtslaan.

Op de salontafel stond een dienblad met appeltaart, een schenkkannetje met vanillesaus, een taartschep, twee bordjes en twee kopjes. Ook lagen er een paar peren en een vruchtenmesje op een kleine snijplank. Ze zag dat er PORSCHE op het mes stond.

'Kan ik je een stukje taart aanbieden?' vroeg Catharina.

Ze sneed voorzichtig een stukje af.

Het was Emelie niet ontgaan dat haar hand trilde.

Catharina legde het stuk taart op een bordje en gaf dit aan haar.

'Een peer, misschien?' Ze begon zorgvuldig met het mesje in een van de peren te snijden.

'Nee, dank u,' zei Emelie.

Catharina nam een hap van het stuk peer. 'Zelf eet ik momenteel geen koolhydraatproducten, dus moet ik het met alleen een peer doen.'

Ze pakte het mesje nogmaals en sneed weer een stukje van de peer af.

*

Teddy had al een paar dagen met haar af willen spreken. Ook al was Magnus erg duidelijk geweest over dat het voor hen een afgeronde zaak was, hij had vijf voicemails ingesproken.

Ze had een paar dagen niet teruggebeld, maar uiteindelijk kreeg hij een sms. *Kunnen we bij mij in de buurt afspreken?*

Ze kwamen overeen om elkaar buiten te zien, bij de Djurgårdsbrug. Caroline Schale en hij.

Het was een mooie dag en veel Stockholmers waren buiten aan de wandel. Op het terras naast de brug zaten zelfs een paar optimistische mensen te eten. Zo mooi was het weer nou ook weer niet, dacht Teddy.

Hij nam aan dat het zaterdag moest zijn. Op zich een alarmerende gedachte dat hij er niet zeker van was: het versterkte nog meer het beeld van hem als werkloze loser.

In de verte waren de hoge torens van Nordiska Museet te zien. Het leek wel een sprookjeskasteel. Maar hij wist dat dergelijke sprookjes niet bestonden in deze stad.

Hij zag haar al van een afstandje aan komen lopen vanaf de andere kant van de brug. Ze droeg een grote, dikke donsjas.

Toen ze dichterbij kwam, kon hij het logo op de mouw lezen. MOUNTAIN WORKS.

Ze schudden elkaar de hand en begonnen te lopen zonder een woord te zeggen.

Het voelde allemaal heel vreemd. Tijdens een deel van het onderzoek was ze verdacht geweest, haar aan Philip gerichte berichten en kaarten waren op zijn zachtst gezegd apart te noemen.

En nu, dacht hij, was ze nu verdacht?

Die jas.

'Voordat je vragen gaat stellen, want ik neem aan dat je daarom wilde afspreken, zou ik je willen bedanken,' zei Caroline nadat ze een stukje hadden gewandeld.

Rechts lag het heldere water van het Djurgårdskanaal, aan de waterkant dreven hier en daar nog wat ijsschotsen.

'Waar wil je me dan voor bedanken?'

'Dat je dat meisje hebt gered.'

'Wie? Cassandra?'

'Ja, dankjewel daarvoor. Ik ga haar helpen. Proberen om ervoor te zorgen dat ze een verblijfsvergunning in Zweden krijgt.'

Teddy zag de gloeiende sigaret van de madam weer voor zich.

Caroline zei: 'Ze belde me om te vertellen wat je had gedaan. Maar het zal lastig worden, denk ik. Cassandra is doodsbang voor een soort juju-vloek die ze in Nigeria over haar hebben uitgesproken. Kennelijk doen ze dat daar altijd, als onderdeel van de mensenhandel. Ze nemen een haarlok of een nagel en gaan daarmee naar een medicijnman. Als de vrouw vervolgens probeert te vluchten of de schuld niet betaalt die ze haar hebben aangepraat, wordt ze het slachtoffer van zijn bezweringen.'

'Juju? Afrikaanse voodoo?'

'Precies. Ziek is het. Ze hoeven die meisjes niet eens in de gaten te houden of te bedreigen, zo bang zijn ze voor die juju-vloek. En ik krijg het Cassandra niet aan haar verstand dat dit allemaal maar bijgeloof is. Ze durft niets te zeggen.'

'Dat heb ik gemerkt. En ik heb gezien dat ze die meisjes niet eens hoefden te bewaken. De deur van het huis waar ze zaten was niet eens op slot.'

Ze liepen verder. Overal klonk het geluid van klaterend en druppelend water. Het dooide vandaag echt.

'Maar je wilde niet afspreken om bedankt te worden.'

'Mijn aandeel in het onderzoek is voorbij, het advocatenbureau is er klaar mee. Dus dit is volledig privé. Ik kan deze geschiedenis maar niet van me afzetten. Ik wil horen waarom het zo gelopen is.'

'Dat begrijp ik. Mijn ouders hebben Leijons factuur betaald, alles is geregeld en afgerond. De politie heeft het onderzoek overgenomen. Die zal zeker nog het nodige gaan uitzoeken, verhoren gaan houden enzovoort.'

'Absoluut. Maar ik wilde het van jou horen,' zei Teddy. 'Alleen jij kunt antwoord geven op de vraag waarom jij deed wat je deed.'

Ze opende haar mond, maar zweeg weer terwijl ze wachtte totdat een jogger hen voorbij was gesjeesd.

'Ik haat mijn ouders. En ik haat mijn broer. Toch raakt het me nog steeds.'

Caroline draaide zich naar hem toe en keek hem in zijn ogen. Heel even voelde hij zich ongemakkelijk.

'Waarom dan?'

'Ik weet waarom mijn broer is zoals hij is. We zijn op dezelfde manier opgevoed.'

'Hoe bedoel je?'

'Wij moesten degelijke en fiere ambassadeurs worden van mijn vaders idealen. En daar had hij zo zijn eigen opvoedingsmethodes voor. Ik zal zijn straffen nooit vergeten. Het was niet zo dat hij zijn vuisten of een riem of iets dergelijks gebruikte. Nee, het had allemaal verband met elkaar. Als we de lessen die we met onze nanny moesten doen niet hadden geleerd, moesten we meer dan duizend keer de zin "Ik zal beter mijn best doen om een goede leerling te worden" in een van zijn kleine bruine notitieblokken schrijven. Dat kostte soms wel een hele zaterdag. Als wij geen fatsoenlijke buiging maakten wanneer we een van hun gasten begroetten, moesten we achteraf twaalf uur lang in foetushouding liggen met een strop om onze nek en benen gebonden. Dat fucking touw heeft ie nog steeds, ik zag het in een kledingkast hangen toen ik bij hen woonde. Voor onze vader golden maar twee dingen. Etiquette en discipline. Waarschijnlijk hield hij op zijn eigen manier van ons, maar het tonen van menselijke affectie en genegenheid behoorde niet tot zijn belevingswereld. En dit heeft Philip gevormd tot wie hij nu is.'

'Hoe bedoel je dat?'

'Hij kan ook geen affectie of empathie tonen. Heeft hij nooit gekund. Die dingen heeft hij omgedraaid. Daarom heb ik hem geprobeerd te stoppen. Ik heb geprobeerd te voorkomen dat mensen in zijn gewelddadige klauwen terechtkwamen. En jij bent waarschijnlijk de enige in deze puinhoop die werkelijk doorzien heeft wat hij heeft gedaan.'

'Ik weet waar hij zich mee bezighield. Zo zijn er velen in deze stad, geloof mij maar.'

'Dat heb ik begrepen. Inmiddels. Drie jaar lang heb ik geprobeerd hem te overtuigen ermee op te houden. Ik belde hem, stuurde berichten, brieven. Alles. De laatste maanden was ik er helemaal door geobsedeerd geraakt. Ik nam vrij van mijn werk en ben terug naar Zweden verhuisd, zonder dit tegen mijn ouders of Philip te zeggen. Ik begon hem in de gaten te houden, zijn leven na te gaan. Ik deed alles wat in mijn macht lag om hem tegen te houden, om die meisjes te redden. Met degenen bij wie ik niet kon voorkomen dat hij ze aanrandde, nam ik naderhand contact op. Van iedereen die hij in een nachtclub tegenkwam tot de prostituees die hij verkrachtte.'

'Hoe ben je met Cassandra in aanraking gekomen?'

'Na een tijdje ontdekte ik dat Philip een appartement aan de Fatbursgatan huurde. Dat had hij via een van zijn mannetjes geregeld, zodat zijn naam nergens zou voorkomen. Het enige doel van die plek was dat hij daar vrouwen mee naartoe kon nemen. Dat soort dingen wilde hij niet in zijn andere woning doen, hij was bang dat Stephanie of een van zijn buren zou ontdekken wat hij deed. Maar aan de Fatbursgatan waren de muren dik en leken de buren zich er niets van aan te trekken. Een paar weken geleden zag ik Cassandra daar een keer naar buiten komen. Dus ben ik op haar afgestapt en heb met haar gepraat.'

'En Anina? Wat is er met haar gebeurd?'

Carolines adem werd een stoomwolk die snel in de vochtige lucht oploste.

'Dat weet ik niet. Maar van de meisjes die Philip aanrandde was zij de laatste die ik heb gesproken. Het was een lastige, die Anina. Ze wilde het niet echt begrijpen.'

'Wat wilde ze niet echt begrijpen?'

Teddy dacht aan wat Anina tegen Emelie had gezegd. Dat degene die contact met haar had gezocht helemaal geflipt was.

Caroline gaf geen antwoord op zijn vraag.

Hun voetstappen knarsten toen ze afsloegen in de richting van de tuinen van Rosendal. De kleine stroompjes en plassen zorgden ervoor dat ze zigzaggend over het grindpad moesten lopen.

De lucht was niet langer helderblauw. Grijze wolken waren snel de lentehemel binnengedrongen.

Teddy had in zijn leven vele misdaden begaan. Gestolen, gelogen, bedrogen. Zoveel geweld gepleegd dat hij er zich nog geen tiende deel meer van herinnerde. Hij had mensen bijna vermoord. Hij had in zijn actieve jaren een half dozijn mensen ontvoerd en afgeperst, onder wie Mats Emanuelsson. Maar zelfs de gedachte was nog nooit in hem opgekomen om zich ooit op die manier aan een vrouw te vergrijpen.

'Wanneer is hij hiermee begonnen?' vroeg hij.

'Al vroeg, ik herinner me nog een voorval dat mij ter ore kwam toen ik nog op het gymnasium zat. Een meisje dat had gezegd dat hij haar op een feest had aangerand. Er is nooit aangifte van gedaan. Maar ik vertelde het tegen mijn moeder. Weet je wat die zei?'

Om vage redenen moest Teddy aan Caroline Schales netjes gemanicuurde handen denken.

'Ze zei dat niemand moest proberen Philip op die manier zwart te maken, zelfs haar eigen dochter niet. Drie maanden later ging ik het huis uit. Naar een internaat in Engeland. Ik was vijftien.'

De kale bomen waren in de toenemende wind heen en weer gaan waaien.

Teddy herhaalde zijn vraag: 'Maar waarom is Anina dood?'

De wind woei harder. Kleine, ijzige druppels sloegen in zijn gezicht.

Caroline begon te huilen. Teddy zocht in zijn zakken naar een zakdoekje of iets dergelijks, maar er zat alleen maar pluis in.

Daarnet had Stockholm nog geschitterd.

'Ik weet het niet,' snikte Caroline. Ze haalde een langwerpig, geel papiertje uit haar zak en snoot er diverse malen haar neus in, waarna ze het in een prullenbak gooide. 'Het is zo ontzettend afschuwelijk.'

Even later kwam ze weer tot bedaren.

'Ik zou willen dat ik haar had kunnen redden. Het is mijn schuld, ik had haar niet zo moeten pushen.'

'Nee, jij moet je daar niet schuldig over voelen. Jij hebt niks verkeerd gedaan. Maar kun je mij antwoord geven op het volgende,' zei Teddy. 'Je hebt een mooie jas aan. Is die van jou?'

Caroline keek hem aan met een uitdrukking alsof hij hartstikke gek was geworden. Haar tranen waren nu helemaal verdwenen.

'Wat heeft dat hiermee te maken?'

'Dat weet ik niet. Maar is die van jou?'

'Ja, die is van mij. Lekker warm.'

'Waar woonde je op 20 februari?'

'Hoezo?'

'Omdat ik dat wil weten.'

'Ik sliep toen thuis bij mijn ouders, maar ik kwam pas laat thuis. 's Avonds was ik daar niet. Wat wil je daarmee zeggen?'

'Niks, denk ik. Ik vroeg het me gewoon af. Woonde daar toen nog iemand anders dan jij en je ouders?'

'Ja, misschien iemand van Redwood. Maar vertel nu eens waarom je dit vraagt.'

'Een andere keer.'

Ze draaiden zich om. Liepen in stilte.

Teddy's hersenen probeerden de situatie te analyseren.

De regen hield aan.

Bij de brug bleef Caroline staan en schudde hem de hand. 'Ik hoop dat je antwoord op je vragen hebt gekregen. Bel maar als je je nog meer afvraagt.'

Ze liep weg richting Strandvägen.

Teddy bleef achter. Hij was doorweekt en het water liep van zijn voorhoofd. De vrolijke terrasgasten hadden hun heil ergens anders gezocht.

Moest hij de politie bellen? Moest hij Emelie bellen?

Er moest nog meer zijn. Meer dan alleen een jas. Iets met de persoon die Emelie uit de flat aan Körsbärsvägen had zien wegrennen. Iets met de auto die met gierende banden was weggereden.

Toen wist hij het.

Hij rende terug door de regen.

*

Carl-Johan voelde zich verdrietig als hij dacht aan Catharina's manier van doen. Ze was veel te zwaar onder invloed van alle medicijnen die ze de laatste dagen had genomen. Ze beefde en had als een vlaggenstok lopen zwenken toen ze die assisterend juriste van Magnus' kantoor de salon binnen had geleid. Hij hoopte maar dat dit Emelie niet was opgevallen.

Hij zat in de stilte van de auto na te denken. Zijn chauffeur, die normaal gesproken erg spraakzaam was, stelde geen vragen. Dat had hij al niet gedaan vanaf het moment dat al dit vreselijks was begonnen.

Hij vroeg zich af wat er aan het gebeuren was. Feit was dat Catharina sinds ze Philip hadden gevonden nog afweziger was geworden dan toen hij werd vermist. Het was alsof de herinnering aan de gebeurtenis nog pijnlijker was dan het hele voorval zelf.

Ze bleef uiteraard thuis, dat deden ze over het algemeen genomen allebei. Deels omdat ze, zoals ze tegen Emelie hadden gezegd, geen zin hadden om door journalisten te worden belaagd. Philips ontvoering was al meerdere dagen voorpaginanieuws in die ranzige sensatiekranten. Dit bevestigde alleen maar wat hij altijd al had geweten. Zodra de politie de zaak had overgenomen, was het linea recta bij die klotejournalisten terechtgekomen. En deels omdat hij zelf de realiteit daarbuiten niet onder ogen durfde te komen. Hij voelde zich ongerust, bang zelfs. Ze waren zo kwetsbaar. Zijn kinderen. Zijn vrouw. Hijzelf.

Hij had nog nooit van zijn leven zo slecht geslapen als de laatste paar dagen.

Maar dat was niet het enige wat er met Catharina aan de hand was. Ze sloot zich in zichzelf op. Ze vertikte het om de psycholoog te zien waar Carl-Johan zelf ook twee keer bij was geweest. Ze wilde met niemand over het gebeuren praten. Catharina had zelfs amper een debriefing van Magnus gewild toen die bij hen thuis was geweest om alles door te nemen. Ze wilde alleen maar één keer per dag geëscorteerd door twee jongemannen van Redwood naar Philip toe, en tv-kijken.

Toen hij aankwam, moest hij, ondanks dat het zaterdag was, een vergadering bijwonen. Het ging om een directeur van een van zijn dochterbedrijven die op zijn sodemieter moest krijgen. Hij vroeg zich af of hij zich zou kunnen concentreren. Maar hij moest daar nu bij aanwezig zijn. Hij mocht zich niet verstoppen.

Catharina's stem had gespannen en labiel geklonken.

Ze was vandaag echt zichzelf niet.

*

De prullenbak was het standaard-Stockholmmodel. Groen metaal met een deksel dat omhoog kon als iemand er iets groots in wilde stoppen.

Teddy maakte hem open en stak er zijn arm in.

Hij haalde er het verfrommelde papiertje uit waar Caroline haar neus in had gesnoten, vouwde het voorzichtig open en zag dat het een parkeerboete was. Het typische papiertje dat iedere inwoner van Stockholm haatte om onder zijn ruitenwisser te vinden.

De gele kleur, dacht hij: dat had zijn reactie teweeggebracht. Een vreemd papiertje om je neus in te snuiten.

Op de boete stond het adres waar de auto foutgeparkeerd had gestaan: Körsbärsvägen 9.

Er stond een datum en tijd op: 20 februari. 22.45 uur.

Er stond een kenteken op: MFG 637.

Voor het huis waar Anina woonde.

Een paar minuten voordat Emelie haar dood had aangetroffen.

Het kenteken zei hem niets. Hij stuurde een sms naar de Kentekeninformatiedienst, dat had hij van Tagg geleerd. Als je vermoedde dat je door een politiewagen werd achtervolgd, of als er een burgerauto voor je deur stond geparkeerd, haalde je dit trucje uit.

Hij wist dat de auto die Emelie had gezien foutgeparkeerd midden op de stoep had gestaan. Iemand moest dit gezien hebben, had hij bij zichzelf gedacht, en hij was ervan uitgegaan dat de politie wel buurtonderzoek zou doen. Maar de parkeerwachters in Stockholm waren een stuk verbetener dan hun collega's in Södertälje: de auto had een parkeerboete gekregen. Een boete die degene die in de auto was gesprongen had weggegrist en in zijn zak had gestoken.

Zijn telefoon piepte. Hij tilde hem op en staarde naar het bericht.

De regendruppels bleven als kleine pareltjes op het scherm liggen.

Er was een antwoord binnengekomen.

Hij wist niet wat hij moest doen.

Hij belde Emelie.

*

Ze had al veel eerder weg moeten gaan.

Toch zat ze er nog steeds. Ze wist niet waarom.

Misschien omdat Catharina Schale zo extreem in de war leek te zijn, terwijl het bij de eerste begroeting nog zo goed met haar leek te gaan. Alsof ze hulp nodig had om de realiteit te bevatten na alles wat er met haar zoon was gebeurd. Misschien was het omdat het bijna onmogelijk was om uit deze bank op te staan.

Emelies telefoon ging. Ze zag dat het Teddy's nummer was. Ze hadden elkaar sinds de debriefing bij Magnus niet meer gesproken.

'Sorry, maar ik moet hem even opnemen,' zei ze.

'Met mij,' zei Teddy.

'Ik ben bij Catharina Schale, kunnen we straks even bellen?'

'Nee, luister.'

'Oké, wacht even.' Emelie stond op en liep de bibliotheek uit, Teddy zou haar nooit vragen haar bezoek bij de familie Schale te onderbreken als het niet om iets belangrijks ging.

'Wat is er gebeurd?'

'Kan ze je nu horen?'

'Nee.'

'Ik had net een afspraak met Caroline.'

Emelie drukte de hoorn dichter tegen haar oor.

Hij vertelde snel wat er zojuist gebeurd was. Wat voor een jas Caroline had gedragen, wat ze in de prullenbak had gegooid.

Emelie werd koud vanbinnen. Ze kon haar hart als een gek tekeer voelen gaan in haar borst.

‘Ik kan Catharina natuurlijk wel wat vragen stellen,’ zei ze.
‘Dan wil ik meeluisteren. Niet ophangen.’

Emelie ging langzaam weer in de bank zitten, al verloor ze toch weer bijna haar evenwicht toen ze probeerde naar achteren te leunen.

‘Wie was dat?’

‘Teddy,’ zei Emelie. Ze had haar telefoon in de binnenzak van haar colbertje gestopt zonder het gesprek af te breken.

‘Wat is die toch lang.’

Emelie vroeg zich af waar ze het over had.

‘Ja, hij is best groot.’

‘Maar is hij ook groot in zijn ziel?’

‘Ik denk niet dat ik u nu helemaal begrijp.’

‘Oké. Maar wat wilde hij?’

‘Niks, alleen even wat dingen kortsluiten.’

‘Werken jullie nog steeds met hem samen?’

‘Eigenlijk niet. Maar ehm, ik heb over een aantal dingen zitten nadenken. Is het goed als ik een paar vragen stel?’

‘Natuurlijk.’

‘Hebben jullie een auto met kenteken MFG 637?’

‘Ja, dat is onze tweede auto. Een Golf. Die gebruiken we als de chauffeur ons niet rijdt.’

‘Wie heeft daar de sleutels van?’

‘Tja... alleen wij.’

‘Sorry dat ik het vraag, maar kan de man van Redwood die auto op de avond of nacht van 20 februari hebben geleend?’

‘20 februari?’

‘Ja.’

‘Hoezo?’

‘Dat vroeg ik me gewoon af.’

‘Eens even denken... nee, ik denk eerlijk gezegd dat we die jongen toen al hadden weggestuurd. Die had toch geen nut. Maar nu wil ik weleens weten wat jouw bedoeling hiermee is.’

‘Ik heb nog een paar vragen. Mag ik verdergaan?’

‘Ik weet eigenlijk niet of ik mij hier nog wel zo prettig bij voel.’

‘Waar woonde Caroline op 20 februari, kunt u zich dat nog herinneren?’

‘Even rekenen, toen was ze hier nog niet vertrokken. Ze woonde bij ons. Maar ik vind dat je naar heel andere dingen vraagt dan ik had gedacht. Het is welletjes nu.'

'Maar was ze thuis die avond en nacht?'

'Hoorde je niet wat ik zei? Jij zeurt maar door over 20 februari en mijn dochter. Dit gaat helemaal niet over wat er met mijn zoon is gebeurd, of wel soms?'

'Nee, eigenlijk niet. Dit gaat over wat er in de nacht van 20 februari is gebeurd.'

Catharina schoof dichter naar Emelie toe.

'Ik pik je vragen echt niet meer.'

Emelie probeerde een paar meter opzij te schuiven, maar Catharina legde haar handen op haar dijbeen.

'Dan is het misschien maar het beste dat ik ga,' probeerde Emelie.

Maar het was al te laat. De ogen van Catharina spuwden vuur.

Ze brieste: 'Ik wil dat je weet dat wij als Philips ouders alles voor hem overhebben. En niemand, of jij dat nou bent of zo'n kutzwartje, heeft het recht om zo over hem te spreken. En nu kom jij mijn huis binnen om ook nog eens mijn dochter te beschuldigen.'

Emelie ontweek haar blik, terwijl ze ondertussen probeerde achteruit te deinzen. Ze had in de stoel moeten gaan zitten toen ze terug was gekomen van het gesprek met Teddy, niet op die bank.

Catharina boog zich nu over haar heen. Met haar ene hand nog steeds op haar dijbeen.

Opeens zag Emelie dat ze het vruchtenmesje in haar andere hand had.

Catharina brulde: 'Vuile kuthoer.'

*

Teddy luisterde aandachtig naar de telefoon terwijl hij rende. De Djurgårdsbrug lag maar een paar honderd meter van het huis van Catharina en Carl-Johan vandaan.

Om onbekende reden deed zijn kaak nu meer pijn. Alsof elke stap op het asfalt veranderde in kleine tikken tegen zijn kin.

Maar deze keer was hij niet van plan om zich door een gek met een hamer te laten verrassen waardoor hij Emelie niet kon helpen. De regen kwam nu bijna loodrecht naar beneden.

Hij hijgde.

Hij was een kidnapper. Hij had zoveel slechte dingen gedaan voor geld.

Maar hij had zijn tijd uitgezeten.

En hij had een ander mens geholpen die gekidnapt was.

Er was een soort balans hersteld. Hij hoefde geen verdere heldendaden meer te verrichten.

Toch moest hij het zien te halen.

Hij had de stem van Catharina Schale over de telefoon gehoord.

Die vrouw was gek.

*

De aderen in haar tengere arm waren blauw en vertakt.

Emelie kreeg geen woord uitgebracht. Ze lag half op haar rug. Catharina lag zowat boven op haar.

Die kutbank ook!

Als ze gestaan had, was ze weggerend of had ze die gestoorde vrouw net zo aangepakt als Ian. Maar dat ging nu niet.

Niet in deze positie.

Niet met een vruchtenmesje vijf centimeter van haar oog.

Er spatte speeksel uit Catharina's mond. Ze schreeuwde: 'Je weet niet hoe het is om iemands moeder te zijn. Dan doe je alles voor diegene. Je móét alles voor diegene doen.'

Emelie durfde haar hoofd niet te bewegen. Ze hield haar ogen op de punt van het mesje gericht, en voelde dat ze haar lichaam zó erg spande dat ze er pijn in haar schouders van kreeg.

Het ene moment schreeuwde Catharina, het andere fluisterde ze. Ze sprak onsamenhangend over de plichten van een moeder en haar zoons onfeilbaarheid. Ze bleef maar doorgaan over loyaliteit en verantwoordelijkheid. Over de schande die de omgeving van haar familie sprak.

Uiteindelijk hield ze op. Ze zweeg.

Emelie merkte dat ze haar aan het aanstaren was, maar ze durfde haar hoofd nog steeds niet op te tillen.

'Zeg es iets dan,' snauwde ze.

Er belandde speeksel op Emelies voorhoofd.

Ze wilde iets terugzeggen, maar het voelde alsof iemand haar mond vol krantenpapier had gestopt.

Ze had nog steeds dat vruchtenmesje op haar rechteroog gericht.

'Wat wil je dat ik zeg?' bracht ze ten slotte uit.

'Zeg wat je van mij vindt.'

'Ik weet van niks.'

'Maar wat vind je?'

Emelie wist niet waarom ze zo antwoordde. Ze fluisterde bijna.

'Was je op 20 februari 's nachts bij Körsbärsvägen? Dat is wat ik me afvraag. Had je een dikke donsjas aan, ben je daarna in een Golf gesprongen? Ik vraag me af wat er boven bij Anina Björklund is gebeurd. Ik wil weten wat daar is voorgevallen. Jij was daar, of niet soms?'

Catharina krijste. Haar hele lijf trilde. Haar gegil vulde het hele huis. Het klonk alsof het van een gewond dier afkomstig was.

Emelie zag hoe ze haar hand naar achteren trok om uit te halen.

Ze probeerde haar eigen hand omhoog te steken om zich te verweren.

Misschien was het te laat.

Ze had deze zaak nooit moeten aannemen.

En toen: iets hield Catharina tegen.

'Zo is het wel genoeg.'

De stem van een man.

*

Teddy had gehijgd.

Gekreund en gesteund.

Hij zou beter in vorm moeten zijn. Hij had zijn vrijheid terug. Met alle mogelijkheden om weer te trainen.

Het witte marmer had geglommen in het trappenhuis. Die lift ging veel te langzaam, dacht hij, dus was hij omhooggerend. Hij had beneden de code ingevoerd, die wist hij nog van toen ze bij Carl-Johan en Catharina op bezoek waren.

Het leek alweer een eeuwigheid geleden; in werkelijkheid was het minder dan twee weken.

Tijdens de openstaande verbinding met Emelie had er een geluidje geklonken op zijn telefoon.

Hij keek naar het scherm. Het was een mms van Caroline, maar hij wist niet zeker of hij deze kon openen zonder daarmee de verbinding met Emelie te verbreken.

Het moest wachten.
Hij nam de trap met vijf treden tegelijk.
Helemaal bovenin.
Er hing geen naambordje bij de deur van de familie Schale, dit was waarschijnlijk sinds het gebeuren met Philip weggehaald. Dat was begrijpelijk.
Hij nam een aanloop en beukte uit alle macht tegen de deur.
Hij wist nog dat er een traliewerk aan de binnenkant zat, de deur kon dus niet al te dik zijn, anders was die extra beveiliging aan de binnenkant niet nodig geweest.
Het daverde in het trappenhuis.
Hij nam nogmaals een aanloop. Zijn schouder voelde aan alsof die zou verbrijzelen.
Hij dacht weer terug aan Ians klap met de hamer.
Hij beukte nog een keer tegen de deur.
Er gebeurde iets. Het kraakte en het hout leek te versplinteren.
Hij ging open.
Het traliewerk aan de binnenkant was open. Hij stond oog in oog met de zebra.
Hij hoorde gegil uit de bibliotheek komen.
Hij nam enorme passen.

'Het is voorbij nu.'
Teddy zag hoe Carl-Johan zijn vrouw in een stevige houdgreep hield. 'Je hebt rust nodig,' zei hij tegen haar. Ze lagen half op de bank.
Teddy liep naar Emelie toe die bij de salontafel stond, op veilige afstand van Catharina.
'Gaat ie met je?'

*

'Ze beweerde dat ik naar dat meisje Anina ben gereden om haar te vermoorden.'
Catharina was in de bank gaan liggen met de rug van haar hand over haar ogen. Een theatrale pose. Carl-Johan had haar losgelaten. Haar stem was kalmer, maar hees en op de grens van huilerig. Ze was compleet ingestort. Ze was nu net een kind.
Emelie aanschouwde haar en Carl-Johan. Die waren natuurlijk ver-

baasd toen ze herrie in de gang hoorden en Teddy binnenstormde. Maar nu leken ze zich niet om hem te bekommeren.

'Dat beweerde ik niet. Ik vroeg me alleen dingen af,' zei Emelie.

Het vruchtenmesje lag verderop op een bijzettafeltje. Dat had Carl-Johan uit Catharina's hand gepakt.

Zelf zat hij op de rand van de bank en aaide over haar wang.

'Wat een verschrikkelijke dwaasheden,' zei hij terwijl hij Emelie verwijtend aankeek. 'Dit zullen we met Magnus bespreken. Wat een geluk dat ik net thuiskwam. De vergadering ging niet door, dus ben ik meteen terug naar huis gegaan.'

Emelie wist niet wat ze met zichzelf aanmoest. Teddy stond naast haar met zijn telefoon te hannesen. Zijn haar was doorweekt en hij ademde luid. Hij was buiten adem. Ze vroeg zich af wat hij aan het doen was.

'Maar waarom, Carl-Johan? Waarom zegt ze toch al die dingen?' klaagde Catharina.

Carl-Johan stond op terwijl hij Emelie bleef aankijken.

'Ik weet het niet, Catharina. Maar jij kunt immers geen autorijden. Je hebt geen rijbewijs. Je hebt nog nooit gereden.'

Teddy bleef naar het scherm van zijn telefoon staren.

Toen tilde hij zijn hoofd op.

'Dan heb jij het gedaan, Carl-Johan. Jij bent die nacht bij Anina Björklund geweest.'

Epiloog

Teddy woonde nog steeds bij Linda in huis. Zijn kaak was inmiddels volledig hersteld.

Er waren meerdere maanden voorbijgegaan zonder dat hij ergens een woonplek had gevonden die hij kon betalen. En nog steeds geen werk. Maar puur fysiek was hij in elk geval al een stukje beter in vorm. Werkloosheid bood tijd om te trainen.

Hij had het onderzoek zo goed mogelijk via de kranten gevolgd. De rechtszaak tegen Carl-Johan Schale had vier dagen geduurd. Nadat de politie zijn vingerafdrukken in het appartement van Anina Björklund had gevonden, was hij met opbiechten begonnen.

Teddy had niets meer gehoord van Emelie of Magnus, maar hij wist dat ze door de aanklager in deze zaak waren verhoord.

Vandaag, 22 mei, zou het vonnis worden uitgesproken.

Het bericht dat hij van Caroline op zijn telefoon had ontvangen, had de doorslag in deze zaak gegeven. Hij had het geopend toen hij daar naast Emelie had gestaan en Carl-Johans verwijtende stem had aangehoord. Het was een foto van Caroline met een onbekende vriend. Ze dronken beiden een glas wijn en keken best tevreden. Onder de foto stond: *Dit is wat ik op 20 februari tussen negen en middernacht aan het doen was. Verder niks. 't Is maar dat je het weet. Grt, C.*

De uitsluitingsmethode: als de mms klopte, kon Caroline op 20 februari niet bij Körsbärsvägen zijn geweest. Carl-Johan bevestigde dat Catharina geen rijbewijs had, laat staan kon autorijden. Dus bleef Carl-Johan over.

De enige die redelijkerwijs toegang tot de donsjas had en ook in hun auto daarheen had kunnen rijden.

Teddy belde de rechtbank. Hij gebruikte Nikola's computer, ze beloofden hem het vonnis te mailen.

De belangstelling van de media was ziekelijk groot. Eerst de ontvoering van Philip en nu dit. Zo gek was dat misschien ook niet, de familie

Schale behoorde tot de financiële adel, die ene procent van de bevolking die ongeveer de helft van het land bezat.

Het deel van de bevolking dat zich altijd ophoudt in de viproom van de samenleving.

Normaal gesproken.

Gerechtshof te Stockholm

Gedaagde: Carl-Johan Philip Schale
510324-0034
Ulrikagatan 5
115 23 Stockholm

Verdediging: advocaat Ulrik Hansson
Hantverkargatan 78
112 38 Stockholm

Tenlastelegging *Moord* dan wel *doodslag* dan wel *dood door schuld*

Verhoor (afschrift)

Carl-Johan Schale heeft in hoofdzaak het volgende verklaard:

Hem was ter ore gekomen dat Anina Björklund een aantal beweringen had gedaan met betrekking tot zijn zoon, Philip Schale. Anina Björklund had onder andere gezegd dat ze van plan was aangifte tegen hem te doen bij de politie wegens verkrachting. Vervolgens probeerde hij contact met Anina Björklund op te nemen om haar hierover te spreken. Het voelde niet eerlijk dat Anina Björklund deze beschuldigingen uitte, het was alsof ze Philips reputatie in diskrediet probeerde te brengen. Toch wilde Carl-Johan Anina Björklunds versie horen. Deze situatie lag extra gevoelig omdat Philip destijds was ontvoerd. Carl-Johan was emotioneel niet stabiel. Omdat hij Anina Björklund niet te pakken kreeg, reed hij naar haar woning. Hij leende de jas van zijn dochter, die op dat moment bij hen woonde. Deze was van het merk Mountain Works.
Hij nam zijn eigen auto, een Golf, met kenteken MFG 637. Deze par-

keerde hij voor de deur, redelijk slordig, dit was waarschijnlijk geen officiële parkeerplaats aangezien hij later een parkeerboete had gekregen. Het was midden in de nacht, maar op dat moment stond hij niet stil bij het feit dat dit een merkwaardig tijdstip was om iemand te bezoeken.

Hij werd in de flat en het appartement van Anina Björklund binnengelaten. In het appartement hadden zij een gesprek over de beweringen die Anina Björklund had gedaan. Zij waren daar slechts met zijn tweeën aanwezig. Eerst was de sfeer goed, maar daarna begon Anina Björklund zich vreemd te gedragen. Het werd een hevige discussie. Carl-Johan kan zich niet meer in detail herinneren wat er gezegd is. Daarna duwde Anina Björklund Carl-Johan en gedroeg zij zich alsof zij haar verstand had verloren. Carl-Johan voelde zich in een hoek gedreven en vond dit onprettig. Hij pakte Anina Björklund vast. Dit mondde uit in een soort trekgevecht. Hij herinnert zich de precieze details niet meer. Hij was erg emotioneel en boos. Uiteindelijk duwde hij Anina Björklund. Toen viel Anina Björklund op de grond. Daarbij moet zij met haar hoofd verkeerd zijn terechtgekomen. Het lag niet in Carl-Johans bedoeling Anina Björklund te schaden. Carl-Johan was alleen emotioneel en bang. Hij was er zich totaal niet van bewust dat zijn duw tot zo'n ongelukkige val kon leiden. Hij is amper zestig jaar oud en niet bepaald sterk.

Rechtsafweging (afschrift)

Middels de verhoren met gedaagde Carl-Johan Schale, forensisch rechercheur Eva Grenlund alsook politieel onderzoeker van plaats delict Per Torulfson, is gebleken dat de duw die Carl-Johan Schale heeft uitgedeeld zeer krachtig moet zijn geweest. Anina Björklund is met haar hoofd tegen een verwarmingselement geslagen en onmiddellijk aan een hersenbeschadiging overleden.

Er is echter niets naar voren gekomen wat erop wijst dat het in Carl-Johans bedoeling lag om Anina Björklund schade toe te brengen. In plaats daarvan leek het doel geweest te zijn om zijn ongenoegen te laten blijken over Anina Björklunds beweringen. Ook kan de verwonding niet een zeker of in praktische zin wezenlijk gevolg van de duw zijn. Desalniettemin had Carl-Johan Schale moeten inzien dat er een aanzienlijk risico aanwezig was dat een dergelijke duw verwondingen kon veroorzaken zoals Anina Björklund ten deel zijn gevallen. Daarnaast wijst het onderzoek uit dat Carl-Johan Schale vanuit een zeer emotionele gemoedstoestand handelde. Hij heeft zelf aangegeven boos te zijn geweest. Uit de getuigenverklaring van buurman Saman Hassan kwam ook naar voren dat hij door de muur een mannenstem 'vuile slet' en 'nu hou je je bek' had horen schreeuwen. Dit moet Carl-Johan Schale zijn geweest die dit heeft geroepen, ook al kan hij zich dit momenteel niet meer herinneren.

Naar de mening van het gerechtshof te Stockholm blijkt uit Carl-Johans handelen dat het hem niet interesseerde of Anina Björklund gewond zou raken. Daarom zal hij worden veroordeeld voor opzettelijke misdaad, oftewel moord of doodslag, en niet voor dood door schuld.

De vraag of deze daad moet worden gezien als moord of doodslag is in hoge mate afhankelijk van het feit of er van Anina Björklunds kant provocatie heeft plaatsgevonden of niet. Deze vraag moet voornamelijk worden beoordeeld vanuit hetgeen Carl-Johan Schale zelf over het verloop van de gebeurtenissen heeft verteld, aangezien er verder totaal geen andere getuigen van dit voorval zijn. Anina Björklund had bepaalde beweringen over Carl-Johan Schales zoon gedaan en zij had Carl-Johan Schale op een aantal momenten geduwd. Carl-Johans handelen is daarom niet ongeprovoceerd geweest. Zijn daad wordt daarom als doodslag beschouwd.

Vonnis

Het gerechtshof veroordeelt Carl-Johan Schale volgens artikel 3 hoofdstuk 2 § Wetb. v. Strafrecht tot zes jaar gevangenis wegens doodslag.

De harddisk

Cecilia had de kinderen bij haar ouders afgezet en was weer alleen naar Stockholm teruggekeerd. Die dachten dat ze nog steeds emotioneel was vanwege de brand in het appartement en dat ze zichzelf daarom elke avond in slaap huilde en nog harder moest huilen toen ze afscheid nam van Lillan en Benjamin.

De man die haar bij het stadhuis had gebeld was duidelijk geweest. Haar familie was in gevaar als ze contact opnam met de politie. Toch kon ze niet ophouden met haar overpeinzingen. Mats had een van de ergste misdaden begaan die ze zich maar kon voorstellen. Misschien verdiende hij het wel om gekidnapt te worden, misschien was het de straf van God. Aan de andere kant was hij nog steeds haar man, en de vader van haar kinderen. Hij was naar de politie gegaan toen ze hem hadden opgeroepen en hij was bij een psycholoog geweest om hulp te zoeken. Dit had hij niet verdiend.

Ze zat helemaal alleen in het pas gerenoveerde appartement. Er was nog niets wat dit gezellig maakte. Geen vloerkleden, gordijnen of schilderijen. Er was nog niet eens een tv.

Het werd zo glashelder: de kinderen ontbraken. De stilte was onaangenaam. Ze dacht terug aan het zwartgeblakerde plafond waar ze naar had staan kijken voordat ze de slaapkamer binnen was gegaan en de laptop had ontdekt.

Ze probeerde te lezen, maar ze kon zich niet concentreren. Uiteindelijk zat ze alleen maar wat voor zich uit te staren.

Toen ging haar telefoon.

'Het gaat over Mats.'

Ze herkende de stem niet. Dit was niet de man die met omlaaggetrokken muts buiten bij het stadhuis had gestaan. Maar zijn manieren waren hetzelfde.

'Wat wilt u?'

'Wij hebben hem.'

'Dat weet ik. Maar alstublieft, wat willen jullie nu eigenlijk?'

'Je hebt toch niet met iemand gesproken?'

'Nee.'

Het voelde alsof haar maag samentrok. Hoe moest ze dit doorstaan?

'We hebben iets van Mats nodig.'

'Wat dan?'

'Ik denk dat jij wel weet wat we willen hebben. En vergeet niet, als je ermee naar de politie gaat, vermoorden we hem. Het gaat om zijn computer. Begrepen? Geef ons zijn laptop.'

Het licht ging automatisch aan toen ze de code invoerde en de metalen deur opendeed.

Wat was dit toch een akelige plek.

De Shurgardopslag in Fruängen waar ze een deel van haar inboedel had opgeslagen. Waaronder de laptop van Mats.

De lange gang die voor haar lag was donker, maar de lampen aan het plafond gingen een voor een aan. De deur ging met een klap achter haar dicht. Aan het plafond hingen bewakingscamera's.

Ze dacht aan Benjamins gezichtsuitdrukking toen ze hem bij haar ouders een knuffel had gegeven. 'Je komt toch wel weer terug hè, mama?' had hij gevraagd.

De metalen rolluiken van de opslagruimtes die ze passeerde waren dichtgetrokken.

Beton. Metaal. Plexiglas.

Ze was hier met het openbaar vervoer heen gegaan, maar ze had eerst een wandelingetje gemaakt voordat ze naar de opslag was gelopen. Alles om er maar zeker van te zijn dat ze deze keer niet werd achtervolgd. Ze moest hier alleen zijn.

Haar voetstappen weerkaatsten op de betonnen vloer. Ze hield het sleuteltje van het hangslot in haar hand.

Nummer 151.

Het rammelde toen ze het rolluik van haar opslagruimte omhoogtrok.

De dozen stonden als bakstenen tegen een muur opgestapeld.

Dit zou wel even kunnen gaan duren.

Ze had hem gevonden. De laptop had niet zo ver weggestopt gelegen als ze had gedacht.

Ze ging op de bank zitten. Terug in hun appartement.

Zou dit ooit nog als een thuis gaan voelen? vroeg ze zich af.

Ze had op de terugweg ook nog een rondje om het blok gelopen. Ze had geen achtervolgers kunnen ontdekken.

De laptop stond op de salontafel. Daarnaast had ze een losse harddisk gezet die ze bij El-Giganten in Kungens Kurva had gekocht. Ze wist wel iets van computers, maar ze had de verkoper toch gevraagd hoe ze het ongeveer moest doen.

Ze voelde het onbehagen in zich groeien. Ze wilde niet zien wat er op die laptop stond.

Maar alles moest worden gekopieerd.

*

Op een avond ging Teddy's telefoon. Hij vroeg zich af wie het kon zijn, hij had een ander abonnement genomen. Voor zover hij wist hadden alleen Magnus, Emelie, Linda, Nikola, zijn vader en Dejan dit nieuwe nummer.

'Yo, met Loke.'

'Hoe kom jij aan mijn nummer?'

'Zoals ik al zei: met Loke.'

'Je bent een held.'

'Je vroeg mij laatst om iets persoonlijks, weet je dat nog?'

'Ja.'

'Dat was een behoorlijk lastigere opgave dan die andere, moet ik zeggen. Daarom heeft het me zo lang gekost om hier op terug te komen.'

Het voelde alsof Teddy's hart twee keer zo snel sloeg. Hij was helemaal vergeten dat hij Loke hier ook nog om had gevraagd toen ze bij Lötet hadden afgesproken en hij hulp had gekregen bij het achterhalen van die sekssite. Dat was meer dan drie maanden geleden.

Maar hij wist nog wat zijn vader had gezegd: 'Je moet eerlijk tegen jezelf zijn.'

'Ik heb Mats Emanuelsson onderzocht,' zei Loke. 'Die is meer dan vier jaar geleden overleden, wist je dat?'

'Ja. Dat heeft Sara toen verteld. Hij heeft zelfmoord gepleegd.'

'En dat wéét jij?'

'Dat is wat Sara heeft gezegd.'

'Maar een paar jaar daarvoor had jij hem gekidnapt.'

'Ja.'

'En waarom deed je dat?'

'Ik dacht dat ik het voor de centen deed.'

'Maar hij had geen geld.'

'Nee, dat heb ik begrepen. Pas later. Dat heb ik ook van Sara gehoord, nadat Mats overleden was.'

'Mats Emanuelsson was lid van Dreamboard, weet je wat dat is?'

'Geen idee.'

'Dat is een van de grootste netwerken voor pedofielen.'

'Wat?!'

'Het is een netwerk van pedofielen. Het ziekste wat ik ooit ben tegengekomen. En ze hebben verschillende niveaus. Supervipdot, het hoogste, heeft als eis dat het lid zelf aan aanranding doet. Om bij die groep te komen, moet er volgens de regels van Dreamboard duidelijk op de beelden te zien zijn dat de kinderen lijden en huilen. Ze organiseerden ook live-bijeenkomsten. Zelfs in Zweden.'

Teddy wist niet wat hij moest zeggen.

Loke ging verder: 'Maar Emanuelsson kreeg kennelijk spijt en was van plan om naar de politie te stappen. Hij had de hele groep kunnen ontmaskeren omdat zijn laptop een van de servers was die zij gebruikten. Hij stond op het punt om de laptop bij de politie in te leveren. Maar toen werd hij gekidnapt...'

Teddy voelde de pijn in zijn maag toenemen.

'... door jou.'

'Maar daar wist ik niets van. Het was gewoon een klus op bestelling.'

Hij dacht aan de woorden van Dejan. *Business as usual.* Zo was dat toen ook het geval geweest.

Daarna dacht hij aan Ian Crona – die pas was veroordeeld. Veertien jaar gevangenis.

Loke zei: 'Nee, je wist misschien niet wat de achterliggende gedachte van jouw daad was. Maar het resultaat ervan was dat Emanuelssons laptop nooit bij de politie terecht is gekomen. Jullie dwongen daarentegen zijn vrouw Cecilia om hem aan jullie te geven.'

'Ik heb niemand gedwongen... Ik heb hem gekidnapt, hem in de gaten gehouden...'

'Misschien niet precies jij, maar degene – of degenen – die hem chanteerden wel.'

Teddy's maag trok zich samen. Hij dacht aan hoe Ivan en een onbekende man naar het huis waren gekomen waar hij en Dejan Emanuelsson hadden vastgehouden, hoe zij de deur dicht hadden gedaan, hoe hij Mats Emanuelsson het daar van de pijn had horen uitschreeuwen.

Hij ging op het luchtbed liggen.

'Ik wist het niet,' zei hij met zachte stem.

Acht jaar.

'Ik geloof je, Teddy. Maar desondanks kon die zieke groep pedofielen gewoon verdergaan omdat ze nooit zijn ontmaskerd. Ik denk dat ze overal in Zweden actieve leden hebben, op alle niveaus.'

Teddy ademde langzaam in en uit. Hij dacht aan hoe Sara het zo abrupt had uitgemaakt, hoe erg hij toen was geschrokken. Vier jaar na de kidnapping, waar zij in was gaan neuzen.

Hij zei: 'Valt daar echt niks aan te doen?'

'Geloof me. Die viespeuken zijn voorzichtig. Kijk maar eens hoe lang het mij heeft gekost om deze informatie boven water te krijgen. Maar een manier om dichter bij hen te komen zou zijn om een server te pakken te krijgen. Bijvoorbeeld de laptop die de vrouw van Mats Emanuelsson aan jullie heeft moeten geven. Of een *mirror* van die laptop. Daar hadden we iets mee gekund.'

'Een mirror?'

'Een kopie.'

Hij wist niet wat hij zeggen moest.

Hij had maar één gedachte in zijn kop.

Dat hij acht jaar van zijn leven kwijt was door die zieke klootzakken.

Die kinderlokkers.

De volgende dag werd er gebeld door advocatenbureau Leijon. Hij was alleen thuis bij Linda.

'Hoi, met mij, Emelie. Lang geleden, hoe gaat ie met je?'

Ze hadden elkaar alleen nog maar even vluchtig gesproken na de gebeurtenis bij de familie Schale thuis.

Teddy zei het zoals het was. 'Het gaat. Ik heb slecht nieuws gehad.'

'Wat dan?'

'Het heeft te maken met waar ik voor heb vastgezeten.'

'O, shit. Wil je erover praten?'

'Nee, niet nu.'

'Want ik belde namelijk om te vragen of je een keer zin hebt om 's avonds een hapje te gaan eten.'

‘Eten? Toch niet weer zo’n debriefing zoals Magnus dat noemt, hè? Nu met die veroordeling van Carl-Johan, en zo.’

‘Nee, niks daarvan. Magnus gaat niet mee. Alleen jij en ik was het idee. Wil je dat?’

Haar stem klonk zo zelfverzekerd.

Hij zag haar gezicht voor zich toen ze Ian in de salon van Lövtuna Gård probeerde tegen te houden. Het licht dat vanuit de hal naar binnen viel en glinsterde in haar haren.

‘Graag,’ zei hij. ‘Heel graag.’